Das Blut von Magenza

Inhalt

Personenverzeichnis

Die Personen in der Reihenfolge ihres Auftretens (*historisch belegte Figuren sind hervorgehoben*)

Urban II.: erster Papst, der einen Kreuzzug ausruft und in Papst Clemens IV. einen Gegenpapst hat †1099

Adhemar de Monteil: Bischof von le Puy, wurde zum apostolischen Legaten und Leiter für den 1. Kreuzzug ernannt †1098

Bruder Anselm: Benediktinermönch des Klosters auf dem Jakobsberg in Mainz

Wolff: Vagabund und Dieb

Hartwig: Wolffs Gefährte

Conrad: Benediktinermönch, Schreiber und Vertrauter des Mainzer Erzbischofs Ruthard

Ruthard: Erzbischof von Mainz und Kurfürst †1109

Heinrich IV.: Kaiser des Heiligen Römischen Reiches Deutscher Nation † 1106

Manegold: Abt des Benediktinerklosters in Mainz

Jonah bar Mose: jüdischer Bote aus Rouen

Rabbi Kalonymos ben Meschullam: Vorsteher der jüdischen Gemeinde Magenzas † 1096

Gerhard: Stadtgraf von Mainz

Embricho: Kämmerer des Erzbischofs und dessen Verwandter

Hanno: Agent im Dienste der Kirche

Sara: aschkenasische Jüdin der Gemeinde von Magenza

Rachel: Saras Mutter

Isaac: Saras Bruder

David bar Natanael: Gelderheber der jüdischen Gemeinde von Magenza †1096

Griseldis: neue Bürgerin von Mainz

Widukind von Battenheim: Steinmetz in der Dombauhütte

Sanne und Mathes: Gastwirte des „Wilden Eber"

Jobst, Sixt, Endris: Fuhrleute und Raufbolde

Gernot: Schultheiß von Mainz

Utz: Sprecher der Kaufleute

Herlinde: Ehefrau von Utz

Dithmar: Tuchmacher und Verehrer von Griseldis

Bertolf: Tuchmachermeister und Dithmars Vater

Kunigunde: Ehefrau des Schultheißen

Reinhedis: Ehefrau des Stadtgrafen Gerhard

Willigis: Bischof von Mainz †1011

Landwyn: Knappe des in Speyer verstorbenen Ritters Edelbert

Cathrein: Ehefrau des Winzers Lorentz, die in Geldnöten steckt

Archibald: Steinmetzmeister der Dombauhütte

Agnes: Kinderfrau im Haus des Grafen Bolko von Cankor

Bolko von Cankor: Vater Widukinds, lebt in Battenheim (Bodenheim)

Alheyt: Widukinds Mutter

Yrmengardis: Widukinds Schwester

Burckhart: Hauptmann der erzbischöflichen Wache

Waldemar: Diener des erzbischöflichen Kämmerers

Mosche ben Jekutiel: Vorsteher der Gemeindevon Schpira (Speyer)

Johann II.: Bischof von Speyer †1104

Adalbert II. von Sachsen: Bischof von Worms †1107

Emich von Flonheim: Kreuzfahrer und Anführer der Pilger, die Mainz angriffen; † vermutlich frühes 12. Jahrhundert

Vicomte Wilhelm von Melun, Drogo von Nestle, Hartmann von Dillingen, Herr von Salm: adlige Kreuzfahrer

Prolog

Dienstag, 27. November A. D. 1095, 27. Kislew 4856
Synode von Clermont-Ferrand, Frankreich

Die Luft sirrte vom Klang unzähliger Stimmen. Die Menschen waren aufgeregt und neugierig, denn es hieß seit Tagen, der Papst habe heute Wichtiges zu verkünden. Die Kathedrale hatte die Menge nicht fassen können und deshalb erwartete das Heer der Gläubigen den Heiligen Vater vor dem Osttor der Stadt. Auch wenn sich nicht jeder über das Ausmaß dieses historischen Augenblicks bewusst war, wollte ihn doch keiner verpassen.

Schließlich erschien Papst Urban II., im Schlepptau sein Gefolge aus 182 Kardinälen, Priestern und Äbten. Er trat vor die Versammlung, hob die Arme und wartete. Schlagartig kehrte Ruhe ein. Erwartungsvoll richteten sich alle Augen auf den Pontifex, der zu einer flammenden Ansprache ansetzte, in der er die Einheit des christlichen Abendlandes beschwor.

Urban hatte anfangs gezweifelt, ob er auch wirklich das Richtige tat. Aber seine Sorge schien unbegründet. Sie hingen an seinen Lippen, lauschten seinen Worten, die sich den Weg in ihre Herzen bahnten und sie im Sturm eroberten. „Jeder, der an dieser bewaffneten Pilgerfahrt teilnimmt, wird reichlich belohnt. All seine Sünden werden ihm vergeben werden und er erhält den totalen Ablass! Gott will es, Deus lo vult!", versprach er und beendete so seine Rede.

Der Satz war noch nicht verklungen, da brach tosender Beifall aus. Gleich ob Edelmann oder Bauer, Meister oder Knecht, Soldat oder Bürger, Geistlicher oder Sünder, sie alle glaubten dieser Verheißung.

Adhemar de Monteil, Bischof von Le Puy, kniete nieder

und senkte sein Haupt. Wie mit dem Heiligen Vater zuvor heimlich abgesprochen bat er demütig darum, als Erster in diesen Heiligen Krieg ziehen zu dürfen. Urban bewilligte seine Bitte, übertrug ihm die Aufgabe diesen Kreuzzug gegen die Seldschuken anzuführen und segnete ihn.

Erneut brandete Jubel auf, dieses Mal lauter und anhaltender als zuvor. Hunderte taten es dem Bischof gleich und legten noch an Ort und Stelle den Schwur ab, das heilige Jerusalem dem Joch des Halbmondes zu entreißen.

„Deus lo vult" wurde zu ihrem Schlachtruf. Urban hatte sein Ziel erreicht. Die Gläubigen verschmolzen hier und jetzt zu einem gigantischen Organismus und redeten von Stund an mit einer Zunge. Sie waren bereit, für den einzig wahren Glauben zu kämpfen und auch für ihn zu sterben.

Das Tor zum Morgenland war endlich aufgestoßen.

Hauptteil

Dienstag, 11. Dezember A. D. 1095, 12. Tewet 4856
Nahe Worms

Ein Laut weckte ihn. Heimlich, verstohlen, so leise wie das Tippeln von Mäusefüßen. Erschrocken setzte Bruder Anselm sich auf. Mondlicht fiel durch die notdürftig verhängte Fensteröffnung in den Schlafsaal, aber der Schein reichte nur knapp bis über seine Schlafstätte hinaus, sodass der Rest des Raumes im Dunkeln blieb. Er lauschte angestrengt, hörte aber nichts außer dem lauten Klopfen seines Herzens und dem Schnarchen der anderen Gäste. Sein Nachbar drehte sich um und furzte dabei leise. Ein Schwall fauliger Ausdünstungen schwappte hinüber zu Anselm, den er mit wedelnden Handbewegungen zu vertreiben versuchte. Aber diese Geräusche waren es nicht, die ihn aufgeschreckt hatten, sondern eher das Rascheln von Stoff. Oder waren es doch nackte Fußsohlen gewesen, die über den blanken Holzboden schlichen?

Seine Hand wanderte zu seiner Börse, die er am Gürtel trug. Sie enthielt das Amulett mit der Abbildung der Gottesmutter, das ihm seine Mutter zum Abschied geschenkt hatte, als er in das Kloster eintrat. Es spendete ihm Trost und er beruhigte sich langsam. Als alles still blieb, legte er sich wieder hin. Seine Lider wurden schwer und er sagte sich, dass es wahrscheinlich nur ein schlechter Traum gewesen war. Seitdem der Ritter ihm auf dem Sterbebett ein Versprechen abgenommen hatte, sah er überall Gefahren lauern, wo es gar keine gab. Sobald er Mainz erreichte, würde er es einlösen, aber bis dahin waren es noch einige Fußmärsche.

Plötzlich vernahm er das Geräusch wieder und Anselm erstarrte vor Angst. Er spürte wie es aus der Schwärze des

Zimmers auf ihn zukroch, erbarmungslos und unerbittlich. Seine Muskeln versteiften sich, und bevor er reagieren konnte, legte sich eine große, raue Männerhand auf seinen Mund und seine Nase, während sein Körper fest auf den Strohsack gepresst wurde. Anselms verzweifelte Abwehrversuche erwiesen sich als nutzlos, er konnte sich kaum bewegen, geschweige denn Schreien oder Atmen. Der andere war kräftiger und schwerer als er und zu allem entschlossen.

Ausgerechnet an diesem profanen Ort, fernab seines geliebten Heimatklosters, in dem seine Mitbrüder auf ihn warteten, musste er sterben. Während die Luft in seinen Lungen immer knapper wurde, zogen die Erinnerungen seiner Wallfahrt an ihm vorüber. Wie eine Fata Morgana erstand die Heilige Stadt Rom mit ihren mächtigen Sakralbauten und den historischen Plätzen vor seinen Augen. Ein letztes Mal durchschritt er die sieben Pilgerkirchen, legte seine Beichte in San Pietro in Vaticano ab, pilgerte weiter zu St. Maria Maggiore, um dort die Mosaiken zu bestaunen, betrat die Krönungskirche der Päpste, San Giovanni in Laterano, der Santa Croce und San Lorenzo fuori le Mura folgten. Er sah sich im schwachen Lichtschein der Laternen am Grab des Apostels Paulus, das sich in San Paolo fuori le Mura befand, niederknien, bevor seine Reise schließlich in San Sebastiano endete.

Nach und nach verblassten die Farben der Bilder, verloren ihre Kontur und lösten sich auf. Sein letzter Gedanke galt dem Geheimnis des Ritters, das er mit in jenen undurchdringlichen Nebel nahm, der ihn nun umfing.

Wolff ließ erst von Anselm ab, als dieser kein Lebenszeichen mehr von sich gab. Sein Todeskampf dauerte nur kurz und keiner der anderen Herbergsgäste hatte die Gräueltat bemerkt, die sich direkt neben ihren Lagern abspielte. Er nahm die Hand vom Gesicht des Mönchs, dessen Kopf schlaff zur Seite fiel. Die angstgeweiteten Augen des Toten starrten Wolff im fahlen Mondschein anklagend an. Er konnte ihren Anblick nicht ertragen und drückte die Lider zu.

Eigentlich hatte Wolff ihn nicht töten wollen. Denn er war ein Dieb und kein Mörder. Bisher war immer alles gut gegangen, wenn er nachts Reisende in Herbergen ausraubte. Doch dieses Mal hatte das Schicksal es anders gewollt. Anselm war aufgewacht und hätte ihn verraten und das durfte er nicht riskieren. Auch wenn er Mönche in der Regel nicht bestahl, da ihre Börsen selten Reichtümer enthielten, hatte Wolff dieses Mal gegen sein Prinzip verstoßen. Hätte der Benediktiner während des Abendessens nicht immer wieder nach dem kleinen, ledernen Beutel getastet, hätte Wolff auch nichts Wertvolles darin vermutet.

Obwohl er das Geschehene bedauerte, zögerte er nicht länger und schnitt die Börse ab. Er stand auf, trat an die Fensteröffnung und schob den mottenzerfressenen Stoff davor zur Seite. Noch einmal wandte er sich um, warf einen letzten Blick auf den Toten, der aussah, als schliefe er, und stieg dann auf die erste Sprosse der Leiter. Sein Gefährte Hartwig hatte sie im Laufe der Nacht dort hingestellt, um ihm ein Entkommen zu ermöglichen. Von draußen zog er den Vorhang wieder zu und kletterte hinunter.

Hartwig erwartete ihn wie üblich mit ihren beiden dürren Kleppern in sicherer Entfernung. Die Pferde hatten sie genauso unredlich erworben, wie fast alles, was sich in ihrem Besitz befand.

„Gab es Probleme?", erkundigte er sich.

„Keine erwähnenswerten", entgegnete Wolff ungeduldig im Aufsitzen. „Ich habe reichlich Beute gemacht. Und nun gib deinem Ross die Sporen. Ich will weit weg sein, wenn der Tag anbricht. Es ist wohl besser, wir ziehen uns für die nächsten Wochen auf die andere Seite des Rheins zurück."

„Demnach gab es doch Schwierigkeiten?"

Wolff ging nicht weiter darauf ein. „Ich erzähle es dir später. Lass uns zur nächsten Anlegestelle reiten und mit der ersten Fähre übersetzen", sagte er und trieb sein Pferd an.

Mainz, Palast des Erzbischofs

Conrad stand an seinem Schreibpult und sortierte die Korrespondenz, die er im Namen seines Dienstherren, Erzbischof Ruthard, beantworten sollte. Meist übernahm der Erzbischof die wichtigsten Briefe selbst, doch er war schwer erkrankt und rang mit dem Tod. Deshalb stapelten sich die Schreiben, von denen einige dringend beantwortet werden mussten, allen voran das an Kaiser Heinrich IV. Aber Conrad war nicht recht bei der Sache. Der ansonsten so besonnene Benediktinermönch war in Gedanken woanders, denn außer der Gesundheit des Erzbischofs gab es noch anderen Anlass zur Sorge.

Ungewöhnliche Naturphänomene verunsicherten seit Monaten die Menschen und kündeten von drohendem Unheil. Angefangen hatte es mit den Nordlichtern, die bis weit in den Süden zu sehen gewesen waren. Ihr filigranes Farbenspiel sorgte für Verzückung wie auch für Entsetzen. Die Unerschrockenen erfreuten sich an dem Spektakel, die Ängstlichen hingegen glaubten, die Totengewänder Verstorbener zu sehen, die im Jenseits Mahnwache hielten, um die Lebenden vor dem nahen Ende zu warnen.

Ihnen folgten Sternschnuppenschauer und ein Komet, dessen feuriger Schweif sogar tagsüber zu sehen war. Zu allem Überfluss schien sogar der Mond mit den unheilvollen Mächten im Bündnis zu stehen. Er hatte sich einmal völlig verfinstert und war eine Zeit lang verschwunden gewesen. Seine Abwesenheit schürte die Furcht vor dem Weltuntergang, sodass die Menschen die ungewöhnlichen Himmelszeichen inzwischen für das Werk Lucifers hielten, der die Ankunft des Antichristen prophezeite.

Weitere Prüfungen wurden ihnen auferlegt. Missernten, Korn, das die Menschen vergiftete, unerklärliches Tiersterben und Erdbeben fachten die Angst weiter an. Manch einer verkaufte Hab und Gut und spendete sein Geld der Kirche, in der Hoffnung sich so einen Platz im Himmel zu sichern. Andere lebten unbedarft in den Tag und verprassten alles, was sie besaßen, da der Tod sie ihrer weltlichen Güter ohnehin berauben würde.

Conrad teilte die Meinung der Skeptiker wegen des nahenden Weltendes nicht. Mochten die Pessimisten verkünden, was sie wollten, er sah das anders. Naturkatastrophen und seltsame Phänomene hatte es immer gegeben und dennoch existierte die Erde weiterhin. Aber er fürchtete, dass trotzdem gewisse Veränderungen bevorstanden. In seinen Augen betrafen sie allerdings weniger den Fortbestand alles Irdischen als vielmehr den der alten Ordnung. Seit der Papst den Beginn des Kreuzzugs für den 15. August A. D. 1096 ausgerufen hatte, rumorte es unter den Gläubigen. Die Zeichen standen auf Wandel und er fragte sich, ob er zum Besseren oder zum Schlechteren sein würde.

Aber alles Grübeln war müßig, er musste seine Arbeit erledigen und wandte sich wieder der Korrespondenz zu. Er griff nach der Feder, tauchte sie in das Tintenfass und schrieb sorgfältig Buchstabe für Buchstabe. Wann immer er den Kiel erneut benetzte, wanderten seine Augen zu dem einfachen Holzkreuz, das an der gegenüberliegenden Wand hing. Sein Anblick schenkte ihm Zuversicht, denn Conrad vertraute fest auf seinen Gott. Er würde dafür sorgen, dass der Erzbischof wieder genas und dass sowohl der Kreuzzug wie auch der unselige Krieg, den Heinrich IV. seit Monaten in Italien gegen Papst Urban führte, hoffentlich bald ein Ende fand.

Conrad musste unvermittelt an Anselm denken, der sich seit März auf Pilgerfahrt in die Heilige Stadt befand. Seine Rückkehr war für die nächsten Tage angekündigt und er freute sich schon darauf, ihn wiederzusehen. Beide gehörten sie dem Ordo Sancti Benedicti an und waren nicht nur Mitbrüder, sondern auch langjährige Freunde. Anselm lebte ständig im Kloster auf dem Jakobsberg und war dort für die Herstellung des Weines zuständig, während Conrad den Großteil seiner Zeit in der Stadt verbrachte und immer seltener den Weg hinauf auf den Mons speciosus fand – wie der alte Name des Jakobsbergs lautete.

Eigentlich hätte auch er sein Leben abgeriegelt hinter Klostermauern verbringen sollen, aber die Vorsehung hatte anderes mit ihm vorgehabt. Obwohl er aus einfachen Verhältnissen stammte, war er dank seiner zahlreichen Talente aufgestiegen. Bereits in der Domschule hatte sich gezeigt, was in ihm steckte. Er besaß nicht nur eine rasche Auffassungsgabe, sondern lernte leicht schreiben, rechnen und lesen. Zudem besaß er eine saubere Schrift und war verschwiegen, was ihn zum erzbischöflichen Schreiber prädestinierte.

Sein erster Herr war der glücklose Siegfried I. gewesen, dem 1084 für vier Jahre Wezilo folgte. Seitdem erfüllte er Ruthard gegenüber seine Pflicht, die immer umfangreicher wurde. Neben seiner Tätigkeit als Schreiber begleitete er ihn auf Reisen und vertrat ihn sogar hin und wieder bei Verhandlungen. Inzwischen war er diesem zu einem wichtigen Ratgeber geworden und verkehrte deshalb auch in den vornehmen Häusern der Stadt. Als sein Mittelsmann machte er unter anderem die Ansprüche der Kirche gegenüber den weltlichen Amtsinhabern geltend. Da seine Tätigkeit ihn viel in Anspruch nahm und der Weg vom Kloster in die Stadt Zeit kostete, hatte er vor einigen Jahren Räume in unmittelbarer Nähe zum Bischofssitz bezogen, die sich in einem Seitenflügel befanden.

Conrad war fertig und legte den Gänsekiel aus seinen tintenbefleckten Fingern. Er las den Text noch einmal durch und nickte zufrieden. Dann versiegelte er den Brief und überreichte ihn dem berittenen Boten, der das Schreiben zu Heinrich bringen sollte. Auch wenn Ruthard es nicht hatte prüfen können, war er sich sicher, alles zu dessen Zufriedenheit erledigt zu haben. Es war nicht gut, den Kaiser zu lange auf Antwort warten zu lassen.

Mittwoch, 12. Dezember A. D. 1095, 13. Tewet 4856
Herberge bei Worms

Der Besitzer der Herberge war lange vor seinen Gästen aufgestanden. Er entriegelte die Tür, öffnete die Läden und ging in die Küche, um nachzuschauen, ob die Magd auch den Herd angeheizt hatte. Früher hatte sein Weib diese Aufgabe übernommen. Doch sie war vor einigen Wochen davongelaufen und bei irgendeinem Kerl untergeschlüpft. Er bedauerte ihren Fortgang nicht sonderlich, denn sie war weder hübsch noch fügsam oder fleißig gewesen, weshalb er sie auch häufig hatte züchtigen müssen. Dennoch hatte sie gewisse Arbeiten erledigt, die jetzt an ihm hängen blieben. Bis er ein neues, willigeres Weib fand, musste er die unleidigen Tätigkeiten eben selbst übernehmen, denn für eine zweite Magd reichte das Geld nicht.

Er wollte gerade seinen Fuß in die Küche setzen, als ihn wütende Schreie aus dem oberen Stockwerk in den Schankraum zurückriefen. „Diebe, man hat uns ausgeraubt, Geld, Schmuck, alles weg!", erbosten sich einige seiner Gäste, während sie wütend die Stiege hinunterpolterten.

Augenblicklich war der Wirt von einer aufgebrachten Menge umringt, die wild durcheinander redete und sich kaum beruhigen ließ. Erst als er mit dröhnender Stimme „Ruhe" rief und mit der flachen Hand auf einen Tisch schlug, verstummten sie. „Wenn ich Euch recht verstehe, seid Ihr letzte Nacht bestohlen worden?"

„Allerdings! Unsere Börsen und Wertsachen sind verschwunden und so wie es den Anschein hat, stahl der Dieb sich über eine Leiter, die vor dem Fenster steht, davon. Hast du etwas damit zu tun?", argwöhnte einer.

„Welch dreiste Unterstellung", erboste sich der Wirt. „Ich werde mir doch nicht meine eigene Kundschaft vergraulen.

Habt Ihr eine Ahnung, wer es gewesen sein könnte?"

„Nein, keiner von uns ist in der Nacht aufgewacht. Hast du uns etwas ins Bier getan, damit wir nichts bemerken?", krittelte der Mann weiter.

Damit brachte er den Wirt vollends gegen sich auf. „Noch eine solche Verdächtigung und ich werfe dich hinaus! Ich werde die Sache dem Schultheißen von Worms melden. Er wird sich darum kümmern."

„Wir verlangen einen Ausgleich für den Schaden!", forderte ein anderer.

„Es ist nicht meine Schuld, wenn ein Dieb unter meinem Dach schläft. Jeder ist für sich und sein Gepäck selbst verantwortlich. So lautet die Regel!", verteidigte er sich. „Aber um euch meinen guten Willen zu zeigen, bekommt ihr heute Morgen eine kostenfreie Mahlzeit."

Die Bestohlenen nahmen dieses Angebot murrend an, auch wenn sie sich mehr erhofft hatten. Während der Wirt mit der Magd die Morgenmahlzeit zubereitete, gingen die Gäste nach oben und packten ihre Sachen zusammen. Nachdem sie sich wieder unten eingefunden hatten und wortkarg das Brot und den Käse verspeisten, fiel dem Wirt auf, dass Bruder Anselm fehlte. Der Benediktiner hatte gestern als Erster müde und völlig durchnässt an seine Tür geklopft. Arm wie eine Kirchenmaus hatte er vor ihm gestanden und um ein Quartier gebeten. „Mein Weg führt mich nach Mainz. Eigentlich wollte ich es heute bis ins nächste Kloster nach Worms schaffen, aber das Wetter ist schlecht, die Wege aufgeweicht und ich bin erschöpft. Hast du eine günstige Übernachtungsmöglichkeit für mich?"

„Selbstverständlich. Du bist für heute sogar mein erster Gast."

Da seine Herberge an einer Straße lag, die gern von Wallfahrern genommen wurde, wenn sie nach Rom oder gar ins Heilige Land pilgerten, war der Wirt auf deren unterschiedliche Bedürfnisse eingestellt. Neben einem großen Schlafsaal für die weniger gut Betuchten gab es noch kleinere Kammern, in denen die Bessergestellten schliefen. Er bot auch Pilgermahlzeiten an, deren Üppigkeit sich ebenfalls nach dem Inhalt der Geldbeutel richtete. Bei Anselms Anblick wusste er sofort, wo er ihn einzuordnen hatte. Üblicherweise gewährte er keine freie Kost und erst recht keine Übernachtung. Geldklamme Gäste ließ er manchmal in einem Anflug von Milde im Stall nächtigen und auch dann mussten sie seinem Burschen noch bei der Versorgung der untergestellten Pferde zur Hand gehen.

Doch bei Bruder Anselm machte er eine Ausnahme. „Geld hast du wahrscheinlich keines?"

Der Mönch hatte beschämt zu Boden geblickt. „Praktisch nichts."

„Kannst du schreiben?"

„Sicher."

„Ich bin kein barmherziger Samariter und wie jeder redliche Mann auf mein Einkommen angewiesen. Du kannst dir aber die Übernachtung und das Essen verdienen, indem du für mich einen Brief schreibst."

„Wenn wir uns so einig werden, soll's mir recht sein", hatte der Gottesmann erleichtert entgegnet. „Ich heiße Anselm und komme geradewegs aus Rom. Jetzt bin ich auf dem Rückweg nach Mainz", fuhr er fort und berichtete dann übergangslos von seiner Pilgerreise in die Heilige Stadt.

Den Wirt interessierten seine Ausführungen nicht sonderlich, denn er bekam ständig Pilgergeschichten zu hören. Viele kehrten aus Jerusalem zurück und schwärmten begeistert von dem fernen Land mit seinem exotischen Menschenschlag und dem fremdartig anmutenden Baustil. Dagegen erschien Anselms Reise wenig abenteuerlich.

Der Wirt suchte Tinte, Pergament und Kiel zusammen und unterbrach schließlich den Redefluss des Gottesmannes. „Noch haben wir etwas Ruhe, aber bald wird sich die Herberge füllen. Lass uns gleich mit dem Brief beginnen. Setz dich an den Tisch dort drüben. Da ist das Licht am besten. Ich sag dir, was du schreiben sollst. Danach bekommst du eine sättigende Brotsuppe und einen Krug Bier."

Anselm nahm Platz und notierte, was ihm der Wirt diktierte. Seine Hand war nicht mehr so ruhig wie in jungen Jahren und seine Augen auch nicht mehr die besten, sodass ihm das Schreiben schwerer von der Hand ging. Aber das störte seinen Auftraggeber nicht.

„Willst du deinen Namen daruntersetzen?", fragte Anselm, nachdem er fertig war.

„Mach du das", meinte er nur und nannte ihn dem Mönch.

Dann packte er alles zusammen und ließ Anselm die Mahlzeit bringen, die dieser bedächtig verspeiste. Währenddessen füllte sich der Raum und der Wirt schenkte seine ganze Aufmerksamkeit ab jetzt den Neuankömmlingen. Plötzlich erinnerte er sich wieder an den Kerl, der an Anselms Tisch Platz genommen hatte, ein paar Worte mit ihm wechselte und ihm nachschaute, als der Mönch hoch in den Schlafsaal ging.

Der Wirt suchte ihn unter seinen Gästen, aber er war nicht da. Das brachte ihn ins Grübeln. Sollte einer der beiden der Dieb sein? Oder steckten sie sogar gemeinsam unter einer Decke? Eigentlich konnte sich der Wirt nicht vorstellen, dass Anselm zu einem Verbrechen fähig war, er hatte einen ehrlichen Eindruck auf ihn gemacht. Aber er könnte sich auch als Mönch getarnt haben, um ihn hinters Licht zu führen. Dieser Gedanke ließ ihn nicht mehr los und er eilte nach oben in den Schlafsaal.

Als er die Tür öffnete, schlugen ihm die Ausdünstungen der vergangenen Nacht entgegen. Dämmriges Licht brach sich an Decke und Wänden. Um besser sehen zu können, schob er den schweren Stoff vor der Fensteröffnung zurück. Die gleißenden Strahlen der Wintersonne erhellten den Raum und schienen auf den Mönch, der friedlich schlummerte. Er hatte ihn zu Unrecht verdächtig. Er beugte sich hinunter um ihn an der Schulter zu schütteln. „Die Sonne steht schon hoch. Wach auf! Du wolltest doch früh nach Mainz aufbrechen."

Noch in der Berührung hielt er inne und zuckte zurück. Anselms Körper war kalt und steif, sein Gesicht unnatürlich blass, beinah wächsern. Er bedurfte keines Physicus, um zu wissen, dass hier ein Toter lag. Den Wirt überkam augenblicklich das schlechte Gewissen. Jetzt erst fiel ihm auf, wie ausgehungert der Gottesmann aussah. Durch die Kutte zeichneten sich die knochigen Schultern ab. Warum hatte er ihm auch nur eine dünne Brotsuppe angeboten? Wenigstens ein Stück Speck hätte er noch dazulegen können, dann wäre er womöglich noch am Leben. Er bekreuzigte sich und betete ein Ave Maria.

Dann hastete er die Treppe hinunter, um den Pfarrer holen zu lassen. Wenn Anselm schon unter seinem Dach gestorben war, sollte er wenigstens posthum das Sterbesakrament erhalten, damit er seinen Frieden fand. Seinen Gästen sagte er allerdings nicht, welchen Fund er im Schlafsaal gemacht hatte. Der Diebstahl war schon geschäftsschädigend genug.

Donnerstag, 13. Dezember A. D. 1095, 14. Tewet 4856
Mainz

Es war schon lange dunkel, als das Fuhrwerk den Jakobsberg hinauffuhr. Die Räder knirschten auf dem steinigen Untergrund und der Fuhrmann musste die lahmen Ochsen auf diesem letzten, steilen Stück durch laute Rufe antreiben. Rechts und links des Kutschbocks hingen zwei Laternen, die nicht nur die Dunkelheit, sondern auch ihre Furcht vertreiben sollten, denn die Fracht, die sie beförderten, behagte dem Kutscher ganz und gar nicht. Wenn er nur daran dachte, liefen ihm Schauer über seinen Rücken, die sich bis in die Spitzen seiner Zehen und Finger fortpflanzten. Man hatte ihm die doppelte Summe bieten müssen, damit er überhaupt bereit war, sie zu transportieren. Um Mainz möglichst schnell zu erreichen, forderte er die Zugtiere bis zur Erschöpfung und gönnte sich und seinem Begleiter kaum eine Pause. Inzwischen lagen die Vororte Vilzbach und Selenhofen hinter ihnen und das Kloster befand sich endlich in Sichtweite.

Neben dem Gespann lief der Knecht des Wormser Herbergswirts, dem nicht sonderlich wohl bei seiner Aufgabe war. Auch ihm flößte die Ladung Unbehagen ein. Immer wieder warf er verstohlene Blicke über seine Schulter, um sich zu vergewissern, dass der Mönch auf der Ladefläche auch tatsächlich tot war und nicht plötzlich Hand an ihn legte.

„Gleich sind wir da. Darüber bist du wohl mindestens so froh wie ich, oder?", rief ihm der Fuhrmann zu.

„Gott sei's gedankt!", erwiderte er.

Der Fuhrmann ahnte, dass der Bursche sich vor dem Schnitter genauso ängstigte wie er selbst und meinte deshalb mehr zu sich als zu ihm: „Der Tod ist nicht ansteckend."

„Das sagst du so leicht dahin. Bist du dir dessen sicher? Ich mache jedenfalls einen großen Bogen um ihn, wenn ich kann. Und so wie du dreinschaust, tust du das auch."

Dem Kutscher blieb die Antwort erspart, denn vor ihnen tauchten die Mauern des Benediktinerklosters auf. Eine Seite lag im Schutz hoher Bäume, während am Hang zu seinen Füßen Weinberge wuchsen, deren kahle Stöcke im fahlen Mondlicht wie gebeugte Gerippe aussahen. Der nahe gelegene Eichelstein, ein Überrest aus der Zeit der Römer, ragte wie ein ausgestreckter Finger in den Nachthimmel empor und schien seine Betrachter zu ermahnen. Er war einst als Ehrenmal für den römischen Feldherrn Drusus gebaut worden und diente heute als Wachturm. Der Gedanke, Soldaten in der Nähe zu wissen, beruhigte die beiden Männer etwas. Das Kloster selbst lag in tiefer Dunkelheit. Nur im Torbogen brannte ein schwaches Licht, das den Ankömmlingen den Weg wies. Als der Fuhrmann davor anhielt, meinte er, entfernten Gesang zu hören. Wahrscheinlich befanden sich die Mönche gerade in der Kapelle bei der Komplet.

Während der Bursche mit der Faust an das Tor hämmerte, schreckte ein Kauz hoch und schwang sich mit heiserem „Kiwitt" schwerfällig von einem Baum in den Nachthimmel. Dem Fuhrmann stellten sich die Nackenhaare. Passender hätte ihr Eintreffen nicht angekündigt werden können.

Eine kleine Luke öffnete sich und der Wächter schaute heraus. „Wer stört zu nachtschlafender Zeit?"

„Lasst uns ein, wir bringen Bruder Anselm", flehte der Bursche und gab den Blick auf das Fuhrwerk frei.

„Du lügst mir was vor! Ich sehe ihn nicht", erwiderte der Wächter.

„Ich sage die Wahrheit. Du kannst ihn auch nicht sehen, weil er nicht auf dem Bock sitzt, sondern auf der Ladefläche liegt. Bruder Anselm ist nämlich tot. Er ist in einer Herberge in der Nähe von Worms gestorben und die Stadtoberen hielten es für das Beste, seinen Leichnam zu euch zu bringen. Überzeug dich doch selbst."

Jetzt trat der Mann aus der Pforte, ging zum Wagen und lüpfte ohne langes Zögern das Laken.

Beim Anblick des Leichnams erbleichte er. „Du hast die Wahrheit gesagt", meinte er. „Ich lasse euch herein."

Kaum waren sie im Innenhof, kamen die Mönche aus der Kapelle, um sich ins Dormitorium zum Schlafen zurückzuziehen. Beim Anblick des Gespanns stockten sie. Störungen um diese Zeit kamen selten vor, und wenn, verhießen sie nichts Gutes. Der Torhüter ging zu Abt Manegold und raunte ihm etwas ins Ohr. Manegold folgte ihm zum Fuhrwerk, warf einen Blick auf den toten Mitbruder und wechselte dann leise ein paar Worte mit dem Fuhrmann.

Die Mönche schienen das Unglück zu ahnen und bildeten einen Halbkreis um das Gefährt, während Manegold zu ihnen sprach. „Ich habe euch eine äußerst traurige Mitteilung zu machen. Unser geliebter Bruder Anselm wurde heim zu unserem Schöpfer gerufen. Er starb im Schlaf, wie mir dieser redliche Mann hier versicherte."

Dann ordnete er an, dass der Leichnam in das Untersuchungszimmer von Bruder Lukas gebracht werden sollte, der sich auf die Heilkunst verstand. Er kurierte nicht nur die Krankheiten der Mönche, sondern linderte auch unentgeltlich die Gebrechen der Bürger, die sich keinen Physicus leisten konnten.

„Bereite ihn noch heute Abend für die Beerdigung vor, damit er gleich morgen früh beigesetzt werden kann. Und ihr beiden", sagte er zum Fuhrmann und seinem Begleiter,

„folgt Bruder Athanasius. Er gibt euch Essen und ein Nachtquartier. Zuvor könnt ihr die Ochsen in den Stall bringen. Dort werden sie von unseren Knechten versorgt. Seid ihr entlohnt worden?"

„Noch nicht ausreichend", sagte der Fuhrmann schnell, eine zusätzliche Einnahme witternd.

„Dann erhaltet ihr euer Geld, bevor ihr aufbrecht."

Der Abt ging mit den übrigen Mönchen zurück in die Kapelle, um ein kurzes Gebet für den Verstorbenen zu sprechen. Bruder Lukas war von dieser Pflicht entbunden, da er den Totendienst versah. Während er den Leichnam entkleidete, um ihn zu waschen, tasteten seine geschulten Augen den Körper ab und er bemerkte, wie abgemagert Anselm am Ende seines Lebens gewesen war. Jeder Knochen stach unter seiner hellen, blaugeäderten Haut hervor, sodass er den Eindruck vermittelte, er sei an Auszehrung gestorben. Arglos machte Lukas weiter, bis er verräterische Hämatome entdeckte. Er sorgte für mehr Licht und inspizierte den Körper genauer. Ein zaghafter Verdacht keimte in ihm und je intensiver er ihn untersuchte, umso mehr bestätigte sich seine Annahme. Anselm war nicht friedlich eingeschlafen, sondern Opfer eines Verbrechens geworden! Doch bevor er diese ungeheuerliche Vermutung dem Abt mitteilte, brauchte er eine Bestätigung, und zwar von den Männern, die ihn überführt hatten.

Bruder Lukas spürte sie in der Klosterküche auf, wo sie gerade einen Eintopf löffelten. „Berichtet mir alles, was in Zusammenhang mit seinem Tod stehen könnte und lasst nichts aus!", forderte er streng.

„Ich weiß gar nichts, ich lenkte nur den Wagen", entgegnete der Fuhrmann erschrocken und verschluckte sich fast an seinem Essen.

„Und du?", bedrängte Lukas den Burschen, der keinen sonderlich hellen Eindruck auf ihn machte.

Dieser schaute verlegen zu Boden. „Viel ist es nicht", meinte er lahm. „Aber in der Nacht ist tatsächlich etwas vorgefallen. Fast alle Gäste wurden ausgeraubt und der Dieb war am nächsten Morgen verschwunden. Deshalb fehlt wohl auch seine Börse. Nicht dass du denkst, mein Herr oder wir hätten sie gestohlen."

„Sie kann nichts Wichtiges enthalten haben, ein Mönch besitzt keine irdischen Güter. Das weiß eigentlich jeder. Warum sollte ihn also jemand bestehlen?", wunderte sich Lukas. „Wisst ihr, wer der Dieb war?"

„Mein Herr ahnt, wer er sein könnte, denn ein bestimmter Kerl war ihm von Anfang an nicht geheuer. Warum ist das so wichtig?"

„Das geht nur den Abt und mich etwas an", wies Lukas ihn barsch zurecht und machte kehrt.

Rasch eilte er zur Zelle Manegolds, der inzwischen schlief. Doch darauf konnte Lukas jetzt keine Rücksicht nehmen. „Manegold, ich bedaure, dich wecken zu müssen. Aber es gibt etwas, das ich dir unbedingt zeigen muss."

Der Abt war sofort hellwach und folgte seinem Mitbruder.

Als sie vor dem Leichnam standen, schlug Lukas das Laken zurück. „Während ich ihn wusch, fiel mir etwas Ungewöhnliches auf. Zwar ist er bereits zwei Tage tot und der Verwesungsprozess hat schon eingesetzt, was meine Beurteilung beeinflussen könnte, dennoch bin ich mir sicher, dass er nicht im Schlaf starb", sagte er bestimmt. „Sieh hier, an Gesicht, Hals und Oberkörper sind verräterische Spuren. Erkennst du sie?"

„Mir fällt nichts auf. Erklär mir, was du meinst."

„Rund um Nase und Mund und auf Höhe der Achseln sind Blutergüsse. Die am Rumpf stechen nicht sonderlich hervor und man könnte sie für Leichenflecke halten. Es kommt manchmal vor, dass sie an diesen Stellen auftreten. Doch ist das hier nicht der Fall. Mir scheint es eher so, als hätten sie die Form eines Handballens", stellte er fest und deutete auf einen großen, halbrunden Fleck. „Und diese sehen aus wie die Abdrücke von Fingerkuppen. Findest du das nicht auch?", fragte er und legte seine Hand auf die verfärbten Stellen. „Meine ist zwar etwas kleiner, aber sie passt fast genau."

Manegold beugte sich über den Toten und wiederholte Lukas' Geste. „Du könntest tatsächlich recht haben. Also wurde Anselm niedergedrückt."

Lukas nickte. „Mir gaben vor allem die Hämatome im Gesicht zu denken. Auch sie erinnern mich an Finger", redete Lukas weiter. „Daraufhin prüfte ich das Weiß seiner Augen und entdeckte kleine Einblutungen, die nicht größer sind als der Biss eines Flohs. Sie entstehen, wenn jemand erstickt wird."

„Du bist dir sicher?"

„Ja", behauptete er betrübt, während er den Leichnam wieder bedeckte.

„Jemand hat also eine peccatum mortiferum auf sich geladen und Anselm ermordet!", stellte Manegold erschüttert fest.

„So sehe ich es."

„Bist du dir absolut sicher? Das ist immerhin eine schwere Anschuldigung", gab Manegold zu bedenken.

„Noch bevor ich zu dir kam, befragte ich den Knecht des Wirts", äußerte Lukas und teilte ihm mit, was er erfahren hatte. „Hinzu kommt, dass Anselm während der letzten

Monate schlecht schlief und oft aufwachte. Er kam deswegen zu mir und ich gab ihm Pastillen zur Beruhigung, die er abends vor dem Schlafengehen nahm. Für seine Reise hatte er einen Vorrat, der inzwischen aber aufgebraucht sein dürfte. Es wäre doch möglich, dass er in jener Nacht den Dieb bemerkte und dieser ihn dann mundtot machte."

„Das klingt plausibel", pflichtete ihm Manegold bei. „Falls er tatsächlich einen gewaltsamen Tod fand, darf dieser nicht ungesühnt bleiben. Morgen nach seiner Beisetzung gehe ich zum Erzbischof und berede mit ihm, was geschehen soll."

Frankreich, Rouen

Undurchdringliche Dunkelheit umfing Jonah bar Mose. Er zitterte vor Angst und Kälte. Selbst die dicke Decke, die er um sich gewickelt hatte, spendete keine Wärme. Längst war ihm das Gefühl für die Zeit abhanden gekommen und er wusste nicht, wie lange er sich schon an diesem kalten, dusteren Ort befand. Erst ein paar Stunden, einen Tag oder sogar zwei?

Mit seinem Rücken lehnte er an einer feuchten Kellerwand. Seine Hände tasteten die Unebenheiten des nackten Bodens ab. Seine Augen wanderten umher, konnten aber nichts erkennen. Er wagte nicht aufzustehen, weil er fürchtete etwas umzustoßen, das seine Anwesenheit verraten könnte. Gedämpfte Hilfeschreie drangen durch die dicken Wände zu ihm herunter. Er hörte die herrischen Stimmen der bewaffneten Wallfahrer, die behaupteten, Pilger zu sein, in Jonahs Augen aber kaltherzige Krieger ihres Christengottes waren. Wütend forderten sie von seinen Brüdern die Taufe.

Auf den Lärm folgte schließlich langanhaltende Stille, die

ihn schier um den Verstand brachte. Endlich öffnete sich die Kellerluke und das Gesicht seines Christenfreundes Thomas erschien. Er kam, um ihn aus seinem Versteck zu holen. Als er ins Freie trat, musste er die Lider zusammenkneifen, da das Licht schmerzte. Süßlicher Verwesungsgeruch waberte durch die Gassen von Rouen, fand Einlass durch seine furchtgeweiteten Nasenlöcher und setzte sich in seinem Gehirn fest, wo er sich für die Ewigkeit einbrannte. Selbst die wohlduftendste Blume würde ihn niemals vergessen machen können. Nachdem der erste Schreck überwunden war, lief er bis zum Stadtkern, wo sich das ganze Ausmaß des Schreckens offenbarte.

Dort lagen die Toten auf den Leichentüchern ihres getrockneten Blutes. Ihr Anblick entsetzte ihn so, dass er über sie hinwegstarrte, um keine Einzelheiten wahrnehmen zu müssen. Dennoch spürte er ihre leblosen Augen, die auf ihm ruhten und zu fragen schienen, warum er entkommen war, während sie diesen schmachvollen Tod starben. Um sie herum hatten sich die Überlebenden versammelt und in ihrer Trauer ihre Kleidung zerrissen. Sie stimmten die Totenklage an und ihr Gesang entriss ihn endlich seinem Alptraum.

Mit einem Schrei erwachte er und setzte sich auf. Sein Mund war staubtrocken und die Kehle wie zugeschnürt, sein Herz schlug bis zum Hals und sein Atem ging keuchend. Erleichtert stellte er fest, dass er sich in Sicherheit befand, in seinem eigenen Bett lag und sich nicht mehr im dunklen Keller von Thomas verbarg. Auf dem Tisch neben ihm brannte eine kleine Lampe, ohne die er seit diesem Erlebnis nicht mehr auskam. Er brauchte das Licht, um die Dunkelheit zu ertragen. Nur so ließen sich seine Dämonen auf Abstand halten.

Seit dem Überfall war die Angst seine ständige Begleiterin.

Er fühlte sich einer drohenden Gefahr ausgesetzt, die ohne Vorwarnung jederzeit wieder zuschlagen konnte. Er ertappte sich dabei, dass er sich umschaute, um sich zu vergewissern, dass er nicht verfolgt wurde.

Waren die Tage kaum zu ertragen, entfalteten die Nächte ihren Schrecken. Sobald er die Augen schloss, kamen die Bilder. Sie machten seine Träume zu einem grausigen Schauspiel, das ihm keine Ruhe gönnte. Er sah Geister, die nicht existierten, ihn aber dennoch bedrängten. Auch wenn das Grauen mit den Kreuzfahrern abgezogen war, hatte es unauslöschliche Spuren hinterlassen.

Endlich beruhigte er sich und sank erschöpft in die Kissen. Übermorgen, sobald die Sonne aufging und der Sabbat vorüber war, würde er eine lange Reise antreten. Auch wenn die Furcht nicht von seiner Seite wich, ging er dieses Wagnis ein, denn die Gemeinde hatte ihn ausgewählt.

Der Vorsteher hatte ihm unmissverständlich klargemacht, wie wichtig sein Auftrag war. „Du musst unbedingt nach Magenza und Rabbi Kalonymos ben Meschullam, dem Parnass, dieses Schreiben übergeben. Dein Weg wird lang und beschwerlich werden. Aber im Vertrauen auf unseren Schöpfer sind wir voller Hoffnung, dass du es schaffen wirst. Damit du dein Ziel erreichst, musst du dich als Christ tarnen. Scher deinen Bart und verhalte dich wie einer, solange du in ihrer Gesellschaft bist. Dazu erteilt dir unsere Gemeinde ihren Segen."

Jonah war nicht glücklich gewesen, dass die Wahl ausgerechnet auf ihn fiel. Seit dieser Kreuzzug ausgerufen worden war, hatten es die Juden in Frankreich noch schwerer als sonst. Innerhalb ihrer angestammten Gemeinden lebten sie einigermaßen sicher, aber außerhalb waren sie der Willkür der Landesherren ausgeliefert. Auch er würde das während seiner Reise zu spüren bekommen, wenn er nicht aufpasste. Deshalb musste er Routen nehmen, die abseits der bekannten Wege lagen, und versuchen möglichst unbemerkt über die Grenzen zu gelangen. Er fürchtete sich vor dem langen, einsamen Ritt, bei dem ihn nur sein Pferd und sein Hund begleiten würden und wo an allen Ecken und Enden seine Dämonen lauerten.

Aber er konnte sich nicht dem Willen der Ältesten widersetzen und egal wie groß seine Angst auch war, er musste sie überwinden. Das war er den Toten von Rouen schuldig.

Freitag, 14. Dezember A. D. 1095, 15. Tewet 4856
Mainz

Die Sonne war noch nicht aufgegangen, als sich die Mönche in der Kapelle versammelten, um der Totenmesse beizuwohnen, die Abt Manegold für den Verstorbenen las. Voller Zuneigung erinnerte er an den Mitbruder.

„Anselms Tod bedeutet einen großen Verlust für unsere Gemeinschaft. Wir kennen ihn als einen gottesfürchtigen, fleißigen Mann, der sich strikt an unsere Ordensregel hielt. Für ihn standen Gebet, Arbeit und die Fürsorge gegenüber seinen Mitmenschen stets an erster Stelle. Er war kein Gelehrter, aber von Gott mit dem Talent der feinen Zunge gesegnet. Bereits als Novize ließ er großes Geschick bei der Herstellung des Weins erkennen und erlangte darin eine wahre Kunstfertigkeit. Dank ihm genießt unser Wein weit über die Grenzen unseres Klosters und der Stadt hinaus einen guten Ruf. Jeder lobt seinen ausgewogenen Geschmack. Der Wein, der hier gemacht wird, beschert weder Magennoch Kopfschmerzen, vorausgesetzt man genießt ihn in Maßen."

Diese Äußerung sorgte für ein kurzes Lächeln, bevor die Mienen wieder ernst wrden, denn Anselm hatte immer Mäßigung gepredigt. Der Abt setzte seine Rede fort. „Nun gärt die Ernte des letzten Herbstes in den Fässern unseres Kellers und das erste Mal seit über dreißig Jahren wird es nicht Bruder Anselm sein, der den Zeitpunkt des Abstechens bestimmt. Ich muss euch nicht daran erinnern, dass er fast sein ganzes Leben hinter diesen Klostermauern verbracht hat und dabei einen Eifer und eine Demut an den Tag legte, die selbst unter Mönchen nicht immer selbstverständlich sind. Dies war auch der Grund, warum ich ihm die Pilgerreise nach Rom gestattete. Es war sein Herzenswunsch, einmal an den sieben heiligen Pilgerstätten gewesen zu sein. Wenigstens das wurde ihm noch erfüllt. Nun lasst uns voller Liebe und Hoffnung für seine Seele beten, bevor wir seine sterblichen Überreste zur endgültigen Ruhe betten."

Die Mönche begleiteten singend den Sarg zum Friedhof der Abtei, wo die Knechte bereits das Grab ausgehoben hatten. Der bleierne Himmel schien mit ihnen zu trauern, denn ein stürmischer Nordwind trieb dunkle Regenwolken über das Firmament und ließ die kahlen Bäume unter den Böen ächzen. Ein Schwarm Krähen folgte der Prozession und ließ sich in der Nähe nieder. Mit ihren düsteren Schreien übertönten sie den Gesang.

Nach der Beisetzung kehrten sie an ihr Tagwerk zurück, nur Manegold ging hinunter in die Stadt, um Erzbischof Ruthard und Stadtgraf Gerhard, die beiden mächtigsten Männer der Stadt, über dieses Verbrechen zu unterrichten. Er war jedem von ihnen in gewisser Weise verpflichtet, Ruthard war das kirchliche Oberhaupt des Erzbistums, Gerhard der Vogt der Benediktinerabtei.

Während Manegold den Hügel hinuntereilte, blickte er auf den Dom, der das Zentrum der Stadt dominierte. Trutzig hob er sich von dem heller werdenden Himmel ab. Als steingewordenes Sinnbild erzbischöflicher Macht war er für die Ewigkeit gebaut. Überhaupt prägten die Kirchtürme der Gotteshäuser die Kulisse von Mainz. Hier befanden sich zahlreiche Klöster und Stifte, sodass Priester und Ordensleute genauso zum Stadtbild gehörten wie Adlige, Handwerker, Kaufleute, Tagelöhner und Bettler.

Da Mainz den Mittelpunkt des mächtigsten Erzbistums des Reiches bildete, verfügte die Kirche über ausreichend Grundbesitz. Große Bezirke umgaben die kirchlichen Gebäude, über die der Bischof herrschte. Hier galt allein sein

Gesetz. Er bestimmte über die Geistlichen genauso wie über seine Herrendiener, die dem Stand der Ministerialen entstammten. Außerdem besaß er das Recht über Zoll, Markt und Münze und den Befehl über die Mauern.

Diese Privilegien waren den Adligen und Bürgern ein steter Dorn im Auge, denn der Erzbischof konnte ihre Rechte beschneiden. Für sie bedeutete dies, dass sie sich gut mit ihm stellen mussten, um nicht ihre Sonderrechte einzubüßen oder gar Steuern auferlegt zu bekommen. Solche Machtfülle verlangte von einem Bischof Weitsicht, Klugheit, Toleranz und Demut und nicht jeder Mann vereinte diese Eigenschaften in sich. Schon mancher Erzbischof war dieser Aufgabe nicht gewachsen gewesen, ob Ruthard sie erfüllte, würde erst die Zeit zeigen.

Gegen seinen Herrschaftsbereich nahm sich der des Stadtgrafen recht bescheiden aus. Zwar verfügte auch er über Soldaten, konnte Personen unter seinen Schutz stellen, Gesetze erlassen, übte die weltliche Blutgerichtsbarkeit aus und stand der städtischen Verwaltung vor, aber sein Einfluss reichte nicht annähernd so weit wie der des Bischofs. Und da die Kirche stets bestrebt war, den eigenen Machtbereich auszudehnen, und dies auf Kosten der weltlichen Amtsinhaber geschah, blieben Konflikte nicht aus. Augenblicklich herrschte allerdings eine Art Burgfrieden zwischen den Parteien, was nicht nur für die Bürger von Mainz von Vorteil war.

Aufgrund dieser Animositäten sah es der Erzbischof nicht gern, wenn einer seiner Geistlichen im Haus des Stadtgrafen verkehrte – außer er versprach sich einen Nutzen davon. Aber heute scherte sich Manegold nicht um irgendwelche Befindlichkeiten. Der Mord an Bruder Anselm betraf beide Amtsinhaber gleichermaßen und hatte Vorrang gegenüber politischem Gerangel.

Am bischöflichen Palast erfuhr der Abt, dass Ruthard so schwer erkrankt war, dass bis auf wenige Ausnahmen niemand zu ihm durfte. Embricho, der erzbischöfliche Kämmerer, war ein enger Vertrauter und Verwandter Ruthards und fungierte deshalb momentan als sein Stellvertreter. Deshalb schickte man Manegold zu ihm, worüber er nicht gerade glücklich war, denn Embricho rief zwiespältige Gefühle in ihm hervor. Was Finanzen anbelangte, war er überaus kompetent und hielt das Kapital der Kirche zusammen. Zudem fand er stets neue Einnahmequellen, was ihm manchmal den Unmut der Gläubigen bescherte. Auch wenn er in gelddingen unbeirrbar und unnachgebig war, offenbarte er eine Schwäche: Embricho aß für sein Leben gerne. Dieser unseliger Hang zur Völlerei spiegelte sich in seinem Erscheinungsbild, denn er sah aus wie ein wandelndes Fass auf zwei Beinen. Beim Gehen watschelte er wie eine Ente und schnappte selbst bei der kleinsten Anstrengung nach Luft wie ein Fisch auf dem Trockenen.

Doch seine Behäbigkeit täuschte. Hinter der schwerfälligen Fassade verbarg sich ein messerscharfer, analytischer Verstand und er war ein gewiefter Fädenzieher, der über alle Vorgänge innerhalb der Stadt, des Erzbistums und des Reiches Bescheid wusste. Es wurde sogar behauptet, er verfüge über ein Netz von Informanten, das bis an den kaiserlichen Hof und nach Rom reichte. Kam ihm jemand in die Quere, zeigte er keine Milde, notfalls schaffte er unliebsame Gegner kurzerhand bei Seite. Manegold glaubte diese Gerüchte unbesehen, hieß aber weder Embrichos Einfluss noch dessen ominöse Verbindungen gut, genau diese konnten nun für ihn von Vorteil sein. Wie er den Kämmerer kannte, würde er nichts unversucht lassen, das Verbrechen aufzuklären.

Anwesen des Kämmerers

Der Abt traf Embricho gerade während der Morgenmahlzeit an. Kauend begrüßte er ihn. „Manegold! Welch seltener Gast in meinem Haus. Kann ich dir etwas anbieten?", fragte er und deutete auf die üppig gedeckte Tafel.

„Nein, danke. Ich speise nur einmal am Tag und dafür ist noch nicht der rechte Zeitpunkt", meinte der Abt mit verhaltenem Vorwurf, den der Kämmerer wie üblich geflissentlich überhörte.

„Dann setz dich wenigstens und erkläre mir, was dich hierher führt."

„Eine traurige Nachricht, Bruder Anselm ist tot."

Der Kämmerer schluckte schwer und unterbrach seine Mahlzeit. Durchdringend schaute er Manegold an. „Es muss etwas Ungewöhnliches am Tod von Anselm sein, dass du deshalb zu mir kommst. Habe ich recht?"

„Wie es scheint, starb er nicht auf natürliche Weise sondern durch Gewalt", bestätigte der Abt und berichtete, was Bruder Lukas entdeckt und welche Schlüsse er daraus gezogen hatte.

„Mord? Und Lukas ist sich sicher?"

„Alle Fakten weisen daraufhin."

„Und jetzt möchtest du wohl, dass sein Tod näher untersucht wird?", schlussfolgerte Embricho richtig.

Der Abt nickte. „Das sind wir Anselm schuldig und außerdem darf eine solche Freveltat nicht ungesühnt bleiben."

Embricho überlegte nicht lange. Er glaubte zwar nicht, dass ein Mysterium hinter Anselms Tod steckte, aber ein Mord war ein Mord und somit eine Todsünde. Der Mönch war zwar keine bedeutende Persönlichkeit gewesen, aber immerhin ein Mann Gottes, genau wie er selbst. Wenn er tatsächlich gewaltsam getötet worden war, dann musste sein

Mörder bestraft werden. Außerdem wollte er es sich nicht mit Manegold verderben, denn die Abtei war reich und davon profitierte auch die Kirche.

„Da stimme ich dir zu. Ich werde höchstpersönlich eine Untersuchung veranlassen und Hanno mit dieser Aufgabe betrauen. Er ist der richtige Mann dafür. Wo andere versagen, hat er Erfolg. Dennoch kann ich dir keine Versprechungen machen. Bedenke, dass einige Zeit vergangen ist, seit die Tat geschah. Der Mörder könnte längst über alle Berge sein."

„Das ist mir bewusst. Dennoch danke ich dir für deine Unterstützung. Und da die Wege des Herrn unergründlich sind, gebe ich die Hoffnung nicht auf. Wer weiß, wohin sie Hanno führen", meinte Manegold zuversichtlich.

„Du sagst es. Ich lass ihn jetzt holen, damit er alles aus deinem Mund erfährt."

Manegold kannte Hanno nicht, aber der junge Mann gefiel ihm sofort. Er wirkte ruhig, wusste sich zu benehmen und schien Verstand zu besitzen. Er hörte ihm aufmerksam zu, während er sein Anliegen schilderte.

„Viel ist es nicht, dem ich nachgehen kann", merkte er an. „Kennt Ihr wenigstens den Namen der Herberge?"

„Ich vergaß, danach zu fragen und der Fuhrmann und der Knecht sind bereits auf dem Rückweg", äußerte Manegold leicht schuldbewusst. „Sie liegt aber außerhalb von Worms."

„Das tun einige", seufzte Hanno. „Ich werde mich wohl durchfragen müssen. Morgen früh bei Sonnenaufgang ziehe ich los, wenn es Euch recht ist", sagte er zu Embricho, der zustimmend nickte.

„Ich gebe dir Zeit bis Weihnachten. Das sind zehn Tage. Länger kann ich dich hier nicht entbehren. Bevor du die Stadt verlässt, erhältst du noch ein Schreiben, das dich ausweist und dir die Befragungen erleichtert", meinte Embricho.

Auch wenn Manegold diese Zeitspanne zu kurz erschien, war er dankbar, dass überhaupt nachgeforscht wurde. Er wünschte Hanno viel Glück und verabschiedete sich, um zum Stadtgrafen zu gehen.

Burg

Manegold traf Gerhard in der großen Halle. Der Stadtgraf war erstaunt, dass der Abt zu ihm kam, meist war er es, der auf den Jakobsberg ging.

„Gott zum Gruße Gerhard. Ich wollte dir mitteilen, dass Bruder Anselm in einer Wormser Herberge ermordet wurde!", sagte Manegold ohne lange Umschweife und löste damit beim Stadtgrafen Entsetzen aus.

„Er war ein frommer und guter Mann. Sein Ableben bedeutet nicht nur für eure Gemeinschaft einen schmerzlichen Verlust. Er hinterlässt eine große Lücke", entfuhr es dem sichtlich erschütterten Burgherrn, der in diesem Augenblick nicht umhin konnte, an den guten Wein zu denken, den Anselm gemacht hatte.

„Allerdings. Doch sein Tod soll nicht ungesühnt bleiben. Hanno wird Nachforschungen anstellen."

„Er ist angeblich der beste Mann des Kämmerers, jung, unerschrocken, gewieft und notfalls skrupellos", bemerkte Gerhard. „Ich wünsch dir und deinen Mitbrüdern, dass er Erfolg hat. Soll auch ich etwas in dieser Angelegenheit unternehmen?"

„Kannst du dich beim Schultheißen von Worms erkundigen, ob dieser Dieb schon länger in der Gegend sein Unwesen treibt?"

„Das lässt sich machen. Gibt es sonst noch etwas zu besprechen, vielleicht wegen des Klosters?"

„Nein. Es gibt keine Probleme. Nur den Wein werden wir später abstechen als sonst, aber das dürfte ihm nicht schaden."

„Wer übernimmt diese Aufgabe jetzt?", fragte Gerhard.

„Anselms Gehilfe Josephus wird seine Arbeit fortführen. Auch er hat eine feine Zunge, allerdings mangelt es ihm noch an Erfahrung."

„Wollen wir hoffen, dass er nicht weniger geschickt ist als sein Lehrmeister es war", äußerte Gerhard, denn er fürchtete insgeheim um die Qualität des neuen Jahrgangs.

Abt Manegold, der mit den Familienangelegenheiten des Stadtgrafen vertraut war, erkundigte sich nach der Burgherrin. „Wie geht es Reinhedis? Ich hörte, sie erwartet ihr drittes Kind."

Gerhard konnte seinen Stolz kaum verbergen. „Das stimmt."

„Wie erfreulich. Ich sah vorhin eure Töchter im Hof spielen. Sie sind eine Augenweide und werden bestimmt einmal genauso schön wie ihre Mutter."

„Es sind zwei gesunde, aufgeweckte Mädchen, die gewiss Reinhedis später einmal in nichts nachstehen werden. Aber ich wünsche mit endlich einen männlichen Erben", seufzte Gerhard.

„Sicher wird der Herr dich erhören. Du darfst es nur nicht an Gottvertrauen fehlen lassen!", ermunterte ihn Manegold.

„Das tue ich auch nicht, dennoch wurden mir bislang nur Töchter geboren", stellte der Stadtgraf betrübt fest.

„Höre ich da etwa Zweifel aus deiner Stimme?", tadelte ihn Manegold. „Dein Weib ist jung und gesund und kann noch etliche Kinder gebären. Jetzt muss ich aber zurück ins Kloster. Du wirst sehen, dein Wunsch wird erfüllt."

„Dein Wort in Gottes Ohr", verabschiedete ihn Gerhard.

Unter den Juden

Sara war seit dem Aufstehen mit den Sabbatvorbereitungen beschäftigt. Während sie die Challot formte, dachte sie voller Wärme an ihren Gatten Immanuel, mit dem sie seit einem halben Jahr verheiratet war. Obwohl ihre Eltern die Ehe arrangiert hatten, verstanden sie sich wunderbar und Sara hätte kaum einen besseren Mann bekommen können. Er war fürsorglich, humorvoll, klug, lebensbejahend, gut aussehend und ein zärtlicher Liebhaber. Wenn sie das Lager teilten, befriedigte er nicht nur seine Bedürfnisse, sondern auch die von Sara.

Leider hatten sie nicht viel Zeit miteinander verbringen können, denn nur wenige Wochen nach ihrer Eheschließung erbte Immanuel unerwartet mehrere Weinberge in Italien. Er musste umgehend dorthin reisen und die Formalitäten regeln, damit ihm niemand das Erbe streitig machte. Seinen Aufenthalt wollte er außerdem dazu nutzen, bestehende Geschäftskontakte auszubauen und weitere Weinberge hinzuzukaufen. Er beabsichtigte nämlich, koscheren Wein in großen Mengen zu produzieren.

Saras Vater, Samuel bar Natanael, der genau wie sein Schwiegersohn Weinhändler war, begleitete ihn. Sie würden wohl mindestens ein halbes Jahr, wenn nicht gar länger wegbleiben. Ursprünglich hatte Sara mit Immanuel mitkommen wollen, aber als ihre Mutter Rachel plötzlich schwer erkrankte, blieb sie zu Hause, um die Bettlägerige zu pflegen.

Anfangs hatte die Trennung von Immanuel geschmerzt,

doch als sie nach einigen Wochen merkte, dass sie schwanger war, fiel ihr das Alleinsein leichter. Es tröstete sie etwas, dass sie ihr Kind in der Stadt ihrer Ahnen und nicht fernab der Heimat zur Welt bringen würde. Sara fühlte sich wohl in Magenza und konnte sich trotz mancher Schwierigkeiten, mit denen sie als Jüdin zu kämpfen hatte, nicht vorstellen, woanders zu leben.

Denn Mainz gewährte seinen Juden gewisse Freiheiten. So bildete ihr Viertel eine kleine Enklave innerhalb der Metropole und war nicht wie in vielen anderen Städten von Mauern und Zäunen eingegrenzt. Es lag zentral zwischen Klöstern, Kirchen und den gut erreichbaren Märkten. Zum wichtigsten Geschäftszentrum, dem Brand, waren es nur wenige Schritte. Genau wie in Worms und Speyer konnten sich die Juden frei bewegen und unterlagen kaum Einschränkungen. Die Bischöfe dieser Städte garantierten ihnen Schutz und gaben ihnen ein Gefühl der Sicherheit. Kaiser Heinrich IV. höchstpersönlich hatte sich zu ihrem Fürsprecher erkoren und so lebten sie in einer für ihr Volk relativ friedlichen Zeit. Die Voraussetzungen für die Geburt ihres Kindes konnten also kaum günstiger sein.

Sara hatte alles vorbereitet und sah jetzt nach ihrer Mutter. Rachel galt aufgrund ihrer Krankheit als unrein und Sara durfte sie nicht berühren, um nicht selbst unrein zu werden. Deshalb hatten sie Anna, eine christliche Magd, eingestellt, die die Kranke wusch, kämmte, ihr beim Wechseln der Kleidung half und das Bett machte. Sara dagegen kochte, brachte ihr das Essen, las ihr vor und betete mit ihr.

„Ich hörte dich den ganzen Tag über singen. Du scheinst heute bester Laune zu sein", stellte ihre Mutter mit schwacher Stimme fest.

„Es geht mir auch gut", entgegnete Sara und musterte sie

dabei eingehend. Früher war Rachel eine robuste, vor Gesundheit strotzende Frau gewesen. Seit sie aber unter der zehrenden Krankheit litt, schien sie jeden Tag ein bisschen mehr zu schrumpfen. Die Augen in ihrem eingefallenen Gesicht waren unnatürlich groß und entzündet. Immer wieder bekam sie Fieberschübe, vor allem während der Nacht und ständig plagten sie Kopf- und Gelenkschmerzen. Leber und Milz waren angeschwollen und sie fühlte sich matt, konnte aber trotzdem nur schlecht schlafen.

Ibrahim, der Arzt ihrer Gemeinde, kannte diese Krankheit nicht und konnte sie deshalb nicht kurieren. Aber er mischte ihr ein Medikament, das die Schmerzen linderte und das Fieber senkte. Trotz der guten Pflege und der Arznei wurde sie zusehends schwächer, sodass Sara inzwischen um ihr Leben bangte.

Rachel bemerkte den prüfenden Blick ihrer Tochter und versuchte abzulenken. „Du warst schon lange nicht mehr in der Mikwe", meinte sie und schaute ihre Tochter liebevoll an.

„Dir ist es also nicht entgangen", lächelte Sara.

„Auch wenn ich krank bin, funktioniert mein Verstand noch recht gut. Du bist also schwanger?"

„Ja. Heute Morgen erhielt ich Gewissheit. Das Kind regte sich beim Aufstehen zum ersten Mal."

Die Bewegungen in ihrem Leib waren unbekannt und fremdartig gewesen, hatten aber ein Glücksgefühl in ihr ausgelöst, das noch immer anhielt. Die sanften Erschütterungen machten ihr endgültig bewusst, dass tatsächlich neues Leben in ihr heranwuchs.

„Weiß Immanuel es schon?"

„Woher denn? Die Briefe sind trotz des berittenen Boten lange unterwegs."

„Sicher wird er sich freuen und auch Samuel wird stolz sein, Großvater zu werden. Unser erstes Enkelkind. Ich hoffe, dass ich seine Geburt noch erleben werde", seufzte Rachel müde.

„So etwas darfst du weder sagen noch denken. Ich will, dass du wieder gesund wirst", entrüstete sich Sara.

„Es ist nicht entscheidend, was wir wollen. Unser Schicksal liegt nicht in unserer Hand", erwiderte ihre Mutter. „Auch ich will nicht sterben, erst recht nicht jetzt wo du ein Kind erwartest", sagte sie und bekam das erste Mal seit Wochen einen kämpferischen Glanz in ihre Augen.

Sara registrierte es erfreut und schöpfte schwache Hoffnung. Vielleicht half diese Neuigkeit ihrer Mutter, schneller zu genesen.

„Ist alles für den Sabbat fertig?", erkundigte sie sich.

„Ja, die Brote sind im Ofen, der Tisch ist gedeckt, der Kiddushbecher steht bereit und der Sabbatleuchter wie auch alle anderen sind mit Kerzen bestückt. Das Abendessen ist fast fertig und nachher stell ich noch den Topf mit Schalet auf den Herd, damit wir morgen unser Mittagessen haben. Ich muss mich nur noch waschen und umziehen."

„Schick deinen Bruder Isaac Holz für die Öfen und frisches Wasser holen. Das vergisst er gerne", trug Rachel ihr noch auf.

„Ich habe es ihm schon gesagt. Aber er wollte erst noch einen Text zu Ende lesen."

Rachel setzte sich mühsam auf. „Schick mir Anna, damit sie mir beim Zurechtmachen hilft. Obwohl ich nachher nicht mit euch am Tisch sitzen kann, will ich wenigstens ordentlich aussehen, wenn unsere Gäste kommen."

Den Sabbat feierten sie heute gemeinsam mit Saras Onkel David bar Natanael, ihrer Tante Judith, ihrem Cousin

Abraham und ihrer Cousine Hannah, die im Haus nebenan wohnten. David war der Gelderheber der Gemeinde und ein einflussreicher Mann. Während der Abwesenheit von Immanuel und Samuel vertrat er das Familienoberhaupt und kümmerte sich um die Familie seines Bruders.

Kurz vor Anbruch der Dämmerung legte Sara die beiden Brote auf den Tisch, bedeckte sie mit dem bestickten Tuch und entzündete den Sabbatleuchter sowie die übrigen Kerzen im Haus. Kurz darauf trafen die Gäste ein, die zuerst Rachel begrüßten und sich dann um den Tisch versammelten. Gemeinsam sprachen sie das Maariv und den Segensspruch über das Brot. Dann wuschen sie sich die Hände, und erst nachdem sie davon gegessen hatten, setzten sie sich. Rasch entwickelte sich ein munteres Tischgespräch, das bis in das Krankenzimmer drang und Rachel miteinbezog. In dieser unbeschwerten Stimmung vergaß Sara ihre Sorgen, und dass sie ohne den Schutz ihres Mannes war.

Samstag, 15. Dezember A. D. 1095, 16. Tewet 4856
Rechts des Rheins

„Wieso musst du immer wieder davon anfangen? Du hast mir das alles schon so oft erklärt, dass ich es nicht mehr hören kann", beschwerte sich Hartwig übellaunig.

Doch Wolff ließ sich nicht beirren und redete unbeeindruckt weiter. „Ich wollte den Mönch wirklich nicht töten. Er hatte einen leichten Schlaf und wurde wach, als ich ihm seine Börse stahl", verteidigte er sich.

Hartwig seufzte. Er wusste, dass seine Einwände auf taube Ohren stießen. Wenn sein Gefährte das Gefühl hatte, sich rechtfertigen zu müssen, ließ er sich nur schwer unterbrechen. Wolff wollte sich seine Sünde von der Seele reden und in Ermangelung eines Pfaffen musste er als Beichtvater herhalten. „Dich drückt doch nur dein schlechtes Gewissen. Sonst zierst du dich auch nicht so, denk einfach nicht mehr dran."

„So leicht ist das nicht! Noch nie starb ein Mensch durch meine Hand!"

Hartwig fuhr unbeirrt fort. „Ich habe dich das zwar schon gefragt, aber erklär es mir noch einmal: Wieso bist du überhaupt auf den Gedanken gekommen, ihn auszurauben, wo doch jeder Mensch weiß, dass ein Mönch, erst recht wenn er pilgert, kein Geld im Säckel hat", warf er seinem Kumpan vor. „Konntest wohl mal wieder deinen Hals nicht voll kriegen?"

„Rede keinen Unsinn! Du bist doch immer derjenige von uns, dem es nie genug ist! Ich kann mich bescheiden. Außerdem weißt du, dass ich immer äußerst vorsichtig bin. Noch nie ist einer aufgewacht, wenn ich ihn um seine Habe erleichterte."

„Dieses Mal aber schon, sonst wär das Mönchlein nicht

tot", merkte Hartwig lapidar an. „Doch was soll's. Geschehen ist geschehen. Davon wird er auch nicht wieder lebendig. Und blas nicht länger Trübsal, deine schlechte Stimmung schlägt auch mir aufs Gemüt. Seit vier Tagen redest du über nichts anderes. Dein Gejammer reicht mir inzwischen endgültig", beendete er den Disput.

Wolff ärgerte sich über die mangelnde Anteilnahme seines Gefährten. Er jammerte nicht, sondern wollte nur ein bisschen Zuspruch. Der Mord belastete ihn doch mehr als erwartet und er wäre diese Sünde gern losgeworden, aber er fürchtete sich vor der Beichte. Es wäre nicht das erste Mal, dass ein Priester das Beichtgeständnis ausplauderte, vor allem da der Tote ein Gottesmann gewesen war. Was die ganze Angelegenheit noch verkomplizierte, war die Tatsache, dass der Ermordete aus dem Mainzer Benediktinerkloster stammte und die Stadt der Sitz von Ruthard war, der über das größte Erzbistum des Reichs herrschte und zudem auch noch Kurfürst war. Wolff hatte sich durch den Mord ungewollt in das Visier eines überaus mächtigen Mannes begeben und das konnte für ihn gefährlich werden. Jetzt bereute er seine Tat. Warum nur hatte er das nicht eher bedacht?

Wolff hatte noch nicht in Bruder Anselms Börse gesehen, sondern schob es vor sich her. Hartwig sollte nicht erfahren, was sie enthielt, denn Anselms Verhalten nach zu schließen, musste es etwas Kostbares sein, und das wollte er mit niemandem teilen. Immerhin war er dieses Wagnis eingegangen und hatte Schuld auf sich geladen und nicht Hartwig.

„Vergiss das Ganze endlich", riss sein Gefährte ihn aus seinen Überlegungen. „Gib mir lieber etwas von dem Hasen."

Wolff nahm den Spieß aus der Glut und zerlegte den Braten in zwei Hälften.

„Du siehst übrigens ganz verändert aus mit deinem Bart

und den dunklen Haaren", stellte Hartwig kauend fest.

„Das bezwecke ich ja auch. Niemand soll mich erkennen."

Direkt nach dem Mord hatte Wolff sich neue Kleidung besorgt und aufgehört, sich zu rasieren. Bei einem Kräuterweib erstand er eine Walnusstinktur, mit der er seine Haare dunkler färbte. Alles in allem war das Ergebnis zufriedenstellend, jetzt würde ihn bestimmt keiner der Herbergsgäste mehr als den Dieb identifizieren können.

„Wohin reiten wir morgen?", wollte Hartwig wissen.

Wolff nannte ihm den Namen einer Ortschaft, die in der Nähe lag.

Das schien Hartwig nicht zu passen. „Auf dieser Seite des Flusses machen wir weniger Beute als auf der anderen", maulte er. „Ich will wieder hinüber ans linke Ufer. Dort verläuft die Haupthandelsroute. Außerdem hab ich's satt, dass du mich immer zum Erkunden vorschickst, sobald wir in eine größere Ansiedlung kommen. Der Mönch starb vor vier Tagen. Wahrscheinlich ist er längst vergessen. Bestimmt glaubt jeder, er sei im Schlaf gestorben. Wo wir hinkommen, hat niemand etwas von einem ermordeten Benediktiner gehört. Sieh endlich ein, dass kein Mensch nach dir sucht. Lass uns wieder zurückkehren."

„Ich will noch mindestens eine Woche abwarten. Es schadet doch nicht, dass wir hier sind, oder wär's dir lieber, sie würden uns schnappen? Wenn ich hänge, hängst du mit mir. Oder denkst du, die lassen den Helfer eines Mörders ungeschoren davonkommen? Vorsicht ist für die nächsten Tage durchaus noch angebracht."

„Gut, einigen wir uns darauf", zeigte Hartwig sich überraschend gefügig. „Ich habe nachgedacht!", fuhr er fort und löste mit seiner Bemerkung Erstaunen bei seinem Gefährten aus, denn Nachdenken gehörte definitiv nicht zu Hartwigs Stärken.

„Und zu welchem Ergebnis bist du gekommen?"

„Ich will ab jetzt den ersten Zugriff auf jede Beute", forderte er dreist.

„Das haben wir bislang aber anders gehalten!", empörte sich Wolff. „Ich trage das Hauptrisiko. Ich bin derjenige, den die Leute sehen, weil ich die Diebstähle begehe. Du bleibst im Hintergrund und bist deshalb weniger gefährdet. Darum beanspruche ich dieses Vorrecht auch weiterhin. Außerdem hattest du nie Grund zu klagen, denn wir teilten immer gerecht."

„Beim Geld vielleicht, nicht aber beim Schmuck. Da hast du dir stets die besten Stücke herausgepickt. Es wird Zeit, dass sich das ändert. Bisher waren wir mehr oder minder harmlose Diebe, doch durch den Mord ist alles anders. Mein Risiko ist gestiegen, wie du soeben übrigens selbst festgestellt hast. Und dafür will ich ab jetzt entsprechend entlohnt werden", stellte Hartwig mit drohendem Unterton fest.

Wolff beherrschte sich. Wenn Hartwig in dieser Stimmung war, ließ er nicht mit sich reden. Sein Verhalten bestärkte Wolff in seiner Entscheidung. Seit einiger Zeit verfolgte er nämlich eigene Pläne, in denen Hartwig keinen Platz mehr hatte. Er wollte sich endgültig von ihm trennen. Noch war der richtige Zeitpunkt nicht gekommen, aber sobald sich die Gelegenheit ergab, würde er verschwinden. Um seinen Kumpan aber nicht argwöhnisch zu machen, fügte er sich deshalb widerwillig.

„Auf, lass uns die Beute endlich teilen, so lange haben wir noch nie damit gewartet", verlangte Hartwig.

„Wie du meinst", entgegnete Wolff nur und ging zu seinem Pferd, um den Sack mit dem Diebesgut zu holen. Als er ihn ausleerte und den Beutel von Anselm sah, meldete sich sein schlechtes Gewissen erneut, das er aber sofort wieder verdrängte. Gierig grapschte Hartwig nach den Börsen und dem Schmuck. „Welche ist die des Toten?", fragte er und Wolff deutete darauf.

„Die will ich nicht, die kannst du haben. Da klebt Blut dran", meinte Hartwig und schob sie Wolff hin. Dann begann er die Münzen nach ihrem Wert zu sortieren und zu zwei Haufen aufzuschichten. Das gleiche tat er mit dem Schmuck.

Wolff nutzte die Zeit, in der Hartwig abgelenkt war, um nachzuschauen, was sich in Anselms Beutel befand. Während er den kärglichen Inhalt vorsichtig in seine Hand schüttete, wandte er seinem Gefährten den Rücken zu. Zum Vorschein kamen eine Münze von geringem Wert, ein Rosenkranz, ein Amulett mit einer Madonnenfigur und ein Stückchen ordentlich zusammengefaltetes Pergament, das augenscheinlich Wertvollste in seinem Besitz. Alles Dinge, für die es sich nicht zu sterben lohnte. Rosenkranz und Glücksbringer mochten für den Mönch von ideellem Wert gewesen sein, kostbar waren sie jedoch nicht. Warum aber hatte dieser ein solches Aufheben darum gemacht? Vielleicht verriet ihm das Stückchen Pergament mehr.

Bevor er es las, prüfte er, ob Hartwig noch mit dem Aufteilen der Beute beschäftigt war. Dann hielt Wolff die Notiz dichter ans Feuer, um besser zu sehen. Rasch überflog er die wenigen Worte. Er meinte Moguntia und drei Namen entziffern zu können. Im Moment war das ohne tiefere Bedeutung für ihn, aber für die Zukunft konnte es wichtig sein. Deshalb verbrannte er sie nicht, sondern faltete sie wieder zusammen und steckte sie ein. Er war froh, dass Hartwig nicht lesen konnte und niemals erfahren würde, was hier stand. Gleich, was es mit dieser Nachricht auf sich hatte, er war entschlossen es herauszufinden. Egal wie riskant es für ihn wurde, er war bereit, dieses Wagnis einzugehen. Das Amulett und den Rosenkranz tat er in ein kleines Leinensäckchen, verschnürte es und packte es weg. Er brachte es nicht übers Herz, die persönlichen Dinge des Toten einfach so wegzuwerfen. Vielleicht ließen sie sich irgendwo zu Geld machen.

Hartwig hatte so getan, als bemerke er Wolffs Heimlichtuerei nicht, aber ihn aus den Augenwinkeln genau beobachtet. Ihm war nicht entgangen, wie Wolff verstohlen die Börse des Toten inspizierte. Sie musste irgendetwas beinhalten, das ihm wichtig erschien, denn er ging ungewöhnlich behutsam damit um und das machte ihn misstrauisch. Bereits seit Längerem beschlich ihn das Gefühl, dass Wolff ihm etwas verheimlichte und sein Verhalten von eben schürte dieses Empfinden. Jetzt war eine gute Gelegenheit herauszufinden, ob sein Eindruck trog oder nicht. „Und was hast du gefunden?"

„Nur religiöser Plunder. Ein Rosenkranz, ein Amulett mit der Gottesmutter und eine Münze von geringem Wert", meinte er und zeigte Hartwig das Geldstück. Das Pergament verschwieg er.

„Und dafür hast du ihn getötet?", äußerte Hartwig verächtlich.

„Ja, und ich weiß nur zu gut, welche Dummheit das war", erwiderte Wolff zerknirscht.

Hartwig beschloss, erst einmal alles so zu belassen, wie es war. Einen Streit vom Zaun zu brechen, nutzte keinem von ihnen. Er würde schon herausfinden, was es mit dieser Notiz auf sich hatte, die Wolff so beharrlich vor ihm zu verbergen versuchte.

„Ich leg mich jetzt schlafen", sagte er nur, rückte dichter an das Feuer und wickelte sich in seine Decke. „Gute Nacht."

Auch Wolff war müde, aber der Schlaf wollte sich nicht einstellen. Während er in den Sternenhimmel starrte, dachte er über sein Leben nach. Es hatte so verheißungsvoll begonnen. Hätte er das sechste Gebot nicht gebrochen, wären seine Träume möglicherweise auch in Erfüllung gegangen und er wäre heute ein angesehener Weinschröter in Köln und würde das Geschäft seines Vaters weiterführen, statt als Dieb durchs Land zu ziehen. Aber er hatte in seiner jugendlichen Begierde einfach seine Hände nicht vom Weib seines Meisters lassen können. Eines Tages waren sie von ihm im Ehebett erwischt worden. Während er sein Weib windelweich schlug, drohte er Wolff unter Flüchen eine härtere Strafe an. Er hatte gerade noch aus Köln entwischen können, bevor sie ihn fassten. Dabei ließ er seinen Vater und sein Liebchen Marie ohne ein Abschiedswort zurück, was ihm beide bis heute wohl nie verziehen hatten.

Ab diesem Zeitpunkt ging es bergab. Nirgends fand er in seinem Beruf Arbeit und verdingte sich mehr schlecht als recht als Tagelöhner. Irgendwann war ihm Hartwig begegnet und sie gingen ein Zweckbündnis ein, das ihnen lange ein gutes Auskommen bescherte. Doch jetzt war seine Jugend vorüber. Er stand an der Schwelle zum mittleren Alter und sehnte sich wieder nach einer bürgerlichen Existenz. Noch besaß er seinen Gesellenbrief, der ihm dies ermöglichen konnte. Er wollte nach Köln zurückkehren und einen Neuanfang wagen. Der alte Meister war gewiss tot und sein Fehltritt längst vergessen. Deshalb sparte er seit geraumer Zeit jeden Heller, Pfennig und Kreuzer, den er erübrigen konnte. Als armer Mann wollte er nämlich nicht gelten, wenn er sich in seiner Heimatstadt niederließ. Auch wenn er auf das Einverständnis der anderen Weinschröter angewiesen war, glaubte er fest daran, sie überzeugen zu können. Vielleicht lebte ja sein Vater noch und gab ihm eine Chance.

Damit sein Vorhaben aber auch glückte, durfte er sich nichts zu Schulden kommen lassen. Trotz seiner Schandtaten galt er als unbescholtener Mann, denn niemand brachte ihn bislang mit ihnen in Verbindung. Der Einzige, der ihn enttarnen könnte, war Hartwig. Dazu durfte es aber nie kommen. Er musste einen Ausweg finden. Dabei war ihm alles recht. Der Zweck würde schon die Mittel heiligen, dachte er und schlief endlich ein.

In der Nakheimer Mark

„Brrr, mein Alter. Bleib stehen. Ich muss mal pinkeln", sagte Hanno.

Wie immer hatte er sich das ausdauerndste Pferd aus dem Stall des Kämmerers ausgesucht. Es war inzwischen so an ihn gewöhnt, dass es auf Zuruf reagierte, und auch jetzt hielt es sofort an. Er stieg ab und führte es von der Straße ins Gras, damit es äsen konnte, während er selbst seine Blase entleerte. Sie befanden sich auf einer Anhöhe in der Nakheimer Mark, von der Hanno einen herrlichen Blick über die Rheinebene hatte. Der Boden bestand aus rotem Löss und stach dem Betrachter schon von Weitem ins Auge. Zu seinen Füßen lagen Albisheim, das sich an den Hang zu schmiegen schien, und der Rhein, der sich wie ein breites Band durch die Landschaft schlängelte. Sein Flussbett wurde immer wieder durch verstreute Inseln zerteilt, die dicht bewaldet waren und allerlei Vögel und anderes Getier beherbergten. Je nach

Witterung leuchtete der mächtige Strom mal grün oder mal blau. Heute jedoch spiegelte er das triste Grau des Himmels wider. Zarte Dunstschleier hüllten seine Ufer ein, aber Hanno, der die Augen eines Falken hatte, konnte trotzdem Einzelheiten erkennen.

Auf dem Wasser erblickte er neben kleinen Fischerbooten auch schwerbeladene Frachtkähne. Flussaufwärts setzte gerade eine Fähre Fußvolk und ein Fuhrwerk über. Er entdeckte Männer auf dem Treidelpfad, die mit Hilfe von Ochsen einen Kahn flussaufwärts zogen. Meist war dieser flussnahe Weg morastig und ein Vorankommen deshalb schwierig. Zudem war er schmal und an manchen Stellen überwuchert, was häufig zu Behinderungen führte. Zwar stellte er die direktere Verbindung zwischen Worms und Mainz dar, aber die meisten Reisenden nutzten lieber den besser passierbareren Höhenweg, den auch Hanno immer nahm. Bevor er weiterritt, stillte er noch seinen Durst mit einer Mischung aus Wasser und Wein und saß dann wieder auf.

Hanno war gerne draußen, denn manchmal engten ihn die Häuser und schmalen Gassen ein. Dann zog es ihn hinaus aufs Land, wo der Wind ihm die Gerüche der Natur zutrug, ohne von den miefigen Ausdünstungen der Stadt verunreinigt zu sein. Dies waren die Augenblicke, in denen er wieder zu sich fand und alles hinter sich ließ. Vor allem weil er sich so der strengen Kontrolle Embrichos entziehen konnte.

Hanno war dem Kämmerer durchaus dankbar für das, was er ihm angedeihen ließ, und er schätzte auch inzwischen ein festes Dach über seinem Kopf. Aber sein jetziges Dasein unterschied sich völlig von seinem früheren Vagabundenleben. Tief in seinem Herzen wohnte noch immer die Sehnsucht nach seiner ehemaligen Unabhängigkeit. Bevor er – nicht ganz freiwillig – in die Dienste des Kämmerers getreten war, hatte er keinem Herrn gedient. Er war frei gewesen und hatte in einem Verschlag in Nähe der südlichen Stadtmauer unter Gleichgesinnten gehaust. In dieser verschworenen Gemeinschaft fühlte er sich aufgehoben und verdiente sein Geld mit dem Vorführen von Kunststücken oder mit Geschichtenerzählen. In Zeiten, in denen die Münzen weniger flogen, setzte er seine Fingerfertigkeit auf andere Weise ein und erleichterte die Gutbetuchten um geringe Beträge, die sie kaum vermissten.

Alles ging so lange gut, bis in Mainz das Gerücht von einem geschickten Dieb die Runde machte. Das weckte die Aufmerksamkeit des Kämmerers, der einen Mann auf ihn ansetzte und Hanno schließlich auf frischer Tat ertappte. Hanno wurde ihm in Fesseln vorgeführt und der Kämmerer ging hart mit ihm ins Gericht. „Du wurdest beim Stehlen erwischt und hast dich ausgerechnet an einem der Dienstleute des Erzbischofs vergriffen. Damit hast du das Gesetz gebrochen", wies Embricho ihn scharf zurecht. „Dies kann und wird nicht geduldet. Hast du etwas zu deiner Verteidigung vorzubringen?"

Hanno ahnte, dass mit ihm nicht gut Kirschen essen war und beschloss ehrlich zu sein. „Ich hatte Hunger und kein Geld. Die Männer des Bischofs sind satt und nicht so klapprig wie ich. Wenn ich ihnen einen Heller stehle, merken sie's noch nicht einmal. Aber mir füllt er den Magen und garantiert mein Überleben", erwiderte er forsch, achtete aber darauf, nicht auf den immensen Bauch Embrichos zu starren.

Das entging diesem keineswegs und entlockte ihm sogar ein Schmunzeln. Die Dreistigkeit dieses Kerls sowie seine Redegewandtheit beeindruckten ihn. „Dann hältst du die Männer der Kirche also für zu beleibt?"

Hanno wand sich wie ein Aal. „Nun nicht gerade zu beleibt, aber eben wohlgenährt."

„Hast du's mal mit ehrlicher Arbeit versucht?", hakte der Kämmerer nach.

„Wer vertraut schon einem Kerl wie mir?", meinte Hanno und schaute ihn offen an. „Ich habe keinen Leumund vorzuweisen. Meine Eltern haben mich an einen Fahrenden verkauft, als ich ein Kind war. Ich habe keinen Beruf erlernt und bin fremd in dieser Stadt!"

Embricho wiegte seinen Kopf hin und her. Der Kerl imponierte ihm immer mehr. Dumm war er auch nicht. Er hatte zwar gegen das Gesetz verstoßen, aber er besaß Talente, die richtig eingesetzt von Vorteil sein konnten. Deshalb entschied er kurzerhand, ihn probeweise in seine Dienste zu nehmen. „Du hast eine flinke Zunge und deine Argumente sind wohlüberlegt. Dennoch kann ich dein Tun nicht gutheißen. Aber trotz deines Verhaltens scheinst du einigermaßen ehrlich zu sein. Ich bin bereit, dir unter bestimmten Voraussetzungen Arbeit zu geben. Du bist meinem direkten Befehl unterstellt, musst mir absoluten Gehorsam leisten und wirst ab heute ein ehrlicher Mann. Verstößt du dagegen, wirst du wie ein gemeiner Dieb behandelt. Du weißt, was das bedeutet?"

„Ich würde mich wohl von einer meiner Hände trennen müssen."

„Über eine schnelle Auffassungsgabe verfügst du anscheinend auch!", stellte der Kämmerer fest.

„Somit bleibt mir wohl keine Wahl. Gibt es nicht doch eine andere Möglichkeit?", zögerte Hanno, den die Vorstellung eines geordneten Lebens eher schreckte als lockte.

„Nein! Da dir dein Entschluss anscheinend schwerfällt – trotz der wenig erquicklichen Alternative – verbringst du zwei Nächte in Gewahrsam. Mal sehen, ob dir das nicht bei deiner Entscheidungsfindung hilft", ordnete Embricho an und ließ ihn abführen.

Diese beiden Tage Bedenkzeit im Gefängnis brachten Hanno zur Einsicht. Als er erneut vorgeführt wurde, unterwarf er sich dem Willen Embrichos, ohne noch einmal aufzubegehren. „Ich werde tun, was Ihr von mir verlangt!"

„Ohne Wenn und Aber?"

Hanno deutete eine Verbeugung an. „Zu Euren Bedingungen. Was werden meine Aufgaben sein?", wollte er wissen.

„Das erfährst du früh genug. Erst einmal müssen wir dich zu einem anständigen Mann machen."

„Damit fang ich am besten gleich an", grinste Hanno breit und stand zum Erstaunen Embrichos plötzlich ohne Fesseln vor ihm.

„Kunststücke beherrschst du also ebenfalls. Da werden meine Männer ganz besonders auf dich achten müssen."

„Wenn es ihnen gelingt."

„Hüte dich! Sei dir nicht zu selbstsicher", mahnte ihn der Kämmerer, der nur schwer seine Sympathie für diesen Jungspund verbergen konnte. Denn er war überzeugt, dass Hanno einen guten bischöflichen Agenten abgeben würde. Er besaß die entsprechenden Voraussetzungen, ihm musste nur noch Verschwiegenheit, Loyalität, der Umgang mit Waffen sowie höfischer Benimm beigebracht werden.

„Und du hältst auch dein Wort?", forderte Embricho Hannos Versprechen ein.

„Ich habe es noch nie gebrochen und werde es auch Euch gegenüber nicht tun, solange Ihr mich gerecht behandelt."

„Du hast keine Forderungen zu stellen!", erregte sich der Kämmerer. „Noch heute beziehst du eine Kammer in meinem Haus. Zuvor allerdings nimmst du ein Bad und lässt dir die Haar schneiden. Neue Kleider brauchst du ebenfalls. In deinen alten Fetzen hausen bestimmt die Flöhe! Ein Diener bringt dich zu meinem Schneider, der dir angemessene Kleidung verpassen wird. Und nun geh in die Badestube! Morgen leistest du mir den Treueschwur", verlangte er noch von ihm, bevor er ihn entließ.

Nach dem Bad und den Besuchen beim Barbier und Schneider fühlte Hanno sich wie ein anderer Mensch. Er roch angenehm und sein Gesicht kam dank der gekürzten Haare besser zur Geltung. Nur an die neue Kleidung und die Schuhe musste er sich noch gewöhnen. Die eigene Kammer war zwar klein, genügte aber seinen Ansprüchen, er hatte in seinem Leben schon schlechter gewohnt. Dennoch grübelte Hanno über die wahren Absichten des Kämmerers. Er konnte sich nicht vorstellen, warum er ihn zu sich geholt hatte. Fand er Gefallen an seiner jugendlichen Gestalt und wollte ihn deshalb in seiner Nähe haben, um einer versteckten Neigung nachzugehen? Doch bald erwiesen sich seine Befürchtungen als unbegründet. Hanno blieb völlig unbehelligt, sein Dienstherr unternahm niemals irgendwelche Annäherungsversuche. Er legte keinerlei sexuelles Verlangen an den Tag – weder Männern noch Frauen gegenüber. Seine Leidenschaft galt einzig dem Essen und dem Geld.

Hannos Lehrzeit war hart, weil ihm das Stillsitzen schwerfiel. Doch bald fand er Spaß daran. Lesen und Schreiben lernte er ohne große Mühe, vor allem das Rechnen hatte es ihm angetan. Weniger Enthusiasmus brachte er für Kirchenlatein auf. Zusätzlich wurden ihm gesellschaftliche Umgangsformen wie die Kunst des Disputs, das Zitieren von Gedichten und Tanzen beigebracht, damit er in der besseren Gesellschaft nicht wie ein Bauerntölpel auftrat. Den Disput liebte er, entsprach er doch seinem Naturell, das Tanzen dagegen verabscheute Hanno. Er kam sich vor wie ein balzender Gockel und konnte keinerlei Sinn darin erkennen. Aber sein Lehrmeister war unerbittlich und schließlich erreichte er auch darin eine gewisse Fertigkeit.

Nachdem seine Lehrzeit vorüber war, übertrug Embricho ihm kleine Aufgaben, die er stets korrekt erfüllte. Das Vertrauen des Kämmerers in ihn wuchs und bald wurde er auf seine erste längere Reise geschickt. Hanno hätte diese Gelegenheit zur Flucht nutzen können, aber er tat es nicht, sondern erledigte seinen Auftrag mit Erfolg. Danach wurde er immer häufiger eingesetzt und erhielt kleinere Privilegien wie eine größere Kammer und die Möglichkeit, sich selbst ein Pferd aus dem Stall des Kämmerers auszusuchen.

Je gefährlicher seine Einsätze wurden, umso mehr begann er diesen Nervenkitzel zu lieben. Gab es einmal eine längere Ruhephase, brach die alte Unruhe wieder in ihm aus und er sehnte sich nach Abwechslung. Der Mord an Bruder Anselm, so tragisch er auch war, kam für ihn genau im rechten Augenblick. Weihnachten stand vor der Tür, was mehrere Feiertage in Folge mit endlosen Kirchgängen bedeutete. Und der besuch von Gottesdiensten zählten nicht gerade zu Hannos Lieblingsbeschäftigungen. Seine Nachforschungen fernab in Worms gewährten ihm einen Vorschuss an Freiheit, der diese Festtage erträglicher machen würde. Deshalb wollte er seine Erkundungen bis zur letzten Stunde ausdehnen.

Montag, 17. Dezember A. D. 1095, 18. Tewet 4856
Mainz, Große Scheffergasse

„Margreth, wo ist mein Gastgeschenk?", rief Griseldis die Stiege hinunter, während sie sich herrichtete.

Ihre Magd eilte die Stufen nach oben und reichte ihr den Tiegel. „Hier Herrin."

„Und wie sehe ich aus?", wollte Griseldis von ihr wissen.

„Wie immer wunderschön. Ihr werdet die anderen Frauen in den Schatten stellen."

„Ist Bertram bereit?"

„Ja, er wartet unten auf Euch."

„Gut", meinte Griseldis nur und warf erneut einen bewundernden Blick in den Spiegel. Sie war wirklich eine sehr schöne Frau. Angesichts ihres strahlenden Erscheinungsbildes fragte sie sich, wie sie zu diesem trübseligen Namen gekommen war. Er passte so gar nicht zu ihr, denn an ihr gab es rein gar nichts „Graues". Ihr langes, gelocktes Haar schimmerte in der Farbe reifen Weizens, ihre Augen leuchten so blau wie Kornblumen, ihre Lippen waren rot wie reife Kirschen und ihre Zähne klein und weiß. Auf sie war sie besonders stolz und sie pflegte sie täglich. Ihre makellose Haut benötigte kein Bleiweiß um unschöne Unreinheiten abzudecken.

Mit anmutigem Schwung drehte sie sich noch einmal um die eigene Achse und begutachtete sich von allen Seiten. Blutroter Granatschmuck zierte ihr perfektes Dekolleté. Der Ausschnitt ihres Kleides fiel entgegen der gängigen Mode etwas größer aus, aber gerade so viel, wie es der Anstand noch geziemte. Auch die Ärmel waren weiter und länger geschnitten, sodass sie mühelos ihre Hände bis an die Oberarme hineinschieben konnte. Ein kostbarer Gürtel schmückte ihre schmale Taille und sie wusste, dass sie um beides von mancher Frau beneidet wurde. Mit ihren feingliedrigen Händen strich sie das Gewand glatt, fuhr noch einmal mit dem Zeigefinger die schön geschwungenen Augenbrauen nach und leckte sich dann über die Lippen.

„Hoffentlich lerne ich heute Abend wenigstens einen Mann kennen, der mir gefällt", seufzte sie. „Immerhin bin ich in diese Stadt gezogen, weil ich einen Ehemann suche!"

Griseldis machte aus ihren Anliegen selten einen Hehl, woran Margreth sich erst hatte gewöhnen müssen, denn ihre frühere Herrin war äußerst verschlossen gewesen und hatte ihr nie ihr Herz ausgeschüttet. Griseldis war da anders. Zwar gehörte sie diesem Haushalt erst seit drei Wochen an und kannte sie noch nicht gut, aber Margreth empfand sie als überaus eigensinnig. Noch immer konnte sich die Magd nicht damit abfinden, dass ihre junge Gebieterin nur mit ihr und einem Diener ohne Mann, Eltern oder andere Verwandtschaft in einem Haus wohnte.

„Mit Verlaub, warum wartet Ihr nicht, bis einer kommt und um Euch freit?", wagte sie zu fragen. „Ihr seid so schön, dass es nicht lange dauern kann!"

„Da täuschst du dich. Ich habe schon viel zu lange gewartet, und musste feststellen, dass die meisten Anwärter meinen Ansprüchen nicht genügten. Entweder waren sie alt und tattrig oder jung und ohne Geld oder aber ihr Besitz befand sich in einer entlegenen Gegend abseits jeglicher Zivilisation inmitten von Wiesen und Wäldern. Ich bin aber eine Frau, die weder in Armut noch an der Seite eines alten Mannes oder gar in der Wildnis leben will. Mainz ist doch eine lebendige und schöne Metropole mit etlichen wohlhabenden Männern im besten Alter. Da werde ich hoffentlich einen Geeigneten finden. Zumal Stadtgraf Gerhard mich unter seine Fittiche nimmt und mir in dieser Angelegenheit behilflich sein wird. Heute Abend stellte er mich einigen wichtigen Leuten vor. Damit ist der erste Schritt getan", bemerkte sie selbstbewusst.

Margreth hatte da ihre Zweifel, aber die behielt sie lieber für sich. Es war nämlich nicht leicht, Einlass in die verschworene Gemeinschaft des Meliorats zu finden. „Verzeiht, wenn ich das frage, aber ich wundere mich schon die ganze Zeit, warum Ihr allein lebt. Habt Ihr keine Familie?"

Auf Griseldis hübsches Gesicht legte sich ein Schatten. „Doch, aber meine Eltern bevorzugen es am Hofe des Kaisers zu leben. Nur behagte es mir dort nicht mehr, es ist mir einfach zu unstetig. Heinrich zieht immer durch sein Reich und ist nie lange an einem Ort. Oder er führt Krieg weitab von hier so wie gerade in Italien. Ich sehne mich aber nach Beständigkeit. Du musst nicht denken, ich wüsste nicht, was man über mich redet. Mein Lebensstil ruft Unmut unter den Bürgern hervor, weil eine anständige Frau nicht ohne Aufsicht zu sein hat. Aber bald wird mein Bruder herkommen und bei mir bleiben, was die Zweifler beruhigen dürfte", sagte sie in einem Ton, der keine weiteren Fragen zuließ.

Ohne Margreth eines weiteren Blickes zu würdigen, griff sie nach dem Gastgeschenk und verließ die Schlafkammer. Ihr Diener Bertram erwartete sie bereits ungeduldig am Fuß der Treppe mit einer Laterne in der Hand. Er gab sich meist wortkarg, was Griseldis besonders an ihm schätzte, denn sie verabscheute plapperndes Gesinde. Auch heute Abend grüßte er sie nur mit einem Kopfnicken.

„Margreth", rief sie erneut. „Hilf mir in meine Trippen. Draußen regnet es und die Straße ist ein einziger Morast."

Die Magd brachte ihr die hohen, hölzernen Unterschuhe und befestigte die Riemen. Sie machten Griseldis um mehrere Finger größer, sodass sie auf ihre Magd hinunterblickte.

Sie zog die Kapuze ihres Überwurfs über den Kopf, um ihr Haar zu schützen. Bertram öffnete die Tür und ging vor, um ihr zu leuchten. Einer der Vorteile ihres Domizils war die kurze Entfernung zur Burg, ein weiterer, dass das Haus erst neu erbaut worden war und im „besseren" Teil der Stadt lag. Noch gab es in der Großen Scheffergasse nur wenige Häuser und sie war auch nicht gepflastert, dafür aber sauberer als die anderer Viertel. Hier lebten auch deutlich weniger Ratten, da die Abflussrinne regelmäßig von den Kloakenreinigern gesäubert wurde und Tagelöhner einmal in der Woche den Unrat wegräumten. Sie luden dann ihre stinkende Fracht auf Handkarren und fuhren sie vor die Stadt, um sie dort in Gruben zu schütten. Diese Reinigungsmaßnahmen waren keine Selbstverständlichkeit, sie beruhten vielmehr darauf, dass sich nicht nur das Anwesen des Stadtgrafen, sondern auch die Residenz des Bischofs in unmittelbarer Nähe befanden.

Als sie den Eingang der Burg erreichten, blieb Bertram vor dem Tor stehen. „Lass gut sein. Ich gehe ab hier alleine weiter. Ein Diener Gerhards begleitet mich nachher nach Hause."

Wie immer stellte Bertram keine Fragen. Er hatte sich genau wie Margreth inzwischen an die Eigenheiten seiner Herrin gewöhnt. Mit einem kaum verständlichen „Gute Nacht" reichte er ihr die Laterne, insgeheim froh, den Abend im Wirtshaus beenden zu können.

Griseldis wartete, bis er verschwunden war und umrundete das Anwesen, bis sie an dessen Rückseite gelangte. Die Gasse hier wurde selten benutzt, da sie sehr schmal war und man beim Gehen die Wände berührte, wenn man nicht aufpasste. Griseldis blieb vor einem unscheinbaren Eingang stehen und vergewisserte sich, dass niemand in der Nähe war. Dann kramte sie den Schlüssel hervor, den ihr der Burgherr persönlich gegeben hatte, und schloss die niedrige Pforte auf. Diese ließ sich nur unter Anstrengung öffnen und quietschte laut. Das Geräusch brach sich an den dichtstehenden Mauern und Griseldis hielt erschrocken inne. Wenn sie hier weiterhin unbemerkt ein- und ausgehen wollte, musste Gerhard unbedingt die Angeln schmieren lassen.

Sie schlüpfte hindurch, schloss sie hinter sich und folgte dem Geheimgang, der direkt in Gerhards Privatgemach führte. Er war wenig anheimelnd und sie rümpfte angewidert die Nase, denn es roch dumpf nach Schimmel und Moder. Bräunliches Wasser tropfte von der Decke, das sich in kleinen, brackigen Lachen am Boden sammelte. An den Wänden brannten Fackeln und beleuchteten das Gemäuer. Mäuse huschten über ihren Weg und versteckten sich mit aufgeregtem Quieken in dunklen Winkeln.

Als sie die schwere Tür am Ende des Ganges erreichte, klopfte sie laut an. Nachdem keine Reaktion erfolgte, stemmte sie sich dagegen und drückte sie auf. Die andere Seite war mit flachen Steinen verblendet, sodass beim flüchtigen Hinschauen der Eindruck entstand, es handle sich um eine gewöhnliche Mauer. Griseldis musste erst noch den Wandteppich wegschieben, der den Eingang zusätzlich tarnte, bevor sie eintreten konnte.

Der Raum war zwar verwaist, aber alles für ihr Erscheinen vorbereitet. Griseldis setzte sich in einen der beiden Sessel und streckte ihre Füße in Richtung Kamin, in dem ein kleines Feuer brannte. Ohne Zögern ergriff sie einen mit Wein gefüllten Pokal, der auf einem Tisch bereitstand, und trank. Der Wein schmeckte vorzüglich, Gerhard wusste die schönen Dinge des Lebens zu schätzen. Während sie wartete, ließ sie ihren Blick durch das nüchtern eingerichtete Zimmer wandern. Neben einem Schreibpult enthielt es einen kastenförmigen Kleiderschrank und ein schmales Bett mit samtenem Baldachin und Vorhängen, das der Burgherr aber praktisch nie benutzte, wie sie aus einer füheren Unterhaltung wusste. Er schlief immer im Ehegemach bei seiner Frau Reinhedis. Zwei hohe Fenster zeigten auf den Palasthof, aber sie waren heute Abend mit schwerem Stoff verhängt.

Griseldis lehnte sich zurück. Sie war froh hierhergekommen zu sein, denn in Mainz ließ sich angenehm leben – zumindest wenn man über ausreichend Geld verfügte, was sie glücklicherweise tat. Hier gab es unzählige nützliche, aber auch überflüssige Dinge zu kaufen. Kostbare Stoffe wie Brokat oder die seltene Seide aus China, eine Vielzahl exotischer Gewürze, exklusive Duftessenzen, Perlen, Pelze, Goldschmuck und noch manches, was das Herz begehrte. Die Stadt hatte sogar eine eigene Währung, den Mainzer Pfennig, der weit über die Stadtgrenzen hinaus als Zahlungsmittel akzeptiert wurde. Ihre Gedanken wurden unterbrochen, als Gerhard hereinkam.

„Du wirst mit jedem Tag schöner", begrüßte er die junge Frau und deutete eine Verbeugung an.

Griseldis neigte leicht den Kopf und dankte ihm für das Kompliment. Gerhard war Mitte dreißig, rotgesichtig und neigte um seine Taille zur Fülle. Dafür waren seine Waden dünn wie die eines Storches. Doch täuschte seine teure Kleidung geschickt darüber hinweg. Auch dass sich sein Haar bereits lichtete, tat seiner maskulinen Ausstrahlung keinen Abbruch. Alles in allem war er ein beeindruckender Mann, der sich seines Standes bewusst war und das auch nach außen gern zeigte.

Er setzte sich neben sie, ergriff den zweiten Pokal und

prostete ihr zu. Dann verschränkte er die Hände vor seinem Bauch. „Bist du schon heimisch geworden?"

Griseldis seufzte und zuckte mit den Schultern. „Noch nicht so, wie ich es mir wünsche! Man begegnet mir bislang mit einer gewissen Verschlossenheit. Die Bürger sind Fremden gegenüber wohl eher zurückhaltend?"

Dem konnte Gerhard nicht unwidersprochen zustimmen. Eigentlich nahmen die Bürger Neuankömmlinge freundlich auf, zumal die Stadt seit jeher ein buntes Völkergemisch beherbergte. Gerhard vermutete, dass es an Griseldis selbst lag, wenn man ihr mit Zurückhaltung begegnete. Obwohl ihr Anblick allgemeines Wohlgefallen auslöste, schreckte sie durch ihr Auftreten die Menschen ab, denn sie trug ihre Nase reichlich hoch und das mochten die Mainzer ganz und gar nicht.

„Du bist eigentlich die Erste, die das so sieht und sich darüber beschwert. Aber ich werde dein Türöffner sein. Zunächst hätte ich noch einen Rat für dich. Bist du bereit, ihn anzunehmen?"

Griseldis mochte keinen Widerspruch und bekundete ihr Missfallen, indem sie ihre linke Augenbraue hochzog und die Lippen schürzte. Doch dann nickte sie zustimmend.

Gerhard räusperte sich. „Gib dich offenherzig und freundlich, betone nicht immer deinen Stand und deine Herkunft. Dann wird dir entsprechend begegnet werden."

Die junge Frau zog scharf die Luft ein. Sie war es nicht gewohnt kritisiert zu werden. „Ich werde es versuchen, auch wenn ich in einer Stadt wie Mainz mehr Weltoffenheit erwartet hätte. Ganz anders als am kaiserlichen Hofe", merkte sie schnippisch an.

„Siehst du! Das ist genau, was ich meine. Erwähne nicht immer gleich, woher du kommst. Du lebst jetzt in dieser Stadt!"

„Ich bemühe mich", meinte sie immer noch mit einer gewissen Herablassung.

Gerhard bezweifelte, dass es ihr ernst damit war. „Gut, dann wird es mir eine Ehre sein, dich in die Gesellschaft einzuführen."

Sie redeten noch eine Weile, bis es für Gerhard Zeit war, zu seinen Gästen zu gehen. Griseldis verließ die Burg, auf dem gleichen Weg, wie sie sie betreten hatte.

Dombauhütte

Widukind von Battenheim hielt sich wie so oft als Letzter in der Dombauhütte auf. Heute Morgen war eine Ladung roter Mainsandsteine auf dem Flussweg in Mainz eingetroffen und er hatte ihre Anlieferung beaufsichtigt. Noch bevor der Lastkahn anlegte, war er in den Hafen geeilt, um beim Umladen der Steinblöcke auf die Fuhrwerke dabei zu sein. Obwohl dies eigentlich nicht zu seinen Aufgaben gehörte, war es ihm inzwischen zur Gewohnheit geworden, denn mancher Schiffer oder Fuhrmann ging fahrlässig mit der tonnenschweren Fracht um und die Quader nahmen Schaden, bevor sie überhaupt ihren Bestimmungsort erreichten.

Nachdem sie wohlbehalten im Hof der Dombauhütte abgeladen worden waren, hatte er sich daran gemacht, den besten Stein für sein Meisterstück auszusuchen. Es sollte eine Madonna mit Jesusknabe werden und er stellte deshalb hohe Ansprüche an sich und das Material. Meist flogen ihm die Ideen zu, wenn er eine Skulptur machte, aber dieses Mal tat er sich schwer. Unzählige Zeichnungen hatte er verworfen und war schon kurz davor gewesen, aufzugeben, bis er eines Nachts ihr Bild vor sich sah. Er war sofort aufgestanden und hatte ihre Erscheinung vom Faltenwurf ihres Gewandes über ihre hüftlangen Haare bis hin zum Jesusknaben skizziert. Nur mit ihren Gesichtszügen tat er sich schwer und so blieb ihr Antlitz eine leere Fläche. Aber das beunruhigte ihn nicht, er wusste, dass der Stein zu entsprechender Zeit seine Hand führen würde.

Auf ihn kam es an, seine Qualität war eine wichtige Voraussetzung, damit sein Vorhaben gelang. Deshalb traf er seine Wahl mit Bedacht. Die Größe war ein entscheidendes Kriterium, ebenso die Maserung, seine Festigkeit und Struktur. Eigentlich bevorzugte Widukind für Skulpturen den Sandstein aus dem Flonheimer Steinbruch, denn er entstammte dem Rotliegenden und strahlte eine besondere Wärme aus, die ihm eine ganz eigene Ausdruckskraft verlieh. Aber er war weicher und grobkörniger und verwitterte somit vorzeitig. Zwar würde die Madonna nicht im Freien aufgestellt werden, da aber die anderen Blöcke der Lieferung für die Außenfassade des Doms verwendet wurden, hatte Meister Archibald den witterungsbeständigeren Mainsandstein geordert.

Widukind fiel die Entscheidung nicht leicht und er hatte stundenlang die Quader umkreist. Er klopfte sie ab und ging vor ihnen in die Knie, um sie aus den unterschiedlichsten Blickwinkeln zu betrachten. Als er am späten Mittag endlich den passenden Block gefunden hatte, schaffte er ihn mit Hilfe der anderen Gesellen unter den Unterstand, wo er für die nächsten Wochen bleiben würde.

Inzwischen war es dunkel geworden und Widukind begutachtete ihn nun im Schein der Fackeln. Selbst in diesem spärlichen Licht schien er beseelt und Zwiesprache mit ihm zu halten. Noch war er nur ein grober Fels, aber er würde seine Schönheit freilegen und sie den Augen des Betrachters offenbaren. Beinah zärtlich strich er mit seinen rauen

Fingerkuppen über den Quader, der ihm gar nicht kalt erschien. „Du wirst die Zierde der Kirche werden und selbst an einem trüben Tag im Glanz deiner Schönheit erstrahlen", raunte er ihm zu.

Für Widukind stand außer Zweifel, wo die Figur ihren Platz finden würde, in St. Maria ad gradus links neben dem Altar hoch über den Köpfen der Gläubigen, damit sie zur Gottesmutter aufblicken mussten. Die Kirche wurde auch Maria zu den Stufen genannt und begrüßte als Vorbau des Doms vom Rhein kommende Besucher. Bischof Willigis hatte den Gebäudekomplex nach römischem Vorbild in Anlehnung an St. Peter vor beinah 100 Jahren konzipiert. Dieser Kirchenkomplex war sein großer Traum gewesen, der leider schnell ausgeträumt war. Denn der gerade fertig gestellte Dom brannte am 29. August Anno Domini 1009 ab. Heute wusste man nicht mehr, ob er da schon geweiht gewesen war oder der Brand am Vorabend der Weihe ausbrach.

Es dauerte 29 Jahre, bis Erzbischof Bardo das zerstörte Gotteshaus wieder aufbauen ließ. Zu diesem Zeitpunkt war Willigis längst tot und sein größter Wunsch, im Dom bestattet zu werden, blieb unerfüllt. Stattdessen ruhten seine Gebeine nun in St. Stephan, einer weiteren Lieblingskirche, die auf einer Kuppe hoch über der Stadt lag und deren Erbauer er ebenfalls gewesen war.

Widukinds Magen knurrte und erinnerte ihn an die späte Stunde. Seit dem Morgen hatte er nichts mehr gegessen und nun bekam er Hunger. Er entledigte sich seiner Schürze, befreite sich vom Staub, nahm eine Laterne, löschte die anderen Lichtquellen und verließ die Dombauhütte. Der Regen war heftiger geworden und er senkte den Kopf, um seine Augen zu schützen. Sein gelocktes Haar, das unter der dichtanliegenden Kappe wie ein Kranz hervorquoll, erwies sich dabei als nützlicher Schutzschild.

Widukind war in Gedanken immer noch bei seiner Madonna und schenkte seiner Umgebung kaum Beachtung. Als er jedoch in die Gasse hinter der Burg einbog, die ihm häufig als Abkürzung auf seinem Nachhauseweg diente, hörte er ein ungewohntes Geräusch, das wie rostige Türangeln klang. Aufmerksam geworden hob er den Kopf und schaute nach vorn, doch ein Mauervorsprung unmittelbar vor ihm versperrte die Sicht. Er umrundete ihn und erblickte einige Schritte vor sich eine Frau, die eilig die Gasse entlanghuschte.

Im Weitergehen blieb sein Blick auf einer kleinen Pforte hängen, die ihm noch nie aufgefallen war. Im Frühjahr und Sommer verbarg sie sich weitgehend unter Grünzeug, denn die trockenen Ranken einer Kletterpflanze umwucherten sie. Widukind vermutete, dass sie in die Burg führte und dass die Frau sie soeben benutzt hatte. Das verwunderte ihn, wo doch die Hauptpforte deutlich bequemer war. Aber da er das Weib nicht kannte und er sich auch selten in die Angelegenheiten anderer einmischte, interessierte er sich nicht weiter für sie.

Bevor sie ganz aus seinem Blickfeld verschwand, sah er noch, wie sie um die Ecke bog. Auch er musste diesen Weg nehmen und folgte ihr unbeabsichtigt. Sie hatte inzwischen den vorderen Eingang erreicht und Widukind erwartete, dass sie weiterging, stellte dann aber fest, dass sie das Gebäude wieder betrat. Nun wurde seine Neugier doch geweckt und er fragte sich, warum sie die Burg zuerst durch den versteckten Seiteneingang verließ, nur um sie dann wieder durch die Hauptpforte zu betreten.

Als sie den Torbogen durchschritt, fiel Licht auf ihr Gesicht. Widukind hatte sie noch nie gesehen, bemerkte aber, dass sie jung und schön war. Jetzt ahnte er, wer sie sein könnte. Wenn die Gerüchte stimmten, die seit einiger Zeit kursierten, dann musste sie Griseldis sein, die erst seit Kurzem in Mainz wohnte und der man Allerlei andichtete, da sie bis auf ihre Magd und ihren Diener allein lebte.

Widukind gab selten etwas auf Gerede, doch ausnahmsweise war er bereit, es zu glauben. Ihr Verhalten erschien ihm äußerst ungewöhnlich und geheimnisvoll. Ihm kam kurz der ungehörige Gedanke, sie könne die Geliebte des Stadtgrafen sein, da sie sich vorhin aus seinem Anwesen geschlichen hatte. Aber wirklich vorstellen konnte er sich das nicht, denn Gerhard war ein mustergültiger Gatte, der seine Frau anbetete und sie abgöttisch liebte. Reinhedis erwartete zudem im Frühling ihr drittes Kind und Gerhard erzählte jedem mit stolzgeschwellter Brust, welch gute Mutter und hingebungsvolle Gemahlin sein Weib doch war. Aber welche Erklärung könnte es sonst für Griseldis' heimlichen Besuch geben?

Widukinds Neugier verlangte gestillt zu werden. Deshalb entschloss er sich, in das Gasthaus Zum Wilden Eber statt nach Hause zu gehen. Es gehörte seinem Freund Mathes und dessen Frau Sanne. Dort gab es nicht nur das beste Bier der Stadt, sondern auch die frischesten Neuigkeiten, wofür vor allem Sanne zuständig war. Sie brachte sie immer vom Markt mit und wusste stets als eine der Ersten, wem was widerfahren war, wer wen übers Ohr gehauen hatte und wer in fremden Revieren wilderte. Außerdem war das Wirtshaus bei den Steinmetzen besonders beliebt und Widukind hoffte, dort einige seiner Zunft anzutreffen.

Zum wilden Eber

Als er die Tür zum schummrigen Schankraum aufstieß, wandten sich ihm die Köpfe zu. Er war daran gewöhnt, denn seine hünenhafte Erscheinung zog immer wieder die Blicke auf sich. Widukind schüttelte seine Kappe ab und trat ein. Mit fester Stimme grüßte er in die Runde und schaute sich um. Enttäuscht stellte er fest, dass ausgerechnet heute kein Steinmetz anwesend war. Wahrscheinlich zechten sie im Grünen Baum.

Dafür kam Mathes, der Wirt, sofort zu ihm. „Welch ehrenwerter Besuch! Du warst schon länger nicht mehr hier. Was treibt dich um? Deine leere Küche oder dein verwaistes Bett?", neckte er ihn.

Widukind überging die Frotzelei seines alten Freundes. „Besser ein leeres Haus als ein zänkisches Weib mit spitzer Zunge. Und wenn ich ein warmes Bett brauche, finde ich eins!", entgegnete er selbstbewusst. „Nein, mich hungert nach dem Bohneneintopf deiner Frau. Und gegen ein paar Bier hätte ich auch nichts einzuwenden."

„Komm, setz dich zu uns, Steinmetz", forderte ihn Arnulf auf. „Bringst du Neuigkeiten aus der Dombauhütte? Da du am Gotteshaus arbeitest, kennst du doch sicher jedes Beichtgeheimnis", ulkte er.

„Jetzt übertreib mal nicht. Unsere Arbeit ist oft so laut, dass wir nicht einmal unser eigenes Wort verstehen", entgegnete Widukind lachend. „Und Neuigkeiten gibt es auch nicht viele, außer dass der Bischof krank ist, was bereits die ganze Stadt weiß. Aber ich werde bald mit meinem Meisterstück anfangen. Heute wurde der passende Stein geliefert", meinte er mit gewissem Stolz, als er sich zu Arnulf und seinen Zechkumpanen Bardo und Johannes setzte. Alle drei waren Goldschmiedegesellen und umgängliche

Burschen, mit denen Widukind hin und wieder zu tun hatte.

„Na, das sind doch schöne Aussichten, dann bist du bald kein Geselle mehr", meinte Bardo.

„Und wie steht es bei euch?", wollte er wissen.

„Über mangelnde Arbeit können wir nicht klagen. Gerade zu den Feiertagen lassen die Herren großzügige Geschmeide für ihre Damen fertigen. Vor allem, wenn sie das schlechte Gewissen plagt", feixte Bardo. „Ihr wisst schon, wenn sie sich außerhalb ihres ehelichen Bettes vergnügten", fügte er anzüglich hinzu.

Seine Bemerkung löste schallendes Gelächter aus.

„Nun, es gibt Weiber, die sind eben eine Versuchung wert. Wohingegen sich manche nur im Dunkeln ertragen lässt", ergänzte Arnulf mit einem Seufzer und dachte an Berta, seine Frau, die eine verhärmte, knochige Person mit Haaren auf den Zähnen war. Deshalb verbrachte er auch mehr Zeit in der Schenke als zu Hause.

Johannes, der ruhigste der drei, meldete sich zu Wort: „Meinem Meister wurde letzte Woche eine sehr teure Arbeit in Auftrag gegeben. Ein kunstvolles Ohrgehänge. Ihr ratet nicht von wem", meinte er in die Runde.

Bardo und Arnulf ergingen sich in den wildesten Spekulationen. Auch Mathes, der dem Steinmetz gerade sein Bier brachte, beteiligte sich daran. Aber keiner erriet den Namen.

Widukind hatte plötzlich eine Eingebung. „War es eine Frau, die zu euch kam?"

Johannes nickte.

„Griseldis etwa?"

„Genau. Aber, wie kommst du ausgerechnet auf sie?"

„Ich habe soeben gesehen, wie sie in die Burg ging. Kam

sie allein zu dir oder war sie in männlicher Begleitung?",
fragte er und dachte dabei an Gerhard.

„Du bist doch sonst nicht so neugierig. Sie kam mit ihrer
Magd. Jeder weiß doch, dass sie nur mit ihrem Gesinde in
dem Haus lebt. Aber bald soll ja ihr Bruder kommen. Ich muss
schon sagen, diese Griseldis ist wirklich ein hübsches Weibsbild", stellte er fest. „Ich frag mich, was so eine hier will."

„Na, was schon", mischte sich Sanne ein, die gerade mit
einer Schüssel Bohneneintopf an den Tisch trat. „Einen
Mann natürlich! Und so wie sie aussieht, wird's wohl kein
armer Schlucker sein dürfen. Ich bezweifle nur, dass es diesen Bruder tatsächlich gibt. Aber man hat schon Pferde kot-
zen sehen."

Sanne war wie üblich auf dem Laufenden. „Interessierst
du dich etwa für die Person?", fragte sie Widukind mit deutlicher Skepsis in ihrer Stimme, ließ ihn aber gar nicht erst
zu Wort kommen. „Ich denke nicht, dass sie einen wie dich
überhaupt bemerkt. Du bist zwar keine schlechte Partie,
aber für Griseldis bestimmt nicht gut genug."

„Nein", wehrte der Steinmetz ab. „Sie ist zwar schön, aber
nicht die Sorte Weib, für die ich mich erwärmen kann. Ich
sah sie nur eben zu Gerhard gehen."

„Aha, zu unserm Herrn Stadtgrafen. Da spinnt sie ja gleich
die richtigen Fäden", bemerkte Sanne schnippisch, bevor sie
wieder in die Küche verschwand.

„Was ist denn deinem Weib über die Leber gelaufen?",
wollte Bardo wissen.

„Griseldis höchstpersönlich. Die beiden trafen sich wohl
beim Krämer und sie machte Sanne auf ziemlich hochnäsige Art und Weise deutlich, dass ihr Stand höher ist und sie
deshalb zuerst bedient werden wolle. Und du weißt ja wie
empfindlich Frauen sein können", entgegnete Mathes.

„Wem sagst du's", seufzte Arnulf, dem erneut Berta in den Sinn kam. Bei diesem Gedanken bestellte er sich gleich noch ein Bier.

„Und wurde Griseldis zuerst bedient?", hakte Johannes nach, der es genau wissen wollte.

Mathes grinste breit. „Nein, du kennst doch Sanne. Am Schluss war diese Griseldis wohl ziemlich kleinlaut und hat sich brav hinten angestellt."

„Weiß einer von euch eigentlich Näheres über sie?", erkundigte sich Widukind.

„Sie lebte bisher am Kaiserhof und will hier wohl sesshaft werden. Zu ihrem Hausstand gehören eine Magd und ein Knecht und sie wohnt in der Großen Scheffergasse. Mehr ist aber nicht bekannt."

„Ich finde es seltsam, dass sie vom kaiserlichen Hof nach Mainz übersiedelte. Die meisten würden es umgekehrt machen, wenn sie diese Möglichkeit bekämen", wunderte sich Bardo.

„An Geld scheint es ihr jedenfalls nicht zu mangeln. Das Ohrgehänge, das sie bestellte, kostet immerhin zehn Pfennig", äußerte Johannes.

„Davon wird ein armer Mann lange satt", seufzte Bardo.

Widukind hatte seinen Eintopf halb geleert. „Ich habe das ungute Gefühl, dass dieses Weib Ärger bescheren könnte."

„Wie kommst du darauf?"

„Ich kann es nicht näher erklären, es ist eben nur ein Empfinden. Wir werden ja sehen, was die Zukunft bringt", bemerkte er vage, denn er wollte den anderen nicht erzählen, was er vorhin beobachtet hatte. „Sag übrigens Sanne, dass ihr Eintopf wie immer ausgezeichnet schmeckt, und bring mir noch ein Bier. Auf einem Bein kann ein Mann nicht stehen", forderte er Mathes auf.

In diesem Augenblick öffnete sich die Tür und die Gespräche verstummten schlagartig. Jobst, Sixt und Endris, drei Fuhrleute, die für ihr schlechtes Benehmen stadtbekannt waren, traten lautpolternd ein. Es war ihnen anzusehen, dass sie bereits woanders gezecht hatten, denn ganz sicher waren sie nicht mehr auf den Beinen.

Arnulf murmelte leise: „Oh je, so wie die aussehen, schwant mir nichts Gutes!"

Schon an ihrem Äußeren ließ sich erkennen, dass sie keiner Schlägerei aus dem Weg gingen. Endris fehlte ein Teil seines Ohres, Sixt hatte eine Narbe in der linken Augenbraue und eine schiefe Nase und in Jobsts Gebiss klaffte eine breite Zahnlücke. Alle Verletzungen stammten aus diversen Prügeleien, für die sie sich des Öfteren auch vor Gernot, dem Schultheißen der Stadt, hatten rechtfertigen müssen. Bislang hatte er immer ein Auge zugedrückt und Milde walten lassen, denn trotz ihrer Streitlust zählten sie zu den Besten ihres Berufsstandes. Auf sie war stets Verlass. Egal in welchem Zustand die Straßen waren oder welches Wetter herrschte, die Waren, die sie beförderten, erreichten immer pünktlich, vollständig und unbeschadet ihren Bestimmungsort. Deshalb wurden sie gern von den Geschäftsleuten in Anspruch genommen, denn wenn es ums eigene Geld ging, sahen die meisten über die Charakterschwächen der drei hinweg.

Mathes, der aus seiner Abneigung gegen die drei keinen Hehl machte, raunte Widukind zu: „Ich geh mal Sanne warnen, sie soll besser in der Küche bleiben. Die drei können ihre Finger nämlich nicht von den Weibern lassen, egal ob sie verheiratet sind oder nicht."

Die Fuhrleute setzten sich an einen Tisch, an dem bereits Eberhart und Caspar, zwei Kannengießer, saßen. Die leerten rasch ihr Bier und verließen überstürzt den Schankraum, was von Sixt mit derbem Gelächter quittiert wurde. Anfangs benahmen sie sich noch manierlich, aber nach dem zweiten Krug wurden sie laut und unflätig.

Schließlich rief Endris quer durch den Raum: „He, Mathes, wo hast du denn dein Weib versteckt?"

„Das ist in der Küche und da bleibt sie auch. Ich glaub, ihr habt genug getrunken. Leert euer Bier und geht dann."

Endris überging geflissentlich Mathes' Anordnung. „Quatsch nicht rum, hol sie her. Die braucht endlich mal einen richtigen Kerl mit Hoden zwischen den Beinen, der es ihr richtig besorgt, und nicht so einen Schwächling wie dich", tönte er laut und stand auf, um seine Forderung zu unterstreichen.

Mathes, den die obszönen Worte des Fuhrmanns erzürnten, baute sich vor ihm auf. Doch da er gut einen Kopf kleiner war, wirkte seine Gebärde eher lächerlich als bedrohlich. Seine Wut ließ ihn seine körperliche Unterlegenheit allerdings vergessen. „Niemand spricht so über mich oder Sanne!", erboste er sich.

„Was willst du Hänfling schon gegen mich ausrichten", spottete Endris und gab ihm einen Schubser.

Inzwischen verfolgten die anderen Gäste das Wortgeplänkel, mischten sich aber nicht ein. Jobst und Sixt bauten sich neben ihrem Kumpan auf.

Doch Mathes ließ sich imer noch nicht einschüchtern und blieb beharrlich. „Dies ist mein Wirtshaus und ich kann entscheiden, wer hier zu Gast ist! Und wenn ich sage, ihr sollt gehen, dann geht ihr gefälligst!"

Widukind, Johannes, Arnulf und Bardo gesellten sich nun zu Mathes, um ihm beizustehen.

„So, dann zeig uns mal, wie du dich durchsetzen willst!", forderte Jobst ihn lachend heraus. „Selbst deine Freunde trauen dir das nicht zu und kommen dir zu Hilfe", höhnte er weiter.

„Halt endlich deinen Mund, das Bier lässt dich Unsinn reden", wies Widukind ihn zurecht. „Außerdem seid ihr in der Überzahl, drei gegen einen. Da könnt ihr leicht den Starken raushängen lassen."

Jobst ärgerte sich über Widukinds forsche Zurechtweisung. „Ich rede keinen Unsinn. Und du kümmerst dich besser um deine Sachen. Das geht nur Mathes und uns etwas an."

„Ich sehe das anders. Ich will nämlich hier in Ruhe sitzen und etwas essen und trinken, ohne durch eure Pöbeleien gestört zu werden. Also entweder benehmt euch gesittet oder verschwindet."

Die Umstehenden stimmten Widukind durch laute Rufe zu, was die drei nur noch mehr aufbrachte. Da ihnen die Worte ausgingen, reagierten sie erwartungsgemäß mit Gewalt. Sie ballten ihre Hände zu Fäusten und schwangen sie drohend. Jobst holte zum Schlag gegen Mathes aus, seine Kumpane taten es ihm gleich, doch das Bier machte sie unsicher und sie verfehlten ihr Ziel. Sixt warf in seinem Zorn den Tisch um und zerbrach dabei das Geschirr. Inzwischen hatten die übrigen Gäste in sicherer Entfernung einen Halbkreis um die Randalierer gebildet, damit ihnen auch kein Detail der Auseinandersetzung entging. Jeden Fehlschlag kommentierten sie mit bissigem Gejohle und heizten die Stimmung dadurch noch mehr an. Widukind und seine Mitstreiter versuchten zu schlichten und den Kampf zu beenden, doch das war leichter gesagt als getan, denn inzwischen waren die drei rasend vor Wut. Plötzlich blitzte ein Messer in Jobsts Hand auf.

Johannes sah es und schrie laut: „Vorsicht, passt auf!"

Doch seine Warnung kam zu spät. Der Fuhrmann machte einen Satz auf Mathes zu und stieß ihm das Messer in die Seite. Der Wirt versuchte zwar noch, auszuweichen, doch die Klinge drang knapp unterhalb seines Brustkorbs ein. Augenblicklich quoll Blut hervor und färbte sein Hemd rot. Mathes spürte einen stechenden Schmerz, griff an die Wunde, bemerkte, dass er verletzt war, und sank ohnmächtig zu Boden. Widukind hatte den Angriff zwar nicht verhindern können, stellte sich aber jetzt zwischen Mathes und Jobst und nahm ihm so die Möglichkeit, weiter auf den Wirt einzustechen. Doch der Fuhrmann ließ sich nicht beirren und attackierte jetzt den Steinmetz. Widukind wich dem Angriff geschickt aus und versuchte gleichzeitig das Messer in seinen Besitz zu bringen.

Inzwischen hatten die Goldschmiedegesellen mit Hilfe weiterer Gäste wenigstens Sixt und Endris überwinden können, sodass von ihnen keine Gefahr mehr ausging. Mathes war aus der Gefahrenzone gebracht worden und lag nun auf einem Tisch am anderen Ende des Raumes. Der Kampf zwischen Widukind und Jobst dauerte an, aber niemand wagte einzugreifen, denn jeder war sich der tödlichen Gefahr bewusst, die von Jobst ausging. Beide Männer waren ungefähr gleich stark, doch Widukinds Vorteil lag darin, dass er im Gegensatz zu seinem Angreifer praktisch nüchtern war und seine Bewegungen besser unter Kontrolle hatte.

Der Lärm hatte Sanne aus der Küche gelockt. Als sie Mathes blutend und bewusstlos auf dem Tisch liegen sah, stieß sie einen markerschütternden Schrei aus, der alle zusammenfahren ließ. Jobst wurde abgelenkt, Widukind griff blitzschnell nach dessen Hand und bekam sie kurz zu fassen. Jobst konnte sich seinem Griff aber wieder entwinden und fügte ihm einen langen Schnitt an der Innenseite seines Unterarms zu. Der Fuhrmann erschrak über seine eigene Tat und kam zur Besinnung. Widukind packte die Gelegenheit beim Schopf und entriss ihm das Messer. Sofort packten mehrere Arme Jobst und fesselten ihn.

„Die richten keinen Schaden mehr an", stellte Arnulf fest. „Aber du und Mathes habt ganz schön was abbekommen", sagte er zu Widukind, dessen Wunde wild pochte.

Er war schweißgebadet und schaute auf das Blut, das auf den Boden tropfte. Einen Moment wankte er, wand dann den Blick aber ab. „Wie geht es ihm?", fragte er besorgt.

„Er lebt – noch. Lass mich deine Wunde versorgen", meinte Johannes, der sich eine Leinenbinde von Sanne hatten geben lassen, die er nun um Widukinds Arm wickelte.

Die Fuhrleute waren inzwischen in den Keller geschafft worden und ein Mann befand sich auf dem Weg zum Schulzen, um ihn von dem Vorfall zu berichten. Widukind trat an den Tisch, wo Sanne Mathes´ Wunde begutachtete. Sie blutete kaum noch, aber der Wirt war bleich wie der Tod und sein Atem ging flach. Sanne, die ebenfalls aussah wie eine gekalkte Wand, hielt sich tapfer. Widukind zögerte keinen Augenblick. Er verließ das Gasthaus und eilte ins jüdische Viertel, um Ibrahim, den Arzt, zu holen, dessen Dienste er selbst schon einmal in Anspruch genommen hatte.

Als er wenig später in dessen Begleitung Zum Wilden Eber zurückkehrte, war die Menge davor angewachsen. Der Vorfall hatte sich herumgesprochen und jeder wollte wissen, wie es Mathes ging.

„Leute, lasst uns durch. Ibrahim will nach ihm sehen", bahnte Widukind ihnen den Weg. Drinnen stellte der Arzt seinen Beutel mit den Instrumenten ab und wandte sich an die Versammelten. „Ich muss ungestört arbeiten können. Deshalb verlasst jetzt bitte den Raum. Nur Widukind und

Sanne sollen hierbleiben, um mir gegebenenfalls zu helfen. Sobald ich Näheres weiß, werdet ihr es erfahren. Ihr könnt aber draußen warten", beschwichtigte er die Anwesenden, die widerwillig murrend abzogen.

Jetzt krempelte Ibrahim die Ärmel hoch und wusch sich die Hände, Dann bat er um ausreichend Licht und machte sich an die Untersuchung. Zuerst entfernte er den Verband, den Sanne inzwischen angelegt hatte. „Das hast du ordentlich gemacht!", lobte er sie. „Mit was hast du die Verletzung gereinigt?"

„Mit Wasser."

„Das reicht nicht", erwiderte er.

Nun tastete er vorsichtig Mathes' Bauch ab. Dabei verriet seine Miene nicht, was er dachte, und Sanne befürchtete das Schlimmste.

„Widukind, hilf mir, ihn umzudrehen. Ich muss mir seinen Rücken anschauen", forderte er den Steinmetz auf.

Widukind tat wie geheißen, musste aber seine Zähne zusammenbeißen, um nicht vor Schmerz laut aufzuschreien, denn die Wunde am Unterarm brannte inzwischen wie Feuer. Ibrahim entging das nicht und er bemerkte erst jetzt, dass auch der Steinmetz verletzt war. „Ich schau mir das gleich an. Das hast du mir gar nicht gesagt", meinte er mit leichtem Vorwurf.

„Sieh erst nach Mathes", erwiderte Widukind rasch.

Nachdem die Untersuchung abgeschlossen war, nickte der Arzt zufrieden, was bei Sanne für Erleichterung sorgte. „Er hat anscheinend großes Glück gehabt. Die Waffe drang wohl nicht sonderlich tief in den Körper. Wenn er nicht nach innen blutet, was ich so nicht feststellen kann, ist es nicht allzu schlimm. Sobald er Wasser lässt, achte darauf, ob er Blut im Urin hat. Überlebt er diese Nacht, ohne Fieber zu bekommen, hat er gute Aussichten gesund zu werden."

Dann tröpfelte er eine Flüssigkeit auf die Verletzung, nahm eine Nadel aus seinem Beutel, glühte sie über einer Flamme aus, fädelte den Faden ein und nähte die Verletzung mit vier Stichen. Mathes erwachte glücklicherweise nicht aus seiner Ohnmacht und bemerkte von alldem nichts. „Betupfe sie morgens und abends mit Wein und verbinde sie jedes Mal frisch, so wie ich es gerade tue", trug Ibrahim Sanne auf. „Und jetzt muss er ins Bett geschafft werden. Aber vorsichtig, damit die Naht nicht aufreißt. Widukind, rufe zwei Männer, die das erledigen. Dann kannst du auch den anderen gleich sagen, dass es ihm recht gut geht."

Die Nachricht des Arztes wurde von den Wartenden mit Erleichterung aufgenommen und sie trollten sich. Widukind kam mit Johannes und Bardo zurück, die den Gastwirt nach oben trugen und ins Bett legten. Derweil gab der Arzt Sanne weitere Anweisungen. „Fühl regelmäßig seine Stirn. Wenn er fiebert, mach aus dieser Weidenrinde einen Tee. Er lindert die Schmerzen und senkt das Fieber", meinte er und reichte ihr ein Säckchen mit zermahlener Rinde. „Er soll das Bett für mindestens zwei Tage hüten. Ich werde morgen nach ihm sehen. Dann bringe ich auch eine Salbe mit, die den Heilungsprozess fördert. Aber ich muss sie erst mischen. In einigen Tagen werde ich dann die Fäden entfernen."

„Ich danke dir!", entgegnete sie mit tränenerstickter Stimme und verschwand nach oben in die Schlafstube.

In diesem Augenblick kamen die Männer des Schultheißen, um die Fuhrleute abzuholen. Johannes und Bardo führten sie zum Keller, wo die drei vom Bier benebelt laut vor sich hin schnarchten.

„Erst hat das Bier sie wütend und dann zahm gemacht", stellte Johannes fest.

„He, aufwachen, jetzt geht's ab ins Gefängnis", weckte Bardo sie.

Schlaftrunken rappelten sie sich hoch und wurden von Gernots Männern in Empfang genommen, die sie wegbrachten. Morgen früh würde Gernot sich mit ihnen beschäftigen, heute Nacht blieb ihnen ausreichend Zeit, um über ihre Schandtat nachzudenken.

„So, und nun zu dir", meinte Ibrahim zu Widukind.

Er löste die blutdurchtränkte Binde. „Das ist ein recht tiefer Schnitt. Krümm deine Finger, einen nach dem andern", sagte er und machte es ihm vor.

Widukind tat es ihm nach.

„Du kannst von Glück sagen, dass es nicht schlimmer gekommen ist. Wäre der Schnitt noch tiefer, hätten einer oder sogar mehrere Finger steif werden können. Dann könntest du deinen Beruf nicht mehr ausüben", bemerkte der Arzt, während er die Wunde reinigte. „Ich werde sie mit ein paar Stichen nähen müssen, sonst heilt sie nicht richtig. Das wird etwas schmerzen."

„Tu, was du tun musst."

Jeder Stich trieb Widukind das Blut in die Schläfen, aber er biss sich auf die Zunge, um keinen Mucks von sich zu geben.

„Für dich gilt das Gleiche wie für Mathes. Betupfe die Naht morgens und abends mit Wein und bestreiche sie mit der Salbe, die du morgen bei mir holen kannst. In einer Woche, spätestens zehn Tagen müsste alles verheilt sein. Aber schone dich. Du darfst keinesfalls schwer heben, sonst reißt sie wieder auf und dann bürge ich für nichts", riet ihm der Arzt.

„Wie stellst du dir das vor? Ich bin Steinmetz", entrüstete sich Widukind. „Schweres Heben gehört zu meinem Beruf."

„Das weiß ich. Aber willst du eine Entzündung riskieren, die deine Hand auf Dauer schädigt? Dann wirst du deinen Beruf ganz aufgeben müssen. Also suche dir in den nächsten Tagen leichtere Arbeit."

Widukind war verärgert über die verordnete Zwangspause, fügte sich aber grollend. Was taugte ein Steinmetz, der nur eine Hand benutzen konnte? Er bezahlte Ibrahim, auch für die noch anstehenden Besuche bei Mathes und brachte ihn dann zur Tür.

„Wir sehen uns morgen", verabschiedete sich der Arzt.

In diesem Augenblick kam Sanne die Stiege hinunter. Sie war immer noch blass, aber deutlich gefasster als vorhin. „Mathes schläft. Setz dich noch ein bisschen zu mir. Wir trinken jetzt zusammen ein Bier. Das beruhigt die Nerven. Er ist ja gerade noch mal glimpflich davongekommen. Was ist mit deinem Arm?", fragte sie, als sie mit den Krügen an den Tisch zurückkehrte.

„Ich muss mich ein paar Tage schonen."

„Ich vergaß, den Arzt zu bezahlen", bemerkte sie plötzlich.

„Das tat ich bereits."

„Wir haben selbst genug Geld", erwiderte sie beinah beleidigt.

Widukind lächelte. „Daran habe ich keinen Zweifel. Du kannst es mir ja zurückzahlen."

„Einverstanden. Was ist mein Mann nur für ein Dummkopf. Legt sich gleichzeitig mit den drei schlimmsten Rabauken von Mainz an", sagte sie mit zittriger Stimme.

„Sie haben dich beleidigt und ihn in seiner Ehre gekränkt und du weißt ja, wie empfindlich er in dieser Hinsicht ist. Ich hoffe, dass Jobst, Sixt und Endris endlich eine Lehre erteilt wird. So kann es nicht mit ihnen weitergehen."

„Was denkst du, wird mit ihnen geschehen?"

„Das liegt ganz bei Gernot. Er entscheidet, ob sie der hohen Gerichtsbarkeit übergeben werden oder nicht. Wenn ja, dann gnade ihnen Gott."

„Die drei sind solche Hitzköpfe, dass sie früher oder später unter dem Beil des Henkers enden werden, wenn sie nicht bald zur Besinnung kommen."

„Da hast du wohl recht. Vielleicht dient ihnen der heutige Abend ja als Warnung. Lässt du das Gasthaus für die nächsten Tage geschlossen?"

„Nein, das kann ich nicht, aber ich besorge mir Hilfe."

Widukind leerte seinen Krug und verabschiedete sich. „Ich wünsch dir eine gute Nacht. Und wenn irgendetwas ist, hol mich."

„Danke und ebenfalls gute Nacht."

Sanne verschloss die Schenke und ging wieder zu ihrem Mann. Als sie seine Stirn fühlte, stellte sie erleichtert fest, dass sie kühl war. Dann zog sie sich aus, schlüpfte unter die Decke und drückte sich sanft an den Schlafenden. Sie dankte Gott und der Heiligen Maria, dass er überlebt hatte, und bat um rasche Genesung.

Burg

Griseldis folgte der Dienstmagd des Stadtgrafen in den großen Saal, wo sich die übrigen Gäste bereits eingefunden hatten. Da sie ungeteilte Aufmerksamkeit schätzte, kam ihr die kleine Verspätung gerade recht. Mit einem Lächeln auf den Lippen trat sie ein und registrierte voller Genugtuung, wie sich ihr alle Köpfe zuwandten. Das übliche Raunen der Männer begleitete ihr Erscheinen genauso wie die abschätzenden Blicken ihrer Frauen. Da Griseldis ihre Wirkung auf andere zur Genüge kannte, ließ sie sich nicht beirren und schritt mit einer Selbstverständlichkeit auf den Hausherrn zu, als ginge sie seit Jahren hier ein und aus. Gerhard stellte betrübt fest, dass seine Worte keine Wirkung zeigten, Griseldis übte sich keineswegs in Bescheidenheit.

Er begrüßte sie, als sähen sie sich heute zum ersten Mal, und stellte ihr zuerst Utz, den Sprecher der Kaufleute und dessen Frau Herlinde vor. Die beiden waren ein äußerst ungleiches Paar, er untersetzt und mit einem Kopf, der wie ein poliertes Gänseei glänzte, sie dürr wie ein alter Klepper und um einige Finger größer als ihr Gatte. Utz' Schwäche waren die Frauen, wofür er stadtbekannt war – sehr zu Herlindes Leidwesen. Beide musterten Griseldis eingehend, jedoch auf sehr unterschiedliche Weise. Seine Augen verrieten Lüsternheit, Herlindes Furcht vor einer möglichen Konkurrentin.

Der Kaufmann ergriff ihre Hand und versuchte sich gleich bei ihr einzuschmeicheln. „Egal wie ausgefallen deine Wünsche auch sein mögen, ich kann dir alles beschaffen, was du begehrst. Bisher waren alle meine Kundinnen stets äußerst zufrieden mit mir", meinte er schlüpfrig.

„Ich danke dir für das großzügige Angebot und werde es mir merken", entgegnete Griseldis knapp, zog ihre Hand weg und wandte sich rasch an Herlinde, von der sie nur ein steifes Kopfnicken erntete.

Gerhard führte sie weiter. „Dies sind Bertolf, seines Zeichens Tuchmachermeister, und sein Sohn Dithmar."

Die Ähnlichkeit zwischen Vater und Sohn war frappierend. Beide hatten dunkelblondes Haar, grüne Augen, scharfgeschnittene Gesichtszüge und waren von mittelgroßer, schlanker Statur. Dithmar gefiel Griseldis sofort. Er war nicht zu alt und nicht zu jung und seiner Kleidung nach zu urteilen auch wohlhabend. Das war endlich mal ein Mann nach ihrem Geschmack. Griseldis zwinkerte ihm im Weitergehen kurz zu, was Dithmar überraschte, seinen Vater aber gegen sie aufbrachte.

„Hier haben wir Conrad. Er ist der Schreiber des Erzbischofs und außerdem ein guter Freund der Familie. Er hat nicht nur unsere Kinder getauft, sondern fungiert auch als unser Beichtvater", meinte Gerhard.

Conrad wirkte in seinem Habit besonders ehrfurchtgebietend und Griseldis senkte züchtig ihren Blick. Er war größer als Dithmar und drahtiger. Aus seinem schmalen Gesicht sprach ein messerscharfer Verstand und seine aufrechte Haltung zeichnete ihn als Mann mit Rückgrat aus. Die Farbspuren an den Fingerkuppen seiner großen, feingliedrigen Hände verrieten seinen Beruf. Conrad behandelte sie freundlich, aber distanziert.

„Diese Ritter sind Jörg und Wylhelm. Jörg ist der Verwalter meines Landbesitzes, Wylhelm ist ein Verwandter meiner Frau, der soeben eingetroffen ist und hier für einige Zeit Station macht. Sie sind übrigens Junggesellen", raunte er ihr noch leise zu, während er sie zu einem weiteren Ehepaar führte. „Wenn du mit dem Gesetz in Konflikt kommst, musst du dich vor unserem Schultheißen Gernot in Acht nehmen. Seine Gemahlin Kunigunde widmet sich dagegen gern den angenehmeren Dingen des Lebens", scherzte Gerhard.

Kunigunde nickte. „Du gewöhnst dich sicher gerade erst in der Stadt ein. Wenn du möchtest, führe ich dich herum und zeige dir ihre schönsten Seiten und natürlich die Geschäfte mit den besten Waren."

„Das ist sehr nett von dir", erwiderte Griseldis, beschloss aber gleich, das Angebot nicht anzunehmen, denn Kunigunde erschien ihr zu geschwätzig und zu neugierig.

„Sei vorsichtig, mein Weib neigt zur Verschwendungssucht", belehrte sie Gernot. „Nicht dass sie dich dazu verführt, dein Geld für unnötige Dinge auszugeben."

Kunigunde protestierte. „Ich kaufe nur das, was nötig ist. Aber ich lege Wert auf Qualität und die hat nun mal ihren Preis."

Gernot tätschelte liebevoll ihre Hand. „Das weiß ich doch", besänftigte er sie.

Schließlich stand Griseldis der Hausherrin gegenüber.

„Das ist Reinhedis, mein holdes Weib", meinte Gerhard schwülstig.

Die Burgherrin betrachtete Griseldis mit undurchdringlicher Miene. Sie war nicht direkt unfreundlich, aber Griseldis kontte ihre Ablehnung spüren. Reinhedis war eine Schönheit, allerdings von ganz anderer Art als sie selbst. Während Griseldis die Klarheit des Tages verkörperte, war Reinhedis die personifizierte Leidenschaft der Nacht. Lockiges, tiefschwarzes Haar fiel ihr bis in die Taille und sie trug einen Schleier, wie es für verheiratete Frauen üblich war. Ihre makellose Haut, vor allem aber ihre vollen, verführerischen Lippen, verrieten genau wie ihre blitzenden, tiefblauen Augen ein heißblütiges Temperament. Trotz ihrer fortgeschrittenen Schwangerschaft wirkte sie nicht schwerfällig, sondern sah in ihrem elfenbeinfarbenen Kleid aus Seide überaus elegant aus.

„Sei willkommen in unserem Haus", begrüßte sie Griseldis mit angenehm klingender Stimme, in der aber keine Wärme lag.

„Danke für den netten Empfang. Ich habe dir ein kleines Geschenk mitgebracht", erwiderte Griseldis. „Es ist eine Salbe, die auf den Leib aufgetragen die Strapazen der Schwangerschaft lindert und die Haut geschmeidig hält.

Das Rezept stammt von der Geburtshelferin der Königin."

Dabei verschwieg sie, dass sie die Mixtur selbst zusammengemischt hatte. Niemand musste wissen, dass sie sich auf weiße Magie verstand. Bislang hatte sie dieses Geheimnis gut gehütet und das sollte auch in Zukunft so bleiben. Nur allzu leicht geriet eine Frau, die sich darauf verstand, in den Ruf, mit dunklen Mächten im Bunde zu sein.

Reinhedis bedankte sich und nahm den Tiegel entgegen. „Wenn die Königin sie verwendet, wird sie mir erst recht von Nutzen sein. Nun, da wir endlich vollzählig sind, lasst uns zu Tisch gehen", ordnete sie an, wobei Griseldis der leise Vorwurf über ihre Verspätung keineswegs entging.

Der Stadtgraf setzte sich an das eine Kopfende, Reinhedis ihm gegenüber. Die übrigen Gäste wurden ihrem Rang entsprechend platziert, Griseldis wurde zwischen Conrad und Dithmar gesetzt. Bevor die Speisen aufgetragen wurden, sprach Conrad das Tischgebet. Dann reichten Mägde des Hauses Wasserkrüge und Schalen, damit die Tafelnden sich die Hände reinigen konnten, die sie an dem schlichten weißen Tischtuch abputzten. An jedem Platz standen ein Teller, eine Vorlegeschale, ein dunkelgrünes Weinglas, ein Trinkbecher für Wasser, ein Holzlöffel und ein Messer. Griseldis hatte vorsorglich ihr eigenes mitgebracht, was in diesem vornehmen Haus gar nicht notwendig gewesen wäre. Desweiteren gab es Gefäße mit Salz zum Nachwürzen.

Trotz der Fastenzeit wurde heute nicht mit dem Essen gegeizt. Immerhin feierte Reinhedis Geburtstag. Aber um nicht zu schwer zu sündigen, gab es nur leichte Speisen. Das Mahl begann mit einer Getreidesuppe, der zwei Sorten Fisch und gedünstetes Gemüse folgten. Dazu wurde das teurere, helle Brot aus Weizen gereicht. Geschmorte Äpfel mit Mandeln und ein Kuchen rundeten das Essen ab. Gerhard spendierte seinen besten Weißwein, der aus dem Keller des Benediktinerklosters stammte. Er erhob als erster sein Glas und brachte einen Trinkspruch auf seine Gemahlin aus, dem sich die Gäste anschlossen.

Da Griseldis fremd in der Runde war, beteiligte sie sich kaum am Tischgespräch. Man sprach über alles Mögliche, bis Reinhedis die Sprache auf den Erzbischof brachte. „Wie geht es eigentlich Ruthard? Was aus seinem Krankenzimmer dringt, klingt nicht gerade zuversichtlich", wandte sie sich an Conrad.

„Es stimmt, dass es ihm sehr schlecht geht. Der Arzt fürchtet sogar um sein Leben und nur sein Diener, der Kämmerer, und ich dürfen zu ihm. Aber heute Morgen ist eine leichte Besserung eingetreten."

„Das ist erfreulich, dennoch werden wir ihn weiterhin in unsere Gebete miteinschließen", meinte sie. „Hast du sonst irgendwelche Neuigkeiten?"

Conrad nickte. „Hat einer von euch bereits gehört, was auf der Synode in Clermont-Ferrand geschah?"

Bis auf Wylhelm verneinten alle. „Ich komme gerade aus Frankreich und erfuhr dort, dass der Papst die Gläubigen zur bewaffneten Wallfahrt ins Morgenland aufgefordert hat, um die heiligen Pilgerstätten aus der Hand der Seldschuken zu befreien."

„Wirklich?", meinte Reinhedis überrascht.

„Es stimmt!", bestätigte Conrad. „Ein französischer Mitbruder, der bei der Ausrufung des Kreuzzuges dabei war, schrieb mir davon. Er soll am 15. August nächsten Jahres beginnen. Lange haben angesehene Kirchenführer – darunter auch Willigis – vor diesem ungewissen Unternehmen gewarnt und ihre Mahnung wurde ernst genommen. Aber nun ist es doch anders gekommen", sagte er mit grimmiger Miene.

„Aber warum will der Papst diesen Kreuzzug?", fragte Utz. „Die Befreiung der Heiligen Stätten ist doch nur ein Vorwand. Sie sind für die Christen frei zugänglich. Ich habe mich selbst davon überzeugen können, als ich in Jerusalem war."

„Da stimme ich dir zu", bestätigte ihm Conrad. „Man sagt Urban nach, dass er gern das Schisma beseitigen und die Ostkirche wieder mit der Westkirche vereinen will. Das könnte einer der Beweggründe sein, ein anderer sind die Ritter des Frankenreichs!"

„Das verstehe ich nicht. Was haben französische Ritter damit zu tun?", warf Kunigunde ein.

„Sie sind gut ausgebildete Edelmänner mit teuren Waffen, deren Aufgabe das Kämpfen ist. Allerdings gibt es im Moment keinen entsprechenden Krieg, der sie fordert, und sie wissen nichts Rechtes mit sich und ihrer Zeit anzufangen. Manchen mangelt es an Geld, das sie fürs Kriegführen bekommen. Urban ist deshalb eine Allianz zwischen Kirche und Adel eingegangen, deren Anlass weniger edler Natur ist als vielmehr der Notwendigkeit geschuldet. Die Ritter benötigen endlich wieder eine sinnvolle Beschäftigung und diese bietet ihnen der Heilige Krieg."

„Denkst du das wirklich?", fragte Gernot, der sich das nicht so recht vorstellen konnte.

„Das erscheint mir plausibel", pflichtete Gerhard Conrad bei. „Einige von ihnen erweisen ihrem Stand keine Ehre. Sie stiften Unruhe und ziehen plündernd durchs Land. Da liegt es doch nahe, dass man sie auf die Kirche einschwört und so zu bändigen versucht."

Conrad redete weiter. „Für mich hat aber auch Peter von Amiens Einfluss auf die Entscheidung des Papstes. Sein Ansehen unter den Gläubigen ist groß, denn er ist ein begnadeter Redner. Wenn er spricht, kleben sie an seinen Lippen. Er verlangt schon lange diese Pilgerfahrt und das Volk hört auf ihn. Urban will nicht hinter ihm zurückstehen."

„Dieser Peter wird auch der Einsiedler genannt. Er kleidet sich ärmlich und soll sich außerdem kasteien. Er zieht es vor, auf einem Esel zu reiten", meldete sich Griseldis überraschend zu Wort.

„Ganz wie Jesus bei seinem Einzug in Jerusalem", entfuhr es Reinhedis.

„Richtig", stimmte Conrad den beiden Frauen zu und schaute Griseldis nachdenklich an. Für ein Weib war sie erstaunlich gut unterrichtet. „Er beabsichtigt anscheinend genau diesen Bezug herzustellen."

„Höre ich aus deinen Äußerungen Missfallen?", schlussfolgerte Bertolf.

„Ja", gab Conrad unumwunden zu. „Vor allem, weil in Frankreich momentan etwas geschieht, das der Papst nicht voraussah. Etliche Gläubige sind so voller Eifer, dass sie nicht den ausgerufenen Termin in gut einem Jahr abwarten wollen. Erste Gruppen schließen sich bereits unter der Führung nicht allzu redlicher Ritter zusammen. Sie alle berufen sich auf Urbans Versprechen, das jedem Teilnehmer den totalen Ablass gewährt und ihm somit einen Platz im Himmel verheißt, wenn er nur im Namen Gottes gegen die Ungläubigen kämpft. Dabei sind die meisten unerfahren und wissen gar nicht, auf welches Abenteuer sie sich einlassen. Aber ich stoße mich nicht nur an diesen Voreiligen, sondern an der Verheißung im Allgemeinen. Was ist das für eine Sündenvergebung, die durch das Schwert erfolgt?", entrüstete er sich. „Ich fürchte, dass sich die Bauern, Tagelöhner und einfachen Kämpfer als Gotteskrieger sehen könnten. Ihnen muss dieser Kreuzzug wie ein gerechter Krieg erscheinen, da er ja aus Liebe zu Gott und mit dem Segen der Kirche geschieht. Für mich steht das aber im klaren Gegensatz zu den Forderungen Jesu, der Frieden predigt. Aber dem Papst und seinen Anhängern ist es wohl gleich. Die Begeisterung ist dermaßen gewaltig, dass die Teilnehmer Urbans Worte „Deus lo vult", also „Gott will es!" zu ihrem Schlachtruf erkoren haben. Damit ist alles gesagt", erschreckte Conrad die anderen mit seiner ungewohnt offenen Rede.

„Conrad, bist du dir bewusst, was du da sagst? Du zweifelst die Autorität der Kirche an! Damit kannst du dich in Schwierigkeiten bringen", entsetzte sich Gerhard.

„Ich zweifle nicht an der Kirche, sondern an der Entscheidung einzelner Personen! Ich kann nun mal nicht schweigen, wenn ich der Ansicht bin, dass diese bewaffnete Pilgerfahrt ein Fehler ist."

Reinhedis richtete das Wort an ihren Gemahl: „Aber hat das denn überhaupt eine Bedeutung für unser Land oder Mainz? Kaiser Heinrich IV. ist doch von Papst Urban gebannt und bekennt sich offen zu Clemens. Er wird ganz gewiss nicht an diesem Kreuzzug teilnehmen."

„Was den Kaisers anbelangt, pflichte ich dir bei, er wird gewiss nicht an der Seite des verhassten Gegners kämpfen. Doch ob und welche Auswirkungen es auf Reich und Stadt hat, lässt sich jetzt nicht abschätzen. Das wird die Zeit zeigen", belehrte Gerhard sie. „Aber nun sollten wir diese trübsinnigen Gedanken beiseite lassen. Wir sind hier aus fröhlichem Anlass zusammengekommen. Außerdem würden wir alle gern etwas mehr über unsere neue Bürgerin erfahren. Griseldis, erzähl uns etwas von dir", forderte er die junge Frau auf.

Griseldis war dankbar, dass sie in das Gespräch einbezogen wurde, auch wenn ihr der Gesichtsausdruck von Reinhedis klarmachte, dass sie über diese Wendung wenig erfreut war. „Ihr wisst ja, woher ich komme, aber ihr kennt den Grund noch nicht, der mich hierherführte. Ich stand kurz vor meiner Eheschließung, als mein Verlobter, der ein Ritter des Kaisers war, in einer Schlacht fiel. Dieser Verlust traf mich hart und machte mich schwermütig. Ich konnte nicht mehr unter den Menschen und an den Orten bleiben, die mich ständig an ihn erinnerten. Selbst meine Eltern erkannten, dass es für mich nicht gut war, weiter am Hof zu verweilen. Deshalb erhielt ich die Erlaubnis, nach Mainz überzusiedeln, denn auch der Kaiser schätzt die Stadt sehr."

Sie hatte ihre Geschichte so überzeugend vorgebracht, dass die Anwesenden ihr glaubten, obwohl nur die Sache mit der Verlobung stimmte. Ihr Galan war keineswegs in einer Schlacht gefallen, sondern hatte sich aus anderen Gründen von ihr losgesagt. Sie hielt es aber für klüger, diese zu verschweigen, um keine potentiellen Anwärter zu verprellen.

Sie erntete mitfühlende Blicke aus der Runde, vor allem von Dithmar, und sogar Reinhedis zeigte einen Anflug von Anteilnahme. „Hat dir der Ortswechsel geholfen?"

„Ganz langsam lässt der Schmerz nach."

„Dennoch ist ungewöhnlich, dass eine junge Frau wie du allein in einer Stadt lebt. So etwas schickt sich nicht", merkte Herlinde tadelnd an.

„Das weiß ich, deshalb wird bald mein Bruder kommen und bei mir wohnen."

„Wann wird das sein?", hakte sie nach.

Griseldis wurde verlegen. „Eigentlich müsste er längst da sein. Aber gestern erhielt ich Nachricht, dass er in Köln aufgehalten wurde. Weihnachten werde ich wohl alleine sein", seufzte sie.

Prompt bot Gerhard an, dass sie den Feiertag bei ihnen

verbringen könne. Für diese voreilig ausgesprochene Einladung erntete er von Reinhedis einen vernichtenden Blick. Aber er ließ sich nicht davon beirren. „Du kannst uns auch zur Christmette begleiten. Hoffentlich ist Ruthard bis dahin genesen. Dann wirst du ihn kennenlernen."

„Ich danke dir. Aber ist es dir auch wirklich recht? Ich möchte nämlich nicht stören", wandte sie sich an Reinhedis.

Die Burgherrin setzte ein gezwungenes Lächeln auf. „Du bist nicht unser einziger Gast. Jörg und Wylhelm werden auch da sein."

Palast des Erzbischofes

Erzbischof Ruthard erwachte aus einem traumlosen Schlaf. Sein Blick fiel auf Friedbert, der neben seinem Bett wachte und ihn besorgt betrachtete. Seit sich Ruthards harmloser Husten zu einer gefährlichen Lungenentzündung entwickelt hatte, war sein treuer Diener nicht mehr von seiner Seite gewichen. Er flößte ihm seine Arznei ebenso ein wie stärkende Brühe oder mit Honig gewürzten Wein. Auf ärztliche Anordnung verbrannte er Kräuter in einer Schale, damit die Luft im Krankenzimmer gereinigt wurde. Zudem legte er seinem Herrn Wadenwickel an, sobald das Fieber über die Maßen anstieg. Immer wieder kühlte er seine Stirn und achtete darauf, dass er die Sitzposition beibehielt, auf die sein Leibarzt bestand, denn die Lungen des Erzbischofs waren so verschleimt, dass er fürchtete, Ruthard könne im Schlaf ersticken.

Tagelang hatten sie um sein Leben gebangt und alles Erdenkliche unternommen, um es zu retten. Seit heute Morgen trat endlich eine leichte Besserung ein. Das Fieber war deutlich gesunken und der Erzbischof schlief nicht mehr die ganze Zeit. Er hatte sogar nach einer Suppe verlangt, ein sicheres Zeichen, dass der Tod noch eine Weile auf ihn würde warten müssen.

Jetzt saß er in seinem Bett und schaute auf das prasselnde Feuer im Kamin. Ein Schal bedeckte seine Schultern und ein heißer Ziegelstein wärmte seine Füße und Waden. Dennoch fröstelte er. Ruthard wäre gern aufgestanden und umhergelaufen, denn er verabscheute Untätigkeit. Doch sobald er auch nur einen Fuß vor sein Bett setzte, begann sich alles um ihn herum zu drehen und er musste sich wieder hinlegen.

Aber er war froh, wenigstens wieder klar denken zu können, denn es war Zeit, sich mit den Amtsgeschäften zu befassen, die er während seiner Krankheit auf den Kämmerer übertragen hatte. Er wollte erfahren, was in der Zwischenzeit vorgefallen war und ob wichtige Entscheidungen anstanden, und hatte deshalb nach ihm schicken lassen. Ruthard schätzte Embricho weniger wegen ihrer verwandtschaftlichen Beziehung, als vielmehr wegen seiner Fähigkeiten. Während er auf ihn wartete, ließ er Wein, Käse, geräucherten Fisch, Brot und etwas Obst bringen, denn nichts besänftigte seinen Verwandten mehr als gutes Essen.

Endlich traf der Kämmerer ein. Die vielen Stufen zum Gemach Ruthards forderten ihren Tribut und er rang schwer nach Luft. Bedenklich wankend hielt er sich an der Lehne eines Stuhles fest. „Gepriesen sei der Herr", japste er zwischen zwei Atemzügen. „Gut, dass es dir wieder besser geht! Wir fürchteten das Schlimmste!", hechelte er weiter und setzte sich schließlich.

„Er wird wohl noch einiges mit mir vorhaben, da er mich nicht abberufen hat", meinte der Erzbischof gelassen. „Wie du siehst, habe ich uns eine kleine Mahlzeit bringen lassen. Greif zu."

Dieser Aufforderung kam Embricho nur zu gern nach. Beim Anblick der Speisen trat ein Leuchten in seine Augen und er schnitt sich mit seinen wulstigen Fingern ein großes Stück Käse und etwas Brot ab und nahm auch gleich noch von dem Fisch. Dann schenkte er in beide Pokale Wein und prostete Ruthard zu.

Ruthard verfolgte seine Bewegungen mit unterdrückter Abscheu. Was Finanzen anbelangte, war er ein überaus korrekter Mann, aber beim Essen verlor Embricho jegliches Maß. Seine Völlerei stieß den Erzbischof ab, obwohl er längst daran gewöhnt war. Selbst die Fastenzeiten hatten keinen Einfluss auf sein Gewicht. Gerade dann zeigte er sich besonders erfinderisch, was seinen Speiseplan betraf, um keine Einschränkungen hinnehmen zu müssen. Ruthard hatte ihn deshalb schon häufig ermahnt, doch der Kämmerer bekam seine Gier einfach nicht in den Griff.

„Hältst du einen Dank vor dem Essen nicht für angebracht?", wies der Erzbischof seinen Gast zurecht.

„Natürlich", entgegnete Embricho geflissentlich, stellte den Pokal wieder ab und sprach mit Ruthard ein Gebet.

Während des Essens gab Embricho bereitwillig Auskunft über die Vorfälle der letzten Tage, dann zögerte er. Noch wusste der Bischof nichts von der Ausrufung des Kreuzzuges. Conrad und er hatten ihm diese Nachricht vorenthalten. Sie wollten ihm jede Aufregung ersparen, solange er so schwach war, dass er einen Rückfall erleiden konnte. Embricho entschied, es dabei zu belassen, Ruthard war noch nicht soweit genesen, dass er das verkraftet hätte. Dafür erzählte er ihm aber vom Mord an Bruder Anselm.

„Ich habe dir noch eine traurige Mitteilung zu machen.

Du kennst doch Bruder Anselm?", bemerkte er kauend.

„Natürlich."

„Vor gut einer Woche fand man ihn tot in einer Herberge bei Worms. Als Lukas ihn für die Bestattung fertig machte, entdeckte er Anzeichen, die auf einen gewaltsamen Tod hindeuten", fuhr er fort.

Diese Äußerung ließ Ruthard aufhorchen. „Inwiefern?"

Der Kämmerer erklärte es ihm und meinte dann: „Abt Manegold kam zu mir und bat mich um Unterstützung. Ich dachte, ich handle auch in deinem Sinne, wenn ich Hanno aussende, damit er Nachforschungen anstellt."

„Das war richtig, ich hätte das genauso entschieden. Mich wundert nur, warum jemand Anselm tötete. Er war arm. Selbst ein Dieb muss das gewusst haben."

„Genau das haben Manegold und ich uns auch gefragt. Im Augenblick dürfte Hanno in Worms sein. Bis Weihnachten erwarte ich ihn zurück und hoffe, dass er dann Licht ins Dunkel gebracht hat."

Herberge bei Worms

Hanno hatte lange gesucht, bis er endlich die Herberge fand, in der Anselm gestorben war. Der Stallbursche, der ihm die entsprechenden Auskünfte erteilte, machte große Augen, als der Fremde abstieg und ihm das Pferd übergab. Seit dem Diebstahl kamen nämlich nur noch wenige Gäste den Weg hierher und es würde noch Wochen dauern, bis der Vorfall in Vergessenheit geriet.

„Dann bleibst du, obwohl die Gäste ausgeraubt wurden?"

„Mich kümmert das wenig. Der Dieb kehrt gewiss nicht wieder hierher zurück."

Als Hanno die Herberge betrat, empfing ihn der Wirt äußerst zuvorkommend. Jede Münze war in Tagen wie diesen herzlich willkommen.

„Gib mir eine kleine Kammer für die Nacht", sagte Hanno und legte ihm das Geld hin. „Und Hunger habe ich auch. Du hast doch etwas zu essen?"

„Ja", meinte der Wirt geflissentlich.

„Gut", bemerkte Hanno und nahm Platz. „Zuerst hätte ich aber gern einen Krug Bier. Nimm dir auch einen und setz dich zu mir", forderte Hanno den Mann auf, der das Angebot gern annahm.

„Ich will nicht lange um den heißen Brei reden, sondern sofort zur Sache kommen. Der Erzbischof von Mainz schickt mich. Es geht um den Mönch, der hier starb. Kannst du mir dazu etwas sagen?"

„Wieso zeigt der Erzbischof höchstpersönlich Intercsse am Schicksal eines einfachen Mönchleins?", fragte der Wirt erstaunt.

„Weil es bei dessen Tod nicht mit rechten Dingen zuging. Jemand hat ihn ermordet", sagte Hanno und beobachtete die Reaktion seines Gegenübers genau. Der Wirt erbleichte und vergrub das Gesicht in seinen Händen. Ein Diebstahl war schon geschäftsschädigend genug, ein Mord würde ihn ruinieren. „Um Gottes Willen, du behauptest allen Ernstes, dass ich einen Mörder beherbergte? Dabei sah er aus, als wäre er im Schlaf gestorben", flüsterte er erschrocken.

„Dem war aber nicht so und dafür gibt es hinlänglich Beweise. Aber sei getrost, außer dir wird hier niemand davon erfahren, nicht mal euer Schultze. Ich sehe ja, dass du es im Augenblick nicht leicht hast. Aber ich muss meine Arbeit tun und bin deshalb auf deine Hilfe angewiesen. "

„Ich sage dir alles, an was ich mich erinnere", meinte der Wirt eilfertig.

„Fang am besten mit seinem Eintreffen an. Jedes Detail kann wichtig sein", forderte Hanno ihn auf.

Der Wirt legte die Stirn in Falten und dachte kurz nach. „An diesem Tag war er mein erster Gast. Er erzählte mir von seiner Reise nach Rom, und dass sie den Rückweg zu zehnt antraten, allesamt Mönche. Irgendwann trennten sich ihre Wege, einige zogen weiter in das Kloster Melk, andere auf die Reichenau, wo sie als Kopisten in der dortigen Schreibschule arbeiten. Die Restlichen begleiteten ihn bis Speyer. Ab dann setzte er seine Reise alleine fort. Wenn ich mich recht entsinne, blieb er einige Tage in der Stadt, aber behaupten will ich das nicht. Ich hörte nur mit halbem Ohr zu, weil ich das Schreibzeug für einen Brief zusammensuchte, den er für mich beantworten sollte. Das war die Gegenleistung für seine Übernachtung und die Pilgermahlzeit."

„Du hast ein recht gutes Gedächtnis", bescheinigte ihm Hanno. „Gibt es noch irgendetwas, das in Bezug auf ihn wichtig wäre?"

Der Wirt kratze sich am Hinterkopf. „Nein. Nachdem er den Brief geschrieben hatte, aß er, trank sein Bier und ging als Erster nach oben."

„Wer saß an seinem Tisch?"

„Daran hab ich gar nicht mehr gedacht!", entfuhr es ihm. „Jetzt, wo du fragst, erinnere ich mich an den Kerl, der mir gleich nicht recht geheuer war. Ich erkenne lichtscheues Gesindel, wenn ich es sehe. Aber er konnte zahlen und benahm sich anständig und so sah ich keinen Grund, ihn vor die Tür zu setzen. Wie sich herausstellte, war er wohl der Dieb, denn am nächsten Morgen hatte er sich aus dem Staub gemacht. Mir fiel auf, dass er Anselm verstohlen musterte, genau wie die anderen Gäste auch."

„Hättest du mal auf deinen Instinkt vertraut und ihn hinausgeworfen, dann wäre dir und deinen Gästen viel Ärger erspart geblieben", stellte Hanno fest.

„Hinterher ist man immer schlauer", seufzte der Wirt zerknirscht.

„Hast du gesehen, ob sie miteinander redeten?"

„Die Stube war bis auf den letzten Platz besetzt und ich hatte alle Hände voll zu tun. Aber auszuschließen ist es nicht."

„Kannst du ihn beschreiben?"

„Ich habe nicht auf jeden Einzelnen achten können und der Kerl saß im Halbdunkel, sodass ich sein Gesicht nicht richtig sehen konnte. Er hielt den Kopf meist gesenkt und war von durchschnittlicher Statur. Er hatte keinen Bart und trug unauffällige Kleider. Mir fiel nur sein struppiges, widerspenstiges Haar auf. Mehr kann ich dir nicht sagen. Aber er hatte etwas Lauerndes an sich. Manchmal neigte er den Kopf zur Seite und schielte aus den Augenwinkeln, was mich an einen wilden Hund oder eher noch an einen Wolf erinnerte."

„Deine Beschreibung ist wirklich dürftig."

„Tut mir leid, aber du kannst ja mal meinen Knecht fragen, bei dem hat er bezahlt. Doch ich bezweifle, dass er dir mehr sagen kann. Ich weiß nicht, ob die beiden viel miteinander gesprochen haben."

„Wie konnte er überhaupt unbemerkt entkommen?"

„Unter dem Fenster des Schlafsaals lehnte meine Leiter. Die haben aber weder mein Knecht noch ich dorthin gestellt."

„Demnach hatte er sie dort hingestellt, bevor er die Herberge betrat. Oder er hat einen Komplizen, der es während der Nacht tat, was ich eher vermute."

„So könnte es gewesen sein", stimmte der Wirt ihm zu.

„Bevor es dunkel wird, schaue ich mir alles einmal von außen an. Danach hätte ich gern meine Mahlzeit", sagte Hanno und stand auf.

„Du musst einfach hinters Haus gehen. Oben unter dem Dach ist eine Fensteröffnung, die zum Schlafsaal gehört. Darunter befand sich die Leiter. Möchtest du noch ein Bier zum Essen?"

„Hast du auch Wein?"

„Sicher."

„Ich will aber nicht den, den du den Gästen vorsetzt, sondern den, den du selbst trinkst."

„Der ist aber teurer."

„Das lass meine Sorge sein. Wo bewahrst du die Leiter eigentlich auf?"

„Meistens im Stall."

Hanno ging hinter das Haus und begann mit seiner Untersuchung. Die Eindrücke, die die Leiter hinterlassen hatte, waren noch zu sehen. Dann ging er in den Stall und befragte den Burschen. Der hatte sein Pferd mit Heu und Wasser versorgt und rieb es nun ab. Wie der Wirt es vorhergesagt hatte, waren seine Auskünfte mehr als dürftig. Hanno kehrte in den Schankraum zurück, wo ihm sein Essen gebracht wurde.

Seine Arbeit hier war erledigt und er hätte morgen eigentlich nach Mainz zurückkehren können. Doch so schnell wollte er nicht aufgeben. Er wunderte sich zunehmend, dass ein Mönch auf Pilgerreise, der noch nicht einmal seine Übernachtung zahlen konnte, überhaupt ausgeraubt worden war. Deshalb beschloss er nach Speyer weiterzureiten, um dort Anselms Fährte aufzunehmen. Nach dem Essen ging er in sein Zimmer und blockierte die Tür mit einem Stuhl. Er liebte keine unwillkommenen Überraschungen, schon gar nicht während der Nacht.

Dienstag, 18. Dezember A. D. 1095, 19. Tewet 4856
Mainz, Benediktinerkloster

Im Weinkeller des Benediktinerklosters hantierten die Mönche seit der Vigil im Schweiße ihres Angesichts. Sie hatten mit dem Abstechen des Weins auf Bruder Anselm gewartet, dessen Rückkehr um den 15. Dezember angekündigt gewesen war. Da er aber nun nicht mehr unter ihnen weilte, mussten sie diese Arbeit ohne seine Hilfe in Angriff nehmen. Bruder Josephus, der seit etlichen Jahren Anselms rechte Hand war, hatte von der Traubenernte über das Keltern bis zum Abschluss der Gärung alles genau überwacht. Seit der Wein in den Fässern ruhte, überzeugte er sich immer wieder, dass alles seine Ordnung hatte. Unter Anselm war das Abfüllen immer vor Weihnachten abgeschlossen gewesen; wenn sie sich an diesen Zeitplan halten wollten, mussten sie sich sputen.

Während er im Schein der Fackeln kontrollierte, dass jeder Handgriff saß, wurde ihm der Verlust Anselms erst so richtig bewusst. Er erinnerte sich an seine ruhige Art, mit der er die Aufsicht über die Kellerarbeit geführt hatte. Seine Augen waren stets überall gewesen und er hatte immer sofort gesehen, wenn es an irgendetwas mangelte oder wenn Hilfe vonnöten war. Josephus hoffte, dass er einen ebenso guten Kellermeister abgeben würde.

Aber ihm blieb keine Zeit für Sentimentalitäten. Denn jetzt begann der diffizile Teil der Arbeit. Die neuen Fässer waren in den Keller geschafft und neben die alten gerollt worden. Nun wurden die ersten beiden mittels eines Schlauchs an den Spundlöchern verbunden, die sich ein gutes Stück oberhalb der abgelagerten Hefeschicht befanden. Sobald das geschehen war, wurde an der oberen Eintrittsöffnung des vollen Fasses ein großer Blasebalg angesetzt und sämtliche Löcher abgedichtet. Jetzt kamen die kräftigsten Brüder zum Einsatz, die den Wein umpumpten, wobei sie nicht nur Ausdauer beweisen, sondern auch mit großer Sorgfalt vorgehen mussten.

Bruder Josephus durfte den richtigen Zeitpunkt nicht verpassen, an dem das Umfüllen beendet war, denn die sedimentierte Hefe durfte aus dem alten Fass keinesfalls in das neue gelangen. Josephus, der anfangs gefürchtet hatte, er könnte an der großen Verantwortung scheitern, wurde immer sicherer, als er sah, dass jeder Handgriff saß und seine Mitbrüder seine Anordnungen befolgten. Bald machte er sich keine Gedanken mehr, über das, was er tat, und agierte mechanisch, gerade so, als führe er seit Jahren hier unten das Zepter. Trotzdem fürchtete er sich vor der ersten Probe. Was, wenn der Wein nach Essig schmeckte oder völlig trübe war?

Sollte er tatsächlich sauer sein, war er verloren. Zeigte er dagegen nur eine leichte Trübung konnte man ihn retten. Er erinnerte sich an die Rezepturen, die Anselm in einem kleinen Buch gesammelt hatte. Trübungen beseitigte er mit klarem Hühnereiweiß, Tonerde oder reinem Sand, dabei rührte er die Substanzen nie gemeinsam, sondern stets einzeln ein. Sie sorgten dafür, dass die Trubstoffe sich am Boden absetzten. Zwar musste der Wein dann erneut umgefüllt werden, dafür war aber das Ergebnis optimal.

Doch Anselm probierte auch andere Methoden aus, da er stets das Beste aus dem Wein herausholen wollte. Manche von ihnen behielt er bei, weil sie sich als gut erwiesen, andere verwarf er nach nur einmaliger Anwendung. Für ihn waren das Räuchern, die Zugabe von Wacholderbeeren oder Holz genauso verpönt wie das Einlegen bestimmter Wurzelarten. Er vertrat die Auffassung, dass dadurch nur der ursprüngliche Geschmack des Weines beeinträchtigt wurde. Auch das Hinzufügen von Quecksilber, das die reichen Frauen zum Bleichen ihrer Haut verwendeten, stellte sich als gefährlich heraus, denn über einen längeren Zeitraum eingenommen, führte es unweigerlich zu Vergiftungen.

Aber Anselm achtete nicht nur während der Herstellung auf Sorgfalt, sondern richtete sein Augenmerk auch auf die korrekte Lagerung. Er hatte entdeckt, dass Luft den Wein rascher verderben ließ, und riet deshalb zur Versiegelung der Fässer mit Teer oder Wachs. Josephus hielt dies anfangs für übertrieben, doch Anselm belehrte ihn eines Besseren. Er ließ seinen Lehrling Wein aus einem einzigen undichten Fass kosten, entnahm ihn aber von drei unterschiedlichen Stellen. Die oberste Schicht schmeckte essigartig, die mittlere gut, während die unterste ungenießbar war.

Josephus hatte doch tatsächlich geglaubt, das Fass beinhaltete drei Sorten, bis Anselm ihm das Phänomen erklärte: „Nur durch die Einwirkung der Luft von oben und durch die Sedimente am Boden kommt diese Veränderung zustande. Deshalb variiert sein Geschmack je nach Schicht. Dieses Beispiel zeigt dir, dass beim Hantieren äußerste Sorgsamkeit geboten ist. Je weniger Luft eindringt und je weniger Sediment sich am Boden absetzt, umso bekömmlicher ist das Produkt. Zudem ist Sauberkeit äußerst wichtig, denn schmutzige Fässer lassen den Wein schlecht werden. Darum mach dir Folgendes zu eigen: Nur ein sauberes Fass, Vorsicht beim Umfüllen und richtiges Versiegeln garantieren ein gutes Ergebnis."

Dies alles hatte Josephus nun im Hinterkopf und so gab er schließlich genau zum richtigen Zeitpunkt den Befehl, mit dem Umfüllen aufzuhören. Er zapfte sich etwas aus dem neuen Fass und während er den ersten Schluck verkostete, beobachteten ihn seine Mitbrüder angespannt. Als er schließlich erleichtert nickte, war die Freude unter ihnen groß. Sie hatten bewiesen, dass sie auch ohne Anselm auskamen.

Zum wilden Eber

Sanne hatte die halbe Nacht wachgelegen und Mathes' Atemzügen gelauscht. Als er schließlich leise zu schnarchen begann, deutete sie das als gutes Zeichen und schlief endlich auch ein. Erst ein Schmerzensschrei am Morgen weckte sie auf.

„Verflucht noch eins, wieso tut mir das Aufstehen heute so weh?", hörte sie ihn schimpfen.

„Wirst du wohl liegen bleiben!", ermahnte sie ihn. „Der Arzt hat gesagt, dass du zwei Tage das Bett hüten musst."

„Wieso denn das?", fragte er verwundert.

„Jobst hat dir doch ein Messer zwischen die Rippen gestoßen. Hast du das etwa vergessen? Wäre Widukind nicht gewesen, hätte es noch weitaus schlimmer kommen können."

„Jetzt dämmert es mir. Aber ich glaube nicht, dass er mir nach dem Leben trachtete. Er ist zwar ein Heißsporn, aber kein Mörder."

„Du verteidigst den Raufbold auch noch? Bist du von Sinnen?", rief Sanne erbost. „Lass das bloß nicht Gernot hören, sonst fällt er ein zu mildes Urteil. Heute treten die drei nämlich vors Gericht."

Mathes lächelte sein Weib an. „Beruhige dich. Ich will ja auch, dass er bestraft wird, aber er soll nicht dem Henker übergeben werden."

„Du bist viel zu gutmütig!"

„So bin ich nun einmal und deshalb hast du mich doch geheiratet, oder?"

Nun war es an Sanne zu lächeln. Sie schätzte wirklich Mathes' Sanftmütigkeit, die nur eine seiner vielen positiven Eigenschaften war.

„Von welchem Arzt sprichst du überhaupt?", wollte er wissen.

„Von Ibrahim. Widukind hat ihn geholt. Er hat dich zusammengeflickt."

„Hat er seine Sache wenigstens gut gemacht?"

„Sehr gut, und wenn du schön liegen bleibst, behältst du nur eine kleine Narbe zurück."

„Und wenn nicht?"

„Fällt dir das Gedärm raus."

„Du übertreibst mal wieder schamlos."

„Er hat dir wirklich zwei Tage Bettruhe verordnet und danach darfst du einige Zeit nichts Schweres heben", beharrte sie, gab ihm einen Kuss und tastete nach seiner Stirn. „Fieber hast du keins. Das ist gut."

„Ich fühle mich allerdings, als hätte ich den ganzen Tag Mehlsäcke geschleppt."

„Das kommt gewiss von deinem Sturz. So, und nun muss ich deinen Verband wechseln und die Wunde mit Wein betupfen."

Sie sprang aus dem Bett, zog sich ein Hemd über und tapste in die Küche. Während Mathes sie hantieren hörte, wurde ihm bewusst, welch großes Glück er mit Sanne hatte. Sie war die beste Frau, die ein Mann sich wünschen konnte, und er liebte sie abgöttisch. Er kannte die Reden, die über ihre Ehe geführt wurden. Niemand verstand, warum ausgerechnet die schöne Sanne, den schüchternen, schmächtigen Mathes zum Mann genommen hatte. Aber sie ließ keinen Zweifel an ihren Gefühlen ihm gegenüber aufkommen und betonte immer wieder, wie sehr sie sein sanftes Wesen, seine

Rücksichtnahme und die Fähigkeit ihr zuzuhören, schätzte. Der einzige Schatten, der über ihre Ehe lag, war ihre Kinderlosigkeit. Ihr Schoß war anscheinend nicht dafür gemacht, Kinder zu gebären. Aber solange sie sich gegenseitig hatten, mangelte es ihnen an nichts.

Sanne kehrte zurück, setzte sich zu ihm, schlug die Decke beiseite und löste den Verband. „Versprich, dass du nie wieder so etwas Dummes tust. Lass diese Hohlköpfe in Zukunft reden, was sie wollen, und hör einfach nicht hin. Wir wissen, was wir aneinander haben und der Rest der Welt kann uns egal sein. Ich will noch nicht zur Witwe werden."

„Ich verspreche es dir, auch wenn es mir schwerfällt. Au, ist das kalt!", beklagte er sich mit Jammermiene, als sie die Wunde abtupfte.

„Hab dich nicht so. Sie sieht übrigens gut aus. Kein bisschen gerötet und die Kruste ist fest. So fertig", meinte sie und küsste ihn auf die Nasenspitze. „Ich mache uns eine kleine Mahlzeit, dann muss ich ins Gericht. Gernot erwartet meine Zeugenaussage."

Der Ofen hatte inzwischen die richtige Temperatur und sie kochte ihm den Tee aus Weidenrinde, falls er während ihrer Abwesenheit Schmerzen bekommen sollte. Da er bitter war, süßte sie ihn mit Honig. Dann wärmte sie Milch und verrührte ein paar Eier, die sie in einer schweren, gusseisernen Pfanne gemeinsam mit zwei Scheiben Speck anbriet. Normalerweise gab es den Speck nur zu bestimmten Anlässen und schon gar nicht an Wochentagen während der Fastenzeit, aber Mathes musste zu Kräften kommen. Sie schnitt auch noch drei Scheiben Brot ab, zwei für ihren Mann und eine für sich. Dann füllte sie ihre Becher mit Milch, stellte alles auf ein Holzbrett und trug alles nach oben.

„Nach der Verhandlung muss ich noch auf den Markt. Es

dauert also bis ich nach Hause komme. Ich werde Arnulfs Frau Berta bitten, dass sie sich um dich kümmert."

„Dieses neugierige Weib! Muss das sein? Ich komme gut allein zurecht", versuchte Mathes Sanne umzustimmen.

Doch sie ließ sich nicht erweichen. „Und wer lässt den Arzt herein? Er wollte heute Morgen nach dir sehen. Ich gebe ihr Beschäftigung in der Küche. Sie kann Gemüse putzen. Sie ist zwar nicht die freundlichste, dafür aber zuverlässig. Bei ihr weiß ich, dass noch alles an seinem Platz ist, wenn ich zurückkomme. Und nun schlaf noch ein bisschen", meinte sie und strich ihm liebevoll über den Kopf.

Haus von Widukind

Widukind erwachte mit hämmernden Kopfschmerzen, die weniger auf das Bier als vielmehr auf die Auseinandersetzung mit Jobst zurückzuführen waren. Am liebsten wäre er liegen geblieben, doch den Schultheiß ließ man nicht warten. Zudem pochte die Wunde und er löste den Verband, um zu prüfen, ob sie sich entzündet hatte. Aber alles schien in Ordnung. Er behandelte sie so, wie Ibrahim es ihm aufgetragen hatte, und verband den Arm wieder. Danach schlüpfte er in seine Beinkleider und ging schwerfällig durch die Hintertür ins Freie.

Widukinds Haus lag an der Grenze zum Judenviertel und bildete mit den Häusern seiner Nachbarn ein Rechteck, das sich um einen Hof samt Brunnen gruppierte. Auf der einen Seite wohnten Thomas und Friedrich, seine christlichen Nachbarn, auf der anderen David bar Natanael, Samuel bar Natanael und Immanuel bar Simson. An den Längsseiten führte je ein Hoftor auf eine Gasse. Neben diesen befanden sich die Latrinen, von denen eine die Juden, die andere die

Christen benutzten. Letztere suchte Widukind jetzt auf, um sich zu erleichtern.

Brunnen und Latrinen stellten einen nicht zu unterschätzenden Komfort dar, über den nicht viele Gebäude in Mainz verfügten. Er war froh, dass das kleine Haus ihm gehörte. Sein früherer Besitzer war kurz vor Widukinds Rückkehr gestorben, und da niemand Ansprüche darauf erhob, hatte er es bekommen. Auch mit seinen Nachbarn kam er gut aus. Ihn störte es nicht, dass es Juden waren, die neben ihm wohnten, für ihn gehörten sie zur Mainzer Bürgerschaft wie alle anderen auch. Aber nicht jeder teilte seine Ansicht. Manche begegneten ihnen mit Zurückhaltung, denn ihre Lebensweise befremdete sie. Das konnte an ihren vielen Regeln liegen, die sie strikt einhielten, oder auch daran, dass sowohl jüdische Männer wie auch Frauen lesen, schreiben und rechnen konnten, was unter den Christen keinesfalls üblich war.

Am Brunnen schüttete sich Widukind Wasser über Kopf und Rumpf, wobei er darauf achtete, seinen Verband nicht zu benetzen. Das Wasser war eiskalt und stach wie Eisnadeln, aber es milderte die Kopfschmerzen und er gönnte sich noch einen zweiten Guss. Danach fühlte er sich besser und ging in sein Haus zurück, um sich abzutrocknen.

Seinen Durst hatte er am Brunnen gestillt, aber vor seinem Erscheinen bei Gericht musste er noch etwas essen, denn er wusste nicht, wie lange die Verhandlung sich hinziehen würde. Auch wenn er keinen rechten Appetit hatte, griff er nach einem Apfel, der bereits zu schrumpeln begann. Mit wenigen Bissen hatte er ihn aufgegessen, kleidete sich dann vollständig an und verließ das Haus.

Draußen fing er einen Knaben ab und drückte ihm eine Münze in die Hand. „Lauf zu Meister Archibald in die

Dombauhütte und sag ihm, dass Widukind vor Gericht erscheinen muss und deshalb später kommt. Kannst du dir das merken?"

„Ja", entgegnete der Junge und rannte davon.

Als er das Gebäude erreichte, in dem die Verhandlung stattfinden sollte, hatte sich bereits eine Menschenmenge davor versammelt. Sanne war auch schon da und winkte ihm zu. Sie wirkte deutlich weniger bekümmert als gestern Abend und Widukind nahm deshalb an, dass es Mathes dementsprechend gut ging. Er beneidete seinen Freund um seine gute Ehe. Sanne konnte manchmal ganz schön herrisch sein, aber sie war Mathes genauso zugetan wie er ihr. Für einen kurzen Augenblick flackerte eine ungestillte Sehnsucht in ihm auf und er wünschte sich ebenfalls ein Weib an seiner Seite. Schönheit war dabei keine unbedingte Voraussetzung – auch wenn sie kein Hindernis darstellte. Aber er wusste inzwischen nur zu gut, dass eine hübsche Fassade allein noch kein gutes Weib ausmachte. Dazu gehörten auch Eigenschaften wie Herzenswärme, Klugheit und Verständnis. Bisher war er allerdings nur wenigen Frauen begegnet, die all dies in sich vereinten, auch wenn es eine gab, an die er sein Herz verloren hatte. Aber für ihn blieb sie unerreichbar. Mit dem Seufzer des Bedauerns tat er die letzten Schritte auf Sanne zu.

Im Gericht

Sanne blieb kaum Zeit, um ein paar Worte mit Widukind zu wechseln, denn Gernot erschien kurz darauf und betrat das Gebäude. Die Menschen drängten hinter ihm her, da jeder sich den besten Platz sichern wollte, um freie Sicht auf den Schultheißen, die Zeugen und die Angeklagten zu haben. Erst der Amtsdiener bot an der Tür zum Saal dem Geschiebe einigermaßen Einhalt.

Widukind und Sanne ließen es gelassen angehen, denn als Zeugen würden sie ganz vorne zum Stehen kommen. Widukinds Blick wanderte über die Köpfe der Anwesenden und er bemerkte, dass jeder, der etwas auf sich hielt, gekommen war. Adlige, die Meister der Zünfte sowie etliche Kaufleute und Händler. Sie alle wollten wissen, welche Strafe den Fuhrleuten drohte, da viele von ihnen ihre Dienste in Anspruch nahmen. Sogar Griseldis erspähte er. Sie wollte sich das Spektakel wohl auch nicht entgehen lassen. Ihre Augen blieben auf Sanne haften und sofort verfinsterte sich ihre Miene. Widukind entging nicht, wie sie die Frau neben sich ansprach, während sie weiterhin in ihre Richtung schaute. Er vermutete, dass sie sich nach Sanne und womöglich auch nach ihm erkundigte. Lange dauerte diese Unterhaltung allerdings nicht, denn der Schultheiß trat ein.

Auf sein Handzeichen wurden Jobst, Sixt und Endris hereingeführt. In ihren Fesseln wirkten sie recht kleinlaut. Die Nacht in Gewahrsam hatte sie anscheinend zur Vernunft gebracht. Jedenfalls war von ihrem großtuerischen Gehabe von gestern nichts mehr übrig. Mit hängenden Schultern und gesenkten Köpfen standen sie vor dem Richterpult.

Sanne geriet bei ihrem Anblick in Rage und setzte zu einer Schimpftirade an, die jedem Waschweib zur Ehre gereicht hätte. „Wisst ihr, dass ihr meinen Mathes fast getötet hättet, ihr dummköpfigen Schläger? Schande über euch und eure Nachfahren. Mir wär am liebsten, ich müsste euch nie wiedersehen und ihr würdet im Kerker verrotten."

Gernots Kopf rötete sich. Er schlug mit der Faust auf den Tisch und unterbrach ihr Gezänk. „Schweig, sonst verhänge ich eine Strafe wegen unflätiger Rede über dich. Du hast hier gar nichts zu befinden. Der Einzige, der das tut, bin ich!"

Sanne verstummte, während Gernots Ermahnung die Zuhörer zum Lachen brachte.

Erneut fuhr seine Faust auf das Pult und er blickte erzürnt in die Menge. „Ich lasse den Saal leeren, wenn nicht sofort Ruhe einkehrt."

Das Gelächter erstarb schlagartig und Gernot begann mit seiner Ansprache. „Wir sind zusammengekommen, um über diese Männer zu urteilen. Ihre Tat ist verabscheuenswürdig, aber mein Spruch wird weder durch ein zänkisches Weib noch durch ein gröhlendes Publikum beeinflusst. Er unterliegt allein meinem Rechtsempfinden. Wir beginnen mit der Befragung der Zeugen. Und ich wünsche ab jetzt keine weiteren Unterbrechungen!", belehrte er die Anwesenden.

Wieder wagten einige Zuschauer ihre Zustimmung laut zu bekunden, doch Gernot hob nur drohend den Zeigefinger und sie schwiegen sofort. „Ich meine es ernst, noch eine weitere Unterbrechnung und ich werfe die Störer für einen Tag in den Kerker!"

Dieses Mal zeigten seine Worte Wirkung und die Münder blieben geschlossen, allerdings war Sanne anzusehen, dass sie vor Wut kochte. Sie hasste es, zurechtgewiesen zu werden, und Gernots Tadel kam schon einer Bloßstellung gleich.

Der Schultheiß betrachtete die Zeugen der Reihe nach. „Bevor ich euch befrage, werdet ihr vereidigt. Ich weise euch nur dieses eine Mal darauf hin, dass Meineid strafbar ist. Habt ihr das verstanden?"

Alle nickten.

„Gut, dann sprecht dem Gerichtsdiener nach", forderte er von ihnen.

Nachdem die Eide abgelegt waren, wandte er sich zunächst an Sanne. „Wie geht es deinem Mann? Aber ich bitte um eine ehrliche Antwort!"

Sanne schluckte ihren Ärger über die erneute Zurechtweisung hinunter, denn sie hatte vorgehabt eine möglichst drastische Schilderung von Mathes' Leiden zu geben, was sie nun aber unterließ. „Es geht ihm ganz gut. Die Wunde ist nicht allzu groß. Er hat die Nacht durchgeschlafen und heute Morgen sogar etwas essen können."

„Dann wird er wieder gesund?"

„Der Arzt meint, wenn er keine Entzündung bekommt und nicht nach innen blutet, dann ja."

„Gibt es dafür irgendwelche Anzeichen?"

„Bis jetzt nicht."

„Das ist erfreulich. Richte ihm meine Genesungswünsche aus."

Sannes Aussage sorgte bei den Fuhrleute für Erleichterung. Ihre verkrampfte Körperhaltung entspannte sich etwas und sie hoben sogar kurz die Köpfe und schauten in ihre Richtung. Doch Sanne wandte sich trotzig ab.

Gernot befragte nun den Steinmetz. „Widukind von Battenheim, du warst während des Streits die ganze Zeit dabei?"

„Jawohl."

„Dann berichte der Reihe nach, was gestern Abend geschah."

Der Steinmetz räusperte sich und erzählte alles, ohne seinen Bericht unnötig auszuschmücken. Gernot und die Fuhrleute hörten ihm aufmerksam zu.

„Gibt es dem etwas hinzuzufügen?", wollte Gernot von den anderen Zeugen wissen.

Die Goldschmiedegesellen bestätigten Widukinds Aussage und Arnulf stellte fest: „Es ereignete sich genauso, wie Widukind sagte!"

Sanne meinte: „Ich war in der Küche, bis Mathes niedergestochen wurde, und weiß deshalb nicht, was davor geschah."

„Und wie seht ihr das?", fragte er Jobst, Sixt und Endris.

„Es hat sich wohl alles so zugetragen", entgegnete Jobst leise und mit gewissem Respekt in der Stimme.

„Sprich lauter, man versteht dich kaum!"

Jobst wiederholte seine Antwort.

„Was meinst du mit ‚wohl'?", hakte Gernot nach.

Endris zog laut schniefend die Nase hoch und Sixt scharrte verlegen mit den Füßen.

„Während wir im Gefängnis saßen, versuchten wir uns an alles zu erinnern. Aber es gelang uns nicht. Wir haben einfach zu viel Bier getrunken und waren deshalb benebelt. Bevor wir zu Mathes gingen, zechten wir schon im Eichbaum."

„Ihr wollt eure Tat doch hoffentlich nicht damit entschuldigen?"

„Nein, keineswegs", sagte Endris rasch. „In einem solchen Zustand sind wir eben unberechenbar und wissen dann nicht wo vorn und hinten ist."

„Das hat man euch angemerkt", warf Arnulf ein. „Ihr habt geschwankt wie Schiffe bei starkem Seegang."

Wieder lachten einige Zuschauer, selbst Gernot musste kurz schmunzeln und sparte sich dieses Mal eine Rüge. Seine Miene wurde wieder ernst. „Seid ihr etwa stolz auf das, was ihr im Rausch tut?"

„Nein", bekannte Jobst zerknirscht. „Ich kenne meine Schwäche, aber mir gelingt es einfach nicht sie zu bezwingen. Mein Geist ist willig, mein Fleisch leider schwach."

„Versuche nicht, dich mit Bibelzitaten herauszureden. Das ist keine Entschuldigung!", empörte sich der Schultheiß.

„Heute Morgen erscheint ihr mir recht vernünftig, aber dieses Mal seid ihr entschieden zu weit gegangen. Noch bin ich mir nicht sicher, ob ihr nicht doch der höheren Gerichtsbarkeit überstellt gehört. Ich ziehe mich jetzt zurück. In zwei Tagen verkünde ich die Entscheidung, bis dahin bleibt ihr auf jeden Fall in Gewahrsam. Nutzt die Zeit und geht in euch. Ihr habt schon Etliches auf dem Kerbholz, da ist bald kein Platz mehr für weitere Schandtaten", ermahnte er sie.

Während die Wachen die drei wegbrachten, verließ das Publikum den Gerichtssaal. Etliche zeigten sich enttäuscht, weil die Verhandlung so früh endete. Sie hatten gehofft, sie zöge sich bis zum Abend hin. Aber Gernot war bekannt dafür, kurzen Prozess zu machen, was er heute wieder eindrucksvoll demonstrierte.

Sanne hielt Widukind zurück. „Was denkst du, wie Gernots Urteil ausfallen wird?"

„Das weiß ich nicht. Er ist ein harter, aber gerechter Mann. Da die drei sich zu ihrer Schuld bekennen und so etwas wie Einsicht zeigen, denke ich nicht, dass sie dem Stadtgrafen überstellt werden. Trotz ihres manchmal unflätigen Gebarens sind sie einfach die besten Fuhrleute der Stadt und im Grunde ihres Herzens keine üblen Kerle. Und Gernot wird es sich gewiss nicht mit den Kaufleuten und Händlern verderben wollen."

„Du hast doch nicht etwa Sympathie für sie?", entrüstete sie sich. „Sie müssen zur Rechenschaft gezogen werden", ereiferte sich Sanne weiter.

„Nein, ich billige ihr Verhalten keineswegs. „Sie sollen ihre gerechte Strafe ja auch erhalten, die sie hoffentlich endlich zur Vernunft bringt."

„Da kannst du eher einem Ochsen ins Horn petzen, als dass die sich bessern", entfuhr es ihr.

Widukind lachte. „Vielleicht, vielleicht auch nicht. Zumindest Jobst scheint sich mehr Gedanken als üblich zu machen. So kleinlaut hab ich ihn noch nie erlebt. Ich muss jetzt in die Dombauhütte. Grüß Mathes von mir. Bei Gelegenheit schaue ich vorbei", verabschiedete er sich.

„Wolltest du dir nicht beim Arzt deine Salbe holen?", rief Sanne ihm nach.

„Das hat Zeit bis heute Abend."

Vor dem Gericht

Der Besuch bei Gericht war Griseldis ein interessanter Zeitvertreib gewesen. Die Verhandlung hatte sie sogar streckenwiese amüsiert und ihr gezeigt, aus welchem Holz der Schultheiß geschnitzt war.

Draußen überraschte sie Dithmar. „Ich hätte nicht gedacht, dass dich die Verhandlung interessiert, da du doch neu in der Stadt bist."

„Darf ich mir nicht anschauen, wie Gernot urteilt?"

„Natürlich!", meinte Dithmar geflissentlich.

„Mich wundert viel mehr, dass du dort warst. Musst du nicht deinem Vater im Laden zur Hand gehen?", fragte sie ihn.

„Eigentlich schon. Da Endris aber noch vor Weihnachten eine Fuhre Tuch für uns nach Worms liefern soll, wollte er wissen, ob er sich möglicherweise nach einem anderen Fuhrmann umsehen muss. Es wird ihm gar nicht gefallen, sich noch zwei Tage gedulden zu müssen."

„Und weshalb nehmt ihr nicht gleich einen andern Fuhrmann?"

„Nicht jeder ist so zuverlässig wie die drei."

Griseldis wechselte das Thema. „Dieser Steinmetz ist ein beeindruckender Mann, nicht nur wegen seiner Größe. Er scheint mir auch recht besonnen und einigermaßen klug zu sein. Ist er eigentlich noch Junggeselle?"

„Ja, warum? Gefällt er dir etwa?", erwiderte Dithmar und reckte sich unwillkürlich, um größer zu erscheinen.

„Auf seine Art sieht er nicht übel aus."

Ihm gefiel ihre Feststellung ganz und gar nicht und er meinte deshalb eilig: „Er ist aber nicht so gut betucht."

„Willst du mir damit sagen, dass du wohlhabender bist?", merkte sie mit kokettem Seitenblick an.

„So wollte ich das eigentlich nicht ausdrücken. Ich kann mir nur nicht vorstellen, dass er ...", erwiderte er, beendete den Satz aber nicht.

„Was kannst du dir nicht vorstellen?", wollte sie wissen, ließ ihn aber zappeln, obwohl sie seine Antwort ahnte.

Dithmar drucckste herum. „Nun, ich finde ihn eben nicht passend für dich."

„Auf was für Gedanken du kommst! Als würde ich mich mit einem Steinmetz einlassen! Aber ich darf doch wohl feststellen, dass er eine imposante Erscheinung ist, oder?"

„Du bist wirklich außergewöhnlich. Ich kenne kein Weib, das solch offene Reden führt."

„Nimm mein Gerede nicht zu ernst. Meist mache ich einfach nur Spaß. Übrigens bist du auch ganz passabel und hast mir gleich bei unserer ersten Begegnung gefallen. Hast du das nicht bemerkt?"

Angesichts ihrer Offenheit stand Dithmar der Mund vor Staunen offen und er blieb ihr die Antwort schuldig. Gut, dass sein Vater das nicht hörte, solch ungebührliches Benehmen würde er nie gutheißen.

„Und das meine ich jetzt wirklich ernst", fuhr sie unbeirrt fort. „Möchtest du mich nach Hause begleiten? Dann weißt du auch gleich, wo ich wohne."

„Das weiß ich bereits", entfuhr es ihm.

„Ach, und woher?", lächelte sie vieldeutig.

„Gerhard sagte es mir."

Dithmar wurde auf einmal verlegen, denn ihm fiel kein Gesprächsthema ein. Stumm liefen sie eine Zeit lang nebeneinander her. Es war Griseldis, die das Schweigen brach. „Wo befindet sich eigentlich euer Geschäft? Ich werde in absehbarer Zeit Tuch für ein neues Gewand brauchen."

„In der Nähe des Doms. Du kannst es nicht verfehlen, es ist der größte Tuchladen. Welcher Schneider wird es dir nähen?"

„Keiner, ich fertige meine Kleider selbst und Margreth hilft mir dabei. Sie behauptet, geschickt im Umgang mit der Nadel zu sein."

Bald hatten sie ihr Haus erreicht, das Dithmar wohlgefällig musterte.

„Es ist recht neu", stellte sie fest. „Wie alle Häuser in dieser Gasse."

„Ich weiß, darf ich dich wiedersehen?", fragte Dithmar verlegen.

„Warum nicht. Wer sollte es dir denn verbieten?"

Mein Vater, dachte Dithmar, behielt den Gedanken aber für sich. „Niemand außer dir."

„Dann erteile ich dir hiermit die Erlaubnis", äußerte sie feierlich.

Er starrte noch lange auf die Tür, hinter der Griseldis verschwunden war. Nie zuvor hatte eine Frau seine Gefühle derart durcheinander gebracht und er wusste nicht so recht, was er davon halten sollte. Es war nicht nur ihre Schönheit, die ihm den Atem raubte, es war auch ihr forsches Wesen, mit dem sie seine Schüchternheit überging. Selten hatte er sich bei einem Weib so wohl gefühlt. Sie nahm ihn ernst und gab ihm das Gefühl, ein Mann zu sein. Ganz anders als sein Vater, dem er nie etwas recht machen konnte und der stets einen Grund zum Mäkeln fand. Ihm würde Griseldis' Auftreten gewiss nicht behagen. Er war herrschsüchtig und duldete keine Widerrede, weder von seinem Sohn noch von jemand anderem und erst recht nicht von irgendwelchen Weibsleuten. Dithmar sah schwere Zeiten auf sich zukommen, sollte sich das Verhältnis zu Griseldis vertiefen.

Rechts des Rheins

„Ich bin es satt, immer ziellos durch die Gegend zu streifen", maulte Hartwig, wofür er von Wolff einen bösen Blick erntete. „Mein Hintern schmerzt vom ständigen Reiten. Von frühmorgens bis in die Dämmerung sind wir unterwegs und nirgends länger als eine Nacht. Hast du eine Ahnung, wo wir uns überhaupt befinden?"

„Nicht so genau", gestand Wolff ihm ein.

Die Stimmung zwischen ihnen war seit Tagen angespannt, was nicht allein an Hartwig lag. Auch Wolff sehnte sich inzwischen nach einem Ort, wo er länger bleiben konnte. Seit er Anselms Notiz kannte, trieb ihn Unruhe um. Er wollte so schnell wie möglich nach Mainz, und das ohne Hartwig. Da er aber noch keinen genauen Plan hatte, wie er seinen Gefährten loswerden konnte, wollte er nicht vorzeitig aufbrechen, um seine Absicht nicht zu verraten.

Hartwig jammerte weiter. „Gestern waren wir in einem Weiler, dessen Namen zu merken sich nicht lohnt, heute sind wir in diesem einigermaßen großen Dorf, das am gefühlten Ende der Welt liegt, und morgen wird's bestimmt auch nicht besser. Beute machen wir auch kaum noch. Ich hab's schon einmal gesagt und sag's jetzt noch mal: Auf der anderen Seite des Rheins ist mehr zu holen. Ich will dorthin zurück."

Hartwig hoffte wohl, dass Wolff sich durch sein ständiges Meckern umstimmen ließ, doch dieser blieb hart. „Wir haben ein festes Dach über dem Kopf, was nicht immer der Fall ist, also hör auf zu nörgeln."

„Diese verlauste Unterkunft ist mehr schlecht als recht!", empörte sich Hartwig weiter.

„Denkst du, ich fühl mich wohl, so wie es gerade ist? Aber solange ich nicht weiß, ob nach uns gesucht wird, ist es nun mal sicherer, wenn wir unseren Aufenthaltsort ständig wechseln."

Hartwig teilte diese Ansicht ganz und gar nicht. „Seitdem sind acht Tage vergangen. Wo wir auch hinkommen, hat keiner etwas von einem Mord gehört, obwohl wir uns noch im Erzbistum befinden. Glaub mir doch endlich, dass keiner das Verbrechen entdeckt hat! Die glauben alle, der Mönch sei friedlich eingeschlafen."

Dieser Gedanke war Wolff noch gar nicht gekommen und er schaute seinen Gefährten überrascht an. Bislang hatte dieser sich nämlich nicht gerade durch großes Nachdenken hervorgetan. Meist handelte er impulsiv und löste Probleme eher mit der Faust als mit dem Verstand. „Vielleicht stimmt deine Annahme ja", erwog er.

„Dann setzten wir wieder über?"

Wolff entschied endlich nachzugeben. Vielleicht war es einfacher, ihn abzuschütteln, wenn er seinen Willen bekam. „Meinetwegen gleich morgen früh."

Hartwig gab sich damit zufrieden und seine Laune besserte sich schlagartig. Dennoch irritierte ihn der schnelle Stimmungsumschwungseiner Gefährten. Normalerweise beharrte er auf einmal getroffenen Entscheidungen und gab nicht so schnell klein bei. Aber in letzter Zeit hatte er sich ziemlich verändert, und das nicht erst seit dem Mord. Hartwig war nicht entgangen, dass er sein Geld hortete. Besonders spendabel hatte Wolff sich nie gezeigt, doch inzwischen erschien er ihm krankhaft geizig. Und dann gab es da noch die Sache mit der Börse des Mönchs. Hartwig hatte zwar so getan, als bemerke er nicht, wie Wolff die Notiz las, aber er wüsste doch zu gern, was darin stand. Er hatte längst für sich beschlossen, es herauszufinden, nur war der Zeitpunkt bislang nie günstig gewesen. Aber heute Abend wollte er endlich Klarheit.

„Komm, suchen wir uns etwas, wo wir essen können. Seit dem Morgen habe ich nichts mehr zwischen die Zähne bekommen", forderte Hartwig seinen Kumpan auf.

Wenig später saßen sie einträchtig nebeneinander in einem kleinen Gasthaus und stillten ihren Hunger. Wolff zeigte sich auf einmal umgänglich und machte Hartwig einen überraschenden Vorschlag. „Jucken dich deine Lenden eigentlich nicht? Wir waren schon lange bei keinen Weibern mehr."

„Wo du recht hast, hast du recht", grinste Hartwig anzüglich.

„Wie wär's mit morgen?"

„Warum nicht heute Abend?"

„Hast du hier ein Hurenhaus gesehen?"

„Nein", gab Hartwig zu.

„Bis zum nächsten müssen wir bestimmt ein ganzes Stück reiten und jetzt ist es dunkel. Außerdem sind wir morgen ausgeruht."

„Gut, wenn du meinst."

Wolff stand auf. „Meine Blase drückt, bin gleich wieder da", sagte er und ging nach draußen.

Hartwig ging an den Tresen und kehrte mit zwei Krügen an den Tisch zurück. In einem unbeobachteten Moment schüttete er einen Schlaftrunk in Wolffs Bier. Sein Gefährte schien nichts zu schmecken, als er davon trank, denn er verzog keine Miene. Nicht lange und die Tropfen entfalteten ihre Wirkung.

„Ich bin auf einmal richtig müde und kann die Augen nicht mehr offen halten", gähnte er laut und stand schwerfällig auf.

Gemeinsam traten sie den Weg zu ihrer Unterkunft an. Wolff hatte sich noch nicht richtig hingelegt, da schnarchte er auch schon. Hartwig wartete noch einige Zeit und zwickte ihn dann. Als Wolff keine Reaktion zeigte, zog er vorsichtig dessen Bündel unter seinem Kopf hervor und schob sein eigenes darunter. Rasch knüpfte er es auf und durchsuchte den Inhalt.

Er fand die Börse des Mönchs und das Leinenpäckchen mit dem Amulett und dem Rosenkranz. Er erkannte sofort, dass sie wirklich wertlos waren – genau wie Wolff behauptete. Dann entdeckte er jedoch die fingergroße Schriftrolle, die er vorsichtig öffnete. Da er nicht lesen konnte, sagten ihm die krakeligen Schriftzeichen nichts. Aber er musste wissen, was da geschrieben stand. Kurzerhand zog er seinen ledernen Gürtel aus und legte ihn neben die Notiz. Im Schein der Kerze kopierte er die Zeichen mit einem Messer auf dessen Innenseite. Zum Glück waren es nur wenige Worte und er war bald fertig. Sonderlich schön sah das Geschreibsel nicht aus, aber darauf kam es ja auch nicht an. Hauptsache der Pfarrer, den er morgen früh aufsuchen wollte, war in der Lage, sie zu entziffern.

Danach versetzte er alles wieder in seinen Urzustand und versuchte zu schlafen, wobei ihn eine gewisse Erregung erfasste. Er ahnte, dass er einem Geheimnis auf der Spur war.

Mittwoch, 19. Dezember A. D. 1095, 20. Tewet 4856
Frankreich

Jonah war seit vier Tagen unterwegs und kam schneller voran als gedacht, obwohl er vom üblichen Weg abwich. Seine Tarnung als Christ bot ihm ausreichend Schutz und er war bisher nicht behelligt worden. Die Menschen konnte er täuschen, aber nicht seine Dämonen. Sie ließen sich nicht abschütteln und suchten ihn zu jeder Tages- und Nachtzeit heim, meist dann, wenn er es am wenigstens erwartete. Überfielen sie ihn, erstarrte er vor Angst, und wenn ihre wispernden Stimmen, ihm den Tod prophezeiten, glaubte er zu ersticken.

In lichten Augenblicken sagte er sich, dass sie nur Hirngespinste waren, aber je mehr er sie zu verdrängen versuchte, umso erbarmungsloser schlugen sie zurück. Um seinen Gedanken eine andere Richtung zu geben, redete er mit seinen Tieren, die ihm tatsächlich zuzuhören schienen. Sein Hund neigte den Kopf zur Seite, schaute ihn mit treuem Blick an und hechelte zustimmend, während sein Ross stolz die Mähne schüttelte und hin und wieder einen lauten Schnauber von sich gab.

Gegen Mittag gelangte Jonah an einen Wald, der zu groß war, als dass er ihn hätte umrunden können. Das dunkle Gehölz wirkte bedrohlich und steigerte seine Furcht. Da es Zeit für das Mittagsgebet war, stieg er ab und wandte sich Richtung Jerusalem. Während er die Mincha sprach, überkam ihn eine Zuversicht wie schon lange nicht mehr. Auf einmal legte sich die Angst vor seinen Geistern und er glaubte fest daran, dass der Herr ab jetzt schützend seine Hand über ihn hielt. So bestärkt stieg er wieder auf sein Pferd und tauchte mit klopfendem Herzen in das stille Dickicht ein.

In seinem Innern war es weniger düster als vermutet. Die

Laubbäume hatten ihre Blätter abgeworfen und Sonnenlicht fiel bis auf den Boden, den eine dicke Schicht aus Herbstlaub, Bucheckern und Eicheln bedeckte. Hier war es so ruhig, dass nur das Rascheln, das sein Pferd und der Hund verursachten, die Stille unterbrach. Er begann ein Lied zu summen, um sich nicht ganz so einsam vorzukommen, und ließ die Zügel locker. Sie gelangten an eine Lichtung, wo Jonah sich neu orientieren musste, als urplötzlich eine heftige Bö aufkam, die die trockenen Blätter durcheinanderwirbelte. Die Bäume ächzten unter dem Wind, Äste schlugen laut aneinander und klangen dabei wie das Knallen einer Peitsche. Sein Pferd erschrak, bäumte sich auf und preschte in kopfloser Flucht davon. Jonah hatte alle Mühe, sich im Sattel zu halten. Die Zügel waren seinen Fingern entglitten, er presste die Schenkel fest an den Leib des Tieres und suchte an seiner Mähne Halt. Durch Zurufe versuchte er, es zu beruhigen, doch es hörte nicht auf ihn. Mit rollenden Augen und Schaum vor dem Mund hetzte es weiter. Als sie an einen Baum gelangten, dessen Äste weit herunterragten, wurde er aus dem Sattel gerissen und fiel zu Boden. Augenblicklich verlor er das Bewusstsein.

Es dämmerte bereits, als er wieder zu sich kam. Sein Hund lag an seiner Seite und wachte über ihn, während sein Pferd in einiger Entfernung nach Fressbarem suchte. Kaum bemerkte der Hund, dass sein Herr erwachte, bellte er vor Freude.

„Ihr seid treue Gefährten", lobte Jonah die Tiere, während er sich mühsam aufrappelte. Sein Kopf dröhnte, aber außer einer Beule schien er keine größeren Verletzungen davongetragern zu haben. Er beschloss einen Platz zum Übernachten zu suchen, pfiff den Hund herbei und nahm das Pferd am Zügel. In der Ferne hörte er einen Bach plätschern und folgte dem Geräusch. Als er ihn gefunden hatte, stillten sie zunächst ihren Durst, dann füllte er seinen Vorrat auf und kühlte die Beule. In unmittelbarer Nähe entdeckte er einen Felsvorsprung, der ihnen ausreichend Schutz für die Nacht bieten würde. Nachdem er trockenes Holz gesammelt und ein Feuer angezündet hatte, röstete er Maronen, die er unterwegs gefunden hatte. Sie stillten seinen gröbsten Hunger und bald besserte sich auch sein Kopfschmerz. Nach dem Abendgebet rollte er seine Decke aus, legte Holz nach und schlief mit dem Hund im Arm erschöpft ein.

Rechts des Rheins

Hartwig erwachte mit dem ersten Hahnenschrei und somit lange vor Wolff. Er stand leise auf, nahm seine Sachen und schlich sich davon, um ein Pfarrhaus zu suchen, in dem er sein Glück versuchen wollte. Ein betagter Pfarrer öffnete auf sein Klopfen hin und Hartwig grüßte ihn mit gebührendem Respekt.

Der Gottesmann wich zunächst erschrocken zurück, da Hartwig wenig vertrauen erweckend erschien, aber dieser setzte sein gewinnendstes Lächeln auf und zerstreute so seinen Argwohn. „Kannst du mir etwas vorlesen?", bat Hartwig ihn höflich.

Der Alte lächelte. „Mit Lesen und Schreiben verdiene ich mir einen Zusatzobolus. Zeig es mir", forderte er ihn auf.

„Wie viel verlangst du?", erkundigte sich Hartwig zuerst.

Der Pfarrer nannte einen Preis und Hartwig drückte ihm ohne zu disputieren eine Münze in die Hand.

Als er seinen Ledergürtel löste und ihm zeigte, staunte der Geistliche nicht schlecht. Schon allerlei schräge Gestalten hatten dieses Zimmer betreten, aber der hier gehörte zu den

Seltsamsten. Doch er ließ sich nichts anmerken, sondern nahm den Gürtel und führte ihn dicht vor seine Augen.

„Ein Künstler hat das nicht gerade geschrieben", stellte er fest.

„Deine Meinung interessiert mich nicht, sag mir lieber, was da steht", erwiderte Hartwig deutlich weniger freundlich.

„Das hier heißt entweder Mogontia, Maguntia oder Moguntia", redete der Alte unbeirrt weiter.

Dann las er noch drei Namen vor, die Hartwig sich einprägte. Er kannte nur den des Erzbischofs, die anderen sagten ihm nichts.

„Mehr hast du nicht?", wollte der Gottesmann wissen.

„Nein."

„Und was bedeuten sie?"

Hartwig zuckte mit den Achseln. „Ich weiß es selbst nicht, aber ich werde es schon noch herausfinden", sagte er, während er den Gürtel wieder anlegte.

„Du weißt, dass Ruthard ein äußerst mächtiger Mann ist, dessen Arm weit reicht?"

Hartwig nickte.

„Und wer Macht besitzt, kann gefährlich werden. Vergiss das nicht", ermahnte er ihn und gab ihm die Münze zurück. „Da nimm, für die wenigen Worte verlange ich nichts."

Das ließ Hartwig sich nicht zweimal sagen. Schnell grapschte er nach dem Geldstück, bedankte sich und ging mit einem Gefühl der Genugtuung. Auch wenn er den Sinn der Worte noch nicht verstand, wusste er, wohin sein Weg ihn führen würde. Nach Mainz. Von dort stammte auch Anselm. Das wusste er von Wolff, der es während eines kurzen Gesprächs mit ihm während des Abendessens in der Wormser Herberge in Erfahrung gebracht hatte. Falls sein Gefährte ebenfalls vorhatte, dorthin zu gehen, war das für ihn mit einer gewissen Gefahr verbunden. Denn sollten doch Nachforschungen über den Tod des Mönchs angestellt werden, gingen sie von Mainz aus, was bedeutete, dass Wolff sich geradewegs in die Höhle des Löwen begab. Zuzutrauen wäre es ihm, denn ein Feigling war er nicht.

Bei seiner Rückkehr schlief Wolff immer noch und Hartwig schüttelte ihn unsanft wach. „He, aufstehen, der Tag hat längst begonnen."

Er rieb sich die Augen und setzte sich langsam auf. „Ich hab geschlafen wie ein Stein."

„Das hab ich gemerkt. Bleibt´s eigentlich bei unserer Absicht von gestern Abend?", fragte er seinen Gefährten.

„Warum sollten wir unsere Pläne ändern?", erwiderte Wolff immer noch leicht verschlafen. „Aber erst lass uns etwas essen."

Bevor sie aufbrachen, erkundigten sie sich nach dem Weg zum nächsten Hurenhaus, das sie trotz der Wegbeschreibung nur schwer fanden, denn es lag versteckt im Wald. Diese Art Gewerbe wurde selten innerhalb von Ortschaften geduldet, denn weder Stadträte, noch Dorfälteste, Pfarrer oder andere gottesfürchtige Mitmenschen wollten die Huren in ihrer Nähe haben. Deshalb hielt man die gemeinen Weiber samt Wirt oder Wirtin meist aus den Städten und Dörfern fern. Um Überleben zu können, zogen viele Huren von Ort zu Ort und boten in gebührender Distanz ihre Dienste an. Manchmal kamen sie aber auch in Häusern wie diesem unter, das allerdings recht baufällig wirkte. Es machte nicht gerade einen einladenden Eindruck, aber das schreckte weder Wolff noch Hartwig.

Die windschiefe Tür und die wackeligen Stufen hinderten sie nicht am Eintreten. Ein fettleibiger, ungewaschener

Mann mittleren Alters saß an einem Tisch und schnitt sich gerade ein Stück Speck ab. Als er die Besucher erblickte, bedeckte er seine Mahlzeit rasch mit einem Tuch. An den Wänden brannten zwei Fackeln, doch ihr Licht wurde von der Dumpfheit und Trostlosigkeit des Raumes aufgesogen. Auf einer Bank kauerte eine Frau, die weder hässlich noch hübsch war, aber im Vergleich zu dem Wirt einen recht sauberen Eindruck machte. Als sie Hartwig und Wolff sah, reckte sie ihre Brüste und schenkte ihnen ein Lächeln, das aufgrund des lückenhaften Gebisses nicht sonderlich gewinnend wirkte.

„Euch scheint's zu drängen, wenn ihr so früh kommt", meinte der Wirt schmatzend und wischte sich die Hände am dreckstarrenden Hemd ab.

„Wir sind nicht zum reden hier, also hol deine Weiber", verlangte Hartwig. „Oder hast du nur die eine?"

„Nein, keineswegs!", erwiderte der Wirt und rief laut: „Barbel, Brit, Fronicka." Nacheinander kamen drei Frauen die Stiege hinunter und präsentierten sich ihnen.

„Die auf der Bank ist Helena", stellte der Wirt fest.

Nie hatte Wolff einen Namen für ein Weib unpassender gefunden. Helena gesellte sich zu den anderen, sodass die Männer sie begutachten konnten. Alle waren ziemlich dürftig bekleidet, was ihre Vorzüge zur Geltung bringen sollte, aber eher ihre Schwächen offenbarte. Die eine war zu hager, die andere zu alt. Hartwigs Blick fiel auf eine zarte Rothaarige, die noch keine zwanzig war.

„Die will ich", meinte er zum Wirt und fragte Wolff: „Teilen wir sie uns?"

Das taten sie hin und wieder, wenn sie Geld sparen wollten. Aber Wolff zeigte sich ungewohnt großzügig. „Nein, ich nehme die Schwarzhaarige dort. Wir behalten sie bis zum Mittag", sagte er und berappte ohne mit der Wimper zu zucken den verlangten Preis.

„Du zahlst für uns beide?", bemerkte Hartwig und unterdrückte seine Verwunderung.

„Hast du was dagegen?"

„Nein."

„Dann nimm's in Kauf."

Für Hartwig gab es nun keinen Zweifel mehr, dass Wolff die Gelegenheit nutzen wollte, um ihn auf diese Weise loszuwerden. Denn noch nie hatte er etwas für ihn springen lassen. Um keinen Verdacht bei seinem Kumpan zu erregen, akzeptierte er wortlos sein Angebot. Der Wirt ergriff mit zufriedenem Grinsen das Geld. „Die Rote ist Fronicka und die Schwarze die Barbel", gab er den Freiern noch mit auf den Weg. „Nehmt die beiden besseren Kammern", meinte er zu den Frauen.

Oben öffnete Fronicka die Tür und gewährte Hartwig den Vortritt. Das Zimmer machte kaum einen besseren Eindruck als der Rest des Hauses und Hartwig wollte gar nicht wissen, wie die schlechteren Kammern aussahen. Es gab eine Bettstatt von ungefähr vier Ellen Breite und sechs Ellen Länge, einen Stuhl, einen wackeligen Tisch mit zwei Kerzen und eine Kommode. Das Fenster war mit Brettern vernagelt, dennoch drang die klamme Winterluft durch die Ritzen. Hartwig setzte sich auf das Liebeslager und entledigte sich seiner Bundschuhe. „Zieh dich aus!", befahl er Fronicka, die wenig später nackt vor ihm stand.

„Dreh dich um!"

Während sie sich um die eigene Achse drehte, begutachtete er sie von allen Seiten. Sie war genauso, wie er es gern hatte. Nicht zu fett und nicht zu mager, die Brüste fest, die Taille schmal und das Becken breit.

„Du bist die Ansehnlichste von euch vieren. Komm her und zieh nun mich aus."

Als auch er nackt war, setzte sie sich auf ihn und bewegte sich sacht auf und ab. Je mehr Hartwigs Erregung wuchs, umso rascher wurden ihre Bewegungen. Sie tat dies mit solchem Geschick, dass er glaubte, sie sauge seine Lenden leer. Er senkte den Blick, um nicht in ihr Gesicht sehen zu müssen, das keinerlei Regung offenbarte und ihre gedankliche Abwesenheit verriet. Sie erweckte nicht den Eindruck, als fände sie Gefallen an ihrem Treiben, denn ihre Augen schauten stumpf und waren auf die Wand hinter ihm gerichtet. Doch das kümmerte Hartwig nicht, er betrachtete lieber ihre wippenden Brüste. Da er lange keine Frau mehr gehabt hatte, fühlte er den Höhepunkt rasch kommen. Ihm ging es auf einmal zu schnell. Mit beiden Händen umfasste er ihre Taille und drosselte das Tempo. Er wollte jede Sekunde des Aktes genießen. Während langsam sämtliches Blut aus seinem Kopf wich und hinunter in sein Becken wanderte, fühlte er sich wunderbar leicht. Als er schließlich kam, schrie er wie ein brünftiger Hirsch.

„Brüll nicht so", meinte sie vorwurfsvoll. „Du störst die anderen."

„Halts Maul, wir haben bezahlt und das nicht zu wenig. Da werde ich wohl mal laut sein dürfen", erwiderte er schroff.

Im Nachbarzimmer, in dem sich Wolff mit Barbel aufhielt, herrschte im Vergleich dazu gespenstische Ruhe. Wolff hatte nicht lange gebraucht, um sich Befriedigung zu verschaffen. Er schaute einer Hure nicht gern ins Gesicht, wenn er sie bestieg. Im Gegensatz zu Hartwig störte ihn das Desinteresse der Weiber. Deshalb zog er es vor, mit Frauen zu schlafen, die freiwillig das Lager mit ihm teilten. Da er aber bezahlt hatte, wollte er auch etwas für sein Geld bekommen. Er ließ sie ihr kurzes Hemd anheben und drang von hinten in sie ein. Dabei legte er die Hände auf ihre Schultern und drückte ihren Oberkörper nach vorn. Sein Griff war so fest, dass es sie schmerzte, aber sie wagte nicht, sich zu beklagen, denn er zeigte so viel ungezügelte Wildheit, dass sie einen Wutausbruch fürchtete.

Seine Stöße kamen hart und schnell. Während er zu Gange war, drängte sich die Erinnerung an den Mord wieder in sein Bewusstsein. Er hätte sie gern abgeschüttelt, doch sie ließ sich nicht so einfach vertreiben und je heftiger er agierte, umso klarer wurden die Bilder. Als er schließlich kam, schleuderte er dieses unliebsame Andenken von sich, indem er es auf das Weib übertrug. Er zog sich erschöpft aus ihr zurück und fühlte sich augenblicklich von einer Last befreit. Nachdem er sich hergerichtet hatte, kramte er eine weitere Münze hervor und drückte sie ihr in die Hand.

„Bleib für die restliche Zeit im Zimmer. Mein Kumpan muss nicht wissen, dass ich verschwinde", meinte er leise.

„Das ist mir zu wenig", forderte sie unverfroren. „Du hast dich benommen wie ein Tier!"

Er hob seine Hand und gab ihr eine schallende Ohrfeige. „Hüte deine Zunge!", fauchte er sie wütend an. „Ich kann auch dem Wirt sagen, dass du einen Zusatzverdienst bekommen hast. Mal sehen, wie lange du den dann behältst. Also tu besser, was ich von dir verlange."

Angesichts dieser Drohung setzte sie sich auf ihr Bett, hielt sich die schmerzende Wange und wartete, bis er gegangen war. Dann puhlte sie aus einem Balken ein Stück Holz heraus, zog ein kleines Leinensäckchen hervor, verbarg die Münze darin, tat alles zurück und verschloss ihr Geheimversteck wieder.

Wolff verließ indessen unbemerkt das Haus. Von den Huren war keine zu sehen und der Wirt schnarchte selig vor sich hin. Draußen führte er beide Pferde weg und stieg erst auf, als er sich außer Hörweite befand. Mit Hartwigs Ross im Schlepptau ritt er davon und entließ es erst nach gut einer Meile. In der Annahme seinen Kumpan nie wieder zu sehen, begab er sich zum nächstgelegen Fähranleger.

Er war noch nicht lange fort, da klopfte die Schwarzhaarige an die Nachbarkammer und öffnete die Tür einen Spalt breit. „Dein Kumpan ist abgehauen", teilte sie Hartwig mit, in der Hoffnung für diese Information noch mehr Geld zu erhalten.

„Macht nichts. Gesell dich zu uns", forderte er sie nur auf und sie schlüpfte hinein.

Speyer

Hanno hatte die Nacht in Speyer verbracht und suchte seit dem Morgen die Unterkunft, in der Bruder Anselm gewohnt hatte. Er fing mit den Klöstern im Zentrum an, von denen es hier kaum weniger gab als in Mainz. Nachdem seine Suche erfolglos blieb, dehnte er sie auf die Vorstadt aus, wurde aber nicht fündig.

Gegen Abend stieß er endlich auf ein kleines Kloster in der Nähe von Altspeyer, das von Nonnen geführt wurde. Sie boten Reisenden für eine oder auch mehrere Nächte eine Übernachtungsmöglichkeit und versorgten sie mit Pilgerkost, die nicht nur sättigte, sondern auch schmeckte. Schon an der Pforte erinnerte man sich an Anselm und Hanno bat, die Mutter Oberin sprechen zu dürfen. Nachdem er ihr sein Anliegen geschildert und ihr das Schreiben des Kämmerers vorgelegt hatte, verwies sie ihn an eine Novizin namens Benedicta. „Soweit ich mich entsinne, hatte sie während seines Aufenthaltes am häufigsten mit ihm zu tun."

Benedicta war noch sehr jung, vielleicht vierzehn Jahre, und fand für jeden ein nettes Wort. Sie hatte von der Mutter Oberin die Erlaubnis, offen zu reden, und zeigte sich Hanno gegenüber nicht sonderlich schüchtern.

Um ihr Zutrauen zu gewinnen, stellte er zuerst ein paar unverfängliche Fragen. „Beherbergt ihr nur Pilger?"

„Nein, nicht alle sind Wallfahrer, mancher ist auch ein gewöhnlicher Reisender. Unser Kloster ist einfach, daher sind es meist einfache Leute, die zu uns kommen. Selten sind es Wohlhabende, die ziehen die Unterkünfte im Kern der Stadt vor. Aber als Anselm hier war, hatten wir auch einen vornehmen Ritter zu Gast", meinte sie mit einem Anflug von Stolz.

Hanno horchte auf, froh den Mord noch nicht erwähnt zu haben. Das hätte sie womöglich vorsichtig gemacht. „War an ihm etwas Besonderes?"

Benedicta senkte die Lider. Es war ihr anscheinend unangenehm, über den Edelmann zu reden, dennoch antwortete sie ihm. „Die Umstände seines Aufenthaltes waren äußerst unglücklich."

„Inwiefern?"

„Ich verstehe nicht, was das alles mit Bruder Anselm zu tun hat", sperrte sie sich unerwartet.

Hanno sah ein, dass er so nicht weiterkam. „Ich will offen zu dir sein. Anselm wurde ermordet und ich soll seinen Mörder finden. Deshalb ist alles, was irgendwie mit ihm in Zusammenhang stehen könnte, wichtig. Darum erzähl mir bitte alles über den Ritter. Ich werde dann sehen, ob es für meine Nachforschungen von Bedeutung ist oder nicht."

Benedicta tat auf einmal verschwörerisch. Zwar schockte

sie der Mord, aber sie überwand den Schreck rasch. Noch nie hatte sie mit einem derartigen Verbrechen zu tun gehabt. Das weckte ihre Neugier und sie wollte unbedingt mehr erfahren. „Er kam direkt aus Italien, angeblich war er vom Kaiser geschickt worden, zumindest behauptete das sein Knappe Landwyn. Er war schon krank, als er hier eintraf, und sein Zustand verschlechterte sich rapide. In der zweiten Nacht wurde es immer schlimmer und am folgenden Tag starb er. Laut Landwyn klagte er schon länger über Schmerzen in der Brust und in der Schulter. Als er merkte, dass er sterben würde, bestand er auf Anselm als seinem Beichtvater. Sie hatten sich bei der Abendmahlzeit kennengelernt und der Ritter fand ihn wohl vertrauenswürdig, möglicherweise weil sie beide nach Mainz wollten."

Hanno überlegte kurz. Sollte etwa Mainz die Verbindung zwischen beiden gewesen sein? Diese Frage könnte ihm höchstwahrscheinlich der Knappe beantworten, da er laut Benedicta die ganze Zeit nicht von der Seite seines Herrn gewichen war.

„Warst du in dem Zimmer des Ritters?", fragte er.

Sie geriet ins Stocken. „Ja, aber nur kurz. Ich habe Anselm für ihn holen müssen, nachdem der Arzt ihm nicht helfen konnte. Dem Ritter war seine Erleichterung deutlich anzusehen, als der Mönch endlich kam. Damals habe ich vermutet, dass irgendetwas auf seiner Seele lastete, das er ihm anvertrauen wollte."

„Denkst du das immer noch?"

„Ja", gab sie zögernd zu.

„Hast du eine Ahnung, was es war?"

„Nein, denn er schickte mich unverzüglich weg."

Benedicta machte eine Pause und schaute ihn betrübt an. Plötzlich hellte sich ihre Miene auf. „Aber Landwyn, sein

Knappe, könnte mehr wissen. Er durfte bleiben – soweit ich weiß", schob sie nach.

Hanno erkundigte sich nach ihm: „Ist er noch hier?"

„Landwyn? Nein, längst nicht mehr. Das ist über zwei Wochen her. Nach der Beisetzung verließ er uns, weil er nach Italien zurück wollte. Aber ich kann es nicht mit Bestimmtheit sagen."

Trotz der geringen Erfolgsaussichten beschloss Hanno sich in der Stadt umzuhören. Vielleicht irrte sich Benedicta ja und der Knappe hielt sich doch noch hier auf.

„Ich danke dir für deine Auskünfte. Du hast mir damit sehr geholfen", lobte er die Novizin, die bis über die Ohren errötete. „Ich werde noch einige Tage euer Gast sein und mich in Speyer umhören."

„Dann musst du unbedingt in den Dom gehen", sagte sie noch, bevor sie ihn verließ.

Hanno wollte morgen der Reihe nach die Schenken aufsuchen. Sollte er allerdings innerhalb der nächsten beiden Tage nichts über den Knappen erfahren, musste er unverrichteter Dinge nach Mainz zurückkehren, was ihm nicht sonderlich gefiel. Es wäre das erste Mal, dass er einen Auftrag nicht zur eigenen und zur Zufriedenheit des Kämmerers erfüllt hätte.

Mainz, Conrads Unterkunft

Conrad beendete die Lateinstunde und verließ die Domschule, um in seine Räume zu gehen, weil er eine Verabredung mit Widukind hatte. Er liebte es, zu unterrichten, da ihm der Umgang mit den Schülern eine willkommene Abwechslung bescherte. Conrad verstand sich nämlich nicht nur als Lehrer der Schüler, sondern auch als ihr Mentor. Hatte einer seiner Schützlinge ein Problem, versuchte er zu helfen. Am häufigsten musste er Heimweh lindern oder Hänseleien abstellen, denen mancher von ihnen ausgesetzt war. In den letzten Jahren fand er fürs Unterrichten allerdings kaum noch Zeit, denn sein Dienst für den Bischof nahm ihn zunehmend in Anspruch.

Bedauernd stellte er fest, dass er die Begegnungen mit den Knaben vermisste. Ihn faszinierten nach wie vor ihre Neugier und ihr kindliches Interesse an Dingen, die Erwachsenen alltäglich erschienen. Inzwischen hatte Conrad ein Auge für ihre Begabungen und Schwächen. Geduldig widmete er sich denjenigen, die sich schwertaten, ohne sie dabei zu überfordern. Die meisten seiner Schüler wurden später sowieso nur einfache Priester oder Mönche. Die besonders Talentierten befanden sich in der Minderzahl, stiegen aber nach Beendigung ihrer Ausbildung rasch in der Hierarchie der Kirche auf und ihr Weg führte sie fast immer aus Mainz fort.

Einer von ihnen war Widukind von Battenheim gewesen, an den Conrad voll Zuneigung dachte. Als zehnjähriger Knabe war er in die Domschule gebracht worden, da sein Vater Bolko von Cankor eine höhere geistliche Laufbahn für ihn angestrebt hatte. Diese Entscheidung war sowohl über den Kopf des Jungen wie auch über den seiner Mutter Alheyt getroffen worden und beruhte auf rein rationalen Überlegungen.

Bolkos ältester Sohn Otto lebte bei seinem Onkel in Worms, der ihn an Kindesstatt angenommen hatte, da seine Ehe kinderlos geblieben war. Der zweite Sohn Friedrich sollte später das Anwesen und das Land in Battenheim erben. Um den Besitz nicht zu schmälern, sollte Widukind deshalb Geistlicher werden und später ein hohes Kirchenamt bekleiden. Bolko folgte damit nur dem allgemein üblichen Brauch des Adels, dass der ältere Sohn den Vater beerbte, während der zweite der Kirche gehörte.

Conrad, der damals noch regelmäßig unterrichtete, hatte gleich gemerkt, dass Widukind anders war als die anderen Buben. Seine anfängliche Wissbegier legte sich rasch und er lernte nur, wenn er unbedingt musste. Oft war er mit dem Herzen nicht bei der Sache, sondern starrte gedankenverloren vor sich hin. Sein Hang zu Tagträumen war aber keineswegs Ausdruck mangelnder Intelligenz, sondern spiegelte vielmehr Desinteresse am Lernstoff wider, denn Widukinds Vorstellung von seiner Zukunft deckten sich – je älter er wurde – immer weniger mit denen seines Vaters.

Seitdem er sich einmal in die Dombauhütte verirrt hatte, zog sie ihn von da ab magisch an. In jeder freien Minute schlich er sich fort, um den Steinmetzen bei ihrer Arbeit zuzusehen. Da die Werkstätte nur einen Steinwurf weit entfernt lag, fand er auch häufig die Gelegenheit dazu. Weder Kälte noch Hitze, Regen oder Lärm noch der ständige Staub hielten ihn davon ab.

Irgendwann hatte ihn Meister Archibald entdeckt und zur Rede gestellt. Als er ihn wegschicken wollte, wehrte sich Widukind, was wiederum den Meister erzürnte. „Hör zu, du ungezogener Nichtsnutz, du hast hier nichts verloren! Es ist viel zu gefährlich für einen Buben wie dich. Scher dich endlich weg, sonst setzt es Hiebe."

Widukind hatte trotzig aufgestampft und die Arme vor seiner schmalen Brust verschränkt. Mit dem zorngeröteten Kopf und seinem flachsblonden, gelockten Haar sah er aus wie eine Miniaturausgabe des Rachegottes persönlich. Conrad war Zeuge dieser Auseinandersetzung geworden und hatte amüsiert die beiden ungleichen Kontrahenten betrachtet, die ihn unwillkürlich an David und Goliath erinnerten, nur dass Widukind keine Schleuder besaß, sondern mit Worten kämpfte. Der Knabe legte eine solche Entschlossenheit an den Tag, dass Conrad ihn schon als Sieger sah.

„Ich bin weder zu jung, noch wird mir etwas geschehen. Ich kann gut auf mich selbst aufpassen. Ich bin nämlich nicht das erste Mal hier. Du solltest lieber auf deinen Lehrling da drüben achten, der zertrümmert gleich seine Arbeit. Er kann nämlich nicht mit dem Setzhammer umgehen", stellte Widukind beharrlich fest.

Archibald schüttelte erbost den Kopf. „Was verstehst du schon davon, so feucht wie du noch hinter den Ohren bist!"

Kaum hatte er es ausgesprochen, ging der Stein zu Bruch und Widukind setzte eine triumphierende Miene auf. „Hab ich's nicht gesagt?"

„Woher konntest du das wissen?"

„Er hat kein Gespür für den Stein."

„Du bist ein kleiner Naseweis", stellte Archibald fest. „Denkst du, dass du es besser kannst?"

„Allemal!", behauptete Widukind selbstsicher.

„Gut, dann beweise es und runde die Ecke dieses Quaders ab", forderte Archibald ihn auf und drückte ihm den Zweispitz in die Hand.

Das war keine leichte Aufgabe, schon gar nicht für einen unerfahrenen Buben wie Widukind, und Archibald glaubte nicht, dass er es schaffen würde. Doch er unterschätzte Widukinds Ehrgeiz und Willenskraft, der sich weder durch die Blicke des Meisters noch die unkenden Zurufe der Gesellen beirren ließ. Zuerst begutachtete er den Stein, dann prüfte er das Werkzeug, indem er es in den Händen wog. Seine ersten Schläge gingen ins Leere. Aber er machte verbissen weiter, bis er sich an den Schwung des Zweispitz' gewöhnt hatte. Die anderen Lehrlinge und Gesellen hatten längst ihre Arbeit unterbrochen, um zuzuschauen und Archibald ließ sie ausnahmsweise gewähren. Widukind geriet ins Schwitzen, doch er ignorierte es. Bald vergaß er alles um sich herum und schenkte seine ganze Konzentration dem Stein. Seine dürren Arme ermüdeten und er atmete schwer, aber er wollte sich keine Blöße geben und hörte nicht auf. Er offenbarte dabei so viel Geschick, dass er alle in Staunen versetzte. Conrad wurde sich in diesem Augenblick bewusst, dass dies die wahre Berufung des Knaben war. Nur ließe sich sein Vater gewiss nicht davon überzeugen.

Als Widukind wenig später müde, aber stolz das Werkzeug zur Seite legte, hatte er nichts von seinem Selbstbewusstsein eingebüßt. „Was sagst du nun?", fragte er vorlaut.

„Und es ist wirklich das erste Mal, dass du einen Stein bearbeitest?", meinte Archibald erstaunt.

Der Bub nickte. „Ich habe aber schon Holz geschnitzt. Das geht erheblich leichter", bemerkte er, wofür er etliche Lacher erntete.

„Fürs erste Mal hast du es wirklich gut gemacht. Respekt mein Junge. Wenn du das richtige Alter hast, kannst du als Lehrling bei mir anfangen. Wie alt bist du jetzt?"

„Zwölf!"

Conrad mischte sich ein. „Daraus wird wohl nichts, sein Vater hat anderes mit ihm vor."

„Aber ich nicht! Ich werde Steinmetz", ereiferte sich Widukind.

„Du kannst nicht gegen deinen Vater aufbegehren", maßregelte ihn Conrad.

„Und wenn du ihn überredest?", bettelte Widukind und griff nach Conrads Hand.

„Das ist nicht meine Aufgabe und er würde auch nicht auf mich hören."

„Schade", meinte Archibald. „Der Junge ist begabt. Wie heißt du?"

„Widukind von Battenheim, der Sohn des Bolko von Cankor. Merk dir den Namen. Du wirst sehen, ich werde Steinmetz!", behauptete er selbstsicher. „Ich glaube, Gott will es so. Warum sonst hätte er mir dieses Talent gegeben", stellte er ernst fest.

Nun musste der Benediktinermönch ein Schmunzeln unterdrücken. „Woher nimmst du diese Gewissheit?"

„Es steht doch in der Bibel, dass man sein Talent nicht unter einen Scheffel stellen soll, oder? Und das würde ich tun, wenn ich nur Lesen, Schreiben, Rechnen und Latein lerne."

„So ähnlich heißt es. Aber darüber disputieren wir ein anderes Mal. Sieh zu, dass du in die Schule kommst und bring dich in Ordnung. Du bist von oben bis unten mit Staub bedeckt", verlangte Conrad von ihm.

Archibald hielt den Mönch zurück. „Mir ist selten ein Knabe mit einer solchen Gabe untergekommen. Ziemlich geschickt für sein Alter und erstaunlich schlagfertig dazu – in beiderlei Hinsicht. Aus dem könnte wirklich ein Meister werden."

„Sein Vater lässt sich gewiss nicht umstimmen. Er beharrt auf seinen Entscheidungen", äußerte Conrad.

„Vielleicht könnten wir einen Kompromiss finden, von dem er zunächst nichts erfahren muss", schlug Archibald vor und grinste verschmitzt.

„Was meinst du damit?"

„Wie wäre es, wenn der Junge stundenweise hierherkäme und ich ihm etwas beibringe. Stellt sich heraus, dass er doch nicht so talentiert ist, wie es scheint, geben wir die Sache bald auf."

„Wenn aber doch?"

Archibald zögerte. „Dann ging der Welt und vor allem der Kirche ein Künstler verloren. Vielleicht ist er ja tatsächlich dafür ausersehen."

„Und wer bringt es dann seinem Vater bei?"

Archibald zuckte mit den Schultern. „Er selbst. Du siehst ja wie durchsetzungsfähig er ist."

Und genauso war es gekommen. Widukind begann mit sechzehn seine Lehre bei Meister Archibald, musste dafür aber einen hohen Preis zahlen. Sein Vater missbilligte seine Entscheidung und redete über Jahre kein Wort mit ihm. Über lange Zeit durfte er auch sein Elternhaus nicht betreten, bis es seiner Mutter gelang, den Vater umzustimmen. Aber auch dann mied ihn Bolko, sodass Widukind ihn seit acht Jahren kaum gesehen, geschweige denn gesprochen hatte. So wurden Conrad und Meister Archibald zu einer Art Ersatzväter für ihn. Besonders mit dem Mönch verband Widukind eine spirituelle Freundschaft, die von regem Gedankenaustausch geprägt war, während er Archibald eher als berufliches Vorbild sah.

Seit Widukind von seiner Wanderschaft zurück war, hatte er Conrad nur ein Mal kurz besucht und er freute sich darauf, endlich ausgiebig mit ihm sprechen zu können. Es war schon dunkel, als er an seine Tür klopfte. Der Geruch von Stein hing noch in seinen Kleidern und Haaren und hatte sich in kleine Fältchen rund um die Augen gesetzt, die er vor seiner Wanderschaft noch nicht gehabt hatte. Sofort stellte sich die alte Vertrautheit zwischen den beiden Freunden ein und sie fielen sich in die Arme. „Es ist schön, dich zu sehen. So lange haben wir nicht mehr richtig miteinander geredet.

Ich habe das vermisst und bin auch ganz gespannt, was du zu meinen Entwürfen für die Madonna sagst", meinte Widukind und hielt ihm die Skizzen unter die Nase.

„Oh, ungestüme Jugend", lachte der Mönch. „Gehen wir hinüber zum Pult, dort haben wir besseres Licht."

Widukind entrollte beinah zärtlich seine Entwürfe, die die Madonna aus verschiedenen Perspektiven zeigten.

Conrad betrachtete sie lange. „Du bist ein Visionär, weißt du das. Wenn es dir gelingen sollte, sie so zu gestalten, dann erschaffst du etwas Wunderbares. Doch warum hat sie kein Gesicht?", fragte er verwundert.

Widukind freute sich über Conrads Lob. „Das habe ich noch nicht im Kopf, aber sobald ich an der Figur arbeite, wird es sich schon fügen."

Sie setzten sich schließlich, tranken etwas Wein und redeten erst über Widukinds Wanderschaft, dann über die Schlägerei in Mathes' Gasthaus.

„Ich hörte, du warst neulich als Zeuge vor Gericht", bemerkte Conrad.

„Ja, morgen entscheidet sich, wie es mit Jobst, Sixt und Endris weitergeht."

„Die drei sind wirklich dumme Hitzköpfe. Wut und Raserei waren noch nie gute Ratgeber. Hoffen wir nur, dass Gernot weise richtet", stellte Conrad fest.

„Wenigstens hat Mathes alles gut überstanden."

„Du hast auch Blessuren davongetragen, wie ich sehe", sagte er und zeigte auf Widukinds verbundenen Unterarm.

„Das ist nur ein unbedeutender Schnitt", versuchte er abzuwiegeln.

Doch Conrad ließ sich nicht so leicht beirren. „Deine Hände sind dein Werkzeug, nimm die Verletzung nicht auf die leichte Schulter."

„Du redest schon wie der Arzt!", entfuhr es ihm. „Ich schone mich ja und mache nur leichte Arbeit. Aber du weißt auch, dass Geduld nicht gerade eine meiner Tugenden ist. Außerdem drängt es mich, die Madonna zu vollenden."

„Das kann ich verstehen, aber sei vernünftig. Was sind schon ein paar Tage Pause im Vergleich mit einem Werk für die Ewigkeit", gab Conrad zu bedenken.

Unter den Juden

Im Haus herrschte Ruhe, Rachel schlief und Isaac las im Talmud. Sara, die während der Abwesenheit von Vater und Ehemann die Geschäfte weiterführte, nutzte die freie Zeit, um die Bilanzen der zurückliegenden Wochen zu prüfen. Momentan stand alles zum Besten. Die Schuldner akzeptierten sie als Stellvertreterin und kamen ihren Forderungen fristgerecht nach. Nach Weihnachten erfolgten die nächsten Rückzahlungen und Sara prüfte gerade die Liste derer, die ihren Verpflichtungen noch nachkommen mussten. Meist gab es keine Probleme, denn Händler und Kaufleute machten vor den Feiertagen gute Geschäfte und waren dann liquide.

Sollte doch einmal einer säumig sein, forderte Christian die Summe für sie ein. Er war einer ihrer christlichen Bediensteten, dem ihre Familie bedingungslos vertraute. Seine Aufgaben gingen aber übers bloße Schuldeneintreiben hinaus, denn er stellte vor allem die geschäftliche Verbindung zu den Christen dar und war für den Einkauf des Weins zuständig. Aufgrund der jüdischen Reinheitsgebote durfte Sara den Wein nämlich nicht verkosten, der von christlichen Winzern hergestellt wurde, weil er trefe war. Das tat Christian für sie. Stimmte die Qualität, ließ Sara sich auf das Geschäft ein, wenn nicht, lehnte sie ab. Der Handel mit nicht koscherem Wein war ihnen vom jüdischen Gesetz her eigentlich untersagt. Da sie ihn aber zur Tilgung der Kredite annehmen und auch weiterverkaufen durften, nutzten sie gewinnbringend eine Gesetzeslücke.

Sara hatte die Liste zu Ende geprüft und wollte gerade zu Bett gehen, als sie ein zaghaftes Klopfen hörte. Nach kurzem Zögern öffnete sie und stand einer ausgemergelten Frau gegenüber, die sie vom Sehen her kannte.

„Verzeih, dass ich um diese Zeit störe, aber ich weiß mir keinen Rat mehr", meinte sie und kämpfte mit den Tränen.

„Wer bist du?", fragte Sara sie.

„Ich heiße Cathrein, mein Mann ist Lorentz, der Winzer. Wir bewirtschaften Weinberge außerhalb der Stadt", antwortete sie ihr.

Jetzt wusste Sara, mit wem sie es zu tun hatte. Lorentz hatte sich bei ihrem Vater vor Jahren Geld geliehen und alles pünktlich zurückgezahlt.

„Ich weiß, wer dein Mann ist. Komm herein", meinte sie und führte die Frau in die Küche.

Ungefragt zapfte sie einen Krug mit koscherem Wein und stellte ihr etwas zu essen hin. „Du siehst hungrig aus. Greif zu!"

Cathrein schluckte schwer. „Ist es so offensichtlich?"

Sara nickte stumm.

„Uns ging es immer gut. Doch nun werden wir das Unglück nicht mehr los."

„Erzähl mir, was dich herführt."

Cathrein aß etwas von dem Brot und dem getrockneten Fisch und spülte mit einem Schluck Wein nach. „Das schmeckt köstlich. Danke!"

Nachdem ihr gröbster Hunger gestillt war, schüttete sie

Sara ihr Herz aus. „Mein Mann hat sich verletzt und muss das Bett hüten. Ich schaffe die Arbeit im Keller nicht alleine, obwohl unser halbwüchsiger Sohn und unsere Tochter mir zur Hand gehen. Der Wein müsste abgestochen werden. Dafür bräuchte ich jemanden mit Sachverstand, aber dazu fehlt das Geld. Bei allen Geldgebern der Stadt bat ich um einen Kredit, aber keiner will einer Frau, deren Mann geschäftsuntüchtig ist, Kapital leihen. Und Lorentz ist augenblicklich nicht in der Lage zu verhandeln. Während der letzten Jahre waren die Ernten gut und wir haben ausreichend verdient. Von dem erwirtschafteten Kapital erneuerten wir die Weinstöcke und kauften neue Fässer. Ein Gegenwert ist also da. Doch diese Argumente zählen nicht."

Sara, die gerade selbst erfuhr, wie schwer die Krankheit eines Einzelnen die gesamte Familie belastete, wusste was Cathrein durchmachte. Nur war ihre Lage noch schwieriger, da sie den Ernährer der Familie betraf und somit ihre Existenz gefährdete. „Wie schlimm steht es um Lorentz?"

„Bei ausreichender Pflege und genügend Bettruhe wird er wieder gesund. Doch wir haben kaum etwas zu essen. Den Arzt können wir auch nicht mehr bezahlen. So bekommt er auch keine Arznei. Und wenn wir den Wein nicht abfüllen, haben wir nichts zu verkaufen und verlieren bald Haus, Keller und Land", schluchzte Cathrein. „Ich habe dir etwas Wein vom Vorjahr mitgebracht. Er ist noch gut. Du kannst dich von seiner Qualität überzeugen", meinte sie und packte eine kleinen Krug aus.

„Er ist nicht koscher. Ich kann ihn nicht trinken, aber schenk mir dennoch etwas ein, damit ich seinen Geruch und sein Aussehen prüfen kann."

Cathrein füllte den Becher zur Hälfte. Sara begutachtete ihn und nickte zustimmend. „Er ist klar und duftet angenehm. Unsere Magd soll ihn probieren", meinte sie und ging Anna holen.

„Sag mir, ob dir der Wein schmeckt!", forderte sie sie auf.

Anna kostete und nickte zustimmend. „Er schmeckt gut und ist nicht zu schwer."

„Dank dir, du kannst wieder gehen", meinte Sara.

„Allein auf Annas Urteil will ich mich nicht verlassen. Es gibt da einen Mann, der für uns arbeitet. Er wird euren Wein prüfen, bevor wir ins Geschäft kommen. Zuvor sollst du aber wissen, dass ich nur stellvertretend für Vater und Ehemann verhandeln kann und sie mir strenge Auflagen beim Erteilen von Krediten gemacht haben. Mein Onkel David überprüft mögliche Abschlüsse und hat das letzte Wort. Ich kann also nicht allein entscheiden."

Cathreins letzte Hoffnung verflog. Sie fürchtete, Sara wolle sie genauso leer ausgehen lassen wie die anderen Bankiers zuvor. Sie nickte resigniert und stand auf, um zu gehen.

„Bleib sitzen. Ich habe nicht gesagt, dass ich dir nichts gebe. Wie viel Geld benötigst du?"

Cathrein nannte eine Summe.

„Das ist viel und übersteigt den Rahmen, dessen, was mir gestattet ist. Aber ich bin bereit, dir den Betrag aus meinem eigenen Vermögen zu leihen."

„Du besitzt ein eigenes Vermögen?", staunte Cathrein, für die das unvorstellbar war.

„Ja, meine Mitgift. Sie macht mich im Falle einer Scheidung unabhängig. Deshalb muss ich ganz genau erwägen, ob du kreditwürdig bist. Ich will nämlich nichts riskieren."

„Was musst du wissen?", fragte Cathrein.

„Wie groß sind eure Weinberge und wie viele Fässer lagern in eurem Keller?"

Sie nannte ihr Größe und Anzahl.

„Das ist nicht gerade wenig. Und euer Kapital habt ihr wirklich in Land und Ausrüstung gesteckt?"

„Ja, wir sind keine Prasser", versicherte ihr das Winzer-weib.

Sara überlegte kurz und machte ihr dann einen Vorschlag: „Morgen schaue ich mir mit Christian euren Keller und die Weinberge an. Er ist äußerst versiert in diesen Dingen. Wenn wir handelseinig werden, besorge ich euch jemanden, der die Arbeit deines Mannes übernimmt", meinte sie und nannte dann die Konditionen, zu denen sie Cathrein Geld leihen würde. „Bist du damit einverstanden?"

„Ja", versicherte sie sofort.

„Weiß dein Mann eigentlich, dass du hier bist?", wollte Sara wissen.

Cathrein senkte beschämt den Kopf.

„Also nicht", bemerkte Sara ohne Vorwurf. „Dann belassen wir es zunächst auch dabei. Es reicht, wenn er davon erfährt, sobald ich meine Entscheidung zu euren Gunsten getroffen habe. Hier hast du einen Heller, hol davon den Arzt und kauf Essen. Erwarte mich morgen, eine Stunde vor Mittag."

Cathrein war Sara überaus dankbar. Sie hielt das Geldstück in der Hand, als sei es ein rohes Ei. „Du bist sehr großherzig."

Sara wiegelte ab. „Das gehört alles zum Geschäft."

Nachdem Cathrein sich nochmals überschwänglich bedankt hatte und gegangen war, sah Sara nach ihrer Mutter. Sie schlief und würde nicht bemerken, wenn sie das Haus verließ. Mit dem Wein lief sie zu Christian, der selten früh zu Bett ging, weil er unter Schlaflosigkeit litt.

Bei ihm brannte tatsächlich noch Licht und er freute sich, sie zu sehen. „Was führt dich um diese Zeit zu mir?", fragte er, während er sie hereinbat.

„Ich habe ein Anliegen und brauche deinen Rat sowie deine Hilfe. Soeben bat mich Cathrein, die Frau von Lorentz, um einen Kredit. Ihr Mann ist verletzt und muss das Bett hüten und so fehlen ihnen die Einkünfte. Sie brachte mir Wein mit, den du für mich kosten sollst."

„Das tu ich doch gern", meinte er, schenkte sich ein, schnupperte an ihm und betrachtete seine Farbe. Nachdem er probiert hatte, bestätigte er Annas Ansicht. „Er ist völlig in Ordnung. Wenn der neue Wein genauso wird, machst du ein gutes Geschäft."

„Dann kommst du morgen mit mir, um Weinberge und Keller zu besichtigen?"

„Das werde ich. Vor allem im Winter ist nicht viel zu tun. Da ziehen sich die Tage ewig in die Länge und mir ist jede Abwechslung recht."

„Noch weiß Lorentz nicht, dass seine Frau zu mir kam. Mir wäre lieb, du würdest an meiner Stelle mit ihm verhandeln. Er ist derjenige, der den Vertrag unterzeichnen muss, und ich weiß nicht, ob er Frauen gegenüber Vorbehalte hat."

„Lass mich nur machen, im Überreden bin ich gut ", beschwichtigte er sie. „Ich werde ihn schon überzeugen. Es geht immerhin um die Existenz seiner Familie! Wie hoch wird die Tilgung sein?"

„Ich halte ein Fuder Wein für angemessen. Das entspricht ungefähr einem Zehntel der Jahresmenge."

„Das sind gute Konditionen. Er wird sie bestimmt annehmen."

„Es ist schon spät, ich muss jetzt gehen."

„Ich begleite dich", sagte er und brachte sie nach Hause.

Sara warf einen letzten Blick in die Schlafkammer ihrer Mutter und ging dann zu Bett, das kalt und verwaist war. Wie jeden Abend tastete sie mit der Hand nach Immanuels Seite.

Donnerstag, 20. Dezember A. D. 1095, 21. Tewet 4856
Speyer

Hanno war früh aufgebrochen und begann mit seinen Nachforschungen in der Kernstadt. Dabei führte ihn sein Weg auch am Dom vorbei, der größer und prächtiger war als der seiner Heimatstadt. König Konrad II hatte ihn erbauen lassen und war dort mit seiner Gemahlin Gisela beigesetzt. Kaiser Heinrich IV. erwies sich wie sein Vorgänger als Gönner und ließ umfangreiche Verschönerungsmaßnahmen vornehmen wie Blendbögen und eine Zwerggalerie.

Hanno erkundigte sich in den Schenken nach Landwyn und ließ dabei etliche Münzen springen, doch keiner schien ihn zu kennen. Er wollte die Hoffnung schon aufgeben, als er ein Wirtshaus fand, in dem man sich an ihn erinnerte.

„Sicher weiß ich, wer Landwyn ist. Er war der Knappe eines Ritters, der hier starb. Jetzt verdingt er sich bis zum Frühling bei Hermann, der ein Landgut außerhalb der Stadt besitzt", erfuhr er vom Wirt.

„Wie finde ich dorthin?"

„Folge der Straße Richtung Westen. Irgendwann stößt du darauf. Darf's jetzt was zu essen sein?"

„Erst muss ich mit Landwyn reden, dann komm ich wieder", meinte Hanno und ging. Der Wirt schaute ihm mürrisch hinterher, denn er glaubte nicht an ein Wiedersehen.

Einige Zeit später hatte Hanno das Landgut gefunden und sprach mit dem Knappen. Landwyn war ein aufgeweckter, nicht sonderlich großer Bursche, der ans Arbeiten gewöhnt schien. Er hatte wache, graue Augen, denen nichts entging und mit denen er Hanno nun kritisch musterte.

„Ich bin ein Dienstmann des Erzbischofs von Mainz. Du kannst mir möglicherweise wichtige Auskünfte geben", stellte sich Hanno vor.

„Was könnte ich dir schon zu sagen haben? Ich kenn dich ja nicht einmal", meinte Landwyn abweisend.

„Es geht um deinen früheren Herrn. Ich würde gern wissen, was in jener Nacht vorfiel, als er starb."

„Warum sollte ich dir das sagen?", erwiderte Landwyn lauernd.

Hanno wurde ungeduldig. Er baute sich vor dem Burschen drohend auf. „Weil ich durch den Erzbischof befugt bin und weil der Name deines Herrn möglicherweise in Zusammenhang mit einem Mord steht."

Das war zwar maßlos übertrieben, aber das konnte Landwyn ja nicht wissen. Er erbleichte und wurde plötzlich kleinlaut. „Mein Herr hat keinen Mord begangen!"

„Das habe ich auch nicht behauptet. Beantworte einfach meine Fragen und dann lasse ich dich in Ruhe. Also nenn mir den Grund eurer Reise und sag mir, wie er starb."

Bereitwillig erteilte er jetzt Auskunft. „Wir kamen aus Italien. Mein Herr, Edelbert war sein Name, sollte im Auftrag des Kaisers bei einigen deutschen Fürsten vorsprechen und um Unterstützung im Kampf gegen seine Widersacher bitten. Viel konnte er nicht erreichen, denn er starb zuvor, aber er traf sich noch mit dem Pfalzgrafen", bemerkte er, wobei ihm die Trauer deutlich anzumerken war.

Hanno spürte, dass der Knappe etwas zurückhielt, und hakte nach: „Ist das wirklich alles?"

Landwyn druckste herum, entschied sich dann aber zu reden. „Es gibt da etwas, das mir immer noch ein Rätsel ist. Bereits vor der Abreise war er sehr nachdenklich. Seit dem Gespräch mit dem Grafen wurde er immer stiller. Es schien im Zusammenhang mit einer Person zu stehen, die er kannte, und das betrübte ihn. Warum, hat er mir allerdings verschwiegen. Schon während wir die Alpen überquerten, klagte er über Enge in seiner Brust. Er konnte nicht mehr so lange auf dem Pferd sitzen wie früher und wir mussten häufig pausieren. Richtig schlecht ging es ihm aber erst hier in Speyer. Innerhalb kurzer Zeit wurde er schwer krank. Da er nun tot ist, kann ich dir wohl sagen, dass er nicht allein wegen dieses Hilfeersuchens zu deinem Erzbischof wollte, sondern noch einen anderen Grund hatte. Genaues weiß ich zwar nicht, aber immerhin so viel, dass er Ruthard wegen etwas Wichtigem sprechen wollte. Aber erkläre mir doch endlich, was das mit einem Mord zu tun haben soll und wer überhaupt getötet wurde", beharrte er.

„Bruder Anselm!"

Landwyn riss erschrocken die Augen auf. „Dann hat mein Herr wohl recht gehabt, dass sein Wissen gefährlich ist. Es könnte den Mönch das Leben gekostet haben."

„Wie kommst du auf diesen Gedanken?"

„Er bat ihn, seinen Auftrag zu Ende zu bringen."

Endlich stieß Hanno auf eine Spur. „Was war das für eine Mission?"

Der Knappe zuckte die Schultern. „Er hat mir gegenüber niemals etwas verlauten lassen."

„Überhaupts nichts? Nicht einmal ein kleiner Hinweis, ein Wort oder eine Geste?"

„Kurz vor seinem Tod begann er zu fantasieren. Dabei nannte er immer wieder den Name des Erzbischofs, aber auch ein-, zweimal einen anderen."

„Wie lautete er?", wollte Hanno wissen.

Landwyn musste kurz überlegen, bevor er ihm einfiel. Hanno kannte niemanden, der so hieß. Aber er nahm an, dass es zwischen dem Erzbischof und dieser Person eine Beziehung gab, die Edelbert große Sorgen bereitete. Hanno beschloss, dieser Fährte zu folgen, sobald er wieder in Mainz war. Er dankte Landwyn und verabschiedete sich. Dann ritt er zurück zum Gasthaus.

„Hat dir meine Auskunft bei deinen Nachforschungen weitergeholfen?", erkundigte sich der Wirt erfreut, dass Hanno sein Versprechen wahr gemacht hatte.

„Ja, und ich habe einiges erfahren, das für mich wichtig ist", entgegnete Hanno.

„Verrätst du's mir?", drängte ihn der Wirt.

„Vielleicht beim Essen!"

Während er auf seine Mahlzeit wartete, schaute er sich die anderen Gäste an. Die meisten wirkten unauffällig, nur ein Mann weckte seine Aufmerksamkeit. Er saß abseits und löffelte gerade eine Schüssel mit Eintopf. Dabei beugte er seinen Oberkörper weit nach vorn und hielt den Kopf gesenkt, sodass von seinem Gesicht nicht viel zu erkennen war. Er trug einen Bart und schielte hin und wieder unter seiner struppigen, dunklen Haarmähne hervor. Zwar tat er desinteressiert, aber Hanno entging nicht, wie er alles um sich herum sehr genau verfolgte.

Eine schwache Erinnerung regte sich in ihm, aber er konnte nicht sagen, woher sie rührte. Als ihm ein Krug Bier und eine Mahlzeit serviert wurden, konzentrierte er sich aufs Essen und vergaß den Kerl.

„Also, sagst du's mir nun, warum du unbedingt Landwyn finden musstest?", tat der Wirt verschwörerisch.

„Viel kann ich dir nicht verraten, nur, dass er mir wichtige Hinweise liefern konnte, die den Mord an einem Benediktinermönch in Worms betreffen."

Der Wirt machte große Augen. „Du kommst aus Mainz, um ausgerechnet hier in Speyer einen Mord an einem Gottesmann aufzudecken? Deshalb bist du hier?", fragte er lauter, als Hanno lieb war.

Dieser wollte das Thema beenden und senkte seine Stimme. „Ich habe schon genug gesagt, mehr erfährst du nicht!"

Als Hanno sich das nächste Mal umschaute, bemerkte er, dass der Sonderling verschwunden war. Als der Wirt dessen Geschirr abräumte, meinte er achselzuckend: „Dem scheint's nicht geschmeckt zu haben. Hat sein Essen kaum angerührt und auch das Bier stehen lassen."

Er fragte sich, ob ihre Unterhaltung der Grund für den übereilten Aufbruch des Fremden gewesen sein könnte. Im Nachhinein erschien er Hanno auf einmal verdächtig. Sein heimlichtuerisches Verhalten legte die Vermutung nahe, dass er etwas zu verbergen hatte. Der Kerl gehörte zwar zu den Typen, deren Gesicht man gleich wieder vergaß, aber vielleicht wäre es besser gewesen, ihn sich doch genauer einzuprägen. Hanno wurde das Gefühl nicht los, dass es irgendetwas mit ihm auf sich hatte, an das er sich besser erinnern sollte.

Unweit der Schenke

Wolff war der Schrecken gehörig in die Glieder gefahren, als er den Wirt und seinen Gast über den Mord hatte reden hören. Obwohl der Mann keinen Namen nannte, konnte eigentlich nur Bruder Anselm gemeint sein. Das Verbrechen war also doch entdeckt worden. Die Zuversicht der letzten Tage erhielt einen gehörigen Dämpfer. Zwar hatte er Hartwig erfolgreich abschütteln können, doch dafür tauchte jetzt eine neue, schwer einzuschätzende Bedrohung in Gestalt dieses Fremden auf. Es grenzte schon an Hohn, dass er eine Bürde losgeworden war, nur um sie gegen eine möglicherweise noch gefährlichere einzutauschen. Auf einmal behagte ihm die Vorstellung, nach Mainz zu reisen, deutlich weniger.

Aber er schob seine Befürchtungen beiseite und zwang sich zur Besonnenheit. Der Fremde schien nicht zu wissen, dass er der Dieb und Mörder war, sonst hätte er ihn nicht entwischen lassen. Er hatte ihn auch kaum beachtet und würde ihn höchstwahrscheinlich nicht wiedererkennen, vor allem, wenn er sich wieder den Bart scherte. Er dagegen besaß den Vorteil, zu wissen wie sein Feind aussah. Falls sich ihre Wege nochmals kreuzen sollten, konnte er einen Bogen um ihn machen.

Er beschloss, an seinen ursprünglichen Plänen festzuhalten, hielt es aber für sicherer, Speyer sofort zu verlassen. Noch zur selben Stunde brach Wolff auf und zog den Rhein hinab. Auf seinem Weg nach Mainz würde er Worms weiträumig umgehen, es gab ausreichend kleine Dörfer, in denen er übernachten konnte.

Mainz, im Gericht

Lange vor der Urteilsverkündung war eine große Menge Schaulustiger vor dem Gebäude versammelt. Dazu gehörten auch Griseldis und Gerhard, der das Urteil gespannt erwartete. Gernot hatte zwar gewisse Andeutungen gemacht, aber ihm seine endgültige Entscheidung noch nicht mitgeteilt. Sanne war ohne Mathes erschienen, sie hielt es für besser, wenn er nicht auf die Fuhrleute traf. Beinah gleichzeitig mit ihr kam Widukind. Sannes scharfer Blick erfasste sofort den Stadtgrafen und Griseldis, was sie zu einer ihrer spitzen Bemerkungen veranlasste. „Siehst du auch, was ich sehe?", fragte sie ihn und deutete mit dem Kopf in die Richtung der beiden.

Widukind schaute sie verwundert an. „Was meinst du?"

„Sei nicht so ein Einfaltspinsel. Die macht doch dem Stadtgrafen schöne Augen!"

„Sanne, du spinnst dir da etwas zusammen. Sie reden doch nur!"

„Mit reden fängt es immer an."

„Kann es sein, dass du sie nicht magst?", legte Widukind den Finger in die Wunde.

Sanne, der die Begegnung beim Kaufmann noch immer sauer aufstieß, entgegnete schnippisch. „Die hält sich für was Besseres und lässt es jeden spüren."

Widukind lächelte still in sich hinein. Sanne würde Griseldis niemals verzeihen, dass sie sich hatte vordrängen wollen. „Ich glaube nicht, dass Gerhard Interesse an ihr hat. Er ist Reinhedis treu ergeben."

„Ihr Männer seid manchmal einfach zu gutgläubig und unterschätzt die Ränke der Weiber. Er merkt's wahrscheinlich noch nicht einmal, worauf die abzielt. Der trau ich jedenfalls nicht über den Weg und auch Reinhedis sollte ein Auge auf sie haben."

Dithmar erschien und trat zu Gerhard und Griseldis. Er lächelte sie an und schien leicht verlegen.

„Aha, dem hat sie auch schon den Kopf verdreht", stellte Sanne fest.

„Also, mir würde so etwas überhaupt nicht auffallen", meinte der Steinmetz nüchtern.

„Wir Frauen können eben besser aus Gesichtern lesen. Dithmar himmelt sie doch an wie ein treuer Hund seinen Herrn."

Widukind musste ihr dieses Mal zustimmen. „Er wirkt irgendwie – wie soll ich sagen …"

„Unterwürfig", vollendete Sanne seinen Satz.

Griseldis schien zu spüren, dass sie über sie redeten, und schaute plötzlich in ihre Richtung. Als sie Sanne erkannte, wandte sie rasch die Augen von ihr ab, hin zu Widukind.

Sie nickte ihm zu, wohingegen sie Sanne mit Verachtung strafte. Es war offensichtlich, dass die Antipathie auf beiden Seiten lag.

„Bei dir versucht sie's auch", bemerkte Sanne trocken.

„Damit hat sie aber keinen Erfolg", beruhigte sie der Steinmetz.

Sanne zog spöttisch ihren linken Mundwinkel hoch, ersparte sich aber weitere Kommentare. In diesem Augenblick wurden die Türen des Gebäudes geöffnet und die Menge strömte hinein. Im Gegensatz zum letzten Mal waren die Gefangenen bereits anwesend und nicht mehr in Fesseln. Nachdem Ruhe im Saal eingekehrt war, trat Gernot ein.

Er hielt sich nicht mit langen Vorreden auf, sondern kam direkt zur Sache. „Jobst, Sixt und Endris, euch wird zu Last gelegt am Abend des 18. Dezember in der Schenke Zum wilden Eber, dessen Wirtsleute Mathes und Sanne sind, eine Streiterei begonnen zu haben. Bekennt ihr euch dessen schuldig?", fragte er die drei und schaute sie mit durchbohrendem Blick an.

Die Fuhrleute senkten die Köpfe und nickten einmütig.

„Ich höre nichts!", stellte Gernot fest. „Beantwortet meine Frage."

„Wir bekennen uns schuldig", antworteten sie kleinlaut.

„Desweiteren hast du, Jobst, den Wirt Mathes mit einem Messer tätlich angegriffen und am Rumpf verletzt. Bekennst du dich auch dieses Vergehens für schuldig?"

„Ja", entgegnete Jobst mit zittriger Stimme.

„In Folge des Gerangels hast du den Steinmetzen Widukind von Battenheim am Unterarm verletzt, sodass dieser seiner Arbeit für einige Zeit nicht nachgehen kann. Außerdem ging im Laufe der Schlägerei Geschirr zu Bruch, was Endris zu verantworten hat."

„Das stimmt alles und es tut mir leid", meinte er ernst und bedachte Sanne und Widukind mit einem Blick, in dem aufrichtige Reue lag.

„Ich glaube, er meint es ernst", flüsterte Sanne überrascht.

„Sieht so aus", bestätigte Widukind.

Gernot registrierte JobstsGeste mit Genugtuung. „Da euer Vergehen nicht das erste dieser Art ist, habe ich mir meine Entscheidung nicht leicht gemacht. So wie ihr heute hier auftretet, lässt sich zu euren Gunsten anführen, dass ihr anscheinend aufrichtig bedauert. Tut ihr das?"

Schnell versicherten sie ihm, dass dies zuträfe und sie gelobten für die Zukunft Besserung.

„Ich will euch dieses eine Mal noch Glauben schenken und nehme euch euer Versprechen ab. So, hört nun mein Urteil: Ihr dürft Zeit eures Lebens das Gasthaus Zum wilden Eber nie wieder betreten. Außerdem müsst ihr für den angerichteten Schaden aufkommen. Sanne sagt euch, auf wieviel er sich beläuft. Auch wenn Jobst das Messer führte, tragt ihr gemeinsam die Arztkosten, die sich, wie ich von Widukind erfahren habe, auf 2 Pfennig belaufen. Soweit eure gemeinsame Strafe. Nun zu dir Jobst. Du zahlst Mathes und Widukind eine Entschädigung für ihre Verletzungen. Beide Männer haben das Recht die Summe festzulegen. Da Mathes nicht anwesend ist, wird Sanne für ihn die Höhe bestimmen. Sie muss aber angemessen sein", mahnte der Schultheiß die Wirtsfrau.

Diese nannte einen Betrag, den Gernot absegnete. „Und du Widukind, was forderst du?"

Der Steinmetz räusperte sich. „Ich möchte kein Geld, ich hätte als Gegenleistung lieber zwei Fuhren, die Jobst für mich bei Bedarf erledigen soll."

„Das halte ich ebenfalls für eine angemessene Entschädigung. Aber eine Fuhre, darf nicht länger als zwei Tage dauern", ordnete der Schultheiß an. „Und nun entlasse ich euch unter der Auflage, dass dergleichen nie wieder geschieht. Wenn doch, erwartet von mir keine Gnade mehr. Ihr wart bisher unbelehrbar. Handelt endlich verantwortungsbewusst, sonst findet ihr euch vor dem Stadtgrafen wieder", bemerkte er und schaute in Gerhards Richtung.

Dieser hatte eine bedrohliche Miene aufgesetzt und nickte zur Bestätigung. Er ergriff kurz das Wort. „Auch ich warne euch! Noch ein solch schweres Vergehen und ihr macht Bekanntschaft mit dem Henker."

Die Menge quittierte das kluge Urteil mit langanhaltendem Applaus und die Händler und Kaufleute atmeten erleichtert auf. Gernot verließ den Saal. Jobst, Sixt und Endris standen etwas verloren herum und warteten, bis die Zuschauer gegangen waren. Erst dann verließen auch sie das Gebäude.

„Wir sind noch einmal davongekommen", meinte Sixt mit belegter Stimme. „Vor allem Jobst hat großes Glück gehabt. Es hätte auch anders enden können."

„Ich weiß", bestätigte der Fuhrmann.

„Kommst du mit in den Eichbaum? Ich muss den Geschmack des Kerkers hinunterspülen", fragte ihn Endris.

„Nein, ich geh nach Hause. Es ist viel Arbeit liegengeblieben."

„Wie du meinst."

„Ich begleite dich. Meine Arbeit kann noch etwas warten", sagte Sixt und schloss sich Endris an.

Burg

Reinhedis saß vor dem Kamin und vertrieb sich die Zeit mit spinnen. Ein Knäuel vorbereiteter roher Wolle ruhte in ihrem Schoß. Sorgfältig öffnete sie die einzelnen Locken und zupfte Flusen heraus. Sie mochte diese Beschäftigung, sie gab ihr die Ruhe, die sie nach einem langen Tag benötigte. Ohne hinschauen zu müssen, drehte sie mit der Spindel die Fasern zu einem langen Faden. Aber heute verfehlte die Handarbeit ihre Wirkung, die erhoffte Muße stellte sich einfach nicht ein. Sie dachte an Gerhard, der ihr üblicherweise Gesellschaft leistete. Doch seit einigen Wochen ließ er sie allein und führte fadenscheinige Entschuldigungen für sein Fehlen an. Angeblich hielten ihn Amtsgeschäfte vom abendlichen Gedankenaustausch ab, aber Reinhedis glaubte, dass seine Abwesenheit einen anderen Grund haben könnte, nämlich Griseldis. An seiner Arbeit konnte es nicht liegen, denn es gab nicht mehr zu tun als sonst. Erst seit Griseldis in der Stadt lebte, fand er immer weniger Zeit für sie.

Bei dem Gedanken an die junge Frau zog sich Reinhedis' Magen zusammen. Schon bei ihrer ersten Begegnung war sie ihr unsympathisch gewesen. Sie verhielt sich nicht wie eine anständige Frau, sondern kokettierte mit den Männern. Ihr waren keineswegs die Reaktionen der Anwesenden entgangen, als sie Griseldis sahen. Utz, Dithmar, Jörg und Wylhelm waren beinah die Augen aus dem Kopf gefallen, selbst Meister Bertolf hatte eine gewisse Regung erkennen lassen, auch wenn er ihr den Rest des Abends eher die kalte Schulter gezeigt hatte.

Warum sollte Gerhard gegen ihre Reize gefeit sein, wenn alle anderen Männer ihnen erlagen? Zwar hatte er ihr noch nie Anlass gegeben, an seiner ehelichen Treue zu zweifeln, aber die Versuchung war bisher auch noch nie so groß gewesen. Zudem war sie schwanger und kam sich weniger begehrenswert vor. Sie fürchtete Gerhard könnte ebenso empfinden, anders ließ sich nicht erklären, warum er auf ihr gemeinsames Ritual verzichtete.

Sie versuchte ihre Überlegungen in andere Bahnen zu lenken, aber es gelang ihr einfach nicht. Immer wieder kehrten sie zu Griseldis zurück, und je länger sie an sie dachte, umso mehr wuchs ihre Eifersucht. Reinhedis wusste um ihre Schwäche und schämte sich für sie. All die Jahre hatte sie ihre Untugend vor Gerhard verbergen können, doch Griseldis' Erscheinen hatte sie wie eine schwärende Wunde aufbrechen lassen. Wie lange konnte sie ihre wahren Empfindungen noch vor ihm verheimlichen? Sie kannte sich gut genug, um zu wissen, dass die Eifersucht erst verschwinden würde, wenn sie Klarheit besaß. Nur, wie sollte sie diese bekommen? Ihren Mann bespitzeln? Ein solches Verhalten war einer Burgherrin unwürdig und sie hatte auch keine Ahnung, wie sie das anstellen sollte, ohne dass Gerhard Verdacht schöpfte.

Aber diese Ungewissheit nagte an ihr und würde sie früher oder später verrückt machen. Sie wollte an etwas anderes denken, aber es gelang ihr nicht. Überhaupt kam ihr Griseldis seltsam vor. Ihr ganzer Lebensstil sorgte unter den Bürgern für Aufsehen, um das sie sich allerdings keinen Deut scherte. Reinhedis wunderte sich, wieso Gerhard das tolerierte, denn normalerweise duldete er solche Zustände nicht. Auch die Behauptung, sie komme vom kaiserlichen Hof, erschien ihr fragwürdig. Sie mochte stimmen oder auch nicht. Möglicherweise hatte sie einen Bruder, vielleicht aber auch nicht. Reinhedis wollte herausfinden, inwieweit die junge Frau die Wahrheit sagte. Erst wenn sie alles über sie wusste und sicher war, dass es zwischen ihr und Gerhard keine Beziehung gab, würde sie wieder Ruhe haben.

Dabei hoffte sie auf die Hilfe ihres Cousins Guntram. Seit Kindertagen verband ihn und Reinhedis eine Freundschaft, die im Erwachsenenalter nicht abgerissen war. Er war ein Ritter des Kaisers und begleitete ihn beinah überall hin. Wenn Heinrich einmal nach Mainz kam, besuchte Guntram sie immer. Sie sahen sich zwar nur selten, aber sie schrieben sich ab und zu. Reinhedis beschloss, gleich morgen früh einen Brief an ihn zu schicken, in dem sie sich nach Griseldis erkundigte. Diese Vorstellung besänftigte sie etwas und sie legte die Wolle beiseite. In diesem Moment öffnete sich die Tür und Gerhard trat ein. Er kam auf sie zu und gab ihr einen zärtlichen Kuss auf die Wange. Dabei fiel sein Blick auf ihre Hände.

Erschrocken hielt er inne. „Was ist geschehen? Schau dir die Wolle an, sie ist voller Blut."

Reinhedis hatte nicht bemerkt, wie sie sich in ihrer Eifersucht die Finger blutig gesponnen hatte. Rasch wiegelte sie ab. „Ich muss mich wohl an der Spindel verletzt haben, ohne es zu bemerken", meinte sie leichthin und tupfte das Blut mit einem Tüchlein ab.

Samstag, 22. Dezember A. D. 1095, 23. Tewet 4856
Oppenheim

Wolff war auf einem Boot nach Oppenheim gekommen, was die Reise deutlich verkürzte und ihm auch unliebsame Begegnungen ersparte. Der Ort gefiel ihm und er beschloss, die Feiertage hier zu verbringen. Unauffällig hörte er sich um, ob Gerüchte über den Mord an Anselm kursierten, aber niemand schien etwas darüber zu wissen. Das beruhigte ihn. Im Nachhinein erschien ihm dieser Fremde weit weniger gefährlich und er beschwichtigte sich mit dem Gedanken, dass er das Gespräch missdeutet und deshalb falsche Schlüsse gezogen hatte.

Wolff fand einen Schlafplatz in einem Kloster und sogar eine Badestube, was ihn sehr überraschte. Hier hatte er nicht mit einer solchen Einrichtung gerechnet, aber er freute sich auf einen Besuch. Samstags war üblicherweise Badetag und Wolff ging zuerst in einen Raum mit heißer Luft, der ihm gehörig den Schweiß aus den Poren trieb. Nachdem er genug geschwitzt hatte, wechselte er hinüber in die eigentliche Badestube. Dort stieg er in einen großen Holzzuber und ließ sich bis ans Kinn ins gut temperierte Wasser gleiten. Die wohlige Wärme machte ihn schläfrig und er nahm das Geschnatter um sich herum kaum noch wahr.

Er war kurz davor einzudösen und von einem guten Essen zu träumen, als ihn eine altbekannte Stimme jäh in die Wirklichkeit zurückholte. „Da soll mich doch der Blitz treffen. Wenn das nicht der meineidige Lump von Wolff ist. Wie ich sehe, hast du dir den Bart wieder abrasiert. Glaubst wohl, ich würde dich dann nicht erkennen", feixte Hartwig höhnisch, während er splitterfasernackt vor ihm stand.

Erschrocken setzte Wolff sich auf und starrte auf Hartwig, der ohne Rücksicht auf die anderen Badegäste zu seinem

ehemaligen Gefährten in den Zuber stieg und sich unaufgefordert neben ihn setzte. „Hast du wirklich geglaubt, du
kannst mich so einfach abschütteln? Dazu bedarf es mehr als
einer Hure und eines entführten Gauls. Im Gegensatz zu dir
hat mich mein Pferd aber nicht im Stich gelassen. Es kam
brav wieder angetrabt", zischte Hartwig in scharfem Ton.

Wolff bewahrte Fassung und ließ sich seine Verärgerung
nicht anmerken. Gelassen meinte er nur: „Wie hast du mich
gefunden?"

„Ich hab dich nicht gezielt gesucht, falls du das denkst. Es
ist purer Zufall."

„Ich glaube nicht an Zufälle", erwiderte Wolff.

„Glaub, was du willst, aber so ist es. Ich hielt es für eine
gute Idee nach Mainz zu reiten. Dort war ich nämlich noch
nicht. Zudem habe ich angenommen, dass du die Stadt aus
verständlichen Gründen meiden würdest. Oder solltest du
so leichtsinnig sein, dich dorthin zu begeben, wo ausgerechnet der Bischof residiert, dessen Mönch du ins Jenseits be-
fördert hast?", flüsterte er mit gesenkter Stimme direkt in
Wolffs Ohr.

Hartwigs unflätiges Benehmen trieb die anderen Baden-
den nach und nach aus dem Zuber, sodass Wolff und er bald
unter sich waren.

Wolff blieb weiterhin ruhig. „Du kennst mich doch, ich
habe die Gefahr noch nie gescheut."

„Vor ein paar Tagen hat sich das aber noch ganz anders
angehört. Da hat dich dein schlechtes Gewissen regelrecht
aufgefressen."

„Man wird seine Meinung ja wohl noch ändern dürfen!",
erwiderte Wolff barsch.

Er glaubte nicht, dass Hartwig zufällig nach Mainz wollte. Dahinter steckte Kalkül, denn allem, was er tat, lag Be-

164

rechnung zugrunde. Auf einmal erinnerte sich Wolff an jene Nacht, in der ihn bleierne Müdigkeit bis weit in den Morgen schlafen ließ. Sollte Hartwig etwa nachgeholfen haben, um seine Sachen durchsuchen zu können? Zuzutrauen wäre es ihm. Aber er konnte nicht lesen. Wie also hätte er Anselms Notiz entziffern können?

„Da wir nun wieder vereint sind, sollten wir doch zusammen weiterreisen, findest du nicht? Unsere Gemeinschaft war doch recht einträglich und könnte es auch in Zukunft wieder sein", schlug Hartwig mit lauerndem Unterton vor.

„Meinetwegen", seufzte Wolff gelassen, obwohl er sich insgeheim anders entschieden hatte. Mit undurchdringlicher Miene überlegte er, wie er Hartwig loswerden könne, dieses Mal allerdings endgültig.

Frankreich

Jonah hatte den Wald hinter sich gelassen, ohne noch einmal von seinen Geistern bedrängt worden zu sein. Seine Angst, hinter jedem Baum könnte ein Kreuzfahrer mit gezückter Waffe stehen, um ihn zu töten, hatte sich gelegt. Er schrak auch nicht mehr bei jedem Geräusch zusammen und selbst die Dunkelheit war weniger bedrohlich, obwohl er immer noch nicht ohne Licht einschlafen konnte. Die Dämonen schienen für den Augenblick gebannt.

Nun lag eine gut zu überschauende, menschenleere Ebene vor ihm. So weit das Auge reichte, sah er nur Felder, Wiesen und gelegentliche Hecken, die als Windschutz dienten. Auf einigen Äckern keimten die zarten Sprosse des Wintergetreides, während die anderen brachlagen, um im Frühjahr bestellt zu werden. Die Ruhe der Landschaft übertrug sich auf ihn und er setzte zuversichtlich seinen Weg fort. Am

Stand der Sonne bestimmte er, wo Osten lag, und schlug dann diese Richtung ein. Die Orientierung im Wald war schwierig gewesen und er hatte keine genaue Vorstellung davon, wo er sich gerade befand. Aber wenn er nicht zu weit von seiner Route abgekommen war, musste er bald Reims erreichen. Und tatsächlich tauchten gegen Nachmittag die ersten Häuser am Horizont auf. Bei ihrem Anblick atmete er erleichtert auf. Wenn jetzt nichts mehr dazwischenkam, passierte er in wenigen Tagen die Grenze.

Obwohl der Anlass seiner Reise kein freudiger war, freute er sich auf Magenza. Mit der Stadt verband er viele gute Erinnerungen. Seine Studienzeit an der dortigen Jeschiwa war lehrreich gewesen und die geschlossenen Freundschaften überdauerten die Jahre. Eigentlich hatte er schon längst einmal zurückkehren wollen, aber nie die Zeit dafür gefunden.

Jonah dachte an Kalonymos ben Meschullam, den ehrfurchtgebietenden, von allen geschätzten Parnass, der die Gemeinde mit fester Hand führte und von dem er viel gelernt hatte. Kalonymos konnte sich auf eine Reihe berühmter Ahnen berufen, die von Lucca aus an den Rhein gezogen waren. Einer seiner bekanntesten Vorfahren war Mose gewesen, der die liturgische Dichtung nach palästinensisch-jüdischer Tradition, den Pijut, mit in die Diaspora brachte.

Überhaupt konnte die Gemeinde Magenzas auf eine Reihe bedeutender Männer zurückblicken. Allen voran Gerschom ben Jehuda, ein Sohn der Stadt und ein überaus einflussreicher Gelehrter. Er hatte die Jeschiwa gegründet. In seinen Takkanot gab er seinen Mitbrüdern Hilfestellung, wie sie ihr Leben fernab der Heimat in Einklang mit der abendländischen Lebensart bringen konnten. Seine Gutachten, die sogenannten Responsen, waren überall anerkannt. Er hatte das Briefgeheimnis eingeführt, die Vielehe verboten und die Scheidung neu geregelt. Seitdem durfte ohne Einwilligung der Frau keine Verbindung mehr gelöst werden. Bis heute besaßen diese Regeln ihre Gültigkeit. Man bezeichnete ihn deshalb als Meor ha-Gola, die „Leuchte des Exils".

Und nicht zu vergessen Raschi! Er war ein Schüler Gerschoms gewesen, der den Ruhm Magenzas vergrößert hatte. Unter dessen Namen verfasste Raschi unter anderem den Erlass gegen Wucher, der es einem Juden verbot, unrechtmäßig hohen Zins zu erheben.

Dank dieser Männer war die Gemeinde zu einem Zentrum der Spiritualität und des jüdischen Wissens geworden. Nach wie vor pflegte man den Disput und suchte nach Lösungen für die Zukunft. Magenza galt als weltoffen und Jonah bezweifelte nicht, dass Kalonymos und der Rat der Gemeinde die Mahnung ihrer Mitbrüder aus Rouen ernst nehmen würden. Hoffnungsvoll gab er seinem Ross die Sporen und setzte seinen Weg fort.

Montag, 24. Dezember A. D. 1095, 25. Tewet 4856
Mainz

Der Himmel über der Stadt war bleigrau. Windböen peitschten die Wolken vor sich her, die so tief zu hängen schienen, dass sie beinah die Spitze des Doms berührten. Alles was nicht niet- und nagelfest war, wurde durcheinandergewirbelt. Nieselregen machte den Boden schlüpfrig und kroch durch die Kleidung der Menschen bis in ihr Mark. Feuchtigkeit waberte über die Ufer des Rheins, überwand die Mauern und drang unaufhaltsam in die Stadt ein. Das triste Wetter trübte die Gemüter und ließ keine rechte Feiertagsstimmung aufkommen.

Dennoch trafen die Bürger ihre Vorbereitungen für die anstehenden Festtage. Die Fuhrleute lieferten ihre letzten Ladungen aus und verstopften mit ihren Karren die Gassen. Derbe Beschimpfungen flogen von Fuhrwerk zu Fuhrwerk, wenn es kein Durchkommen gab und Verzögerungen in Kauf genommen werden mussten. Auf dem Fluss reihte sich Boot an Boot und die Fähren pendelten unaufhörlich von einem Ufer zum anderen, um letzte Fahrgäste, Waren und Vieh in die Stadt zu bringen. Sie waren die einzige Verbindung über den Rhein, seit vor gut 200 Jahren die hölzerne Brücke, die Karl der Große hatte erbauen lassen, einem Brand zum Opfer gefallen war. Man munkelte, erzürnte Fährleute hätten sie angesteckt, da ihre Geschäfte schlecht gingen. Heute allerdings konnten sie sich über ausbleibende Kundschaft nicht beklagen, denn im Hafen stapelten sich die Boote und mancher Kahn musste Stunden warten, bis er anlanden konnte.

Auf dem Speismarkt ging es nicht minder lebhaft zu. Hier wurden Gemüse, Eier und Obst feilgeboten, die manchen Dieb anlockten, der durch einen Mundraub seinen Hunger zu stillen gedachte. Wenn ein Langfinger zugriff, hagelte es meist Flüche, die allzu oft in wilden Verfolgungsjagden endeten, bei denen häufig mehr zu Bruch ging, als der Dieb Schaden anrichtete. Aber angesichts der bevorstehenden Geburt des Herrn zeigten sich die Marktbeschicker milde und schauten über die kleinen Diebereien großzügig hinweg.

In der Gasse der Metzger zog es die Menschen zu den Fleischbänken. Pünktlich zum Ende der Fastenzeit wetzten sie wieder die Messer und schlachteten allerlei Vieh und Geflügel, das sie auf den heruntergelassenen Läden feilboten. Nach dem entbehrungsreichen, vierzigtägigen Fasten klingelten ihre Kassen wieder und bescherten ihnen zufriedene Gesichter.

Die Bäcker buken mehr helles als dunkles Brot, da auch die weniger Gutbetuchten bereit waren, das teurere, hellere zu kaufen. Und in den Häusern selbst wurde seit dem frühen Morgen gebacken und gekocht, was das Zeug hielt.

Bettler hatten sich bereits bei Tagesanbruch auf den Märkten oder vor den Kirchen positioniert. Dabei kam es gelegentlich zu kleineren Rangeleien um die besten Plätze, denn ein guter Standort garantierte reichen Ertrag. Während der Feiertage zeigten sich die Reichen spendabel und so erklang nur selten ein simples „Vergelt's Gott". Viel häufiger ertönte ein schnell gemurmeltes „Ave Maria" und eine besonders großzügige Münze bescherte dem Spender sogar ein salbungsvolles „Pater noster".

Auch in der Dombauhütte wurde emsig gearbeitet. Lautes Klopfen von Schlägel, Knüppel und Zahneisen dröhnte aus jedem Winkel. Nur Widukind, der seinen Arm noch immer schonen musste, war zu weitgehender Untätigkeit verdammt und dementsprechend bärbeißig. Nichts hasste er mehr, als tatenlos herumzusitzen. Die Fertigstellung seiner Madonna brannte ihm unter den Nägeln und jeder Tag, der ungenutzt verstrich, war für ihn ein verlorener. Bevor er überhaupt mit dem eigentlichen Werk beginnen konnte, mussten noch einige Vorarbeiten erledigt werden, wie zum Beispiel das Anfertigen eines Tonmodells. Ein Teil des Materials lagerte seit Tagen unter feuchten Tüchern in einer Truhe und wartete darauf, verarbeitet zu werden. Widukinds Blick blieb auf dem geschlossenen Deckel hängen und machte ihm bewusst, dass er ihn bis zum 1. Januar, dem Fest der Beschneidung des Herrn, nicht öffnen würde.

Er versuchte sich abzulenken, in dem er kleinere Ausbesserungen vornahm oder nach den Lehrlingen sah, doch stellte das keinen echten Ersatz für seine eigentliche Arbeit dar. Wenigstens würde er über Weihnachten aus der Stadt herauskommen und einige Tage bei seiner Familie in Battenheim verbringen. Aber selbst dieser Besuch war nicht unbelastet, denn noch immer waren sein Vater Bolko und er zerstritten. Wahrscheinlich würde er ihn wie immer meiden und keines Blickes würdigen, aber das hinderte Widukind nicht daran, den Rest seiner Familie zu sehen. Er hatte die Hoffnung nicht aufgegeben, dass sein Vater ihm eines Tages vergeben würde, und deshalb für ihn eine Figur des Heiligen Georg angefertigt, den er besonders verehrte. Jobst hatte sie vorgestern nach Battenheim gebracht und so den ersten Teil seiner Schuld beglichen. Bolko hatte das Geschenk zwar angenommen, ob es ihm aber auch gefiel, hatte Jobst nicht sagen können.

Eigentlich war Widukind ein friedfertiger Mensch, doch das Nichtstun machte ihn aggressiv. Gegen Nachmittag befand er sich in einer Stimmung, in der ein falsches Wort ausgereicht hätte, um einen Wutanfall auszulösen. In solchen Momenten erkannte er sich selbst nicht wieder. Dann brüllte er wie ein wildgewordener Stier, trampelte mit den Füßen auf am Boden liegenden Gegenständen herum oder warf alles, was gerade greifbar war, durch die Luft. Meist verfehlte er dabei sein Ziel und so waren Menschen glücklicherweise noch nie zu Schaden gekommen, höchstens Dinge, die gerade zufällig im Weg standen. Aber dennoch war seine Raserei so fruchteinflößend, dass jeder fluchtartig das Weite suchte. Einmal hatte er sich einen Zeh gebrochen, als er unkontrolliert gegen einen Sandstein trat. Seitdem suchte er sich weichere, weniger unfallträchtige Materialien zum Abreagieren aus. Seine Anfälle dauerten immer nur kurz und seine Wut verrauchte so schnell, wie sie gekommen war. Danach war er zahm wie ein Lamm – wenn auch wie ein äußerst beschämtes. Jeder, der einen solchen Auftritt einmal miterlebt hatte, erkannte frühzeitig die Alarmsignale und so gingen ihm die Gesellen heute aus dem Weg.

Auch Meister Archibald sah, worauf Widukind zusteuerte, und verwickelte ihn in eine Unterhaltung, um ihn abzulenken. „Erinnerst du dich noch an unsere allererste Begegnung, als du mir voraussagtest, der Lehrling würde den Stein zerstören?", fragte er in Erinnerung schwelgend.

Widukind musste trotz seiner Anspannung grinsen. „Die werde ich nie vergessen. Ich war dir gegenüber ziemlich respektlos und hielt mich für besonders schlau."

„Dennoch hast du mit allem recht behalten. Es ist genauso gekommen, wie du gesagt hast."

„Dabei glaubte ich damals eigentlich selbst nicht so recht daran. Ich hätte mir nie träumen lassen, dass ich mich gegen meinen Vater durchsetzen könnte. Allerdings ist der Preis, den ich dafür zahle auch hoch."

„Er wird früher oder später einsehen, dass du die einzig richtige Wahl getroffen hast und dir verzeihen."

„Du kennst Bolko von Cankor nicht. Er ist stolz und würde einen Fehler nie zugeben. Eher fällt der Mond vom Himmel."

„Vielleicht täuschst du dich in ihm. Hast du ihm die Figur des Heiligen Georg gesandt?"

„Ja. Vorgestern", bestätigte er ihm, äußerte sich aber nicht näher dazu.

„Und was sagst du zu den beiden Lehrlingen?", wechselte Archibald das Thema und deutete auf Magnus und Severin.

„Magnus wird wohl ein bedächtiger Steinmetz werden, der seine Arbeiten ordentlich ausführt. Ihm mangelt es aber an Vorstellungskraft. Severin dagegen lässt trotz seiner kürzeren Lehrzeit bereits erahnen, dass er über künstlerisches Gespür verfügt. Wenn er seine Arbeit liebt, wird er einmal Figuren voller Leben erschaffen können."

„Genau wie du. Du könntest ihn später unter deine Fittiche nehmen."

„Archibald, ich weiß nicht, wohin es mich verschlägt. Außerdem kann es nur einen Meister in der Dombauhütte geben und der bist du."

„Ich hoffte, du würdest meine Nachfolge antreten. Da ich nur Töchter habe, wärst du der Mann, den ich mir dafür wünsche."

Widukind fühlte sich geehrt, aber er wollte sich nicht unter Druck setzen lassen. „Es ist noch zu früh für mich, eine endgültige Entscheidung zu treffen. Mich zieht es hinaus in die Welt. Es gibt so Vieles, was ich noch nicht gesehen habe. Außerdem wird eine deiner Töchter gewiss einen Steinmetz heiraten und die Tradition fortsetzen."

„Vielleicht, vielleicht auch nicht. Dennoch bist du der Mann, den ich mir als Meister wünsche. Ich dränge dich nicht, du hast noch ein paar Jahre Zeit, bevor ich aufhöre."

„Dein Angebot weiß ich zu schätzen und werde darüber nachdenken. Willst du dir meine Madonnenentwürfe ansehen? Deine Meinung ist mir wie immer wichtig."

„Gern", erwiderte Archibald. „Was wirst du über die Feiertage tun?"

„Meine Familie besuchen."

„Du könntest genau wie die Gesellen und die Lehrlinge zum Weihnachtsessen zu uns kommen."

„Danke, aber ich habe meine Mutter und meine Geschwister seit Jahren nicht gesehen und so schnell wird sich nicht wieder die Gelegenheit dazu bieten", meinte Widukind und zeigte ihm die Skizzen.

Archibald warf einen Blick darauf und nickte zustimmend. Gern hätte er seinem Gesellen einen Verbesserungsvorschlag gemacht, doch bis auf das fehlende Gesicht gab es nichts zu bemängeln.

„Sie wird wunderschön", bekannte er. „Beim Antlitz lässt du dich wohl noch inspirieren?"

Widukind nickte. „Vom Stein oder auch von einer schönen Frau, wenn mir eine über den Weg läuft."

„In Mainz gibt es doch davon etliche."

„Ich weiß, aber keine die mein Herz anrührt." Dabei verschwieg er, dass es sehr wohl eine gab, die aber nie die seine werden würde. „Schönheit ist nicht alles! Was nützt sie ohne Seele?", redete er weiter.

„Du stellst hohe Ansprüche", stellte Archibald fest.

„Findest du?"

„Was braucht ein Weib mehr als Brüste, Schenkel und einen Schoß?"

„Fleisch wird schlaff und ein Schoß vertrocknet, doch ein gutes Wesen hat Bestand. Außerdem musst gerade du mich verstehen. Deine Frau ist auch etwas Besonderes", stellte Widukind fest.

Crista, die Frau von Archibald, war zwar keine ausgesprochene Schönheit, aber adrett anzuschauen, stets gut gelaunt und stand ihrem Mann in allen Lebenslagen zur Seite.

„Das stimmt", gestand Archibald. Da er noch drei unverheiratete Töchter hatte, die an den Mann gebracht werden mussten und die sich während Widukinds Abwesenheit zu hübschen Jungfrauen entwickelt hatten, sprach er erneut eine Einladung aus. „Wenn du schon an Weihnachten nicht kommst, dann besuch uns doch danach. Du warst lange nicht mehr bei uns und meine Familie würde sich freuen, dich einmal wiederzusehen."

„Das tue ich bestimmt", versprach Widukind und legte seine Zeichnungen wieder weg.

„Es ist zwar noch früh am Tag, aber für heute wird die Arbeit beendet", sagte Archibald und entließ die Lehrlinge und Gesellen vorzeitig.

Widukind war das mehr als recht und er lief ohne Umwege nach Hause. Im Gegensatz zum Morgen hatten sich die Gassen merklich geleert. Die Läden der Händler waren längst hochgeklappt und in den meisten Häusern wurden die ersten Kerzen entzündet. Zufrieden stellte er fest, dass Matilde, die hin und wieder kam, um ihn mit Essen zu versorgen oder seine Wäsche zu waschen, ihm Brot gebacken, Käse und getrockneten Fisch gekauft hatte. Am Brunnen wusch er den Staub ab, schlüpfte in seine Festtagskleidung und aß etwas. Da es bis zur Mette noch Zeit war, beschloss er ein wenig zu schlafen. Er streckte sich auf der Küchenbank aus und stellte die Füße auf den Boden, da sie für seine Körperlänge zu kurz war. Kurz darauf war er eingeschlafen.

Bei Oppenheim

Wolffs Pläne deckten sich nicht mehr mit Hartwigs Vorstellungen. Für ihn stand unumstößlich fest, dass es keine gemeinsame Zukunft gab. Die Lösung, die er anstrebte, würde seinem Kumpan gewiss nicht gefallen. Aber da Hartwig hartnäckig Wolffs Absichten ignorierte, mussten drastischere Maßnahmen her als simple Ablenkungsversuche á la Hurenhaus. Deshalb hatte er gestern heimlich Erkundigungen über die nähere Umgebung und den Weg nach Mainz eingeholt. Er wusste jetzt, wann, wo und wie er seinen Gefährten loswerden konnte.

Um ihn in Sicherheit zu wiegen, hatte er ihm gestern Abend kurzerhand von Bruder Anselms Notiz erzählt, und dass sie der Grund war, warum er in die Stadt wollte. Hartwig hatte sehr überzeugend den Überraschten gespielt, aber er konnte Wolff nicht täuschen, dazu kannte er ihn gut genug.

„Hast du inzwischen herausgefunden, was es mit diesen Namen auf sich hat?", hatte Hartwig gefragt.

„Nein, aber mach dir mal keine Sorgen, das erfahren wir spätestens in Mainz. Was hältst du davon, wenn wir morgen früh aufbrechen? Dann könnten wir am Abend in der Stadt sein", schlug er ihm vor und Hartwig willigte ein.

Kurz nach Tagesanbruch hatten sie Oppenheim verlassen und ritten nun in scheinbarer Eintracht nebeneinander her.

„Was tun wir als Erstes, wenn wir dort sind?", fragte Hartwig.

„Ein Quartier suchen", antwortete Wolff.

„Das meine ich nicht, das weißt du genau."

„Das ist doch alles längst besprochen. Wir schauen uns um und versuchen etwas über die entsprechenden Personen herauszufinden."

„Fangen wir mit der Beobachtung des Erzbischofs an?"

„Ich weiß nicht, ob das eine gute Idee ist", gab Wolff zu bedenken. „Es sind Feiertage. Da wird er wohl häufiger in der Kirche sein als sonst wo. Zuerst machen wir uns mit der Stadt vertraut und hören uns um. So erfahren wir bestimmt schon einiges, das uns von Nutzen ist. Danach sehen wir weiter. Du weißt ja, gut Ding will Weile haben. Auf alle Fälle dürfen wir keine Aufmerksamkeit auf uns ziehen und müssen uns wie normale Reisende verhalten", beschwor er Hartwig, der den Seitenhieb verstand.

„Ich tue ja, was du sagst", gab Hartwig sich geschlagen.

„Gut, dann stimmst du mir auch sicher zu, dass wir den schnellsten Weg nach Mainz nehmen und das ist der Treidelpfad am Rhein entlang."

„Warum nicht."

„Wir reiten erst Richtung Fluss und müssen dann durch einen Auwald, um dorthin zu gelangen."

Sie ließen die letzten Häuser hinter sich und nahmen eine Straße, die immer schmaler wurde. Bald waren sie unter sich und mussten hintereinander reiten.

„Bist du dir sicher, dass wir hier richtig sind?", argwöhnte Hartwig schließlich, dem die einsame Umgebung nicht behagte. „Es sieht so aus, als höre der Weg dort hinten auf."

„Das täuscht", beschwichtige ihn Wolff. „Er macht nur eine Biegung und windet sich zwischen den Bäumen hindurch."

„Wenn du meinst, aber reite du voraus", meinte Hartwig und ließ ihn vorbei.

Mannshohes Gebüsch säumte den kleinen Pfad und schlug gegen ihre Beine und die Pferde. Mit den ersten Ausläufern des Waldes machte der Weg tatsächlich einen Bogen und Hartwig atmete erleichtert auf, weil Wolff die Wahrheit gesagt hatte. Sie befanden sich nun inmitten mächtiger Bäume, von deren Ästen vertrocknete Schlingpflanzen und graugrüne Matten aus Flechten hingen, die sich sanft im Wind hin und her wiegten. Das Gehölz schluckte sämtliche Geräusche und es war auf einmal ungewohnt still. Selbst vom Fluss, auf dem etliche Boote unterwegs waren, drang kein Laut zu ihnen herüber. Feine Nebelschwaden krochen vom Rhein herauf und begannen sie einzuhüllen. Hartwig fürchtete, die weiße Wand könne sie bald ganz verschlucken und ihnen die Sicht nehmen. Doch sie stieg nicht höher als bis zu ihren Knien.

Schließlich erreichten sie eine kleine Lichtung und Wolff hielt an. „Dort hinten ist der Treidelpfad", stellte er fest und wartete, bis Hartwig neben ihm stand.

Mit einem Seitenblick auf seinen Gefährten meinte er: „Ich denke ein Schluck Wein würde uns guttun, oder was denkst du?"

„Gern, mir ist nämlich kalt", erwiderte Hartwig. Es war nicht allein das Wetter, das ihn frösteln ließ, sondern der Ort als solcher. „Ganz schön unheimlich hier", meinte er noch.

„Das hier ist ein Auwald wie jeder andere auch", beschwichtigte ihn Wolff und griff nach dem Schlauch, den er am Morgen hatte füllen lassen. Er trank einen Schluck und reichte ihn dann weiter.

Hartwig legte den Kopf in den Nacken, setzte den Schlauch an und nahm mehrere Züge. Auf diese Gelegenheit hatte Wolff gewartet. Verstohlen tastete er nach dem kleinen, aber festen Knüppel, den er vor ihrem Aufbruch unter seinem Überwurf versteckt hatte. Hartwig bemerkte von all dem nichts und trank noch immer. Mit einer kurzen Bewegung holte Wolff aus und zielte. Das harte Holz traf Hartwigs

Schläfe mit voller Wucht. Völlig überrumpelt wurde er aus dem Sattel gehoben, fiel rücklings zu Boden und schlug mit dem Hinterkopf auf die aufgeweichte Erde. Benommen versuchte er auf die Beine zu kommen, aber Wolff war schneller. Ohne zu zögern, holte er erneut aus und beendete sein blutiges Werk.

Die Pferde hatten sich erschrocken aufgebäumt und waren davongelaufen. Doch nach wenigen Schritten blieben sie im Dickicht stecken und kamen zum Stehen. Wolff vergewisserte sich, dass Hartwig wirklich tot war, packte dann seine Füße und zog ihn so weit wie möglich in das Unterholz, wo er ihm seine Wertsachen abnahm und ihn notdürftig mit dürren Ästen und trockenem Laub bedeckte. Dann sammelte er die Tiere ein, stieg auf und ritt mit Hartwigs Gaul am Zügel weiter. Auch wenn der Klepper nicht mehr der Jüngste war, wollte er ihn in Mainz zu Geld machen.

An seinen ehemaligen Gefährten verschwendete er bald schon keinen Gedanken mehr. Erstaunt stellte er fest, dass er sich langsam ans Töten gewöhnte.

Auf dem Rückweg nach Mainz

Hanno war länger in Speyer geblieben als beabsichtigt und hatte die Rückreise erst vor zwei Tagen angetreten. Aber der komische Kerl aus der Schenke hatte ihm einfach keine Ruhe gelassen. Ihm war nämlich wieder eingefallen, warum er ihm bekannt vorkam. Sein Verhalten und seine Körperhaltung passten genau zu der Beschreibung, die ihm der Wirt der Wormser Herberge geliefert hatte. Zwar stimmten Haarfarbe und Bart nicht überein, aber das konnte er geändert haben. Hanno hatte daraufhin die Stadt systematisch nach ihm abgesucht, aber schließlich einsehen müssen, dass seine Bemühungen zwecklos waren. Entweder verstand es der Kerl, sich zu verstecken, oder er hatte die Stadt längst verlassen, wobei Hanno von Letzterem ausging.

Inzwischen befand er sich auf der Anhöhe in der Nakheimer Mark. Wegen der vielen Reisenden, die das gleiche Ziel hatten wie er, war die Straße verstopft und er kam kaum voran. Zusätzlich erschwerte ein scharfer Wind, der ihm die Tränen in die Augen trieb, das Reiten. Darum beschloss er, die Kuppe zu verlassen und den Rückweg nach Mainz über Battenheim zu nehmen.

Hanno war zufrieden mit dem, was er erreicht hatte. Zwar konnte er Anselms Mörder nicht überführen, was ihn ärgerte, dafür verfolgte er aber etwas weitaus Größeres, das von immenser Wichtigkeit war. Sollten sich seine Vermutungen bestätigen, liefen alle Fäden in Mainz zusammen. Wenn er erst dort war, würde er die Spur wieder aufnehmen und die Angelegenheit aufklären. Er war so in seine Überlegungen vertieft, dass er gar nicht bemerkte, wie sein Pferd zu lahmen begann. Erst als das Tier auf der Höhe von Battenheim unverkennbar humpelte, stieg er ab um nachzusehen. Er stellte fest, dass es gleich zwei Eisen verloren hatte. So konnte er nicht weiterreiten, es musste erst beschlagen werden. Schweren Herzens änderte er die Richtung und steuerte die Siedlung an.

Zu seinem Glück fand er noch einen Schmied, der gegen einen Aufpreis das Pferd beschlug, sodass er seine Reise wenigstens morgen fortsetzen konnte. Nachdem das Tier versorgt und in einem Stall untergebracht war, suchte Hanno nach einer Herberge. Viel Auswahl hatte er nicht, denn es gab nur eine, deren Wirt zudem ein missmutiger Kerl war, der für seinen bisher einzigen Gast auch kein Essen zubereitete. Hanno hatte sich diesen Vorweihnachtsabend anders vorgestellt und sehnte sich nach seinem weichen Bett im Haus des Kämmerers. Dort hätten ihn auch eine üppige Mahlzeit und ein wärmendes Feuer erwartet. Ihm blieb aber nichts anderes übrig, als mit der kleinen Dorfschenke Vorlieb zu nehmen, die in der Nähe lag.

Die wenigen Zecher, die sich hierher verirrt hatten, saßen in kleinen Grüppchen zusammen und unterhielten sich leise. Hanno musterte sie kurz beim Eintreten, grüßte in die Runde und nahm an einem freien Tisch Platz. Er wollte seine Ruhe haben, während er aß. Es gab Brot, Käse, Speck und Wein, der im Vergleich zum Essen überraschend gut schmeckte. Der Wirt versicherte ihm, dass er aus den hiesigen Weinbergen stamme, die dem Kloster St. Alban in Mainz gehörten. Hanno fragte sich, wie der edle Tropfen den Weg in diese Spelunke finden konnte, wo er doch dem Klerus vorbehalten war.

Er hatte das karge Mahl beendet und überlegte gerade, ob er sich einen zweiten Krug Wein gönnen sollte, als die Tür aufging und ein ganzer Schwung neuer Gäste eintraf. Unter ihnen waren drei junge Kerle in Hannos Alter, die sich an seinen Tisch setzten. Es dauerte nicht lange und sie kamen ins Gespräch.

„Würfelst du?", fragte ihn einer.

„Hin und wieder", antwortete Hanno, was nicht ganz der Wahrheit entsprach, denn Würfeln war seine Passion und er gewann meistens. Wegen seines unschuldig anmutenden Äußeren hielten ihn andere Spieler oft für ein willfähriges Opfer und glaubten, sie könnten ihm das Geld einfach aus der Tasche ziehen. Doch Hanno belehrte sie fast immer eines Besseren. Auch seine Tischnachbarn schienen das anzunehmen, denn sie tauschten vielsagende Blicke untereinander.

„Sollen wir ein Spielchen wagen?", fragte einer und Hanno willigte ein.

Er verfolgte seine übliche Taktik und ließ die anderen gewinnen, indem er zunächst verlor. Das ließ seine Mitspieler oft leichtsinnig werden und sie erhöhten die Einsätze. Nach gut einer Stunde machte er ernst und gewann nicht nur sein Geld zurück, sondern auch einiges darüber hinaus. Die drei entpuppten sich bald als schlechte Verlierer und wurden immer gereizter, je mehr Hanno einstrich. Er bemerkte ihren Stimmungsumschwung, und da er nichts riskieren wollte, verlor er wieder einen Teil an sie zurück.

Nach einer weiteren Stunde hatte er keine Lust mehr. „Es wird Zeit für mich aufzuhören. Ich habe einen langen Ritt hinter mir und muss morgen in aller Frühe nach Mainz."

„Erst wollen wir unser Geld wieder", erregte sich einer seiner Mitspieler.

„Ihr habt euch fast alles zurückgeholt", entgegnete Hanno.

„Das ist uns aber nicht genug! Da hätten wir auch nicht würfeln brauchen, wenn wir weniger in den Tasche haben als zuvor."

„So ist das eben, mal gewinnt man, mal verliert man", erwiderte Hanno und stand auf.

Einer seiner Mitspieler stellte sich ebenfalls hin und legte ihm die Hand auf die Schulter. „Setz dich und würfle weiter!"

„Nein!", sagte Hanno erstaunlich gelassen.

„Doch das wirst du!", sagte der andere und versuchte ihn durch festen Druck zum Setzen zu zwingen.

Das ließ Hanno sich nicht gefallen. Blitzschnell ergriff er dessen Arm, drehte ihn auf den Rücken und drückte mit seiner freien Hand einen Dolch an dessen Hals, den er mit einer raschen Bewegung aus seinem Hosenbund hervorgezogen hatte. Alles war so schnell gegangen, dass die anderen regelrecht überrumpelt wurden. Das Gerangel hatte die anderen Gäste aufgeschreckt und alle Augen richteten sich nun auf die kleine Gruppe. Keiner wagte es jedoch, dazwischen zu gehen, selbst der Wirt hielt sich zurück.

„Ich will keinen Ärger", rief Hanno laut, um jedem seine Absicht klarzumachen. „Aber ich habe gesagt, dass ich gehe und das werde ich jetzt tun. Einverstanden?"

Seine beiden ehemaligen Mitspieler nickten nur, während der Mann, den er in der Mangel hatte, „Ja" hervorpresste.

„Also, dann lasst mich jetzt in Frieden", meinte er leiser. „Dieser Dolch hier ist nur zu meiner Verteidigung, aber ich rate euch, mich nicht herauszufordern. Ich weiß ihn zu gebrauchen! Wir haben nach den Regeln gespielt und ihr habt verloren. Akzeptiert es!"

Hanno verließ rückwärtsgehend das Wirtshaus, denn er traute dem Frieden nicht. Er beeilte sich, rasch in seine Unterkunft zu kommen, da er fürchtete, sie könnten ihm folgen. Doch sie dachten nicht daran. Grollend holten sie sich noch drei Krüge Bier und setzten sich dann wieder. Es war ihnen anzumerken, wie sehr diese Demütigung an ihnen nagte.

Plötzlich löste sich aus einer schummrigen Ecke ein Mann und trat an ihren Tisch. Die Spieler hatten ihn nicht bemerkt, als er nach Ihnen die Gaststube betreten hatte, so sehr waren sie ins Würfeln vertieft gewesen. „Ich würde mir das nicht gefallen lassen. Der Kerl hat euch ganz klar über den Tisch gezogen", meinte er und schürte so den Unmut der Verlierer noch.

„Bist wohl ein besonders Kluger! Was würdest du an unserer Stelle tun?"

Mit gesenkter Stimme entgegnete er verschlagen: „Ihm

morgen früh auflauern und mein Geld zurückholen. Er hat doch gesagt, wann er aufbricht und wohin er reitet. Ihr seid doch in der Überzahl, und da ihr nun wisst, wie er zu kämpfen versteht, dürfte es euch nicht schwerfallen, ihn zu überwältigen. Aber fangt ihn nicht zu nahe am Dorf ab, sonst könnte ihm am Ende jemand zu Hilfe eilen. "

„Auf den Gedanken hätten wir auch selbst kommen können", stellte einer der drei fest. „Setz dich und nenn uns deinen Namen, wir spendieren dir ein Bier für deinen Rat", lachte er.

„Nein, ich hatte schon genug. Gehabt euch wohl", verabschiedete sich die Gestalt, ohne sich vorgestellt zu haben.

Wolff hatte in Hanno sofort den Kerl aus der Speyerer Schenke erkannt. Eigentlich wollte er zuerst auf der Stelle kehrt machen, aber da Hanno ihn nicht beachtete, hatte er beschlossen zu bleiben. Anfangs war er unsicher, was er tun sollte. Als er aber sah, wie der Hase lief, entschied er sich, die drei für seine Zwecke einzusetzen. Warum sollte er sich die Finger schmutzig machen, wenn andere das für ihn erledigten? Zufrieden rieb er sich die Hände, als er in der Dunkelheit verschwand.

„Ein seltsamer Kauz", meinte einer, nachdem er gegangen war.

„Aber sein Vorschlag ist nicht dumm. Wer er wohl sein mag?", entgegnete sein Freund. „Wirt, hast du den schon einmal gesehen?"

„Nein, er schien aber ziemlich an euch interessiert, denn er schaute die ganze Zeit zu euch hinüber. Ich habe mich schon gefragt, ob ihr ihn kennt."

„Wir haben ihn noch nie zuvor gesehen."

„Na, dann galt sein Interesse vielleicht eurem Mitspieler. Was wollte er denn von euch?"

„Nichts!", wiegelten sie ab.

„Dafür habt ihr aber lange geredet. Doch das geht mich nichts an. Das ist das letzte Bier, dann sperre ich zu."

Mainz, Hoher Dom zu St. Martin

Widukind wurde durch sein eigenes Schnarchen geweckt. Verschlafen rieb er sich die Augen, streckte sich und stand auf. Draußen herrschte tiefe Dunkelheit. Glockengeläut verkündete, dass es Zeit für den Gottesdienst war. Er stülpte seine Kappe über und verließ das Haus. Raschen Schrittes eilte er zum Dom, wo heute Abend die Messe gefeiert wurde. Von überall her strömten die Bürger Richtung Gotteshaus und ein Heer von Fackeln erhellte die Gassen. Widukind, der den ganzen Tag über nicht in Feiertagslaune gewesen war, kam nun zur Besinnung. Der Zorn, der sich im Lauf des Tages in ihm angestaut hatte, wich der Vorfreude auf das Fest. Rechtzeitig zur Geburt des Erlösers war er wieder mit sich im Reinen.

Als er sich dem Dom näherte, sah er einen matten Lichtschimmer hinter den milchigen Fensteröffnungen. Widukinds Augen tasteten die vertraute Silhouette ab, die sich nur schwach vom dunklen Nachthimmel abhob. Er erahnte die naturbelassenen Lisenen und Gesimse aus rotem und gelbem Sandstein mehr, als dass er sie sah, und bewunderte im Stillen die Vision, die Willigis vor beinah neunzig Jahren gehabt hatte. Sein Entwurf war von einer gewissen Eigenwilligkeit geprägt, was einiges über den Charakter seines Erbauers aussagte. Die dreischiffige Basilika wies nämliche eine bauliche Besonderheit auf, wie es sie im ganzen Reich nicht gab. Statt einem besaß sie zwei Chorräume und der Hauptaltar befand sich im West- und nicht wie üblich im Ostchor.

Warum Willigis das so geplant hatte, wusste heute niemand mehr und es gab deshalb verschiedene Interpretationen. Manche meinten, dass durch das Sacerdotium im Westen und das Imperium im Osten die Gegensätzlichkeit zwischen Klerus und König ausgedrückt werden sollte und dass Willigis damit den anhaltenden Disput zwischen Krone und Kreuz thematisierte. Andere glaubten, dass die Doppelchorigkeit rein liturgischen Zwecken diente, da Prozessionen zwischen den beiden Chorräumen möglich waren.

Widukind hatte keine Meinung dazu. Er betrachtete das Gemäuer mit den Augen eines Steinmetzen. Mochte auch die Klosterkirche von St. Alban die politisch bedeutungsvollere im Erzbistum sein, der Dom war das repräsentative Wahrzeichen der Stadt, vor knapp einem Jahrhundert erbaut, um die Jahrhunderte zu überdauern. Seine Trutzigkeit versprach Sicherheit und seine dicken Mauern versinnbildlichten die Ewigkeit, auch wenn das Kirchenschiff bereits zum zweiten Mal durch Brände beschädigt worden war. Gleich wie oft der Dom zerstört werden mochte, die Mainzer würden ihn immer wieder aufbauen, dessen war sich Widukind gewiss. Solange er stand, würde es den Steinmetzen nie an Arbeit mangeln, und die ständigen Erneuerungen und Umbauten im Innern wie auch an der Außenfront stellten für jeden seiner Zunft eine Herausforderung dar.

Als Widukind das mächtige Portal erreichte, standen die Bettler davor Spalier. Hatten die frommen Bürger sich am Tag schon großzügig gezeigt, waren sie es heute Abend nicht minder. Auch Widukind verteilte seine Almosen, wobei er darauf achtete, dass jeder den gleichen Anteil erhielt. Dann drückte er die schwere Tür auf und betrat das Kirchenschiff, das seit dem Brand vor vierzehn Jahren immer noch eine Baustelle war. Er musste ein Gerüst umgehen, um bis ins

Mittelschiff zu gelangen. Wenigstens waren die Speiskübel und anderen Gerätschaften fortgeschafft worden und der Innenraum einigermaßen aufgeräumt. Die Instandsetzung zog sich dahin, obwohl stetig gearbeitet wurde. Aber es ging nur schleppend voran, da es an Geld und Arbeitskräften mangelte. Kaiser Heinrich IV. hatte angekündigt, sich am Wiederaufbau beteiligen zu wollen und Steinmetze aus der Lombardei in Aussicht gestellt. Noch waren sie nicht eingetroffen, wurden aber sehnlichst erwartet.

Während er sich zu der Gruppe der Steinmetze gesellte, wanderte sein Blick die Menge entlang. Ganz vorn standen die Adligen und Oberen der Stadt. Stadtgraf Gerhard befand sich in Begleitung seiner Gemahlin sowie zweier Männer, die Widukind nicht kannte. Zu seiner Überraschung gehörte auch Griseldis zu dieser Gesellschaft und Widukind fragte sich, wie sie das bewerkstelligt hatte. Sollte Sanne mit ihrer Annahme am Ende doch recht haben, dass Griseldis die Nähe des Stadtgrafen suchte? Reinhedis schien darüber jedenfalls nicht glücklich, denn sie warf ihr aus den Augenwinkeln wenig wohlwollende Blicke zu.

Rechts neben Griseldis, aber doch mit deutlichem Abstand erspähte er Dithmar. Der Sohn des Tuchmachermeisters wie auch die anderen Männer wandten ihr immer wieder die Köpfe zu und versuchten ihre Aufmerksamkeit auf sich zu ziehen, doch Griseldis ignorierte sie. Sie hielt sich aufrecht wie eine der Säulen des Mittelschiffs und blickte starr auf den Altarraum. Die Reaktionen der Männer überraschten Widukind nicht, denn neben Griseldis verblassten die anderen Frauen geradezu. Im Schein der Fackeln glänzte ihr Haar wie gesponnenes Gold und der dunkelblaue Stoff ihres Überwurfs, der farblich genau mit ihrem Kleid harmonierte, betonte ihre Augenfarbe. Obwohl sie aus der Ferne einem Himmelswesen glich, fühlte Widukind sich nicht von ihr angezogen. Die Aura, die sie umgab, war keine gute. Sie strahlte etwas Falsches aus.

Er verschwendete keinen weiteren Gedanken an sie, denn der Gottesdienst begann und Ruthard betrat in Begleitung der Herren des Domkapitels den Chorraum. Angeführt wurde die Prozession von Mönchen, die einen feierlichen Gesang anstimmten. Ihre kraftvollen Stimmen ließen das Kirchenschiff erbeben und drangen bis in den letzten Winkel. Die Anwesenden lauschten ergriffen. Der würzige Duft kostbaren Weihrauchs verbreitete sich bald bis in die kleinen Seitenkapellen und unterstrich die Feierlichkeit dieser Nacht.

Die Lesungen übernahmen die Priester, das Evangelium verkündete der Erzbischof selbst. Dabei klang seine Stimme noch etwas schwach und Widukind musste genau hinhören, um ihn zu verstehen. Die meiste Zeit über wandte er dabei den Gläubigen den Rücken, aber wann immer er sich umdrehte, schien es Widukind, als suchten seine Augen Griseldis. Im Gegensatz zu Reinhedis schien ihr das lange Stehen nichts auszumachen. Wie ein unverrückbares Marmorbildnis harrte sie aus, während ein geheimnisvolles Lächeln ihre Lippen umspielte. Allerdings hatte sie inzwischen ihren Überwurf geöffnet, und als sie sich nach dem Ende der Liturgie beim Verlassen des Gotteshauses umdrehte und an ihm vorüberging, konnte Widukind ein Kreuz mit blutroten Steinen erkennen, das sich deutlich von ihrem Dekolleté abhob. Vielleicht war es ja das ungewöhnliche Schmuckstück gewesen, das die Aufmerksamkeit Ruthards auf sich gezogen hatte, obwohl Widukind das nicht glaubte.

Dienstag, 25. Dezember A. D. 1095, 26. Tewet 4856
Bischofspalast

Erzbischof Ruthard fühlte sich noch etwas wacklig auf den Beinen. Er hatte soeben die Messe gelesen und befand sich nun in der Sakristei des „Alden Doms", wo Conrad ihm beim Ausziehen des Ornats half. Die letzten beiden Tage hatten ihn mehr Kraft gekostet als erwartet und er spürte, dass ihm die Krankheit immer noch in den Knochen steckte.

„Ich fühle mich etwas schwach", meinte er zu Conrad, als dieser die kostbar verzierte Kasel in einem Schrank verstaute.

„Ihr solltet Euch besser schonen, denn Ihr seid heute wirklich sehr blass", stimmte der Mönch ihm zu und legte auch das Messbuch in den Schrank, den er dann verschloss. „Ich habe aber das Gefühl, dass es nicht nur Eure Krankheit ist, die Euch zu schaffen macht, sondern dass noch etwas anderes auf Eurer Seele lastet."

„Vor dir kann man einfach nichts verbergen", seufzte Ruthard. „Es gibt da tatsächlich etwas, das mich bedrückt und über das ich gern mit dir reden würde", meinte er zu seinem Schreiber.

„Betrifft es diesen Kreuzzug?", hakte Conrad nach, der ihm erst vor kurzem davon erzählt hatte.

„So ist es. Komm doch bitte mit in meine Residenz, damit wir reden können. Dort sind wir ungestört."

„Ihr werdet die Domherren verärgern, die Euch zum gemeinsamen Mittagsmahl erwarten!", gab Conrad zu bedenken.

„Ich führe meine Krankheit als Entschuldigung an, das werden sie verstehen", meinte Ruthard nur.

Im Palast angekommen, ging er mit Conrad direkt in seine Räume, wo ihnen Friedbert wenig später eine Mahlzeit servierte. Obwohl die Speisen delikat waren, aß der Bischof ohne Appetit. Auch Conrad, der sich stets in Enthaltsamkeit übte, nahm nur wenig zu sich. Der Erzbischof war froh, dass er ihm Gesellschaft leistete und nicht Embricho. Den Anblick des gierig schlingenden Kämmerers hätte er einfach nicht ertragen.

„Conrad, hast du nichts ausgelassen, als du mir von der Ausrufung des Kreuzzuges erzähltest?"

„Nein, mehr ist mir nicht bekannt. Warum fragt Ihr?"

„Ich habe ein ungutes Gefühl und spüre eine unerklärliche Unruhe. Mir scheint, als zöge am Horizont großes Ungemach auf."

Conrad wusste allerdings mehr über die Vorgänge in Frankreich, die in unmittelbarem Zusammenhang mit der Verkündung des Papstes standen. „Euer Gefühl täuscht Euch nicht. Es mehren sich besorgniserregende Berichte aus unserem Nachbarland. Viele Gläubige wollen nicht bis zum 15. August warten, sondern scharen sich bereits jetzt um selbsternannte Anführer. Peter von Amiens gehört zu ihnen genauso wie Walter sans Avoir oder Wilhelm von Melun. Diese Pilger sind meist einfache Männer und Frauen, selbst Kinder sollen darunter sein. Sie verstehen zwar nicht, mit der Waffe zu kämpfen, dafür ist ihr Herz für die Sache entflammt und sie folgen ihren Befehlshabern bereitwillig, wohin sie sie auch führen. Einige haben sich bereits Richtung Osten in Bewegung gesetzt."

„Das klingt nicht sonderlich Vertrauen erweckend. Über Peter und Walter ohne Habe weiß ich einiges, aber ich kenne diesen Wilhelm von Melun nicht."

„Er ist ein Vicomte und war bei der Belagerung von Toledo dabei, als man die Mauren aus Spanien vertrieb. Allerdings verließ er den Schauplatz vorzeitig ohne Begründung und gilt seitdem als Feigling. Mit seiner Teilnahme will er die Schmach tilgen und seinen Mut unter Beweis stellen. Sein Beiname lautet übrigens „le Charpentier", was so viel heißt wie „der Sargzimmerer", belehrte ihn Conrad.

Rutharts Miene verfinsterte sich. „Der Herr sei uns angesichts solcher Krieger gnädig! Woher rührt der Beiname?"

„Angeblich verfügt er über immense Kräfte und kann mit einem Hieb das Schild seines Gegners zertrümmern."

Ruthard war aufgestanden und lief umher, denn es half ihm beim Denken. „Was bedeutet das für uns?"

Conrad hatte diese Frage erst kürzlich beim Geburtstagsessen von Reinhedis disputiert und war seitdem zu keinem anderen Schluss gekommen. „Das ist schwer vorherzusagen. Viele der Pilger sind Habenichtse, die sich eine neue Existenz im Morgenland aufbauen wollen. Das bedeutet, dass sie nicht nur unerfahren im Kampf und schlecht gerüstet sind, sondern dass auch ihre Versorgung problematisch werden könnte. Ich fürchte diese Wallfahrt wird rasch zu einem Krieg werden, der mehr Verwüstung als Ruhm bringt. Bedenkt auch, dass der Papst ihnen durch die Gewährung des totalen Ablasses quasi einen Freibrief ausgestellt hat, der sie von allen Sünden lossspricht."

„Doch nicht von der Sünde des Tötens!", warf Ruthard dazwischen.

„Seid Ihr Euch dessen sicher? Er hat es so gesagt und sie nehmen es für bare Münze, selbst wenn er es nicht so meinte. Und auch wenn er es nicht gutheißt, wie will er es verhindern? In Frankreich kam es bereits zu ersten Gräueltaten. Dort wurden Bauern erschlagen, weil sie sich weigerten ihnen Nahrung zugeben, ihre Weiber geschändet, ihre Kinder getötet und die Gehöfte geplündert. Man sagt auch, dass

190

sie die Juden angreifen. Krieg folgt immer seinen eigenen Gesetzen."

„Noch ist es keiner!"

„Erinnert Euch an meine Worte: Das kann sich rasch ändern. Und früher oder später werden sie unsere Grenze überschreiten, denn nur so können sie nach Osten gelangen", ergänzte er noch.

Ruthard schwieg betroffen. „Du denkst, sie könnten auch Mainz bedrohen?"

„Möglich ist es. Die Stadt ist eine äußerst wichtige Metropole, zu der die Handelswege aus allen Richtungen des Reichs führen. Mainz besitzt etliche Reichtümer, die Begehrlichkeiten wecken können. Allein der Domschatz ist der größte des Abendlandes und hier gibt es eine wohlhabende Judengemeinde."

„Conrad, du malst ein düsteres Bild!"

„Ich behaupte ja nicht, dass es so weit kommt, aber die Möglichkeit besteht und deshalb sollten wir ein Auge auf das Geschehen haben und nötigenfalls Vorsorge treffen."

„Du hast recht. Ich berate mit den Herren des Domkapitels, was zu tun ist, und werde einen Boten zu Kaiser Heinrich IV. senden, damit er über die Lage unterrichtet ist."

„Erwartet Euch nicht zu viel von ihm. Er kämpft gegen die Truppen von Papst Urban und hat in Markgräfin Mathilde von Tuszien, der Burgherrin von Canossa, und ihren Verbündeten ebenbürtige Gegner, die ihn in Schach zu halten wissen. Er kann weder Soldaten noch Geld entbehren."

„Dann müssen sich eben die Fürsten des Reichs verbünden!", bemerkte Ruthard.

Doch Conrad teilte diese Hoffnung seines Erzbischofs nicht, denn die Fürsten kochten gern ihr eigenes Süppchen, was sie in der Vergangenheit oft genug bewiesen hatten.

Ruthard war ans Fenster getreten und schaute schweigend hinaus. Conrad deutete dies als Zeichen, dass die Unterhaltung beendet sei, und wollte gehen. Doch der Bischof hielt ihn zurück und überraschte ihn mit einer unerwarteten Frage. „Gestern während der Christmette fiel mir eine junge, blonde Frau auf, die ich noch nie zuvor gesehen habe. Kennst du sie?", meinte er und beschrieb sie ihm.

„Ihr meint sicher Griseldis. Sie wohnt erst seit Kurzem hier."

„Was weißt du über sie?"

„Nicht viel. Sie ist Waise und wohl hierhergekommen, um zu heiraten. Ihr Bruder wird ebenfalls bald nach Mainz übersiedeln."

„Im heiratsfähigen Alter ist sie ja, eigentlich schon fast darüber, und eine Schönheit ebenfalls", stellte Ruthard betont beiläufig fest.

Conrad betrachtete nachdenklich den Rücken seines Dienstherren, der es wohlweislich vermied, sich umzudrehen. Plötzlich sah er ihn mit den Augen eines Mannes. Ruthard stand im Saft seines Lebens und hatte Bedürfnisse wie alle seine Geschlechtsgenossen. Auch wenn die Kirche Keuschheit von ihren Geistlichen erwartete, bedeutete das nicht, dass dieses freiwillige Gelübde auch eingehalten wurde. Mit Schaudern dachte Conrad an Papst Sergius III. und seine Konkubine Marozia, die einen verderblichen Einfluss auf den Papst gehabt hatte. Auch Johannes XII. trieb es wild und führte mit einer Schar Konkubinen ein zügelloses Leben, bis er im Bett einer Geliebten durch die Hand ihres Ehegatten einen unrühmlichen Tod fand.

Diese Herrschaft des Konkubinats – wie Conrad jene Zeit nannte – lag mehr als hundert Jahre zurück, aber vergessen war sie deshalb noch lange nicht. Diese Päpste waren damals schwach und ihren Mätressen über die Maßen hörig gewesen. Sie wurden von den schamlosen Weibern beherrscht, die so Einfluss auf die Politik der Kirche nahmen.

Um dergleichen für die Zukunft zu verhindern, war schließlich auf der Lateransynode unter Papst Nikolaus II. das Dekret erlassen worden, dass kein Priester mehr die heilige Messe lesen durfte, der offenkundig im Konkubinat lebte. Ruthard hatte nie Zweifel an seiner Integrität aufkommen lassen und stets enthaltsam gelebt. Aber die Sünde lockte überall. Warum nicht in Gestalt von Griseldis? Conrad selbst war gegen ihre Reize gefeit, er hatte sich ganz Gott verschrieben. Aber galt das auch für Ruthard?

Burg

Reinhedis war in der Nacht von Alpträumen geplagt worden, die selbst das Kind in ihrem Leib unruhig machten. Es bewegte sich ungewohnt heftig und sie stand auf, um sich Erleichterung zu verschaffen. Ängstlich fasste sie auf ihren Leib, denn sie fürchtete, dass dem Ungeborenen etwas geschehen könnte. Bis zur Niederkunft dauerte es noch beinah drei Monate, und wenn es jetzt zur Welt käme, würde es nicht überleben. Sie versuchte möglichst leise zu sein, damit Gerhard nicht aufwachte. Er war sehr spät zu Bett gekommen und sie hatte getan, als ob sie schliefe. Dabei hatte sie aber immer an Griseldis denken müssen, die heute ihr Gast sein würde. Allein bei dieser Vorstellung spürte sie wieder diesen eifersüchtigen Stich in ihrer Herzgegend. Sie fragte sich, wie sie diesen Tag überstehen sollte, ohne dass ihr Gemahl ihre wahren Empfindungen erriet.

Eigentlich war Weihnachten für sie das schönste der christlichen Feste, da es den Wendepunkt der dunklen Jahreszeit

markierte und die Familie immer unbeschwert beisammen-
saß. Doch dieses Jahr überschattete Griseldis' Anwesenheit
diesen Tag. Schon gestern Abend während der Mette waren
ihr die begehrlichen Blicke der Männer nicht entgangen, die
ausnahmslos der jungen Frau galten. Selbst der Erzbischof
hatte sie immer wieder angeschaut, was bei Reinhedis für
eine gewisse Empörung sorgte. Aber angesichts ihres ent-
blößten Dekolletés und des auffälligen Kreuzes war das auch
kein Wunder. Kannte sie denn keine Scham? Ein anständi-
ges Weib hätte sich bedeckt. Wenigstens hatte Gerhard ihr
nicht über Gebühr Aufmerksamkeit geschenkt, was Reinhedis wieder etwas versöhnte.

Dennoch nagte dieses schreckliche Gefühl an ihr, Griseldis
könnte ihm insgeheim doch gefallen. Sie setzte ihre Hoffnung darauf, dass sie sich täuschte und ihr der heutige Tag
diese Gewissheit geben würde. Das Kind hatte aufgehört zu
strampeln und sie legte sich wieder hin. Wider Erwarten dös-
te sie ein und erwachte erst, als Gerhard aufstand, um sich
für den Gottesdienst fertig zu machen. Sie teilte ihm mit,
dass sie zu müde sei, um ihn zu begleiten. Als er ihr schmales,
blasses Gesicht betrachtete, glaubte er ihr sofort. „Ruhe dich
noch etwas aus, der Tag wird lang", sagte er zärtlich.

Sie versprach es ihm. Doch kaum hatte er das Haus verlassen, stand sie auf und machte sich mit aller Sorgfalt zurecht.
Sie wusch sich, kämmte ihr Haar so lange, bis es schimmerte
wie Ebenholz und steckte es nach hinten, damit ihre Stirn
frei war. Danach brachte sie die Augenbrauen in Form und
zog ihr edelstes Gewand an, das ihr gerade noch so passte.
Zum Schluss legte sie ihren schönsten Schmuck an und trug
Duftwasser auf. Das Ergebnis war recht zufriedenstellend
und sie glaubte die Spuren des Schlafmangels weitgehend
beseitigt zu haben.

Dann schaute sie in der Küche nach dem Rechten, und als sie dort alles zu ihrer Zufriedenheit vorfand, ging sie in den großen Saal, um zu sehen, ob die Vorbereitungen abgeschlossen waren. Tische und Bänke waren aufgebaut und die Tafel gedeckt. Krüge waren auf den Tischen verteilt, sodass sich jeder Gast selbst von dem mit Honig und Zucker gewürzten Wein einschenken konnte. Frische Fackeln steckten in den Wandhalterungen und ein munteres Feuer brannte vor sich hin. Reinhedis registrierte alles mit gefälligem Kopfnicken. Der große Tisch, der quer zu den anderen verlief, war Gerhard, ihr, den Kindern sowie den Gästen vorbehalten, wobei sie Griseldis möglichst weit weg von ihrem Gemahl platzieren wollte. An den anderen Tischen würde das Gesinde sitzen.

Gerhard kehrte in guter Stimmung mit seinen Gästen zurück, die sich lobend über den festlich hergerichteten Saal äußerten. Griseldis bedankte sich, indem sie ihr ein weiteres Geschenk überreichte, dieses Mal war es Veilchenwasser. Reinhedis quittierte das mit falscher Freundlichkeit und tat, als freue sie sich darüber. Dabei würde sie es später ausschütten.

Als die Plätze eingenommen wurden, setzte sie Griseldis zwischen Jörg und Wylhelm, die sich in ihrer Galanterie gegenseitig überboten. Nach dem Tischgebet wurde das Essen aufgetragen und bald bog sich die Tafel unter der Fülle der Speisen. Die Rindfleischtaschen, die Hammelkeule am Spieß, die Hühner und der geräucherte Lachs waren genauso heiß begehrt wie die in Schmalz ausgebacken Krapfen, das gegarte Gemüse und das Obst. Fröhliches Geplauder erfüllte den Raum und die Anspannung fiel allmählich von Reinhedis ab, denn Gerhard beachtete seinen weiblichen Gast nicht über Gebühr, sondern lächelte seiner Frau stattdessen immer wieder zu. Griseldis schien es nicht zu bemerken, sie unterhielt sich angeregt mit ihren Tischherrn.

Dennoch war die Burgherrin ungewohnt still, was Gerhard irgendwann auffiel. „Du bist so schweigsam. Ist etwas mit dir?", fragte er besorgt.

„Ich bin nur etwas erschöpft", antwortete sie und schenkte ihm ein verzagtes Lächeln.

„Dann zieh dich doch zurück."

Aber genau das würde Reinhedis keinesfalls tun. Sie ließ Gerhard nicht allein mit Griseldis, lieber fiel sie vor Müdigkeit vom Stuhl. „Nein, ich bleibe. Gleich kommen doch die Spielleute. Sie werden mich gewiss aufmuntern."

Als wenig später die Musikanten mit Rebec, Trommel, Flöte und Dudelsack aufspielten, hielt es keinen mehr auf seinem Platz. Griseldis tanzte abwechselnd mit Jörg und Wylhelm und sogar Reinhedis schwang mit ihrem Gemahl das Tanzbein. Die Töchter hüpften im Takt und klatschten dabei in die Hände und auch das Gesinde schloss sich dem fröhlichen Treiben an. Als Griseldis spät am Abend von Jörg und Wylhelm nach Hause gebracht wurde und Gerhard seiner Frau ins Ehegemach folgte, fand dieser Tag für Reinhedis doch noch einen versöhnlichen Abschluss.

Auf dem Weg nach Battenheim

Widukind verließ am Weihnachtsmorgen mit dem ersten Hahnenschrei das Haus. Er ging durch das südliche Tor, um das Pferd, das sein Bruder ihm geschickt hatte, aus seinem Stall im Vorort Selenhofen zu holen. Das Tier war ein großer, kräftiger Brauner, der ihn als Reiter sofort akzeptierte. Widukind genoss es, einmal wieder aus Mainz herauszukommen. Während seiner Wanderjahre hatte er die freie

Natur zu schätzen gelernt und freute sich nun auf den nicht übermäßig langen Ritt in sein Heimatdorf. Der Wind hatte während der Nacht die regenschweren Wolken vertrieben und sich inzwischen gelegt, sodass der Himmel in stählernem Blau erstrahlte. Wegen des Feiertages waren nur wenige Menschen unterwegs und er hatte die Straße fast für sich allein. Da das Pferd die Strecke kannte, überließ Widukind ihm die Führung. Das gab ihm Zeit nachzudenken.

Mit gewissem Bauchgrimmen dachte er an den bevorstehenden Besuch, vor allem weil er nicht wusste, wie sein Vater auf sein Erscheinen reagieren würde. Der Rest der Familie, allen voran seine Mutter Alheyt und seine Schwester Yrmengardis konnten es sicher kaum erwarten, ihn wiederzusehen, und würden ihm gewiss einen herzlichen Empfang bereiten, genau wie sein Bruder Friedrich und dessen Frau Mechthild. Nur seinen Bruder Otto würde er nicht zu Gesicht bekommen, denn ihn hielt es in Worms.

Widukind dachte an Agnes, seine alte Kinderfrau. Er wusste nicht, ob sie noch lebte, denn während der letzten Monate hatte er keine Briefe mehr erhalten. Schon bei seinem Abschied vor mehr als drei Jahren war sie nicht mehr die rüstigste gewesen und hatte etliche Tränen verdrückt, weil sie fürchtete, vor seiner Rückkehr zu sterben. Widukind war immer schon ihr heimlicher Liebling und daran hatte sich nichts geändert. Da er das wusste, brachte er Agnes genau wie den anderen Familienmitgliedern ein kleines Geschenk mit.

Seine Gedanken wanderten weiter zu seiner Schwester Yrmengardis. Obwohl sie längst das heiratsfähige Alter erreicht hatte, lebte sie immer noch im Haus ihres Vaters. An Bewerbern mangelte es nicht, aber sie konnte sich einfach nicht entscheiden. Mal liebäugelte sie mit einem Leben als

Nonne, mal redete sie von einem Ehemann und Kindern. Letzteres wäre ihrer Mutter bedeutend lieber, denn das überaus enge Band zwischen ihr und ihrer Tochter würde durch einen Eintritt in eine Ordensgemeinschaft für immer zerschnitten.

Auch Widukind teilte die mütterliche Ansicht, allerdings aus einem anderem Grund. Yrmengardis war von zartem, beinah scheuem Wesen. Sie hatte ihm einmal anvertraut, dass sie sich vor den meisten Männern fürchtete und deshalb die Geborgenheit eines Klosters vorzog. Widukind versuchte es ihr auszureden, denn wenn sie nicht ihres Glaubens und ihrer Überzeugung wegen in einen Orden eintrat, war sie dort fehl am Platz und würde das bis ans Ende ihrer Tage bereuen. Er wollte ihr ein Leben in Falschheit ersparen, so wie es ihm ergangen wäre, hätte er sich dem Willen des Vaters gebeugt und wäre Geistlicher geworden. Aber Yrmengardis wiegelte stets ab und schob die Entscheidung weiter vor sich her. Zum allgemeinen Erstaunen ließ Graf Bolko seine Tochter gewähren. Vielleicht ahnte er, dass ein falscher Entschluss nicht nur sie, sondern auch seine Gattin Alheyt unglücklich gemacht hätte.

Widukind hatte das Dorf seiner Kindheit fast erreicht, das genau genommen aus drei Weilern bestand. Sie lagen so dicht nebeneinander, dass sie aus der Ferne ineinander überzugehen schienen. Eine Ebene erstreckte sich zwischen der Ansiedlung und dem Rhein. Sie wurde im Frühjahr regelmäßig überflutet und verwandelte sich dann in einen sumpfigen Morast. Von Frühsommer bis Spätherbst wuchs dort üppiges Grün, das dem Vieh als Weidegrund diente. An den Hügeln rund um die Weiler lagen Weinberge, die vom Kloster St. Alban in Mainz bewirtschaftet wurden. Etliche der Dorfbewohner arbeiteten für die Mönche und verdienten sich so ein Zubrot. Hie und da fanden sich kleinere Baumgruppen oder wilde Hecken, die allerlei Getier Unterschlupf boten. Widukind konnte die Häuser selbst noch nicht sehen, sondern nur die Rauchsäulen, die aus ihnen aufstiegen. Von Wiedersehensfreude angetrieben, gab er seinem Ross die Sporen.

Auf dem Weg nach Mainz

Hanno erwachte an diesem Morgen später als beabsichtigt. Die Sonne schien durch die Fensteröffnung und schmerzte in seinen Augen. Mund und Kehle waren staubtrocken und hinter seiner Stirn pochte es heftig. Zwar hatte er eine Kammer für sich allein gehabt, aber der Strohsack, auf dem er nächtigen musste, war alles andere als bequem und zudem von Flöhen bevölkert gewesen. Während er schlief, hatten sie sich an seinem Blut gütlich getan und sein Körper war nun von ihren Bissen übersät. Er verfluchte den Umstand, der ihn hier hatte stranden lassen und sehnte sich erneut nach seinem Zuhause im Anwesen des Kämmerers. Ungelenk stand er auf, begutachtete die roten, runden Male, deren Anblick allein reichte, um einen Juckreiz auszulösen, schnürte sein Bündel und ging nach unten, wo ihn eine karge Morgenmahlzeit erwartete.

Eigentlich hatte er sich beim Wirt über die Beherbergung beschweren wollen, doch als er in dessen stumpfsinnige Miene schaute, erkannte er, dass es der Mühe nicht wert war. Er holte das Pferd aus dem Stall, das im Gegensatz zu ihm einen erholten Eindruck machte, sattelte es und verließ möglichst zügig den Ort. Er wollte die Zeit aufholen, die er durch das lange Schlafen verloren hatte.

Die kühle Morgenluft tat ihm gut. Aber er fühlte sich

immer noch etwas benommen und fragte sich, ob er seinen angeschlagenen Zustand dem Wein von gestern Abend verdankte oder doch eher seinem Quartier. Da ihm vom schnellen Reiten übel wurde, drosselte er das Tempo. Galliger Magensaft kroch seine Speiseröhre hoch, brannte unangenehm und ließ ihn aufstoßen. Sein Schädel dröhnte noch immer und schien gleich zu platzen. Nur mit Mühe konnte er sich auf den Weg konzentrieren.

Deshalb entgingen ihm auch die drei Gestalten, die ihm in sicherem Abstand folgten. Je weiter er sich vom Dorf entfernte, umso mehr schlossen sie aber zu ihm auf. Hanno ritt nichtsahnend weiter. Erst als er das Geklapper von Hufen hinter sich hörte und den Kopf drehte, erkannte er, wer ihm auf den Fersen war. Schlagartig verschwand seine Übelkeit, denn er musste kein Hellseher sein, um ihre Absicht zu erraten. Ihr Groll war ihnen in ihre Gesichter gemeißelt und aus ihren Augen sprach der blanke Hass.

Eine heiße Welle durchflutete ihn vom kleinen Zeh bis zum Scheitel, jeder Muskel spannte sich an, er atmete schneller und sein Puls flog. Auch sein Pferd schien zu spüren, dass Ungemach drohte. Als er ihm die Sporen gab, schoss es wie der Blitz davon. Doch seine Flucht kam zu spät. Seine Verfolger ließen sich nicht mehr abschütteln. Bald hatten sie ihn erreicht und kreisten ihn ein.

„Wir holen uns jetzt wieder, was du dir gestern Abend erschwindelt hast", rief der Grobschlächtigste der drei und richtete einen großen Dolch auf ihn.

Hanno hörte sein Herz bis zum Hals schlagen. Seine Augen suchten die Umgebung ab, doch es war niemand in Sicht, der ihm hätte beistehen können. Er war auf sich allein gestellt. Zwar hatte er ein Schwert und den Dolch, doch verschaffte ihm das in seiner jetzigen Situation keinen

Vorteil, denn auch die anderen besaßen Waffen und ließen sie aufblitzen. Der Ring um ihn zog sich immer enger zu.

Sein Ross wurde nervös und begann zu tänzeln. Hanno hoffte, dass es ihn nicht abwarf, und erhöhte den Druck seiner Schenkel. Er versuchte, nicht eingeschüchtert zu wirken und erwiderte deshalb laut: „Fortuna war mir hold und ich habe ehrlich gespielt, ihr seid keine guten Verlierer, wenn ihr euch jetzt auf diese Weise Genugtuung verschaffen wollt."

„Wer sagt, dass wir das sein wollen?", höhnte der Zweite und präsentierte ihm genüsslich ein Kurzschwert.

Der Dritte im Bunde schwang gelassen einen großen Knüppel, gab sich aber ansonsten maulfaul.

Obwohl Hanno vermutete, dass Worte bei ihnen nicht fruchteten, versuchte er sie hinzuhalten. „Ich gebe euch euer Geld zurück und noch etwas drauf."

„Zu spät", höhnte der mit dem Schwert.

„Wir wollen Genugtuung. Es gilt die Schmach zu tilgen, die du uns vor aller Augen bereitet hast", meinte der, den Hanno gestern Abend außer Gefecht gesetzt hatte.

Hannos Pferd wurde unruhiger und tippelte nervös auf und ab. Völlig unerwartet bäumte es sich mit lautem Wiehern auf, was die anderen Tiere erschreckte. Sie wichen etwas zurück, nur nutzte das Hanno wenig, da sich keine Lücke bildete, durch die er hätte fliehen können. Auf einmal ging alles sehr schnell, der Angriff erfolgte von allen drei Seiten gleichzeitig. Das Schwert kam auf seine Brust zu, doch bevor es ihn verletzte, gelang es Hanno, seinen Oberkörper wegzudrehen. Diese Bewegung brachte ihn beinah aus dem Gleichgewicht und er konnte sich nur mit Mühe im Sattel halten.

„He, gib acht!", schrie der mit dem Dolch vorwurfsvoll. „Beinah hättest du mich erwischt statt ihn!"

„Pass selber auf, streck deinen Arm eben nicht dahin, wo ich gerade hinziele! Du weißt doch wie flink der Kerl ist!"

Die grimmigen Mienen seiner Angreifer verwandelten sich in wutverzerrte Fratzen voll tödlicher Entschlossenheit. Ein zweiter Angriff folgte, dem Hanno erneut ausweichen konnte, doch dieses Mal rief er laut um Hilfe. Der Schrei erschreckte sein Pferd, es rollte mit den Augen und blähte schnaubend die Nüstern. Schaum trat vor seinen Mund. Laut wiehernd bäumte es sich erneut auf und warf Hanno ab, dem es aber gelang, auf den Füßen zu landen und den Hufen des Tieres auszuweichen. Seine Angreifer stiegen ebenfalls ab und sein Pferd nutzte die Gelegenheit zu fliehen.

Hanno umklammerte in Todesangst sein Schwert und versuchte sich gleichzeitig in drei Richtungen zu verteidigen, was aber unmöglich war. Wieder brüllte er um Hilfe.

Seine Peiniger labten sich an seiner Verzweiflung und Unterlegenheit. „Nun bist du aber ganz schön kleinlaut, wie?", lästerte einer. „Schreist um Hilfe wie ein Weib! Los bringen wir's zu Ende", forderte er seine Gefährten auf.

Sie rückten ihm dicht auf die Pelle, Hanno versuchte sich mit ausgesteckter Waffe um die eigene Achse zu drehen, wurde aber durch einen festen Tritt gegen die Waden aus dem Gleichgewicht gebracht. Er geriet ins Straucheln, verlor sein Schwert und bekam keine Gelegenheit mehr, nach dem Dolch zu greifen. Schläge und Tritte hagelten auf ihn ein. Er versuchte seinen Kopf mit den Armen zu schützen und schrie ein letztes Mal seine Not heraus. Unerwartet traf ihn der Knüppel am Kinn und schleuderte ihn zu Boden. Er spürte noch, wie sie weiter auf ihn eindroschen, dann umfing ihn Schwärze.

Wolff war den vieren gefolgt und beobachtete den Überfall

aus seinem Versteck hinter einer Hecke. Manchmal meint es die Vorsehung doch gut mit mir, stellte er zufrieden fest, als er sah, was mit Hanno geschah. Sein Plan den Fremden loszuwerden, ohne selbst in Erscheinung zu treten, schien aufzugehen. Die drei würden die Sache zu einem sicheren Ende bringen. Er hatte genug gesehen und machte kehrt. Sie sollten nicht wissen, dass er ihnen nachgeritten war. Bevor er sich nach Mainz aufmachte, musste er erst noch Hartwigs Gaul holen, der im Dorf unterstand.

Widukind hatte Hannos Schreie gehört. Beim ersten war er sich noch unsicher gewesen, beim zweiten spannte er seine Armbrust, die er seit seiner Wanderschaft zur eigenen Sicherheit immer dabei hatte, und als ihm ein herrenloses Ross entgegenkam, wusste er, dass jemand in Gefahr war. Er trieb sein Pferd an und erreichte den Scheitelpunkt der Kuppe. Von dort erblickte er drei Männer, die auf einen vierten einschlugen, der regungslos am Boden lag. Er zögerte keinen Augenblick, preschte auf sie zu und erreichte die Schläger, ohne dass sie ihn bemerkten. In ihrem Blutrausch schienen sie entschlossen, alles Leben aus ihrem Opfer herauszudreschen.

Widukind richtete die Waffe auf sie und brüllte mit seiner Donnerstimme: „Lasst von ihm ab, wenn euch euer Leben lieb ist. Mein Pfeil hat sein Ziel noch nie verfehlt!"

Völlig überrascht hielten die Männer inne und musterten ihn abschätzend. Sie registrierten seine mächtige Statur und die nicht alltägliche, aber überaus gefährliche Waffe. Widukinds Überlegenheit erkennend verständigten sie sich mit Blicken, bevor sie sich flink wie die Wiesel auf ihre Pferde schwangen. Ohne ein Wort zu verlieren oder sich umzuschauen, hetzten sie davon.

Widukind hatte mit mehr Widerstand gerechnet, war aber

insgeheim froh, dass die drei solche Hasenfüße waren. Er wartete, bis sie weit genug entfernt waren, stieg dann ab und kniete sich neben den Verletzten. Der Mann sah übel aus. Nicht nur, dass sein Gesicht blutverschmiert war, auch seine Hand stand in unnatürlichem Winkel ab und war höchstwahrscheinlich gebrochen. Betrübt schüttelte er den Kopf, es stand gar nicht gut um den Verletzten. Tot war er aber noch nicht, denn sein Brustkorb hob und senkte sich.

Unter großer Anstrengung gelang es Widukind, ihn auf seinen Braunen zu hieven, wobei seine verletzte Hand wild zu pochen begann. Das Pferd des Überfallenen hatte sich inzwischen beruhigt und kehrte zögerlich an den Ort des Geschehens zurück. Widukind lockte es mit leisen Rufen herbei. Es kam tatsächlich, er nahm die Zügel, saß auf und legte flankiert von seinem eigenen Ross langsam das letzte Stück Weg zurück.

Battenheim

Am Tor des elterlichen Anwesens rief Widukind laut nach dem Stallknecht, der sofort herbeieilte. „Hannes, hol einen weiteren Knecht, es gibt einen Verletzten, den ihr ins Haus schaffen müsst. Ich selbst kann dir nicht tragen helfen."

Vorsichtig hoben die beiden Knechte den Mann vom Pferd und folgten Widukind, der ihnen die Tür öffnete. Agnes hatte ihn kommen hören und eilte ihm so schnell es ihre alten Beine zuließen entgegen. Sie hatte die Arme bereits ausgebreitet, um ihn überschwänglich zu begrüßen, doch er hielt sie davon ab.

„Erst muss dieser Mann versorgt werden. Er braucht ein Bett", entschuldigte er sich und deutete auf die Knechte, die Hanno trugen.

„Ich geh voraus", meinte sie geflissentlich und führte sie in eine leerstehende Kammer. Die Knechte legten ihn auf ein Bett und Agnes warf einen besorgten Blick auf den Verletzten. „Dem hat man aber arg zugesetzt!"

„Ich kam gerade noch rechtzeitig, um ihn vor dem Schlimmsten zu bewahren. Drei Kerle waren dabei, ihn zu Tode zu prügeln", meinte Widukind.

Agnes blickte ihn an. „Das sieht dir ähnlich, sich kopfüber in Gefahr zu stürzen!"

„Ich handle niemals unbedacht!"

„Ist ja schon gut. Ich werde mich sofort um ihn kümmern", sagte sie und begann ihn behutsam zu entkleiden. „Er ist übersät von Blutergüssen", stellte sie fest.

„Kein Wunder, sie haben ja auch mit einem Knüppel auf ihn eingedroschen."

Agnes deckte ihn mit einem Laken zu und schaute auf sein Gesicht. Die linke Gesichtshälfte war inzwischen angeschwollen und begann sich blau zu verfärben. Seine Nase war schief und über der linken Braue hatte er eine Wunde, die bereits verkrustete. „Wenn er erwacht, wird er sich wie gerädert fühlen. Aber er scheint Glück im Unglück gehabt zu haben. Ich muss die offenen Wunden reinigen und bestreiche sie dann mit einer Salbe. Bleibst du bei ihm, während ich alles hole?"

Widukind nickte. „Dann bring noch zusätzliche Leinenbinden und mindestens fünf Eiweiß mit", gab er ihr mit auf den Weg.

„Für was benötigst du denn das Eiweiß?"

„Wart es ab!", meinte er nur. Den Knechten, die abseits gestanden und zugeschaut hatten, trug er auf, sich um die Pferde zu kümmern und ihm das Bündel des Fremden zu bringen.

Widukind fand jetzt erst Zeit, den Unbekannten eingehender zu mustern. Er war jung und kräftig und hatte gute Aussichten wieder völlig gesund zu werden. So wie es aussah, war nur seine Hand gebrochen, alles andere waren zwar schmerzhafte, aber keine allzu ernsten Blessuren. Nur ob sein Kopf größeren Schaden genommen hatte, ließ sich jetzt noch nicht sagen. Der Fremde hatte wirklich Glück gehabt, dass er in der Nähe gewesen war. Gut nur, dass seine Angreifer Widukinds verletzte Hand nicht bemerkt hatten. Womöglich wären sie dann nicht so schnell geflohen. Er betrachtete seinen Verband und stellte zu seinem Entsetzen fest, dass er blutdurchtränkt war. Die Wunde war wieder aufgebrochen. Sobald der Fremde versorgt war, musste er nachschauen. Bevor Agnes zurückkam, richtete er noch mit einer geschickten Bewegung die Nase des Fremden.

Als sich die Tür öffnete, drehte er den Unterarm so, dass Agnes nicht gleich die blutige Stelle sehen konnte. Eine junge Magd begleitete sie. Sie trug eine Schüssel mit warmem Wasser und hatte Leinenbinden über ihrem Arm liegen.

„Ich habe hier einen Trank gekocht, der seine Schmerzen lindern wird", bemerkte die alte Kinderfrau und stellte das Eiweiß, den Salbentiegel und den Becher ab. „Ich habe auch welchen für dich gemacht, denn deine Verletzung schmerzt doch sicher auch", stellte sie fest und zeigte auf den Verband.

„Dir entgeht aber auch nichts", musste Widukind wider Willen lächeln.

Agnes zuckte nur die Schultern und meinte dann zur Magd: „Halte die Schüssel, während ich die Wunden wasche."

Das junge Mädchen nickte, war aber etwas blass um die Nase.

„Du wirst mir doch nicht umfallen?", erkundigte sich Agnes.

„Mach dir um mich keine Sorgen. Ich halte auch die Blutschüssel, wenn mein Vater eine Sau schlachtet", antwortete sie nur.

„Du wirst ja wohl ein Schwein nicht mit einem Mann vergleichen wollen?", empörte sich Agnes, fügte aber leise hinzu: „Obwohl es Männer gibt, deren Benehmen schlimmer ist als das einer Sau!"

Nachdem die Wunden gesäubert waren, bestrich sie sie mit einer Salbe aus Ziegenbutter und Ringelblumen. Dann fühlte sie seine Stirn. „Fieber scheint er keines zu haben. Wenigstens etwas."

Ab jetzt übernahm Widukind. Er tastete den rechten Unterarm ab und fand die Stelle, an der er gebrochen war. Froh, dass der Mann noch immer ohnmächtig war, brachte er die Knochen in ihre ursprüngliche Position und bat Agnes und die Magd, ihm jetzt zu helfen.

„Tränkt die Leinenbinden in Eiweiß und reicht sie mir nacheinander."

Widukind umwickelte den Unterarm von der Hand bis an den Ellenbogen. Dabei legte er mehrere Schichten übereinander, wobei er darauf achtete, dass der Stoff nicht einschnürte. Die Frauen sahen ihm interessiert zu. Dergleichen hatten sie noch nie gesehen.

„Wo hast du das gelernt?", wollte Agnes wissen, nachdem er fertig war.

„Während meiner Wanderjahre war ich auf einer Baustelle im Süden Frankreichs. Dort geschah ein schwerer Unfall mit mehreren Verletzten, von denen einige sich Brüche zuzogen. Ein jüdischer Arzt versorgte sie und ich half ihm dabei. Sobald das Eiweiß fest wird, verhärten die Binden und machen den Arm unbeweglich. So kann der Bruch in Ruhe heilen. Wir sollten ihn jetzt schlafen lassen", meinte er schließlich.

In diesem Augenblick öffnete der Fremde seine Lider und schaute mit geweiteten Pupillen den Steinmetz an. Dann verlor er wieder das Bewusstsein. Doch Widukind hatte dieser Augenblick genügt, um festzustellen, dass das Weiß seiner Augen klar und nicht gerötet war. Zwar hatten seine Pupillen nur verzögert auf das Licht reagiert, sich aber dennoch zusammengezogen. Widukind wertete es als gutes Zeichen.

Agnes trug der Magd auf, bis zum Eintreffen des Hausherrn die Wunden des Verletzten zu kühlen. „Wenn die Familie aus der Kirche kommt, brauch ich dich aber in der Küche", sagte sie ihr. „Falls er aufwacht und Durst hat, kannst du ihn von diesem Trank geben, er lindert die Schmerzen und wirkt betäubend", ordnete sie an und meinte dann zu Widukind: „Und du gehst jetzt mit mir in die Küche."

Folgsam trottete er hinter ihr her. „Hast du den Mann schon einmal gesehen?", fragte er, als sie die Stiege hinuntergingen.

„Nein, ich kenne ihn nicht. Er ist nicht von hier", behauptete sie bestimmt.

In der Küche setzte er sich an den Tisch und fühlte sich augenblicklich in seine Kindheit zurückversetzt. Auf der Feuerstelle brutzelten köstlich duftende Speisen, die ihm das Wasser im Mund zusammenlaufen ließen. Die Köchin hantierte mit den Töpfen und Pfannen und begrüßte ihn nicht minder herzlich als Agnes vorhin. Jetzt fehlte nur noch eine Schüssel mit Milchsuppe und seine Erinnerung wäre komplett. Doch statt Milchsuppe gab es einen Verbandswechsel und einen bitteren Tee.

Als die Köchin sah, was Agnes vorhatte, schob sie die Töpfe beiseite und verließ unter dem Vorwand, Holz holen zu müssen, schnell den Raum. Agnes füllte frisches Wasser in eine Schüssel und besorgte neue Leinenbinden. Sie ergriff Widukinds Arm und begann den alten Verband zu lösen. Obwohl er längst erwachsen war und nicht mehr unter ihrer Obhut stand, umsorgte sie ihn wie eine Glucke ihr Küken, wenn er zu Besuch kam.

„Wie bist du dazu gekommen?", wollte sie wissen und Widukind erzählte von dem Vorfall in der Schenke.

„Du scheinst Gewalt ja förmlich anzuziehen."

„Ich suche sie nicht, aber sie findet mich", verteidigte er sich. „Der Arzt sagte mir übrigens, dass ich die Hand schonen soll."

„Was du vorhin natürlich nicht getan hast", merkte sie ohne Vorwurf in der Stimme an. „Na, das ist ja eine schöne Bescherung. Sieht aber schlimmer aus, als es ist. Nur das obere Stück der Naht ist aufgegangen."

Widukind schaute hin, wandte den Blick aber rasch wieder ab. Ihm wurde schwummrig. Den Anblick des eigenen Blutes hatte er noch nie ertragen können.

„Bis auf die aufgeplatzte Stelle sieht alles sehr gut aus", merkte sie an. „Das ist ordentlich gemacht worden."

„Das war der jüdische Arzt, der in meinem Viertel wohnt."

„Wie es scheint, will die Blutung einfach nicht aufhören. Wenn ich dir jetzt einen Verband anlege, ist er gleich wieder durchnässt. Am einfachsten wäre es, wir würden kurz ein glühendes Eisen draufhalten."

Widukind zog reflexartig seinen Arm zurück. „Nein! Auf gar keinen Fall! Womöglich verliere ich dann die Beweglichkeit meiner Finger", rief er erschrocken.

„Das brauchst dich nicht zu sorgen. Darunter hast du genug Fleisch. Am Handgelenk würde ich es nicht wagen, aber weiter oben besteht kaum eine Gefahr."

„Vermutest du das nur oder weißt du es?", entgegnete Widukind skeptisch.

„Irgendetwas muss getan werden. Aber das ist deine Entscheidung."

„Also gut", fügte er sich schweren Herzens.

Agnes legte das Eisen, das zum Zurechtschieben der Holzscheite im Ofen verwendet wurde, in die Glut und verschwand. Als es heiß genug war, kam sie zurück. Inzwischen hatte auch der Knecht das Bündel des Fremden in die Küche gebracht.

„Du kannst gleich bleiben und mir helfen", sagte sie zu ihm. „Halt Widukinds Arm fest und zwar hier und hier", zeigte sie ihm und der Knecht tat wie geheißen, auch wenn es ihm nicht ganz geheuer war.

„Achtung, gleich schmerzt es etwas", warnte sie ihren Zögling und drückte das Eisen darauf. Sofort breitete sich der Geruch von verbranntem Fleisch in der Küche aus.

Widukind, der den Kopf weggedreht hatte, konnte nur mit Mühe einen Schrei unterdrücken, denn der Schmerz fraß sich durch seine Haut und Muskeln, wanderte den Arm empor und explodierte in seinem Kopf. Das Ganze dauerte wirklich nur Sekundenbruchteile, aber ihm erschien es wie eine Ewigkeit. Agnes schickte den Knecht wieder weg, tat Ringelblumensalbe auf die Verbrennung und bedeckte sie mit einem kalten, nassen Tuch. Die Köchin kehrte zurück und widmete sich schweigend dem Essen. Das Holz hatte sie allem Anschein nach vergessen.

„Am besten du kühlst das noch einige Zeit. Jetzt trink einen Schluck von diesem Sud, der lindert den Schmerz", meinte sie und reichte ihm einen Becher, in den sie zusätzlich einige Tropfen einer braunen, zähklebrigen Flüssigkeit träufelte. „Bald ist alles abgeheilt. Du behältst an dieser Stelle zwar eine nicht so schöne Narbe zurück, aber das ist ja nicht deine erste", spielte sie auf seine diversen Verletzungen an, die er sich während seines Heranwachsens zugezogen hatte. „Die Figur des Heiligen Georg, die du gemacht hast, ist übrigens wunderschön. Sogar dein Vater ließ beim Betrachten eine gewisse Gemütsregung erkennen. Das würde er dir gegenüber zwar niemals zugeben, aber ich las es in seinen Augen", versicherte sie ihm.

Widukind freute sich darüber, vielleicht ließ sich das Herz seines Vaters doch irgendwann erweichen. In diesem Augenblick erklangen die Stimmen seiner Familie im Hof. Sofort ging er sie begrüßen. Die Wiedersehensfreude unter den Geschwistern war groß, vor allem Yrmengardis herzte ihren Bruder.

„Willst du mich nicht wie sonst herumschwenken?", neckte sie ihn.

„Heute nicht, meine Hand ist verletzt. Nichts Schlimmes, aber ich muss vorsichtig sein", versicherte er schnell, als er ihre bestürzte Miene sah.

Der Empfang durch die Eltern fiel deutlich distanzierter aus. Seine Mutter Alheyt strahlte zwar über das ganze Gesicht, zeigte aber in Gegenwart ihres Gemahls Zurückhaltung. Bolko von Cankor wandte sich zu Widukinds Überraschung nicht wie üblich ab, sondern ging auf seinen Sohn zu und legte ihm ohne ein Wort die Hand auf die Schulter. Widukind verschlug diese Geste die Sprache und er schaute seinen Vater nur an.

„Lasst uns hineingehen", forderte Bolko alle auf und Widukind fühlte sich zum ersten Mal seit Jahren nicht mehr ausgeschlossen, sondern wieder im Familienkreis aufgenommen.

„Hannes erzählte mir, dass du einen Verletzten herge-
bracht hast", sagte der Graf, als sie am Tisch saßen.

„Ja Vater, ich hoffe es ist dir recht. Er wurde überfallen
und ich kam gerade noch zur rechten Zeit. Er war bereits
ohnmächtig und ich konnte ihn doch nicht so hilflos liegen
lassen", rechtfertige sich Widukind.

„Du hast richtig gehandelt", versicherte ihm Bolko.

Beim Essen erzählte Widukind alles, angefangen vom ersten Hilferuf bis zur Ankunft im Anwesen. Dabei fiel ihm
auf, dass seine Zunge immer schwerer wurde. Sie fühlte sich
an, wie ein tauber Pelz. Agnes' Trank entfaltete allmählich
seine Wirkung, die Schmerzen ließen nach.

Nachdem er fertig war, lobte ihn sein Vater und erstaunte
ihn damit zum zweiten Mal an diesem Tag. „Du warst sehr
mutig."

„Ich tat nur meine Christenpflicht", entgegnete er.

„Nicht jeder hätte so gehandelt. Immerhin waren sie in
der Überzahl. Hast du einen von ihnen erkannt?", fragte
Bolko, der aufgrund seiner Position auch für die Rechtspre-
chung im Dorf zuständig war.

„Ich habe mir die Gesichter eingeprägt, aber ich kenne
keinen von ihnen. Es könnte sein, dass sie nicht von hier
stammen und sich auf der Durchreise befanden. Zumal sie
auf Pferden unterwegs waren. Genau wie unser Gast übrigens. Weder Agnes, noch die Magd oder die Knechte kennen ihn."

„Ich werde nachher in seine Kammer gehen und nach ihm
sehen. Ich will wissen, wen wir beherbergen", beendete Bolko das Thema.

Yrmengardis hatte neugierig zugehört. Die Geschichte
klang verwegen und da sie selten etwas Aufregendes erlebte,
beschloss sie ebenfalls einen Blick auf den Fremden zu wer-

fen. Da sie aber mit der Missbilligung ihrer Eltern rechnete, schlich sie sich in einem günstigen Augenblick davon. Als sie vor seinem Bett stand und den geschundenen Körper sah, erschrak sie zutiefst. Sein Anblick weckte ihr Mitleid. Das flachsblonde Haar war Blut verklebt. Die Schwellungen in seinem Gesicht entstellten ihn beinah bis zur Unkenntlichkeit und sie fragte sich, wie er normalerweise aussah. Die gebrochene Hand ruhte quer über seinem eingefallenen Bauch, der sich im regelmäßigen Rhythmus hob und senkte.

Die Decke war bis zu seinen Lenden hinuntergerutscht und ein Teil der kühlenden Tücher verschoben. Yrmengardis' Augen tasteten den nackten Oberkörper ab und wanderten hinunter bis zur Hüfte. Obwohl sich deutlich Muskeln unter seiner hellen Haut abzeichneten, die viel Kraft und Beweglichkeit vermuten ließen, wirkte er irgendwie zerbrechlich. Geradeso, als hätte er in seiner Kindheit gehungert. Er erinnerte sie an eine Skulptur des sterbenden Jesus, die sie einmal in einer Kirche gesehen hatte. Yrmengardis fühlte sich schuldbewusst, weil sie ihn so schamlos anstarrte. Das gehörte sich nicht, dennoch faszinierte er sie und sie konnte sich einfach nicht von ihm losreißen.

Stattdessen trat sie noch dichter an sein Lager, beugte sich zu ihm hinab, befeuchtete die Tücher, legte sie wieder auf die Verletzungen und deckte sie mit trockenen ab. Dann zog sie das Laken wieder hoch. Ihr Blick fiel auf den Becher mit dem Sud, und als sie seine aufgesprungenen, leicht geöffneten Lippen sah, hob sie sanft seinen Kopf an und träufelte ihm vorsichtig etwas davon in den Mund. Er schluckte gierig und Yrmengardis gab ihm so lange zu trinken, bis der Becher halb geleert war. Plötzlich zuckten seine Lider und er öffnete die Augen, die von einem durchdringenden Blau waren. Die geweiteten Pupillen erweckten den Eindruck, als schauten sie an ihr vorbei in die Unendlichkeit. Erschrocken wich Yrmengardis zurück. Er reagierte aber nicht auf sie, sondern schloss die Augen wieder. Sie hoffte, dass er sie nicht wahrgenommen hatte, und ging so leise, wie sie gekommen war. Sie musste zurück, bevor ihr Fehlen Anlass zu Mutmaßungen gab. Bei Tisch gelang es ihr nicht, sich auf die Gespräche zu konzentrieren, denn in Gedanken kehrte sie immer wieder zu dem Fremden zurück. Dabei sprang ihr Herz wild auf und ab wie ein Sperling beim Sandbaden und sie spürte ein unbekanntes, aber wohliges Kribbeln im Bauch.

Mainz

Wolff erreichte die Stadt in dem Glauben, dass ihm niemand mehr gefährlich werden konnte. Hartwig war genauso tot wie der Unbekannte, der sich nach dem ermordeten Mönch erkundigt hatte. Zunächst suchte er sich eine geeignete Unterkunft und fand einen Gasthof, der zwar nicht direkt im Zentrum der Stadt lag, aber auch nicht allzu weit davon entfernt. Der Preis für das Zimmer schien ihm angemessen, und um sich das Wohlwollen seiner Wirtsleute zu sichern, zahlte er für eine Woche im Voraus.

Er lud sein Gepäck ab und streckte sich auf seinem Bett aus, um zu überlegen, wie er weiter vorgehen sollte. Nun brauchte er einen Plan und je durchdachter dieser war, umso schneller gelangte er ans Ziel. Zunächst würde er alles aus Hartwigs Besitz zu Geld machen, damit ihn nichts mit seinem ehemaligen Kumpan in Verbindung brachte. Für das Pferd und den Schmuck ließ sich gewiss eine hübsche Summe erzielen, die ihm über die nächsten Tage half.

Dann ging er in Gedanken die Namen auf der Notiz von Bruder Anselm durch. Die drei erwähnten Personen mussten in irgendeiner Beziehung zueinander stehen. Doch welche war das? An erster Stelle stand Erzbischof Ruthard. Er war unterstrichen, wahrscheinlich um seine Bedeutung hervorzuheben. Deshalb beschloss Wolff, mit ihm zu beginnen. Gleich morgen früh wollte er seine Spur aufnehmen, dazu musste er aber erst in Erfahrung bringen, wie der mächtigste Mann von Mainz aussah. Am einfachsten ginge das, wenn er eine Messe besuchte, die der Bischof las.

Als er seine Unterkunft verließ, war es bereits dunkel. Dennoch wollte er sich mit seiner neuen Umgebung vertraut machen und ging deshalb Richtung Dombezirk. Wolff überquerte den Speismarkt, der während der Feiertage verwaist war. Vor der Liebfrauenkirche bog er ab, um den Dom zu umrunden und stieß schließlich auf eine Gasse, in der ein Bach floss. Hier war es dunkel und klamm, und da Wolff keine Lust verspürte weiterzugehen, machte er kehrt. Für heute hatte er genug gesehen. Jetzt zog es ihn in eine Schenke; das war immer ein geeigneter Ort um Neuigkeiten zu erfahren. Nirgends wurde ungehemmter gesprochen und wilder gemutmaßt als bei einem Krug Bier oder einem Becher Wein und nirgends waren Nachrichten frischer und Klatsch boshafter als dort.

Ihm war aufgefallen, dass ihm bei seinem Streifzug niemand sonderlich Beachtung schenkte, im Gegenteil, er wurde kaum eines Blickes gewürdigt. Er fragte sich, warum er nicht schon früher auf den Gedanken gekommen war, in eine große Stadt zu flüchten anstatt durch entlegene Dörfer zu streichen, wo jeder Neuankömmling neugierig beäugt wurde. In Mainz, das ein wichtiger Anlaufpunkt für Reisende und Händler war, die aus allen Richtungen des Reiches hierherkamen, fielen Fremde – gleich wie exotisch sie auch aussehen mochten – erheblich weniger auf.

Sein Weg endete am Wirtshaus Zum wilden Eber. Aus der Gaststube ertönten herzhaftes Lachen und laute Stimmen, die ihn anlockten. Auch hier blickte kaum einer auf, als er eintrat, sich einen Krug Bier holte und einen Platz suchte, von dem aus er eine gute Übersicht hatte. Mit dem Rücken zur Wand und dem Gesicht zur Tür ließ er sich in einer Ecke nieder. Wenig später gesellten sich zwei junge Burschen zu ihm und sie kamen ins Gespräch.

„Dich hab ich hier noch nie gesehen", stellte einer fest.

„Ich mache auch nur kurz Station. In ein paar Tagen geht´s weiter nach Köln."

„Da wollt ich auch schon immer einmal hin", sagte der eine verträumt.

„Darauf wirst du wohl noch lange warten müssen", entgegnete ihm sein Freund.

„Was treibt ihr so?", erkundigte sich Wolff, um nicht unhöflich zu erscheinen.

„Wir sind Müllergesellen. Vielleicht hast du die Plattformen mit den Mühlen auf dem Rhein gesehen?"

Wolff nickte, auch wenn es nicht stimmte, aber er wollte seine Tischgenossen für sich einnehmen.

„Er arbeitet auf der ersten und ich auf der zweiten", meinte der junge Kerl stolz.

Die Müllergesellen erzählten ihm alles, was wichtig war und was er für den Anfang wissen musste. Keiner der beiden erwähnte den Mord an Anselm, was Wolff zu der Vermutung verleitete, dass dieser nicht mehr Stadtgespräch war. Man hatte ihn und die Umstände seines Todes wohl längst vergessen. Als er sich verabschiedete und nach einer Messe erkundigte, die der Erzbischof las, verwiesen sie ihn an Sanne.

Sie gab ihm die gewünschte Auskunft. „Morgen im Anschluss an den Gottesdienst erteilt er den Stephanssegen im ‚Alden Dom‘. Bist du ein Fuhrmann, dass du ihn dir abholen willst?", fragte Sanne forschend.

„Gut geraten", log Wolff und ging.

Mittwoch, 26. Dezember A. D. 1095, 27. Tewet 4856
Mainz

Erzbischof Ruthard hatte den Kutschern, Fuhrleuten und Pferdeknechten den St. Stephanssegen gespendet. Die Männer verließen das Gotteshaus in Richtung der Schenken, wo sie dem Anlass entsprechend ihre Trinkfestigkeit unter Beweis stellten.

Ruthard war heute bei Embricho zum Festschmaus eingeladen und er wusste nicht, ob er sich darüber freuen sollte oder nicht. Der Kämmerer war ein eloquenter Gastgeber, der seine Gäste bei Laune hielt. Aber oft arteten selbst gewöhnliche Mahlzeiten beinah zu Gelagen aus und Ruthard fürchtete, dass es am Feiertag noch übertriebener zuging als sonst. Mit einem Seufzer verließ er den „Alden Dom" und machte sich auf den Weg. Er hatte beschlossen zu Fuß zu gehen. Die lange Bettlägerigkeit hatte ihn träge gemacht und bis zum Haus des Kämmerers war es nicht weit. Burckhart, der Hauptmann seiner Wache, sah das allerdings nicht gern. Er fürchtete um die Sicherheit seines Dienstherrn, vor allem an einem Tag wie diesem, an dem nicht nur die Schenken, sondern auch ihre Besucher entsprechend voll waren. Doch Ruthard ließ sich nicht beirren und so blieb Burckhart nichts übrig, als ihn mit einem weiteren Soldaten zu eskortieren.

Wer immer dem Erzbischof begegnete, grüßte ihn ehrfürchtig und er erwiderte den Gruß mit jovialem Kopfnicken. Sie waren noch nicht weit gelaufen, als sie an einer engen, gewundenen Gasse vorbeikamen, die der Erzbischof seines Wissens noch nie betreten hatte. Er wäre auch heute achtlos vorübergegangen, wären nicht genau in diesem Augenblick Schreie zu hören gewesen, die ihn zum Stehenbleiben veranlassten.

„Das war doch ein Hilferuf! Oder irre ich mich?", fragte er seine Begleiter, die zustimmend nickten.

„Es hörte sich an wie ein Weib", stellte Burckhart fest.

„Geht und schaut nach", verlangte Ruthard von ihnen.

„Ich soll Euch allein lassen?", sorgte sich der Hauptmann.

„Mir geschieht schon nichts. Dort benötigt jemand dringend Hilfe!"

Kaum waren die Soldaten hinter der Ecke verschwunden, ertönte erneut ein Schrei, dem lautes Rufen seiner Männer folgte. Das machte den Erzbischof neugierig und er ging seinen Soldaten nach. Die Gasse wirkte nicht sonderlich einladend und knickte nach wenigen Schritten ab. Die Häuser standen dicht gedrängt und hinderten das Licht, bis auf den Boden zu fallen, was auch angesichts des Unrats besser war. Nach der Biegung erweiterte sie sich zu seiner Überraschung zu einem kleinen Platz, der sauber war und von recht ansehnlichen Häusern umringt wurde. Ruthard sah gerade noch, wie sein Hauptmann in einem Durchgang verschwand, und entdeckte eine junge Frau, die an einer Hauswand lehnte. Sie zitterte und hielt sich nur mit Mühe auf den Beinen. Er eilte zu ihr und kam keinen Moment zu spät, denn sie sank mit einem Seufzer bewusstlos in seine Arme.

Ihre Ohnmacht dauerte nur kurz und sie schlug wenig später die Augen auf. Immer noch bebend legte sie ihren Kopf an seine Brust und unternahm keinen Versuch sich aus seinen Armen zu befreien. Ruthard entging nicht, dass sie zart nach Rosen und Lavendel duftete, und er inhalierte ihren Geruch mit tiefen Zügen. Als siemsich beruhigt hatte, öffnete sie ihre Augen, hob den Kopf und schaute ihren Retter an. Als sie erkannte, wer sie festhielt, löste sie sich erschrocken und senkte beschämt ihr Haupt. Auch Ruthard bemerkte jetzt erst, dass es Griseldis war, die er gehalten hatte.

„Verzeiht, dass ich mir eine solche Dreistigkeit erlaubte", hauchte sie mit schwacher Stimme und ging vor ihm in die Knie.

„Nicht doch! Erhebe dich! Du musst dich nicht entschuldigen. Hätte ich dich nicht aufgefangen, wärst du hingefallen. Wäre dir das lieber gewesen?"

Griseldis schüttelte den Kopf. „Nein, natürlich nicht. Wisst Ihr, ich wohne noch nicht lange in Mainz und habe mich verirrt. Eigentlich wollte ich zu Dithmar, dem Sohn von Bertolf, als diese", sie verkniff sich gerade noch rechtzeitig ein Schimpfwort, „diese beiden Kerle mich bedrängten. So etwas habe ich noch nie erlebt."

„Du solltest nicht ohne Begleitung ausgehen. Schon gar nicht an St. Stephanus."

„Das tue ich normalerweise auch nicht, sonst habe ich immer meinen Diener Bertram bei mir. Aber er wurde heute Morgen krank und so musste ich mich allein aufmachen."

„Ich begleite dich das letzte Stück. Das Haus des Tuchmachers liegt auf meinem Weg. Wir warten nur bis meine Soldaten wieder hier sind", erbot sich der Erzbischof.

„Eure Wache kam gerade noch zur rechten Zeit. Die Absichten der Kerle waren unredlich. Einer von ihnen hob gerade mein Gewand an, als sie Eure Männer kommen hörten. Ich bin Euch wirklich zu großem Dank verpflichtet. Niemand hat auf meine Hilferufe reagiert, obwohl hier so viele Häuser stehen", stellte sie ernüchtert fest und schaute sich um.

„Das ist wirklich seltsam", bestätigte Ruthard und geriet darüber ins Grübeln.

Kurz darauf kehrten Burckhart und sein Begleiter außer

Atem zurück. „Herr, wir haben die Übeltäter nicht dingfest machen können. Als wir durch den Bogen kamen, war keiner zu sehen. Obwohl wir alles absuchten, fanden wir niemanden", entschuldigte sich der Hauptmann.

„Nun dann müssen wir es wohl dabei belassen", stellte der Erzbischof fest. „Wie sahen die Männer aus?", fragte er Griseldis.

Sie zögerte kurz und kräuselte ihre hübsche Stirn. „Ich war so erschrocken, dass ich vor lauter Aufregung nicht auf ihr Gesichter achtete, aber ich würde sie als gewöhnlich beschreiben, mittelgroß, weder dünn, noch dick."

Ruthard gab sich mit dieser dürren Antwort zufrieden. „Jetzt lasst uns gehen. Weder Dithmar noch der Kämmerer sollen länger auf uns warten. Erst bringen wir Griseldis zum Haus von Bertolf", sagte er zu seiner Eskorte, die den entsprechenden Weg einschlug.

Burckhart grübelte im Gehen. Ihm erschien der ganze Vorfall seltsam. Er musterte Griseldis verstohlen und bemerkte ein zufriedenes Funkeln in ihren Augen, was ihn befremdete. Auch ihr federnder Schritt und die leichte Art, in der sie plauderte, machten ihn nachdenklich. Jeder Anflug von Ängstlichkeit war wie weggewischt und ihr unbeschwertes Verhalten passte nicht zu einer Frau, die gerade überfallen worden war. Aber er behielt seine Ansicht lieber für sich, denn Kritik stand ihm nicht zu.

Als sie am Haus des Tuchmachers ankamen, verabschiedete sich Ruthard. Griseldis bedankte sich nochmals und schenkte ihm ein großzügiges Lächeln. Burckhart kam es so vor, als läge darin eine gewisse Genugtuung. Aber er konnte sich auch täuschen. Ruthard wartete, bis sie unter sich waren und fragte dann seinen Hauptmann nach seiner Meinung. „Was hältst du von der ganzen Angelegenheit?"

„Ich bin mir unsicher", antwortete er wahrheitsgemäß. „Als wir die Stelle erreichten, war außer ihr niemand da. Sie deutete auf den Durchgang und stammelte etwas von zwei Männern, die sie bedrängt hätten und durch den Bogen geflüchtet seien. Ihre Kleidung war etwas in Unordnung und sie schien erregt. Wir sind weitergelaufen, damit sie uns nicht entwischten, fanden sie aber nicht."

Ruthard schürzte nachdenklich die Lippen. Es gab keinen Beweis, dass Griseldis die Wahrheit gesagt hatte, aber es gab auch keinen Grund sie anzuzweifeln. Dennoch fragte er sich, ob es diesen Übergriff tatsächlich gegeben hatte oder ob alles nur inszeniert gewesen war. Aber warum sollte sie ihm etwas vorspielen, und vor allem, was könnte sie damit bezwecken? Er kam zu keinem eindeutigen Ergebnis und beschloss deshalb, ihre Geschichte zu glauben.

Haus des Tuchmachers

Der ansonsten so ausgeglichene Tuchmachersohn empfing Griseldis mit hochrotem Kopf. Sie bemerkte seine Verstimmung und bezog sie auf sich. „Bist du über meine Verspätung verärgert?"

„Nein, dir bin ich nicht böse, aber meinem Vater. Manchmal benimmt er sich wie ein sturer Esel", stieß er ungehalten hervor, wobei er sich keine Mühe gab, seine Stimme zu senken.

„Pst, so etwas sagt man nicht!", ermahnte sie ihn.

„Er kann mich nicht hören, denn er ist ausgegangen, ins Wirtshaus!", ärgerte er sich, während er Griseldis an den Tisch führte, auf dem sich Kapaun, Schweinebraten in Zimtkruste, Linsenbrei, gedünsteter Fenchel, Lauch und Weißbrot befanden.

„Ist er wegen mir gegangen?", schlussfolgerte sie richtig.

Dithmar nickte betrübt. „Ich weiß nicht, warum er sich so verhält. Seit er dich das erste Mal sah, muss ich mir anhören, dass ich mich nicht mit dir einlassen soll, da niemand Näheres über dich weiß. In meinen Augen hat er nicht das Recht über dich zu urteilen! Noch keine sechs Monate nach dem Tod meiner Mutter nahm er sich eine Geliebte. Sie ist gerade mal fünf Jahre älter als ich!"

„Dein Vater ist eben auch nur ein Mann", zeigte Griseldis Verständnis. „Fürchtest du etwa, dass er einen weiteren Erben zeugt und dein Erbteil dadurch geschmälert wird?"

„Solange er das Weibsbild nicht ehelicht, besteht für mich keine Gefahr. Aber er hat mir nicht vorzuschreiben, was ich zu tun und zu lassen habe."

„Wenn er Bedenken gegen mich hat, muss er doch nur den Stadtgrafen fragen. Er kann seine Zweifel aus dem Weg räumen."

„Das habe ich ihm auch gesagt, aber er meinte, Gerhards Wort allein reiche ihm nicht. Ich jedenfalls habe nichts an dir auszusetzen", entfuhr es ihm. „Ich kann mir nicht vorstellen, dass irgendetwas Schlechtes an dir sein soll."

Griseldis schenkte ihm ein unwiderstehliches Lächeln. Dithmar war dabei, sie auf ein Podest zu stellen, was ihr gar nicht unangenehm war. Sollte er nur weiterhin das Beste von ihr denken. „Damit du siehst, dass ich keine Geheimnisse habe, erzähle ich dir einfach beim Essen meine ganze Geschichte", meinte sie.

„Das musst du nicht!", wehrte Dithmar ab. „Das Vergangene ist vergangen, wir leben im hier und heute. Es interessiert mich nicht, wer du warst. Ich will nur wissen, wer du bist."

„Du lässt außer Acht, dass meine Vergangenheit mich zu

der macht, die ich bin. Oder langweile ich dich etwa und du hast du kein Interesse an meinem Vorleben?"

Dithmar wehrte heftig ab. „So habe ich das nicht gemeint. Ich will nur nicht, dass du dein Innerstes nach außen kehrst, nur um mir zu gefallen."

„Das werde ich auch nicht. Und besonders aufregend war mein Leben bislang nicht", meinte sie, was allerdings nicht der Wahrheit entsprach.

„Gut, dann fang an!", forderte Dithmar sie auf und Griseldis begann zu reden, wobei sie bestimmte Details ausließ, die Dithmars Vertrauen in sie erschüttert hätten. Sie verschwieg ihm, dass sie eine erfahrene Frau war, die genau wusste, was sie vom Leben erwartete. Aber für sie beide war es besser, er würde weiterhin das unschuldige Weib in ihr sehen, das er sich wünschte. Griseldis erzählte ihm von ihrer Kindheit und Jugend, ihrem Leben am Hof. „Den Rest kennst du ja schon von Reinhedis´ Geburtstag. Wie du siehst, habe ich nicht viel Aufregendes erlebt", schloss sie ihre Schilderung. „Bis auf vorhin."

„Was geschah denn vorhin?", erkundigte er sich interessiert.

„Zwei betrunkene Rüpel haben mich angegriffen", antwortete sie ihm.

„Da sitzt du in aller Seelenruhe beim Essen und behältst das für dich?"

Griseldis lehnte sich vor und blickte ihn an. „Ich habe das schon fast wieder vergessen und du warst über deinen Vater so aufgebracht, dass ich es nicht zur Sprache bringen wollte."

„Warst du nicht in Begleitung von Bertram?"

„Nein, er ist krank und liegt im Bett!"

„Warum hast du mir keine Nachricht gesandt? Ich hätte

dir meinen Diener geschickt! Damit so etwas nicht wieder geschieht, bringe ich dich nachher zurück."

Dithmar hielt sein Wort und begleitete sie nach Hause. Vor Griseldis' Haustür wusste er nicht so recht, wie er sich verabschieden sollte.

Sie bemerkte seine Verlegenheit. „Ich danke dir für den schönen Tag", sagte sie und machte einen Schritt auf ihn zu. Dann vergewisserte sie sich, dass sie allein waren, stellte sich auf die Zehenspitzen und hauchte ihm einen Kuss auf die Wange. Ohne ein Wort zu verlieren drehte sie sich um und verschwand in ihrem Haus. Dithmar, der mit diesem Kuss nicht gerechnet hatte, blieb völlig verdattert zurück. Er kam sich vor wie ein Esel, fühlte sich aber gleichzeitig wie der glücklichste Mann auf der Welt. Sie schien seine Gefühle zu erwidern. Jetzt musste er nur noch seinen Vater überzeugen, dass sie die Richtige für ihn war.

Im Anwesen des Kämmerers

Während Embricho im Speisezimmer auf den Erzbischof wartete, dachte er besorgt an Hanno. Noch nie hatte er sich verspätet ohne ihm eine Nachricht zukommen zu lassen und jetzt war er zwei Tage überfällig. Embricho fürchtete, dass ihm etwas zugestoßen sein könnte, versuchte sich aber gleichzeitig einzureden, dass seine Sorge unbegründet sei und er jeden Moment durch die Tür hereinspaziert käme. Hanno war in der Lage auf sich selbst aufzupassen. Käme er tatsächlich nicht zurück, wäre das ein großer Verlust für ihn, denn Hanno war der gewiefteste unter seinen Agenten. Manchmal wandte er zwar Methoden an, die gegen Gesetz und Moral verstießen, doch solange er sein Ziel erreichte, rechtfertigte der Zweck die Mittel.

Der Kämmerer ging etliche Möglichkeiten durch, die Grund für seine Verspätung sein konnten. Vielleicht hatte er den Mörder aufgespürt und folgte nun seiner Spur, bis er ihn dingfest machen konnte. Möglich war aber auch, dass seine Würfelleidenschaft ihn in Bedrängnis gebracht hatte und er die Feiertage in einem Gefängnis saß. Schon einmal hatte der Kämmerer ihn auslösen müssen, worauf Hanno ihm versprochen hatte, vorsichtiger zu sein. Oder sollte er einem Weib verfallen sein und darüber die Pflicht seinem Dienstherrn gegenüber vergessen haben? Am meisten schreckte Embricho aber der Gedanke, er könnte Opfer von Straßenräubern geworden sein und irgendwo tot in einem Graben liegen. Der Kämmerer beschloss, ihm noch eine Frist von sechs Tagen zu gewähren. Sollte er bis dahin kein Lebenszeichen von ihm bekommen, würde er zwei seiner fähigsten Männer ausschicken, damit sie sein Schicksal ergründeten.

In den letzten beiden Tagen war ihm erst so richtig bewusst geworden, wie sehr Hanno ihm inzwischen ans Herz gewachsen war. Er hegte beinah väterliche Gefühle für ihn, auch wenn er dies nicht offen zugab. Er kannte die Vorzüge seines Schützlings genauso wie dessen Fehler und war bereit, sie bis zu einem gewissen Grad zu akzeptieren. Hanno hatte nämlich etwas geschafft, das nicht vielen Männern gelang: Er hatte sein Leben grundlegend geändert und war vom Vagabunden zu einem angesehen Bürger geworden. Natürlich hatte der Kämmerer dabei eine wichtige Rolle gespielt und konnte mit Fug und Recht behaupten, dass Hanno sein Geschöpf war und er ihn zu einem Homo novus gemacht hatte. Hanno wusste das ebenfalls und dankte es ihm mit Loyalität.

Embrichos Gedanken wurden von Ruthard unterbrochen,

als dieser das Speisezimmer betrat. „Gelobt sei Jesus Christus", begrüßte ihn der Erzbischof.

„In Ewigkeit Amen. Du siehst viel besser aus als vor zwei Tagen", stellte der Kämmerer fest.

„Ich fühle mich auch so."

„Dann hast du etwas Appetit mitgebracht?", hoffte Embricho, dessen Magen schon seit geraumer Zeit grummelte. Selbst die Sorge um seinen Zögling hatte seinen Hunger nicht bändigen können.

„Ich habe tatsächlich etwas Appetit", bemerkte Ruthard mit Blick auf die Tafel.

Zu seinem Erstaunen war sie zwar reich gedeckt, aber längst nicht so üppig wie befürchtet und er schien auch entgegen seiner Erwartung der einzige Gast zu sein. Gab es einen Grund dafür? Er betrachtete seinen Verwandten genauer und ihm fielen die dunklen Ringe unter den Augen und dessen fahle Gesichtsfarbe auf. Irgendetwas bedrückte ihn. „Dir scheint es aber nicht gut zu gehen."

„Ich mache mir Sorgen um Hanno. Er hätte vor zwei Tagen zurück sein müssen und ich habe keine Ahnung, wo er steckt. Das ist sehr ungewöhnlich, denn er ist die Zuverlässigkeit in Person."

„Er weiß sich schon zu helfen. Gewiss gibt es einen guten Grund für seine Abwesenheit. Du wirst sehen, er kommt bald wieder", versuchte der Erzbischof ihn zu trösten. „Mir ist vorhin etwas Seltsames passiert", fuhr er fort und erzählte ihm vom Überfall auf Griseldis.

„Und was befremdet dich daran?", hakte Embricho nach.

„Ich weiß es nicht genau, aber meine Soldaten sahen ihre angeblichen Bedränger nicht und sie erholte sich nach dem Übergriff erstaunlich rasch."

„Wir Männer werden die Frauen nie verstehen, mach dir

also keine unnötigen Gedanken. Wahrscheinlich hat deine Gegenwart und die deiner Soldaten sie rasch beruhigt, weil sie sich dann sicher fühlte. Ich halte ihre Geschichte für einigermaßen glaubwürdig. Die Stadt ist heute doch voller Betrunkener, die oft über die Stränge schlagen", meinte der Kämmerer.

„Genau das macht mich ja nachdenklich. Betrunkene haben schwere Beine und könnten nicht vor meinen geübten Soldaten davonlaufen. Aber da ich nicht weiß, welchen Grund Griseldis haben sollte, so etwas zu tun, bin ich bereit ihr zu glauben."

Der Kämmerer hörte auf zu kauen und lehnte sich nachdenklich zurück. „Außer sie wollte absichtlich eine Begegnung mit dir herbeiführen, die den Anschein des Zufalls erwecken soll."

„Selbst wenn dem so wäre, wüsste ich nicht, was ihr das einbrächte. Unsere Wege werden sich jedenfalls nicht wieder kreuzen", sagte er bestimmt.

Battenheim

„Na, schau an, da wacht jemand auf", hörte Hanno eine fremde Stimme sagen, als er die Augen öffnete. „Du fühlst bestimmt jeden einzelnen deiner Knochen! Rühr dich besser nicht!"

Doch Hanno überhörte die Warnung und richtete seinen Oberkörper auf. Er wollte wissen, wer mit ihm redete, fiel aber sogleich wieder zurück auf sein Lager. „Au, tut das weh", schrie er laut.

„Ich hab's dir doch gesagt, junger Mann."

Hanno hatte sich inzwischen an das Dämmerlicht gewöhnt und konnte eine ältere Frau erkennen, die nicht weit von ihm entfernt stand. Allerdings nahm er ihre Kontur nur verschwommen und als Doppelbild wahr. Er schloss die Augen rasch wieder, denn alles begann sich zu drehen und ihm wurde übel.

„Wo bin ich", presste er mühsam hervor.

„Im Bett."

„Das denke ich mir. Ich meine in wessen Haus?"

„Du befindest dich im Anwesen des Bolko von Cankor und ich bin Agnes, die ehemalige Kinderfrau."

„Und was mache ich hier?"

„Hoffentlich gesund werden. Du verdankst deine Rettung übrigens Widukind, Bolkos Sohn. Ohne ihn würdest du wahrscheinlich längst in der Hölle schmoren.

„Wer sagt denn, dass ich die Hölle verdiene?", erwiderte er erstaunlich schlagfertig.

„Na, auf den Mund gefallen bist du jedenfalls nicht", stellte Agnes lachend fest.

Hanno drehte den Kopf zur Seite und linste durch die halbgeöffneten Lider Richtung Fenster. Schwaches Licht fiel hinein, demnach war es entweder kurz vor Abend oder der Morgen brach gerade an.

„Welchen Tag haben wir? Und ist es Morgen oder Abend?"

„Was denkst du?"

„Agnes, wenn er es wüsste, hätte er nicht gefragt und es ist ein Gebot der Höflichkeit, Fragen zu beantworten", wies eine sanfte Stimme die Kinderfrau zurecht. Ihr warmer Klang veranlasste ihn, trotz der Übelkeit seinen Kopf erneut zu heben. Nun erst erspähte er die junge Frau auf einem Stuhl in einer Ecke. Auch wenn er ihren Umriss nur erahnte, erschien sie ihm mit dem wallenden Haar und dem hellen Gewand wie ein Engel.

„Heute ist St. Stephanus und es ist bald Abend. Ich bin übrigens Yrmengardis, die Tochter von Bolko."

Plötzlich fröstelte Hanno und zog die Decke bis ans Kinn. Dabei bemerkte er seinen verletzten Arm auf, der in einem starren Verband steckte.

„Ist dir kalt?", fragte Yrmengardis.

„Etwas", antwortete er. „Was ist eigentlich passiert?"

„Du erinnerst dich nicht?"

„Nein", erwiderte er leise.

„Dann werde ich dir alles erzählen, Aber zuvor besorgt Agnes dir etwas zum Überziehen. Deine Kleider sind bei dem Überfall zerrissen worden und völlig verschmutzt. Sie müssen erst genäht und gewaschen werden."

„Was für ein Überfall?", stieß er hervor, erhielt zunächst aber keine Antwort.

„Du kannst ihm inzwischen die Salbe auftragen, während ich ein ausgedientes Hemd suche", meinte Agnes und reichte Yrmengardis einen Tiegel.

„Gleich erfährst du alles, aber zuerst versorge ich deine Verletzungen. Schlag die Decke zurück, damit ich die Salbe auftragen kann."

Hanno entblößte seinen Oberkörper. Die kühle Creme und Yrmengardis' Berührungen verstärkten sein Frösteln.

„Tut das weh?"

„Ich spüre es kaum."

„Nun ist dein Rücken dran. Lass mich dir helfen, dich aufzusetzen", meinte sie und stütze ihn sanft.

Hanno roch ihren zarten Duft, der ihn an Aprikosen und Sommer erinnerte. Kaum hatte er sich aufgerichtet, überkam ihn erneut der Schwindel. „Es dreht sich alles, ich muss mich wieder hinlegen", keuchte er.

„Ich bin auch schon fertig", sagte sie und betupfte seine

Stirn mit einem feuchten Tuch. „Am besten du trinkst etwas von Agnes' Gebräu. Es schmeckt zwar nicht sonderlich gut, lindert aber die Schmerzen und beruhigt zudem", sagte sie und hielt ihm den Becher hin.

Als der erste Tropfen seine Lippen benetzte, regte sich eine vage Erinnerung in ihm. „Ich habe schon einmal davon getrunken. Warst du hier und hast mir davon gegeben?"

Yrmengardis errötete, ihr kurzer Besuch war also nicht unbemerkt geblieben. „Verrate mich bitte nicht. Ich war neugierig, wen mein Bruder Widukind gerettet hat, und schlich mich in deine Kammer. Mein Vater darf es nicht erfahren, er ist recht streng."

„Meine Lippen sind versiegelt, aber kannst du mir nicht endlich erzählen, wieso ich hier bin?"

Yrmengardis rückte den Stuhl näher ans Bett. In diesem Augenblick öffnete sich die Tür und Agnes kam herein. In der einen Hand trug sie eine Kerze, in der anderen ein Kleidungsstück und eine zweite Decke.

„Zieh das über", sagte sie und half ihm hinein.

Dann breitete sie die zusätzliche Decke aus. Hanno konnte inzwischen etwas deutlicher sehen, auch wenn es ihn anstrengte. Agnes war untersetzt und im fortgeschrittenen Alter. Ihr Haar war zu einem Kranz geflochten, der dicht an ihrem Kopf lag. Yrmengardis erschien ihm dagegen zart wie eine Blume. Da sie keinen Schleier trug, war sie wohl noch unvermählt.

„Während du ihm alles erklärst, hol ich ihm etwas Brühe", meinte Agnes und verschwand wieder.

Hanno hörte ihr aufmerksam zu und schüttelte ungläubig den Kopf, als sie fertig war. „Ich verdanke deinem Bruder mein Leben. Wie kam ich überhaupt in diese Lage?", überlegte er laut.

„Dir fehlt jede Erinnerung daran?"

„Ja, in meinem Kopf herrscht Leere", stellte er mit zunehmendem Entsetzen fest.

„Erinnerst du dich wenigstens, woher du kamst oder wohin du wolltest?"

Er dachte kurz nach. „Nein, auch das weiß ich nicht mehr."

Agnes brachte ihm eine Schale mit dampfender Brühe und stellte sie auf dem Tisch ab.

„Warte mit dem Trinken. Sie ist noch zu heiß. Wie heißt du übrigens?"

Auf Hannos Gesicht malte sich Bestürzung ab. „Auch das ist mir entfallen."

„Jeder Mensch hat einen Namen!", ereiferte sie sich.

„Aber ich hab meinen nun mal vergessen", verteidigte er sich.

„Wird wohl von den Schlägen auf den Kopf herrühren", bemerkte sie nüchtern. „Irgendwann kehrt die Erinnerung gewiss zurück. Aber bis dahin brauchst du einen Namen. Wie sollen wir dich rufen?"

„Keine Ahnung! Nennt mich wie ihr wollt", meinte er gequält.

Sofort entbrannte zwischen den Frauen ein Disput.

„Wie wäre es mit Dagobert?", schlug Yrmengardis vor.

„Also wie ein Dagobert sieht er ja nun nicht gerade aus", widersprach Agnes energisch. „Eher wie ein Goswin."

„Goswin klingt grässlich", wehrte sich Yrmengardis.

„Was hältst du dann von Martin?"

„Nein, wie ein Heiliger erscheint er mir nun auch nicht gerade", entfuhr es Yrmengardis.

Na, da hab ich ja nicht gerade Eindruck gemacht, schoss es Hanno durch den Kopf.

„Wie sieht denn deiner Meinung nach ein Heiliger aus? Trägt er einen für jeden sichtbaren Heiligenschein?", frotzelte Agnes.

„Natürlich nicht! Aber ich stelle mir Heilige irgendwie entrückter vor. Und er wirkt doch eher bodenständig."

Immerhin hält sie mich nicht für einen verklärten Träumer, sondern für tatkräftig, dachte Hanno beruhigt.

Agnes rollte nur die Augen. „Mein liebes Kind, du und deine eigenwilligen Ansichten. Warum nennen wir ihn nicht einfach nach dem ersten Menschen: Adam", bestimmte sie.

„Gut, damit bin ich einverstanden", segnete Yrmengardis den Vorschlag ab.

Hanno fügte sich ohne Widerworte, denn trotz seines Gedächtnisverlustes sah er ein, dass das sowieso keinen Zweck gehabt hätte. Außerdem war er zu schwach, um zu disputieren und er wollte auch Yrmengardis nicht verärgern. Wenn sie ihn Adam rufen wollte, sollte sie das tun. Aus ihrem Mund klang jeder Name schön. Letztendlich war es egal, wie er hieß, Hauptsache er wurde gesund und bekam seine Erinnerung zurück. Erst jetzt wurde ihm bewusst, dass er ein Mann ohne Aufgabe und Ziel war, und diese Tatsache beunruhigte ihn extrem.

„Habe ich irgendwelches Gepäck bei mir gehabt?", fragte er.

„Dein Bündel liegt da drüben", antwortete Agnes.

„Kannst du es mir bitte holen, damit ich es mir anschauen kann?", bat er sie.

„Gern, aber du wirst nichts Aufschlussreiches finden! Der Hausherr hat es sich schon angesehen, da er wissen wollte, wen er beherbergt. Aber es ist nichts Brauchbares darunter. Zumindest nichts, was dir verraten könnte, wer du bist", stellte sie mit leichten Argwohn fest. „Aber wenigstens scheinst du kein armer Mann zu sein. In deiner Börse sind drei Pfennig und zwei Heller."

Sie reichte ihm seine Habseligkeiten, die er wegen seines angegriffenen Zustandes umständlich mit einer Hand in Empfang nahm.

„Hast du dich um meine Wunden gekümmert?", wollte er von Agnes wissen, während er mit seiner Linken, das Bündel aufschnürte.

„Nicht allein. Widukind versorgte deinen Unterarm, er ist übrigens gebrochen. Also benutze die Hand so wenig wie möglich. Graf Bolko wollte unterrichtet werden, sobald du erwachst. Ich gebe ihm Bescheid."

Yrmengardis verabschiedete sich. „Ich muss jetzt gehen. Morgen werde ich wieder nach dir sehen."

Hanno blickte ihr betrübt nach. Auch Agnes wollte den Raum verlassen, doch er hielt sie zurück. Beschämt meinte er: „Bevor du gehst, müsste ich noch Wasser lassen", meinte er verlegen.

„Ich bring dir das Nachtgeschirr", entgegnete sie ihm ohne die Spur von Verlegenheit.

Nachdem er fertig war, bedankte er sich. „Agnes, vielen Dank für deine Hilfe und den Trank. Ich spüre schon seine Wirkung."

„Heb dir deinen Dank für später auf, wenn du wieder ganz gesund bist. Aber wenigstens weißt du, was sich gehört. Ein Lump wirst du demnach nicht sein", bemerkte sie noch im Hinausgehen.

Nur wenig später trat ein Mann von stattlicher Statur ein. Dichtes, graues Haar umrahmte ein viereckiges Gesicht mit schmalen, hellen Augen. Hanno versuchte sich aufzurichten, doch Bolko deutete mit einer Geste an, dass er liegen bleiben sollte. Er musterte den jungen Mann eindringlich, der sich unter seinem Blick trotz Kleidung und schützenden Decken nackt vorkam.

„Es geht dir also besser. Das ist gut. Agnes sagte, dass dein Gedächtnis dich im Stich lässt?"

Hanno nickte. „Ich bedaure das sehr. Aber ich kann mich an rein gar nichts erinnern. Weder an den Tag des Überfalls noch an die Zeit davor und erst recht nicht an meinen Namen."

„Dann wollen wir hoffen, dass dieser Zustand nicht von Dauer ist. Wenn du soweit genesen bist, dass du das Haus verlassen kannst, sehen wir uns im Dorf um. Irgendjemand wird sich wohl an dich erinnern können. Da du frühmorgens überfallen wurdest, hast du hier gewiss übernachtet. Später bringe ich dich dann nach Mainz. Dort wird man wissen, was mit dir zu tun ist. Und nun ruhe dich aus", meinte er. „Sobald du in der Lage bist aufzustehen, kannst du mit mir und meinen Söhnen speisen."

„Ich danke dir für deine Gastfreundschaft!"

„Ich tue nur, was sich für einen guten Christ gehört", versicherte er ihm.

Hanno blieb nachdenklich zurück. Allem Anschein nach war er Gevatter Tod gerade noch einmal davongekommen. Und er hatte großes Glück, so freundlich aufgenommen zu werden. Doch trübte sein Gedächtnisverlust die Freude über seine Rettung. Er war jetzt ein Mann ohne Identität und dieses Bewusstsein erzeugte eine unheimliche Leere in ihm. Unter Mühen öffnete er das Bündel und begutachtete die darin enthaltenen Sachen, die ihm seltsam fremd erschienen. Er fand ordentliche Kleidung, einen Kamm und eine Börse. Arm war er – wie Agnes bereits festgestellt hatte – wenigstens nicht. Er kämmte sein zerzaustes Haar, wobei er schmerzhafte Erfahrung mit seinen Beulen machte. Dann tat er den Kamm zurück und verschnürte das Bündel wieder. Ihm gelang es, weitere Schlucke von Agnes' Sud und der Brühe zu nehmen, danach legte er sich wieder hin. Allmählich ließ sein Kopfschmerz nach und er fühlte sich leicht wie ein Schmetterling, bereit davonzuflattern. Kurz darauf sank er in einen traumlosen, heilbringenden Schlaf.

Freitag, 28. Dezember A. D. 1095, 29. Tewet 4856
Mainz, Haus von Griseldis

Hinter Griseldis lag ein äußerst langweiliger Tag. Außer zum Gottesdienstbesuch war sie nicht aus dem Haus gewesen und sie hatte auch niemanden getroffen, mit dem sie sich hätte unterhalten können. Beinah sehnsüchtig dachte sie an ihre Zeit am Hof zurück, wo sie immer jemanden zum Plaudern gefunden hatte. Hier war das anders. Außer Dithmar und Gerhard gab es kaum jemanden, mit dem sie reden konnte. Und selbst der Tuchmacher schien ihr aus dem Weg zu gehen. Sie fragte sich, ob sein Vater oder ihr spontaner Kuss Schuld daran hatte. Dabei war er harmlos gewesen, ganz anders als die Küsse, die sie mit ihrem ersten Geliebten Edelbert vor etlichen Jahren ausgetauscht hatte.

Wenn sie an ihn dachte, bekam sie noch heute dieses Flattern im Unterleib, das sein Anblick damals bei ihr ausgelöst hatte. Er war ein Ritter Heinrichs gewesen, gutaussehend, kampferprobt, unerschrocken und leidenschaftlich. Sie war sehr jung, als er sie zur Frau machte, und er mehr als doppelt so alt. Aber das hatte sie nicht geschreckt, im Gegenteil, seine Erfahrung entpuppte sich als Vorteil. Heimlich war sie zu seiner Gespielin geworden, wohl wissend welche Konsequenzen das für eine junge Maid wie sie haben konnte. Aber sie hatte sich nicht davon abhalten lassen, denn die Begierde und Leidenschaft, die er in ihr entflammt hatte, machte sie gleichgültig gegenüber der Gefahr einer möglichen Entdeckung.

Nach und nach fand sie heraus, dass Edelbert nicht nur ein Ritter war und für den Kaiser in die Schlacht zog, sondern auch als sein Vermittler auftrat und häufig mit geheimen Missionen betraut wurde. Davon wussten nur wenige Eingeweihte und genau das machte ihn für Griseldis noch unwiderstehlicher. Die Aura des Unergründlichen hatte sie schon immer angezogen und sie brachte ihn sogar soweit, ihr einen Teil seiner Geheimnisse anzuvertrauen.

Edelbert gefiel ihre Wissbegier und er machte sie mit Dingen vertraut, die eigentlich nur Männern vorbehalten waren. So lehrte er sie den Umgang mit dem Dolch und zeigte ihr, wie man sich gegen Angreifer erfolgreich zu Wehr setzte. Griseldis lernte rasch und offenbarte darin so großes Geschick, dass er ihr riet, ihr Können durch häufiges Übern zu verfeinern. Ihr gefiel, was er ihr beibrachte, und da sie ihre erlernten Fähigkeiten nicht verlieren wollte, folgte sie seinem Rat. Seit sie in Mainz lebte, nutzte sie dazu den Verschlag hinter ihrem Haus, in dem sie auch ihre Duftwässerchen und Cremes herstellte.

So plötzlich wie diese Affäre begonnen hatte, so abrupt endete sie auch. Von einem Tag auf den anderen wurde Edelbert wegbeordert und verschwand ohne ein Wort des Abschieds. Nur eine kurze Botschaft, in der er sie bat, ihn zu vergessen, erinnerte an die gemeinsame leidenschaftliche Zeit. Diese Nachricht besaß Griseldis immer noch, sie hatte es nicht fertig gebracht, sie zu vernichten. Denn noch immer schwelte in ihr das Feuer der Leidenschaft.

Bisher hatte es keinen Mann gegeben, der diese Lücke füllen konnte, und in besonders einsamen Stunden wurde ihr der Verlust ihrersten er Liebe erst richtig bewusst. Dithmar würde neben Edelbert nie bestehen können, aber mit den Jahren änderten sich ihre Ansprüche und sie war klüger geworden. Es wurde Zeit, endlich zu heiraten. Denn trotz ihrer Abenteuerlust verspürte sie zunehmend den Wunsch nach häuslicher Geborgenheit. Sie war sich zwar nicht ganz sicher, ob sie ein solches Leben erfüllte, aber viele Alternativen hatte sie nicht.

Margreth unterbrach ihre Zukunftsgedanken, um ihr mitzuteilen, dass ein Herr sie sprechen wolle.

„Wer ist es?"

„Das hat er mir nicht gesagt. Aber er meint, es sei wichtig."

Griseldis, die froh über jede Unterbrechung war, zögerte nur kurz. „Führ ihn herein und dann zieh dich zurück."

Der Mann stellte sich ihr als Friedbert und Diener des Erzbischofs vor. Er war nicht mehr jung und dürr wie ein Rechen. Seine Haut hatte die Farbe vergilbten Pergaments. Aus seinem hohlwangigen Gesicht ragte eine spitze Nase und seine Augen waren von einem verwaschenen Grau. Ein schmaler Kranz aus schlohweißem Haar wand sich um einen fast kahlen Schädel. Schwarze Kleidung betonte die Magerkeit seines Körpers und seine dürren Finger erinnerten sie an Spinnenbeine. In seiner Rechten hielt er einen Beutel, in der Linken eine Nachricht. Hätte er an Stelle des Beutels eine Sense bei sich, hätte man ihn glatt für den Schnitter halten können.

„Erzbischof Ruthard schickt mich mit einer Botschaft", sagte er mit gesenkter Stimme, die einem Flüstern gleichkam. „Soll ich sie dir vorlesen?", fragte er zögerlich.

„Das brauchst du nicht, ich kann lesen", entgegnete sie lächelnd und streckte die Hand aus, in die er vorsichtig das Schriftstück legte.

Sie brach das Siegel und las rasch die wenigen Zeilen. Der Erzbischof bat sie um ein Treffen und zwar noch heute Abend. Das überraschte sie. Erst vorgestern waren sie sich begegnet und bereits jetzt wollte er sie sehen. „Weißt du, was dein Herr von mir wünscht?"

„Nein, er gab mir nur Anweisungen, wohin ich dich bringen soll."

„Und was geschieht, wenn ich nicht mitkomme?"

„Gar nichts", erwiderte Friedbert mit ungerührter Miene.

Griseldis stand vor einer wichtigen Entscheidung. Lehnte sie ab, fiel sie womöglich in Ungnade, denn – gleich was Friedbert behauptete – man schlug nicht so einfach die Bitte des mächtigsten Mannes der Stadt aus. Gab sie aber nach, ließ sie sich auf ein Wagnis mit unbekanntem Ausgang ein. Sie hatte nicht viele Freunde in der Stadt und nur einen einflussreichen Gönner, der sich bislang als wenig gewinnbringend erwiesen hatte. Wenn sie sich gut mit dem Erzbischof stellte, konnte sie gewiss davon profitieren. Sie brauchte Unterstützung und Ruthard war einflussreicher als jeder andere. Entschlossen faltete sie den Bogen zusammen und barg ihn an ihrem Busen.

„Gut, ich werde seinem Wunsch nachkommen. Gehen wir?", fragte sie Friedbert und stand auf.

„Warte noch, zuerst musst du das hier überziehen", hielt er sie zurück und reichte ihr das Bündel.

Sie öffnete es und eine Nonnentracht kam zum Vorschein.

„Es ist weit genug und müsste über dein Gewand passen", merkte er mit unbewegter Miene an.

Griseldis verstand sofort. „Ich soll wohl nicht erkannt werden und demnach geht es wohl auch nicht in den Bischofspalast, oder?"

Friedbert schenkte ihr ein schmallippiges Lächeln, das seine Ähnlichkeit mit dem Tod noch verstärkte, blieb ihr aber jede weitere Auskunft schuldig.

„Ich gebe Margreth nur schnell Bescheid, damit sie mir beim Umkleiden hilft", meinte sie.

„Nein, sag ihr nichts. Schick sie und deine weiteren Bediensteten zuerst fort. Niemand soll erfahren, was du tust und keiner darf wissen, dass du als Nonne dieses Haus verlässt."

Griseldis ging nach oben in ihre Schlafkammer. Dort schrieb sie schnell eine Notiz und trug Bertram auf, sie zum Adressaten zu bringen. Danach gab sie ihm den restlichen Abend frei. Sie schickte auch Margreth weg, der das nicht sonderlich gefiel, die sich aber fügte. Nachdem beide das Haus verlassen hatten, zog sie sich um. Zunächst streifte sie das braune, knöchellange Obergewand über und setzte dann die Haube auf, wofür sie einige Zeit benötigte, denn ihr Haar passte kaum darunter.

Als sie zu Friedbert zurückkehrte, war er von ihrer Verwandlung überrascht. Die stolze, junge Frau von eben mimte mit Überzeugung eine demütige Nonne. Vor allem wenn sie den Kopf senkte und die Hände vor dem Leib faltete, bot sie ein Bild göttlicher Hingabe. „Ich gehe voran", meinte er und war bereits durch die Tür.

Sie folgte ihm, hatte aber Mühe mit ihm Schritt zu halten. Trotz seines Alters war er erstaunlich flink. Friedbert führte sie kreuz und quer durch die Stadt, sodass sie bald die Orientierung verlor. Sie versuchte sich den Weg einzuprägen, aber irgendwann ließ sie es sein. Zu guter Letzt ging es bergauf in die Weinberge. Das ganze Verwirrspiel diente wohl dazu, mögliche Verfolger abzuschütteln, obwohl sie niemanden entdecken konnte, der ihnen besondere Aufmerksamkeit schenkte.

Schließlich standen sie vor einem einsamen Haus, das von Weinstöcken umgeben war, und Griseldis bekam eine vage Ahnung davon, wo sie sich befanden. Friedbert öffnete die Tür und hieß sie eintreten. Er brachte sie in ein großes, gemütliches Zimmer, in dem bereits ein Feuer im Kamin brannte. Da die Luft dennoch abgestanden roch, nahm sie an, dass das Haus seit Längerem leer stand. Kerzen erhellten den Raum und tauchten ihn in warmes Licht.

„Du kannst die Tracht ausziehen. Im angrenzenden Zimmer findest du einen Tisch samt Spiegel und andere Utensilien, die dir dienlich sein können", meinte Friedbert und ließ sie allein.

Griseldis schlüpfte aus dem Habit und legte ihn über die Lehne eines Stuhles. Sie strich ihr Gewand glatt, bevor sie die Tür zur angrenzenden Kammer aufstieß. Auch hier leuchteten Kerzen und Griseldis entging nicht das breite Bett mit den frischen Laken. Auf dem Tisch fand sie einen Kamm, mit dem sie ihr Haar wieder in Ordnung brachte. Außerdem gab es Bleiweiß, mit dem sie ihrer Haut eine vornehme Blässe hätte verleihen können. Aber da ihr Teint sowieso makellos war, bedurfte sie dieses Hilfsmittels nicht. Sie fand einen Flakon, in dem sich ein zartes Duftwasser befand, und tupfte es auf ihren Busen, die Handgelenke und die Innenseite der Fußknöchel.

Nachdem sie ihre Toilette beendet hatte, verließ sie den Raum, schloss die Tür und setzte sich an den Tisch, auf dem bereits eine Karaffe mit Wein und Kristallgläser standen. In diesem Moment trat ein Benediktinermönch ein, die Kapuze seiner Kutte tief in die Stirn gezogen. Griseldis hätte den Erzbischof beinah nicht erkannt. Besonders einfallsreich war ihre Tarnung nicht, aber andererseits gab es Mönche und Nonnen in Mainz zuhauf, da fielen ein paar mehr oder weniger nicht auf. Sie war aufgestanden, ging in die Knie und senkte den Kopf.

„Hast du dich von dem Überfall erholt?", fragte er und deutete auf den Stuhl, damit sie sich wieder setzte. Er nahm neben ihr Platz.

Beschämt senkte sie den Kopf. „Ja, ich danke Euch nochmals für Eure Hilfe. War das der Grund, warum Ihr mich holen ließet?"

„Nicht nur, ich will dich näher kennenlernen", gab er unumwunden zu. „Mir lässt das Erlebnis vom St. Stephanstag nach wie vor keine Ruhe. Mich wundert immer noch, wohin die Angreifer so schnell verschwanden."

Griseldis senkte den Blick. „Das sagte ich doch bereits: Sie rannten in aller Eile durch den Torbogen, als sie Eure Soldaten kommen hörten. Mehr kann ich dazu nicht sagen."

Ruthard meinte, ein Zögern zu erkennen und fragte sich, ob sie die Wahrheit sagte. Aber selbst wenn sie es nicht tat, würde er es dabei belassen. „Dann waren meine Wachleute wohl nicht schnell genug", wiegelte er ab.

„Kann ich jetzt wieder gehen?", fragte Griseldis.

„Hast du es so eilig von mir fortzukommen? Nun, wo du schon einmal hier bist, könnten wir doch noch etwas plaudern. Du bist eine willkommene Abwechslung zu den Herren des Domkapitels, die ansonsten meine Gesprächspartner sind", bemerkte er.

„Wenn Ihr es wünscht, bleibe ich selbstverständlich", entgegnete sie höflich.

„Du lebst also noch nicht lange in der Stadt und kommst direkt vom kaiserlichen Hof?", erkundigte er sich.

„Das ist richtig."

„Und wie stehen dort die Dinges?"

„Der Kaiser war bei meiner Abreise wohlauf. Allerdings scheinen ihn die andauernden Kämpfe gegen die päpstlichen Truppen zu ermüden. Sie kosten Kraft und Geld und die lange Abwesenheit vom heimischen Boden macht ihn grüblerisch. Man sagt, er fürchtet außerdem, dass sich einer seiner Söhne gegen ihn wenden und mit einem mächtigen Fürsten oder gar dem Feind verbünden könnte, um ihn zu stürzen. Aber über beides spricht er nicht offen."

„Woher weißt du dann davon?"

„Hofklatsch", lachte sie. „Geredet wird immer, das kennt Ihr doch gewiss auch. Und dahinter verbirgt sich meist ein Körnchen Wahrheit."

Ruthard meinte nachdenklich: „Seine Sorgen sind durchaus verständlich. Allein die Erfahrungen aus seiner Kindheit erinnern ihn daran, wie angreifbar seine Position als Herrscher ist. Als sein Vater starb, war er ein Knabe und seine Mutter mit der Erziehung überfordert. Diese Schwäche nutzte Bischof Anno II. von Köln und ließ Heinrich entführen. Offiziell um dem Elfjährigen eine gute Ausbildung angedeihen zu lassen, in Wirklichkeit aber, um seinen eigenen Machthunger auszuleben. Er plünderte den kindlichen Regenten genauso aus, wie andere es zuvor getan hatten. Heinrich verlor etliche Besitztümer und Einnahmequellen, die er erst später durch lange Kämpfe wiedererlangte. Diese Entführung hat ihn geprägt und seitdem hegt er gegenüber Dritten Misstrauen. Außerdem ist seine Mutter nach wie vor eine schwache Frau und hält zu Papst Urban, seinem ärgsten Feind!"

„In diesem Zusammenhang habe ich das noch gar nicht gesehen und muss Euch zustimmen", pflichtete Griseldis ihm bei. „Dennoch halte ich die Angst vor einem Sturz durch seine Söhne für übertrieben. Konrad ist ein junger Mann, der bislang treu zu seinem Vater steht, und Heinrich entwächst gerade erst dem Knabenalter."

„Ich sehe das ebenso, auch wenn der Kaiser ein gebranntes Kind ist."

Kaiser Heinrich IV. hatte bereits früh erfahren müssen, was es bedeutete, wenn die Fürsten von ihm abfielen. Sein Gegenspieler, Rudolf von Rheinfelden, war ausgerechnet von Bischof Siegfried I. in Mainz zum König gekrönt worden und das, während Heinrich noch Herrscher war. Ganz unbelastet war das Verhältnis der Mainzer Erzbischöfe zum Kaiser also nicht. Nur durch den Gang nach Canossa und den Sieg in der Schlacht bei Hohenmölsen, in der Rudolf von einem Ritter Heinrich IV. tödlich verletzt wurde, konnte er seine alte Macht wiedererlangen.

„Ihr meint, solange die Fürsten loyal zu ihm halten, ist seine Position nicht gefährdet?", fragte sie.

„So ist es."

„Tun das denn auch alle? Jeder von ihnen verfolgt doch auch seine eigenen Interessen, die sich nicht immer mit denen des Kaisers decken, was sich in der Vergangenheit mehr als einmal bewahrheitet hat. Es gab Allianzen gegen ihn. Das könnte jederzeit wieder geschehen."

Zwischen Ruthards Augenbrauen zeichnete sich eine Zornesfalte ab. Ihre Äußerung verärgerte ihn. „Du erdreistest dich, an der Loyalität und Integrität der Kurfürsten zu zweifeln? Du hast doch keine Ahnung, worüber du da redest! Politik ist Sache der Mächtigen, zu denen du eindeutig nicht gehörst. Also schweig lieber und sorge dich um deine Angelegenheiten!", erwiderte er scharf.

Die aufbrausende Reaktion des Erzbischofs verschüchterte Griseldis und sie versuchte ihn wieder zu besänftigen. „Verzeiht, meine Bemerkung war ungebührlich. Ich dachte nur, dass Ihr derjenige seid, der am ehesten die Stimmung unter den Landesherrschern einschätzen kann."

„Ich kann dir versichern, dass es meines Wissens keine Bestrebungen gibt, Heinrich zu entmachten. Woher rührt eigentlich dein Interesse an Politik? Für eine Frau erscheint mir das ungewöhnlich", hakte Ruthard nach, der noch immer leicht erzürnt war.

Griseldis war es müde darüber zu streiten, was für ein Weib angebracht war und was nicht, und sie meinte deshalb nur: „Mir liegt eigentlich wenig daran. Ihr wart es doch, der darauf zu sprechen kam, und ich wollte nicht unhöflich erscheinen. Ich persönlich halte Heinrich für einen guten Regenten, auch wenn er in gewisser Hinsicht zur Sturheit neigt und seine Interessen oft gegen alle Widerstände und häufig unter Missachtung jeglicher Diplomatie durchsetzen will."

Ruthards Unmut verflog. „Du hast ihn recht gut charakterisiert. Aber nun haben wir genug politisiert. Dazu kam ich nicht her. Ich habe anstrengende Tage hinter mir und wollte etwas Zerstreuung", stellte er fest.

Griseldis' Blick wanderte zur Tür der Schlafkammer, was Ruthard keineswegs entging.

„Aber nicht die Art, an die du gerade denkst", beeilte er sich zu sagen. „Ich genieße einfach deine Gesellschaft, so vergesse ich für den Augenblick die Bürde meines Amtes."

„Wo sind wir hier eigentlich?", fragte sie. „Friedbert hat mich quer durch die Stadt gescheucht, sodass ich völlig die Orientierung verloren habe."

Ruthard lachte. „Das sieht ihm ähnlich. Ich bat ihn, vorsichtig zu sein, wenn er dich herbringt, und er hat es wohl besonders gut gemeint. Wir befinden uns auf dem Kästrich. Früher stand hier einmal das Römerlager, also das Castrum, daher auch der Name. Dies ist das Haus eines Freundes, der augenblicklich nicht in der Stadt ist, der es aber hin und wieder für gelegentliche Treffen nutzt."

Griseldis nahm an, dass diese „gelegentlichen Treffen" amouröser Natur waren. „Jetzt erklärt sich auch das Nebenzimmer", rutschte es ihr heraus.

„Es ist übrigens das erste Mal, dass ich hier bin, falls dir

246

diese Frage durch den Kopf gegangen sein sollte", bemerkte er und überging ihre Äußerung.

Nach gut einer Stunde erinnerte sich der Erzbischof an die Zeit. „Es ist spät. Ich muss gehen. Friedbert begleitet dich nach Hause. Kann ich darauf vertrauen, dass du niemandem von unserer Zusammenkunft erzählst?"

„Meine Lippen sind versiegelt und es ist doch auch nichts geschehen, was erwähnenswert wäre."

„Das stimmt, aber ich muss immer vorsichtig sein. Es gibt überall Widersacher, die nur darauf warten, mir schaden zu können", entgegnete Ruthard.

„Ihr könnt mir trauen. Auch ich habe einen Ruf zu verlieren! Aber wie Ihr vorhin selbst sagtet, seid Ihr nicht nur Erzbischof, sondern auch Kurfürst und als solcher werdet Ihr Euch ja wohl einmal mit einem Weib unterhalten können, ohne gleich ins Gerede zu kommen", meinte Griseldis ernst.

„Du bist nie um eine Antwort verlegen und kannst einer Sache stets das Beste abgewinnen. Leb wohl, Griseldis", verabschiedete er sich und ging.

Sie blieb nachdenklich zurück, immer noch verwundert, was er mit diesem Treffen hatte bezwecken wollen. Glaubte er ihr die Sache mit dem Überfall etwa nicht und wollte sich vergewissern, dass sie die Wahrheit sagte? Oder gab es andere Gründe, warum er sie hatte sehen wollen?

Während Friedbert das Geschirr abtrug und Lichter und Feuer löschte, schlüpfte Griseldis in die Tracht. Der Diener verriegelte das Haus und leuchtete ihr mit der Laterne, während sie durch die pechschwarze Nacht hinunter in die Stadt gingen. Dabei bemerkten sie den Schemen nicht, der sich aus dem Schatten des Hauses löste und ihnen folgte.

In der Stadt

Wolff machte sich schnell mit Mainz vertraut, wobei ihm die Kirchtürme die Orientierung erleichterten. Bald kannte er sämtliche Ausgänge des Doms, der Bischofsresidenz und der Burg und entdeckte auch die versteckte Pforte an ihrer Rückseite. Er durchstreifte die ausgedehnten Flächen, die sich zwischen der Stadtmauer und dem äußeren Ring der Wohnhäuser befanden. Manche lagen brach, weil sie zu sumpfig waren oder als Bleichwiesen dienten. Andere wurden als Obst-, Gemüse- und Weingärten genutzt. Mainz wirkte zwischen den weiträumigen Stadtmauern beinah etwas verloren und er fragte seinen Herbergswirt nach dem Grund.

„Die Stadt steht auf einer ehemaligen römischen Siedlung. Zum Schutz vor den Germanen umgaben die Römer sie mit einer Umfriedung. Auf dieser gründet angeblich die heutige Mauer. Damals war Mainz erheblich größer als heute, aber beschwören kann ich's nicht. Bin ja kein Gelehrter", hatte dieser achselzuckend erwidert.

Nachdem Wolff sich einigermaßen im Gassengewirr der Stadt zurechtfand, bezog er seinen Beobachtungsposten vor dem Bischofspalast. Um nicht aufzufallen, tarnte er sich als blinder Bettler und spielte seine Rolle anscheinend mit großer Überzeugung, denn etliche Münzen landeten in seiner ausgestreckten Hand. Doch die ungewohnte Körperhaltung war anstrengend und schon bald schmerzten seine Glieder, allen voran die Knie und der Rücken, aber er gab nicht auf und biss sich durch. Zwei Tage hatte er vergebens gewartet, bis sich heute Abend ein erster Erfolg einstellte.

Kurz vor Anbruch der Dunkelheit verließ ein alter dürrer Mann die Residenz. Er schien zum Hausstand des Bischofs zugehören und war dementsprechend gekleidet. Ohne Notiz von Wolff zu nehmen, ging er an ihm vorbei. Wolff harrte aus, bis die Tore geschlossen wurden. Er wollte seinen Platz gerade verlassen, als ein Mönch durch eine Seitenpforte huschte. Den Kopf verbarg eine Kapuze, sodass von seinem Gesicht kaum etwas zu erkennen war. In seiner Linken trug er eine kleine Laterne, mit der anderen sorgte er dafür, dass die Kapuze nicht nach hinten fiel. Wolff ließ sich von dieser Tarnung aber nicht täuschen, sondern vermutete den Erzbischof darunter. Ein Blick auf seine Füße bestätigte seine Annahme. Der Benediktiner trug nicht die üblichen Sandalen, sondern die Schuhe eines vornehmen Herrn. Um ganz sicher zu gehen, wollte er aber sein Gesicht sehen. Mit dem Stock in der Linken tastete er sich bis auf wenige Schritte an ihn heran. Der Mönch wollte ihm zunächst ausweichen, doch als er sah, dass der Bettler blind war, blieb er stehen.

„Geld kann ich dir keins geben", sprach er Wolff an, „aber ich kenne eine Stelle, wo du zu essen bekommst. Soll ich dich hinführen?"

Doch Wolff wehrte freundlich ab. Er hatte die Bestätigung erhalten, die er brauchte. „Dank dir, ich weiß, wo ich Trank und Speis finde."

Der Erzbischof setzte daraufhin seinen Weg fort, Wolff heftete sich an seine Fersen. Ruthard blieb immer wieder stehen und schaute sich um, weshalb er ausreichend Abstand zu ihm hielt. Unbemerkt folgte er ihm bis zum Dietmarkt, von wo aus es hinauf in die Weinberge ging. Jetzt ließ er sich zurückfallen, da die entlaubten Weinstöcke keinen ausreichenden Schutz boten. Die Laterne des Bischofs wies ihm aber den Weg, sodass er nicht fürchten musste, ihn zu verlieren. Schließlich betrat Ruthard ein einsam gelegenes Haus.

Wolff ging an ein Fenster, durch dessen Holzläden Licht

schimmerte. Er hörte die Stimme Ruthards und die einer Frau und nahm deshalb ein Stelldichein unter Geliebten an. Das würde die Verkleidung und die Heimlichtuerei des Erzbischofs erklären. Sie sprachen leise und er fing ein paar Wortfetzen auf, die seine Vermutung allerdings nicht bestätigten. Es klang nicht so, als trieben es die beiden miteinander und er begann, sich zu langweilen. Aber die Neugier hielt ihn hier fest, denn er wollte wissen, wer die Frau war. Er kauerte sich an die Hauswand und wartete.

Nach einiger Zeit kam der Erzbischof heraus und wenig später eine Nonne und der dürre Alte, den er vorhin vor der Residenz Ruthards gesehen hatte. Wolff ging ihnen nach bis in ein Wohnviertel, wo die Nonne in einem Haus verschwand. Er wunderte sich darüber und beschloss herauszufinden, was es damit auf sich hatte. Nachdem er sich das Haus eingeprägt hatte, machte er sich auf in die nächste Schenke.

Burg

Reinhedis wälzte sich hin und her. Weder die Tropfen, die der Physicus ihr gemischt hatte, noch altbewährte Hausmittel brachten ihr den so dringend benötigten Schlaf. In ihren beiden vorherigen Schwangerschaften hatte sie keine Probleme gehabt. Aber dieses Mal litt sie außer an Schlaflosigkeit auch unter saurem Aufstoßen. Zudem schwollen ihre Hände und ihre Füße im Laufe des Tages schmerzhaft an und während der Nacht trieben sie Wadenkrämpfe aus dem Bett. Auch jetzt bahnte sich gerade wieder ein solcher Krampf an. Sie tastete mit ihren nackten Füßen nach den Pantinen, zog ein Hemd über und stand auf. Dabei stellte sie betrübt fest, dass Gerhards Seite noch immer leer war.

Kurzerhand beschloss sie nachzuschauen, wo er blieb. Nachdem der Krampf abgeklungen war, verließ sie das Schlafgemach und ging zu seinem Schreibzimmer.

Unter der Tür schien Licht durch, demnach arbeitete er also noch. Früher hatte sein Tagesablauf aus jeweils acht Stunden Arbeit, Gebet und Schlaf bestanden. Doch inzwischen hatte sich dieses Gleichgewicht zu Gunsten der Arbeit verschoben. Immer häufiger kam er spät ins Bett und behauptete, Amtsgeschäfte hielten ihn auf. Er erschien ihr müde und gereizt und war blasser als üblich. Gern hätte sie gewusst, was die Gründe für seine Veränderung waren, doch er wiegelte stets ab und behauptete, alles sei in Ordnung. Seine Zurückweisung kränkte sie mehr, als dass sie sie verärgerte, dennoch war sie darüber enttäuscht.

Reinhedis hatte die Hand schon ausgestreckt, um die Tür zu öffnen, als sie eine Frauenstimme hörte. Ihr Herz setzte kurz aus, nur um dann heftiger schlagen. Das Blut schoss ihr in den Kopf und pochte laut in ihren Ohren. Sie bebte am ganzen Körper und beinah wäre ihr die Kerze aus der Hand gefallen. Nur mit Mühe konnte sie einen Wutschrei unterdrücken. Es waren keine Amtsgeschäfte, die ihn von ihrem Bett fernhielten, sondern ein Weib!

Obwohl sie vor lauter Zorn bebte, konnte sie erstaunlich klar denken. Sie überlegte, wie dieses Weibsstück überhaupt in die Burg gelangt war, denn um diese Zeit wurden die Tore nur in besonderen Fällen geöffnet. Sie würde keine Ruhe haben, bis sie nicht wusste, wer bei ihrem Mann war. Sie presste ihr Ohr fest an die Tür und lauschte. Als wenig später ein glockenhelles Lachen ertönte, wusste sie, es war also Griseldis.

Rasend vor Eifersucht biss sich Reinhedis auf die Lippen, bis sie bluteten. Am liebsten wäre sie hineingestürmt und hätte die beiden bloßgestellt. Aber trotz ihrer Wut, traute sie sich nicht. Stattdessen baute sich grenzenloser Hass in ihr auf. Jede andere hätte sie Gerhard verziehen, nicht aber Griseldis! Diese falsche Schlange drängte sich zwischen sie und ihren Gemahl und schlich sich dazu nachts heimlich in die Burg. Sie war bestimmt der Grund, warum Gerhard immer später den Weg in das Ehebett fand. Wahrscheinlich stimmte ihre Behauptung sogar, sie suche einen Mann, aber offenbar sollte es ein bestimmter sein und zwar Gerhard. Ihr Ziel war es Burgherrin zu werden!

In ihrem Zorn ballte Reinhedis ihre Hand zur Faust und spie ihren Ärger und ihre Verachtung gegen die Tür. Blind vor Tränen stolperte sie zurück ins Schlafgemach und legte sich zitternd in ihr Bett. Sie war verzweifelt. Was sollte sie tun? Gerhard direkt darauf ansprechen und somit eingestehen, dass sie ihn belauscht hatte? Oder ihm weiterhin vorspielen, dass alles in Ordnung sei?

Unter den Juden

„Mutter, Immanuel hat geschrieben!", rief Sara fröhlich durchs Haus.

Rachel kam zu ihrer Tochter in die Küche und setzte sich ächzend hin. Sie hatte sich während der letzten Tage erstaunlich gut erholt und galt nun nicht mehr als unrein. „Wie geht es den beiden?"

„Gut", freute sich Sara. Während sie weiterlas, verschwand der freudige Ausdruck aus ihrem Gesicht und sie schaute ernst. „Die Verhandlungen verlaufen zäh und sie werden wohl länger als gedacht in Italien bleiben. Immanuel wird nicht rechtzeitig zur Geburt unseres Kindes zurück sein", meinte sie traurig und ließ den Brief sinken.

„Das ist kein Grund, um Trübsal zu blasen. Wenn er zurückkommt, werdet ihr eine kleine Familie sein, die zudem nicht gerade arm ist", versuchte Rachel sie aufzuheitern und tätschelte ihre Hand.

„Ich möchte ja auch, dass er zu einem erfolgreichen Abschluss kommt. Aber die Trennung fällt mir mit jedem Tag schwerer. Wir sind doch erst so kurz verheiratet."

„Vor euch liegt noch euer ganzes Leben", redete Rachel weiter auf sie ein. „Später, wenn ihr ein altes Ehepaar seid, wirst du dich kaum noch daran erinnern."

„Meinst du?"

„Du kannst mir glauben, mir erging es doch nicht anders. Dein Vater war als junger Mann auch viel unterwegs", versicherte sie ihr. „Ich wundere mich übrigens, was es mit den ganzen Frauenbesuchen während der letzten Tage auf sich hat."

„Nichts, worüber du dich sorgen müsstest. Ich verleihe nur seit Kurzem Geld an Frauen, die es dringend brauchen."

Rachel legte ihre Hände in den Schoß und schaute besorgt. „Bedarf es dazu nicht einer Genehmigung durch den Gemeindevorstand?"

„Die habe ich mir bereits von Kalonymos erteilen lassen. Es war zwar nicht einfach, aber ich konnte ihn überzeugen. Onkel David war dabei und hat mich unterstützt."

„Warum hast du mir nichts davon gesagt?"

„Weil ich dich schonen wollte. Aber jetzt weißt du es ja", meinte sie und erklärte ihrer Mutter, wie sie Cathrein und Lorentz einen Kredit gewährt hatte. „Anfangs hat sich Lorentz geziert mit mir ins Geschäft zu kommen, aber Christian konnte ihn überzeugen. Er hat ausreichend Gegenwerte und inzwischen ist auch ein Teil des Weins umgefüllt, der sehr gut werden wird. Ich habe mich also nicht verspekuliert. Es hat sich natürlich unter den bedürftigen Frauen der Stadt herumgesprochen, was ich für Cathrein getan habe, und so finden immer wieder welche den Weg zu mir. Aber ich leih nur denen Geld, die es mir auch zurückzahlen können."

Dabei verschwieg sie ihrer Mutter, dass sie manchmal auch die Frauen unterstützte, die kurz davor waren, alles zu verlieren, und die möglicherweise nie ihre Schulden tilgen konnten. Sie hatte sogar einer Hure Geld gegeben, damit sie sich eine neue Existenz aufbauen konnte, was Rachel gewiss nicht gutheißen würde.

„Und du hast dir das auch wohl überlegt?", hakte ihre Mutter nach.

„Du müsstest mich doch gut genug kennen, um zu wissen, dass ich niemals etwas Unbedachtes tue. Und falls du fürchtest, ich greife dabei auf das Familienkapital zurück, kann ich dich beruhigen. Ich verwende nur meine Mitgift."

Rachel seufzte. „Das ist nicht viel besser. Stell dir vor Immanuel will sich scheiden lassen, dann stehst du am Ende ohne Geld da!"

„Das werde ich nicht. Mein Risiko halte ich gering. Wenn Lorentz seine Schulden tilgt, habe ich Gewinn gemacht. Und warum sollte Immanuel die Scheidung wollen, wo wir doch gerade erst geheiratet haben?"

„Setz trotzdem nicht alles aufs Spiel. Du weißt nicht, was die Zukunft bringt", beharrte Rachel.

„Ich verspreche dir, nicht leichtfertig zu sein und mich von meinem Verstand und nicht von meinem Herzen leiten zu lassen", versicherte sie ihrer Mutter.

„Komm wir decken den Tisch für heute Abend", fügte Rachel sich. „Danach will ich noch etwas ruhen, bevor die Gäste kommen. Und erinnere Isaac an seine Pflichten. Der Junge vergisst sie gern, vor allem da sein Vater außer Haus ist."

„Er ist ein guter Sohn", verteidigte Sara ihren Bruder. „Aber er liest viel und vergisst darüber manchmal die Zeit."

„Er muss lernen, sich einzuteilen. Das gehört zum Erwachsenwerden dazu."

Samstag, 29. Dezember A. D. 1095, 1. Schewat 4856
In der Stadt

Allmählich begann sich für Wolff alles zusammenzufügen. Das Haus, in das die Nonne gegangen war, gehörte Griseldis, deren Name ebenfalls auf der Notiz von Bruder Anselm stand. Er hatte sich in der Stadt nach ihr erkundigt, aber nicht viel über sie erfahren, außer dass sie erst seit wenigen Wochen hier lebte und vom Hofe Heinrichs kam.

Genau das machte ihn stutzig. Wenn sie wirklich eine Neubürgerin war, wie konnte Anselm dann überhaupt von ihr gewusst haben? Er hatte sich monatelang auf Pilgerreise befunden, und als er Mainz verließ, lebte sie noch gar nicht hier. Und ein anderes Weib mit gleichem Namen gab es in der Stadt nicht, das hatten ihm diejenigen versichert, mit denen er gesprochen hatte. Der Mönch musste demnach durch einen anderen von ihr erfahren haben, was höchstwahrscheinlich auf seiner Rückreise geschah. Nur so erklärte sich, warum er ständig nach der Börse mit der Notiz tastete. Für ihn musste sie von ungeheurer Bedeutung gewesen sein, sonst hätte er sie nicht wie einen Schatz gehütet.

Er selbst war noch weitgehend ahnungslos, was es damit auf sich hatte. Aber er würde nicht aufgeben, bis er es wusste. Inzwischen kannte er auch die dritte Person von Anselms Liste, aber er verstand noch nicht, welche Beziehung zwischen ihr, Ruthard und Griseldis bestand. Da er an den Erzbischof nur schwer herankam, beschloss er seine Strategie zu ändern. Für die kommenden Tage wollte er sich zunächst ganz auf Griseldis konzentrieren. Er wurde das Gefühl nicht los, dass alle Fäden bei ihr zusammenliefen.

Als Bettler getarnt suchte er eine geeignete Stelle, von der er Griseldis' Haus beobachten konnte, ohne übermäßige Aufmerksamkeit auf sich zu ziehen.

Battenheim

Widukind hatte die vier Tage ländlicher Idylle im Kreis seiner Familie genossen, aber nun zog es ihn wieder in die Stadt. Er begann sich zu langweilen, zumal ihn in dem kleinen Dorf stets nach kurzer Zeit das Gefühl beschlich, vom Leben abgeschnitten zu sein. Bis Neuigkeiten hierher gelangten, waren sie in Mainz längst Stadtgespräch. Auch der Dorfklatsch bot ihm nichts Neues, und da ihr unfreiwilliger Gast Adam immer noch den größten Teil des Tages das Bett hütete und zudem sämtliche Erinnerung verloren hatte, war mit ihm nicht viel anzufangen. Deshalb teilte er seinem Vater an diesem Morgen mit, dass er noch heute zurückreiten würde. „Schon?", fragte er verwundert. „Du wolltest doch länger bleiben."

„Ich will zu Ibrahim, dem Arzt, der meine Wunde versorgt hat. Die Fäden müssen entfernt werden", schob er vor.

„Du hast einen Juden als Arzt?"

„Ja. Ich weiß, dass die Kirche das nicht gern sieht, aber selbst der Kämmerer nimmt seine Dienste in Anspruch. Und Ibrahim versteht sein Fach."

„Du wirst schon wissen, was du tust. Das hast du übrigens immer getan", entgegnete Bolko ohne den Hauch eines Vorwurfs. „Ich habe mich noch nicht richtig für die Figur des Heiligen Georg bedankt."

„Ich hoffe, sie gefällt dir", meinte Widukind.

Bolko von Cankor tat sich schwer, die richtigen Worte zu finden. Während der letzten Tage hatte sich das Verhältnis zwischen ihnen entspannt und er betrachtete seinen Sohn mit anderen Augen. Zwar hieß er im Grunde seines Herzens immer noch nicht gut, dass er Steinmetz geworden war, aber die Figur des Heiligen Georg bewies Bolko, wie sehr ihn sein Sohn trotz aller Differenzen achtete.

„Das tut sie", gab er unumwunden zu und erstaunte Widukind, denn dieses Lob musste ihn einiges an Überwindung gekostet haben.

„Danke", erwiderte Widukind mit belegter Stimme. „Wenn du das nächste Mal nach Mainz kommst, besuche mich doch in der Dombauhütte."

„Möglich, dass ich das sogar tun werde und das vielleicht schneller als du denkst", entgegnete sein Vater steif. „Ich werde Adam nach Mainz bringen, sobald er dazu in der Lage ist. Was hältst du übrigens von ihm?"

„Solange er ohne Gedächtnis ist, ist er schwer einzuschätzen. Aber Agnes meint, er weiß sich zu benehmen", antwortete Widukind. „Eigentlich müsste ich mich ja um ihn kümmern, weil ich ihn gefunden und in dein Haus gebracht habe."

„Nein, du hast dein Soll erfüllt, als du ihm das Leben rettetest. Ab jetzt ist das meine Aufgabe."

„Ich weiß ihn hier in guten Händen. Vater, ich gehe mich nun verabschieden. Leb wohl und auf bald."

„Auf bald, mein Sohn."

Als er Adams Kammer betrat, fand er zu seiner Überraschung seine Schwester dort vor. „Ich kehre heute nach Mainz zurück und wollte unserem Gast Lebewohl sagen."

„Du gehst schon?", fragte sie und wirkte bekümmert.

„Ja, es ist Zeit", bekräftigte er und meinte dann zu Adam: „Wie fühlst du dich heute?"

„Es geht mir jeden Tag etwas besser. Meine Kopfschmerzen sind völlig verschwunden, mir wird auch nicht mehr schwindlig und ich kann wieder völlig klar sehen. Aber mein Arm und meine anderen Verletzungen schmerzen noch immer."

Widukind tastete den Verband ab. „Er wird brüchig. Agnes soll dir einen neuen anfertigen. Sie weiß ja, wie das geht. Du darfst ihn mindestens vier Wochen lang nicht bewegen, sonst heilt er nicht richtig."

„Ich hatte bis jetzt keine Gelegenheit dir für meine Rettung zu danken. Du kamst genau im rechten Moment."

„Hättest du nicht wie ein Stier um Hilfe gebrüllt und wäre dein Pferd nicht auf mich zugelaufen, wäre es womöglich zu spät gewesen. Dank vor allem deinem Schöpfer, dass er mich zu dir führte. Und du erinnerst dich an rein gar nichts?", vergewisserte sich Widukind nochmals.

Hanno schüttelte betrübt den Kopf. „Es ist alles wie weggewischt. Hier drinnen herrscht nur Leere", sagte er und tippte sich an die Stirn. „Aber Agnes meint, meine Erinnerung könnte irgendwann wiederkommen."

„Wenn sie das sagt, wird´s wohl auch so sein. Meistens behält sie recht. Ich wünsche dir rasche Genesung, und wenn mein Vater dich in die Stadt gebracht hat, kannst du mich gern besuchen."

„Falls ich in Mainz bleiben kann, tue ich das mit Freuden."

„Es wird sich alles fügen", beschwichtigte ihn der Steinmetz. „Hab nur Gottvertrauen."

Hanno seufzte, er wusste nicht einmal, ob er jemals welches besessen hatte. „Ich gebe mir Mühe. Eines Tages werde ich meine Schuld begleichen."

„Lass gut sein", wehrte Widukind ab, dem so viel Lob an einem Tag nicht geheuer war. „Du schuldest mir nichts! Ich tat nur das, was getan werden musste. Und nun gehab dich wohl, Adam."

„Du dich auch", wünschte dieser ihm und winkte ihn zu sich. „Ich glaube allerdings nicht, dass ich tatsächlich Adam heiße. Der Name widerstrebt mir. Doch ich wage es nicht,

Agnes oder deiner Schwester zu widersprechen", flüsterte er leise.

„Das wäre auch nicht klug", bestätigte ihm Widukind lachend und ging dann zu seiner Schwester, die am Fenster gestanden und in den Hof geschaut hatte.

Er drückte sie und sie hielt ihn fest. „Was wirst du tun?", fragte er leise und spielte auf ihre Zukunftspläne an.

„Ich bin mir unsicherer denn je", gab sie zu.

„Übereile nichts", riet er ihr und das versprach sie.

Der Abschied von Alheyt und Agnes geschah unter tränenreichen Worten und er musste geloben, spätestens an Ostern wiederzukommen.

Dann lieh er sich wieder den Braunen und erreichte Mainz, dieses Mal ohne nennenswerte Zwischenfälle.

Mainz, in der Stadt

Nachdem er das Tier untergestellt hatte, ging er zuerst nach Hause, wo er ein Feuer machte. Nach Sonnenuntergang suchte er Ibrahim im Judenviertel auf.

„Wie ich sehe, gab es eine kleine Komplikation?", meinte er beim Betrachten der Verletzung.

„Ja", bestätigte ihm der Steinmetz und erzählte ihm, was vorgefallen war.

„Da hast du wirklich großes Glück gehabt. Wer hat die Wunde mit einem glühenden Eisen verschlossen?"

„Das war Agnes, meine alte Kinderfrau. Es blieb ihr nichts anderes übrig, denn sie hörte nicht auf zu bluten."

„Das hat sie gut gemacht. Wenn ich jetzt die Fäden entferne, kann es etwas ziehen, aber es tut nicht wirklich weh. Halte den Arm ruhig."

Der Arzt rieb die Wunde mit einer Tinktur ab, dann nahm

er eine Pinzette und ein scharfes Messer zur Hand. Mit der Pinzette hob er jeden Faden einzeln an, durchtrennte ihn und zog ihn dann aus der Naht. Widukind spürte kaum etwas, sah aber dennoch in eine andere Richtung. Ibrahim strich noch etwas Salbe auf die Narbe und legte einen neuen Verband an.

„Das wäre erledigt. Wenn du willst, kannst du ihn morgen früh abnehmen und ab jetzt wieder arbeiten. Aber sei dennoch vorsichtiger als üblich."

„Endlich! Diese Untätigkeit hat mich fast um den Verstand gebracht. Bevor ich gehe, möchte ich dich noch etwas fragen. Ich habe einen Mann gerettet, der nach einem Überfall nichts mehr von sich weiß, nicht einmal seinen Namen. Die Räuber schlugen hart auf ihn ein, auch auf seinen Kopf. Wird er sich irgendwann wieder erinnern?"

„Diese Schläge können die Ursache für seinen Gedächtnisverlust sein. Es kommt vor, dass es zurückkehrt. Ob er es aber vollständig wiedererhält, kann ich nicht mit Bestimmtheit behaupten. Er muss vor allem Geduld haben, denn oft kommen die Erinnerungen nur langsam und bruchstückhaft."

Vom Haus des Artzes ging Widukind zu Mathes, dem er seit der Messerstecherei nur einmal einen kurzen Besuch abgestattet hatte. Der Wirt war inzwischen wieder gesund und begrüßte ihn dementsprechend gutgelaunt. „Dich hältst es auch nicht lange auf dem Land, oder? Du bist und bleibst eben ein Stadtmensch", feixte er.

„Da kann ich dir nur zustimmen. Und dir geht es gut?"

„Ich bin wieder ganz der Alte", bestätigte Mathes, aber der Ausdruck in seinen Augen zeugte von einer Vorsicht, die früher nicht da gewesen war.

„Sanne soll mir etwas zu essen machen und dann wüsste ich gern, was ich während meiner Abwesenheit versäumt habe."

„Sie hat dir gewiss einiges zu erzählen", meinte der Wirt. „Dort drüben ist übrigens Archibald", wies er ihn noch auf den Steinmetzmeister hin.

Widukind setzte sich zu ihm. „Morgen komme ich wieder zur Arbeit."

„Das freut mich. Wie war es in Battenheim?", erkundigte sich Archibald.

Widukind erzählte ihm von dem Überfall und dem Sinneswandel seines Vaters.

Mathes war dazugekommen und hörte staunend zu. „Du legst dich in letzter Zeit aber mit einer Menge Leute an", stellte er fest.

„Ich hab es mir nicht ausgesucht", entgegnete Widukind leicht gereizt.

„Und dieser Fremde hat keine Ahnung, wer er ist?", hakte Meister Archibald nach.

„Nein. Weiß vielleicht jemand von Euch, um wen es sich handeln könnte?", erkundigte sich Widukind und lieferte eine möglichst genaue Beschreibung.

Die Männer überlegten einen Moment und schüttelten dann den Kopf.

„Frag am besten Sanne, sie kennt fast jeden", meinte Mathes.

Sanne kam wenig später mit dem Essen. „Es kann eigentlich nur Hanno sein. Er ist ein Dienstmann des Kämmerers und vor gut zwei Wochen nach Worms aufgebrochen, um etwas über den Tod von Bruder Anselm in Erfahrung zu bringen. Und das Dorf liegt ja auf dem Weg, wenn er nicht über den Gau geritten ist. Er könnte es also durchaus sein."

„Warum arbeitest du eigentlich nicht für den Kämmerer?

Du wärst seine beste Informantin und könntest es hinsichtlich Neuigkeiten mit seinen Männern aufnehmen", neckte Mathes sie.

Sanne überging die Frotzelei ihres Mannes. „Rede du nur!", meinte sie und fuhr dann fort: „Wenn es tatsächlich Hanno ist, werden ihn die Wachen des Bischofs bereits am Stadttor erkennen."

„Was weißt du noch über ihn?", erkundigte sich Widukind, denn er hatte noch nie von ihm gehört.

Die Wirtsfrau berichtete über dessen Wandlung vom Vagabunden zum achtbaren Bürger unter des Kämmerers Fittichen. „Hanno kommt nur selten ins Wirtshaus, da er oft wochenlang unterwegs ist. Aber wenn er einmal den Weg hierher findet, benimmt er sich immer anständig. Seine Leidenschaft gilt dem Würfeln. Er ist darin recht geschickt. Ich würde mich nicht mit ihm einlassen."

„Als Spieler oder als Frau?", hakte Widukind nach.

„Na, du bist mir einer", grinste Sanne und schubste ihn gegen die Schulter. „Aber wenn du schon so fragst: als beides. Für einen Mann seiner Herkunft ist er recht wohlerzogen, aber die Weiber laufen ihm nach und das ist nie ein gutes Zeichen."

„Nutzt er das denn aus?"

„Das weiß ich nicht. Aber nenn mir einen Mann, der das nicht tut!"

Diese Äußerung stimmte Widukind nachdenklich. Falls Sanne recht hatte und der Mann Hanno war, würde Yrmengardis es schwer haben. Ihm war nicht entgangen, dass seine Schwester etwas für den jungen Kerl empfand. Sie hielt sich ständig in seinem Zimmer auf, angeblich um ihn zu pflegen. Doch die Blicke, mit denen sie ihn bedachte, gingen über bloße Anteilnahme und Fürsorge hinaus. Seitdem sie ihn kannte, hatte sie auch nicht einmal mehr vom Kloster geredet. Widukind gefiel die Vorstellung nicht, dass sie ihr Herz an einen ehemaligen Vagabunden und Dieb verloren haben könnte. Aber vielleicht täuschte er sich ja auch in ihm und er war inzwischen tatsächlich ein besserer Mensch.

Burg

Gerhard hatte mit Jörg und Wylhelm die Burg verlassen, ohne ihr zu sagen, was er vorhatte. Aber er würde länger weg sein, was Reinhedis nur recht war. Jetzt konnte sie sich in aller Ruhe in seinem Schreibzimmer umschauen. Sie musste herausfinden, wie und warum Griseldis gestern Nacht ins Haus gelangt war. Die Hauptpforte hatte sie nicht genommen, das ergab ihre Nachfrage bei der Torwache.

Sie hatte dem Gesinde genug zu tun gegeben, sodass niemand bemerkte, wie sie in Gerhards Zimmer schlich. Im Raum selbst erinnerte nichts an den nächtlichen Besuch, alles erschien ihr wie immer. Da während der Wintermonate die Fenster auch tagsüber abgehängt waren, herrschte diffuses Zwielicht. Reinhedis hatte vorgesorgt und eine Kerze mitgebracht, mit der sie die anderen anzündete. Als es ausreichend hell war, begann sie Gerhards Sachen zu durchsuchen. Zuerst nahm sie sich sein Schreibpult vor, auf dem einige Briefe ordentlich gestapelt nebeneinanderlagen. Mit zittrigen Fingern sah sie sie durch, denn sie fürchtete, auf eine Liebesbotschaft von Griseldis oder eine Verabredung zu einem weiteren Treffen zu stoßen. Doch sie fand nur Abrechnungen des Landguts, die Jörg für Gerhard zusammengestellt hatte, Briefe von Abt Manegold und ein Schreiben des Kaisers an ihren Gemahl.

Letzteres las sie mit großem Interesse. Es war schon etliche

Wochen alt, schien aber für Gerhard von einiger Wichtigkeit zu sein, da es sich noch immer auf seinem Pult befand. Darin stand etwas von einer kostbaren Ware, die bald eintreffen würde und die Gerhard in Empfang nehmen und gut hüten solle, da sie für den Kaiser von großem Wert sei. Da diese angeblich so „kostbare Ware" nicht näher bezeichnet wurde, konnte sie nur mutmaßen, um was es sich handelte. Reinhedis erinnerte sich an keine größere Lieferung und auch Gerhard hatte nichts Dergleichen erwähnt. Vielleicht lag die Nachricht ja deshalb noch auf seinem Pult, weil noch nichts angekommen war.

Sie legte den Brief wieder zurück und machte sich daran, einen ihr unbekannten Zugang zu suchen, denn irgendwie musste Griseldis hereingekommen sein. Ihre Augen tasteten die Wände ab, die aussahen wie gewöhnliches Mauerwerk. Sie blieben schließlich auf dem Wandteppich hängen und das erste Mal schenkte sie ihm wirklich Beachtung. Bislang hatte sie ihn nur als schmückendes Beiwerk betrachtet, nun erschien er ihr in neuem Licht. Mit der Kerze in der Hand schlug sie ihn beiseite, was gar nicht einfach war, denn er fiel immer wieder in die Ausgangsposition zurück. Schließlich zog sie einen Sessel herbei und klemmte ihn damit fest.

Mit der Kerze leuchtete sie das Mauerwerk Stück für Stück ab und tastete gleichzeitig mit ihrer freien Hand nach Unregelmäßigkeiten. Zunächst ließ sich nichts Auffälliges entdecken, doch als sie intensiver nachforschte, bemerkte sie, dass sich ein Teil der Steine vom Rest der Wand unterschied. Sie klopfte mit dem Fingerknöchel dagegen und vermutete aufgrund des Klangs einen Hohlraum dahinter. Trotz langen Suchens fand sie keinen Öffnungsmechanismus. Schließlich stellte sie die Kerze ab und drückte unter Aufbietung all ihrer Körperkraft gegen die Wand.

Dabei verspürte sie ein leichtes Ziehen im Unterleib, das sie aber kaum beachtete. Diese Entdeckung war einfach zu aufregend. Schließlich gab der Teil der Mauer nach und ein Spalt, der breit genug für sie war, öffnete sich. Ein kühler Lufthauch wehte ihr entgegen, der die Kerze am Boden zum Flackern brachte. Sie bückte sich rasch, um die Flamme mit der Hand zu schützen und wagte sich dann hinein. Hätte ihre Eifersucht sie nicht getrieben, wäre sie umgekehrt, denn der Gang war nicht sonderlich einladend. Lange Staubfäden hingen von der Decke, auf dem Boden hatten sich brackige Pfützen gebildet und an manchen Stellen bröckelte das Mauerwerk. Nagerkot verriet die Anwesenheit ganzer Heerscharen von Ratten. Da Reinhedis sich vor ihnen genauso ekelte wie vor Krabbeltieren aller Art, musste sie all ihren Mut aufbieten, um weiterzugehen. Das alte Gemäuer verriet ihr, dass der Gang schon seit Generationen existierte, allem Anschein nach aber erst in letzter Zeit wieder genutzt wurde. Dafür sprachen die frischen Fackeln in den Wandhalterungen und der ansonsten eher klägliche Zustand.

Trotz ihres Unbehagens wollte Reinhedis bis zu seinem Ende gehen. Doch je weiter sie vordrang, umso heftiger wurde der Windzug. Da sie fürchtete, ihre Kerze könne ausgehen, kehrte sie schließlich um. Irgendwo mündete dieser Gang ins Freie und sie beschloss, seinen Eingang von außen zu suchen. Durchgefroren gelangte sie wieder in das Zimmer und verschloss unter erneutem Kraftaufwand die geheime Tür.

Wieder spürte sie ein Ziehen, doch dieses Mal im Rücken und erst jetzt dachte sie an ihr Ungeborenes. Erschöpft setzte sie sich und wurde augenblicklich von ihren Gefühlen überwältigt. Der Gedanke an das Kind, die Entdeckung des geheimen Ganges und die Tatsache, dass Griseldis gestern Nacht hier gewesen war, machten sie erneut rasend vor Zorn. Warum tat Gerhard ihr das an? Sie war sich dieses Mal so sicher, dass sie ihm endlich den lang ersehnten Erben gebären würde. Denn bei der Zeugung hatten sie beide eine solche Leidenschaft empfunden wie selten zuvor und waren gemeinsam zum Höhepunkt gelangt, was als sicheres Omen für einen Jungen galt. Aber gerade das machte seinen vermeintlichen Verrat nur noch schlimmer.

Ganz allmählich beruhigte sie sich wieder. Bald würde Gerhard zurückkommen. Er durfte nicht wissen, dass sie hinter sein Geheimnis gekommen war. Sie versetzte den Raum wieder in seinen ursprünglichen Zustand und verließ dann die Burg, um ihre Erkundung von außen fortzusetzen. An deren Rückseite fand sie schließlich die kleine Pforte, die sie bisher immer übersehen hatte. Am Schloss bemerkte sie frische Kratzer, zudem schienen die Angeln frisch geschmiert.

Nun gab es keinen Zweifel mehr. Dies war der Weg, den Griseldis nahm, wenn sie ihren Gatten besuchte. Auf einmal verstärkte sich der Schmerz in ihrem Unterleib und wollte gar nicht mehr aufhören. Ihr wurde schwindlig. Hechelnd tastete sie sich an der Mauer entlang bis zum Haupteingang. Mit Hilfe einer Magd schaffte sie es gerade noch ins Ehegemach, wo sie auf dem Bett ohnmächtig zusammenbrach.

**Dienstag, 1. Januar A. D. 1096, 4. Schewat 4856
Battenheim**

Heute war Hannos letzter Tag im Haus des Grafen, morgen würde Bolko ihn nach Mainz bringen. Er fühlte sich nicht wohl bei der Vorstellung, die vertraute Umgebung gegen eine unbekannte eintauschen zu müssen. Hier fühlte er sich wohl und wusste sich in guten Händen. In der Stadt würde dagegen alles anders sein.

Agnes erneuerte ihm ein letztes Mal den festen Verband und begutachtete seine übrigen Verletzungen, die alle gut abheilten. „Wenn du dich jetzt auch noch erinnern könntest, wärst du beinah wieder der Alte!", stellte sie fest, während sie seinen Rücken einsalbte.

„Wer wird mir in der Stadt den Verband wechseln?", seufzte er.

„Dafür findet sich bestimmt jemand. Versuchst du deinen Aufenthalt etwa in die Länge zu ziehen?"

„Nein", antwortete er prompt. „Aber da ich nur eine Hand benutzen kann, fühle ich mich ziemlich hilflos. Und außerdem kenne ich doch niemanden in Mainz."

„Das ist nicht gesagt. Du erinnerst dich nur nicht. Außerdem sorgt Graf Bolko schon dafür, dass du gut unterkommst." Agnes machte eine kurze Pause, bevor sie weiterredete. „Yrmengardis wird dich vermissen."

„Wie kommst du auf den Gedanken?", fragte er neugierig.

„Bevor du kamst, wollte sie in ein Kloster. Seit deinem Erscheinen redet sie nicht mehr davon."

Hannos Herz hüpfte. Dann hatte er sich ihre Zuneigung also nicht eingebildet. Er mochte sie ebenfalls und genoss ihre Gegenwart. Aber er war sich auch darüber im Klaren, dass der Graf einer möglichen Verbindung unter den gegebenen Umständen nie zustimmen würde.

„Wenn du dich von ihr verabschiedest, sage ihr, was du empfindest", riet Agnes ihm ungefragt. „Sei aber ehrlich, Yrmengardis ist nämlich die Art von Frau, die ihrem Herzen folgt. Nichts verabscheut sie mehr als die Lüge."

„Wie kann ich lügen, wenn ich die Wahrheit nicht kenne?"

„Na, du wirst doch wissen, was du empfindest."

„Das stimmt. Doch bevor ich ihr meine ganzen Gefühle offenbare, muss ich erst wissen, ob ich überhaupt gut genug für sie bin."

„Richtig, und am besten fängst du gleich in Mainz an, das herauszufinden."

Ein Diener unterbrach ihr Gespräch. „Hanno, du sollst zum Grafen kommen, er will sich mit dir im Dorf umhören, um herauszufinden, ob sich jemand an dich erinnert", meinte er zu Hanno.

„Heute am Feiertag?"

„Ja, da du uns morgen verlässt, geht es nicht anders."

Bolko erwartete seinen Gast bereits ungeduldig im Hof. Eigentlich hätte er die Befragung auch ohne ihn durchführen können, denn die Umstände seiner Anwesenheit hatten sich längst herumgesprochen. Aber er wollte Hannos Reaktion sehen. „Bist du bereit?"

„Das bin ich."

„Gut, dann beginnen wir wohl am besten in der Herberge und gehen dann in die Schenke. Sollte das nichts bringen, fragen wir die Dorfbewohner. Mit dem Pfarrer brauchen wir nicht zu reden, denn im Gottesdienst warst du nicht. Dann hätte sich jemand von uns an dich erinnert."

Gleich beim Herbergswirt hatten sie Glück. „Du warst gezwungen, hier zu übernachten, weil dein Pferd beschlagen werden musste."

„Weißt du woher ich kam?", fragte Hanno geflissentlich.

„Du sagtest etwas von Speyer."

„Mehr nicht?"

„Ich kann mich zumindest nicht an mehr erinnern", antwortete der Mann mürrisch. „Am Weihnachtstag bist du in aller Frühe nach Mainz aufgebrochen."

„Hattest du noch andere Gäste?", erkundigte sich Graf Bolko.

„Ja, drei Burschen und einen kauzigen Kerl. Sie trafen nach ihm ein und verließen die Herberge direkt, nachdem er gegangen war", antwortete er und meinte dann zu Hanno: „Ich hörte noch, wie sie über dich redeten und zwar nicht gerade freundlich. Mir schien, als hätten sie noch etwas mit dir zu begleichen, aber ich kann mich auch irren."

„Was ist mit dem vierten Mann", hakte Bolko nach.

„Der brach beinah gleichzeitig mit den dreien auf."

Hanno überlegte und kam zu einer verblüffenden Erkenntnis. „Demnach wurde ich nicht zufällig ausgeraubt, sondern mit Absicht. Aber warum?"

„Das musst du selbst herausfinden. War's das? Mehr kann ich euch nämlich nicht sagen und außerdem hab ich noch zu tun", drängte der Wirt.

Sie bedankten sich und gingen zur Schenke, wo sie von dem Würfelspiel und der anschließenden Rangelei erfuhren.

„Erinnerst du dich sonst noch an etwas?", hakte der Graf nach.

Der Wirt überlegte kurz und sagte dann zu Hanno: „Ein anderer Gast sprach die drei an, kaum, dass du gegangen warst. Was er sagte, konnte ich nicht hören, aber irgendwie erschienen sie mir nach der Unterredung verändert. Sie kamen mir weniger wütend als viel eher verschwörerisch vor, denn sie steckten die Köpfe zusammen und tuschelten und ihre Laune besserte sich deutlich."

„Hattest du das Gefühl, dass dieser andere Kerl mich kannte?", wollte Hanno wissen.

„Möglich wäre es, aber du kamst allein, hast allein gegessen und gingst allein. Er starrte allerdings immer wieder zu dir hinüber. Übrigens, alle Achtung, du bist sehr geschickt im Würfeln. Ich dachte schon, er wollte mitspielen, aber er ließ es dann doch bleiben. Wenn ich's mir recht überlege, sah er nicht sonderlich vertrauenerweckend aus. Würde mich nicht wundern, wenn der was zu verbergen gehabt hätte."

Auf ihrem Weg zurück brachte der Graf es auf den Punkt. „Wir haben einiges über dich erfahren: Du kamst aus Speyer, legtest eine unfreiwillige Rast ein, hast dir beim Würfeln Feinde gemacht, und wie es scheint, gibt es da noch jemanden, dem du ein Dorn im Auge warst. Der Überfall auf dich, sieht mir immer weniger nach einem Zufall aus. Möglich, dass du aus dem Weg geschafft werden solltest."

Hanno war ebenfalls zu diesem Schluss gekommen. Die ganzen Umstände ließen ihn zudem in weniger gutem Licht erscheinen. „Man könnte fast glauben, ich verdiene mir mit Würfeln meinen Lebensunterhalt. Hoffentlich täuscht das", seufzte er.

Auch Bolko dachte das, wollte aber den jungen Mann nicht vorschnell verurteilen. „Solche Überlegungen sind müßig. Möglich, dass wir morgen in Mainz mehr erfahren."

Anwesen des Emich von Flonheim
Emich von Flonheim, der Herr von Leiningen, kniete mit entblößtem Oberkörper auf dem nackten Boden vor dem Kreuz in seinem Schlafgemach. Heute feierte die Kirche

Circumcisio Domini. Noch vor wenigen Jahren hatte man an diesem Tag Natale Sancta Mariae begangen, aber das Fest der Beschneidung des Herrn ließ den Feiertag zu Ehren der Gottesmutterin den Hintergrund treten.

Emich, der beide gleichermaßen verehrte, hielt abwechselnd Zwiesprache mit Jesus Christus und der Gottesmutter. Er war ein Suchender, der Antworten brauchte. Seit einiger Zeit bedrängten ihn nächtliche Visionen, die er nicht verstand, was ihn verunsicherte. Während er unablässig seine Gebete murmelte und dabei seinen Oberkörper vor- und zurückbeugte, fiel er in einen tranceähnlichen Zustand, der alles um ihn herum in weite Ferne rückte.

Ein Lendentuch war sein einziges Kleidungsstück und obwohl es kalt war, fror er nicht. Schweißperlen drückten sich durch die Poren seiner Haut, liefen in dünnen Rinnsalen seinen Rücken hinunter und sammelten sich in der Furche des Gesäßes und den Kniekehlen. Nichts von alldem nahm er wahr. Er empfand weder Schmerz noch Kälte, weder Hunger noch Durst. Ihn verlangte nach Offenbarung und die ließ sich nur durch Entbehrung erreichen.

Es waren zwei Träume, die sich abwechselten. In dem einen sah er Jesus Christus, der mit erhobener Rechten vor ihm stand. Daumen, Zeige- und Mittelfinger waren abgespreizt, während die anderen beiden angelegt waren. In seiner ausgestreckten Linken ruhte die Kaiserkrone, ihm zum Greifen nahe. Hinter dem schmalen Körper des Gottessohnes erstrahlte ein überirdisches Licht, das so hell leuchtete, dass es in den Augen schmerzte. Jedes Mal erwartete Emich, dass Jesus zu ihm sprach, doch immer blieb er stumm.

Die zweite Heimsuchung war noch rätselhafter. Ein in Purpur gekleideter Erzengel zückte sein Flammenschwert und forderte ihn auf, seine Brust zu entblößen. Sobald er mit nacktem Oberkörper vor ihm stand, ritzte er ihm mit der brennenden Klinge ein Kreuz in die Haut. Diesen Traum fürchtete er am meisten. Dann erwachte er unter lauten Schreien. Die Stelle, an der der Bote Gottes ihn berührt hatte, glühte so heiß wie die Scheiterhaufen des Fegefeuers und er war der Überzeugung, dass sich auf seiner weißen Brust ein blutrotes Mal abzeichnete, obwohl es außer ihm niemand sah.

Emich hatte einen Priester um Rat gefragt. Aber auch der Gottesmann konnte ihm keine Antwort geben. Stattdessen riet er ihm zur Buße und inständigem Gebet. Beides erfüllte er gewissenhaft. Mehr als acht Stunden täglich widmete er Gott. Er fastete und lebte inzwischen sogar keusch, doch die Botschaften blieben kryptisch.

Sein Diener Albrecht beobachtete die Besessenheit seines Herrn voller Sorge, denn er wurde mit jedem Tag schwächer. Heute kniete er seit dem Morgengrauen vor dem Kruzifix und jetzt zog die Nacht herauf. Albrecht hatte versucht ihn wenigstens zum Trinken zu bewegen, doch er reagierte auf keinerlei Anrede. Wüsste er es nicht besser, könnte er glauben, ein Dämon habe Besitz von ihm ergriffen. Doch Albrecht kannte die Anzeichen, bald würde Emich in seine übliche Starre fallen und in ihr verharren. Und tatsächlich sackte sein Herr wenige Augenblick später ohnmächtig in sich zusammen. Albrecht holte einen anderen Diener und gemeinsam legten sie den Grafen ins Bett. Er versuchte ihm etwas Brühe einzuflößen, doch es gelang nicht. Die Kiefer waren so fest aufeinandergepresst, dass sie sich nicht einmal einen Spalt breit öffnen ließen. Seine Augen waren weit aufgerissenen und bewegten sich unruhig hin und her. Auch die Finger waren noch immer ineinander verhakt und würden es bleiben, bis sein Herr aus seiner Katatonie erwachte.

Diese totengleichen Anfälle dauerten unterschiedlich lange. Manchmal währten sie nur Minuten, manchmal hielten sie Stunden oder ganze Nächte an. Nichts konnte ihn dann zurückholen, weder die Stimme des Dieners noch die seines Weibes oder die seines Beichtvaters. Genauso plötzlich wie der Anfall gekommen war, lösten sich die Muskelversteifungen auch wieder. Dann verließ er sein Bett, als sei nichts geschehen, konnte sich aber an die zurückliegenden Stunden nicht erinnern.

Der Diener entfachte ein Feuer, was sein Herr unter normalen Umständen missbilligte, und setzte sich in einen Sessel, den er an das Bett zog. Dieses Mal stellte er sich auf eine längere Wache ein. Doch mitten in der Nacht schreckte er hoch. Die Körperhaltung Emichs war noch immer unverändert, aber jetzt bewegte er seine Lippen. Seine Augen blickten starr geradeaus und waren auf einen festen Punkt gerichtet. Ein Schauer lief über Albrechts Rücken, denn die Stimme seines Herrn klang seltsam fremd. Um der Situation das Gespenstische zu nehmen, zündete Albrecht noch mehr Fackeln und Kerzen an. Der sanfte Lichtschein drang nun bis in den letzten Winkel des Raums und vertrieb die Düsternis. Er setzte sich wieder und lauschte den verwaschenen Lauten, die allmählich immer klarer wurden. Er konnte zwar keinen Sinn darin erkennen, aber Emich wiederholte immer wieder: „Deus lo vult".

Burg

„Du darfst unter keinen Umständen aufstehen!", ordnete der Physicus mit besorgter Miene an. „Die Blutungen sind zwar nur leicht, aber wenn sie sich verschlimmern, könntest du das Kind verlieren. Hast du sonst irgendwelche Beschwerden, Schmerzen vielleicht?""

274

Reinhedis war so bleich wie das Bettlaken, unter dem sie lag. Die Diagnose des Arztes machte ihr große Angst. „Schmerzen habe ich keine, nur das Übliche wie saures Aufstoßen und schwere Füße."

„Hast du eine Erklärung für die Blutungen?"

„Nein", erwiderte sie rasch und verschwieg die Kraftanstrengungen, die sie aufgeboten hatte, um die Tür zum Geheimgang zu bewegen. Gerhard durfte auf keinen Fall davon erfahren.

„Noch besteht kein Grund für allzu große Sorge. Hin und wieder kommen solche Blutungen vor, und wenn du meine Anweisungen befolgst, geht gewiss alles gut. Hat dich möglicherweise etwas erschreckt oder hast du dich über die Maßen erregt?"

Reinhedis beharrte darauf, dass nichts Dergleichen vorgefallen war. Sie kannte die Ursache für die Blutungen genau, würde sie aber weder dem Arzt noch Gerhard verraten. „Ich sagte doch schon, dass ich keinerlei Erklärung habe", log sie, ohne rot zu werden.

„Ich werde dir eine Geburtshelferin schicken, die viel Erfahrung mit Schwangeren und Entbindungen hat. Sie wird dir beistehen, bis das Kind geboren ist. Und du setzt keinen Fuß vor das Bett", betonte er noch einmal.

Das war Reinhedis gar nicht recht. Wie sollte sie ihre Nachforschungen fortsetzen, wenn sie liegenbleiben musste? Aber das Kind hatte absoluten Vorrang. Ihm durfte nichts geschehen. Wenn es tatsächlich ein Junge würde, ließe Gerhard Griseldis bestimmt fallen und würde sich wieder ganz ihr zuwenden.

„Noch etwas", fuhr der Arzt fort. „Es wäre auch gut, du hättest dein Bett bis zur Niederkunft für dich allein. Absolute Ruhe, vor allem während der Nacht, wird dir gut tun.

Du wirkst erschöpfter als bei deinen anderen Schwangerschaften und deshalb sollte jede Störung von dir ferngehalten werden."

Das gefiel ihr noch weniger. Sie fragte sich, wie sie die Tage und erst recht die Nächte überstehen sollte, ohne zu wissen, was Gerhard tat. Allein der Gedanke, dass er und Griseldis beisammen waren, während sie hier allein in ihrem Bett lag, machte sie schier verrückt vor Eifersucht. „Mein Gatte stört mich aber nicht! Im Gegenteil er übt einen beruhigenden Einfluss auf mich aus", versuchte sie den Arzt umzustimmen.

„Ich halte es dennoch für besser so", beharrte dieser ungerührt.

Gerhard, der bei dem Gespräch dabei war, ergriff ihre Hand. „Reinhedis, bitte tu was der Arzt verlangt. Ich möchte nicht, dass dir oder auch dem Kind etwas geschieht. Es sind nur noch wenige Wochen, dann wird alles wieder so sein wie bisher."

Sie schaute ihn mit feuchten Augen an. „Versprichst du mir das?"

„Natürlich, meine Liebe. Warum sollte es nicht so sein?"

„Gut, dann werde ich mich fügen", seufzte sie ergeben.

Der Physicus nickte erfreut. „Der Köchin werde ich sagen, was sie dir zu kochen hat. Die Speisen müssen dich kräftigen, dürfen deine Verdauung aber nicht belasten. Ich werde regelmäßig vorbeikommen und nach dir sehen", meinte er und verabschiedete sich.

Gerhard gab er durch ein Zeichen zu verstehen, dass er ihn vor der Tür noch sprechen wollte.

„Schlaf etwas mein Liebes. Nachher komm ich und sehe nach dir", sagte er und küsste sie auf die Stirn.

Dann folgte er dem Arzt, der ihm noch einmal einschärfte, dass Reinhedis seine Anordnungen unbedingt befolgen solle. „Achte darauf, dass sie sich nicht aufregt und das Bett nicht verlässt. Selbst wenn die Blutungen aufhören, muss sie sich schonen."

In Reinhedis kroch unterdessen die Verbitterung hoch. Die Bettruhe machte ihre Pläne zunichte. Sie hatte gehofft, sich innerhalb weniger Tagen Klarheit verschaffen zu können, vor allem da sie nun von dem Geheimgang wusste. Stattdessen war sie zur Untätigkeit verdammt. Um ihre Gedanken in eine andere Richtung zu lenken und um die Bitterkeit zu vertreiben, griff sie nach dem Gebetbuch, das Gerhard ihr zur Hochzeit geschenkt hatte. Sie schlug das reich verzierte Büchlein auf und ergötzte sich an den schönen Bildern und der fein säuberlichen Schrift. Es war ein kostbares Werk und über die Jahre hinweg Zeugnis seiner großen Zuneigung zu ihr. Als sie es in den Händen hielt, konnte sie sich nicht vorstellen, dass er ihre Liebe auf solch infame Weise verraten sollte.

Mittwoch, 2. Januar A. D. 1096, 5. Schewat 4856
Mainz

Mainz erwachte aus dem achttägigen Feiertagsschlaf. Endlich hatten die Läden wieder geöffnet und die Bauern kamen in die Stadt, um auf den Märkten ihre Waren anzubieten. Griseldis, die vor Langeweile beinah trübsinnig geworden war, beschloss sich aufzumuntern, indem sie einkaufen ging. Nichts besserte ihre Stimmung mehr, als nach hübschen Dingen zu suchen und sie auch zu erwerben. Außerdem wurde sie das Gefühl nicht los, Dithmar mied sie, und sie wollte herausfinden, ob ihr Eindruck stimmte. Deshalb entschied sie kurzerhand, bei Meister Bertolf Tuch für ein neues Gewand zu kaufen.

Wie immer machte sie sich mit aller Sorgfalt zurecht, betupfte ihr Dekolleté mit ihrem Rosen-Lavendelwasser, nahm Geld aus dem Versteck und rief Bertram, damit er sie begleitete. Außer dem Tuch benötigte sie noch weitere Dinge, denn auch ihr selbstgefertigtes Gesichtswasser ging zur Neige. Ihr erster Weg führte sie deshalb zum Brand, wo sich die Läden der Fernhändler befanden.

Sie hatten die Gasse noch nicht verlassen, als sie auf einen blinden Bettler stießen. Da Griseldis ein Herz für Schwache und Kranke hatte, wies sie Bertram an, ihm eine Münze zu geben.

Im belebten Geschäftszentrum ging es drunter und drüber und die Gassen waren durch den Regen verschmutzt und glitschig. Hocherhobenen Hauptes schritt Griseldis neben ihrem Diener her und schaute sich prüfend um. Hin und wieder blieb sie stehen und begutachtete die Auslagen. Schließlich fand sie einen Laden, der ihren Ansprüchen genügte. Gleich beim Eintreten fühlte sie sich in die exotische Welt des Orients versetzt und tauchte in ein Bukett verschiedener Aromen ein. Sie sog den zarten Duft von Rosenblüten, die beißende Schärfe des Pfeffers und den betäubenden Wohlgeruch des Weihrauchs ein. Im Vorübergehen entdeckte sie hauchzarte, orangefarbene Safranfäden sowie Majoran und Thymian, die zu Heilzwecken benutzt wurden. Getrocknete Rosmarinbüschel und gebündelte Zwiebeln- und Knoblauchknollen hingen an eisernen Haken von der Decke herab, während pralle Früchte in luftdurchlässigen Körben lagerten. Gewürze, deren Geschmack sich schnell verflüchtigte, wurden luftdicht in dunklen Gläsern aufbewahrt. Auf einem roten Stück Samt erspähte sie Perlen von verführerischem Glanz und in einem Regal lagerten Ballen teurer Seide aus dem fernen Osten. Dieser Laden war für ihre Augen und ihre Nase ein wahres Fest.

Ein freundlicher Jude, der auf einem Schemel in einer Ecke gesessen hatte, stand auf und kam zu ihr. „Womit kann ich dienen?"

Griseldis entging seine gepflegte Erscheinung keineswegs. Der Bart war sorgsam gestutzt, das Haar ordentlich frisiert und die Nägel seiner feingliedrigen Hände sauber und geschnitten. „Ich benötige Lavendelblüten. Hast du sie vorrätig?"

„Selbstverständlich."

Griseldis nannte die Menge und der Händler wog sie ab.

„Ich brauche auch noch etwas Safran und Pfeffer."

Der Händler verpackte die Waren, nahm ihr Geld in Empfang und reichte das Bündel Bertram. Er brachte seine Kundin noch bis an die Tür und bedankte sich für den Einkauf. Jetzt peilte sie das Viertel der Tuchmacher an. Sie waren noch nicht weit gekommen, als sie auf eine Menschenansammlung stießen, aus deren Mitte eine laute Stimme drang.

„Schau nach, was da vor sich geht!", forderte sie ihren Diener auf.

Bertram drängte sich rücksichtslos durch die Menge nach vorn und kehrte wenig später zu ihr zurück. „Ein Wanderprediger, der irgendetwas von einem ‚Heiligen Krieg, den der Papst will' und ‚verlorenen Seelen, die gerettet werden, wenn sie Jerusalem befreien', erzählt. Zwischendurch schreit er immer wieder ‚Deus' und ‚vult'."

„Jetzt haben sie also auch Mainz erreicht", stellte Griseldis fest. „Mich wundert, dass der Erzbischof ihn gewähren lässt, wo doch Papst Urban II. ein erklärter Gegner des Kaisers ist."

Bertram, dem Kirchenpolitik zu hoch war und der nicht wusste, ob seine Herrin eine Antwort von ihm erwartete, zuckte mit den Schultern. „Also mich kann er nicht überzeugen. Ich ziehe nicht nach Jerusalem."

„Ich würde dich auch gar nicht gehen lassen", entgegnete sie ihm mit erhobener Stimme. „Aber anderen scheint er ins Gewissen zu reden, so viele wie ihm zu hören!", fuhr sie nachdenklich fort.

„Das täuscht. Die meisten schütteln den Kopf. Diejenigen, die ihm Gehör schenken, sind einfache Leute, die sich leicht begeistern lassen. Für sie klingen seine Versprechungen verlockend. Aber ich bezweifle, ob man für einen Platz im Himmel wirklich erst in einen Krieg ziehen muss", merkte er an.

Bertram wuchs in ihrer Achtung. Von Natur aus eher schweigsam redete er in der Regel nur nach Aufforderung und hielt mit seiner Ansicht meist hinterm Berg. Seine Äußerung zeugte aber davon, dass er keineswegs so einfältig war, wie er vorgab zu sein.

„Ich hab genug von dem Geschrei und Besseres zu tun. Lass uns weitergehen", meinte sie.

Am Laden von Meister Bertolf hielt Bertram seiner Herrin die Tür auf. Griseldis trat mit bewusst teilnahmsloser Miene, aber mit schwungvollen und doch zierlichen Schritten ein und steuerte auf den Ladentisch zu, hinter dem Meister Bertolf stand. Aus dem Augenwinkel sah sie Dithmar, der ihr überrascht hinterherschaute. Er bediente gerade ein älteres Ehepaar und versuchte es von der Qualität eines bestimmten Tuchs zu überzeugen. Die Frau hörte ihm aufmerksam zu, während der Mann Griseldis unverhohlen anstarrte. Seinem Weib entging dies nicht und sie versetzte ihm mit ihrem Ellenbogen einen energischen Stoß in die Rippen.

Der Tuchmacher begrüßte Griseldis zurückhaltend, aber nicht unfreundlich. Immerhin erhoffte er sich ein gutes Geschäft. „Meister Bertolf, wie schön dich zu sehen", flötete sie laut genug, damit Dithmar es hörte.

Noch schien die Freude allein auf ihrer Seite zu sein, denn Bertolf verzog keine Miene. „Womit kann ich dienen?"

Griseldis redete munter weiter: „Ich brauche Tuch für mindestens ein neues Gewand, wenn nicht sogar zwei."

Diese Aussicht stimmte den Händler etwas freundlicher. „Dann werde ich dir eine Auswahl zeigen. An was hattest du gedacht?", gab er sich jovial.

„Es soll vom Schnitt sein wie dieses", sagte sie und drehte sich anmutig um die eigene Achse. Wieder galt ihr die gesamte männliche Aufmerksamkeit. „Mit genau solch einem Ausschnitt und solch weiten Trompetenärmel, nur in der Taille soll es etwas schmaler sein."

Aus Richtung der Frau erklang ein empörter Laut. Ihr missfiel sowohl Griseldis' Auftreten wie auch der ungewöhnliche Schnitt ihres Obergewandes, das nicht unbedingt der gängigen Mode entsprach. Doch darum scherte sich Griseldis keinen Deut.

Meister Bertolf betrachtete dagegen ihre schlanke Gestalt mit Wohlgefallen und gab sich zugänglicher. „Ich verstehe, was du meinst. Aber so weite Ärmel sind eher unüblich."

„Vielleicht hier in Mainz, aber am Hofe trägt man es so", behauptete sie forsch.

„Dein Wunsch ist mir Befehl", meinte er devot. „Lass uns zunächst den Stoff aussuchen. Welches Material und welche Farbe möchtest du?"

„Da es für das Frühjahr ist, soll es nicht so schwer sein."

„Ich hole eine Auswahl", sagte Bertolf und kam wenig später mit edlen Tuchen und einigen Seidenballen zurück. Die Seide gefiel Griseldis nicht so gut wie in dem Geschäft des Juden, deshalb entschied sie sich dagegen. „Die kommt nicht in Frage."

„Gut, dann schau dir dieses hier an. Es ist robust, aber dennoch leicht und unterstreicht die Farbe deiner Augen", meinte er und präsentierte ihr einen azurblauen Stoff. „Aber dieses Rot steht dir ebenso gut und auch ein ganz heller Ton wie dieser elfenbeinfarbene harmoniert mit deiner Haut. Allerdings neigt er sehr zum Verschmutzen."

Griseldis begutachtete die Stoffe, strich mit den Fingern darüber, entrollte die Ballen und hielt sich die unterschiedlichen Farben an ihr Dekolleté.

„Welche schmeichelt mir am meisten?", fragte sie ungeniert.

Bertolfs Wangen hatten sich inzwischen gerötet. „Blau oder rot", räusperte er sich.

Griseldis drehte sich zu Dithmar und unterbrach sein Verkaufsgespräch. „Was ist deine Meinung?"

Die füllige Dame wurde nun laut. „Du bist nicht die einzige Kundin und er bedient gerade uns und nicht dich", blaffte sie erbost.

„Verzeih mir, aber ich kann mich schwer entscheiden. Was meinst du denn", fragte sie Dithmar die empörte Frau ignorierend.

„Blau", entgegnete er verlegen und widmete sich dann wieder seiner Kundschaft.

„Wenn du mir einen guten Preis machst, kaufe ich beide", handelte sie.

„Komm mit nach nebenan, damit ich Maß nehmen und den Bedarf berechnen kann", schlug er vor und ging voran.

Sie folgte ihm in den Raum, in dem Tuchballen nach Qualität und Farbe sortiert lagerten.

Bertolf ergriff ein Band und forderte sie auf, die Arme abzuspreizen. Danach maß er ihre Taille. Dabei kam er ihr sehr nahe und Griseldis entging nicht, wie er ihren Duft einsog und schwerer zu atmen begann.

„Gestattest du mir eine Frage?", meinte sie zögerlich.

„Nur zu", erwiderte Bertolf.

„Habe ich dir etwas getan oder warum schaust du immer so böse, wenn du mich siehst?"

Er versicherte ihr, dass sie sich irrte. „Das bildest du dir ein." Er ging jedem weiteren Disput aus dem Weg, indem er den Preis berechnete. „Als Zeichen meines guten Willens gewähre ich dir einen Rabatt", sagte er und nannte Griseldis eine Summe, die sie akzeptierte.

Sie suchte sich noch die passenden Bänder heraus und beglich dann ihre Rechnung. „Wo bekomme ich eigentlich Spangen?", erkundigte sie sich.

„Dazu musst du in die Nuschelgasse. Dort sind die Geschäfte der Spangenmacher", erklärte er ihr.

Dithmar war inzwischen allein im Verkaufsraum und legte sorgfältig einen Ballen zusammen.

Bertolf übergab Bertram wortlos den Einkauf und herrschte dann seinen Sohn wenig freundlich an: „Hast du etwas verkauft?"

„Ja, Tuch für ein Beinkleid."

„Gut. Auf Wiedersehen, Griseldis", verabschiedete er sich deutlich entgegenkommender , als er sie empfangen hatte, und verschwand im Lagerraum.

Griseldis wurde das Gefühl nicht los, dass der Tuchmachermeister direkt hinter der Türöffnung stand, um sie und Dithmar zu belauschen. Sie wollte deshalb den Laden verlassen, aber er hielt sie zurück. „Wieso bist du gekommen?", fragte er leise.

Sie schickte Bertram nach draußen und antwortete ihm dann: „Ist das nicht offensichtlich?"

„Ist dein Einkauf der einzige Grund?"

„Nein, das bist du", flüsterte sie entwaffnend ehrlich. „Warum habe ich seit Tagen nichts von dir gehört?"

Er schaute verlegen zu Boden und erwiderte genauso leise: „Ich konnte nicht. Meinem Vater passt es nicht, dass wir uns sehen. Er macht mir unablässig Vorwürfe und findet immer neue Vorwände, um mich von dir fernzuhalten."

„Eben hat er sich aber recht freundlich benommen."

„Das heißt nichts, du bist eine Kundin."

„Weiß er von dem Kuss?"

Dithmar wurde rot bis über beide Ohren. „Nein, ich habe ihm nichts gesagt und gesehen hat uns auch keiner, so bleibt er unser Geheimnis."

„Außerdem war er ja nur auf die Wange und somit bedeutungslos", ergänzte sie kühl.

„Sehen wir uns wieder?", bat er leise.

„Das liegt allein an dir und wohl auch an deinem Vater. Du weißt ja, wo ich wohne, und nun muss ich gehen", meinte sie mit leichtem Vorwurf.

Dithmar eilte hinter dem Ladentisch hervor, öffnete ihr die Tür und schaute sehnsüchtig hinter ihr her, während sie davonschritt.

Unweit des Ladens entdeckte Griseldis einen blinden Bettler, der demjenigen von heute Morgen zum Verwechseln ähnelte. „Warst du heute Morgen vor meinem Haus?", fragte sie ihn misstrauisch.

Der Mann hob den Kopf. „Werte Dame, ich bin blind. Mein Stock ersetzt mir die Augen und deshalb weiß ich weder, wer du bist, noch wo du wohnst. Wenn die Münzen ausbleiben, wechsle ich einfach meinen Platz und der von heute Morgen war nicht sehr ergiebig. Deshalb kam ich hierher. Es ist also möglich, dass du mich in der Nähe deines Hauses gesehen hast. Aber warum willst du das wissen?"

„Das hat dich nicht zu kümmern", kanzelte sie ihn ab und machte sich auf den Nachhauseweg.

Auf dem Weg nach Mainz

Kurz nach Sonnenaufgang brachen Hanno und Graf Bolko auf. Wegen seiner Verletzung konnte Hanno nicht selbst reiten und saß deshalb auf dem Kutschbock eines Wagens, den ein Knecht Bolkos lenkte. Sein Pferd war an dem Gespann festgebunden und trottete brav hinterher. Der Graf ritt neben ihnen, war aber in Gedanken versunken und deshalb äußerst wortkarg.

Auch Hanno grübelte. Je näher sie der Stadt kamen, umso elender fühlte er sich. Die schönen Tage waren vorbei und er war ab jetzt allein auf sich gestellt. Seine Zweifel wuchsen, ob er auch zurechtkam. Zwar besaß er noch ausreichend Geld, aber das war irgendwann aufgebraucht und er hatte keine Ahnung wie er neues verdienen konnte. Welche Fähigkeiten besaß er? War er ein Händler, Kaufmann oder nur ein Bediensteter eines hohen Herrn? Er wusste es einfach nicht und das ängstigte ihn.

Graf Bolko schien zu ahnen, was in ihm vorging, und sprach ihm Mut zu: „Der Stadtgraf wird schon wissen, was mit dir zu tun ist. Er ist ein einflussreicher Mann, mit dem sich vernünftig reden lässt. Bei ihm bist du in guten Händen."

„Eine andere Wahl habe ich auch gar nicht. Aber mir ist wirklich bang vor meiner Zukunft. Ich weiß nichts über mich. Wer bin ich? Ein redlicher, gottesfürchtiger Mann oder gar ein schändlicher Herumtreiber und Verbrecher? Es ist schwer mit dieser Ungewissheit zu leben."

„Es muss ein seltsames Gefühl sein, sich selbst nicht zu kennen und ich kann dich verstehen. Aber du bist jung, kräftig und nicht dumm. Du wirst deinen Weg gehen. Außerdem bleibt dir immer noch die Aussicht, dass du dich bald erinnerst."

Hanno hoffte, dass der Graf recht behielt, fühlte sich aber immer noch verunsichert. In Selenhofen stiegen sie ab und Bolko erteilte seinem Knecht den Auftrag, einen Stall für die Pferde und das Gespann zu finden. Dann nannte er ihm einen Ort, an dem er ihn später treffen wollte. Hanno schulterte umständlich sein Bündel und folgte Bolko langsam, der mit forschem Schritt vorausging.

Am südlichen Stadttor erlebten sie eine Überraschung, denn die Wache erkannte Hanno sofort und begrüßte ihn wie einen alten Bekannten. „Na, endlich, Hanno! Wo hast du denn die ganze Zeit gesteckt. Der Kämmerer erwartet dich längst."

„So, so unser Adam heißt also Hanno und scheint hier gut bekannt zu sein", stellte Bolko fest. „Jetzt dürfte dir aber ein Stein von Herzen fallen."

„Das tut es auch", grinste Hanno verlegen, während der Soldat fragend zwischen dem Grafen und Hanno hin und her schaute. „Was hat das zu bedeuten?"

Bolko erklärte ihm kurz, was es mit der Sache auf sich hatte. „Hanno hat nach einem Überfall sein Gedächtnis verloren und weiß weder seinen Namen noch sonst etwas über sich. Dank dir ist nun wenigstens seine Identität gelüftet."

„Dann hast du vergessen, dass du ein Dienstmann von Embricho bist und vor etlichen Tagen ausgesandt wurdest, um etwas über den Mord an Bruder Anselm herauszufinden?"

Hanno bejahte hilflos. „Ich habe noch nicht einmal eine Ahnung, wo ich wohne."

„Im Anwesen des Kämmerers", antwortete die Wache schnell.

„Dann begeben wir am besten gleich dorthin", forderte Bolko ihn auf. „Schau dich genau um, wenn wir jetzt durch die Stadt gehen. Vielleicht entdeckst du etwas, an das du dich erinnerst."

Aber weder die Gebäude noch eine der Gassen weckten Hannos Erinnerung. Selbst der Dom schien ihm fremd. Auch das Haus, in dem er lebte, löste keine Empfindung in ihm aus. Erst als sie in den Innenhof traten und sein Blick die Fassade hochwanderte, regte sich etwas. Seine Augen blieben an einem Fenster hängen. „Ich habe das Gefühl, schon einmal hier gewesen zu sein. Dort oben unter dem Dach könnte sich meine Kammer befinden, aber sicher bin ich mir nicht", stellte er zögerlich fest und deutete auf eine Öffnung.

„Gut, dann gehen wir jetzt zu deinem Dienstherren. Bist du bereit?", fragte der Graf und Hanno nickte.

In diesem Augenblick öffnete sich eine Tür und ein Mann kam auf sie zugeeilt. „Welches Glück du bist zurück! Und wie es aussieht weitgehend unbeschadet. Embricho ist in großer Sorge um dich. Geh am besten gleich zu ihm, er ist in seinem Arbeitszimmer."

Hanno stand trotz des freundlichen Empfangs etwas verloren herum. Da er nicht wusste, wer ihn da so freundlich willkommen geheißen hatte, tat er sich schwer. Umständlich stellte er seinen Begleiter vor. „Dies ist Graf Bolko von Cankor. Seinem Sohn Widukind verdanke ich mein Leben, ohne ihn wäre ich tot. Und hätte der Graf mich nicht in seinem Haus aufgenommen, wäre ich es ebenfalls. Versteh mich bitte nicht falsch, aber kannst du mir sagen, wer du bist?"

Der Diener stutzte. „Sag nur, du kennst mich nicht mehr. Ich bin's doch, Waldemar."

„Verzeih, das muss dir seltsam vorkommen", entschuldigte er sich und erklärte ihm dann, was mit ihm geschehen war. „Und nun zeig mir, wo das Arbeitszimmer ist", bat er ihn noch.

Waldemar ging kopfschüttelnd voran, denn er begriff nicht, dass jemand einfach alles vergessen konnte, selbst den eigenen Namen.

Auch Embricho war erfreut und erleichtert, seinen besten Mann wiederzusehen. Mit ausgebreiteten Armen kam er auf ihn zu und klopfte ihm auf die Schulter. „Hab ich dich wieder! Ich wähnte dich schon unter den Toten und bin nun froh, dich unter den Lebenden zu finden. Gerade wollte ich Männer aussenden, damit sie nach dir suchen!"

„Dies ist Bolko von Cankor, mein Gastgeber während der letzten Woche", stellte Hanno den Grafen erneut vor, der vom Kämmerer nicht minder freundlich begrüßt wurde.

„Wie ich sehe, hattest du Schwierigkeiten?", stellte Embricho fest und deutete auf Hannos Arm.

Noch einmal berichtete er von seinem Pech und seiner Rettung.

„Redest du von Widukind von Battenheim, dem Steinmetz, der hier in der Dombauhütte arbeitet?"

Hanno schaute Bolko hilfesuchend an, der sofort das Wort ergriff. „Genau jener. Er ist mein Sohn."

„Widukind ist der Sohn eines Grafen? Dann ist er ja ein Adliger! Das wusste ich bislang nicht. Wie ungewöhnlich!", bemerkte er und wunderte sich, wie ihm das hatte entgehen können. „Wie kommt es, dass ein Adliger einen solchen Beruf ausübt?"

Bolko räusperte sich. Eigentlich schuldete er dem Kämmerer keine Erklärung, trotzdem machte er keinen Hehl daraus, dass er die Wahl seines Sohnes ursprünglich missbilligte und wie Widukind sich gegen den väterlichen Willen durchgesetzt hatte.

„Über deinen Sohn hört man nur Gutes. Auch wenn er kein Geistlicher wurde, dient er Gott auf andere Weise. Und dies tut er voller Hingabe. Demnach war es wohl eine weise Entscheidung, ihm seinen Willen zu lassen", entgegnete Embricho zu Bolkos Erstaunen. „Und wie ich sehe, ist er nicht nur ein Künstler, sondern wurde auch zur Tapferkeit erzogen. Nicht jeder würde sein eigenes Leben riskieren, um das eines Fremden zu retten."

„Er hielt es eben für seine Christenpflicht", erwiderte der Graf knapp.

„Dem ist nichts hinzuzufügen. Kehrst du noch heute nach Hause zurück?"

„Nein, erst morgen."

„Dann sei heute Nacht mein Gast."

„Deine Einladung nehme ich gern an. Aber jetzt muss ich meine Erledigungen machen. Mein Knecht erwartet mich."

„Dann bringe ihn heute Abend mit, er kann beim Gesinde unterkommen."

Nachdem Bolko gegangen war, fragte der Kämmerer Hanno aus: „Und nun erzähle mir der Reihe nach, was du in Erfahrung gebracht hast."

Hanno blickte beschämt zu Boden. „Herr, ich habe das nicht vorgetäuscht. Meine Erinnerung ist wirklich wie weggewischt. Selbst Waldemar und Ihr seid mir unbekannt, genauso wie auch Mainz. Das Schlimmste ist, dass ich mir selbst fremd bin. Hätte die Wache am Tor nicht meinen Namen gewusst, wäre ich als Adam vor den Stadtgrafen getreten. Diesen Namen gaben mir die Kinderfrau und die Tochter des Grafen."

Embricho wollte nicht glauben, was er da hörte. Erregt lief er auf und ab und ließ sich schließlich schwer atmend in seinen Sessel sinken. „Dann war deine Reise umsonst! Warum musstest ausgerechnet du Opfer von Dieben werden? Ich danke dem Allmächtigen zwar für deine Rettung, aber ich frage mich bei der Gottesmutter Maria und sämtlichen Heiligen, warum der Herr uns mit deinem Gedächtnisverlust straft!", klagte er außer Acht lassend, dass Hanno der eigentlich Leidtragende war. „Du weißt rein gar nichts mehr aus deiner Vergangenheit?", vergewisserte er sich und versuchte ihm durch das Erzählen gemeinsamer Erlebnisse auf die Sprünge zu helfen.

Doch Hanno konnte sich einfach nicht erinnern. Allerdings hatte er seit drei Nächten einen Traum, der etwas mit seinem früheren Leben zu tun haben konnte und den er Embricho nun erzählte. „Manchmal träume ich von einem Leben unter freiem Himmel. Da gibt es einen Mann, der mit schöner Stimme redet, und ein junges Mädchen, das tanzt", entgegnete er zögerlich.

„Ah, dann ist dir wenigstens die Zeit, in der du mit Johannes, dem Märchenerzähler, und seiner Tochter von Dorf zu Dorf zogst, nicht entfallen. Deine Eltern verkauften dich an ihn, als du noch ein Knabe warst. Von Johannes lerntest du deine Redegewandtheit, die Geschicklichkeit deiner Finger sowie die kleinen Kunststücke, mit denen du ganz gern die Damen beeindruckst."

„Ich war ein Vagabund und Gaukler?", fragte Hanno verwundert.

„In gewissem Sinne."

„Und wie kam ich nach Mainz?"

„Johannes verfiel der Trunksucht, seine Tochter brannte mit einem Mann durch und du hattest keine Lust, allein den Lebensunterhalt für zwei zu verdienen. Deshalb hast du ihn verlassen und dich allein hierher durchgeschlagen."

„Dann war ich ein armseliger Taugenichts?"

Embricho lachte. „Bis ich dich unter meine Fittiche nahm. Seitdem bist du ein respektabler Mann."

„Tagaus, tagein zermartere ich mir meinen Kopf, wer ich bin. Manchmal tauchen Bildfetzen auf und wirbeln durcheinander, aber sie passen nicht zusammen."

„Dein Gedächtnisverlust ist wirklich beklagenswert. Nicht nur für dich, vor allem auch, weil du mit einer wichtigen Aufgabe betraut warst. Du wolltest nach Worms und die Herberge finden, in der Bruder Anselm ermordet wurde. Du wirst wahrscheinlich wie üblich nichts aufgeschrieben haben und deshalb nicht wissen, was du erfahren hast?"

„Es gibt nicht den kleinsten Hinweis auf das, was ich während der letzten Tage tat. Notiere ich eigentlich nie etwas?"

„Nein, das ist eine deiner Sicherheitsmaßnahmen. Du hast eigentlich ein phänomenales Gedächtnis und kannst dir Personen, Ereignisse und Orte gut merken. Und solange wichtige Kenntnisse nur in deinem Kopf sind, gelangen sie nicht in die falschen Hände. Nur erweist sich das dieses Mal als fataler Fehler", meinte der Kämmerer betrübt.

Hanno schaute drein wie ein geprügelter Hund. „Es tut mir leid. Vor allem, weil es scheint, dass der Überfall auf mich nicht ganz zufällig erfolgt ist"

Der Kämmerer horchte auf. „Wie meinst du das nun wieder?"

Er erzählte ihm, was er in Battenheim erfahren hatte.

Embricho wurde ernst. „Wenn es stimmt, dass jemand dir nach dem Leben trachtete, muss er einen guten Grund dafür haben. Möglich, dass du Anselms Mörder zu nahe kamst."

„Das könnte zutreffen. Doch solange ich nichts darüber weiß, ist das nur Spekulation", bedauerte Hanno.

Er war während des Gesprächs müde geworden und sein Kopf begann wieder zu schmerzen, was dem Kämmerer nicht entging. Deshalb verlangte er, dass er sich untersuchen lassen sollte. „Deine Gesundheit hat Vorrang. Um sie müssen wir uns zuerst kümmern. Ich lasse Ibrahim, meinen Arzt, holen, damit er feststellt, wie es dir wirklich geht", ordnete Embricho an ohne Widerspruch zu dulden.

Wie so viele Kirchenmänner ignorierte auch der Kämmerer das Gebot, dass ein Christ nicht von einem Juden behandelt werden sollte. Gerade hohe Herren wie er wussten die Fachkenntnisse der jüdischen Ärzte zu schätzen, die die der christlichen oft übertrafen. Ibrahim war ein guter Diagnostiker und die Überlebensrate seiner Patienten war beachtlich, weshalb er einen guten Ruf genoss.

Ibrahim war durch Widukind vorgewarnt und ahnte, wen er behandelte. „Bist du der gewisse Adam?", fragte er auf gut Glück.

„Ja, woher weißt du das?"

„Widukind erzählte mir, was geschah."

„Dann weißt du also schon, was mir fehlt!", stellte Hanno fest.

„Im Großen und Ganzen ja, dennoch muss ich dich untersuchen."

Ibrahim schaute in Hannos Augen, prüfte, ob er das Gleichgewicht halten konnte, und löste verschiedene Reflexe aus. Während der Untersuchung stellte er ihm Fragen. „Wie ging es dir direkt nach dem Überfall?"

„Mir war schwindlig und übel und ich sah doppelt. Außerdem schmerzte mein Kopf und ich konnte kein Licht ertragen."

„Und wie geht es dir jetzt?"

„Diese Beschwerden sind fast alle weg, nur wenn ich mich anstrenge, dröhnt mir der Schädel wieder. Ich weiß aber nur die Dinge, die nach dem Überfall geschahen. Werde ich mich je an die Zeit davor erinnern? "

„Es ist schon mal ein gutes Zeichen, dass du überhaupt etwas behalten kannst. Durch den Schlag auf deinen Kopf wurde dein Gehirn erschüttert. Dadurch kam es zu einer Amnesie. Du kannst nichts tun, als abzuwarten. Ich gebe ich dir ein paar Pastillen, die den Gedankenfluss anregen, dich aber auch beruhigen. Möglicherweise kehrt deine Erinnerung zurück, möglicherweise bleiben aber Teile davon für immer im Dunkeln. Ich rate dir noch zusätzlich zu ausgedehnten Gängen durch die Stadt. Es kann sein, dass deine Gedächtnislücken durch Begegnungen mit Menschen oder beim Anblick bestimmter Orte geschlossen werden. Zermartere dir vor allen Dingen nicht zu sehr den Kopf und zwinge nichts herbei. Je entspannter du bist, umso eher wirst du gesund. Und wegen deines gebrochenen Arms, schaue ich in den nächsten Tagen noch mal vorbei."

Der Kämmerer war während der Untersuchung anwesend gewesen und genauso wenig über die vage Diagnose erfreut wie Hanno. Solange er nicht wieder hergestellt war, konnte er keine Aufträge übernehmen, und so wie es aussah, würde er für einige Zeit ausfallen. Deshalb war es wichtig, dass er sich erholte. „Geh und ruh dich aus. Ich unterrichte Abt Manegold, dass du im Augenblick nichts zur Aufklärung von Anselms Tod beitragen kannst."

„Es tut mir unendlich leid!", entschuldigte sich Hanno erneut.

„Das braucht es nicht. Es ist ja nicht deine Schuld. Befolge lieber die Anweisungen Ibrahims, damit du rasch gesund wirst."

Als Hanno allein in seiner Kammer auf dem Bett lag, wurde er sich seiner Einsamkeit bewusst. Nie hatte er sich verlassener gefühlt als in diesem Augenblick. Agnes hatte ihm die Mutter ersetzt, an die er sich nicht mehr erinnerte, und ihm ein Gefühl von Geborgenheit vermittelt, das er bislang nicht vermisst hatte. Und Yrmengardis´ Anwesenheit hatte ihm den Tag versüßt. Mit dem Gedanken an sie schlief er ein und erwachte erst wieder am Abend.

In der Stadt

Graf Bolko kaufte im Gegensatz zu seiner Frau und seiner Tochter nicht gern ein. Er empfand es als lästige Pflicht. Nur Gewürzen konnte er nicht widerstehen, denn er liebte pikantes Essen. Er besaß einen feinen Gaumen und war überaus experimentierfreudig, was neue Gerichte anbetraf. Auch heute suchte er seinen bevorzugten Gewürzhändler auf, der stets ausgefallene Ware vorrätig hatte.

„Was ist das für ein Kraut?", fragte er und deutete auf ein

Glas, indem sich getrocknete, gefiederte Blättchen befanden.

„Es heißt Koriander. Sein Geruch behagt nicht jedem. Er erinnert an Bettwanzen, weshalb es auch manchmal Wanzenkraut genannt wird. Auch sein Geschmack ist gewöhnungsbedürftig!"

Bolko schnupperte an dem geöffneten Gefäß und verschloss es rasch wieder. Es roch wirklich streng und er konnte sich nicht vorstellen, dass es schmeckte.

„Das hier sind die Samen des Korianders", redete der Händler weiter. „Sie müssen geröstet und dann gemahlen werden. Sie passen gut zu Kohl oder Linsengerichten."

„Von den Samen nehme ich etwas mit", meinte Bolko.

„Dann sag deiner Köchin, dass sie sie sparsam verwendet."

Als er eine Stunde vor Einbruch der Dämmerung alles beisammen hatte, schickte er seinen Diener zum Anwesen des Kämmerers, er selbst wollte noch zu Widukind in die Dombauhütte. Die Wertschätzung, die sein Sohn durch den Kämmerer erfuhr, hatte Bolko zum Nachdenken gebracht. Vielleicht war es endlich an der Zeit, den alten Streit ganz zu begraben. Einen Schritt in diese Richtung hatte er bereits getan, nun wollte er den eingeschlagenen Weg in Mainz fortsetzen.

Schon von Weitem hörte er lautes Hämmern und fragte sich, wie Widukind den Lärm den ganzen Tag über ertrug. Als Bolko die Werkstätte betrat, entdeckte er ihn unter einem Unterstand. Widukind hatte ihm den Rücken zugewandt und formte gerade eine Figur aus Ton. Er war so in sein Werk vertieft, dass er mit seiner Arbeit zu einer Einheit verschmolz. Über seiner Kleidung trug er eine Schürze, an der er sich ab und zu die Hände abwischte. Gerade ergriff er wieder einen Klumpen Ton, befeuchtete ihn, fügte ihn an die Figur und modellierte ihn, sodass er zu einem Teil von ihr wurde. Zwischen Mann und Werk herrschte vollkommene Harmonie.

Bolko hätte ihm noch lange zuschauen können, kam sich aber seltsam vor, seinen Sohn heimlich zu beobachten. Er trat zu ihm und musste ihn zweimal ansprechen, bevor Widukind ihn bemerkte.

„Vater, du bist tatsächlich gekommen", meinte er mit einer Mischung aus Erstaunen und aufrichtiger Freude.

„Wie du siehst. Ich habe vorhin Hanno – so heißt übrigens unser Adam – zum Kämmerer gebracht. Er ist einer seiner Bediensteten. Da ich über Nacht in der Stadt bleibe, dachte ich, ich komm einmal her."

„Das freut und ehrt mich gleichermaßen."

„Diese Madonna wird wunderschön, auch wenn noch nicht allzu viel zu erkennen ist."

„Willst du den Entwurf sehen? Bevor ich mit der eigentlichen Arbeit beginne, zeichne ich zuerst alles auf und mache dann ein Tonmodell. Erst wenn mir das gefällt, bearbeite ich den Stein."

„Gern."

Widukind säuberte sich die Hände und präsentierte dann seinem Vater die Zeichnungen. „Das wird mein Meisterstück."

„Wenn es später so aussieht, kannst du das auch mit Fug und Recht behaupten."

„Hast du eigentlich eine Unterkunft für die Nacht?", fragte Widukind, der sich nicht traute, seinen Vater in sein bescheidenes Haus einzuladen.

„Ich komme beim Kämmerer unter."

„Das ist gut."

„Ich habe dir vorhin zugesehen. Du hast mich beeindruckt und ich erkenne jetzt, dass ich mich im Unrecht befand. Mir war nicht bewusst, was dein Beruf dir bedeutet und was dein Werk wiederum für die Menschen bedeuten kann."

Widukind wusste, wie schwer seinem Vater diese Entschuldigung fiel. „Belassen wir es dabei. Aber vielleicht verstehst du jetzt, dass mir meine Arbeit beinah heilig ist. Wenn ich am Dom baue oder so wie jetzt eine Heiligenfigur gestalte, fühle ich mich Gott ganz nah. Dies ist meine Art, ihn zu preisen und den Menschen seine Allmacht und Güte zu vermitteln. Und während ich am Stein arbeite, ist es beinah so, als spräche der Herr zu mir. Nicht immer, aber es gibt Augenblicke, da fühle ich eine Verbindung zwischen uns. Verstehst du das?"

„Früher habe ich es nicht verstanden, jetzt aber tue ich es. Und ich wünsche dir, dass Gott noch lange mit dir spricht", meinte Bolko und legte seinem Sohn die Hand auf die Schulter.

Solche Worte väterlicher Anerkennung und Zuneigung waren äußerst selten und Widukind wusste sie zu schätzen. „Deine Zustimmung bedeutet mir viel. Erst jetzt habe ich wirklich das Gefühl, das Richtige zu tun."

Bolko war gerührt, wollte aber vor seinem Sohn nicht noch mehr Gefühle preisgeben. „Und nun muss ich gehen. Gehab dich wohl."

Widukind schaute ihm kurz nach, wandte sich dann aber wieder seiner Arbeit zu. Sein Herz war nun leichter.

Im Haus des Tuchmachers
Nachdem Bertolf seinen Laden geschlossen hatte, ging er mit seinem Sohn hinauf in die oberen Stockwerke, die sie

gemeinsam bewohnten. Dithmar bemerkte eine leichte Gereiztheit bei seinem Vater und führte sie auf das Erscheinen von Griseldis zurück. „Hast du gewusst, dass dieses Weibsbild heute in unseren Laden kommen wird?", fragte Bertolf misstrauisch.

„Nein, ich habe sie seit dem St. Stephanstag weder gesehen noch etwas von ihr gehört."

„Vielleicht kam sie ja genau aus diesem Grund!", bemerkte Bertolf bissig.

„Vater! Vermutest du, sie läuft mir nach?"

„Stell dich nicht blöder, als du bist! Dieses Weib hat es auf dich abgesehen, das sieht selbst ein Blinder. Du bist eine gute Partie und sie gibt offen zu, dass sie einen Mann sucht", erregte er sich weiter.

Dithmar senkte seinen Kopf. Auch er empfand Griseldis' Auftreten als kühn, aber ganz im Gegensatz zu seinem Vater störte es ihn nicht. Ihr heutiger Besuch und der zaghafte Kuss sagten ihm, dass er ihr nicht gleichgültig war. Aber er war sich über seine eigenen Empfindungen nicht ganz im Klaren. Einerseits begehrte er sie und träumte beinah jede Nacht von ihr. Andererseits fühlte er sich in ihrer Gegenwart manchmal unsicher, denn sie schien immer genau zu wissen, was sie wollte. Er hingegen schob Entscheidungen meist vor sich her.

„Du brauchst gar nicht zu Boden schauen. Denkst du, ich wüsste nicht, was zwischen euch vorgeht? Ich bin ein Mann genau wie du. Ich gebe zu, dass sie alles besitzt, was ein Weib besitzen sollte, aber sie ist zu eigenwillig. Was sie anbelangt, denkst du nicht mit dem Kopf und das ist ein Fehler. Was wissen wir eigentlich wirklich über sie?", fragte er, ließ aber Dithmar gar nicht zu Wort kommen. „Nichts! Oder so gut wie nichts. Abgesehen davon, dass sie allein lebt, – was ich eindeutig missbillige – frage ich mich, woher sie ihr Geld bekommt?"

„Sie scheint jedenfalls genug zu besitzen, was dafür spricht, dass sie es nicht auf mein Vermögen abgesehen hat!", verteidigte Dithmar Griseldis.

„Ach ja? Sie könnte sich das Geld leihen und nur darauf warten, einen reichen Trottel zu finden, der ihre Schulden tilgt."

Dithmar ärgerte sich, dass sein Vater ihn indirekt als Trottel titulierte. „Frag doch bei den Geldverleihern nach, ob sie ihr Kredite gewähren. Dann weißt du Bescheid."

„Das werde ich auch tun und wehe es ist so, dann siehst du sie nicht wieder."

„Vater, ich bin ein erwachsener Mann!"

„Der von meinem Geschäft lebt!"

„Du kannst dich nicht beklagen, ich arbeite hart dafür! Was hat sie dir denn getan, dass du so ein unnachgiebiges Urteil über sie fällst? Du kennst sie doch gar nicht!"

„Genau das ist es. Deshalb möchte ich auch nicht, dass du mir ihr anbandelst."

„Ich besitze ausreichend Menschenverstand und bin kein Dummkopf!", ereiferte sich Dithmar.

„Die Liebe machte schon gestandenere Männer als dich dazu, glaube mir."

Nun hatte Dithmar endgültig genug. „Und was ist mit dir? Du hast eine junge Geliebte und das ohne den Segen der Kirche", zischte er scharf.

Bevor er sich's versah, fing er sich eine schallende Maulschelle ein. „Du hast kein Recht mich zu kritisieren. Ich bin dein Vater und als mein Sohn hast du zu gehorchen."

Dithmar rieb sich seine schmerzende Wange und grollte im Stillen weiter.

„Versteh doch, ich will dich nur vor einem falschen Schritt bewahren, den du möglicherweise dein ganzes Leben lang bereust", sagte Bertolf etwas versöhnlicher.

„Dann verbietest du mir also den Umgang mit Griseldis?", vergewisserte sich Dithmar.

„Nein, das tue ich nicht", äußerte sein Vater zu seiner Überraschung. „Ich bitte dich nur, nichts zu übereilen. Prüfe sie genau und lass dich zu keinen voreiligen Versprechen hinreißen. Ich werde Erkundigungen über sie einholen, was einige Zeit dauern wird. Bis dahin gedulde dich. Solltest du Griseldis aber ohne meine Zustimmung ehelichen, bist du nicht länger mein Sohn! Dann fällt mein Erbe an jemand anderen", meinte er knapp.

Daraufhin war Dithmar sprachlos vor Wut in seine Kammer gestürmt, sein Vater dagegen setzte sich an den Tisch und stürzte einen Becher mit Wein hinunter. Er hatte dieses Gespräch zu einem späteren Zeitpunkt und unter günstigeren Bedingungen führen wollen. Für seinen Sohn wünschte er sich eine gefügige, angepasste Frau, die allgemein akzeptiert wurde, was auf Griseldis in keiner Weise zutraf.

Donnerstag, 3. Januar A. D. 1096, 6. Schewat 4856
Auf dem Weg nach Magenza

Seit Jonah die Grenze überquert hatte, folgte er der direkten Handelsroute nach Mainz. Heute näherte sich seine Reise dem Ende und gleich würde er am Ziel sein. Er hatte die Straße über den Gau genommen und befand sich auf der Anhöhe oberhalb der Stadt. Ihre Silhouette beeindruckte ihn jedes Mal aufs Neue. Der intakte Ring der Stadtmauer mit seinen zahlreichen Wehrtürmen umschloss den Stadtkern mit seinen Kirchen, Klöstern und den Häusern. Magenza machte einen wehrhaften Eindruck und war sicher nicht leicht einzunehmen. Doch nach den Erfahrungen aus Rouen war Jonah sich nicht sicher, ob sie auch dem Ansturm der Kreuzfahrer standhalten würde.

Er hatte ganz vergessen, wie sehr die vielen Kirchtürme das Stadtbild dominierten. Die Synagoge war von hier oben nicht zu sehen. Ihm am nächsten, auf dem höchsten Punkt der Stadt, lag St. Stephan, im Zentrum unten sah er den Martinsdom, daneben den kleineren „Alden Dom". Er erspähte St. Quintin, in deren Nähe sich das jüdische Viertel befand.

Es begann zu dämmern und er musste sich beeilen, wenn er noch hineingelangen wollte, bevor die Tore geschlossen wurden. Er gab seinem Pferd die Sporen und erreichte das Gautor gerade noch rechtzeitig.

„Wer bist du und was willst du hier?", fragte ihn die Wache.

„Mein Name ist Jonah bar Mose und ich komme, um Geschäfte zu machen. Du kennst Immanuel bar Simson?"

„Dem Namen nach."

„Er ist mein Freund und kann sich für mich verbürgen."

„Du siehst aber nicht aus wie ein Jude", bemerkte der Soldat treffend.

„Ich weiß", erwiderte Jonah. „Ich hatte triftige Gründe mein Aussehen zu verändern. Kann ich passieren?"

„Du kennst dein Ziel?"

„Ja, ich habe hier einmal gelebt."

„Gut. Dann bist du mit den Gesetzen der Stadt vertraut und weißt, wie du dich zu verhalten hast!", gab der Soldat ihm mit auf den Weg.

Jonah lenkte sein Pferd schnurstracks zu Immanuels Haus. Eigentlich hätte er zuerst beim Kalonymos, dem Gemeindevorsteher, vorstellig werden müssen. Aber er war müde und verdreckt und wollte ihm so nicht gegenübertreten. Gleich morgen früh würde er den Besuch nachholen, jetzt wollte er unbedingt zu Immanuel und Sara.

Das Haus der beiden, das Immanuel von seinen verstorbenen Eltern übernommen hatte, wirkte verlassen. Nirgends brannte Licht und es stieg auch kein Rauch auf. Jonah befürchtete schon, umsonst hierhergekommen zu sein. Sollte er die falsche Adresse haben? Er beschloss, dennoch sein Glück zu versuchen, und klopfte an. Alles blieb still. Er klopfte erneut, wieder erfolgte keine Reaktion. Enttäuscht wandte er sich ab und wollte gehen, als sich die Tür des Nachbarhauses öffnete und ein Knabe herauslugte.

„Willst du zu Immanuel?", fragte er mit brüchiger Stimme.

„Ja, ich bin sein Freund Jonah und komme aus Rouen."

„Er ist mein Schwager. Ich bin Isaac, der Bruder seiner Frau", meinte er und hieß ihn herüberkommen.

Neben Isaac erschien Sara, die einen Freudenruf ausstieß, als sie Jonah erkannte. „Welche Überraschung, dass du hier bist. Warum hast du nicht geschrieben und deine Ankunft angekündigt?", begrüßte sie ihn.

„Die Entscheidung kam etwas überstürzt", rechtfertigte sich Jonah.

„Du siehst ganz verändert aus ohne Bart."

„Das haz seinen Grund, den ich dir bei Gelegenheit erköären werde", beschwichtigte er sie.

„Jetzt komm erst einmal herein. Immanuel ist leider nicht da, er ist in Italien. Du bleibst doch zur Abendmahlzeit? Isaac bringt dein Pferd in einen Stall. Dein Hund kann im Hof hinterm Haus unterkommen. Dort ist ein kleiner Verschlag, der im Augenblick leer steht."

„Ich nehme dein Angebot gern an", meinte Jonah, packte sein Bündel, rief den Hund und übergab Isaac die Zügel. Sara zeigte ihm den Weg in den Hof, wo er sich säubern konnte. Im Vorbeigehen erhaschte Jonah einen kurzen Blick auf den gedeckten Tisch und freute sich auf ein jüdisches Mahl, das er während der letzten Wochen entbehrt hatte. Der warme Schein der Kerzen wirkte anheimelnd und der appetitanregende Duft des frisch gekochten Essens machte ihm bewusst, wie hungrig er war. Draußen reichte Sara ihm einen Eimer, damit er Wasser am Brunnen schöpfen konnte, dann ging sie nach drinnen, um ein weiteres Gedeck aufzulegen.

Jonah brachte zunächst den Hund unter, danach entkleidete er seinen Oberkörper und begann sich zu waschen. Das Wasser war eiskalt, aber es tat gut, den Staub loszuwerden. Nachdem er fertig war, füllte er eine Schüssel mit Wasser, die er im Verschlag gefunden hatte, und brachte sie dem Hund. Inzwischen war es stockfinster und er konnte kaum etwas sehen. Er streichelte dem Tier noch einmal über den Kopf, ging rückwärts wieder heraus und verschloss die Tür. Noch bevor er sich umdrehen konnte, umklammerten ihn zwei kräftige Arme und hielten ihn so fest, dass ihm die Luft wegblieb.

„Was treibst du zu dieser Stunde am Haus von Sara?", hörte er eine Stimme zischen.

Jonah begann vor Schreck zu stottern. „Iiiich bbbin iiiihr Gaaaast."

Der Hund spürte, dass seinem Herrn Gefahr drohte, und begann laut zu kläffen.

„Das kann jeder behaupten."

„Immanuel ist mein Freund."

Nach der Erwähnung des Namens, lockerte sich der Griff etwas. Plötzlich stand Sara im Rahmen. Der Lichtschein aus dem Hausinnern fiel genau auf Jonah und Widukind. Völlig überrascht starrte sie auf die beiden. „Widukind, was tust du da? Das ist Jonah, ein Freund der Familie, lass ihn bitte los."

Sofort gab er Jonah frei. Dieser drehte sich um und wollte sich beschweren, doch als er Widukinds riesige Gestalt erblickte, ließ er es lieber bleiben. Der Mann überragte ihn um Haupteslänge.

Widukind schaute ertappt zu ihm herunter und meinte dann: „Bitte entschuldige. Ich sah, wie sich ein Unbekannter an eurem Verschlag zu schaffen machte und dachte, er wolle etwas stehlen oder sogar einbrechen. Und da habe ich mich vergewissert, dass alles seine Ordnung hat", rechtfertigte er sich Sara gegenüber.

„Das hast du auf recht eigenwillige Weise getan, wenn ich das anmerken darf", beschwerte sich Jonah, dessen Brustkorb noch immer schmerzte.

„Ich bedauere es wirklich. Manchmal schätze ich meine Kräfte falsch ein. Ich hoffe, ich habe dir nicht zu sehr wehgetan."

„Es geht so", presste Jonah hervor.

Sara versuchte zu schlichten. „Das war sehr aufmerksam von dir Widukind. Hab vielen Dank, aber Jonah ist soeben angekommen und wird einige Tage bleiben. Du wirst dich an ihn gewöhnen müssen."

„Ich werde euch nicht wieder behelligen", versprach er und zog sich kleinlaut zurück.

„Dein Nachbar scheint äußerst aufmerksam und zudem noch hilfsbereit zu sein", stellte Jonah fest.

„Ja, und wie es scheint, hat er einen ausgeprägten Beschützerinstinkt. Ich bin nicht die erste, der er beisteht", bestätigte Sara. „Hier ist ein Knochen für deinen Hund, damit er Ruhe gibt."

Jonah öffnete den Verschlag erneut und warf ihm das Fressen zu. Das Bellen verstummte sofort.

Nach dem Essen bot Sara ihm eine Unterkunft an. Jonah zögerte nicht lange und sagte zu. An diesem Abend vermied er es, seinen Gastgebern den wahren Grund seines Kommens zu verraten. Erst sollte der Parnass unterrichtet werden, bevor andere Gemeindemitglieder etwas davon erfuhren.

Erzbischöflicher Palast

Seit Ruthard sich mit Griseldis getroffen hatte, spürte er eine nie gekannte Unruhe. Tagsüber musste er ständig an sie denken und konnte sich kaum auf seine Amtsgeschäfte konzentrieren. Nachts schlich sie sich in seine Träume und raubte ihm den Schlaf. Er schätzte ihre freundliche Art und ihre Bereitschaft ihm zuzuhören, aber es war ihr Körper, der ihn erregte und Begierde in ihm weckte. Oft erwachte er mit klopfendem Herzen und voller Wollust und wünschte sich, sie läge neben ihm. Er wusste, dass seine Gedanken gotteslästerliche Sünde waren, und suchte Ablenkung im Gebet und in der Bibel, aber es gelang ihm nicht, sie aus seinen Fantasien zu verdrängen.

Bisher hatte er es nie bereut, sein Leben Gott geweiht zu haben. Selbst die einsamsten Stunden hatte er allein durchgestanden. Aber die Tage, in denen er sich jemanden an seiner Seite wünschte, mit dem er seine persönlichen Sorgen teilen konnte, häuften sich. Zwar gab es Embricho, Conrad und die Herrn des Domkapitels, mit denen er sich beriet, doch sie sahen in ihm immer nur den Erzbischof – nie den Menschen. Ganz anders als Griseldis; sie vermittelte ihm das Gefühl mehr zu sein als ein Mann in seinem Amt. In ihrer Gegenwart hatte er sich ungeheuer wohlgefühlt und so unbeschwert wie schon lange nicht mehr. Er sehnte sich nach weiteren Stunden mit ihr, wusste aber gleichzeitig, dass er einen riskanten Weg einschlug. Denn in seinen Lenden wütete ein Feuer, wie er es selbst in jungen Jahren nicht verspürt hatte. Er musste sich eingestehen, dass nicht nur sein Fleisch, sondern auch sein Geist jede Stunde schwächer wurde. Wie konnte ein Weib nur eine solche Macht über ihn haben?

Wie üblich sah Friedbert um diese Uhrzeit nach ihm. Er betrachtete seinen grübelnden Herrn und ahnte den Zwiespalt, in dem er sich befand. Er glaubte auch den Grund dafür zu kennen. Seit er Griseldis zu ihm gebracht hatte und brütete Ruthard oft stundenlang vor sich hin. Hatte er früher an den Abenden gelesen, um sich zu zerstreuen, lagen die Bücher unberührt auf dem Stapel. Er aß auch nur noch unregelmäßig, sodass Friedbert ihn an die Mahlzeiten erinnern musste.

„Herr, Ihr habt seit dem Morgen nichts mehr zu Euch genommen. Habt Ihr keinen Hunger?"

„Nein, mir fehlt der Appetit. "

Friedbert wagte nicht, weiter in ihn einzudringen, und wollte sich schon diskret zurückziehen, als der Erzbischof ihn zurückhielt. „Seit einigen Tagen fühle ich mich einsam. Früher machte mir das nichts aus, aber jetzt kann ich das Alleinsein kaum noch ertragen. "

Friedbert hüstelte verlegen. Die ungewohnte Offenheit des Erzbischofs überforderte ihn. Er wusste nicht, was er antworten sollte, und meinte stattdessen: „Möchtet Ihr vielleicht einen Becher Wein? Soll ich Euch Conrad schicken? Oder verlangt es Euch nach Musikanten?"

Ruthard blieb ihm die Antwort zunächst schuldig. Er stand auf, trat vor das Kruzifix und legte seine Hand auf die Füße des Gekreuzigten. Nachdem er lange den Korpus betrachtet hatte, meinte er schließlich mit belegter Stimme: „Ich will nichts von alldem. Geh und bring Griseldis wieder in das Haus. Sie versteht es, mich aufzuheitern."

Der Diener verzog keine Miene. Auch wenn er diese Zusammenkunft nicht guthieß, tat er ohne ein Wort zu verlieren, was ihm aufgetragen worden war. Bevor er ging, richtete er in der Küche einen Korb mit Essen und Wein. Dann verließ er den Palast, um Griseldis zu holen.

Ruthard fühlte sich nach dieser Entscheidung befreit. Er schlüpfte in die Mönchskutte und gelangte unbemerkt von den Palastwachen ins Freie. Für den Weg nahm er sich Zeit, denn er wollte nicht als Erster am Treffpunkt sein. Griseldis sollte nicht den Eindruck bekommen, dass er es kaum erwarten könne, sie zu sehen. Bei seiner Ankunft sah er Licht brennen und augenblicklich beschleunigte sich sein Herzschlag.

Griseldis' Wangen waren vom schnellen Laufen leicht gerötet und sie erschien Ruthard noch schöner als das letzte Mal. Sie ging vor ihm in die Knie und er warf einen kurzen Blick auf ihren Busen.

„Erhebe dich, das hier ist kein offizieller Anlass. Wie ich sehe, bist du noch nicht lange hier."

„Ich hatte gerade noch Zeit, das Nonnengewand auszuziehen."

Friedbert, der alles hergerichtet hatte, zog sich zurück.

Vorhin hatte Ruthard keinen Appetit gehabt, jetzt lief ihm beim Anblick der Speisen das Wasser im Mund zusammen. „Setzen wir uns", forderte er Griseldis auf und plauderte dann unbefangen weiter. „Es ist schön, dass du kommen konntest."

„Eigentlich hatte ich heute Abend eine Verabredung mit Jörg, dem Verwalter von Gerhards Landsitz. Aber Gerhard brauchte ihn unerwartet und so sagte er mir im letzten Augenblick ab. Was gibt es denn Wichtiges, dass Ihr mich so dringend sprechen wollt?"

„Ich hatte einfach das Bedürfnis unsere Unterhaltung vom letzten Mal fortzusetzen", behauptete er nicht ganz der Wahrheit entsprechend.

Griseldis fragte sich, was es daran fortzusetzen gab, denn es war alles gesagt worden. Deshalb vermutete sie einen anderen Grund für das Treffen. Sein angespanntes Verhalten verriet ihn, aber sie wollte es ihm nicht leicht machen. Er musste den ersten Schritt tun, damit er später nicht behaupten konnte, sie hätte ihn zur Sünde verführt.

„Ist dein Bruder endlich gekommen?"

„Nein, ich habe schon länger nichts mehr von ihm gehört", entgegnete sie und machte ein betrübtes Gesicht. „Ich hoffe nur, ihm ist nichts geschehen."

„Er wird bestimmt bald gesund und munter hier eintreffen. Gibt es sonstige Neuigkeiten?"

„Nicht, dass ich wüsste. Mein Leben ist doch recht eintönig. Viele Bekanntschaften habe ich noch nicht geschlossen und so verbringe ich die meiste Zeit zu Hause. Aber warum erzählt Ihr mir nichts von Euch. Woher kommt Ihr? Und warum wurdet Ihr Geistlicher?"

„Das interessiert dich wirklich?", fragte er überrascht,

denn er war davon ausgegangen, dass derlei Dinge sie langweilten.

„Ja", ermunterte sie ihn.

Ruthard griff nach dem Pokal und nahm einen kräftigen Schluck. „Teile meiner Verwandten kommen aus dem nahegelegenen Rheingau, ein anderer Zweig lebt in Thüringen. Ich entstamme keinem Adelsgeschlecht, sondern einer Familie von Ministerialen und bin der Einzige, der die geistliche Laufbahn einschlug. Meine beiden Brüder heißen Dudo und Embricho."

„Der Kämmerer ist Euer Bruder?", erstaunte sie sich.

„Nein, er trägt nur den gleichen Namen, der übrigens hierzulande recht geläufig ist. Aber er ist ebenfalls mit mir verwandt. Du fragst dich gewiss, wie ein relativ einfacher Mann wie ich bis zum Erzbischof und Reichskanzler aufsteigen konnte?"

Griseldis wusste sehr wohl, wie das vonstattenging, aber sie ließ ihn im Glauben, ahnungslos zu sein.

„Ich trat als Knabe dem Ordo Sancti Benedicti bei und wurde Abt des Klosters St. Peter und Paul in Erfurt. Nachdem Erzbischof Wezilo starb, übertrug man mir mein jetziges Amt, das ich nun seit beinah sieben Jahre innehabe. Dies geschah damals auf Veranlassung von Kaiser Heinrich IV."

„Dann verdankt Ihr ihm einiges."

„Ja, und deshalb bin ich auch sein ergebener Kurfürst."

Griseldis bemerkte, dass er sein weltliches Amt in den Vordergrund stellte. Tat er es in der Absicht, von seinem Status als Gottesmann abzulenken?

„Wie steht Ihr eigentlich zum Pontifex? In Zeiten wie diesen ist es gewiss nicht einfach, die richtige Position zu beziehen."

„Du sagst es! Da wir zwei Päpste haben, ist es für uns Bischöfe oft eine Gratwanderung. Aber es ist allgemein bekannt, dass ich mich zu Clemens bekenne."

„Geratet Ihr nicht in einen Loyalitätskonflikt, wenn Ihr Euch nur auf seine Seite schlagt und Urban nicht anerkennt?"

„So ganz stimmt das nicht. Ich bin ein Verfechter der Hirsauer Klosterreform, was mich wieder näher an Urban rücken lässt. Bislang verstand ich es jedenfalls, mich mit beiden Päpsten einigermaßen gutzustellen, sodass weder meinem Amt noch der Stadt oder dem Erzbistum Schaden entstanden ist."

Griseldis kam der Spruch in den Sinn, dass man nicht zwei Herren dienen konnte, und teilte im Stillen diese Ansicht. Ruthard schien jedoch nicht zu zweifeln und genau zu wissen, was er tat. Und wie es schien, ging seine Rechnung bis jetzt auf.

„Mehr gibt es nicht von mir zu berichten", schloss er.

„Ach, übrigens sprach heute auf dem Brand einer dieser Wanderprediger und warb Teilnehmer für die bewaffnete Pilgerfahrt. Er war äußerst wortgewandt und lockte eine große Menschenmenge an."

„Davon hat man mir nichts berichtet. Es war allerdings zu erwarten, dass sie auch hierher kommen. Nur dachte ich nicht, dass es so bald geschieht. Das gefällt mir nicht. Ich überlege mir, ob ich den Wanderpredigern den Zutritt zu Mainz generell verwehren soll. Ihre Ansprachen sorgen nur für Unmut."

„Warum?", hakte sie nach.

„Erstens weil ausgerechnet Papst Urban den Kreuzzug ausrief, der ein erklärter Feind unseres Kaisers ist. Zweitens weil ich diesen bewaffneten Zug generell mit großer Skepsis sehe. Mir kam Unschönes zu Ohren. Es gab in Frankreich

Übergriffe der Kreuzfahrer auf die Bauern, aber auch auf Juden, und die deutschen Juden stehen weitestgehend unter kaiserlichem Schutz, den ich als Kurfürst zu garantieren habe. Immerhin ist die blühende Gemeinde Magenzas für Mainz von immenser Bedeutung. Wenn dergleichen hier geschähe, hätte das schwerwiegende Folgen für die Stadt, ihre Bürger und auch für mich."

„Ihr fürchtet, Mainz könnte erobert werden?", fragte sie überrascht, denn dieser Gedanke war ihr noch gar nicht gekommen. „Wurde es nicht schon einmal belagert und dennoch nicht eingenommen?"

„Das stimmt. Otto I. harrte zwei Monate aus. Das war aber vor mehr als hundert Jahren", bestätigte Ruthard.

„Ihr habt doch den Oberbefehl über die Mauern und Tore. Wenn Ihr sie nicht öffnet, gelangt niemand hinein. Außerdem verfügt Ihr über Soldaten und seid ein mächtiger Mann, dessen Wort Gewicht hat. Wer sollte es wagen, sich mit Euch anzulegen?"

„Aus dir spricht das unwissende Weib!", entfuhr es Ruthard ungewollt scharf. „Mauern können erklommen, Tore zerschmettert, Soldaten besiegt werden und Diplomatie kann scheitern. Ich trage eine hohe Verantwortung. Der Kaiser wird Rechenschaft von mir verlangen, sollte auch nur einem Juden ein Haar gekrümmt oder Mainz Schaden zugefügt werden. Die Stadt liegt ihm am Herzen und ich bin ihr Herr, zumindest über deren geistlichen Teil", redete er sich in Rage.

Die Stimmung drohte zu kippen und Griseldis lenkte die Unterhaltung in unverfänglichere Bahnen. „Verzeiht, das habe ich nicht bedacht. Ihr habt recht: Frauen sollten die Politik den Männern überlassen", stellte sie mit unschuldigem Augenaufschlag den Bezug zu ihrem letzten Gespräch her.

Ruthards düsterer Gesichtsausdruck verschwand. Griseldis langte nach einem rotwangigen Apfel, und als sie einen Bissen davon nahm, fiel eine Strähne ihres goldblonden Haares in ihr Gesicht. Ihre Augen leuchteten wie Lapislazuli und sie erinnerte ihn in diesem Augenblick an Eva, die personifizierte Verführung des Garten Eden. Aber sie schaute so unschuldig drein, dass er diesen abstoßenden Gedanken rasch verdrängte.

„Die Äpfel schmecken sehr gut. Ihr solltet unbedingt davon kosten", sagte sie und reichte ihm einen.

Als er ihn in Empfang nahm, berührte sie ihn mit ihren zarten Fingerspitzen. Ruthard konnte nicht länger widerstehen, er umfasste ihre Hand und hielt sie fest. Sie zog sie nicht zurück und ließ ihn gewähren. Ein angenehm wärmendes Gefühl durchströmte seinen Körper. Er nahm ihr das Obst ab und legte es zurück.

„Ich habe keinen Hunger, zumindest nicht nach Obst. Lass uns nach nebenan gehen", meinte er und stand auf.

Griseldis zierte sich. Der gefürchtete Augenblick war gekommen. Sie versuchte ihn umzustimmen und meinte zaghaft: „Habt Ihr nicht Keuschheit geschworen."

„Die habe ich nur gelobt. Und falls du ein schlechtes Gewissen haben solltest, erhältst du durch die Beichte Vergebung."

„Macht Ihr es Euch nicht etwas einfach?", hauchte sie.

„Maße dir kein Urteil über mich an!", sagte er mit fester Stimme. „Dir steht es frei zu gehen."

Griseldis zögerte. Jetzt traf genau das ein, was sie bereits vor ihrem ersten Treffen befürchtet hatte. Lehnte sie ab, sorgte er womöglich dafür, dass sie der Stadt verwiesen wurde und auch nicht an den kaiserlichen Hof zurückkehren konnte. Dann würde sie das Leben einer Ausgestoßenen führen müssen. Ihre Situation war ausweglos und ihr blieb keine andere Wahl. Wollte sie ihr jetziges Leben behalten, musste sie sich seinem Willen fügen.

Ruthard war sich seiner Macht über sie bewusst und hatte sie gezielt eingesetzt. Er beobachtete ihr Mienenspiel, erkannte, dass sie genau abwägte, um sich ihm dann doch zu beugen. Er ging voraus und setzte sich aufs Bett, während sie ihm folgte. Sie schien genauso unsicher wie er, begann aber langsam ihre Schuhe, Strümpfe und das Gewand auszuziehen. Schließlich stand sie vor ihm, wie Gott sie geschaffen hatte. Ein letztes Mal rang er mit sich, kapitulierte aber, da seine Begierde stärker war.

„Komm her", seufzte er.

Da er keine Anstalten machte, sich zu entkleiden, übernahm sie das für ihn. Sie tat es äußerst geschickt und wäre Ruthard erfahrener, hätte er gewusst, dass es nicht ihr erstes Mal war. Als er nackt neben ihr lag, erkundete er ihren Körper, zunächst mit Blicken, dann mit den Händen. Er streichelte ihre Brüste, ihren flachen Bauch, die Hüften und Schenkel und legte sich auf den Rücken, in der Erwartung, dass sie ihn liebkoste. Unter jeder ihrer Berührungen zuckte er zusammen, und als sie sein Glied anfasste, kam er, ohne in sie eingedrungen zu sein. Stöhnend bäumte er sich auf und sank dann zurück in die Kissen.

„Gott vergebe mir", entfuhr es ihm leise.

Griseldis wollte ihm die Wange streicheln, doch er wandte sich ab. Nachdem er sich gesäubert hatte, zog er sich wortlos an. Ihr noch immer den Rücken zuwendend fragte er: „Willst du die Beichte ablegen?"

Griseldis verneinte. „Was hätte ich zu beichten? Es ist doch nichts geschehen."

„Dann steh jetzt auf, für mich wird es Zeit zu gehen", sagte er und verschwand, ohne sich von ihr zu verabschieden.

Nachdem sie angekleidet war, löschte sie die Kerzen, schloss die Tür und streifte zuletzt die Nonnentracht über. Dann wartete sie auf Friedbert, der wenig später mit undurchdringlicher Miene den Raum betrat, um den Korb zu packen. Das Nebenzimmer betrat er nicht, schien aber zu ahnen, was geschehen war.

„Können wir gehen?", fragte er.

„Ich bin so weit."

Wolff kam seinem Ziel Stück für Stück näher. Er hatte wieder vor dem Fenster gelauscht, was sich als sehr nützlich erwies. Irgendwann verstummten die Stimmen, aber niemand verließ das Haus. Darum schlich er zum nächsten Fenster, hinter dem Licht brannte. Die Geräusche, die zu ihm hinausdrangen, ließen keinen Zweifel, was dort geschah. Um endgültige Gewissheit zu bekommen, wartete er, bis alle gegangen waren, und verschaffte sich dann Zutritt.

Im Kamin glommen noch Reste der Glut, die ausreichten, um eine Kerze zu entzünden. Sein Erkundungsgang dauerte nur kurz. Viel gab es nicht zu sehen. Aber ein Blick in die Schlafkammer zeigte ihm, dass auf seine Ohren noch immer Verlass war. Das Bettlaken war zerwühlt und die Abdrücke zweier Körper erkennbar. Außerdem hing der Geruch des Beischlafs noch in der Luft.

Zufrieden verließ er das Haus und ging gemächlich in die Stadt hinunter. Was er soeben in Erfahrung gebracht hatte, würde ihm viel Geld bescheren. Aus dieser Affäre konnte er genug für einen Neuanfang in Köln herausschlagen. Das ersparte ihm auch die Mühe, das Rätsel um Bruder Anselms Liste zu lüften. Es reichte, wenn er sich ab jetzt voll und ganz auf Griseldis konzentrierte.

Freitag, 4. Januar A. D. 1096, 7. Schewat 4856
Unter den Juden

Als Jonah an diesem Morgen erwachte, war er ausgeruht wie lange nicht mehr. Bevor er zu Sara ging, wusch er sich ausgiebig, denn er wollte den letzten Schmutz der Reise loswerden. Danach versorgte er den Hund, der sich in seine neue Umgebung eingefügt und während der Nacht keinen Mucks von sich gegeben hatte. Auch Jonah fühlte sich heimisch und nach Wochen der Entbehrung ließ er sich die Morgenmahlzeit schmecken.

„Was hast du heute vor?", fragte ihn seine Gastgeberin.

„Ich werde erst zu Kalonymos gehen, dann in die Mikwe, und wenn ich noch Zeit finde, werde ich mich um meine Geschäfte kümmern."

„Du bist aber zum Beginn des Sabbats wieder da, oder?"

„Ja", versicherte er ihr.

„Heute Abend sind mein Onkel David bar Natanael und seine Familie nämlich zu Gast. Deine Anwesenheit hat sich übrigens schon herumgesprochen. Beim Einkaufen erkundigte man sich nach meinem Gast."

Jonah erwiderte lachend. „Das ging ja schnell! Geheimnisse verbreiten sich hier wohl rasch, oder?"

„Das hängt davon ab. Was in Mainz im Dunkeln bleiben soll, bleibt es in der Regel auch. Zumindest für eine gewisse Zeit", fügte sie noch hinzu. „Und deine Ankunft geschah ja nicht in aller Heimlichkeit."

„Das stimmt. Denkst du Kalonymos hat so früh am Morgen Zeit für mich?"

„Er erwartet dich gewiss schon."

Bevor Jonah zum Gemeindevorsteher ging, suchte er die Synagoge auf. Lange hatte er keinen Gebetsraum mehr von innen gesehen und es tat ihm gut, sich in Ruhe zu sammeln.

Wenn er dem Parnass gegenübertrat, musste er die richtigen Worte finden, denn sollte er ihn nicht überzeugen, war seine Reise vergebens gewesen. Innerlich gewappnet verließ er das heilige Gebäude.

Die Stadt hatte sich während seiner Abwesenheit kaum verändert. Alles schien wie immer und die schmalen Häuser drängten sich in den engen Gassen noch genauso dicht, wie er es in Erinnerung hatte. Respektabler Wohlstand ließ sich erkennen, der aber nicht offen zur Schau gestellt wurde, das geziemte sich nämlich nicht.

Und genau dieser Wohlstand stimmte ihn nachdenklich, denn er musste für die Kreuzfahrer verlockend sein. Das Gold und Silber der Juden reichte aus, um die Krieger einige Zeit zu versorgen. Auch Warmaisa und Schpira waren wohlhabend und überaus geschätzt, aber der Ruhm Magenzas übertraf den der beiden anderen Gemeinden. Gemeinsam hatten die drei vor einigen Jahren den SchUM-Verband gegründet. Seitdem waren sie nicht nur für die aschkenasischen Juden in der Diaspora ein leuchtendes Vorbild was Wohlstand, gesellschaftliche und wissenschaftliche Reputation anbetraf. Aber genau dieses hohe Ansehen löste nicht nur Wohlgefallen aus, sondern weckte auch Begehrlichkeiten. Mancher Bürger sah in den Privilegien, die den Juden vom Kaiser und den Bischöfen gewährt wurden, eine einseitige Bevorzugung zu deren Gunsten und zum eigenen Nachteil. Aber noch waren diese Neider deutlich in der Minderzahl.

Jonah erreichte schließlich die Gasse, in der Kalonymos wohnte. Die Wintersonne strahlte vom Himmel und kein Lüftchen regte sich. Kurz bevor er das Wohnhaus des Gemeindevorstehers erreichte, geschah etwas Seltsames. Urplötzlich fegte ein eiskalter Windzug durch die Gasse und blies ihm heftig entgegen, sodass er die Hände vor das Gesicht heben musste, um es zu schützen. Jonah erschauerte, denn dieser himmlische Bote brachte die grausigen Erinnerungen aus Rouen mit. Nach Atem ringend presste er sich fest an eine Hauswand und schloss die Augen. Auf einmal sah er sich knöcheltief in dunkelrotem, zähflüssigem Blut stehen, das seine Schuhe durchtränkte und durch die Ritzen des Pflasters in den Boden eindrang. Ein Schrei lag auf seinen Lippen, doch er blieb stumm. Die Vision verschwand so rasch, wie sie gekommen war, aber sie ließ ihn bebend vor Angst zurück. Als er seine Augen vorsichtig öffnete, war alles wie zuvor, die Sonne schien und es war windstill. Doch Jonah ließ sich durch dieses Idyll nicht täuschen, soeben war er dem Tod begegnet.

Er brauchte einige Augenblicke, um sich zu fassen, und ging dann zur Tür. Auf sein Klopfen hin öffnete ein Diener, der ihn hereinbat. Jonah berührte beim Eintreten die Mesusah länger als gewöhnlich. Das Zimmer des Parnass spiegelte die Gelehrtheit seines Besitzers wider. An zwei Wänden waren Bretter angebracht, auf denen er die unterschiedlichsten Schriften aufbewahrte. Kalonymos brütete gerade über einem Talmud-Kommentar von Raschi und blickte auf, als sein Gast hereinkam.

„Schalom, Jonah! Welche Freude dich zu sehen. Ich hörte schon, dass du in der Stadt bist. Erzähl mir, wie es dir und unseren Brüdern in Rouen geht!", rief er erfreut.

Jonah erwiderte den Gruß und sagte dann ernst: „Unserer Gemeinde ist Schlimmes widerfahren. Deshalb wurde ich geschickt."

Der Parnass wurde ernst und musterte Jonah eingehender. Dabei entgingen ihm weder dessen dunkle Augenringe noch die eingefallenen Wangen oder seine fahrigen Bewegungen. Dieser Mann hat Schweres durchlebt, dachte er für sich. „Jetzt nimm erst einmal Platz und dann berichte mir ausführlich, was geschehen ist."

Jonah setzte sich und begann: „Du hast von der Ausrufung der bewaffneten Pilgerfahrt ins Heilige Land gehört?"

Kalonymos nickte ernst.

„Grafen und Landesherren, aber auch einfaches Volk begannen sich kurz danach in Frankreich zu rüsten. Sie scharten und scharen sich immer noch um ihre Anführer, von denen mancher nur dem eigenen Gesetz folgt. Ihr Ziel ist Jerusalem und auf ihrem Weg dorthin, hinterlassen sie eine blutige Spur. Aber überzeug dich selbst. Es steht alles in diesem Schreiben, verfasst von den Häuptern unserer Gemeinde. Es ist an dich und die Ältesten von Magenza gerichtet", sagte er und hielt ihm den Brief hin.

Kalonymos nahm ihn entgegen und brach das Siegel, während Jonah weiterredete. „Ich kam, um euch zu warnen. Die selbsternannten Gotteskrieger sind Bauern, Tagelöhner, arbeitslose Handwerker und nicht nur arm, sondern auch dementsprechend ungebildet. Sie darben. Eure Gemeinde ist reich und unsere Ältesten fürchten, die Pilger werden den Rhein entlang über den Main die Donau hinaufziehen und sich unterwegs das Geld nehmen, das sie für ihre Wallfahrt benötigen. Und es ist zu befürchten, dass sie es sich von uns Juden holen. In Rouen haben sie es jedenfalls getan und Magenza ist um etliches wohlhabender", stieß er mit zittriger Stimme hervor.

Kalonymos hob die Hand und gab Jonah zu verstehen, dass er für den Moment schweigen solle. Die Falten auf seiner Stirn vertieften sich, je länger er las. Er ließ das Schreiben sinken. „Das hier gibt tatsächlich Anlass zur Sorge", meinte er mit belegter Stimme. „Ich kann es mir aber immer noch nicht recht vorstellen."

318

Jonah versuchte ihn zu überzeugen. „Sie erschlugen meinen Bruder. Ich entkam ihnen nur, weil ich mich im Keller eines Christenfreundes versteckte. Meine Mutter verlor ihren Lebensmut, unser Geschäft liegt in Trümmern und wir stehen kurz vor dem Ruin", erwiderte er unter Tränen.

„Du erhältst von unserer Gemeinde Geld, damit du es wieder aufbauen kannst."

„Ich werde das Darlehen gern in Anspruch nehmen, aber das ist nicht mein vordringliches Anliegen. Versteh doch Kalonymos, ihr müsst handeln, und zwar so, wie es in dem Brief vorgeschlagen wird. Bringt euch und euer Kapital in Sicherheit!", wiederholte Jonah eindringlicher.

Die Ereignisse von Rouen erschütterten den Gemeindevorsteher zwar, aber die nordfranzösische Stadt lag viele Meilen entfernt und es war daher nicht sicher, dass Magenza ihr Schicksal teilen würde. „Ist die Lage wirklich so ernst?"

„Ja", gab Jonah unumwunden zu.

„Gut, ich werde für heute Mittag unseren Gemeindevorstand zusammenrufen, damit wir uns beraten. Gemeinsam soll entschieden werden, was zu tun ist. Ich will, dass du ihnen genau das erzählst, was du mir soeben berichtest hast."

Jonah atmete erleichtert auf. Er hatte schon gefürchtet, Kalonymos würde ihn unverrichteter Dinge wegschicken. „Ich werde kommen."

„Wir sehen uns dann nachher in der Synagoge", verabschiedete ihn Kalonymos.

Jonah nutzte die Zeit, um in die Mikwe zu gehen, weniger um seinen Körper zu säubern, als viel mehr um seinen Geist zu reinigen. Er wollte die letzten Wochen, in denen er als getarnter Christ unterwegs gewesen war, abwaschen und sich so auf den Sabbat vorbereiten. Obwohl das Bad sich meist in Frauenhand befand, war es heute für wenige Stunden nur den Männern vorbehalten. Jonah zog sich aus und stieg nackt die wenigen Stufen in das Kaltwasserbecken hinunter, das von einer Quelle gespeist wurde. Nichts durfte zwischen seinem Körper und dem frischen Wasser sein. Er tauchte mehrmals unter und verließ seelisch und geistig gereinigt das Becken. Nachdem er trocken war, kleidete er sich wieder an und verließ das Gebäude. Ihm blieb sogar noch etwas Zeit, einen Geschäftspartner seines Vaters aufzusuchen, um ein kurzes Gespräch mit ihm über eine Lieferung von Gewürzen zu führen, die sie dringend benötigten.

Als er zu der verabredeten Stunde in die Synagoge kam, war der Rat bereits vollzählig versammelt. Kalonymos schien die Männer über den Grund von Jonahs Anwesenheit bereits unterrichtet zu haben, denn nach einer kurzen Begrüßung wurde ihm umgehend das Wort erteilt.

Jonah erklärte, dass ihn die Ältesten für diese Aufgabe bestimmt hatten und er mit der Hoffnung nach Magenza gekommen sei, dass die Gemeinde seinem Anliegen die Aufmerksamkeit schenkte, die es verdiente. In seiner Rede appellierte er an ihre Vernunft genauso wie an ihre Gefühle. „Lasst mich zuvor erwähnen, dass wir französischen Juden es seit jeher schwerer haben als unsere Brüder in eurem Land. Nachdem der Christenpapst diese bewaffnete Pilgerfahrt ausgerufen hatte, verschlimmerte sich die Situation für uns und begann immer erdrückender zu werden. Die Anfeindungen nahmen zu und wir zogen uns immer mehr aus der Öffentlichkeit zurück. Überall im Land versammelten sich Truppen um selbst ernannte Anführer. Anfangs verfügten sie noch über ausreichend Nahrung und Geld, doch beides ging ihnen bald aus und sie begannen zu hungern. Und der Hunger machte sie unberechenbar. Anstatt den direkten Weg ins Heilige Land zu nehmen, ziehen sie nun mehr planlos als zielgerichtet umher. Sie plündern Bauernhöfe, lagern vor Städten und erpressen Geld – vornehmlich von uns Juden. Genauso geschah es auch in Rouen. Anfänglich konnten wir sie tatsächlich mit einer gewissen Summe beruhigen. Doch von einer Stunde zur anderen schlug die Stimmung um und ein Sinneswandel trat ein. Plötzlich waren wir für sie die Christusmörder, was uns in ihren Augen zu den Verbündeten des Antichristen macht. Rädelsführer begannen die Menge aufzuwiegeln und leiteten für sich das Recht ab, uns zu bekehren. Deshalb forderten sie, dass wir uns zum einzig wahren Glauben durch die Taufe bekennen müssten. Wer sich weigerte oder nicht freikaufen konnte, wurde erschlagen oder bei lebendigem Leib aufgeschlitzt und krepierte elendiglich. Dabei machten sie weder vor Kindern noch Greisen oder Schwangeren halt. Denn zuerst wollen sie den heimische Boden von den Juden säubern, bevor sie die Heiligen Stätten befreien."

Jonah legte eine kurze Pause ein, um seine Worte wirken zu lassen. Die Stille im Raum war erdrückend, auch von draußen drang kein Laut herein.

Schließlich meldete sich eines der Ratsmitglieder zu Wort. „Aber es sind doch die Seldschuken, die ihre Stätten zerstören und nicht die Juden. Und Jerusalem ist für uns genauso heilig wie für sie! Haben sie das etwa vergessen?", empörte er sich.

„Viele der Kämpfer sind ungebildet und unwissend und denjenigen, die es besser wissen, ist es gleich. Sie sind von der gemeinsamen Idee besessen, in ihren Himmel zu gelangen, wenn sie nur genügend Antichristen töten. Auch verstehen sie nicht, warum wir Jesus Christus nicht als Messias und Sohn Adonais anerkennen, noch weshalb wir in der Taufe einen Akt der Beschmutzung sehen."

„Das ist unser religiöses Recht!", warf der Älteste ein. „Unsere Religion ist die ursprünglichere!"

Jonah ging nicht näher darauf ein, dieser Disput war so alt wie das Christentum selbst. Er führte stattdessen ein weiteres Argument an, das bei den Pilgern für erheblichen Unmut sorgte und sie noch mehr gegen die Juden aufbrachte. „Angeblich gibt es einige jüdische Schriften, die Jesus als ‚gehängten Bastard' bezeichnen."

„Ich kenne solche Abhandlungen nicht! Das ist eine Unterstellung!", ereiferte sich ein anderer.

„Sie existieren aber tatsächlich! Ich habe davon gehört", bestätigte Kalonymos. „Auf ihrer wie auf unserer Seite gibt es Fanatiker, die jedwedes Maß verloren haben. Diese Pamphlete schaden unserer Beziehung zu den Christen. Zwar geben sie nur die Meinung Einzelner wieder, doch in Situationen wie der jetzigen wissen geschickte Führer sie als die eines ganzen Volkes darzustellen. Da hilft es auch nicht, wenn wir mit aller Vehemenz widersprechen."

„Könnte es nicht auch daran liegen, dass die Christen unsere Art zu leben nicht verstehen und uns deshalb als unheimlich empfinden? Es liegt doch in der menschlichen Natur, dass man dem Unbekannten mit Skepsis begegnet. Aber die Bürger Magenzas kennen uns, sie wissen, wozu wir fähig sind und wozu nicht. Seit Jahren leben wir in Frieden miteinander und haben gelernt, uns zu respektieren", äußerte sich der Älteste wieder.

„Eure Einwürfe mögen berechtigt sein, aber sie gehen an den Tatsachen vorbei. In Mainz seid ihr geduldet und Teil der Bürgerschaft – wenn auch mit Einschränkungen. Der wahre Feind kommt aber von außen", mahnte Jonah. „Ich kam deshalb hierher, um euch mit aller Eindringlichkeit vor dieser Gefahr zu warnen. Unsere Ältesten vermuten, dass das Ziel der Wallfahrer die Städte des Rheinlandes sein werden."

„Du sagst selbst, dass es eine Vermutung ist", wurde er durch einen Zwischenruf unterbrochen.

Doch Jonah ließ sich nicht beirren. „Wollt ihr es darauf ankommen lassen? Ihr ahnt nicht, zu welchen Taten der entfesselte Mob fähig ist. Auf meiner Reise kam ich durch einzelne Landstriche, die zu veröden drohen, weil die Bauern ihre Gehöfte verlassen haben, um sich dem Heer anzuschließen. Frauen und sogar Kinder gehen mit ihnen. Rouen wurde nur von ein paar Hundert überfallen. Aber der Zug wächst mit jeder Meile. Erreicht er die Rheinlande, hat er gewiss eine immense Größe. Die ‚Heiligen Krieger' sind beseelt von der Vorstellung, dass ihr Kampf ein göttlicher ist. Sie glauben, ihre Handlungen, egal wie grausam und unmenschlich sie auch sein mögen, sind durch ihren Gott abgesegnet und deshalb keine Sünde. Sie fürchten keine Konsequenzen, außer sie würden dem göttlichen Willen nicht entsprechen. Von Eifer erfüllt ziehen sie nach Osten und je weiter sie vordringen, umso blindwütiger werden sie."

Die Ältesten blickten zwar bestürzt, dennoch beschlich Jonah das Gefühl, gegen eine Wand anzureden. Mit der Verzweiflung eines Rufers in der Wüste sprach er weiter. „Die wahre Gefahr liegt in ihrem Unwissen, denn die Ungebildeten gehorchen blind ihren Anführern und manche von diesen sind selbst nur wenig klüger als ihre Gefolgschaft. Aber darunter gibt es auch Schlaue, die die Massen zu leiten wissen und unter jenen herrschen die Erbarmungslosen. Das wurde in Rouen offenbar. Ihr Schlachtruf lautete: ‚Rache für Christi Blut' und Blut haben sie reichlich und ohne Reue vergossen."

Jonah wurde wieder von seiner Erinnerung heimgesucht und begann zu zittern. Er konnte nicht weiterreden.

Diese Gelegenheit nutzte der Gelderheber David bar Natanael und ergriff das Wort: „Was denkst du, sollen wir tun?

„Verlasst die Stadt, verbergt euer Geld."

„Wo sollen wir hin und welche Verstecke sollen wir wählen?"

Jonah sammelte seine letzten Kräfte. „Legt christliche Kleidung an, so wie ich es auf meinem Weg hierher getan habe. Sucht Verstecke abseits ihrer Route. Vergrabt das Geld an sicheren Stellen. Noch bleibt euch Zeit zum Handeln."

„Das sagst du so leicht! Wir fänden nie ausreichend Orte, um uns zu verbergen. Juden sind in den größeren Städten geduldet, aber außerhalb dieser Gemeinden nicht gelitten!" Für diese Äußerung erntete er Zustimmung und fuhr unbeirrt fort. „Außerdem werden sie es nicht wagen, Magenza anzugreifen. Die Stadt ist das wichtigste Handelszentrum nördlich der Alpen und genießt große Privilegien. Der Kaiser höchstpersönlich ist uns wohlgesonnen und hält schützend seine Hand über uns. Ich denke nicht, dass wir euer französisches Schicksal teilen werden."

„Euer Kaiser sitzt in Italien fest, umzingelt von den Truppen Papst Urbans und kann euch nicht helfen. Heinrich stellt durch eine Urkunde die Gemeinden Warmaisas und Schpiras unter seinen persönlichen Schutz. Meines Wissens trifft das aber bislang nicht auf Magenza zu. Es könnte also ein Trugschluss sein, zu glauben, dass er euch beschützt. Wie zuverlässig der Erzbischof von Mainz ist, müsst ihr selbst beurteilen. Ihr kennt auch die Zahl und Kampfstärke seiner Soldaten. Auf sie müsst ihr euch im Notfall verlassen, da ihr selbst im Umgang mit Waffen nicht sonderlich geübt seid", insistierte Jonah.

„Du redest von Dingen, von denen du nichts verstehst!",

wies David ihn zurecht. „Was weißt du schon über die Ver-
flechtungen in Mainz. Du lässt außer Acht, dass der Bischof,
die Stadtoberen und etliche Bürger immer wieder Kapital
brauchen, das sie von uns bekommen - ganz zu schweigen
von den Steuern, die wir zahlen. Wenn unsere Gemeinde
zugrunde geht, versiegt eine wichtige Geldquelle und das
wollen sie bestimmt nicht riskieren."

„Denkst du das wirklich? Genau dieses Kapital könnte
euch auch zum Verhängnis werden. Ich würde mich nicht
allein auf Geld als Retter in der Not verlassen. Unterschätzt
niemals die menschliche Gier!"

„Du siehst zu schwarz", wandte sich nun auch Samson bar
Jehuda gegen Jonah. „Die Mauern von Mainz sind stark, die
Gräben in Schuss und die Tore stabil und gut bewacht. Ich
fürchte mich nicht und vertraue ganz auf unseren Schöpfer.
Außerdem zähle ich auf den Kaiser, der in all den Jahren seiner
Regierungszeit für unser Wohlergehen sorgte. Und noch eins
gilt es zu bedenken: Der Weg, den dieser Pilgerzug zurück-
legt, ist lang. Bis sie hierher gelangen, werden sie geschwächt
sein. Ihr Angriff wird dementsprechend verhalten ausfallen."

Jonah schüttelte erschöpft den Kopf. „Ihr habt die wütende Menge nicht erlebt. Sie überwindet Mauern und Tore.
Und da die Ärmsten der Armen kämpfen, haben sie nichts
zu verlieren außer ihrem Leben und fürchten deshalb – um
es mit den Worten der Christen auszudrücken – weder Tod
noch Teufel", bäumte er sich ein letztes Mal auf.

Er spürte, dass er die Ältesten nicht auf seine Seite hatte ziehen können und seine Warnung ungehört verhallte.
Möglich, dass einige seine Befürchtungen teilten, die Mehrheit aber fühlte sich in Magenza einfach zu sicher. Wenn es
jetzt zur Abstimmung käme, würden sie gegen seinen Vorschlag stimmen.

Auch Kalonymos erkannte, dass sie an einem Punkt angelangt waren, an dem es nicht weiterging. Heute würden sie kein Ergebnis mehr erzielen, deshalb beendete er den Disput. „Jonah, wir danken dir für deine ausführliche Schilderung und deine klare Einschätzung. Da der Sabbat bald beginnt, werden wir übermorgen abstimmen. Bis dahin nutzen wir die Stunden, um in uns zu gehen und das Für und Wider abzuwägen", sagte er und beendete die Versammlung.

Jonah verließ gesenkten Hauptes die Synagoge, um zu Sara zu gehen. Er war resigniert und verspürte keine rechte Lust den Abend ausgerechnet mit jenem Mann zu verbringen, der sich soeben als sein größter Widersacher entpuppt hatte.

Anwesen des Emich von Flonheim

Emich erwachte aus seinem totenähnlichen Schlaf. Seine Glieder fühlten sich steif an und er konnte sich kaum bewegen. Er hob den Kopf und erblickte seinen Diener Albrecht, von dem er mit krächzender Stimme Wasser verlangte. Nachdem er seinen Durst gestillt hatte, eilte dieser in die Küche, um für seinen Herrn etwas zu essen zu holen und kehrte mit einer Suppe zurück.

„Ich will das nicht", wehrte er ab.

„Ihr habt drei Tage keine Nahrung mehr zu Euch genommen. Ihr müsst etwas essen."

„Was sagst du da? Drei Tage? Das glaube ich dir nicht!"

„Es ist aber wahr. So lange liegt Ihr schon im Bett, aber geschlafen habt Ihr nicht. Ihr befandet Euch in einer Art Dämmerzustand, in dem Ihr immer wieder dieselben Worte gemurmelt habt."

„Was habe ich denn gesagt?"

„Das erfahrt Ihr erst, wenn Ihr etwas gegessen habt", meinte Albrecht trotzig.

Emich war erbost über dieses ungebührliche Verhalten und wollte aufspringen, um seinen Diener zu züchtigen. Aber er kam gar nicht erst auf seine Beine, sondern fiel zurück auf sein Lager. Albrecht warf ihm einen triumphierenden Blick zu und hielt ihm wortlos die Suppenschale hin, die sein Herr verstimmt und mit zittrigen Händen entgegennahm.

„Jetzt aber heraus damit! Was waren meine Worte?", forderte er streng, nachdem er das Gefäß geleert hatte.

„Deus lo vult!"

„Der Schlachtruf der Pilgerfahrt! Der Herr will, dass ich mich daran beteilige!", rief Emich aufgeregt. Auf seinen bleichen Wangen zeichnete sich ein Hauch Farbe ab und seine Augen bekamen einen fiebrigen Glanz. „Aber warum träume ich dann immerzu von der Kaiserkrone?"

Der Diener überlegte kurz und kam zu einem völlig überraschenden Schluss. „Könnte sie Euer Lohn für die Teilnahme sein?"

„Denkst du, dass ich Kaiser werde, wenn es mir gelingt, Jerusalem zu befreien? Ich kann das nicht glauben. Dazu mangelt es mir an Fürsprechern und ich bin nicht einflussreich genug. So erringt man keine Krone."

„Ein Traum ist zwar nur ein Traum, aber manchmal geht er in Erfüllung und auch Jesus war nur der Sohn eines Zimmermanns", gab Albrecht in seiner geradlinigen Denkweise zu bedenken.

„Da du anscheinend um Erklärungen nicht verlegen bist, weißt du vielleicht auch, was es mit der Erscheinung des Erzengels auf sich hat?", fragte er und schilderte ihm ausgiebig seine andere Vision.

„Das kann doch eigentlich nur der Erzengel Michael sein,

der den Satan aus dem Himmel vertrieb", meinte Albrecht spontan.

Emich starrte ihn sprachlos an. Da mühte er sich seit Wochen, Antworten zu finden, betete stundenlang und kniete dabei auf steinhartem Boden, um seiner Demut Ausdruck zu verleihen, und dem unbelesenen Albrecht kam die Erklärung so einfach über die Lippen.

„Geht es Euch gut?", vergewisserte sich der Diener.

„Mir ging es nie besser. Deine Schlussfolgerung klingt für mich durchaus überzeugend."

Albrecht verstand nicht so recht, worauf Emich hinauswollte. „Inwiefern, Herr?"

„Warum kam mir nie der Gedanke an die Vertreibung Lucifers aus dem Paradies? Nun sehe ich klar. Auch ich soll den Satan vertreiben, genau wie Michael es tat, aber eben nicht aus dem Himmelreich, sondern von Erde."

„Wie meint Ihr das nun wieder?"

„Ich muss den Antichrist tilgen!", eiferte sich Emich und schwang die Beine vors Bett.

„Und wer ist der Antichrist?"

„Jeder, der das Blut unseres Herrn an seinen Händen kleben hat. Die Juden, sie schlugen Jesus ans Kreuz", erregte sich Emich, dessen Stimme inzwischen so grell war, dass sie in Albrechts Ohren schmerzte. „Ich bin auserkoren, den Herrn zu rächen und dafür zu sorgen, dass sein Tod endlich gesühnt wird."

„Wie wollt Ihr das denn bewerkstelligen?"

„Entweder sie bekennen sich zu dem einzig wahren Gott oder sie sterben durch mein Schwert. Ich überlasse ihnen die Entscheidung: Tod oder Taufe", schrie er mit hochrotem Kopf.

Emich baute sich vor Albrecht auf und umklammerte mit beiden Händen ein unsichtbares Schwert, das er drohend über seinem Kopf schwang. So klapperdürr wie er war, wirkte er dabei eher lächerlich. Albrecht fürchtete schon, der letzte Anfall hätte die geistige Gesundheit seines Herrn beeinträchtigt und redete deshalb beruhigend auf ihn ein. „Erst müsst Ihr zu Kräften kommen. So könnt Ihr nicht an der Pilgerfahrt teilnehmen. Das Fasten hat Euch geschwächt, Euer Körper besteht nur noch aus Haut und Knochen. Wahrscheinlich seid Ihr sogar zu schwach, um das Schwert zu führen und einen Schild zu halten!"

„Du redest wirr! Nie habe ich mich besser gefühlt."

„Soeben konntet Ihr nicht aufstehen und auch jetzt wankt Ihr bedenklich. Ihr seid alles andere als kräftig", bemerkte er nur.

Nach Atem ringend ließ Emich sich auf sein Bett sinken. Dabei fiel sein Blick auf seine mageren Beine und den eingefallen Bauch. Albrecht hatte nicht unrecht. „Bring mir Wein und Fleisch und was wir sonst noch an Essbarem im Hause haben!", befahl er und der Diener eilte geflissentlich davon.

Sonntag, 6. Januar A. D. 1096, 9. Schewat 4856
Mainz

Hanno begleitete den Kämmerer auf dessen Drängen hin zum Gottesdienst. Das monotone Gerede des Pfarrers, dem er nicht richtig folgen konnte, übte zu seiner Überraschung eine beruhigende Wirkung auf ihn aus. Er versank in sich selbst und begann seine Gedanken zu ordnen, die seit seiner Ankunft in Mainz drunter und drüber gingen. Embricho ließ ihn auf Anordnung des Arztes Tag und Nacht durch die Stadt streifen, in der Hoffnung, dass er sich schnell wieder erinnerte, und Hanno nutzte diese Zeit auch ausgiebig. Stück für Stück eroberte er sich Mainz zurück und sah es mit den Augen eines Fremden. Dabei entdeckte er Winkel und Gebäude voller Schönheit, aber auch solche, die Abscheu in ihm hervorriefen. Am häufigsten zog es ihn hinauf zu St. Stephan, wo es ruhiger war als im Zentrum.

Manchmal fühlte er sich durch die Fülle der Eindrücke überfordert, die ständig auf ihn einprasselten und ihn durcheinanderbrachten. Immer wieder begegnete er Menschen, die ihn kannten, deren Gesichter ihm aber nichts sagten. Er wusste nicht, ob er sie gemocht hatte oder ob sie ihm gleichgültig oder gar unsympathisch gewesen waren. Er konnte sich einfach nicht erinnern und das machte ihn mürbe. Bald war er es leid, jedem von Neuem seine Geschichte erzählen zu müssen. Aber er prägte sich ihr Aussehen und die dazugehörigen Namen ein, damit sie ihm nicht länger fremd waren.

Hin und wieder kehrte ein kleiner Erinnerungsfetzen zurück. Manchmal konnte er ihn zuordnen, meist stürzte er ihn aber in Verwirrung. An bestimmten Tagen, an denen er glaubte, seine Vergangenheit für immer verloren zu haben, überfiel ihn die Verzweiflung. Doch es gab auch Grund zur Hoffnung. Gerade jetzt fielen ihm zum Beispiel Teile eines Gesprächs ein, das er in einem Gasthaus oder einer Herberge geführt hatte. Viel war es nicht und er konnte die Orte auch nicht zuordnen, aber immerhin war es ein Ansatzpunkt. Sein Gefühl sagte ihm, dass es wichtig war, und er versuchte alles zu behalten. Aber er war noch längst nicht so weit, dem Kämmerer davon zu erzählen. Das würde nur falsche Erwartungen wecken. Er wollte damit warten, bis er sich wieder vollständig erinnerte.

Hanno ließ den Blick über die Köpfe der anderen Gläubigen wandern und erspähte Widukind. Mit einer Geste verständigten sie sich, dass sie nach der Messe miteinander reden wollten.

Der Steinmetz wartete vor dem Gotteshaus auf ihn. „Du siehst viel besser aus als bei unserer letzten Begegnung!", sagte er zur Begrüßung.

„Mir geht es auch wieder gut. Bis auf meinen Arm sind alle Verletzungen verheilt. Nur mein Kopf will noch nicht so, wie ich will. Vielleicht kannst du mir helfen, die Lücken zu schließen."

„Gern, sag mir, was ich tun soll", ermunterte ihn Widukind.

„Erzähle mir noch einmal alles über den Überfall."

„Wie du meinst", seufzte er und berichtete ihm alles so detailliert wie möglich.

„Ist dir außer den dreien sonst jemand aufgefallen?", fragte Hanno.

„Nein, wieso?"

Hanno erklärte ihm, was er im Beisein von Graf Bolko vom Wirt der Schenke in Battenheim erfahren hatte.

„Und nun glaubst du, dass der Fremde die drei anstiftete?"

„Das wäre doch möglich. Selbst dein Vater hält es nicht für abwegig. Immerhin war ich mit einer Morduntersuchung betraut. Bestimmt habe ich etwas Wichtiges herausgefunden, das ich nun dummerweise vergessen habe."

„Wenn deine Annahme stimmt, dann könnte der Fremde dir immer noch nach deinem Leben trachten", stellte Widukind fest.

Hanno erschrak, daran hatte er nicht gedacht. „Seit Tagen durchstreife ich allein die Stadt und habe keinen Gedanken daran verschwendet, dass ich in Gefahr sein könnte."

„Dieser Mann muss ja nicht in Mainz sein."

„In eurem Dorf ist er jedenfalls nicht mehr. Niemand hat ihn seither mehr gesehen. Das haben die Erkundigungen deines Vaters ergeben."

„Konnte der Wirt eine Beschreibung liefern, damit du den Mann notfalls wiedererkennst?"

„Keine, mit der etwas anzufangen wäre", bedauerte Hanno.

„Dann wirst du eben auf der Hut sein müssen."

„Mehr noch! Wenn nötig stelle ich selbst wieder Nachforschungen an. In Worms nahm alles seinen Anfang. Falls nicht bald eine Besserung eintritt, bitte ich den Kämmerer mich nochmals dorthin gehen zu lassen, damit ich von vorn beginnen kann."

„Dann solltest du aber dieses Mal einen Begleiter mitnehmen", riet ihm der Steinmetz.

Unter den Juden

Heute stand die Entscheidung des Gemeinderates an. Auch wenn Jonah kein Stimmrecht hatte, so durfte er doch anwesend sein. Die Versammlung tagte bereits, als er in der

Synagoge eintraf. David bar Natanael sprach gerade. Er hatte sich zum Wortführer der Fraktion gemacht, die fürs Abwarten plädierte. Als er seinen französischen Mitbruder sah, flocht er ihn in seine Rede mit ein.

„Jonah, wir fühlen mit dir und deinen Brüdern. Möge Adonai uns und euch aus jeder Not und Bedrängnis befreien, denn du musst wissen, dass wir euretwegen besorgt sind. Was aber uns selbst betrifft, so brauchen wir uns nicht zu ängstigen; wir haben noch nicht einmal gerüchteweise vernommen, dass unser Leben bedroht wäre. Hier im Rheinland gibt es keinerlei Anzeichen einer solchen Gefahr. Falls die Pilger jemals hierher gelangen, werden sie entweder zur Vernunft gekommen oder so geschwächt sein, dass sie uns nichts mehr anhaben können."

Niemand unternahm den Versuch, diesen Einwand zu entkräften. Schließlich befahl der Älteste die Abstimmung. Das Ergebnis enttäuschte und entsetzte Jonah gleichermaßen. Die Mehrheit schloss sich Davids Meinung an. In diesem Moment hätte Jonah vor Niedergeschlagenheit laut aufschreien können. Die strapaziöse Reise, seine flammende Rede vor zwei Tagen, das Mahnschreiben der Gemeindeältesten von Rouen, alles vergebens. Ihm gelang es schließlich, seine Enttäuschung hinunterzuschlucken. Widerstand und Streitlust begannen sich in ihm zu regen. Er wollte noch nicht aufgeben. „Darf ich noch etwas sagen?"

Kalonymos erteilte ihm das Wort.

„David, du gehst davon aus, dass die Wallfahrer zu Vernunft kommen könnten. Was ist aber, wenn das genaue Gegenteil eintritt und mit jeder Meile ihr Hass wächst und sie erstarken. Ich bitte Euch eindringlich, überdenkt eure Entscheidung. Wenn ihr nicht handelt, droht euch schreckliches Unheil!"

„Jonah, du bist noch jung, es mangelt dir an Lebenserfahrung", belehrte ihn Daniel bar Judah. „Für uns bietet das Leben dagegen kaum noch Überraschungen. Wir haben alles eingehend geprüft und abgewogen und schauen deshalb mit Zuversicht und in vollem Vertrauen auf unseren Schöpfer in die Zukunft."

„Ich zweifle nicht an dem Allmächtigen, wohl aber an euch! Wenn ihr denkt, dass ihr sicher seid, irrt ihr. In meinen Augen begeht ihr einen kapitalen Fehler, wenn ihr abwartet!"

Seine harschen Worte sorgten für Unmut und brachten die Anwesenden gegen ihn auf. Wie konnte er es wagen, ihre Entscheidung so offen zu kritisieren? Er gehörte nicht zu ihrer Gemeinde, woher also leitete er sich dieses Recht ab? Zwischenrufer machten ihrem Ärger Luft. Kalonymos, der von der Standhaftigkeit des jungen Mannes beeindruckt war, versuchte die Wogen zu glätten. „Woher nimmst du diese Gewissheit?"

„Vor dem Haus des Parnass erhielt ich ein Zeichen, das ich bisher verschwieg. Ihr mögt es für eine Ausgeburt meiner Fantasie halten, aber es geschah wirklich. An dem Tag, an dem ich Kalonymos das Schreiben brachte, blies mir ein scharfer Windhauch entgegen, obwohl sich eigentlich kein Lüftchen regte. Für einen Moment sah ich euer Viertel in Schutt und Asche liegen und die Plätze der Stadt getränkt von eurem Blut. Mir schien, als sei der Tod durch die Gasse gegangen."

Diese Äußerung vermehrte die Unruhe unter den Anwesenden, doch David beschwichtigte sie. „Wie du selbst sagtest, entspringt das allein deiner Einbildungskraft. Missverstehe uns nicht, wir danken dir für die Mühsal, die du auf dich genommen hast, um uns zu warnen. Aber wir haben nichts zu befürchten. Bleibe noch einige Zeit in der Stadt und sammle Kräfte, bevor du nach Rouen zurückkehrst", meinte er besänftigend.

Jonah hätte am liebsten erwidert, dass er ein dummer Esel sei, aber David war eine Respektsperson, und gleichgültig wie borniert er sich verhielt, Jonah hatte ihm Achtung zu zollen. Deshalb schwieg er.

„Ich gebe dir ein Schreiben an eure Ältesten mit, in der ich ihr unseren Beschluss mitteile", sagte Kalonymos noch, bevor sich die Versammlung auflöste.

Jonah nickte nur und verließ wortlos die Synagoge, während Kalonymos nachdenklich zurückblieb. Als Parnass trug er besondere Verantwortung für die Gemeinde. Ihr galt seine ganze Fürsorge und im Gegensatz zu David und den anderen teilte er Jonahs Befürchtungen mehr, als im lieb war. Aber wenn die Mehrheit diese Entscheidung getroffen hatte, konnte er sie nicht einfach umstoßen. Um nicht untätig zu sein, beschloss er, dem Kaiser zu schreiben. Gewiss würde Heinrich einen Weg finden, Maßnahmen zu ihrem Schutz zu ergreifen. Er eilte nach Hause und setzte den Brief auf, den er noch am gleichen Tag per Boten nach Italien sandte. Mit einer raschen Antwort rechnete er aufgrund der Entfernung nicht, aber er hatte wenigstens alles in seiner Macht stehende getan.

Auch überlegte er, mit der Nachricht aus Rouen zum Erzbischof und Stadtgrafen zu gehen, um sie auf einen möglichen Ansturm vorzubereiten. Beide hatten sich schon Geld von seiner Gemeinde geliehen und sie kannten sich daher recht gut. Während Ruthard häufig größere Summen in Anspruch nahm, beschränkte sich Gerhard meist auf kleinere Beträge.

Doch gerade in den letzten Wochen hatte der Stadtgraf

zwei Kredite gefordert, die ungewöhnlich hoch waren. Als Kalonymos sich nach dem Grund erkundigte, bekam er eine ausweichende Antwort. Aber Gerhard legte ihm ein Schreiben des Kaisers vor, in dem dieser für ihn bürgte. Deshalb wurden keine Einwände erhoben und der Kredit gewährt.

Sowohl Erzbischof wie auch Stadtgraf würden ihn aufgrund seines Status´ und dieser Geschäftsverbindungen gewiss empfangen. Aber wäre ein solches Handeln nicht verfrüht? Noch hatte keiner der Pilger seinen Fuß auf deutschen Boden gesetzt und es war keineswegs sicher, dass sie überhaupt nach Mainz kamen. Deshalb entschied er, erst um Hilfe zu bitten, wenn Anlass dazu bestand.

In der Stadt

Jonah verließ in seiner Erregung den Stadtkern und ging hinauf in die Weinberge. Dort war es um diese Jahreszeit meist einsam und er konnte die Ruhe finden, die er brauchte, um mit sich ins Reine zu kommen. Selbstzweifel nagten an ihm, weil er unverrichteter Dinge nach Rouen zurückkehren musste. Er fragte sich, ob mangelnde Überzeugungskraft oder fehlende Einsicht der Ältesten dafür verantwortlich war und hoffte, dass ihm zu Hause Schuldzuweisungen erspart bleiben würden. Er hatte wirklich alles Erdenkliche unternommen, um die Gemeinde zu überzeugen, dennoch war er gescheitert. Auch wenn sie seine Warnung in den Wind schlugen, wollte er wenigstens Immanuels Familie retten. Bevor er abreiste, musste er mit Sara sprechen, damit sie, Rachel und Isaac vor einem schlimmen Schicksal bewahrt wurden.

Er war so in seine Überlegungen vertieft, dass er gar nicht merkte, wohin er lief. Unvermittelt fand er sich vor der westlichen Stadtmauer wieder, die wie ein mächtiger Schutzwall vor ihm aufragte. Dieser Abschnitt war besonders wehrhaft und besaß die meisten Wachtürme, was sich in der Vergangenheit schon bewährt hatte, da das davorliegende Areal beste Voraussetzungen für ein feindliches Heerlager bot. Ungefähr auf der Höhe von St. Stephan schwenkte sie in Form eines Halbbogens bis hinunter zum Rhein, wo sie die Stadt vom Vorort Selenhofen trennte. Im diesem unteren Teil verstärkte ein Wassergraben zusätzlich die Umfriedung.

Auch im Norden erschwerten Wassergräben das Eindringen potentieller Feinde und der Rhein mit seinem morastigen Ufer bot im Osten ein natürliches Hindernis. Innerhalb der Stadt hielten die sumpfigen Wiesen des Gartenfeldes, die im Frühjahr und Sommer Brutstätten für Myriaden von Mücken waren, sowie die Bleichwiesen Eindringlinge auf.

Jonah musste sich eingestehen, dass David nicht ganz Unrecht hatte, was die Wehrhaftigkeit der Stadt betraf. Vielleicht trübten die Vorfälle in seiner Heimatstadt seine Urteilsfähigkeit und er sah wirklich zu schwarz. Dieser Gedanke besänftigte ihn etwas, auch wenn er seine Befürchtungen nicht ganz ablegen konnte. Das änderte jedoch nichts an seinem Entschluss, Sara vor seiner Abreise ins Gewissen zu reden.

Große Scheffergasse

Wolff hatte während der letzten Tage weitere Beobachtungen gemacht, die ihm Griseldis und den Erzbischof endgültig auslieferten. Zwar hatte er die Notiz von Bruder Anselm noch immer nicht entschlüsselt, aber seit er von der Liebesbeziehung zwischen den beiden wusste, hatte er das Interesse daran verloren. Jetzt hielt er den Zeitpunkt für gekommen, die Früchte seiner Nachforschungen zu ernten und wollte Griseldis einen entsprechenden „Vorschlag" machen. Wenn sie in der Stadt nicht in Ungnade fallen wollte, konnte sie diesen nicht ablehnen.

Er hatte ihr nach dem Gottesdienst aufgelauert, aber Dithmar begleitete sie nach Hause, sodass er sein Vorhaben aufschieben musste.

Er harrte Stunden in Nähe ihres Hauses aus, um eine günstige Gelegenheit abzupassen. Endlich öffnete sich die Tür und Dithmar trat mit dem Lächeln eines glücklich Verliebten ins Freie. Wüsstest du, was ich weiß, würde deine Miene zu Stein erstarren, dachte Wolff bei sich. Als Dithmar außer Sichtweite war, klopfte er an, woraufhin ihm Margreth öffnete.

Mit verschränkten Armen musterte sie ihn abschätzend. „Jetzt kommen die Bettler schon an die Haustür! Scher dich weg, du dreister Kerl!", fauchte sie ihn an und wollte die Tür zuwerfen, doch Wolff drückte dagegen.

„Ich bin kein Bettler, sondern muss deine Herrin sprechen", grinste er und drückte ihr eine Münze in die Hand.

Margreth blickte erstaunt auf das Geldstück und schien sich auf den Handel einzulassen. „Du siehst aber aus wie einer", erwiderte sie schnippisch. „Warte hier, ich werde sehn, was ich tun kann."

„Du bist auch nicht gerade ansehnlich", zischte er ihr hinterher.

Wolff wartete, in der festen Erwartung empfangen zu werden, doch dieses Mal öffnete ein bärbeißiger Bertram. „Meine Herrin ist müde und fühlt sich nicht wohl. Du sollst morgen früh wiederkommen. Dann wird sie dich vielleicht anhören", wimmelte er ihn ab und schloss die Tür, ohne dass er Einwände hätte erheben können.

Wolff ließ sich nicht gern wie Abschaum behandeln und ärgerte sich über das vergeudete Geldstück. Wenn Griseldis glaubte, sie könne ihn so leicht loswerden, irrte sie sich. So schnell gab er nicht auf. Aufgrund seiner Beobachtungen wusste er, dass Bertram sich nachher aus dem Haus in die nächste Schenke schlich und Margreth nach getaner Hausarbeit zu Bett ging. Deshalb würde er später wiederkommen. Das einzige Risiko war, dass der Erzbischof Griseldis holen ließ, aber das musste er in Kauf nehmen.

Die Zeit bis dahin vertrieb er sich in einem Wirtshaus. Als er mitten in der Nacht zurückkehrte, war das Haus dunkel. Auch in der Gasse war niemand zu sehen, beste Voraussetzungen für sein Vorhaben. Binnen weniger Augenblicke hatte er sich geräuschlos Zutritt verschafft. Zunächst schaute er sich im unteren Stockwerk um. Die Küche war verwaist, Margreth befand sich also in ihrer Kammer. Bevor er nach oben ging, blieb er an der untersten Treppenstufe stehen und lauschte. Es war totenstill. Stufe um Stufe tastete er sich nach oben. Zunächst warf er einen Blick in die Zimmer der Bediensteten. Margreth schlief selig, Bertrams Schlafstelle war, wie vermutet, leer.

Schließlich stand er vor Griseldis´ Tür und öffnete sie leise. Auf einem Tisch neben ihrem Bett brannte eine Kerze und spendete schwaches Licht. Behutsam zog er einen Teil des Bettvorhangs zurück und lugte hinein. Griseldis sah aus wie ein Engel. Ihr blondes Haar umrahmte ihren Kopf wie ein Heiligenschein. Die Decke war hinabgerutscht und entblößte ihre nackte Brust. Dabei stach das Rot der Brustwarzen deutlich vom Weiß ihrer Haut ab. Sie wirkte so unschuldig und rein, aber Wolff wusste es besser. Noch nie waren ihm solche Schönheit und so viel Verruchtheit in einer Person vereint begegnet. Er widerstand der Versuchung, sich zu ihr zu legen und presste stattdessen seine Hand auf ihren Mund.

Augenblicklich schlug sie die Augen auf und starrte ihn entsetzt an. Sie versuchte ihn abzuwehren, damit sie um Hilfe rufen konnte, doch er drückte sie so fest auf das Bett, dass sie nicht gegen ihn ankam. Mit hämischem Unterton meinte er schließlich: „So, so, die vornehme Dame war zu müde, um mich zu empfangen. Das hast du nun davon! Hättest du gleich mit mir geredet, wäre dir das hier erspart geblieben. Ich lass mich nicht gern vertrösten."

Griseldis begann vor Angst zu schwitzen und wehrte sich weiterhin heftig.

„Hör endlich damit auf. Siehst du denn nicht, dass du gegen mich nichts ausrichten kannst? Aber sei unbesorgt, solange du tust, was ich dir sage, geschieht dir nichts."

Sie stellte ihre Gegenwehr ein, da sie hören wollte, was er zu sagen hatte.

„Endlich bist du einsichtig. Ich nehme jetzt die Hand weg, aber schrei bloß nicht. Das wird dir wenig nutzen. Bertram ist nicht da und mit Margreth werde ich rasch fertig. Also, wirst du dich an meine Anweisungen halten?"

Sie nickte zustimmend und Wolff gab sie frei. Rasch zog sie die Decke hoch und bedeckte ihre Blöße.

Wolff hielt sich nicht mit langen Vorreden auf. „Ich weiß, was du tust und auch mit wem!"

Griseldis antwortete heiser: „Das glaube ich dir nicht."

„Du bist die Geliebte des Erzbischofs und des Stadtgrafen."

„Du irrst dich!", verneinte sie vehement.

„Nein, ich habe dich und Ruthard belauscht und mir euer Liebesnest angeschaut. Die Hinweise sind eindeutig. Sein Diener holt dich ab und bringt dich in ein Haus in den

Weinbergen, wo du dich mit ihm triffst. Danach bringt der Diener dich zurück. Dazu verkleidest du dich als Nonne. Und du schleichst dich außerdem nachts in die Burg und zwar durch einen geheimen Gang, damit niemand etwas bemerkt. Welchen Grund solltest du dafür haben, außer einem Techtelmechtel mit dem Burgherrn? Reicht das, um dich zu überzeugen?", fragte er mit Genugtuung.

Griseldis war blass geworden, blieb aber erstaunlich gelassen. Sie hatte die ganze Zeit seinem Blick standgehalten und ihn grübelnd angeschaut. Plötzlich hellte sich ihre Miene auf. „Ich kenne dich. Du bist der blinde Bettler, der vor meinem Haus und vor dem Tuchgeschäft herumlungerte."

„Die anderen Male hast du mich aber nicht bemerkt. Aber lassen wir das Geplänkel, ich kam aus einem bestimmten Grund zu dir."

„Und der wäre?"

„Geld!"

„Ich habe keines!"

„Du lügst! Ich weiß, dass du welches besitzt. Du gehst nicht gerade sparsam damit um."

„Wie viel verlangst du?"

Wolff nannte ihr eine Summe.

„Du bist verrückt", entfuhr es ihr. „So viel habe ich nicht!"

„Dann beschaffe es dir! Deine Liebesbeziehungen mit dem Erzbischof und mit dem Stadtgrafen eröffnen dir entsprechende Möglichkeiten. Außerdem ist das bei Weitem nicht alles, was ich über dich weiß. Dabei half mir Bruder Anselm unbeabsichtigt", behauptete er auf gut Glück und hoffte sie würde sein Täuschungsmanöver nicht durchschauen.

„Was sollte ein Mönch schon über mich wissen?", forderte sie ihn heraus.

„Dein Name taucht im Zusammenhang mit denen von Ruthard und Gerhard auf. Das Verwunderliche daran ist aber, dass Anselm davon wusste, bevor du die Affären begonnen hast, und das ohne dich überhaupt zu kennen. Alles Weitere erfährst du, wenn ich Geld von dir sehe. Dann bekommst du den endgültigen Beweis."

„Du willst mich reinlegen!", wehrte sie sich.

„Nein, ich bin im Besitz einer Notiz, die meine Behauptung belegt."

„Die will ich sehen."

„Erst, wenn unser kleiner Handel zustande kommt."

„Woher weiß ich, dass du mich nicht belügst?"

„Mein Ehrenwort muss dir genügen!"

„Ich fürchte, dass es damit nicht weit her ist!"

„Das wirst du wohl herausfinden müssen", grinste er frech. „Und zwar schon morgen Abend. Da treffen wir uns im Schwanen."

„Das ist zu früh. So schnell bekomme ich die Summe nicht zusammen!"

„Es bleibt bei morgen oder ich gehe zu Ruthard."

Griseldis gab klein bei. „Gut, also dann morgen."

Wolff beugte sich vor. „Lass es uns mit einem Kuss besiegeln!" Griseldis drehte angewidert den Kopf zur Seite. „Dazu kannst du mich nicht zwingen."

„Hab dich nicht so, sonst hältst du es doch auch nicht so mit der Moral!", verlangte er.

In diesem Moment waren polternde Schritte und leises Fluchen von der Stiege zu vernehmen. Griseldis atmete erleichtert auf, noch nie hatte sie sich so über Bertrams Erscheinen gefreut.

„Mein Diener ist zurück. Also sieh zu, dass du verschwindest."

Wolff, der kein Interesse daran hatte, mit ihm aneinander-zugeraten, schlich Richtung Tür. Dort drehte er sich noch mal um. „Vergiss unser Treffen nicht!", flüsterte er, wartete, bis Bertram in seiner Kammer war, und verließ das Haus.

Wolffs Forderungen hatten Griseldis mehr erschreckt als sein dreistes Eindringen. Sie begann vor Wut zu zittern, denn noch nie zuvor war ihr Derartiges zugestoßen. Egal wie viel er wusste, er würde nicht einen Heller von ihr bekommen. Sie ahnte, dass er nicht der Mann war, der sich mit einer einmaligen Zahlung zufrieden gab. Die nächsten Stunden war an Schlaf nicht zu denken. Wenn sie heil aus dieser Angelegenheit herauskommen wollte, brauchte sie für den nächsten Abend einen Plan.

Montag, 7. Januar A. D. 1096, 10. Schewat 4856
Widukinds Haus

Widukind gab selten etwas auf Gerede, aber an diesem schien etwas dran zu sein. Es hieß, ein Jude sei aus Frankreich geschickt worden, um die Gemeinde Magenzas vor anrückenden Kreuzfahrern zu warnen. Er hatte angeblich in der Synagoge vor den Ältesten gesprochen, wobei es zu einem heftigen Wortgefecht gekommen war, das man bis auf die Straße hören konnte. Dabei fielen Begriffe wie „kapitaler Fehler", „drohende Gefahr" und „Taufe oder Tod". Widukind kam zu dem Schluss, dass dieser Jude eigentlich nur Jonah, Saras Gast, sein konnte. Wenn er tatsächlich den weiten Weg auf sich genommen hatte, nur um diese eine Warnung zu überbringen, war die Lage ernst.

Auf dem Heimweg überlegte er, ob er Sara darauf ansprechen sollte. Sie kannten sich zwar nicht übermäßig gut, aber ihr Wohlergehen lag ihm am Herzen. Als er sich jedoch ihrem Haus näherte, sah er, wie Cathrein hineinging, und gab seine Absicht auf.

Wie immer entfachte er zuerst ein Feuer und bereitete dann sein Essen vor. Von gestern war noch eine Linsensuppe übrig, die er sich aufwärmte. Er schnitt sich etwas Brot ab und mischte sich in einem Krug Wasser mit Wein. Er wollte sich gerade setzen, als es zaghaft an der Hintertür klopfte. Sara stand davor. Sie hielt eine dampfende Schüssel in der Hand, die in ein Tuch eingeschlagen war, das sie vor deren Hitze schützte. Ihr unvermutetes Erscheinen verwunderte ihn, denn auch wenn sie eine gute Nachbarschaft pflegten, war es ungewöhnlich, dass sie allein zu ihm herüberkam.

„Nun Steinmetz, hat's dir die Sprache verschlagen oder warum bittest du mich nicht herein?", fragte sie mit einem Lächeln, das ihm aufgesetzt erschien.

„Entschuldige, dein Besuch überrascht mich nur", stammelte er verlegen und trat beiseite.

„Ich habe dir etwas zu essen mitgebracht", meinte sie und hielt ihm das Gefäß unter die Nase, dessen Inhalt verlockender duftete als die Suppe über dem Feuer.

„Das riecht aber gut", bemerkte er schnuppernd, während sie die Schüssel auf den Tisch stellte.

„Ich habe mich von zu Hause weggestohlen", gestand sie ihm. „Mutter schläft bereits und Isaac studiert wie immer seine Schriften. Er wird ein richtiger kleiner Gelehrter."

Auch wenn sie heiter tat, wirkte sie auf ihn bedrückt. „Was ist der Grund für deinen späten Besuch?"

„Das ist nicht einfach zu erklären und lässt sich auch nicht in zwei Worten zusammenfassen. Der Eintopf dient quasi als Bestechungsgeld", versuchte sie zu scherzen.

„Du brauchst mich doch nicht zu bestechen. Wir sind doch Nachbarn. Setz dich!", forderte er sie auf und nahm den Kessel vom Feuer.

„Wie geht es deinem Arm?", erkundigte sie sich, während sie ihm zuschaute.

„Inzwischen ist alles verheilt und ich kann ihn wie gewohnt benutzen."

Widukind kam mit zwei Löffeln und einem weiteren Becher an den Tisch zurück.

Doch Sara lehnte ab. „Ich habe bereits gegessen. Aber lass es dir schmecken."

„Möchtest du wenigstens einen Becher Wein?"

„Nein, danke, er ist nicht koscher."

„Daran habe ich nicht gedacht. Willst du Wasser?"

Wieder verneinte sie.

„Der Eintopf schmeckt sehr gut", stellte er nach dem ersten Bissen fest.

„Er besteht aus Lamm und verschiedenen Gemüsen."

Nachdem der gröbste Hunger gestillt war, fragte er sie erneut: „Also, weshalb bist du gekommen?"

Es war Sara anzumerken, dass sie sich schwertat. Verlegen fixierte sie einen Punkt neben seinem Kopf, um ihm nicht in die Augen schauen zu müssen. Dieser Gang fiel ihr nicht leicht. Sie wollte ihn gleich um seine Hilfe zu bitten, und zwar ohne vorher die Einwilligung des Gemeindevorstands eingeholt zu haben. Ihre eigenwilliges Handeln kam dabeim fast einem Gesetzesbruch gleich. Dennoch war sie bereit dieses Risiko samt Konsequenzen auf sich zu nehmen, denn es ging um das Leben ihrer Mutter, ihres Bruders, das ihres ungeborenen Kindes und um ihr eigenes.

Jonah war es gewesen, der sie zu diesem Schritt ermutigt hatte. Hätte er ihr gestern Abend nicht ins Gewissen geredet, wäre sie noch immer unwissend und säße nun nicht hier. Er offenbarte ihr, warum er tatsächlich nach Magenza gekommen war. Sie hatte ihm erst nicht glauben wollen, aber er versicherte ihr, dass sich alles genauso zugetragen hatte. Sara war entsetzt gewesen, aber nicht ausreichend genug, sein Angebot anzunehmen, mit ihm nach Frankreich zu flüchten. Sie lehnte nicht nur wegen ihrer Schwangerschaft ab, sondern vor allem wegen ihrer Mutter Rachel, die noch nicht ausreichend bei Kräften war, um eine solch anstrengende Reise zu überstehen.

Heute Morgen hatte Jonah seine Warnung bekräftigt und ihr klarzumachen versucht, wie groß die Gefahr war. „Sara, wenn ihr schon nicht mit mir kommen wollt, dann bitte wenigstens deinen Nachbarn, diesen Steinmetz, um Hilfe. Ihm seid ihr nicht gleichgültig und er wird sich für euch einsetzen. Auch ich habe nur überlebt, weil ein Christ mich rettete. Widukind scheint mir hilfsbereit zu sein. Nimm diese Gelegenheit wahr, wenn dir euer Leben lieb ist."

Sara hatte ihm versprochen seinen Rat zu befolgen, aber den ganzen Tag gegrübelt, ob sie auch das Richtige tat. Nun saß sie Widukind gegenüber und suchte nach den passenden Worten. „Jonah hat Mainz verlassen!", begann sie zögerlich.

„Schon?", wunderte er sich.

„Ja, sein Aufenthalt war für ihn mehr als enttäuschend. Er brachte schlimme Nachrichten aus Frankreich und sollte unsere Gemeinde warnen", fuhr sie fort.

Widukind ließ den Löffel sinken. „Demnach stimmen die Gerüchte?"

„Ja, und es ist auch wahr, dass seine Warnung nicht ernst genommen wurde. Mich konnte er aber überzeugen und deshalb bin ich hier. Es fällt mir nicht leicht, dich darum zu bitten. Du gehörst nicht zu meinem Volk und wir kennen uns kaum, aber Jonah meint, du könntest uns in der Stunde der Not beistehen. Er denkt, dass nur die Christen uns vor den Christen beschützen können."

Widukind legte den Löffel nun ganz aus der Hand. Ihm war der Appetit vergangen. In Saras Augen lag solche Furcht, dass er ihrem Blick kaum standhielt. Er stand auf, um Holz nachzulegen, sie sollte nicht sehen, wie sehr ihn diese Nachricht erschütterte. Bald würde sie Mutter werden, was ihre Situation nicht gerade leichter machte. Sie würde jede Unterstützung brauchen und er war gern bereit, ihr zu helfen.

Einigermaßen gefasst setzte er sich wieder. Aber es schmerzte ihn jetzt noch mehr, sie anzuschauen und zu wissen, dass sie die Frau eines anderen war. Bereits bei ihrer ersten Begegnung fühlte er sich zu ihr hingezogen, ohne dass sie es ahnte. Dabei war Sara nicht wirklich schön, dafür besaß sie aber eine Ausstrahlung wie kaum eine andere. Doch selbst wenn sie nicht verheiratet gewesen wäre, hätte es für sie beide keine gemeinsame Zukunft geben können. Dazu waren ihre Welten zu strikt getrennt. Er hatte ihr seine Zuneigung nie gezeigt und hoffte, sie würde sie auch nie erraten.

„Nun, Widukind, hast du dich entschieden? Wirst du mir, Mutter und Isaac beistehen?"

„Sara, ihr könnt euch auf mich verlassen", versicherte er.

Sie atmete erleichtert auf. „Ich danke dir. Es ist gut, dich als Nachbarn zu haben. Aber nun muss ich nach Hause.", meinte sie und wollte gehen.

Doch Widukind hielt sie zurück. „Du bist hier stets willkommen", sagte er feierlich.

„Das weiß ich zu schätzen", bedankte sie sich und stand auf.

„Verzeih mir meine Neugier, aber ich habe noch eine Frage. Vorhin sah ich wie Cathrein, die Frau von Lorentz, dich besuchte. Wie ich hörte, soll er krank sein. Verrätst du mir, was sie von dir wollte?"

„Dass Lorentz krank ist, stimmt und deshalb kann er nicht arbeiten. Sie bat mich vor einiger Zeit um ein Darlehen, das ich ihr auch gewährt habe. Heute Abend gab es noch kurz etwas zu besprechen."

„Du gewährst Kredite?", erstaunte sich Widukind.

Sara lachte auf. „Wunderst du dich so, weil ich eine Frau bin? Sowohl mein Vater als auch mein Ehemann erteilten mir die Erlaubnis während ihrer Abwesenheit in ihrem Namen Geschäfte abzuschließen. Meine Unterschrift gilt als Siegel."

„Ich bin deshalb erstaunt, weil ich dachte, der Handel mit nicht koscherem Wein sei den Juden verboten."

„Das ist richtig. Wie kann ich dir das am besten verständlich machen?", sagte sie mehr zu sich selbst. „Lass es mich so erklären: Dieses Weingeschäft ist im jüdischen Sinne eigentlich kein Handel", entgegnete sie. „Ich gebe Lorentz und Cathrein Geld, damit sie weiterhin die Weinberge bestellen können, und sie zahlen mir die Zinsen in Form von Wein zurück. Der Wein dient also der Schuldentilgung und ist im eigentlichen Sinne kein Handelsgut", bemerkte sie verschmitzt.

Nun musste Widukind schmunzeln. „Da nutzt du geschickt ein Schlupfloch in eurem Gesetz."

„Damit bin ich nicht die Einzige. Alles ist eben eine Sache der Auslegung. Und nun muss ich wirklich gehen", sagte sie und verließ das Haus.

Widukind blieb ratlos zurück. Er fürchtete, sein Versprechen voreilig gegeben zu haben, denn noch wusste er nicht, wie er seine Nachbarn beschützen konnte. Allein würde er es jedenfalls nicht schaffen, dafür mangelte es ihm an Möglichkeiten. Er brauchte einen Verbündeten, dem er blind vertraute und der über ausreichend Einfluss verfügte.

In der Schenke Zum Schwanen

Wolff saß in der düstersten Ecke des Schankraums und betrachtete in üblicher Manier die übrigen Gäste. Von seinem Platz aus konnte er alles gut überschauen, ohne selbst zu großes Interesse auf sich zu ziehen. Da er mit einer hübschen Summe rechnete, hatte er sich zur Feier des Tages einen Krug Wein und eine Fleischmahlzeit gegönnt. Beides befand sich inzwischen in seinem Magen und er begann allmählich unruhig zu werden. Der verabredete Zeitpunkt war längst überschritten und von Griseldis weit und breit nichts zu sehen. Jedes Mal wenn sich die Tür öffnete, schaute er nervös auf, in der Hoffnung sie käme endlich herein.

Er holte sich einen neuen Krug Wein und setzte sich wieder. Die Gaststube füllte sich zusehends und er musste den freien Platz neben sich mit aller Macht verteidigen. Die Luft war inzwischen zum Schneiden dick und der Lärm so laut, dass sein Kopf zu dröhnen begann. Wolff schwor sich, nach diesem Krug zu gehen, sollte sie bis dahin nicht erschienen sein. Doch wenn sie glaubte, er ließe sich so einfach abschütteln, irrte sie sich. Ihr Ausbleiben trieb nur den Preis in die Höhe.

Wolff kippte gerade die letzten Schlucke hinunter, als sich ein schmächtiger Kerl neben ihn zwängte. Er trug einen großen Hut, der seine Haare ganz und sein Gesicht halb verdeckte. Seine Wangen waren schmutzig und es schienen ihm einige Zähne zu fehlen. Auch seine Kleidung hatte bessere Tage gesehen. Die Ärmel seines verdreckten Hemdes waren so lang, dass sie ihm bis über die Hände fielen. Allerdings stank er deutlich weniger, als man es bei seiner Erscheinung hätte vermuten können. Dennoch wollte Wolff ihn nicht neben sich dulden. Zumal er ihm beim Hinsetzen den Ellenbogen in die Rippen gestoßen hatte und sich noch nicht einmal dafür entschuldigte.

Wolff lallte mit weinschwerer Zunge: „Der Plazz is besess, mach dich fooord!"

„Das glaube ich nicht. Gib mir lieber einen Wein aus", flüsterte der andere heiser.

„Du hass wohl nich mehr alle beisamm? Ich schpendier doch nich jeem Rumdreiber was su tringn. Scher dich enlich weg", meinte er und ballte seine Hände drohend zu Fäusten.

„Nun, wenn du dein Geld nicht willst, kann ich ja gehen",

ertönte ein helles Lachen, das so gar nicht zu einem Mann passte.

Wolff musterte seinen Tischnachbarn nun genauer. Der Fremde hob den Kopf leicht an und schob den Hut etwas weiter in den Nacken, aber gerade so viel, dass Wolff einen kurzen Blick auf das ganze Gesicht erhaschen konnte. Erst als er in die Augen sah, erkannte er, wen er vor sich hatte. „He, deine Verkleidung iss esch guud. Ich hab disch nisch erkannd", entgegnete er etwas zungenfertiger.

„Das war ja auch meine Absicht. Ich wollte zuerst sehen, ob du allein bist. Außerdem würde ich ohne Verkleidung nur unnötige Aufmerksamkeit auf mich ziehen und das will doch keiner von uns, oder?"

„Schtimmd. Vorausschauend biss du auch. Hasd du das Geld?"

Griseldis nickte. „Zuerst will ich Wein."

„Der Krug iss aber leer!"

„Dann geh und hol einen neuen", forderte sie und beobachtete, wie er unsicher an den Schanktisch wankte.

Wolff kehrte mit einem frischen Krug und einem weiteren Becher an den Tisch zurück und ließ sich schwerfällig auf der Bank nieder. „Und du verschwindest morgen aus der Stadt, wie du es mir versprochen hast?", vergewisserte sich Griseldis.

„So sehr eild's nun auch wieder nich. Eigentlich lässt's sisch in Mainz reschd gud aushalden", meinte Wolff mit feistem Grinsen. Der Weg an den Tresen hatte ihn deutlich nüchterner gemacht.

Griseldis hatte mit dieser Antwort schon gerechnet. „Das habe ich nicht anders erwartet. Aber falls du dir mehr Geld erhoffst, muss ich dich enttäuschen", zischte sie erbost.

„Mach mir nix vor. Isch weiß, woher du es bekommsd, und da ist noch einiges mehr zu holen."

„Da irrst du dich."

„Wir werden sehn. Und nun rück‘s schon raus", meinte Wolff und vergewisserte sich, dass niemand die kleine Transaktion bemerkte. Aber seine Vorsicht erwies sich als überflüssig, denn genau in diesem Augenblick kamen Musikanten herein und begannen aufzuspielen. Alle Köpfe wandten sich ihnen zu, denn die Sängerin war ein vollbusiges Weib mit glockenheller Stimme.

„Die kommn genau im reschdn Augenblick", bemerkte er.

„Wie bestellt", bestätigte ihm Griseldis und lüpfte ihr weites Hemd, um eine Börse hervorzuholen. „Willst du nachzählen?"

„Selbstverschdändlich!", meinte Wolff und grapschte gierig danach.

Er drehte sich zur Wand und kehrte ihr dabei halb den Rücken zu. Umständlich nestelte er an den Bändern, die Griseldis extra fest zugeschnürt hatte. „Isch krieg das verdammde Ding nich auf", ärgerte er sich.

„Nicht so ungeduldig, du bekommst gleich, was du verdienst", raunte sie ihm zu.

Wolff war so beschäftigt, dass er weder ihre leise Drohung hörte, noch sah, wie sie mit ihrer Rechten in den linken Ärmel fuhr und einen Gnadendolch hervorzog. „Unterschätze niemals ein Weib", stieß sie hervor, während sie ihm mit einer gezielten Bewegung den Dolch von hinten genau zwischen die Rippen jagte.

Wolff spürte ein kurzes Stechen und rülpste laut. Aber der Rülpser ging in den Klängen des Dudelsacks und der Rebec unter. Griseldis zog das Messer heraus, wischte es an seinen Beinkleidern ab und schob es wieder unter ihren Ärmel. Wolff drehte sich mit letzter Kraft zu ihr um. Auf seinem

Gesicht zeichneten sich Verwunderung, Schrecken und Erkenntnis ab. Er wollte noch etwas sagen, brachte aber kein Wort mehr über seine Lippen, denn sein Herz hörte augenblicklich auf zu schlagen.

Bevor er in sich zusammensackte, drückte Griseldis ihn nach hinten und lehnte ihn an die Wand. Sie schloss ihm rasch die Augenlider, damit er wie ein Schlafender aussah. Dann löste sie die Börse aus seinen Fingern und steckte sie wieder ein. Sie nahm noch seinen Geldbeutel an sich, leerte in aller Gemütsruhe ihren Becher, stand auf und verließ unbehelligt die Schenke.

Draußen atmete sie tief durch. Sie hätte gern laut gelacht, weil alles so perfekt geklappt hatte und so unglaublich einfach gewesen war. Aber sie unterdrückte diesen Impuls und gratulierte sich lieber zu der Idee, die Musikanten angeheuert zu haben. Ihr Auftritt hatte ihr die Ablenkung verschafft, die sie benötigte, um Wolff unbemerkt ins Jenseits zu befördern. Dank ihrer Verkleidung war auch keiner der Zecher in der Lage, sie identifizieren zu können. Sie hatten nur gesehen, wie sich ein zerlumpter Kerl neben Wolff setzte. Gewiss würde keiner vermuten, dass es eigentlich eine Frau gewesen war.

Zu Hause säuberte sie Gesicht und Zähne und verbrannte unbemerkt Hemd, Hose und Hut. Sie blieb so lange vor dem Feuer sitzen, bis alles komplett vernichtet war, dann erst öffnete sie Wolffs Börse und fand Anselms Liste. Sie erkannte augenblicklich die Gefahr, die von ihr ausging, und fragte sich, woher der Mönch davon wusste. Jetzt war sie froh, dass die Gier Wolff blind gemacht und er den wahren Wert dieser Information nicht erkannt hatte. Sie überlegte kurz, ob sie die Notiz ebenfalls verbrennen sollte, entschied sich dann aber dagegen. Möglicherweise konnte sie ihr irgendwann einmal von Nutzen sein. Danach ging sie zu Bett und schlief deutlich besser als in der Nacht zuvor.

In der Schenke Zum Schwanen, etwas später

Die Musiker hatten inzwischen aufgehört zu spielen und stärkten sich bei einem Bier. Für heute hatten sie genug verdient und beschlossen, den Abend im Schwanen ausklingen zu lassen. Niemand war bisher auf den Toten aufmerksam geworden, der nach wie vor in seiner ursprünglichen Position verharrte. Schließlich sackte er aber nach vorn über und fiel mit Kopf und Oberkörper auf den Tisch, wobei die Becher und der Krug herunterkullerten. Das machte den Wirt aufmerksam, der es nicht duldete, dass Betrunkene ihren Rausch in seiner Schenke ausschliefen. Er ging zu Wolff, um ihn hinauszuwerfen und schüttelte ihn an der Schulter.

Als keine Reaktion erfolgte, brüllte er ihn an. „He, das ist nicht dein Bett. Steh auf und geh nach Hause!", forderte er barsch.

Schließlich wurde es dem Wirt zu bunt. Er wollte ihn vor die Tür schaffen. Doch kaum berührte er ihn am Rücken, griff er in etwas Klebriges, Warmes. Erschrocken zog er die Hand zurück, um zu sehen, was es war und erbleichte augenblicklich. Rasch ging er einen Schritt zurück und bekreuzigte sich.

„Jesus, Gottesmutter Maria und all ihr Heiligen, der Kerl schläft nicht! Der ist tot", rief er entsetzt. „Seht her, sein Hemd ist voller Blut!"

Schlagartig kehrte Ruhe ein. Jeder starrte nun auf die Stelle, wo der Leichnam lag. Diejenigen, die in unmittelbarer Nähe saßen, sprangen auf und wichen erschrocken zurück, denn sie fürchteten den Tod wie der Teufel das Weihwasser.

Dennoch war ihre Angst nicht groß genug, um sie ganz aus der Schenke zu treiben. In sicherem Abstand bauten sie sich um den Tisch auf.

„Und der ist wirklich tot?", raunte einer.

„Ja, toter geht's nicht", entgegnete der Wirt. „Und so wie's ausschaut, hat jemand nachgeholfen. Das ist ein Fall für die Gerichtsbarkeit", stellte er fest, bereute aber sofort, es laut ausgesprochen zu haben.

Der Mord an sich war schon schlimm genug, aber wenn es zu einer Untersuchung kam, hielt das die Gäste für Tage fern. Und tatsächlich stahlen sich die Ersten bereits davon, denn sie verspürten aus verschiedenen Gründen keine Lust auf eine Begegnung mit Gernots Männern.

Hanno war beim vorletzten Musikstück in die Schenke gekommen. Er schob sich jetzt durch die Menge nach vorn und ergriff das Wort. „Ich bin Hanno und unterstehe direkt dem Erzbischof", was maßlos übertrieben war, aber die gewünschte Wirkung erzielte und ihm sofort Gehör verschaffte. „Wenn du willst, helfe ich dir. Ich kann dafür sorgen, dass du möglichst wenig Scherereien bekommst."

„Sag mir, was ich tun soll", meinte der Wirt geflissentlich.

„Zuerst sehe ich mir den Toten an, dann stehst du mir Rede und Antwort und danach befrage ich deine Gäste. Sieh zu, dass nicht noch mehr verschwinden", trug er ihm auf.

Der Wirt nickte geflissentlich und verstellte die Tür. „Ich mache alles, was du verlangst."

Hanno begann mit seiner Untersuchung und fühlte zuerst am Hals des Mannes nach dessen Puls. Sein Herz schlug nicht mehr, aber lange konnte er noch nicht tot sein, denn sein Körper war noch so warm wie der eines Lebenden. Als er sich über ihn beugte, bemerkte er den starken Alkoholgeruch. Seine Kleidung war schäbig und er wirkte überhaupt recht ungepflegt. Mit spitzen Fingern zog er das Hemd hoch und entdeckte im Rücken eine nicht sonderlich große, einzelne Stichwunde. Sie befand sich genau auf Höhe des Herzens und war nicht breiter als ein Finger. Wer immer diesen Kerl getötet hatte, wusste genau, wie er vorzugehen hatte. Dieser Mord zeugte von Kühnheit und Geschick und verlangte Hanno Respekt ab, obwohl er Mord nicht billigte.

Schließlich wandte er sich wieder an den Wirt. „Hast du irgendetwas Ungewöhnliches bemerkt?"

„Er war ein Zecher wie viele, hat etwas gegessen und getrunken. Zunächst saß er allein, bis ein anderer Kerl zu ihm kam", bemerkte der Wirt.

„Das ist nicht viel", stellte Hanno fest. „War er schon mal hier?"

„Einmal."

„Wer von Euch hielt sich in seiner Nähe auf?", fragte Hanno in die Runde.

Zwei Männer traten vor.

„Habt Ihr etwas gesehen oder gehört? Hat er geschrien, gab es einen Streit oder sonst etwas?"

„Nein, es war alles völlig normal. Aber er schien mit dem anderen verabredet zu sein, denn er schickte jeden weg, der sich dort hinsetzen wollte", waren sich die beiden einig.

„Könnt Ihr diesen anderen Mann, der sich zu ihm setzte, beschreiben?"

Einer kratzte sich verlegen im Nacken und legte die Stirn in Falten. „Das ist schwierig. Diese Ecke ist verdammt duster. Der Kerl war ziemlich klein und trug einen ungewöhnlich großen Hut, der sein Gesicht verdeckte."

„Weißt du mehr?", wollte Hanno von dem anderen wissen.

„Nein."

„Habt Ihr etwas von ihrem Gespräch mitbekommen?", vergewisserte er sich.

Wiederum verneinten sie. „Die beiden haben sehr leise geredet. Der Tote gab einen Krug Wein aus, demnach verstanden sie sich wohl recht gut. Außerdem kamen kurz darauf die Musikanten, und als die aufspielten, haben wir nur auf sie geschaut."

„Hat sonst noch jemand etwas zu sagen?", fragte Hanno laut in die Runde.

Der Dudelsackspieler räusperte sich. „Auf der Straße sprach uns ein Kerl an, auf den diese Beschreibung passen könnte. Er bot uns Geld für unseren Auftritt hier. Er meinte nur, dass wir ihm etwas später in die Schenke folgen sollten."

„Da du mit ihm geredet hast, kannst du mir vielleicht eine bessere Beschreibung liefern?"

„Leider nein, seine Gestalt war ungewöhnlich stark verhüllt, sodass man nichts erkennen konnte. Seine Stimme klang irgendwie heiser und er flüsterte nur."

Hanno hatte keinen Zweifel, dass der Mann die Spielleute bestellt hatte, damit er sein Verbrechen möglichst unbemerkt begehen konnte. Ein weiterer Beweis für seine Skrupellosigkeit und seine Raffinesse.

„Kennt jemand den Toten?"

Alle schüttelten die Köpfe.

„Ihr habt ihn ja gar nicht richtig angeschaut. Helft mir, ihn auf den Tisch zu legen, damit jeder sein Gesicht sehen kann", forderte er von einem Gast.

Widerstrebend half er Hanno, der dem Leichnam die Haare aus der Stirn strich und eine Fackel über sein Antlitz hielt. Während Hanno ihn betrachtete, regte sich in seinem

Gedächtnis eine vage Erinnerung. Obwohl er ihn nicht erkannte, meinte er doch, ihm schon einmal begegnet zu sein. Er wusste nur nicht mehr wann und wo.

Schließlich fragte er: „Nun, was sagt ihr?", aber er bekam keine Antwort.

„Du hast so einen seltsamen Gesichtsausdruck. Kennst du ihn etwa?", fragte der Wirt verwundert.

„Ich bin mir nicht sicher, möglich, dass es mir wieder einfällt", wiegelte Hanno ab. „Ich schicke Soldaten, damit sie den Leichnam abholen. Deine Gäste können nun gehen. Am besten du schließt die Schenke, wenn sie fort sind, und bleibst so lange hier, bis er weggeschafft ist."

Der Wirt war nicht sonderlich erbaut, Totenwache halten zu müssen, aber andererseits froh, dass Hanno die Untersuchung an sich gerissen hatte. Das ersparte ihm einiges an Unannehmlichkeiten.

Bevor Hanno ging, durchsuchte er noch die Kleidung und zog ein Messer hervor, das er einsteckte. Seine Finger hatten aber auch noch einen kleines Säckchen ertastet, welches er unbemerkt verschwinden ließ. Er wunderte sich allerdings, dass die Geldbörse des Ermordeten fehlte. „Hast du seinen Geldbeutel?", fragte er den Wirt, da dieser den Toten zuerst entdeckt hatte.

„Nein, wo denkst du hin! Ich bin doch kein Dieb", empörte er sich. „Aber er hatte einen dabei, das weiß ich, sonst hätte er ja nicht bezahlen können. Denkst du, er wurde wegen seines Geldes getötet?"

„Alles ist möglich", meinte Hanno und verabschiedete sich.

Im Gehen scheuchte er die letzten Gäste hinaus und hörte noch, wie die Tür hinter ihm energisch geschlossen wurde.

Mainz

Hanno eilte zum erzbischöflichen Palast, um alles für die Abholungen der Leiche zu veranlassen. Dabei spürte er eine Erregung wie seit Langem nicht mehr und fühlte sich wie ein Jagdhund, der Witterung aufgenommen hatte. Endlich hatte er eine neue Aufgabe. Das Schicksal meinte es wieder gut mit ihm, sonst hätte es ihn nicht in diese Schenke geführt. Dieser Mord bot ihm die langersehnte Möglichkeit, seine Fähigkeiten unter Beweis zu stellen. Nach Tagen der Untätigkeit war er wieder gefordert und zugleich hellwach. Sollte er dieses Verbrechen aufklären, konnte er das Vertrauen des Kämmerers in seine Fähigkeiten zurückgewinnen und ihm zeigen, dass er selbst mit Gedächtnislücken noch zu etwas taugte. Er hoffte inständig, dass ihm die Untersuchung auch erlaubt wurde.

Noch immer zerbrach er sich den Kopf, warum der Tote ihm bekannt vorkam. Er kramte in seinem lückenhaften Gedächtnis und versuchte sich ihn als Lebenden vorzustellen, in anderer Kleidung, bei Tageslicht, mit Bart und anderer Frisur. War es möglich, dass er der Mann aus dem Speyerer Gasthaus und der Battenheimer Schenke sein konnte?

„Ich lass den Toten gleich abholen", versprach ihm Burckhart, nachdem Hanno im alles berichtet hatte. „Und ich veranlasse auch, dass der Battenheimer Wirt morgen geholt wird, damit er deinen Verdacht bestätigt oder ausräumt. Außerdem werden meine Männer sich in sämtlichen Unterkünften umhören, denn er wird in der Stadt gewohnt haben. Willst du dich an den Untersuchungen beteiligen?", fragte ihn der Hauptmann.

„Wenn mein Herr es mir gestattet gerne. Vielleicht sehen wir uns morgen früh schon wieder", verabschiedete sich Hanno.

Im Anwesen des Kämmerers ging er direkt in seine Kammer und setzte sich aufs Bett. Er war viel zu aufgewühlt, um gleich zu schlafen. Stattdessen nahm er das Leinensäckchen, das er bei dem Ermordeten gefunden hatte, aus seinem Hosenbund. Es war nicht sonderlich groß und gut verschnürt. Hanno fand darin einen Rosenkranz und ein Amulett. Ersterer schien neu zu sein, der Glücksbringer hatte dagegen etliche Jahre auf dem Buckel. Die Dinge waren billiger Plunder und er hätte beide Gegenstände eher einem Kirchenmann als so einem Kerl wie dem Toten zugeordnet. Da sie aber ordentlich verpackt waren, mussten sie für ihn eine gewisse Bedeutung besessen haben.

Gedankenverloren spielte Hanno mit dem Amulett. Er drehte es hin und her und tastete es mit den Fingerkuppen ab. Plötzlich spürte er feine Einkerbungen, die ihm beim Betrachten im schwachen Lichtschein entgangen waren. Er hielt es direkt unter die Kerze und entdeckte den schwachen Umriss eines Helms. Sollte sein Besitzer es markiert haben?

Dienstag, 8. Januar A. D. 1096, 11. Schewat 4856
Mainz

Der Mord war das Stadtgespräch. Bei den Metzgern, den Bäckern, auf den Märkten, in den Läden der Händler, den Vierteln der Handwerker, selbst in den Klöstern redete man über nichts anderes als über die Bluttat. Hanno hatte dem Kämmerer gleich nach dem Aufstehen davon erzählt und darum gebeten, an der Untersuchung teilnehmen zu dürfen. Embricho gab ihm die Erlaubnis und Hanno ging gleich nach dem Frühstück wieder zu Burckhart.

Der Hauptmann hatte auf ihn gewartet und sie begutachteten nun gemeinsam die entkleidete Leiche. Die Hautfarbe zeugte von einem regelmäßigen Aufenthalt im Freien und der Mann war kräftig und muskulös; gehungert hatte er jedenfalls nicht. Hanno konnte nichts entdecken, was er nicht gestern Nacht schon gesehen hätte.

„In seiner Kleidung haben wir nichts Interessantes gefunden", bemerkte Burckhart. „Die einzige Wunde ist der Einstich auf dem Rücken, der ihn augenblicklich tötete. Die Waffe könnte von einem Gnadendolch stammen. Er ist klein, leicht zu verstecken, gut zu handhaben und passt zur Größe der Verletzung."

„So etwas besitzt nicht jeder", stellte Hanno fest. „Unser Mörder ist ein besonderer Mann. Er wusste genau, was er tat. Der Stich erfolgte präzise und platziert. Es gab für ihn nur diese eine Gelegenheit. Hätte er sie vermasselt, hätte der Tote sich wehren oder um Hilfe rufen können und der Mordanschlag wäre gescheitert. So aber hat niemand die Tat bemerkt. Es muss blitzschnell geschehen sein", analysierte er.

„Das zeugt von Kaltblütigkeit und Wagemut."

„So sehe ich es auch", bestätigte ihm Hanno. „Deine

Männer sind auf der Suche nach dem Quartier des Ermordeten?"

„Ja, und zwei sind unterwegs nach Battenheim. Spätestens heute Abend wissen wir mehr."

„Vielleicht sogar schon früher", erwiderte Hanno geheimnisvoll und kramte den Gottesmutteranhänger hervor. „Dies und einen Rosenkranz fand ich gestern bei einer oberflächlichen Durchsuchung seiner Kleider. Ich wollte sichergehen, dass der Wirt ihm nichts entwendet, wenn er mit ihm allein ist", begründete Hanno die Durchsuchung. „Sagt dir das etwas?"

Der Hauptmann warf einen langen Blick darauf. „Nein, es ist nur ein einfaches Amulett."

„Schau es dir genauer an, vor allem die Rückseite", forderte Hanno ihn auf.

Erst jetzt bemerkte der Soldat die Einkerbung. „Ein Helm!", bemerkte er voller Staunen. „Weißt du, was das bedeuten könnte?", fragte er aufgeregt.

„Darüber habe ich mir auch schon den Kopf zerbrochen und mir kam heute Nacht so ein Gedanke. Mal sehen, ob er in die gleiche Richtung geht wie deiner."

„Wenn ich mit nicht irre, ist ‚Helm' ein Bestandteil des Namens Anselm."

„Genau", bestätigte ihm Hanno. „Deshalb sollten wir das Amulett Abt Manegold zeigen. Er könnte unsere Annahme bestätigen."

Hanno und der Hauptmann begegneten auf ihrem Weg zum Kloster zwei Wachleuten, die Burckhardt am frühen Morgen ausgesandt hatte. „Wir haben die Unterkunft gefunden. Der Tote kam am Weihnachtstag in die Stadt und wollte angeblich nach Köln."

„Was hat er hier gemacht?"

„Das wusste der Wirt nicht. Er verließ immer sehr früh das Haus und kehrte oft spät in der Nacht zurück. Der Mann war ihm nicht ganz geheuer, aber er zahlte im Voraus und machte keine Umstände und so kümmerte er sich nicht weiter um ihn. Hier ist sein Gepäck und sein Pferd haben wir auch gefunden."

Burckhart schnürte das Bündel auf. Es enthielt neben Kleidung und ein paar Habseligkeiten auch einen Gesellenbrief, der den Mann als Weinschröter auswies. „Sein Name war Wolff und er stammte tatsächlich aus Köln. Wir werden dort nachfragen, ob etwas über ihn bekannt ist. Gut gemacht!", sagte er zu seinen Männern, dann wandte er sich an Hanno. „Und wir gehen jetzt zum Jakobsberg, mal sehen, ob wir mit unserer Annahme recht behalten."

Sie hatten gerade den Leichhof passiert und liefen Richtung Graben, als eine junge Frau um die Ecke bog und beinah mit Hanno zusammenstieß. Nur durch einen Sprung zur Seite konnte er den Zusammenprall verhindern. Sie warf ihm einen abschätzenden Blick zu und schritt dann wortlos mit hocherhobenem Kopf an ihm vorbei.

„Hoppla, wer war denn dieses hochnäsige Weib?", fragte Hanno.

„Das ist Griseldis, sie lebt noch nicht lange in Mainz und wohnt hier in der Gegend", antwortete Burckhart in einem Ton, der Hanno aufhorchen ließ.

„Du scheinst nicht gut auf sie zu sprechen zu sein?"

„Ich habe meine Gründe", entgegnete der Hauptmann mit abweisender Miene und Hanno drang nicht weiter in ihn ein.

„Sie hat einen ungewöhnlichen Namen, aber sie ist sehr schön", bemerkte er bewundernd.

„Man sagt, sie sei berechnend und kalt wie Stein."

Schweigend gingen sie weiter, während die junge Frau weiterhin in Hannos Kopf herumspukte. Ständig wiederholte er in Gedanken ihren Namen und wie von Geisterhand lichtete sich plötzlich der lästige Nebel in seinem Kopf. Er sah plötzlich Landwyn, den Knappen eines Ritters vor sich, der mit ihm redete und dabei Griseldis erwähnte. Zwar konnte Hanno noch keinen Zusammenhang erkennen, doch das schien ihm im Augenblick zweitrangig. Was zählte war, dass sein Gedächtnis wiederkam.

Unvermittelt blieb er stehen, was Burckhart ebenfalls zum Halten veranlasste. „Ist etwas mit dir? Du schaust so merkwürdig drein."

„Nein, alles in Ordnung", schwindelte er. „Seit wann genau lebt sie denn hier?"

„Es dürften drei Monate sein. Aber warum interessiert dich das?"

„Nur so", tat Hanno bewusst beiläufig, weder Burckhart noch ein anderer sollte wissen, dass er sich zu erinnern begann.

Im Benediktinerkloster brachte man sie umgehend zum Abt, der sich von Hanno trotz aller widrigen Umstände Neuigkeiten erhoffte. Manegold hörte genau zu, als sie ihm berichteten. Schließlich bat er darum, die Gegenstände sehen zu dürfen, die sie gerade erwähnt hatten.

Kaum hielt er das Amulett in den Händen, nickte er betrübt. „Ich kann eure Vermutung nur bestätigen. Es gehörte Anselm. Seine Mutter ritzte den Helm ein. Er brachte es mit, als er in die Domschule kam, und man erlaubte ihm, es zu behalten. Dies ist sein einziger Besitz aus seinem früheren Leben", meinte er mit belegter Stimme.

„Gehört ihm auch dieser Rosenkranz?"

„Das weiß ich nicht. Möglich, dass er ihn in Rom kaufte

oder geschenkt bekam. Er sieht kaum benutzt aus." Nach einer nachdenklichen Pause meinte Manegold. „Und beides befand sich im Besitz des Ermordeten?"

Hanno bejahte.

„Dann sieht es so aus, als sei dieser Wolff der Langfinger aus der Wormser Herberge und somit auch der Mörder von Anselm. Wie sonst sollte er in den Besitz der Gegenstände gelangt sein?"

„Das denken wir beide auch. Warum aber behielt er die Sachen und warf sie nicht einfach weg?", rätselte Hanno.

„Möglich, dass ihn die Tat reute und er es nicht übers Herz brachte", spekulierte Manegold. „Aber wer weiß schon, was im Kopf eines Diebes und Mörders vor sich geht. Auf alle Fälle wissen wir nun, wer Anselm tötete. Das wird uns allen ein Trost sein", stellte Manegold fest.

„Und er erhielt seine Strafe", fügte Burckhart noch hinzu, wofür er gleich vom Abt zurechtgewiesen wurde.

„Dir mag sein Tod gerechtfertigt erscheinen. Aber durch diese Tat hat eine andere Seele schwere Schuld auf sich geladen! Gleich welche Sünden dieser Mann begangen hat, sie entschuldigen keine weitere Todsünde."

„So meinte ich das auch nicht", entschuldigte sich Burckhart rasch.

Manegold beließ es dabei. „Und sonst fand sich nichts, was auf Anselm hindeuten könnte?"

„Nein", erwiderte der Hauptmann.

„Keine Botschaft, nichts Handschriftliches?"

„Wirklich nicht. Wieso fragt Ihr?"

„Das war nur so ein Gedanke. Er litt zunehmend an Gedächtnisschwäche und schrieb alles auf, was er nicht vergessen wollte. Deshalb kann ich mir kaum vorstellen, dass er gar nichts bei sich gehabt haben sollte", seufzte der Abt.

„Vermutlich hat dieser Wolff nicht lesen können und vernichtete alles Geschriebene. Allein schon um keine Hinweise auf ihn als Täter zu hinterlassen", mutmaßte Hanno.

„Das klingt plausibel, aber wir werden es wohl nie erfahren. Benötigt ihr das Amulett noch?", wollte Manegold wissen.

„Nein, seine Herkunft ist geklärt und somit ist es nicht mehr von Nutzen für uns", meinte Burckhart.

„Anselm hing sehr daran, ich würde es ihm gern in sein Grab legen", sagte Manegold.

Burckhart hatte nichts dagegen und sie verließen das Kloster in der Gewissheit, den Mord an dem Benediktinermönch aufgeklärt zu haben.

„Wird es weitere Untersuchungen über Wolffs Tod geben?", fragte Hanno, der gern noch weiter nachgeforscht hätte.

„Ich gehe nicht davon aus. Der Erzbischof hält es bestimmt für vergeudete Zeit, Geld und Kraft. Warum sollte auch einem Mörder Gerechtigkeit widerfahren?"

Hanno sah das ähnlich. „Was geschieht mit seiner Leiche?"

„Da er ein Mörder ist, wird er wohl draußen vor der Stadt in ungeweihter Erde beigesetzt", stellte Burckhart fest. „Aber das entscheidet der Bischof."

Der Tag war für Hanno bisher mehr als zufriedenstellend verlaufen. Wenn jetzt auch noch der Wirt der Battenheimer Schenke den Toten identifizierte, hätte er eine Sorge weniger. Und seine Hoffnung erfüllte sich. Er erkannte ihn eindeutig als den Mann, der die anderen gegen Hanno aufgehetzt hatte.

Burg

Conrad erfuhr als einer der Ersten, dass der Mörder Anselms gefunden worden war. Diese Nachricht erleichterte und versöhnte ihn und er ging gleich in die Burg, um es Gerhard mitzuteilen.

„Damit wäre wohl wenigstens dieses Verbrechen geklärt", bemerkte der Stadtgraf.

„Die ganze Wahrheit wird wohl nie ans Licht kommen", bestätigte ihm Conrad. „Ich frage mich aber nach wie vor, wieso Wolff Anselm überhaupt bestahl. Mir erscheint die Erklärung, dass er zur falschen Zeit am falschen Ort gewesen sei, zu einfach. Irgendetwas muss diesen Wolff zu der Tat bewogen haben, aber das wird für immer sein Geheimnis bleiben."

Gerhard wirkte nachdenklich. „Werden jetzt eigentlich sämtliche Nachforschungen zu Wolffs Tod eingestellt?", hakte er nach.

„Ja. Ruthard zeigt kein Interesse, den Mörder eines Mörders zu suchen, auch wenn ich persönlich das nicht gutheiße. Aber meine Meinung ist nicht gefragt. Außerdem war Wolff keiner von Ruthards Bediensteten oder ein Gottesmann und er wurde in einer Schenke und nicht in einer Kirche getötet. Somit fallen weitere Ermittlungen eigentlich in deinen Aufgabenbereich."

„Daran habe ich auch schon gedacht. Doch werde ich wohl kaum erfolgreicher sein, als Hanno und Burckhart es waren", stellte Gerhard fest. „Deshalb lasse ich zunächst alles auf sich beruhen."

„Du wirst wissen, was du tust", meinte Conrad. „Reinhedis bat mich, sie zu besuchen. Wie geht es ihr heute?", fragte er, um sie nicht ganz unvorbereitet zu treffen.

Gerhards Miene trübte sich. „Ich mache mir große Sorgen. Sie wird immer schwermütiger und wirkt bedrückt. Wenn ich sie nach dem Grund frage, weicht sie mir aus und schiebt die Gefühlsschwankungen auf ihre Schwangerschaft. Ich wage es kaum auszusprechen, aber ich habe das Gefühl, dass sich eine Kluft zwischen uns auftut. Vielleicht vertraut sie sich ja dir an. Falls du mich nachher noch sprechen möchtest, findest du mich in meinem Schreibzimmer. Ich habe heute noch lange zu tun."

Conrad verabschiedete sich und ging zur Burgherrin. Im Gemach war es dämmrig und bedrückend still. Mit geschlossenen Lidern ruhte sie im Bett. Ihr Körper war trotz der Schwangerschaft unter den Decken kaum auszumachen. Auf ihrer Brust lag das aufgeschlagene Gebetbuch, aber es sah nicht so aus, als hätte sie viel darin gelesen. Ihr Gesicht war eingefallen und ein verhärmter Zug hatte sich während der letzten Tage um ihren Mund eingegraben, der sie älter erscheinen ließ. Conrad konnte ihre Einsamkeit regelrecht spüren. Als sie ihn hörte, schlug sie die Augen auf und er erschrak über deren Leblosigkeit.

„Conrad, wie schön, dass du gekommen bist", empfing sie ihn und über ihr Gesicht huschte ein Lächeln, das an ihre frühere Schönheit erinnerte.

„Wie fühlst du dich?", fragte er, während er einen Stuhl heranzog.

„Es ging mir schon besser. Wenn man so alleine ist, kommen einem die seltsamsten Gedanken, die einem aufs Gemüt drücken."

„Das glaube ich dir. Aber sie dürfen nicht anfangen, dich zu beherrschen. Denk an etwas, was du gerne tust oder magst. Das vertreibt die bösen Geister."

„Du hast leicht reden. Aber ein Tag ist lang, wenn die Ansprache fehlt und man nichts tun kann."

„Sollen wir zusammen beten?"

„Das tue ich zur Genüge. Berichte mir lieber, was in der Stadt geschieht. Ich fühle mich so ausgeschlossen."

Conrad überlegte, ob er ihr von dem Mord erzählen sollte oder ob er ihn besser verschwieg, damit sie sich nicht unnötig aufregte. Schließlich entschied er sich dafür. Auch wenn ihr Ruhe verordnet worden war, musste deshalb nicht gleich alles von ihr ferngehalten werden. Würde sie später davon erfahren, wäre sie ihm bestimmt böse, weil er ihr die Neuigkeit vorenthalten hatte. „Letzte Nacht wurde Im Schwanen ein Mann getötet."

Reinhedis setzte sich etwas auf. „Davon weiß ich ja gar nichts! Sprich", forderte sie ihn auf und ein flackerndes Funkeln trat in ihre Augen.

Nachdem er ihr alles haarklein berichtet hatte, wirkte sie zufriedener. „Alle denken, sie müssten mich schonen, dabei bekomme ich doch nur ein Kind."

„Ich kann dich gut verstehen und werde dich besuchen, wann immer ich kann. Willst du noch die Beichte ablegen?"

„Nein. Wie sollte ich auch in meinem Zustand sündigen?", antwortete sie schnell, obwohl ihr Herz alles andere als rein war.

„Bedrückt dich vielleicht etwas anderes?", hakte er nach.

Dieses Mal kam ihr Nein zögerlicher. Auch wenn sie etwas zu belasten schien, verspürte sie nicht den Wunsch, sich ihm anzuvertrauen.

„Es ist spät und ich muss gehen", sagte Conrad und stand auf.

Während er das Gemach verließ, spürte er Reinhedis' betrübte Blicke in seinem Rücken, aber im Moment konnte er nicht mehr für sie tun. Er schlug den Weg zu Gerhards

Schreibzimmer ein. Doch als er vor der Tür stand, hörte er Stimmen und machte kehrt. So wichtig war seine Erkenntnis auch nicht, dass er ihn deshalb stören musste.

Gerhard hatte Conrad längst vergessen, denn Griseldis war unvermutet aufgetaucht. Sie hatte ihn so erschreckt, dass er beinah den Kiel fallen ließ, als er seine Unterschrift unter einen Brief setzen wollte. „Wieso schleichst du dich an wie eine Diebin? Du hast mir einen gehörigen Schrecken eingejagt! Meines Wissens waren wir heute nicht verabredet!", meinte er ungehalten.

„Ich habe mich nicht angeschlichen, du hast mich nur nicht gehört. Und es tut mir leid, wenn ich dich erschreckt habe, aber ich muss dich unbedingt sprechen. Es geht um diesen Mord im Schwanen."

„Gibt es denn kein anderes Gesprächsthema mehr? Wo ich hinkomme, werde ich danach gefragt", seufzte Gerhard.

„Im Augenblick wohl nicht. Weißt du schon Genaueres?"

„Warum interessiert dich das überhaupt? Dir kann doch gleichgültig sein, was geredet wird."

„Bitte", bettelte sie und Gerhard gab nach.

„Also gut, es ist kein Geheimnis, dass der Tote ein Mann namens Wolff ist und höchstwahrscheinlich Bruder Anselm tötete. Wolffs Mörder wiederum kann von keinem der anderen Gäste beschrieben werden, deshalb wird er wohl ungeschoren davonkommen. Ich könnte zwar Nachforschungen anstellen, aber ich weiß nicht, ob sich die Mühe lohnt."

„Dann lässt du es also bleiben?", fragte sie lauernd.

„Ich verspreche mir nicht viel davon, denn es lässt sich bestimmt nicht mehr herausfinden, als Burckhart und Hanno bereits ermittelt haben. Wolff war ein Fremder und ein Dieb. Die Bürger von Mainz können eigentlich froh sein, dass sie ihn los sind."

Griseldis seufzte erleichtert auf, was Gerhard nicht entging. Er hätte sie gern gefragt, warum sie sich so sehr dafür interessierte, aber er kannte sie gut genug, um zu wissen, dass sie ihm nichts sagen würde. „Ich habe übrigens vor Kurzem Dithmar getroffen und wir sprachen von dir", meinte er zu ihrer Überraschung.

„Was gibt es über mich zu reden?"

„Ich rede jetzt nicht lange drum herum. Dithmar vermutet einen Nebenbuhler und fragte mich, ob ich mehr wüsste."

„Wie kommt er nur auf diesen Gedanken?"

„Er war zweimal bei dir zu Hause und du warst nicht da und auch sonst traf er niemanden an. Ich rate dir, in Zukunft vorsichtiger zu sein."

„Es geht niemanden an, was ich tue, weder ihn noch dich", wies sie ihn zurecht. „Solange ich nicht mit ihm verlobt bin, schulde ich ihm keine Rechenschaft."

„Das weiß er auch. Aber hast du dir einmal überlegt, dass du ihn damit vor den Kopf stoßen könntest? Was ist, wenn er sich von dir abwendet?"

„Auch wenn er zu den Zögerlichen gehört, wird er mich nicht so schnell aufgeben. Und falls er doch Zweifel bekommt, werde ich ihn wohl bezirzen müssen. Das hat bisher immer gewirkt", lächelte sie Gerhard entwaffnend an und er glaubte ihr aufs Wort.

Anwesen des Kämmerers

Durch die Aufklärung des Mordes gewann Hanno das Vertrauen des Kämmerers zurück. Embricho überschüttete ihn geradezu mit Lob und wäre sicherlich noch viel enthusiastischer gewesen, hätte Hanno ihm gesagt, dass sein Gedächtnis Stück für Stück zurückkehrte. Inzwischen erinnerte er sich beinah an fast alles, was vor dem Überfall geschehen war. Aber Hanno hielt es für klüger, das im Moment noch für sich zu behalten.

Als er am Abend allein in seiner Kammer saß, sortierte er seine Erinnerungen. Von Landwyn wusste er, dass sein Herr auf dem Sterbebett außer Ruthard auch Gerhard und Griseldis erwähnte. Es musste also eine Beziehung zwischen den dreien bestehen. Nur welche war das? Und warum bat er ausgerechnet Anselm, einen einfachen Mönch, seine Mission zu Ende zu bringen? Dass der Ritter als Unterhändler des Kaisers den Erzbischof und den Stadtgraf sprechen wollte, leuchtete Hanno ein. Wie aber passte Griseldis da hinein?

Abt Manegold hatte erklärt, dass Bruder Anselm vergesslich wurde und deshalb wichtige Dinge notierte. Darum schien es Hanno nur plausibel, dass der Mönch die letzten Worte des Edelmanns aufschrieb. Und Wolff gelangte per Zufall durch den Diebstahl in den Besitz dieser Notiz, was ihn letztendlich nach Mainz lockte. Das brachte ihm aber nicht das erhoffte Glück, sondern den Tod. Demnach war das Wissen des Ritters wirklich so brisant gewesen, wie Landwyn behauptete, denn sonst gäbe es nicht diese beiden Toten.

Hanno hatte es sich zur Aufgabe gemacht, den Mord an Wolff aufzuklären, auch wenn weder Erzbischof noch Stadtgraf eine Veranlassung dafür sahen. Er hatte auch schon eine bestimmte Vermutung, wie er das Geheimnis, das Anselm umgab, enträtseln könnte, aber noch war diese zu vage. Da der sterbende Edelmann drei Personen namentlich benannt hatte, beschloss Hanno sich auf diese zu konzentrieren und weil er über Griseldis am wenigsten wusste, wollte er mit ihr beginnen, und zwar gleich morgen früh.

Große Scheffergasse

Als Griseldis von Gerhard zurückkam, wartete Friedbert auf sie. Das passte ihr ganz und gar nicht, denn Dithmar hatte sich für heute Abend angekündigt. Da sie aber den Erzbischof nicht verärgern wollte, musste sie diese Verabredung kurzerhand verschieben. Dithmar würde sicher verstimmt darüber sein, vor allem da er einen Nebenbuhler vermutete. Doch ihr blieb nichts anderes übrig.

Also rief sie Bertram zu sich. „Sag ihm, dass ich heftige Kopfschmerzen, Erbrechen, Schwindel und Schüttelfrost habe und das Bett hüten muss und von niemandem gestört werden darf. Kannst du dir das merken?"

„Gewiss doch."

„Gut, dann geh jetzt und sei überzeugend."

Wie üblich wollte sie auch Margreth aus dem Haus haben, aber heute weigerte sich die Magd. „Ich will hier bleiben! Ihr schickt mich nur weg, damit ich nicht erfahre, was Ihr tut, dabei weiß ich es längst."

„So, was denn?", fragte Griseldis scharf.

„Ihr trefft Euch heimlich mit dem Bischof. Ich mag zwar einfältig erscheinen, aber dumm bin ich nicht", stellte sie fest und grinste dabei überlegen.

„Wie kommst du nur auf diesen törichten Gedanken?", versuchte Griseldis abzuwiegeln.

„Es war nicht schwer das herauszufinden. Friedbert ist sein Diener und beim Aufräumen Eurer Truhe entdeckte ich das Nonnengewand. Ich habe einmal beobachtet, wie Ihr als Nonne verkleidet weggingt und Ihr seid nicht die Frau, die sich mit einem so alten und einfachen Kerl abgibt. Ich kann mir aber sehr wohl vorstellen, dass Ihr Euch mit dem Mann einlasst, in dessen Diensten er steht. Ehrlich gesagt, ist es mir gleich, was Ihr treibt, solange Ihr mich nicht mehr aus dem Haus jagt. Ich hasse es nämlich, stundenlang durch die Gassen laufen zu müssen, denn ich weiß nicht wohin."

Da die Zeit drängte, brach Griseldis den Disput ab, allerdings nicht ohne ihr zu drohen. „Ich erwarte von dir, dass du den Mund hältst. Höre ich jemals ein derartiges Gerücht, weiß ich, woher es kommt und das wird schlimme Folgen für dich haben. Hast du mich verstanden?"

Diese Drohung zeigte Wirkung. Margreth wich erschrocken einen Schritt zurück. Ihre Herrin meinte es todernst, das konnte sie an ihrem Gesicht ablesen. „Von mir erfährt niemand etwas. Ich habe die ganze Zeit geschwiegen und werde es auch weiterhin tun. Ihr seid eine gute Herrin, eine bessere hatte ich bisher nicht. Mir könnt Ihr blind vertrauen, es kommt niemals etwas über meine Lippen, das Euch schaden könnte", versicherte sie ihr.

„Dann nehme ich dich beim Wort. Bleib in deiner Kammer und verhalte dich still, bis wir gegangen sind. Dann glaubt Friedbert, wir hätten uns an die Anordnungen des Bischofs gehalten."

„Wusstet Ihr übrigens, dass Ihr von einem blinden Bettler verfolgt wurdet, immer wenn ihr gemeinsam das Haus verlassen habt?", bemerkte sie verschlagen.

Griseldis erschrak. Margreth hatte Wolff bemerkt! Am Ende hatte sie sogar ihre Herrin in der Männerverkleidung am Abend des Mordes gesehen. Aber es gelang ihr, gelassen zu erscheinen. „Hast du sonst noch irgendwelche interessanten Beobachtungen gemacht?"

„Nein. Mir fiel nur später ein, dass der Bettler der Kerl gewesen war, der neulich abends anklopfte und den Ihr abgewiesen habt. Kam er eigentlich wieder?"

Griseldis zog gerade das Nonnengewand über, sodass Margreth ihr Gesicht nicht sehen konnte. Das erleichterte ihr das Lügen. „Ich habe ihn nie mehr gesehen. Es war wohl doch nicht so wichtig. Geh jetzt in deine Kammer."

Auf dem Weg hinauf zum Kästrich überlegte Griseldis, ob sie wegen ihrer Magd etwas unternehmen musste. Margreth wusste entschieden zu viel und hatte sie in der Hand, was ihr nicht behagte. Allein die Tatsache, dass sie sich mit dem Erzbischof traf, reichte aus, um ihr große Schwierigkeiten zu bereiten. Ganz abgesehen von dem Mord! Der brachte sie auf den Block des Henkers. Auch wenn Margreth anscheinend ahnungslos war und ihr das Versprechen gegeben hatte, zu schweigen, war das keine Garantie für die Zukunft. Heute Abend würde sie das Problem nicht lösen können, aber Griseldis war sich sicher, früher oder später eine akzeptable Lösung zu finden. Je nachdem wie ihre Magd sich verhielt, geschah vielleicht ein unglücklicher, häuslicher Unfall, wie er häufiger vorkam. Sie könnte zum Beispiel die Stiege hinunterfallen oder sich beim Kochen so schwer verbrennen, dass sie an den Folgen starb. Es wäre auch möglich, dass sie beim Wäschewaschen in den Rhein fiel und ertrank. Eine entsprechende Gelegenheit ließe sich gewiss herbeiführen.

Liebesnest auf dem Kästrich

„Wo bleibst du denn so lange? Ich warte hier schon seit einer kleinen Ewigkeit", empfing Erzbischof Ruthard Griseldis unwirsch.

„Ich war unterwegs, als Friedbert mich holen wollte. Vielleicht solltet Ihr mir in Zukunft früher Bescheid geben, damit das nicht wieder vorkommt", entgegnete sie leicht gereizt. „Ich habe nämlich auch noch andere Verpflichtungen!"

Diese Bemerkung quittierte Ruthard mit einem mürrischen Knurren. „Gehen wir ins Schlafgemach. Ich muss gleich wieder weg."

Er behandelte sie beinah wie eine Leibeigene, was sie verärgerte. Ihren Unmut unterdrückend folgte sie ihm. Im Zimmer setzte er sich aufs Bett und schob die Mönchskutte hoch. Seine Erregung war offensichtlich. Heute hatte er vorgesorgt und trug eine Hülle aus Tierdarm als Schutz.

„Spar dir das Ausziehen und setz dich auf meinen Schoß", befahl er, während sie aus den Schuhen schlüpfte.

Sie lupfte das Gewand, spreizte die Beine und ließ sich auf ihm nieder. Er umfasste ihre schmale Taille mit beiden Händen und sorgte mit festem Griff dafür, dass sie ihr Becken nicht zu sehr hob, während sie sich auf und ab bewegte. Ihre Bewegungen kamen mechanisch und entbehrten jeder Zärtlichkeit. Dieser Liebesakt diente lediglich seiner Befriedigung und sie fühlte sich dabei wie ein wertloses Stück Fleisch. Sie vermied, in seine Augen zu schauen, stattdessen starrte sie auf sein linkes Ohr, aus dem ein Büschel dunkler Haare wuchs. Bisher war ihr das nie aufgefallen, aber heute ekelte es sie an. Rasch schloss sie die Augen und passte sich seinen schneller werdenden Bewegungen an. Sein Stöhnen wurde lauter, ein Zucken ging durch seinen Körper, er ließ sie los und fiel rücklings auf das Bett. Sie glitt von ihm herunter und legte sich neben ihn. Ruthard hatte die Augen geschlossen und atmete schwer, wirkte aber im Vergleich zu vorhin deutlich entspannter. Griseldis nutzte die Gelegenheit, ein Gespräch zu beginnen. „Ist dieser Mord nicht schrecklich?"

„Solche Gräueltaten sind immer ein Frevel. Aber es führte wenigstens dazu, dass wir nun den Mörder von Bruder Anselm kennen", brummte Ruthard, der keine sonderliche Neigung verspürte, darüber zu reden. Das war keine Unterhaltung, die man im Schlafzimmer führte.

„Wie gehen die Nachforschungen voran?", bohrte sie weiter.

„Gar nicht, weil es keine geben wird, zumindest nicht von meiner Seite. Was der Stadtgraf macht ist seine Sache."

Griseldis richtete sich auf und streichelte ihm sanft über die Wange. „Wieso seid Ihr heute so missgestimmt?"

Ruthard schlug die Augen auf. „Es gibt weit besorgniserregendere Dinge als dieses Verbrechen. Aber das braucht dich nicht zu interessieren."

„Wenn es das aber doch tut?"

Ruthard seufzte. „Es gab eine Warnung aus Frankreich an die jüdische Gemeinde von Magenza. Es ist zu befürchten, dass die Kreuzfahrer auch nach Mainz kommen und ähnliches Unheil anrichten wie in Rouen."

„Ich habe zwar Gerüchte gehört, ihnen aber keine Bedeutung beigemessen", bemerkte Griseldis.

„Das tun einige, aber es könnte kritisch für die Stadt werden."

„Ich verstehe nicht wieso."

Ruthard erklärte ihr, was er inzwischen aus Frankreich erfahren hatte. „Die Gemeinde von Magenza muss vor einem ähnlichen Schicksal bewahrt werden", stellte er abschließend fest.

Beide schwiegen, denn sie waren sich bewusst, dass Mainz wirklich ein überaus lohnendes Ziel war.

Griseldis stützte sich auf ihren Arm und schaute ihn an. Ihre freie Hand ruhte auf seiner Brust und er hatte seine daraufgelegt. „Ihr tragt wirklich schwer an der Bürde Eures Amtes und wie mir scheint wird sie mit jedem Tag größer. Weiß der Kaiser von den Vorgängen?"

„Ich habe ihm geschrieben, glaube aber schon jetzt, seine Antwort zu kennen. Er wird von mir erwarten, dass ich die Juden mit allen mir zur Verfügung stehenden Mitteln schütze. Aber genau diese sind eben begrenzt. Ich habe nur eine bestimmte Zahl an Soldaten. Und wie groß das Kreuzfahrerheer ist, weiß momentan noch niemand, da es täglich wächst. Ausgerechnet jetzt muss der Kaiser in Italien für seine Interessen kämpfen, statt für das Wohlergehen seines Volkes zu sorgen. Er sollte lieber mehr ans Regieren denken als an seine eigenen Belange. Dieser stetig schwelende Konflikt mit Papst Urban und der damit verbundene Krieg haben für ihn Vorrang und lenken sein Hauptaugenmerk in die falsche Richtung. Es gibt dringendere Aufgaben zu bewältigen, als darum zu streiten, wer das Recht hat, Kirchenämter zu besetzen. Aber er will unter allen Umständen seine Vormachtstellung gegenüber dem Pontifex durchsetzen und vernachlässigt darüber seine Amtsgeschäfte. Ich habe immer treu zu ihm gestanden, aber manchmal erscheint mir Heinrichs Verhalten eines Herrschers nicht angemessen", äußerte er ungewohnt kritisch.

„Ihr hört Euch an, als hättet Ihr gern einen anderen Regenten", meinte sie.

Ruthard machte eine Pause und kräuselte seine Stirn. „Darüber habe ich tatsächlich schon mehr als einmal nachgedacht."

„Und zu welchem Schluss seid Ihr gekommen?"

Ruthard blickte sie an und ihm wurde auf einmal bewusst, dass er viel zu redselig gewesen war. Ab jetzt behielt er seine Ansichten besser für sich. „Zu keinem. Das sind alles sowieso nur Gedankenspiele. Heinrich ist unser Kaiser und wird es auch bleiben. Dazu stehe ich", betonte er, allerdings klang es nicht sonderlich überzeugend.

Er wollte aufstehen, doch Griseldis hielt ihn zurück. „Gönnt uns noch einen kurzen Augenblick", säuselte sie sanft, während ihre Hand zu seinen Lenden wanderte, seine Hoden umfasste und sanft massierte, was in Ruthard erneute Erregung auslöste.

„Du schaffst es immer wieder, Begierde in mir zu wecken, du Teufelin", raunte er, als er sich auf sie legte.

Drei Monate später
Dienstag, 8. April A. D. 1096, 13. Nisan 4856
Mainz

Der milde Duft des Frühlings wehte über das Land und jagte die letzten Reste des Winters fort. Die Bauern hatten ihre Felder bestellt, die halbhohen Halme des Wintergetreides wiegten sich im Wind und das Vieh befand sich wieder auf den Weiden. In den Gärten reckten Frühlingsblumen ihre Blütenköpfe der Sonne entgegen und lockten eine Vielzahl Insekten an. Bäume, Büsche und auch die Weinstöcke schlugen aus und präsentierten eine Palette unterschiedlicher Grüntöne. In den Obstgärten standen die Kirschbäume in voller Pracht, deren herabfallende Blütenblätter auf dem Boden hauchzarte Teppiche knüpften. Vogelmännchen buhlten mit ihren Gesängen um Weibchen und wer bereits einen Partner gefunden hatte, begann mit dem Nestbau. In der Stadt ließen die Bürger Licht und Luft in ihre Häuser und drängten aus den winterdumpfen Quartieren hinaus auf die Gassen und Plätze. Die Stadt pulsierte wieder vor Leben.

Nur an Reinhedis ging all das unbemerkt vorüber. Obwohl sie den Frühling liebte, weil er den von ihr gehassten Winter endlich vertrieb, fehlte ihr dieses Mal die übliche Leichtigkeit, die sich sonst immer mit den länger werdenden Tagen einstellte. Vor acht Wochen hatte sie Gerhard den ersehnten Knaben geboren, der das Herz seines Vaters sofort eroberte und ihn zum glücklichsten Mann der Stadt machte. Die Niederkunft war ohne Komplikationen verlaufen und das Kind wohlauf. Mit seinen dicken Pausbäckchen, den wachen, blauen Augen und den goldenen Locken sorgte der Knabe bei jedem für Entzücken – nur bei seiner Mutter nicht. Dabei war er ein braves Kind, das selten schrie, sondern wohlgefällig vor sich hin gluckste. Ansonsten schlief er den Großteil des Tages und der Nacht. Gerhard war ungeheuer stolz auf Reinhedis und ließ es sie und auch jeden anderen wissen.

Die Geburt hatte die Burgherrin zwar körperlich gut überstanden und sie hatte inzwischen längst ihre schlanke Gestalt wieder, aber innerlich fühlte sie sich stumpf und leer. Eine bisher nie gekannte Schwermut hatte sie erfasst, die mit jedem Tag drückender wurde. Alles um sie herum erschien ihr trist und grau, gerade so, als umhülle sie eine undurchdringliche Wolke Häufig brach sie ohne erkennbaren Anlass in Tränen aus und weinte dann lange still vor sich hin. Selbst die wärmenden Strahlen der Frühlingssonne konnten ihre tieftraurige Stimmung nicht aufhellen. Oft saß sie einfach nur da und starrte vor sich hin. Wurde ihr der Knabe in den Arm gelegt, hielt sie ihn zwar fest, damit er ihr nicht entglitt, aber sie zeigte dabei weder mütterliche Liebe noch sonst irgendwelche Zuwendung. Sie behandelte ihn weniger wie ein Kind, als vielmehr wie einen kostbaren, aber uninteressanten Gegenstand. Ihre Töchter hatte sie von Anfang an geliebt, bei ihrem Sohn war ihr das nicht möglich und sie verstand nicht, warum es so war.

Keinem im Haus entging ihre Teilnahmslosigkeit und das Gesinde begegnete ihr mit einer Mischung aus Hilflosigkeit und Besorgnis. Weder die Geburtshelferin noch der Arzt wussten Rat. Während die Geburtshelferin ihr Ruhe empfahl, plädierte der Physicus für lange Spaziergänge. Aber dafür brachte Reinhedis gar nicht erst die Kraft auf. Morgens quälte sie sich aus dem Bett und fühlte sich dann bereits so erschöpft, dass sie sich am liebsten wieder hingelegt hätte. Ständig klagte sie über Kopfschmerzen und Unwohlsein und verlor darüber ihren Appetit.

Manchmal sah man sie während der Nacht mit einer Kerze durch das Anwesen irren. In solchen Momenten glich sie einem Geist und erschreckte durch ihr unvermutetes Erscheinen nicht nur Gerhard, sondern auch die übrigen Bewohner. Mit jedem Tag wurde sie dünner und durchscheinender und der Burgherr bangte bald um ihre Gesundheit. In seiner Verzweiflung wollte er sie zum Essen zwingen, doch sie nahm trotz seines Drucks kaum Nahrung zu sich. Selbst die Tatsache, dass er wieder das Lager mit ihr teilte, besserte ihre Stimmung nicht.

Gerhard wusste in seiner Verzweiflung nicht weiter und suchte bei Conrad Rat. „Ich weiß weder ein noch aus. Reinhedis ist seit der Niederkunft völlig verändert. Wenn sie etwas tut, geschieht es voller Desinteresse. Das Kind bedeutet ihr nichts und sie verhält sich nicht wie eine liebende Mutter. Auch mir gegenüber ist sie gefühlskalt und abweisend. Selbst beim Liebesakt fehlt ihr die Leidenschaft. Conrad, was rätst du mir?"

„Sie hat sich wirklich besorgniserregend verändert. Ich kann dir auch nicht sagen, was ihr fehlt, denn sie hat mir ihr Herz nicht geöffnet, so wie sie es früher tat. Sie erscheint mir innerlich wie abgestorben. Ich kenne ein paar Frauen, denen es nach einer Geburt ähnlich erging. Meist wurden sie nach einigen Monaten wieder gesund, eine allerdings verharrte über Jahre in diesem Zustand."

Gerhard erschrak. „Ich kann das nicht mehr lange ertragen. Ich vermisse ihr Lachen, unsere Gespräche und ihre liebevolle Hingabe."

„Wenn ich mich recht entsinne, zeigte sie bereits lange vor der Geburt gewisse Anzeichen von Trübsal. Kann es sein, dass schon zu einem früheren Zeitpunkt etwas geschah, das sie grüblerisch machte?", bemerkte Conrad.

„Ich wüsste nicht, wann und vor allem was das gewesen sein soll."

„Denk nach! Und wenn es dir einfällt, musst du bis an diesen Punkt zurückgehen und die Ursache erforschen. Ich kann dir nur zur Geduld raten. Sei freundlich, schließe sie nicht aus deinem Leben aus, sieh zu, dass sie möglichst häufig das dunkle Gemäuer verlässt und sich im Freien aufhält, so wie es der Arzt ihr riet."

„Ich könnte ihr vorschlagen, sich auf unserem Landgut mit den Kindern zu erholen. Sie war dort immer gern, gerade im Frühjahr und Sommer", meinte Gerhard.

„Ein Versuch ist es wert. Sie bat mich noch vor Ostern wegen der Beichte vorbeizuschauen. Morgen werde ich mit ihr reden. Vielleicht sagt sie mir dann, was sie bedrückt."

Reinhedis ahnte von dieser Unterhaltung nichts. Ihre Magd hatte sie zu einem Spaziergang überreden können und die beiden Frauen befanden sich nun mit Reinhedis´ Töchtern in den Weinbergen, während der Knabe wohl versorgt in der Burg zurückblieb. Als sie sich einem Wachturm näherten, schaute Reinhedis nach oben und bemerkte einen Soldaten. „Heute ist ja eine Wache darauf", stellte sie erstaunt fest.

„In letzter Zeit sind alle Wachtürme besetzt und das nicht nur während der Nacht, sondern auch den ganzen Tag über", erklärte ihr die Magd.

„Was hat es damit auf sich?"

„Ich weiß es nicht. Fragt doch am besten Euren Gemahl."

Die Mädchen pflückten in der Zwischenzeit Blumen. Ihr glockenhelles Lachen, das sich unter das Gezwitscher der Vögel mischte, riss Reinhedis´ aus ihrer Melancholie und sie betrachtete sie voller Wohlgefallen. Sie genoss die laue Luft auf ihrer Haut und streckte ihr blasses Gesicht der Sonne entgegen.

„Was für ein schöner Tag!", meinte sie heiterer als üblich. „Es ist gut, dass du mich aus der Burg gelockt hast. Ich glaube, ich bekomme sogar Appetit. Wir sollten öfter hierherkommen, das tut mir gut", ergänzte sie noch.

„Ich begleite Euch gern", meinte die Magd eifrig und registrierte zufrieden die leicht geröteten Wangen ihrer Herrin.

Auf dem Nachhauseweg ergriff Reinhedis die Hände ihrer Töchter und sang mit ihnen ein Kinderlied, was sie schon lange nicht mehr getan hatte. Die Mädchen hüpften neben ihrer Mutter her und alle drei wirkten in diesem Augenblick unbekümmert. In Nähe des Leichhofs trafen sie jedoch auf Griseldis, die von der Rückseite der Burg zu kommen schien. Reinhedis' Antlitz verfinsterte sich, denn sie vermutete, dass ihre vermeintliche Kontrahendin von Gerhard kam. Sie ließ die Hände ihrer Töchter los, die sofort verstummten und ihre Mutter fragend anschauten. Der hasserfüllte Gesichtsausdruck entging auch nicht der Magd, die die Mädchen mit sich nahm, um in einiger Entfernung zu warten.

Als Griseldis die Burgherrin erblickte, kam sie arglos lächelnd auf sie zu und grüßte sie. „Wie schön, dass wir uns treffen. Dich lockt wohl auch das schöne Wetter ins Freie?", meinte sie freundlich, ohne sich von der verkniffenen Miene Reinhedis' beindrucken zu lassen.

Die Freude war eindeutig einseitig und Reinhedis antwortete ihr mit einem knappen: „Ja."

„Es scheint dir zu bekommen. Dein Gesicht hat eine viel gesündere Farbe! Wie geht es deinem Sohn? Gerhard ist ja sehr stolz auf euch beide", plapperte Griseldis unbeirrt weiter.

„Woher weißt du das?", fragte Reinhedis scharf.

„Das ist doch kein Geheimnis, davon weiß die ganze Stadt. Sein größter Wunsch ist schließlich in Erfüllung gegangen und er macht keinen Hehl daraus", erwiderte sie nun deutlich distanzierter.

Diese Antwort schien die Burgherrin etwas zu besänftigen. „Das ist wahr, es freut ihn wirklich. Wir haben uns lange nicht gesehen. Wo kommst du gerade her?", gab sie sich etwas versöhnlicher, wobei ihr Argwohn aber deutlich zu spüren war.

„Ich war in Selenhofen."

„Also kommst du nicht von der Burg?"

„Warum sollte ich? Dazu besteht überhaupt keine Veranlassung."

Reinhedis entspannte sich. „Wie ist es dir in den letzten Wochen ergangen?", fragte sie aus reiner Höflichkeit, obwohl es sie eigentlich nicht interessierte.

Griseldis wirkte bekümmert. „Mein Bruder ist bis jetzt nicht gekommen, was meine Lage nicht einfacher macht. Und auch Dithmar kann sich nicht entscheiden und hat noch nicht um mich gefreit. Langsam zweifle ich an seinen Absichten. Meine Geduld ist bald erschöpft, denn ich kann nicht ewig allein hier leben. Wenn er sich in den nächsten drei Monaten nicht erklärt, kehre ich an den Hof zurück."

Diese Aussicht klang für die Burgherrin äußerst verlockend. „Du hast mein aufrichtiges Mitgefühl", heuchelte sie ohne echte Anteilnahme. „Vielleicht ist Dithmar einfach nur zurückhaltend und du solltest ihn ermuntern."

„Er ist wirklich etwas zögerlich. Ich fürchte nur, dass ich ihn vergraule, wenn ich eine rasche Entscheidung von ihm verlange, und das ist das Letzte, was ich will."

„Damit könntest du recht haben", bestätigte Reinhedis.

„Gibt es denn keine anderen Anwärter, durch die du seine Entscheidung etwas beschleunigen könntest?"

„Du meinst, ich soll ihn eifersüchtig machen?"

„Genau!"

„Es gäbe schon den einen oder anderen, aber ich bezweifle, dass das bei ihm Wirkung zeigt."

Reinhedis verspürte keine Lust mehr auf eine Unterhaltung. „Ich wünsche dir, dass es bald zu einem Verlöbnis kommt. Gehab dich wohl", verabschiedete sich und meinte es dieses Mal sogar ehrlich.

„Dank dir für die guten Wünsche und grüß mir Gerhard!"

Das würde sie gewiss nicht tun. Die Magd kam mit den Mädchen wieder zu ihrer Herrin. „Geht es Euch gut? Ihr seht erregt aus."

„Das täuscht", erwiderte sie knapp.

Die Burg war jetzt in Sichtweite und ihre Töchter rannten munter auf das Tor zu. Als die beiden Frauen unter sich waren, senkte die Magd ihre Stimme. „Man munkelt nichts Schönes über sie. Habt Ihr schon davon gehört?"

Reinhedis blieb stehen. „Nein, was denn?"

„Es ist nur ein unbestätigtes Gerücht."

„Jetzt zier dich nicht, red schon!"

„Sie soll eine Liebschaft mit einem Herrn haben und das seit geraumer Zeit. Und zwar einem wohlhabenden Mann von großem Einfluss. Es heißt, sie trifft sich heimlich nachts mit ihm."

Reinhedis' Knie wurden weich. Sie wankte. Das passte auf Gerhard. Er war gut betucht, traf sich nachts unbemerkt mit ihr in der Burg und war der zweitmächtigste Mann der Stadt. Nur Ruthard war einflussreicher. Aber sie konnte sich den Bischof einfach nicht als Griseldis' Liebhaber vorstellen.

„Wer soll das sein?", presste sie hervor.

„Er gehört wohl zu den bedeutendsten Männern von Mainz!"

Sie hatte ihren Satz noch nicht vollendet, als Reinhedis ohnmächtig in sich zusammensackte. Die Mädchen hörten die Magd aufschreien und drehten sich um. Sie ließen die Blumensträuße fallen und eilten zu ihrer Mutter zurück.

„Ist sie tot?", schrie die Ältere ängstlich.

Die Magd, die neben ihrer Herrin kniete, sah, dass sich deren Brustkorb bewegte. „Nein, sie ist nur ohnmächtig."

Am Burgtor war Reinhedis' Zusammenbruch nicht unbemerkt geblieben. Zwei Soldaten kamen angerannt und hoben sie vorsichtig auf.

„Tragt sie in ihr Gemach und nehmt die Mädchen mit in die Burg. Ich hole inzwischen den Arzt", sagte die Magd und hastete davon.

Reinhedis erlangte ihr Bewusstsein erst wieder, als es bereits dunkel war. Gerhard saß an ihrem Bett und hielt ihre Hand, die sie augenblicklich zurückzog.

„Wie geht es dir, mein Liebes?"

„Ich bin müde."

„Der Arzt sagt, dass dir bis auf eine Beule am Kopf nichts fehlt. Was war der Auslöser für deine Ohnmacht?"

„Ich weiß es nicht", entgegnete sie mit schwacher Stimme. „Möglicherweise hat mich der Spaziergang zu sehr angestrengt. Lass mich bitte schlafen. Morgen fühle ich mich sicher besser."

„Ich mache mir ernste Sorgen um dich. Möchtest du nicht für einige Wochen auf unser Landgut gehen, um wieder zu Kräften zu kommen? Du hast doch sonst immer so gern um diese Jahreszeit getan", bot er ihr fürsorglich an.

Statt sich zu freuen, wie Gerhard gehofft hatte, ereiferte

sie sich. „Mein Platz ist hier bei dir! Oder willst du mich loswerden?", schrie sie schrill.

Gerhard erschrak über diese unerwartet heftige Reaktion. „Beruhige dich doch! Warum sollte ich dich loswerden wollen? Ich genieße deine Gegenwart. Ich dachte nur, Ablenkung würde dir guttun."

„Dieses Jahr mache ich es eben anders!", stellte sie bestimmt fest und wandte den Kopf von ihm ab, was Gerhard veranlasste zu gehen. Seine Frau wurde ihm immer mehr zum Mysterium.

Reinhedis kochte indessen vor Eifersucht. Falls er sie loswerden wollte, um sich ungestört mit Griseldis treffen zu können, hatte er sich getäuscht. Sie würde bleiben und ab jetzt noch aufmerksamer sein als sonst.

Unter den Juden

Eigentlich ging es Sara im Augenblick rundum gut. Die Schwangerschaft bereitete ihr keine Probleme, ihre Mutter war wieder gesund, wenn auch noch recht schwach, die Geschäfte brachten Gewinne ein und Immanuel hatte die Erbschaftsangelegenheit in Italien zu einem glücklichen Ende gebracht. Jetzt wollte er nur noch einige Weinberge kaufen und jüdische Winzer einstellen, um kosheren Wein produzieren zu können. Das bedeutete, dass er noch einige Zeit im Süden bleiben musste. Vor nicht allzu langer Zeit hätte Sara das bedauert, aber nun, war sie froh darüber.

Inzwischen hatte ihr auch Jonah geschrieben. Er war wohlbehalten zu Hause angekommen und begann das Geschäft wieder aufzubauen. Aber er erneuerte seine Mahnung, denn die Gefahr durch die Kreuzzügler war für das Rheinland längst nicht gebannt, im Gegenteil, sie hatten die Grenze inzwischen überschritten. Sara hatte ihre Furcht lange unterdrückt, aber jetzt brach sie wieder auf. Im Stillen hatte sie gehofft, der Gemeindevorstand würde doch noch seine Meinung ändern, was er aber nicht getan hatte. Außer dem Schreiben, das Kalonymos an den Kaiser geschickt hatte, waren keine weiteren Schritte erfolgt. Heinrich hatte zwar auf Kalonymos' Bitte hin seine Fürsten, unter anderem auch den Franzosen Gottfried von Bouillon, angewiesen, die Juden zu schützen. Doch ob sie es wirklich auch taten, stand in den Sternen.

Sara gab sich keinen Illusionen hin. Ihr Volk war stets Verfolgungen ausgesetzt gewesen. Unter König Heinrich II. waren sie vor mehr als achtzig Jahren ausgewiesen worden. Daher wusste sie wie trügerisch und launisch Friede sein konnte. Noch herrschte Ruhe, aber damit konnte es von einer Stunde zur anderen vorüber sein. Die Kreuzfahrer, die überwiegend aus Frankreich kamen, fühlten sich nämlich nicht an die Order des deutschen Kaisers gebunden. Für sie zählte allein das Wort Papst Urbans. Und da Heinrich und er erklärte Feinde waren, verhieß das für ihr Volk nichts Gutes. Doch außer ihr schien keiner den drohenden Schatten erkennen zu wollen, der sich unaufhörlich über dem Land ausbreitete.

Sara war nicht bereit, das Schicksal einfach so hinzunehmen, auch wenn die Gemeinde das verlangte. Sie würde sich mit ihrer Mutter, Isaac und dem Ungeborenen in Sicherheit bringen und setzte all ihre Hoffnung auf Widukind. Aber sie bangte nicht nur um das Leben ihrer Familie, sondern auch um ihr Vermögen. Einen Teil davon hatte sie Jonah anvertraut, damit er es sinnvoll einsetzte und für sie vermehrte, was er auch tat. Aber was sollte mit dem Rest geschehen? Seit Längerem zerbrach sie sich den Kopf über ein gutes Versteck, aber ihr fiel keines ein, denn Juden boten sich nicht viele Möglichkeiten. Sie konnten es innerhalb ihres Hauses, der Synagoge oder des Viertels verbergen, aber dort würden Plünderer zuerst suchen. Außerhalb dieser Bereiche wurde jeder ihrer Schritte genau beäugt und ohne Hilfe würde es nicht gehen. Es blieb also wieder nur Widukind.

Übermorgen, am Vortag von Pessach, wenn alles Gesäuerte aus dem Haus musste, wollte sie ihm Chametz hinüberbringen und die Gelegenheit nutzen, mit ihm zu reden. Ihre Mutter würde keinen Verdacht schöpfen, denn es war Brauch, dass alles Gesäuerte an Nichtjuden verkauft oder verschenkt wurde, und den Nachbarn bedachte man dabei zuerst.

Mittwoch, 9. April A. D. 1096, 14. Nisan 4856
Burg

Reinhedis fühlte sich beim Aufwachen furchtbar und erschöpfter als jemals zuvor. Viel geschlafen hatte sie nicht, denn die ganze Nacht über musste sie an das denken, was die Magd ihr erzählt hatte. Ihre Eifersucht machte sie so blind, dass sie gar nicht auf den Gedanken kam, ein anderer als ihr Ehemann könne Griseldis' Liebhaber sein. Zwar gab es noch immer keine Nachricht von ihrem Cousin Guntram, aber seine Antwort war Reinhedis inzwischen gleichgültig. Sie war längst von Gerhards Untreue überzeugt. Egal wie sie es drehte und wendete, es passte einfach alles zusammen, Griseldis' heimliche, nächtliche Besuche, seine andauernden Bemühungen um die junge Frau, seine Verschlossenheit ihr gegenüber und die vielen Ausreden, die er ihr auftischte, wenn sie ihn nach dem Grund seines Zuspätkommens fragte.

Obwohl die Tatsachen eigentlich unbestreitbar waren, wollte ihr Herz seinen Verrat immer noch nicht glauben. Gestern Abend hatte er sich nach ihrer Ohnmacht überaus liebevoll um sie gekümmert und seine Besorgnis wirkte dabei echt. Er hatte bis tief in die Nacht ihre Hand gehalten und sie selbst im Schlaf nicht losgelassen. Verhielt sich so ein Mann, der eine andere liebte?

Reinhedis wusste nicht mehr, was sie denken sollte. Die Mauer des Schweigens zwischen ihnen war unüberwindbar geworden und sie fand einfach keinen Weg, um mit Gerhard über ihre Gefühle zu reden. Stattdessen legte sie jedes seiner Worte auf die Goldwaage, reagierte meist verstimmt auf seine Vorschläge und beobachtete ihn mit Argusaugen. Einerseits wollte sie endlich Gewissheit, denn sie war sich bewusst, dass ihre Ehe in einer solch vergifteten Atmosphäre scheitern musste. Wo Vertrauen und Liebe fehlten, regierten Argwohn und letztendlich womöglich Hass.

So weiterleben konnte sie nicht, scheute sich aber auch davor, ihn mit ihrem Verdacht zu konfrontieren. Eine Scheidung kam erst recht nicht in Betracht. Durch sie würde sie alles verlieren, ihr Heim, die Kinder, das schöne Leben in der Stadt. Sie könnte vielleicht in ein Kloster oder ein Stift eintreten, doch sie wollte nicht den Rest ihrer Tage dort verbringen. Vielleicht sollte sie sich doch auf den Landsitz zurückziehen, wie er es vorgeschlagen hatte, dann blieben ihr wenigstens ihre Töchter. Aber das käme einer Kapitulation gleich und sie war nicht bereit, aufzugeben.

Zu lange hatte sie alles einfach nur hingenommen und Entscheidungen vor sich hergeschoben und war so immer mehr zu einem Schatten ihrer selbst geworden. Sie musste endlich die Energie aufbringen und sich gegen dieses Weib wehren.

Unter den Juden

„Mutter, ich bring Chametz aus dem Haus. Vielleicht will Widukind mir etwas davon abkaufen", rief Sara.

„Dann spute dich, nicht dass er schon auf dem Weg in die Dombauhütte ist und du vergebens an seine Tür klopfst. Ich werde mich inzwischen um das Pessachgeschirr kümmern und die Küche reinigen."

„Mute dir aber nicht zu viel zu", ermahnte sie ihre Mutter.

„Keine Sorge, Anna passt schon auf mich auf", sagte Rachel und lächelte der Magd zu, die bei ihnen geblieben war, weil sie sich als große Hilfe erwies.

Sara griff den Korb mit dem gesäuerten Brot und ging

schwerfällig über den Hof zu Widukind hinüber. Er öffnete ihr beinah sofort und sie hielt ihm den Korb mit dem Brot hin. „Willst du Chametz?"

„Komm herein, ich kauf dir etwas ab."

„Ich schenk es dir. Ehrlich gesagt, dient es mir nur als Vorwand, damit ich zu dir kommen kann, ohne dass Mutter sich unnötig Gedanken macht."

„Wolltest du mich an mein Versprechen erinnern?"

Sara lief rot an und schüttelte beschämt den Kopf. „Nein, ich zweifle nicht an deinem Wort. Es ist nur so, dass die Kreuzfahrer inzwischen vor Trier und Köln sind und beide Städte liegen nicht weit von hier."

„Davon habe ich gehört. Ist dir auch aufgefallen, dass jeder Turm rund um die Uhr mit einer Wache besetzt ist? Außerdem werden zusätzliche Vorräte in die Stadt geschafft."

„Nein, das habe ich nicht bemerkt. Dann trifft der Erzbischof anscheinend Vorkehrungen zum Schutz der Bürger. Er tut wenigstens etwas, im Gegensatz zu unseren Ältesten", bemerkte Sara traurig. „Sie sind noch immer der Überzeugung, dass ihnen nichts geschieht und vertrauen deshalb ganz auf den Allmächtigen."

„Gottvertrauen ist immer hilfreich, aber in manchen Situationen reicht es eben nicht aus", meinte Widukind.

Sara krümmte sich auf einmal und ließ den Korb mit dem Brot auf den Tisch fallen. Sie stieß einen überraschten Schrei aus und griff sich an ihren Bauch. „Das war aber ein heftiger Tritt!"

Widukind drückte sie sanft auf die Bank. „Bleib sitzen, ich hole dir frisches Wasser. Gleich geht es dir bestimmt besser."

Er schenkte ihr etwas ein und setzte sich zu ihr. „Sara, ich habe lange gegrübelt, wie ich euch beschützen kann. Mir ist

393

klar geworden, dass ich es allein nicht schaffe. Mein Haus wäre kein sicheres Versteck für euch, dazu liegt es zu dicht bei eurem Viertel. Ihr müsst woanders untergebracht werden, irgendwo fernab des Zentrums. Ist es dir recht, wenn ich Conrad um Hilfe bitte? Er ist der Schreiber des Bischofs und seit Jahren ein guter Freund von mir. Auf ihn ist Verlass, er ist äußerst klug und einfallsreich und hat gute Beziehungen."

Sara hatte sich inzwischen erholt und den Becher geleert. „Wenn du ihm vertraust, tue ich es auch. Aber du weißt auch, dass gerade viele Mönche uns Juden gegenüber voreingenommen sind."

„Conrad ist anders. Er führt sogar hin und wieder freundschaftliche Dispute mit eurem Parnass."

„Widukind, ich habe furchtbare Angst", gestand Sara unvermittelt. „Um meine Mutter, um Isaac, um das ungeborene Kind und auch um mich. In acht Wochen soll es geboren werden. Wie wird seine Zukunft aussehen? Jonahs Schilderungen waren so schrecklich, dass ich nachts oft wach liege und daran denken muss. Immer wieder sehe ich Tod und Zerstörung. Ich wollte, ich wäre bei Immanuel in Italien."

Widukind hätte sie gern in den Arm genommen und getröstet, wagte es aber nicht. „Gib die Hoffnung nicht auf."

„Das tue ich nicht, denn ohne Hoffnung würde ich das nicht überstehen. Aber es fällt mir schwer, gegen die Entscheidung der Ältesten zu verstoßen, denn das werde ich tun, wenn wir dir unser Leben anvertrauen."

„In dieser Sache kann ich dir keinen Rat geben. Das musst du mit dir selbst und deiner Familie ausmachen."

„Das weiß ich. Ich bin dir dankbar, dass du dir überhaupt meine Sorgen anhörst. Aber das ist nicht der eigentliche Grund meines Besuchs. Es geht um unser Geld. Ich brauche ein sicheres Versteck und mir fällt keines ein. Hast du eine Idee?"

Widukind legte die Stirn in Falten. „Auf die Schnelle fällt mir nichts ein, aber ich finde bestimmt eines. Und sobald wie möglich werde ich zu Conrad gehen, um mit ihm zu reden. Wenn das geklärt ist, gebe ich dir Bescheid."

„Richte es aber so ein, dass Mutter und Isaac nichts davon bemerken. Sie wissen noch nichts von meinem Plan. Beide werden es nicht gutheißen, wenn wir uns dem Rat der Ältesten widersetzen. Ich muss sie erst überzeugen und ich muss auch Anna irgendwo unterbringen. Sie kann nicht in unserem Haus bleiben, dort ist sie in Gefahr. Sie hat hier keine Verwandten, zu denen sie gehen könnte, und ich will sie auch nicht allein bei völlig Fremden lassen."

„Ich würde sie ja aufnehmen, aber mein Haus ist zu klein, es fehlt eine Kammer für sie."

„Vielleicht kann Christian sich um sie kümmern. Er hat ausreichend Platz. Aber nun muss ich gehen, Mutter wundert sich gewiss, wo ich so lange stecke", sagte sie.

Auch Widukind stand auf. „Sara, alles wird gut."

Sie schaute ihn fest an. Ihre Pupillen waren heute Morgen so geweitet, dass das Braun ihrer Augen nur noch als schmaler Saum zu erkennen war. „Glaubst du das wirklich?"

„Ich bete dafür."

„Dann wollen wir hoffen, dass euer Herr Erbarmen mit uns zeigt."

Mittwoch, 30. April A. D. 1096, 5. Iyyar 4856
Anwesen des Kämmerers

Hanno war erst seit gestern wieder in der Stadt. Der Erzbischof hatte ihn und Conrad vor Wochen ausgesandt, damit sie in seinem Namen die fürstlichen Landesherren aufsuchten. Ruthard hoffte auf ihre Unterstützung, falls Mainz belagert wurde. Doch trotz Conrads diplomatischem Verhandlungsgeschick fielen ihre Hilfsangebote nicht zur Zufriedenheit des Erzbischofs aus. Keiner wollte sich jetzt schon festlegen und so blieb es bei reinen Lippenbekenntnissen.

Unterwegs erfuhren Hanno und Conrad, dass inzwischen mehrere Pilgerheere die Grenze überschritten hatten und Städte wie Aachen, Trier und Köln bedrohten. Die Straßen des Reichs präsentierten sich unsicherer denn je und Conrad war froh, dass Hanno ihn begleitete und als sein Beschützer fungierte.

Hanno dagegen erfüllte diese Mission weniger, denn sie stellte keine wirkliche Herausforderung für ihn dar. Dafür hatte er aber ausreichend Zeit, über seine Zukunft nachzudenken. Bis vor wenigen Monaten hatte er sich keine Gedanken gemacht, wie sein Leben in zehn oder fünfzehn Jahren aussehen mochte, denn er war zufrieden damit. Früher hatte er auch nie an eine Ehe gedacht, weil er sich nicht auf ein Weib festlegen wollte. Doch seit er Yrmengardis kannte, war alles anders. Die Begegnung mit ihr hatte ihn verändert und der Wunsch, ihr nahe zu sein, wurde immer drängender. Das ging so weit, dass er sich ein gemeinsames Leben mit ihr vorstellen konnte. Dabei war er sich bewusst, dass sie unter normalen Umständen niemals seine Frau werden würde. Das verhinderte allein schon ihre unterschiedliche Herkunft. Und selbst wenn Graf Bolko dieser Verbindung doch seinen Segen erteilen sollte, gab es immer noch den Kämmerer, der ihm gewiss die Zustimmung verweigern würde.

Aber Hanno ließ sich nie schnell von seinen Vorhaben abbringen. Er liebte Herausforderungen und Yrmengardis war eine besonders verlockende. Da die Umstände gegen ihn sprachen, musste er sie eben ändern und er befand sich bereits auf dem besten Weg dazu. Seit er seine Erinnerung wiedererlangt hatte, suchte er nach Möglichkeiten, dem Schicksal ein Schnippchen zu schlagen, und war sich sicher, dass ihm das auch gelingen könnte. Er musste es nur geschickt anstellen und zum richtigen Zeitpunkt zugreifen.

Noch vor seiner Abreise hatte er herausgefunden, welches Geheimnis Griseldis umgab. Sie hatte nicht nur eine Affäre mit dem Erzbischof, sondern unterhielt auch eine Beziehung zum Stadtgrafen, was – wie Hanno fand – der ganzen Angelegenheit eine pikante Würze verlieh. Und um die Verwirrung komplett zu machen, schien sie tatsächlich Dithmar ehelichen zu wollen, der von ihrem Treiben allerdings keine Ahnung hatte. Noch konnte Bertolf das verhindern, was wiederum das Verhältnis zwischen Vater und Sohn belastete. Griseldis passte das ganz und gar nicht und sie gab es nicht auf, den Tuchmachersohn weiter zu umgarnen.

Einem schamloseren Weib war Hanno noch nie begegnet. Was sie mit Dithmar tat, war ihm gleichgültig. Wenn er sich zum Trottel machen wollte, war das seine Sache. Anders war es dagegen mit dem Erzbischof und dem Stadtgrafen. Sie hatten einen Ruf, ihre Würde und ein Amt zu verlieren. Griseldis' Verbindung zu den beiden schien überaus intim zu sein, was ihr die Möglichkeit der Einflussnahme verschaffte. Hanno fragte sich, ob und wie sie davon Gebrauch machte. Am meisten wunderte er sich darüber, dass keiner in der Stadt etwas ahnte, selbst der Kämmerer wusste nichts von diesen Affären.

Im Gegenteil, Griseldis hatte sich gut eingelebt und war inzwischen eine vollwertige Bürgerin. Die anfängliche Skepsis, die ihr in Mainz wegen ihres Lebensstils entgegengebracht worden war, hatte sich weitgehend gelegt. Außer Meister Bertolf und ein paar Frauen wie Herlinde störte sich kaum jemand daran. Aber Hanno ließ sich nicht täuschen. Die Affären mit Ruthard und Gerhard waren eine Sache, ihre Geheimnistuerei eine andere, Hanno vermutete, dass mehr dahintersteckte und sie bestimmte Absichten verfolgte. Jetzt, wo er wieder in der Stadt war, hatte er die Zeit, das herauszufinden. Er war gestern mitten in der Nacht zurückgekommen und hatte den Kämmerer nicht mehr sprechen können, das holte er heute Morgen nach.

„Habt ihr etwas erreicht?", erkundigte sich sein Herr sorgenvoll.

„Die Fürsten halten sich bedeckt. Keiner gab uns die feste Zusage, im Belagerungsfall der Stadt beizustehen. Sie machen es von den Umständen abhängig und inwieweit sie selbst betroffen sind."

„Gibt es sonstige Neuigkeiten?"

„Ja, aber keine erfreulichen. Das Kreuzfahrerheer wächst beständig. Zwar sind die Truppen des Walter ohne Habe und des Peter von Amiens bereits nach Osten weitergezogen und haben das Reich verlassen, aber ein Großteil der Kreuzfahrer hält sich noch im Rheinland auf. Und wo sie sich befinden, verbreiten sie Chaos und Schrecken. Vor allem Emich von Flonheim stiftet Unruhe. Er ist ein Mann, den man nicht unterschätzen sollte."

„Ich weiß praktisch nichts über ihn", äußerte der Kämmerer nachdenklich.

„Das könnte sich rasch ändern. Ich fürchte, er wird bald in aller Munde sein! Denn er gilt als hart, unnachgiebig und zielstrebig und plant angeblich den Rhein hinaufzuziehen", meinte Hanno bekümmert.

„Gut, dass der Erzbischof bereits Vorkehrungen zur Sicherung der Stadt trifft. Er tut es weitestgehend im Geheimen, um die Bürger nicht zu beunruhigen. Behalte es also für dich", ermahnte ihn der Kämmerer.

Hanno dachte sofort an die Landbevölkerung. Ihre Dörfer waren weitgehend unbefestigt und den Kreuzfahrern schutzlos ausgeliefert. Die Battenheimer und die Bewohner der Nakheimer Mark sowie etliche weitere Orte mussten gewarnt werden. Laut Mauerverordnung hatten diejenigen, die sich an ihrer Instandhaltung beteiligten, das Recht, sich nach Mainz zu flüchten.

„Was geschieht mit den Menschen auf dem Land?", fragte er deshalb.

„Sie werden rechtzeitig in Sicherheit gebracht", versicherte ihm Embricho. „Aber noch besteht dazu keine Veranlassung. Das Heer ist weit genug entfernt und wir wissen immer noch nicht mit Bestimmtheit, ob es überhaupt hierherkommen wird."

Hanno gab sich damit nicht zufrieden. Er fühlte sich Widukinds Familie verpflichtet. „Gestattet Ihr mir, die Battenheimer zu warnen?"

„Gilt deine Sorge den Dörflern oder einer ganz bestimmten Person?", erkundigte sich Embricho und spielte auf Yrmengardis an.

Hanno wunderte sich, dass der Kämmerer von ihr wusste, wiegelte aber ab. „Ich habe noch eine Schuld zu begleichen. Ohne Widukind und seinen Vater wäre ich nicht hier."

„Du wirst rechtzeitig die Gelegenheit dazu bekommen", versprach ihm Embricho. „Hast du eigentlich immer noch Gedächtnislücken?"

Hanno schluckte schwer. Zwar war er im Lügen geübt, trotzdem fiel es ihm nicht leicht, seinen Herrn anzuschwindeln. Da er aber seine eigenen Ziele verfolgte, wollte er im Augenblick nicht mit der Wahrheit herausrücken. „Nein, ich fürchte, dass ich mich nie mehr an die Wochen unmittelbar vor dem Überfall erinnern werde", erwiderte er, Bedauern vortäuschend.

„Dann wirst du wohl damit leben müssen. Aber das dürfte inzwischen keine Probleme mehr bereiten, oder?", hakte Embricho nach.

„Genauso ist es!", atmete Hanno erleichtert auf. „Da ich lange fort war, habe ich noch etliche Dinge zu erledigen. Braucht Ihr mich jetzt oder kann ich gehen?"

„Den Tag gebe ich dir frei, sei aber heute Abend wieder da", entließ ihn der Kämmerer.

Kaum war Hanno gegangen, wandte sich Embricho wieder den Finanzen des Erzbischofs zu. Ruthard hatte ihn vor einigen Tagen gedrängt, sie im Hinblick auf die angespannte Situation zu prüfen. Er hatte die Bilanz noch nicht fertig, aber es zeichnete sich ab, dass das Geld nicht mehr lange reichen würde. Die Ausgaben waren deutlich gestiegen, seit sie zusätzliche Vorräte kauften und heimlich in die Stadt brachten. Ruthards Wachen erhielten zudem neue Waffen und letzte Schwachstellen der Stadtmauer wurden ausgebessert. Der Kämmerer wollte gar nicht daran denken, welche Summen erforderlich sein würden, sollte die Stadt tatsächlich belagert werden.

In jedem Fall brauchte er bald neues Geld und er fragte sich, wie er es am günstigsten bekommen konnte. Er könnte natürlich einfach mehr Mainzer Pfennige prägen lassen, aber das löste das Problem nicht, sondern verschärfte es auf lange Sicht nur. Wie er es auch drehte und wendete, sie würden bei der jüdischen Gemeinde einen Kredit aufnehmen müssen. Das hatte der Erzbischof schon häufiger getan und sie waren sich immer einig geworden.

Aber die Geldbeschaffung war nur ein Problem von vielen. Weitaus größere Sorge bereitete ihm der Domschatz. Im gesamten Abendland gab es keinen, der es an Größe, Pracht und Wert mit dem von Mainz aufnehmen konnte. Würde die Stadt eingenommen, wäre er in der Schatzkammer nicht sicher. Plünderer machten auch vor dem Eigentum der Kirche selten Halt. Er musste versteckt werden, und zwar an Stellen, die nicht gefunden werden konnten. Noch blieb ihm ausreichend Zeit. Aber es war immer gut, vorbereitet zu sein.

Hoher Dom zu Mainz

Widukind befand sich auf einem Gerüst an der östlichen Außenfassade. Die versprochenen lombardischen Steinmetze waren endlich eingetroffen und arbeiteten gemeinsam mit den ortsansässigen am Dom. Widukind hatte sich mit Geronimo, einem Gesellen, der zehn Jahre älter war als er selbst, angefreundet. Der Italiener lebte schon länger im Rheinland konnte sich deshalb ohne Probleme mit Widukind verständigen.

„Der Kaiser ist ein großzügiger Mann", stellte er fest. „Erst unterstützt er die Verschönerungsmaßnahmen am Dom in Speyer und nun auch hier in Mainz."

„Ja, er ist der Stadt wohlgesonnen. Ohne seine Hilfe wäre das Gotteshaus nicht so prächtig, wie es jetzt ist."

„Und wenn wir fertig sind, wird es noch viel prächtiger", äußerte Geronimo mit gewissem Stolz, da er von der Handwerkskunst seiner Kameraden überzeugt war. „Was ist eigentlich passiert? Die Schäden sehen aus, als stammen sie von einem Brand."

„Deine Vermutung ist richtig. Vor beinah fünfzehn Jahren wütete eine große Feuersbrunst, die auch den Dom in Mitleidenschaft zog. Es ist bereits das zweite Feuer, das ihn beschädigt."

„Und es wird wohl nicht das letzte gewesen sein", bemerkte der Lombarde.

„Hoffentlich behältst du nicht recht!", meinte Widukind und arbeitete weiter.

Gegen Mittag schaute er zufällig auf den Platz zwischen Liebfrauenkirche und Dom. In diesem Moment trat Conrad aus der Kirche. Er war lange mit Hanno unterwegs gewesen und erst seit gestern wieder hier. Erfreut seinen Freund wohlbehalten wiederzusehen rief Widukind laut seinen Namen. Doch sein Rufen ging im Lärm der Baustelle unter.

„Ich bin gleich wieder da", sagte er zu Geronimo und kletterte geschmeidig wie eine Katze das Gerüst hinunter. Mit großen Schritten rannte er hinter Conrad her und holte ihn bald ein.

Auch Conrad freute sich, wirkte aber ungewöhnlich müde. Widukind hatte den Eindruck, dass er an Gewicht verloren hatte und neue Falten auf seiner Stirn hinzugekommen waren.

„Entschuldige, dass ich dich so überfalle, aber ich muss unbedingt mit dir sprechen. Es ist äußerst wichtig. Wann hast du Zeit für mich?"

Conrad seufzte. „Im Augenblick ist es schwierig, der Erzbischof nimmt mich den ganzen Tag über in Anspruch und das bleibt in nächster Zeit auch so. Am besten du redest jetzt."

„Ich brauche deine Unterstützung, aber du darfst niemandem etwas verraten. Mehrere Leben hängen davon ab", flüsterte Widukind verschwörerisch.

„Um wessen Leben geht es, dass du so geheimnisvoll tust?"

Widukind wich ihm aus. „Es handelt sich um Freunde, die du nicht kennst. Sie benötigen ein Versteck, in dem sie absolut sicher sind, falls die Kreuzfahrer nach Mainz kommen sollten."

Conrad brauchte nicht lange, um zu erraten, um wen es dabei ging. „Hältst du mich für einen so schlechten Freund, dass du dich nicht traust mir zu sagen, wer diese Freunde sind?"

„Nein", meinte Widukind beschämt, „verzeih mir. Ich spreche von Sara, meiner jüdische Nachbarin, Rachel, ihrer Mutter, und Isaac, ihrem Bruder."

„Es sind also Juden, denen ich helfen soll. Warum sagst du das nicht gleich?", fragte Conrad und wartete seine Antwort nicht ab. „Aber du hast recht, sie brauchen möglicherweise wirklich bald Hilfe."

Demnach wusste Conrad mehr als Widukind lieb sein konnte. „Was hast du unterwegs erfahren?", fragte er ihn.

„Schlimme Dinge. Eine große Bedrohung rückt heran. Ruthard rüstet sich und benötigt mich deshalb noch mehr als üblich. Trotzdem werde ich mir Gedanken machen und mich nach Möglichkeiten umschauen, wo wir sie unterbringen können. Sag ihnen, dass ihnen geholfen wird, aber ich weiß noch nicht wann. Sorg dafür, dass sie vorbereitet sind, denn es kann mitten in der Nacht sein, wenn wir sie in Sicherheit bringen."

„Vielen Dank, Conrad, auf dich ist eben Verlass", meinte Widukind, doch der Mönch hatte seine letzten Worte nicht mehr gehört, sondern war längst davongeeilt.

Freitag, 2. Mai A. D. 1096, 7. Iyyar 4856
Vor Speyer

Eine wachsende Zahl Kreuzfahrer schlug vor Speyer ihr Lager auf. Während sich das einfache Fußvolk erschöpft auf den nackten Boden legte, um auszuruhen, versammelten sich die ritterlichen Anführer, um sich zu besprechen. Die Probleme mit der Versorgung der Truppe wuchsen und sie benötigten dringend Nahrung, sonst drohte die Stimmung im Heer umzuschlagen. Ihr voreiliger Aufbruch im Winter hatte sich als besonders ungünstig erwiesen, denn die Vorräte des letzten Jahres waren fast überall aufgebraucht und die neue Ernte noch längst nicht eingebracht. Da der Zustrom der Pilger aber unvermindert anhielt, galt es immer mehr Mäuler zu stopfen.

Die Landstriche, die sie passiert hatten, waren ausgeblutet und lieferten denjenigen, die ihnen folgten, nichts Essbares mehr. Besaß ein Landherr oder ein Bauer doch noch etwas Nahrung, war er nicht bereit, sie zu teilen, oder verlangte horrende Summen dafür. So gab es immer wieder Auseinandersetzungen, die oft tödlich endeten.

Die Ritter sahen sich mit ihrer Aufgabe überfordert, denn dieser Kampf, in den sie zogen, war ganz anders als all ihre Schlachten zuvor. Niemals hatten sie einen weiteren Weg in Kauf nehmen müssen, um überhaupt bis ans Schlachtfeld zu gelangen. Aber sie waren bereit, alle Mühsal auf sich zu nehmen, denn dieser Krieg war ein heiliger und wurde im Namen des Herrn geführt. Ihr Glaube an die Göttlichkeit dieser Wallfahrt verband sie mit dem einfachen Fußvolk. Die Ritter hatten es sich zu ihrer Aufgabe gemacht, die Pilger zu beschützen, die ihren Anweisungen ohne Murren folgten.

Als sie, bis auf einen Diener, unter sich waren, überlegten sie, wie sie Menge ruhig halten konnten.

Einer ergriff das Wort, um einen Vorschlag zu machen. „Edle Herren, im Heer regt sich Unmut. Trotz aller Kampfbereitschaft wollen die Gläubigen sehen, dass sich der mühsame Weg nach Jerusalem lohnt. Allein mit Versprechungen können wir sie nicht mehr lange hinhalten. Noch sind sie bereit für den einzig wahren Gott zu kämpfen, aber die Heiligen Stätten sind weit. Unsere Feinde sind nicht nur in Jerusalem, sondern auch hier in diesem Land, direkt vor unseren Augen. Ich meine damit diejenigen, die unseren Herrn einst verrieten und ans Kreuz schlugen. An ihren Händen klebt sein Blut. Sie bezeichnen Jesus als gehängten Bastard und beschmutzen sein Ansehen und unseren Glauben. Das können wir nicht dulden. Deshalb schlage ich vor, dass wir morgen das erste Gefecht im Namen unseres Herrn führen und zwar genau hier. Wenn wir einen Sieg davon tragen, werden sich die Gemüter unserer Truppen beruhigen und sie erkennen uns weiterhin als ihre Anführer an."

„Und wenn wir unterliegen?", fragte ein Zweifler.

„Das werden wir nicht, denn ich habe einen Plan. Heute ist Freitag, und wenn die Sonne untergeht, beginnt für die Juden der Sabbat. Morgen früh versammeln sie sich zu gewohnter Stunde in ihrer Synagoge zum Gebet. Das ist der Augenblick, in dem wir zuschlagen. Wir kreisen sie ein und beim Verlassen ihres Gebetshauses laufen sie uns direkt vor die Schwerter. Sie sind arglos und werden keine Waffen bei sich tragen. Demnach wird es leicht sein, sie zu überwältigen. Wir verlangen von ihnen die Taufe, damit sie sich zum rechten Glauben bekehren, und wer sie verweigert, wird getötet."

„Ein guter Plan und er könnte gelingen", lachte der Zweifler zuversichtlich.

„Zumal es kaum Opfer auf unserer Seite geben wird, da

weder der Bischof noch die Stadtoberen damit rechnen. Die Schlacht ist vorüber, kaum dass sie begonnen hat", triumphierte der Wortführer bereits.

„Widerspricht ein solcher Hinterhalt nicht ritterlichen Tugenden?", fragte ein anderer und erntete dafür böse Blicke.

„Im Krieg ist jede Maßnahme gerechtfertigt. Bedenke, dass wir einen Schwur leisteten: Wir wollen die Heiligen Stätten von den Ungläubigen befreien. Und die Juden sind Ungläubige! Speyer ist nur eine Etappe auf dem Weg ins Heilige Land. Wenn wir den deutschen Boden vom Antichristen gereinigt haben, wenden wir uns gen Osten. So verlangt es der Herr. Haltet euch morgen früh bereit, aber sorgt dafür, dass es unter uns bleibt, damit die Überraschung auf unserer Seite ist", beharrte er und die anderen stimmten ihm zu.

Alle schienen sich einig, aber einer der Anführer zweifelte weiterhin und rang mit seinem Gewissen. Derartige Heimtücke widersprach ritterlichen Tugenden. Zwar hatte er den Schwur geleistet, Jerusalem zu befreien, aber nicht um jeden Preis, schon gar nicht um den unschuldiger Menschenleben. Es widerstrebte ihm auf diese Weise Städte zu überfallen, zu plündern und arglose Bürger niederzumetzeln, statt Mann gegen Mann zu kämpfen. Nachdem sich die anderen in ihre Zelte zurückgezogen hatten, schlich er sich in die Stadt. Er musste das Unheil abwenden.

Speyer, nachts
Der Sabbat hatte gerade begonnen, als es an der Tür von Mosche ben Jekuthiel klopfte.

„Wer wagt es, die Schabosruhe zu stören", empörte sich seine Frau.

406

„Lass ihn nur weiterklopfen, irgendwann wird er es aufgeben", erwiderte er.

Doch er irrte sich, zum Pochen gesellte sich nun auch noch lautes Rufen.

„Mosche, öffne mir. Ich muss dich sprechen, auch wenn Sabbat ist. Euer Leben hängt davon ab!"

Der Parnass stand auf, denn er erkannte die Stimme. Sie gehörte Christoph, einem ehrenwerten Rheinfischer.

„Wenn du uns am Sabbat störst, muss es wirklich wichtig sein", sagte er, als er die Tür einen Spalt breit aufmachte.

„So ist es. Es könnte nämlich euer letzter sein!", entgegnete sein Freund aufgeregt.

Nun hieß Mosche ihn eintreten. „Wie kommst du darauf?"

„Ein Edelmann kaufte meinen letzten Fisch und erzählte mir, dass die Pilger euch morgen früh nach dem Sabbatgebet vor der Synagoge überfallen wollen. Sie verlangen, dass ihr euch taufen lasst."

Mosche erbleichte. „Wir werden niemals unserem Schöpfer abschwören! Deine Angaben sind wirklich verlässlich?"

„Absolut, sonst wäre ich nicht gekommen. Trotz des Schabos musst du etwas unternehmen, sonst stürzt ihr morgen ins Verderben. Am besten ihr verbarrikadiert euch in euren Häusern."

„Dieser Tag muss aber geheiligt werden. Daran hindern uns auch keine christlichen Eiferer. Wir gehen einfach früher in die Synagoge. Dann sind wir wieder zu Hause, bevor die Kreuzfahrer kommen."

„Das ist zwar schlau, aber ist es auch klug? Wenn sie davon erfahren, wird es sie wütend machen."

„Dessen bin ich mir bewusst. Kannst du mir einen Gefallen tun?"

„Jeden, der mich nicht das Leben kostet", entgegnete Christoph ernst.

„Bischof Johann ist ein weiser Mann und ein Frommer unter den Völkern. Er wird uns schützen. Ich schreibe ihm einen Brief, den du ihm überbringst. Lass dich nicht wegschicken. Sorg dafür, dass er ihn liest. Kannst du das für uns tun? "

„Ja."

„Warte hier, ich bin gleich wieder da", sagte Mosche und ging in sein Studierzimmer. Nach einiger Zeit kehrte er zurück und reichte Christoph die Nachricht. „Mazel tov", wünschte er seinem Freund.

„Der Herr schütze dich und deine Familie", erwiderte dieser den Gruß und verließ das Haus. Mosche schaute ihm bekümmert nach, bis die Dunkelheit ihn verschluckte.

Während Christoph zum Palast des Bischofs eilte, ging Mosche zu seinem nächsten Nachbarn, um ihn von dem Komplott und der Änderung der Gebetszeit in Kenntnis zu setzen.

„Wenn du jetzt zu deinem Nachbarn gehst und dieser dann zu seinem und so weiter, sind alle unterrichtet, ohne dass wir das Sabbatgebot brechen."

„Was ist aber mit den Mitbrüdern weiter draußen in Altspeyer? Wer wird sie warnen?"

„Ich werde eine Lösung finden", versprach er und ging wieder nach Hause.

Christoph musste am Bischofspalast alle Überredungskunst aufbieten, um sich zu dieser Stunde überhaupt Gehör zu verschaffen. Schließlich wurde er aber vorgelassen und überreichte dem Schreiber des Bischofs die Nachricht. Es dauerte nicht lange bis der Vertraute Johanns zurückkehrte. „Folge mir, der Bischof will mit dir reden", meinte er beflissentlich.

Christoph traf Johann in seinem Gemach, wo dieser vor einem Kruzifix kniete und betete. Leise stellte er sich neben ihn, senkte den Kopf und wartete, bis der Bischof fertig war.

Schließlich stand Johann auf. „Gelobt sei Jesus Christus", begrüßte er seinen Gast.

„In Ewigkeit Amen!", erwiderte dieser und verbeugte sich.

„Und du bist dir der Sache sicher?", kam er ohne Umschweife auf die Nachricht Mosches zu sprechen.

Christoph nickte ernst. „Ein Ritter erzählte mir heute kurz vor dem Abend von der Absicht der Kreuzfahrer. Er gehört zu ihren Anführern, aber er heißt diesen Plan nicht gut. Ich glaubte ihm und ging deshalb erst zum Gemeindevorsteher, der mich dann zu Euch schickte."

„Du hast vernünftig gehandelt und Mosche hat eine gute Entscheidung getroffen. Richte ihm aus, dass ich meine Wachen in Alarmbereitschaft versetzen werde. Falls die Kreuzfahrer tatsächlich eindringen, sind sie rasch zur Stelle. Außerdem werde ich der Gemeinde Unterschlupf gewähren, falls es nötig sein sollte. Mein Schreiber setzt gerade einen Brief auf, den du ihm überbringst."

Damit war das Gespräch beendet. Wenig später lief Christoph mit der Nachricht wieder zu Mosche, der ihn ungeduldig erwartete.

„Eurem Bischof sei Dank. Zwar verlangt er Geld für seinen Schutz, doch wenn wir dadurch unsere Leben retten, soll es uns das wert sein. Würdest du mir noch einen weiteren Gefallen tun? Die Brüder in den entlegenen Teilen Altspeyers müssen ebenfalls gewarnt werden. Ich habe an Benjamin bar Simson geschrieben. Du weißt, wo er wohnt?"

Christoph nickte ergeben und machte sich wieder eilig auf den Weg.

Samstag, 3. Mai A. D. 1096, 8. Iyyar 4856
Speyer

Leise öffneten sich die Türen der jüdischen Häuser. Im Schutz der Dunkelheit schlichen sich ihre Bewohner zur Synagoge. Am Gebetshaus angekommen teilte sich die Gemeinde und Männer und Frauen gingen in ihren jeweiligen Gebetsraum. Die Vorbeter sprachen mit gesenkter Stimme, damit nichts nach außen drang. Heute verkürzten sie die Zeremonie, denn sie wollten noch vor Sonnenaufgang wieder in ihren Häusern sein, um sich dort zu verschanzen.

Die Gotteskrieger wähnten sich schon als Sieger, als sie mit den ersten Sonnenstrahlen leise in die Vorstadt eindrangen und die Synagoge einkreisten. Jetzt ließ ihr Anführer Loblieder anstimmen und die Trommeln schlagen. Nach einiger Zeit hob er die Hand und der Gesang verebbte. Kaum war Ruhe eingekehrt, trat er vor und rief laut in Richtung Gebetshaus: „Kommt heraus und stellt euch dem einzig wahren Gott!"

Als sich nichts rührte, wiederholte er seine Worte, nur eindringlicher. Immer noch geschah nichts. Erbost über diese vermeintliche Respektlosigkeit meinte er zum Gefolge: „Wenn sie nicht herauskommen, gehen wir hinein! Es ist gleich, wo sie getauft werden!", rief er und führte die Menge an.

Sofort erhob sich ohrenbetäubendes Gejohle. Mit gezückten Waffen stürmten sie in das heilige Gebäude, nur um festzustellen, dass es leer war. Ihr Jubel erstarb auf ihren Lippen und maßlose Wut erfasste sie.

„Hier ist nicht ein einziger Jude!", schrien sie wild durcheinander. „Man hat unsere Absicht verraten! Wir verlangen Gerechtigkeit für das, was sie unserem Herrn angetan haben. Sicher finden wir sie in ihren Häusern, lasst uns dorthin gehen und sie erstürmen."

Etliche Bürger waren von dem Getrommel geweckt worden und verließen die Kernstadt, um die Quelle des Lärms zu erkunden. Als sie sahen, was vor sich ging, schlossen sich einige den Kreuzfahrern an, da sie deren Meinung teilten und zeigten ihnen den Weg zu den Häusern der Juden. Viele Speyerer aber erschreckte dieser entfesselte Zorn und sie suchten vor der Meute Schutz. Bischof Johann hatte seine Wachleute noch während der Nacht in Bereitschaft versetzt. Als der Tumult losbrach, schickte er sie ins Judenviertel, damit sie die Mitglieder der Gemeinde in seine Burg brachten. Als sich die Kreuzfahrer erneut um ihren Lohn betrogen sahen, schlug ihre Wut in blindwütige Raserei um. Sie drangen in die Gebäude ein, plünderten und zerstörten sie. Schließlich stöberten sie elf Mitglieder der Gemeinde Schpiras auf, die sich nicht rechtzeitig in Sicherheit hatten bringen können. Sie wurden vor den Mob gezerrt und gedemütigt. Dann schrien die Pilger: „Ihr habt die Wahl. Taufe oder Tod!"

Alle wählten den Tod und wurden an Ort und Stelle ermordet. Eine von ihnen war Minna, eine besonders fromme Frau, die selbst die Christen schätzten. Einige Bürger flehten sie an, sich taufen zu lassen, doch Minna blieb unbeirrbar. „Was nutzt mir mein Leben, wenn ich dem falschen Herrn diene! Ich werde seinen Namen nicht entehren. Seht, was ich tue, um ihn zu heiligen!", rief sie unerschrocken, entriss einem der Kreuzfahrer das Schwert und tötete sich damit selbst.

Noch im Sterben pries sie ihren Schöpfer. Als die Bürger die Juden in ihrem Blut liegen sahen, kamen sie endlich zur Besinnung. Betroffen schlichen sie in ihre Häuser. Auch Bischof Johann erfuhr von den Gräueltaten. Er zögerte keinen Augenblick und schickte seine Wachleute los, damit sie die

Mörder und Verräter aufstöberten. Nachdem einige von ihnen gefasst waren, saß er sofort über sie zu Gericht. Als ihre Verbrechen außer Frage standen, ließ er keine Gnade walten, sondern ihnen die Hände abschlagen. Sein entschlossenes Auftreten und sein hartes Vorgehen trieben die letzten Pilger aus der Stadt. Unter wüsten Beschimpfungen zogen sie sich in ihr Lager zurück, um am nächsten Tag weiterzuziehen.

Mittwoch, 7. Mai A. D. 1096, 12. Iyyar 4856
Mainz

Hanno beobachtete Griseldis' Haus seit seiner Rückkehr in jeder freien Minute. In den vergangenen Tagen hatte er vergebens darauf gewartet, dass der Erzbischof nach ihr schickte. Er fürchtete schon, ihre Beziehung könnte während seiner Abwesenheit ein Ende gefunden haben, als er Friedbert um die Ecke biegen sah. Hanno verbarg sich, damit der Diener ihn nicht bemerkte.

Kaum war er im Haus verschwunden, nahm er die Beine unter den Arm und rannte so schnell er konnte hinauf zum Liebesnest. Er drang in das Haus ein, ging in das Schlafgemach und zwängte sich dort unter das Bett. Viel konnte er zwar nicht sehen, aber das war auch nicht wichtig. Es wollte nur alles hören, was die beiden taten oder miteinander besprachen.

Zwischen Boden und Bett war kaum Platz und er hoffte, dass es sich nicht zu sehr absenkte, sollten Ruthard und Griseldis es benutzten. Dicke Staubflocken bedeckten den Boden und kitzelten in seiner Nase. Er fegte sie mit der Hand weg, damit ihn keine zum Niesen brachte. Dann hörte er auch schon eine Tür schlagen und wenig später sah er ein paar Füße vor dem Fußende. Griseldis war gekommen und begann sich auszuziehen. Das Nonnengewand fiel zu Boden und gab ein paar schlanke Fesseln frei. Kaum war sie nackt, schlüpfte sie zwischen die steifen Laken. Das Bett gab zu Hannos Erleichterung kaum nach.

Als sie Ruthard kommen hörte, räkelte sie sich, damit ihre Rundungen sich unter dem Leinen abzeichneten. Doch der Erzbischof hatte heute keinen Blick für ihre Schönheit. Er blieb vor dem Bett stehen, ergriff das Gewand und warf es ihr zu. „Zieh dich an und komm dann ins Nebenzimmer.

Ich muss mit dir reden", meinte er barsch und drehte sich um.

Griseldis erschrak. Irgendetwas musste geschehen sein, wenn er nicht mit ihr das Lager teilen wollte. Während sie sich ankleidete, überlegte sie angestrengt, ob sie der Grund für seine schlechte Stimmung sein könnte. War ihre Affäre bekannt und zum Stadtgespräch geworden? Oder schlimmer noch, wusste er inzwischen, warum sie tatsächlich nach Mainz gekommen war und sich auf ihn eingelassen hatte? Sollte Letzteres zutreffen, war sie in Lebensgefahr. Griseldis dachte krampfhaft über eine gute Ausrede nach, mit der sie ihn beschwichtigen konnte, aber es fiel ihr einfach keine ein.

Zu ihrer Verteidigung gab es auch nicht viel vorzubringen, das wusste sie selbst nur zu gut. Ihr blieb die Möglichkeit, ihm die ganze Wahrheit zu beichten und dabei an seine Menschlichkeit zu appellieren, am besten unter tränenreichen Worten. Aber sie glaubte nicht, dass er sich erweichen ließ. Nachdem sie das Anziehen so lange wie möglich hinausgezögert hatte, setzte sie eine unbeteiligte Miene auf, die sie zuvor noch rasch im Spiegel kontrollierte, und ging dann zu ihm. Die Tür zum Schlafzimmer ließ sie bewusst offen, er sollte freien Blick auf das Bett haben, in dem sie so viele Stunden beim Liebesspiel verbracht hatten.

Hanno überraschte die unerwartete Wendung mindestens ebenso sehr wie Griseldis. Neugierig spitzte er die Ohren und konnte fast alles verstehen, was im Nebenzimmer gesprochen wurde. Wenn er seinen Kopf fest auf den Boden presste, erhaschte er sogar einen Blick auf ihre unteren Körperhälften. Aber diese Haltung wurde ihm auf Dauer zu anstrengend und er konzentrierte sich allein aufs Zuhören.

„Was hat Euch so verstimmt?", fragte Griseldis und legte ihre Hand auf seinen Arm, die er sofort abschüttelte.

Griseldis wich einen Schritt zurück und wurde kalkweiß.

„Schwere Zeiten kommen auf uns zu. Die Bedrohung ist greifbar nahe, das Unheil nimmt seinen Lauf", sagte er ernst und schaute sie eindringlich an.

Griseldis schluckte schwer. Ihre Hände, die sie hinter dem Rücken versteckt hatte, begannen zu zittern. War dies der Moment, in dem er sie enttarnte? „Wovon redet Ihr?", wagte sie dennoch mit bebender Stimme zu fragen.

Ruthard drehte sich nun ganz zu ihr um. „Heute Morgen kam ein Bote aus Speyer. Bischof Johann hat ihn gesandt, er brachte schlechte Nachrichten."

Griseldis war die Erleichterung deutlich anzusehen. Sie atmete befreit auf. Ihre Angst erwies sich als unbegründet, sie war nicht der Grund für seine gereizte Stimmung. „Wollt Ihr es mir nicht sagen?"

„Dann hast du es also noch nicht gehört?"

„Nein, woher denn?"

„Speyer wurde von Kreuzfahrern überfallen und einige Juden getötet, weil sie die Taufe verweigerten. Außerdem kam es zu großen Verwüstungen."

„Aber warum erschlagen sie die Juden? Das verstehe ich nicht."

„Ich auch nicht. Als Papst Urban den Kreuzzug ausrief, hat er das bestimmt nicht gewollt und erst recht nicht vorausgesehen. Was hier geschieht, hat nichts mit der Befreiung der Heiligen Stätten zu tun", empörte er sich weiter. „Unter den Toten von Speyer sind auch Verwandte der hiesigen Gemeinde."

„Demnach trauern auch die Juden Magenzas?"

„Natürlich. Es bestehen neben spirituell-geistigen auch

wirtschaftliche und vor allem enge verwandtschaftliche Beziehungen zwischen den Gemeinden Magenzas, Warmaisas und Schpiras. Bischof Johann bewies Stärke und bekam den Pöbel früh unter Kontrolle. Er bestrafte die Mörder hart, was zum raschen Abzug des Heeres führte. Nun ist es unterwegs nach Worms und von dort ist Mainz nicht mehr weit."

Ruthard, der die ganze Zeit umhergelaufen war, setzte sich nun. Er wirkte gleichermaßen erregt und erschöpft.

„Und was werdet Ihr tun, sollten sie tatsächlich hierherkommen?"

„Ich treffe bereits seit Längerem Vorkehrungen, von denen nur Eingeweihte wissen. Wir sind gut vorbereitet. Aber ab jetzt gilt meine ganze Kraft meinem Amt, deshalb werden wir uns nicht mehr sehen", sagte er in einem Ton, der kein Bedauern erkennen ließ und keine Widerrede duldete.

„Meint Ihr, bis die Sache ausgestanden ist oder für immer?", fragte sie.

„Für immer und das ist unumstößlich. Unsere Beziehung war von vorneherein ein Fehler. Ich kann nicht verstehen, wie ich sie überhaupt habe eingehen können", sagte er missmutig und schaute Griseldis an, als sei sie die alleinig Verantwortliche.

Sie senkte die Augen, um ihre Gefühle zu verbergen. Auch wenn sein rüdes Verhalten sie verärgerte, überwog doch ihre Erleichterung, denn endlich war diese unliebsame Affäre vorüber und sie nicht länger in Gefahr. Griseldis bedauerte dieses Ende keine Sekunde, denn sie hatte Ruthard längst satt. Als Liebhaber war er kein Gewinn und sein politisches Gefasel, bei dem er seit Neustem stets seine eigene Wichtigkeit betonte, ödete sie inzwischen an. Endlich hatte sie die Zeit für Dithmar, die er verdiente, und würde keine ihrer Verabredungen mehr absagen müssen.

Bevor sie sich aber endgültig trennten, interessierte sie noch eine Sache. „Kann ich mich an Euch wenden, wenn ich Hilfe benötige?"

„Keinesfalls! Unsere Wege werden sich höchstens noch während eines Gottesdienstes kreuzen. Ich will nicht, dass der Hauch eines Zweifels auf meine Integrität fällt. Offiziell kennen wir uns nicht und dabei bleibt es. Solltest du tatsächlich einmal Hilfe brauchen, wende dich an Gerhard! Er ist der geeignete Mann dafür."

„Aber Euer Arm reicht weiter, weil Ihr der Mächtigere seid", schmeichelte sie ihm.

Doch er blieb hart. „Das mag sein, aber mein Amt, das Wohlergehen der Stadt und mein Ruf sind wichtiger."

Griseldis hatte sich nie etwas vorgemacht und akzeptierte längst, dass sie nur ein kurzer Zeitvertreib für ihn gewesen war, auch wenn er im Liebesrausch stets anderes geschworen hatte. Aber dennoch verletzte sie seine Ablehnung, die einer Kränkung gleichkam. „Wie könnt Ihr nur so kaltherzig sein!"

„Du hast genau gewusst, auf was du dich einlässt. Für Sentimentalitäten habe ich keine Zeit und du hast kein Recht über mich in irgendeiner Weise zu befinden. Ich lass mir von keinem Weib der Welt vorschreiben, was ich zu tun und zu lassen habe. Friedbert bringt dich jetzt nach Hause. Und nun gehab dich wohl! Möge Gott seine Hand schützend über dich halten", sagte er noch und ging.

Griseldis schaute ihm ohne große Rührung hinterher. Sie trauerte ihm nicht nach und hatte sich nur mit ihm eingelassen, weil sie es musste. Das war schon öfter von ihr verlangt worden und sie hatte es stets akzeptiert, weil es einer höheren Sache diente, aber heute schämte sie sich das erste Mal dafür. Nicht weil sie Ruthard etwas vorgespielt hatte, das war Teil des Plans gewesen, sondern weil er sie respektlos behandelte.

Noch einmal ging sie in die Schlafkammer, schaute zuerst aufs Bett und dann in den Spiegel. Was sie dort sah, gefiel ihr nicht. Auf einmal ekelte sie sich vor sich selbst. Früher hatte sie leichten Herzens ihre Gewissenbisse, die Scham und die Selbstvorwürfe beiseitegeschoben, die sich immer dann einstellten, wenn sie ihren Körper darbot, denn die Vorteile überwogen bei Weitem die Nachteile. Doch inzwischen war sie es müde, Spielball der Mächtigen zu sein und sich von ihnen benutzen zu lassen.

Je häufiger sie sich den Männern hingab, umso mehr begann sie an ihrem Verständnis als Frau zu zweifeln. Denn es widersprach ihren Gefühlen, die sie viel zu lange verdrängt hatte. Sie hoffte, in der Ehe mit Dithmar endlich die Achtung entgegengebracht zu bekommen, die sie sich wünschte.

Hanno kroch unter dem Bett hervor, nachdem er allein war. Er klopfte sich den Staub aus der Kleidung und den Haaren. Mit einer solch überraschenden Wendung hatte er nicht gerechnet. Dabei war ihm gleich, was mit Griseldis geschah, nicht aber mit Widukinds Familie. Die Äußerungen des Erzbischofs fachten die Sorge um sie an. Er hoffte inständig, dass der Kämmerer sein Versprechen hielt und ihn nach Battenheim gehen ließ. Gleich morgen wollte er darum bitten.

Burg

„So früh habe ich dich gar nicht erwartet", empfing Gerhard Griseldis.

„Ich dachte auch, das Treffen dauert länger. Heute Abend

gibt es nicht viel zu berichten. Ruthard hat unsere Beziehung beendet."

„So plötzlich? Warum das?"

„Er meint, dass er sich ab jetzt ganz auf sein Amt konzentrieren muss."

„Woher rührt dieser Sinneswandel?"

„Er hängt mit den Vorgängen in Speyer zusammen. Du hast davon gehört?"

Gerhard nickte. „Die Berichte über die Kreuzfahrer werden immer beängstigender", stellte er fest und wollte weiterreden, doch sie unterbrach ihn.

„Gerhard, bitte, ich will das nicht hören. Ruthard hat mir schon genug die Ohren vollgejammert."

„Gut, wie du meinst", entgegnete er leicht beleidigt. „Dann gib mir eine letzte Einschätzung. Was hältst du von ihm?"

„Das ist schwer zu sagen. Er nimmt sein Amt ernst und handelt entsprechend. Aber er genießt auch seine Macht und würde alles tun, um sie zu erhalten."

„Leg dich doch endlich fest. Ist Verlass auf ihn oder nicht?", hakte er nach.

„Da bin ich mir nicht sicher..." Weiter kam sie nicht, sondern legte ihren Finger auf den Mund. Mit dieser Geste bedeutete sie Gerhard zu schweigen. Der Stadtgraf schaute sie fragend an.

„Pst, ich glaube, ich habe Schritte gehört", zischte sie und sprang auf.

„Das bildest du dir ein", erwiderte er, senkte aber dennoch die Stimme.

„Nein, da steht jemand vor deiner Tür. Das spüre ich", wisperte sie zurück.

Auf ihren Instinkt vertrauend wartete sie nicht länger,

schob rasch den Teppich zur Seite und verschwand durch den Gang. Reinhedis hatte lange mit sich gerungen, ob sie die Treue ihres Mannes prüfen sollte oder nicht. Aber die Ungewissheit nagte an ihr und machte ihre Eifersucht unerträglich. Wenn sie sich nicht endlich Gewissheit verschaffte, würde sie verrückt werden. Nacht für Nacht war sie immer wieder an sein Zimmer geschlichen und hatte gelauscht, konnte aber nie etwas hören. Sie hatte vage gehofft, dass sie sich das Verhältnis zwischen Griseldis und Gerhard doch nur eingeredet hatte, denn während der letzten vier Wochen hatte sie die beiden nicht einmal miteinander ertappt. Aber heute Abend zerschlug sich ihre Hoffnung. Griseldis befand sich in seinem Schreibgemach, hinter dieser Tür, bei ihrem Gemahl. Nur mit Mühe konnte sie sich auf den Beinen halten und musste sich kurz an die Wand lehnen, um nicht zu straucheln.

Jetzt war ihre Geduld endgültig erschöpft. Der letzte Strohhalm, an den sie sich geklammert hatte, erwies sich als Trugschluss. Bisher hatte sie nicht den Mut aufgebracht, ihre Mordgedanken auch in die Tat umzusetzen. Doch jetzt sah sie keinen anderen Ausweg. Gerhard gehörte zu ihr, sie wollte ihn mit keiner anderen teilen.

Haus des Tuchmachers

„Vater, ich verstehe nicht, warum du Griseldis noch immer ablehnst. Ihr Lebenswandel ist doch einwandfrei", beklagte sich Dithmar, während er den Laden abschloss.

„Ich habe mehr Erfahrung als du. Dass wir nichts Schlechtes über sie gehört haben, bedeutet nicht, dass meine Vorbehalte nicht gerechtfertigt wären, zumal gemunkelt wird, sie hätte ein Verhältnis. An diesem Weib erscheint mir alles falsch. Inzwischen denke ich, dass es ihren ominösen Bruder gar nicht gibt. Warum sonst kommt er nicht? Sie lebt jetzt seit mehr als einem halben Jahr hier und ist immer noch allein. Die anderen Bürger der Stadt mögen sich von ihr blenden lassen, aber mir macht sie nichts vor. Und solange ich nicht eines Besseren belehrt werde, habe ich weiterhin Zweifel und verweigere dir meinen Segen!"

„Ich glaube das Gerede nicht, war dir doch immer ein guter Sohn und habe getan, was du von mir verlangtest. Warum traust du mir nicht zu, selbst die richtige Wahl zu treffen?"

„Dithmar, ich möchte nur das Beste für dich und mich keinesfalls deinem Glück in den Weg stellen. Versteh das doch", beharrte Bertolf. „Ich will aber verhindern, dass du unglücklich wirst. Gedulde dich noch bis unser Verwandter Franz auf meine Bitte, mir Informationen über Griseldis zu beschaffen, antwortet. Darum kann ich von dir als dein Vater verlangen."

Dithmar gab es auf, ihn zu überzeugen und strafte ihn stattdessen mit Schweigen. Er wollte einfach nicht länger auf seine Verlobung warten. Auch Griseldis drängte ihn, sie zu ehelichen, zwar tat sie das nicht offen, aber er spürte es jedes Mal, wenn sie zusammen waren. Sie sprach nämlich davon, Mainz spätestens nach Pfingsten zu verlassen, sollte sie bis dahin nicht verlobt sein.

Dithmar verwünschte nicht zum ersten Mal seine Abhängigkeit von seinem Vater. Handelte er jedoch gegen seinen Willen, könnte er ernst machen und sein Geschäft später an einen anderen verkaufen. Dann verlor er seine Existenz und musste sich erst eine neue aufbauen, was besonders in Mainz schwer werden dürfte und vor allem Jahre dauerte. Aber er war auch ein erwachsener Mann, der endlich eine eigene Familie gründen wollte, und Griseldis erschien ihm als die Richtige, auch wenn sie manchmal ihrem eigenen Kopf folgte. Eine andere wollte er nicht.

Kaum setzte er sich zu seinem Vater an den Tisch, als ein Bote einen Brief brachte. Es war die langersehnte Antwort von Franz. Bertolf nahm ihn in Empfang, brach das Siegel und las. Dithmar hielt es vor Anspannung kaum aus und rutschte unruhig hin und her.

Nach den ersten Zeilen hob Bertolf den Kopf. „Wusstest du, dass sie bereits einmal verlobt gewesen war?"

„Natürlich, mit einem Edelmann, der in einer Schlacht fiel. Das hat sie aber an dem Abend, als wir sie bei Gerhard kennenlernten, erwähnt. Wenn du dich erinnerst!"

„Jetzt, wo du es sagst", murmelte er und las weiter. „Es gibt aber noch einiges, was mir nicht gefällt. Da, lies selbst", meinte er mit ernstem Gesicht und reichte das Schreiben an Dithmar weiter.

Bertolf legte seinen Kopf leicht in den Nacken und beobachtete aus halbgeschlossenen Lidern das Mienenspiel seines Sohnes. Ihm entging nicht, wie er an zwei Stellen stutzte und die Stirn kräuselte. Er kannte dieses Weib wohl doch nicht so gut, wie er gedacht hatte. Dithmar ließ das Schreiben schließlich sinken und wirkte betreten.

„Du scheinst überrascht zu sein. Sie hat dir wohl verheimlicht, dass ihre Eltern gar nicht ihre leiblichen sind und ihr Bruder nur erfunden ist!"

„Es ist doch keine Schande bei Zieheltern aufzuwachsen. Ich versteh nur nicht, warum sie mir das nicht gesagt hat? Das mit dem Bruder kommt mir aber wirklich seltsam vor. Warum hat sie sich den ausgedacht? "

„Zum Beispiel damit sie in der Stadt entsprechend aufgenommen wird."

„Das mag sein. Aber in Gerhard hat sie einen mächtigen Fürsprecher, der ihren Ruf schützt. Sie hätte uns gar nicht täuschen müssen und hätte sie sich eine entsprechende Frau in ihr Haus geholt, wäre alles in Ordnung gewesen."

„Genau das wird sie aber nicht gewollt haben. Solange sie allein lebt, kann sie machen, was ihr beliebt und ist niemandem Rechenschaft schuldig. Ich will ja nicht behaupten, dass sie unredliche Dinge tut, aber ihr Verhalten ist mehr als seltsam."

Dithmar wollte es zwar nicht zugeben, aber er stimmte insgeheim seinem Vater zu. „Dennoch vertraue ich ihr. Aber ich will mich vergewissern und frage sie selbst."

„Hoffentlich hält sie dich nicht zum Narren", seufzte Bertolf. „Ich hatte gehofft, dass Franz' Nachricht meine Ansicht über sie bessert, das hat sie aber nicht getan. Du verstehst bestimmt, dass ich meine Zustimmung erst gebe, wenn all meine Zweifel ausgeräumt sind. Und nun lass uns essen. Ich habe Hunger."

Dithmar war äußerst schweigsam. Warum war Griseldis nicht ehrlich zu ihm gewesen? Er hätte sie verstanden, wenn sie es ihm gesagt hätte. Jetzt, da er die Wahrheit kannte, tat er sich schwerer, ihr zu glauben. Er beschloss, nachher noch zu ihr zu gehen und ihr von dem Brief zu erzählen. Doch als er eine Stunde später an ihre Tür klopfte, öffnete niemand. Sollte sein Vater am Ende doch recht behalten?

Dienstag, 20. Mai A. D. 1096, 25. Iyyar 4856
Worms

Die vier Männer ächzten, als sie die Karren mit den Leichen zogen, um die Toten aus dem Stadtkern hinaus auf
das Brachgelände zu schaffen, wo Gruben ausgehoben wurden, in denen sie ihre letzte Ruhe fanden. Seit dem Morgengrauen brachten sie die Erschlagenen hierher und jede
neue Fuhre drückte ihnen schwerer aufs Gemüt. Sie stellten
den Wagen ab und fassten die oberste Leiche an Füßen und
Schultern, um sie in das offene Grab zu werfen. Dies war
der Moment in dem Ariel ben Meir aus seiner Ohnmacht
erwachte und die Augen aufschlug. Er starrte auf den Mann,
der seine Füße hielt und dieser starrte zurück.

Voller Entsetzen schrie der Totengräber auf und ließ ihn
los. „Der hier lebt!"

Sofort hob man Ariel vom Karren und legte ihn auf den
Boden. Benommen setzte er sich auf und schaute sich um.
Als er die Leichenberge erblickte, kam die Erinnerung an
den gestrigen Tag. Die Trauer überfiel ihn mit ungebremster
Wucht. Er kniete sich hin und zerriss seine Kleidung, während er seinen unbändigen Schmerz herausbrüllte. Schließlich stimmte er unter Tränen seine Wehklage an und bewegte dabei seinen Oberkörper vor und zurück.

Die Männer hatten inzwischen den ersten Schreck überwunden und schauten ihn mit einer Mischung aus Betroffenheit und Hilflosigkeit an. Zwar hatte keiner von ihnen
seine Hand gegen die Juden erhoben, aber es hatte sich auch
keiner schützend vor sie gestellt. Denn die Gotteskrieger
hatten in ihrer fanatischen Raserei so gewütet, dass jeder in
seiner Angst nur an die eigene Rettung dachte.

Sie trauten sich nicht in Ariels Gegenwart weitere Bestat-
tungen vorzunehmen, aber der Älteste unter ihnen drängte

424

schließlich zum Weitermachen. „Die Arbeit erledigt sich nicht von allein. Je höher die Sonne steigt, umso schlimmer wird der Gestank. Fliegenschwärme lassen sich bereits auf den Leichnamen nieder und tun sich an ihrem Fleisch gütlich. Bald kriecht ihre madige Brut aus den verwesenden Körpern. Streunende Hunde und Katzen lauern nur darauf, in einem unbeobachteten Augenblick ein Stück Fleisch zu ergattern. Über unseren Köpfen kreisen die Krähen. Wenn die Toten schon kein ehrenvolles Begräbnis erhalten können, lasst sie uns wenigstens vor den Aasfressern bewahren", mahnte er eindrucksvoll.

Unter den Augen des Juden machten sich die Männer schweigend wieder ans Werk. Als sie die erste Grube zuschaufelten, bemerkte Ariel erst, was vor sich ging. Er verstummte. Die unerwartete Stille ließ die Männer erneut innehalten. Alle Blicke richteten sich wieder auf ihn, doch keiner wagte, ihn anzusprechen.

Ariel fragte mit gebrochener Stimme: „Sind alle tot?"

Der Alte übernahm die schwere Aufgabe, ihm zu antworten. „Ja. Und wer dem Schwert der Kreuzfahrer entging, tötete sich selbst."

„Dann gibt es keine Hoffnung für mich. Weib und Kinder, Bruder und Schwester, Freunde und Verwandte, alle sind nicht mehr", schrie Ariel und trommelte mit seiner Faust gegen seine Brust. „Der Herr hat uns verlassen. Doch warum? Welche unserer Sünden bewirkte dieses Unheil?", rief er verzweifelt.

Er deutete auf die Gräber. Seine Trauer wich bloßem Zorn. „Was macht ihr mit ihnen?"

„Bestatten."

„Ihr bestattet sie nicht! Ihr verscharrt sie! Nackt, ohne angemessene Kleidung und ohne einen Sarg, stattdessen mit einer Schicht Kalk als Leichentuch! Das ist entehrend und entgegen unserer Tradition", empörte er sich schluchzend.

„Was sollen wir angesichts all der Erschlagenen tun?", erwiderte der Alte so rücksichtsvoll wie möglich. „Wir müssen sie schnell beisetzen. Schau dich doch um. Die Natur nimmt bereits ihren Lauf. Das Blut der Toten und ihr in Verwesung übergehendes Fleisch lockt Geschmeiß aller Art. Hungrige Mäuler gieren nach ihrem Fleisch. Soll ihnen auch noch die letzte Würde genommen werden?"

Ariels Stimme wurde hart. „Wir haben unsere Würde in dem Augenblick verloren, als wir euren Bischof und die Stadtoberen um Schutz baten. Unser Geld haben unsere vermeintlichen Beschützer genommen, doch ihre Versprechen hielten sie nicht. Wie Schilfrohre sind sie beim ersten Zeichen des Sturms umgeknickt und überließen uns unserem Schicksal."

Die Männer senkten beschämt die Köpfe. Was der Jude sagte, stimmte. Keiner der Mächtigen von Worms hatte versucht, das Unglück aufzuhalten. Die Stadt war eine Woche lang belagert worden. Ein Teil der Juden, zu denen auch Ariel gehört hatte, flüchtete sich in den Palast von Bischof Adalbert II, doch bewahrte sie das nicht vor dem Unheil. Er selbst überlebte nur, weil die Kreuzfahrer ihn für tot hielten. Auch diejenigen, die es vorgezogen hatten, in ihren Häusern zu bleiben, waren nicht mehr.

In Ariel erstarb jegliches Gefühl. Schwankend kam er auf die Beine und wandte seine Augen von den Leichen ab, deren fürchterliche Verstümmelungen sein Herz beinah zum Zerspringen brachten. Er hatte alles, was ihm etwas bedeutete, verloren. Es gab keine Grabsteine, an denen er ihrer gedenken konnte. Er selbst musste ihr Hort der Erinnerung sein.

In der Hoffnung ein Messer oder eine andere Waffe bei sich zu haben, tastete er sich ab. Doch er fand nichts, mit dem er seinem Leben ein Ende bereiten konnte. Das Jenseits musste noch auf ihn warten.

Der Alte empfand Mitleid mit dem Juden. „Komm mit mir, ich gebe dir zu essen und zu trinken."

Ariel wehrte ab. „Wie kann ich angesichts dieser Barbarei Hunger oder Durst empfinden? Ich bin ein Verlorener und hungere höchstens nach dem Tod."

„Du versündigst dich mit diesen Worten."

„Wen kümmert es? Und ist das hier keine Sünde?", fragte er und deutete auf die Leichname. „Ich verfluche diejenigen, die dafür verantwortlich sind. Mögen ihre Gebeine in einer Knochenmühle gemahlen werden und ihre Seele auf ewig in der Finsternis umherirren", fuhr er fort.

Als er gehen wollte, warnte ihn einer. „Begib dich nicht ins Judenviertel. Dort sind immer noch einzelne Kreuzfahrer. Wenn sie dich finden, töten sie dich."

„Was wäre schlimm daran, jetzt wo mir alles genommen wurde außer diesem erbärmlichen Leben?"

„Ich glaube, dass alles einen Sinn hat. Auch dein Überleben. Der Herr wollte es so", wagte der Alte ihm zu entgegnen.

Ariel lachte bitter auf. „Ich kann keinen Sinn darin erkennen und nun lasst mich in Ruhe", verlangte er.

Er schritt die Reihen der Toten ab, um nach seiner Familie zu suchen und stieß dabei immer wieder auf vertraute Gesichter. Aber er fand keinen seiner Liebsten. Selbst das Abschiednehmen blieb ihm verwehrt. Er verließ diesen trostlosen Ort und irrte ziellos umher. Als es dämmerte, brach er erschöpft vor einer Kirche zusammen, wo ihn wenig später der Pfarrer entdeckte und ihm für diese Nacht Obdach gewährte.

Auf freiem Feld im Gebiet des Mittelrheins

Kaum waren die Krieger erwacht, erhoben sie sich von ihren Lagern. Sie klopften den Staub aus ihren Kleidern und löschten die glimmende Glut der Feuer. Wer eine Decke besaß, schnürte sie, und wer im Besitz einer Waffe war, ergriff sie. Dann versammelten sie sich, um gemeinsam mit den Heerführern und den Priestern wie jeden Morgen ihr Gebet zu sprechen.

Das „Amen" war noch nicht verklungen, als Emich, der Herr von Leiningen, den Befehl zum Aufbruch erteilte. „Es ist Zeit, dass wir nach Mainz ziehen", sagte er zu seinem Hauptmann. „Vor uns liegen nur noch wenige Tage Fußmarsch. Wenn wir unser Ziel erreicht haben, können wir Gottes Werk vollenden. Dann ernten wir endlich den Lohn für unsere Mühen!", meinte er mit unverhohlenem Pathos und schwang sich auf sein Pferd.

Sein Standartenführer, der neben ihm stand, hielt die Reiterfahne der Leininger hoch. Jeder sollte sehen, wer dieses Heer anführte. Emich bot in seinem Panzerhemd, das er über seiner leuchtend roten Tunika trug, dem Schwert und dem frischpolierten Schild ein respekteinflößendes Bild und genoss jeden Tag aufs Neue die Bewunderung, die ihm entgegenschlug.

Bevor der Zug sich endgültig in Bewegung setzte, betrachtete er mit stolzgeschwellter Brust sein Gefolge. Allein die Größe des Heeres vermittelte das Gefühl absoluter Unbezwingbarkeit. Einem Lindwurm gleich kroch der Tross bestehend aus unzähligen Pilgern, Verpflegungswagen sowie einigen Reitern unaufhaltsam den Rhein hinauf und würde bald sein Ziel erreichen.

Noch vor wenigen Wochen hatte er gefürchtet, sein Vorhaben könnte misslingen. Kaum ein Edelmann war bereit gewesen, sich ihm anzuschließen. Selbst als er mit Engelszungen auf sie einredete, schenkten sie ihm kein Gehör. Erst als er Teile seines Besitzes verpfändete, um davon Pferde, Waffen und Wagen für die Nahrungsvorräte zu kaufen, ließen sie sich umstimmen. Ganz war seine Kalkulation nicht aufgegangen, denn er hatte nicht erwartet, dass der Proviant knapp werden könnte und die meisten Wagen leer blieben. Doch störte sich bis jetzt kaum einer daran, noch folgten sie ihm und akzeptierten ihn als ihren Anführer.

Inzwischen hatten sich auch Truppen aus Teilen des Rheinlandes hinzugesellt, ebenso wie Kämpfer aus dem Osten Frankreichs, aus Lothringen und Flandern. Sie alle bildeten eine gigantische Streitmacht mit gemeinsamem Ziel, wenn auch unterschiedlicher Motivation. Die Ritter versprachen sich Ruhm in glorreichen Schlachten, die jüngeren Söhne der Adelsgeschlechter Anerkennung und die Bauern das Ende ihrer Leibeigenschaft. Auch einige Verbrecher zählten zum Heer, die hofften durch diesen Heiligen Krieg dem Richter und somit ihrer Strafe zu entkommen.

Vicomte Wilhelm von Melun, kurz „der Sargtischler" genannt, erwies sich Emich als immense Stütze, denn er stellte seine Verbindung zur Gruppe der Franzosen dar. Sein Name allein genügte, um Furcht beim Gegner auszulösen und die eigenen Truppen zum Gehorsam anzuhalten. Weitere Anführer waren Drogo von Nestle, Hartmann von Dillingen und der Herr von Salm. Sie fünf bestimmten gemeinsam die Marschrichtung, wobei Emich meist das entscheidende Wort hatte.

Er war so von sich eingenommen, dass er überhaupt nicht in Erwägung zog, jemand könne seine Entscheidungen anzweifeln. Hätte er aber geahnt, was sein Diener wirklich über ihn dachte, hätte er ihn auf der Stelle getötet. Albrecht hieß seine Handlungen längst nicht mehr gut, denn sein ehemals stolzer Herr verwandelte sich immer mehr zum streitbaren Despoten. Er litt zunehmend unter Versagenssangst, auch wenn er dies gut vor den anderen verbarg. Aber Albrecht kannte ihn gut genug und wusste, was wirklich hinter seinen Wutausbrüchen steckte. Emich versuchte diese Angst durch harte Disziplin zu übergehen und verlangte sie auch von jedem in seiner Umgebung. Nicht jeder Pilger wollte sich dieser Zucht unterwerfen und manch einer hatte sich schon davon gestohlen. Aber er duldete keine Abtrünnigen und ließ die Flüchtigen einfangen und hart bestrafen. Albrecht verfluchte inzwischen diesen Kreuzzug, der ihnen bisher nichts Gutes beschert hatte. Welches Unheil würde er wohl noch mit sich bringen?

Mainz, Große Scheffergasse
Dithmar hatte allen Mut zusammen nehmen müssen, um Griseldis zu sagen, was er über sie erfahren hatte. Er fürchtete, sie könnte anfangen zu streiten, aber sie gab einfach alles unumwunden zu. „Es stimmt, dass ich eigentlich Waise bin. Doch habe ich das längst vergessen, denn meine Zieheltern sind für mich wie richtige Eltern. Deshalb habe ich es auch nicht erwähnt."

„Und was ist mit diesem Bruder, der nicht existiert?", beharrte Dithmar.

Griseldis seufzte. „Versetze dich doch in meine Lage. Ich bin eine junge, alleinstehende Frau, die in einer Stadt ein neues Leben beginnen will. Es war eine kleine Notlüge, damit ich hier akzeptiert wurde. Wenn jeder von vornherein gewusst hätte, dass ich alleine lebe, hätte ich nicht bleiben können", meinte sie und redete unbeirrt weiter. „Gerhard weiß davon und dir hätte ich es auch gesagt, wenn du mich gefragt hättest. Ich dachte, das sei dir nicht wichtig. Aber jetzt frage ich dich: Woher nimmt dein Vater das Recht, Erkundigungen über mich einzuziehen?", ging sie in die Offensive.

Dithmar versuchte sie zu besänftigen. „Ich wollte ihn davon abbringen, aber er ist eigensinnig. Wenn er sich etwas in den Kopf gesetzt hat, tut er es auch."

„Es zeugt nicht gerade von Stärke, wenn du dich ihm gegenüber nicht behaupten kannst", stellte sie fest und berührte seinen wunden Punkt.

„Das weiß ich auch. Aber ich muss Rücksicht nehmen. Ihm gehört das Geschäft, und wenn ich meine Existenz nicht verlieren will, muss ihm gehorchen. Ich weiß, dass er zu weit gegangen ist, und das habe ich ihm auch gesagt. Er hat deine Gefühle verletzt und dafür entschuldige ich mich. Aber möglicherweise sind seine Zweifel auch angebracht", fügte er leise hinzu.

Sie kniff ihre Lippen zusammen und kleine Fältchen zeichneten sich ab, die er nie zuvor gesehen hatte. Nach einer kurzen Pause fand sie ihre Sprache wieder. „Wie darf ich das verstehen?"

„Man erzählt in der Stadt, dass ein einflussreicher Mann eindeutiges Interesse an dir zeigt."

„So, so, das sagt man über mich. Und glaubst du diesem Gerede?", tat sie betont desinteressiert, versuchte aber gleichzeitig ihre Betroffenheit zu verbergen. Dass diese Gerüchte über sie kursierten, ärgerte sie. Wenn Ruthard davon erführe, hätte das womöglich Konsequenzen für sie, über die sie lieber nicht nachdenken wollte.

Dithmar wich ihrem Blick aus. „Nein", sagte er zögernd.

„Du bist ein schlechter Lügner", stellte sie ihn bloß. „Ich

kann dir versichern, dass die einzige Beziehung, die ich zu einem Mann habe, die mit dir ist – obwohl von ‚Beziehung zu sprechen, mir übertrieben scheint.‘"

„Versteh mich doch. Du hast etliche Verabredungen einfach abgesagt. Außerdem war ich einige Male hier und du warst nicht da. Da könnte man dem Gerede beinah glauben."

„Ich versichere dir nochmals, dass es außer dir keinen anderen Mann gibt!", schwor sie ihm.

Dithmar wurde unsicher. „Es tut mir leid, dass es so weit kommen musste. Aber ich bin mir sicher, dass mein Vater mit deinen Erklärungen zufrieden sein wird und wir bald verlobt sind", versprach er ihr.

„Dann meinst du es also wirklich ernst?", strahlte sie.

„Ja. Aber nun muss ich gehen."

Kaum war Dithmar fort, rief Griseldis Margreth zu sich. „Kennst du das Gerücht über mich?"

„Welches Gerücht?", fragte sie lauernd.

„Dass ich die Geliebte eines einflussreichen Mannes sein soll."

Margreth lief rot an. Sie ahnte, worauf ihre Herrin abzielte. „Ja, aber ich habe es nicht in die Welt gesetzt. Meine Lippen waren und sind noch immer versiegelt! Früher oder später hat es so kommen müssen. Ihr zieht eben die Aufmerksamkeit auf Euch. Und da ist es nicht verwunderlich, dass über Euch geredet wird. Ist denn bekannt, wer Euer angeblicher Geliebter sein soll?"

„Ich denke nicht, aber allein, dass mir eine Affäre angedichtet wird, schadet mir."

„Ihr werdet sehen, bald ist alles vergessen. Denn nichts wird so heiß gegessen, wie es gekocht wird, und die Schandmäuler verstummen, wenn es keine neue Nahrung gibt."

„Hoffentlich behältst du recht", entließ Griseldis ihre Magd.

Margreth kam aber kurz darauf in Begleitung eines jungen Mannes zurück. „Das ist Hanno, ein Dienstmann des erzbischöflichen Kämmerers", stellte sie ihn vor und warf ihr dabei einen vielsagenden Blick zu.

Griseldis verstand Margreths unausgesprochene Warnung. Der Kämmerer war nicht nur ein enger Vertrauter des Erzbischofs, sondern der bestinformierteste Mann der Stadt. Er erledigte mit Hilfe seiner Agenten jeden Auftrag für ihn. War Hanno geschickt worden, weil Ruthard von dem Gerede erfahren hatte und sie nun zur Rechenschaft ziehen wollte?

„Du kannst gehen. Ich brauche dich heute nicht mehr", schickte sie ihre Magd weg.

Griseldis bot ihrem Gast einen Platz an, doch er lehnte ab. „Es kann sein, dass du mich gleich wieder wegschickst. Deshalb bleib ich lieber stehen."

„Du trägst anscheinend dein Herz auf Zunge und sagst, was du denkst. Das imponiert mir. Also sprich!"

Hanno richtete sich zu voller Größe auf und schaute sie eindringlich an. „Ich weiß, was du getan hast."

Griseldis versuchte ihre Miene unter Kontrolle zu halten, obwohl ihr etwas mulmig war. „Da bin ich aber sehr gespannt. Jetzt komm schon, lass dich nicht lange bitten!", ermunterte sie ihn.

„Bevor ich anfange, stelle ich ein paar Bedingungen."

„Das wird ja immer schöner! Und wie lauten sie?", fragte sie mehr erheitert als erbost, denn Hanno war ihr auf unerklärliche Weise sympathisch.

„Ich will kein Geld von dir, nicht einen Heller und ich werde auch nichts verraten, solange du dich an die Abmachung hältst, die wir am Ende dieser Unterhaltung treffen werden.“

„Denkst du, du könntest mir Vorschriften machen?“, erwiderte sie nun deutlich weniger amüsiert.

„Das tue ich nicht, aber meinem Schweigen verdankst du, dass du noch nicht in einem Kerker verrottest oder gar Bekanntschaft mit dem Henker gemacht hast.“

„Das sind harte Worte und ich hoffe, du kannst deine Behauptung auch belegen“, meinte sie kühl.

„Das kann ich. Du warst bis vor gut zwei Wochen die Geliebte des Erzbischofs. Wolff fand es heraus und du hast ihn deshalb im Schwanen getötet.“

Mit Griseldis‘ Selbstbeherrschung und ihrer Sympathie für Hanno war es auf einen Schlag vorbei. Erregt sprang sie auf. „Dann hast du dieses Gerücht über die Affäre in die Welt gesetzt?“

„Nein, ich bin nicht so dumm, mich auf diese Weise um meine Vorteile zu bringen!“, behauptete er gelassen.

„Und wie kommst du auf den Gedanken, ich könnte diesen Wolff getötet haben? Schau mich doch an, ich bin zierlich und reiche dir gerade mal bis zur Schulter. Woher sollte ich die Kraft nehmen, einen gestandenen Kerl zu ermorden?“

„Für den Mord war keine Kraft nötig, sondern nur Geschick, anatomische Kenntnisse und Kühnheit! Und wenn ich mir vorstelle, wie du in Männerkleidern aussiehst, passt die Beschreibung der Musikanten recht gut auf dich“, beharrte Hanno. „Soll ich dir schildern, wie du es angestellt hast?“

Griseldis unterdrückte ihre Anspannung nur mit Mühe. „Sprich!“

„Zuvor lässt sich zu deinen Gunsten sagen, dass dieser

Wolff kein angenehmer Zeitgenosse, sondern ein Dieb, ein Mörder, und spätestens seit er in Mainz war, auch ein Erpresser gewesen ist. Er suchte dich nicht zufällig aus, sondern ganz gezielt. Wie er gerade auf dich kam, gehört jetzt nicht hierher. Wichtig ist nur, dass er beschloss, so viel wie möglich für sich herauszuholen, nachdem er von deinem Verhältnis erfahren hatte. Er wollte Geld von dir. Du gingst zum Schein darauf ein, hast ihn aber im Schwanen in eine Falle gelockt, in die er arglos tappte. Du bist wirklich ausgefuchst, das muss ich dir lassen."

„Und du hast dir das Ganze hübsch ausgedacht!"

„So?", grinste Hanno. „Dann stimmt es also nicht, dass Ruthard sich als Mönch und du dich als Nonne verkleidetest, wenn ihr euch in dem entlegenen Liebesnest oben auf dem Kästrich getroffen habt, und dass er die Beziehung wegen der anrückenden Kreuzfahrer beendete?"

Griseldis wurde immer aufgebrachter. Dieser Hanno wusste entschieden zu viel. Vor allem, dass er den Trennungsgrund kannte, machte sie stutzig. „Hast du uns etwa belauscht?", mutmaßte sie auf gut Glück.

„Ja", bekannte er. „Bei eurem letzten Treffen lag ich unterm Bett und habe alles mitgehört."

„Du riskierst viel, um Informationen zu erhalten."

„Deshalb schätzt mich der Kämmerer ja auch so."

Langsam bekam sie sich wieder unter Kontrolle. „Deine kleine Geschichte hat nur einen Haken. Ich hätte Wolff wegen dieser Affäre gar nicht töten müssen. Wenn ich Ruthard von dieser angeblichen Erpressung erzählt hätte, wäre dieses Problem gewiss in meinem Sinne gelöst worden, womöglich sogar durch dich."

„Du irrst, wenn du das denkst, und du musst es auch gar nicht schönreden. Ich bin mir absolut sicher, dass du Wolffs

Mörderin bist. Du hast ihn nicht wegen des Verhältnisses getötet, sondern wegen etwas anderem. Würde der wahre Grund deiner Anwesenheit bekannt werden, brächte es dich aller Wahrscheinlichkeit nach aber unter das Henkersbeil. Das war Wolffs eigentliches Druckmittel gegen dich, nur übersah er es in seiner Geldgier. Dir hingegen war sofort klar, was auf dem Spiel stand. Deshalb bist du auch nicht zum Erzbischof gegangen, damit er keinen Verdacht schöpft. Ruthard darf nämlich unter keinen Umständen erfahren, was du hier tust, stimmt's?"

Griseldis erbleichte. Leugnen war zwecklos, er wusste Bescheid. Jedes weitere Wort war verschwendet. Sie würde ihn mundtot machen müssen – genau wie Wolff. Margreth war bereits im Bett und schlief. Sie würde nichts bemerken und Bertram trieb sich wie üblich in irgendeiner Schenke herum. Hannos Leichnam würde sie vorläufig einfach in dem Verschlag verstecken, bis sie ihn endgültig fortschaffen konnte.

„Und nun sag mir, was du für dein Schweigen willst", forderte sie ihn auf, während ihre rechte Hand langsam unter den linken Ärmel ihres Gewandes wanderte. Sie ertastete den Dolch, hatte seinen Griff schon umklammert und wollte ihn gerade aus der Halterung ziehen, als Hanno mit einem Satz bei ihr war, ihr die Hand wegschlug und sein Stilett an ihre Kehle hielt. „Du vergeudest keine Zeit und bist wirklich gewieft! Das erklärt auch die weiten Ärmel! Sie sind nicht der Mode geschuldet, sondern dienen als Versteck. Hast du auf der anderen Seite auch einen?"

„Ja", bestätigte sie völlig überrascht.

„Es ist übrigens unhöflich seine Gäste ermorden zu wollen", sagte er, während er beide Ärmel aufschnitt, um ihr die Waffen abzunehmen.

„Es ist genauso unhöflich das Gewand seiner Gastgeberin zu zerschneiden", erboste sie sich.

„Ein gute Schneider kann es wieder richten", meinte er nur und drückte sie auf den Stuhl. „Können wir jetzt vernünftig weiterreden?"

Sie kapitulierte. „Du hast mich völlig überrumpelt. Ich dachte, niemand wüsste davon und meine Tarnung wäre perfekt."

„Da war ich dir wohl einen Schritt voraus", sagte er im Hinsetzen und erzählte ihr, wie ihn die Nachforschungen über Bruder Anselms Tod bis nach Speyer geführt hatten, wo sich dank Landwyn alles aufklärte. „Ich stieß auf die Spur eines Ritters, den der Kaiser nach Mainz gesandt hatte. Er erkrankte schwer. Auf dem Sterbebett vertraute er Anselm ein Geheimnis an und bat ihn, seinen Auftrag zu beenden, was der Mönch auch versprach. Anselms Gedächtnis war nicht mehr das beste und er schrieb deshalb wichtige Dinge auf. Da Wolff ihn bestohlen hatte, musste er auch die Notiz besitzen. Die dürftest nun du haben, oder?", forschte er nach.

Wieder nickte sie. „Wieso hast du eigentlich so lange gewartet, damit zu mir zu kommen?", erkundigte sie sich.

„Erst war ich lange im Auftrag des Erzbischofs unterwegs, dann nahm der Kämmerer mich in Beschlag. Außerdem musste ich mir erst überlegen, was ich von dir als Gegenleistung für mein Schweigen einfordern kann", gab er unumwunden zu.

Er verschwieg er, dass er während der letzten Tage geholfen hatte, den Domschatz in Kisten zu verstauen, was nicht nur anstrengend, sondern auch zeitraubend gewesen war. Nun lagerten die wertvollen Stücke sorgsam verpackt und gut bewacht transportbereit in der Schatzkammer.

Griseldis musterte Hanno und zollte ihm im Stillen Respekt. Es hatte ihr Geheimnis gelüftet, von dem sie angenommen hatte, es sei das bestgehütetste des Reiches und fiel auch nicht auf sie herein, wie andere es taten. „Du bist ein findiger Kerl! Wie es scheint, sind wir aus demselben Holz geschnitzt", versuchte sie sich anzubiedern.

„Da bin ich mir nicht sicher. Ich habe strikte Grundsätze und töte nur, wenn es keinen anderen Ausweg gibt."

„Das tue ich auch, aber bei Wolff ging es nicht anders", versicherte sie ihm. „Er hätte nicht nur mich ins Verderben gerissen, sondern auch eine andere wichtige Persönlichkeit."

„Diese andere Person ist Gerhard, stimmt's? Wir beide wissen, was ihr treibt, und dass euch das verbindet!"

„Du bist wirklich gut unterrichtet!", stellte sie anerkennend fest.

„Das bin ich immer", erwiderte er selbstsicher. „Kommen wir nun zu meinen Forderungen. Ich verlange kein Geld, das habe ich dir ja schon gesagt, ich möchte aber auch nicht bis an mein Lebensende ein kleiner Dienstmann des Kämmerers bleiben. Ebne mir den Weg in eine höhere Position. Du hast Verbindungen zum kaiserlichen Hof. Verwende dich dort für mich, dann habe ich die Möglichkeit aufzusteigen und kann meinem bisherigen Dasein entkommen."

„Du denkst, mein Einfluss reicht so weit?"

„Mach mir nichts vor! Du kannst viel erreichen, wenn du nur willst."

Griseldis zögerte. Er verlangte nicht gerade wenig von ihr und sie war eigentlich nicht bereit, seine Forderung zu erfüllen. Aber da er ihr gefährlich werden konnte, beschloss sie ihn hinzuhalten, bis sie eine Lösung gefunden hatte. „Ich werde sehen, was ich tun kann. Du besitzt Mut und Verstand und bist jung. Einigermaßen loyal scheinst du auch zu sein, auch wenn du aus dem Dienst des Kämmerers ausscheiden willst. Möglich, dass der Kaiser Verwendung für dich hat. Aber gib mir etwas Zeit", bat sie ihn.

„Überlege nicht zu lange. Ich neige nämlich zur Ungeduld."

„Ich werde an Heinrich schreiben, aber die Worte müssen wohl überlegt sein, sonst schenkt er dem Brief keine Beachtung. Eines wüsste ich aber noch gern. Du hast vorhin einen Ritter erwähnt. Wie lautete sein Name?"

„Edelbert", sagte er.

Trauer spiegelte sich auf ihrem Gesicht wider und sie wurde ganz still. Hanno empfand kurz Mitleid mit ihr, zeigte es aber nicht.

Unaufgefordert begann sie zu reden. Dabei klang ihre Stimme wehmütig. „Ich habe ihn gut gekannt. Edelbert war der erste Mann, der mir etwas bedeutete und der mich in gewisser Weise zu der Frau machte, die ich heute bin. Ich habe ihn nie vergessen und verdanke ihm viel. Das meiste, das er mich lehrte, war zu meinem Vorteil – allerdings nicht alles, sonst wäre ich jetzt nicht in dieser misslichen Lage."

„Du hast ihn wohl sehr gemocht und sein Tod bedeutet einen Verlust für dich", bedauerte er aufrichtig.

„Das stimmt."

Hanno wollte sich durch ihre Betroffenheit nicht einlullen lassen, sondern beharrte darauf, dass sie ihre Abmachung einhielt. „Du vergisst dein Versprechen auch nicht?"

„Du kannst dich darauf verlassen", antwortete sie müde. „Komm nach Christi Himmelfahrt wieder her, dann zeig ich dir das Schreiben."

Palast des Erzbischofs

Es war mitten in der Nacht, als der Bote die Wache herausklopfte. „He, was soll der Lärm. Die Tore sind geschlossen. Komm morgen früh wieder", rief er durch das geöffnete Sichtfenster.

„Es geht um Leben und Tod", stieß der Reiter keuchend hervor. „Ich bin ein Bote Bischof Adalberts II. In Worms ist Schreckliches geschehen, von dem Erzbischof Ruthard erfahren muss, und zwar sofort. Also, lass mich ein!", forderte er und hielt ein Schreiben hoch.

Im Schein der Fackel erkannte der Wachmann das bischöfliche Siegel und ließ ihn ein.

„Wie gelange ich am schnellsten zu seiner Residenz?", erkundigte sich der Mann und die Wache erklärte es ihm.

Am Bischofspalast wurde er ebenfalls sofort eingelassen und direkt zum Erzbischof geführt. Unterwürfig übergab er Ruthard das Pergament.

„Du siehst erschöpft aus", meinte Ruthard, der Adalberts Schreiben fürchtete. „Dort drüben steht etwas zu trinken. Nimm dir einen Becher, während ich es lese."

Der Bote ging hinüber, mischte sich Wasser mit Wein und stürzte das Getränk gierig hinunter. Seine Kehle war ausgetrocknet, denn seit er Worms verlassen hatte, ritt er ohne Unterbrechung. Er kannte den Inhalt der Botschaft und beobachtete Ruthard genau, dessen Gesichtsausdruck immer betroffener wurde.

Als er mit lesen fertig war, meinte er: „Das ist schlimmer, als ich es mir je vorzustellen gewagt hätte."

„Herr, es ist wahr! Um die 800 Juden fanden den Tod. Entweder fielen sie durch das Schwert der Krieger oder richteten sich selbst. Die jüdische Gemeinde ist praktisch ausgelöscht. Die Kreuzfahrer tobten vor Zorn und metzelten alles

440

nieder, was sich ihnen in den Weg stellte, selbst Christen. Hasserfüllt strömte die blutrünstige Menge unter Trommelwirbel und Triumphgesängen durch die Straßen und verlangte von den Juden: „Taufe oder Tod!" Besonders wild trieben es ihre Anführer, die die Menge stetig anfeuerten. Dieser Eifer übertrug sich auch auf viele Bürger von Worms und sie machten mit ihnen gemeinsame Sache. "

„Das kann ich nicht glauben!", bemerkte Ruthard erschüttert.

„Das ist auch schwer möglich. Aber die Forderungen der Kreuzfahrer fielen auf fruchtbaren Boden, denn es gibt eine Vorgeschichte, die die Vorurteile unter den Bürgern gegen die Juden schürte. Es kursierte ein Gerücht, das ich zwar nicht bestätigen kann, aber das behauptet, die Juden hätten den Leichnam einer jungen Frau gekocht und beabsichtigt mit diesem Sud die Brunnen der Stadt zu vergiften. So sollten möglichst viele Christen getötet werden. Weiterhin wurde behauptet, dass einige Bürger die Leiche als Beweis durch die Straßen getragen haben sollen. Aber wie gesagt, ich kann nicht versichern, dass dies der Wahrheit entspricht."

„Das ist gewiss erlogen!", empörte sich der Erzbischof. „So etwas wäre doch wider jede Vernunft! Die Juden trinken das Wasser aus denselben Brunnen wie die Christen und würden sich doch nur selbst schaden."

„Ein Beweis fehlt, wie gesagt, gänzlich. Aber Ihr wisst doch, wie oft der Unvernunft über den Verstand siegt. Letztendlich ist es auch gleichgültig, denn die Unruhestifter erreichten, was sie wollten. Die antijüdische Stimmung griff immer mehr um sich, und was dann geschah, wisst Ihr bereits."

Ruthard lief unruhig auf und ab und dachte laut dabei nach. „Ob der Papst im Entferntesten ahnte, was er mit seiner Ausrufung zur bewaffneten Pilgerfahrt auslösen würde? Sicher rechnete er nicht damit, dass die besonders Eifrigen noch vor dem eigentlichen Beginn des Kreuzzuges losstürmen, um in den gottgefälligen Krieg zu ziehen. Aber er hat eine Bestie entfesselt, die nun unser Land heimsucht und die nicht zu beherrschen ist. Das ist doch nicht der Sinn des Ganzen! Und ich glaube fest, dass er das Morden und Plündern nicht gutheißt. Aber diesem Kreuzzug der Armen kann selbst er keinen Einhalt mehr gebieten. Gut, dass Adalbert mich warnte. So bleibt uns noch etwas Zeit. Die wichtigsten Vorkehrungen sind bereits getroffen. Ich hoffe nur, dass wir dem Ansturm standhalten werden."

Der Bote wagte ihm einen Rat zu geben. „Bedenkt, dass Johann von Speyer durch sein entschlossenes Handeln die Kreuzfahrer in ihre Schranken wies und so die Juden rettete und auch seine Stadt vor Schlimmerem bewahrte."

Ruthard seufzte. „Entschlossenheit mag in Speyer noch Wirkung gezeigt haben, Worms jedoch konnte nicht gerettet werden. Johanns Abschreckung verlor auf dem Weg dorthin ihre Wirkung! Ich fürchte, die Truppen haben jetzt die Bestätigung erfahren, die sie brauchten, und fühlen sich nun stark genug, uns anzugreifen. Wie mir berichtet wurde, wächst das Heer täglich und hat inzwischen eine beachtliche Größe erreicht. Außerdem scheint auch Emich von Flonheim Mainz als sein Ziel auserkoren zu haben. Kennst du den Mann, den sie ‚den Leininger' nennen?"

„Nur vom Hörensagen. Er ist angeblich von dem Gedanken besessen zu sein, die Anhänger des Antichristen – und das sind für ihn die Juden – zu tilgen. Wie man erzählt, lässt er sich nur schwer überzeugen. Er sieht sich als eine Art Erlöser, der einen himmlischen Auftrag erfüllt, und akzeptiert nur Gott als seinen Herrn", belehrte ihn der Bote.

442

„Wann immer dieser Name erwähnt wird, spricht niemand gut über ihn! Und nun will ich allein sein", beendete er die Unterhaltung. „Mein Diener wird dir deinen Schlafplatz zeigen. Morgen kannst du zurück nach Worms reiten und Adalbert meinen Dank übermitteln."

Ruthards Gottvertrauen geriet ins Wanken. Die Hoffnung, dass Mainz verschont würde, zerschlug sich. Nur gut, dass sie auf eine Belagerung vorbereitet waren. Schäden an der Mauer waren weitgehend ausgebessert, die Vorräte waren aufgefüllt, seine Soldaten gewappnet. Ab morgen würde er Männer abstellen, die die Brunnen bewachten, damit das Wasser nicht verunreinigt wurde. Die Mönche vom Jakobsberg mussten noch rechtzeitig in die Stadt gebracht werden, genauso wie die Landbevölkerung. Mehr konnte er im Augenblick nicht tun. Er kniete vor seinem Kruzifix nieder und betete, doch fand er heute nicht den Trost, den er sich erhoffte.

Mittwoch, 21. Mai A. D. 1096, 26. Iyyar 4856
Worms

Ariel hielt den Schlaf von sich fern. Sobald er die Lider schloss, kamen die Bilder und fügten sich zu einem grausigen Mosaik. Der blutgetränkte Boden, die verstümmelten Körper, die todesstarren Gesichter untermalt von einem unerträglichen Lärm aus Angstschreien, Waffengeklirr, Trommeln und Triumphgesängen. Er glaubte, den würgenden Geruch der Verwesung zu riechen. Schmerz fraß sich durch seinen Körper, bis er tief in seinem Herzen und seinem Kopf festsaß. Er ließ sich nicht verdrängen, geschweige denn lindern. Mit jeder weiteren Stunde wünschte er sich, dieser Welt entfliehen zu können, hinüber in die ewige Ruhe.

Er fragte sich, warum der Allmächtige dies zugelassen hatte. Doch so sehr er auch grübelte, er fand keine Antwort. Apathisch lag er auf dem Bett in der kleinen Kammer des Pfarrhauses und starrte zur Decke. Er haderte mit seinem Schicksal, denn er konnte keinen Sinn in seinem Überleben erkennen. Die Gestalt Hiobs tauchte vor ihm auf. Ein frommer Mann, der auf Betreiben des Satans alles verlor. Aber er hielt an seinem Glauben fest, sagte sich trotz der schweren Prüfungen nicht von seinem Schöpfer los und wurde am Ende reichlich belohnt. Der Satan hatte auch in Worms gewütet und Ariel war ihm entronnen. Prüfte der Herr etwa auch ihn? Dieser Gedanke tilgte zwar nicht den Schmerz, aber er nährte leise die Hoffnung.

Sobald der Tag dämmerte, stand er auf und sprach das Morgengebet. Gestern hatte der Pfarrer ihm frische Kleidung, Wasser und etwas zu essen gegeben, aber er hatte diese Gaben verschmäht. Heute Morgen nahm er sie an. Nachdem er sich gewaschen und die Kleider gewechselt hatte, stärkte er sich und verließ dann unbemerkt das Pfarrhaus.

In einem Stall fand er ein Pferd. Er schlich hinein, bemerkte den Stallburschen, der selig in einer Ecke schnarchte, und nahm sich ein Tier. Draußen stieg er auf und galoppierte wie der Wind nach Magenza. Er musste seine Brüder warnen, um ihnen sein Schicksal zu ersparen. Wenn er Glück hatte, erreichte er noch heute die Stadt. Dabei war ihm egal, ob er unterwegs Kreuzfahrern in die Hände fiel. Sein Leben bedeutete ihm nichts mehr.

Mainz, in der Stadt
Die Kunde vom Überfall auf Speyer verbreitete sich rasend schnell. Je häufiger sie wiederholt wurde, umso barbarischer gestalteten sich die Details. Viele zeigten Mitleid mit den Juden, andere blieben ungerührt. Aber es gab auch solche, die ihnen die Schuld zuwiesen und sich in den Schenken die Köpfe heiß redeten. „Sie sind der Anlass für diese Misere! Werft sie aus der Stadt, dann werden wir verschont."

Noch befanden sich diese Rufer in der Unterzahl, denn die meisten Bürger standen zu ihren jüdischen Nachbarn. Aber das schwärende Gift des Argwohns breitete sich aus und verunreinigte ihre Gedanken. Manche suchten Zuspruch im Gebet und vertrauten ganz auf Gott, einige wollten Mainz verlassen, erkannten aber, dass es nirgends einen Ort der Zuflucht gab, der ihnen Sicherheit bieten konnte, wie die Stadt es tat. Keller mussten als Verstecke für das Hab und Gut herhalten und alles was nicht niet- und nagelfest war, wurde aus den Vororten Selenhofen und Vilzbach hinter die Mauern in Sicherheit gebracht. An den Stadttoren wurde genauer kontrolliert, als an den Tagen zuvor und der Erzbischof hatte am frühen Morgen Späher ausgesandt, damit sie die Umgebung erkundeten, um die Bürger beim Anrücken der ersten Krieger zu warnen. Morgen begingen sie Christi Himmelfahrt, den Tag an dem Jesus als Sohn Gottes wieder an die Seite seines Vaters zurückgekehrt war. Aber ihnen stand nicht der Sinn nach feiern. Sie hätten den Herrn lieber an ihrer Seite als fernab im Himmel gewusst.

Im Judenviertel herrschte gespenstische Ruhe. Um nicht Opfer von Anfeindungen zu werden, verkrochen sich die Menschen in ihren Häusern. Da sie sich nicht ins Freie wagten, ließen sie ihre christlichen Diener und Mägde Erledigungen machen. Wer nicht betete, suchte Geld, Schmuck und Wertsachen zusammen, um alles greifbar zu haben, falls sie fliehen mussten.

Auch im Anwesen des Kämmerers bewegte der Überfall auf die Nachbarstadt die Gemüter. Hanno war geradewegs zu seinem Herrn gegangen, um ihn an sein Versprechen zu erinnern. „Herr, lasst mich nach Battenheim reiten, um die Dörfler nach Mainz zu bringen, bevor das Heer anrückt."

Doch der Kämmerer sträubte sich. „Ich brauche dich hier. Es sind wichtige Aufgaben zu erledigen. Erzbischof Ruthard erwartet mich nachher. Ich will, dass du in Reichweite bist."

„Heute kann nicht mehr allzu viel getan werden, morgen ist Feiertag, da ruht die Arbeit sowieso. Ihr wisst so gut wie ich, dass der Erzbischof ebenfalls Männer ausschicken wird, damit sie die Landbevölkerung auffordern, sich hierher zu flüchten. Ich komme ihm lediglich zuvor. Und je früher ich reite, umso eher bin ich zurück. Ich weiß, dass Eure Hauptsorge dem Domschatz gilt. Es ist aber inzwischen alles so weit vorbereitet, dass er rasch versteckt werden kann. Spätestens übermorgen bin ich wieder hier."

Embricho wusste, dass Hanno nicht klein beigeben würde. „Selbst wenn ich es dir untersagte, würdest du dich davon stehlen, kaum dass ich dir den Rücken zugekehrt habe. Stimmt es?"

Hanno antwortete ihm nicht, senkte aber schuldbewusst die Lider.

„Geh von mir aus, aber du bist spätestens Freitag wieder zurück!", meinte er barsch.

„Ihr seid sehr großzügig und ich danke Euch!", verabschiedete sich Hanno und eilte in den Stall, um sich ein Pferd zu holen.

Dithmar und Griseldis waren seit gestern heimlich verlobt. Mit diesem Eheversprechen setzte er sich nicht nur über den väterlichen Willen hinweg, sondern musste auch gegen sein schlechtes Gewissen ankämpfen. Noch immer hieß der Tuchmachermeister diese Verbindung nicht gut. Deshalb musste Griseldis Dithmar auch versprechen, die Verlobung so lange für sich zu behalten, bis er einen günstigen Moment fand, in dem er mit seinem Vater reden konnte. Sie gab ihm ihr Wort nur zu gern, denn sie hoffte, dass die Zeit für sie arbeiten würde.

Jetzt, da sie endlich am Ziel ihrer Wünsche angekommen war, hätte sie eigentlich Grund zum Jubeln gehabt, gäbe es da nicht die anrückenden Kreuzfahrer und allem voran Hanno, der ihr unbeirrt im Genick saß. Noch hatte sie seine Forderung nicht erfüllt und sie dachte auch nicht daran, es zu tun, aber ihr fiel einfach keine zufriedenstellende Lösung ein. Bisher war sie ungeschoren davongekommen, aber jetzt nach dem Ende ihrer Affäre mit Ruthard fürchtete sie dessen Zorn mehr als je zuvor. Deshalb scheute sie auch vor einem weiteren Mord zurück. Vielleicht wusste Gerhard Rat. Er war genauso davon betroffen wie sie. Während der letzten Tage hatte er sie immer vertröstet und abgewiesen, aber jetzt ließ sie sich nicht länger hinhalten. Heute Abend würde sie zu ihm gehen und ihn mit ihrem Anliegen konfrontieren.

Battenheim

Bevor Hanno die Stadt verließ, ging er zur Dombauhütte. Er wollte Widukind mitteilen, was er vorhatte. Aber außer Meister Archibald und zwei Lehrlingen war niemand da.

„Die Lombarden arbeiten am Dom, die anderen prüfen die Stadtmauer immer noch auf Schäden und bessern sie gleich aus. Willst du zu jemand bestimmtem?"

„Ich muss Widukind sprechen."

Meister Archibalds düstere Meine hellte sich auf. „Er ist an ihrem nördlichen Teil, dort wo die Mauer zum Rhein hin abknickt."

„Ich habe keine Zeit, ihn zu suchen. Kommt er nachher wieder hierher?"

„Das kann ich nicht mit Bestimmtheit sagen."

„Kannst du ihm ausrichten lassen, dass ich seine Familie und die Dorfbewohner herbringe?"

„Das werde ich tun. Er wollte morgen selbst nach Battenheim. Nun kann er sich diesen Weg sparen. Wie gut kennst du Graf Bolko?", vergewisserte sich Archibald.

„Einigermaßen", antwortete Hanno.

„Du wirst einiges an Überredungskraft aufbieten müssen, um ihn zu überzeugen."

„Ich merke es mir. Bisher habe ich aber immer erreicht, was ich mir vorgenommen habe", behauptete Hanno selbstbewusst.

Archibald betrachtete ihn prüfend. „Daran habe ich keinen Zweifel. Ich wünsch dir trotzdem Glück!", gab der Steinmetzmeister ihm mit auf den Weg.

„Das kann ich brauchen."

Außerhalb der Stadt ging es im wilden Galopp Richtung Süden. Kurz bevor Hanno die Kuppe erreichte, an der er überfallen worden war, drosselte er das Tempo. Die Erinnerung an das schreckliche Erlebnis flammte wieder auf, aber er schüttelte die bösen Gedanken ab und ritt unbeirrt weiter. Nichts außer dem Tod konnte ihn an seinem Vorhaben hindern.

Im Dorf selbst war nichts von einer Unruhe wie in Mainz zu spüren. Die Menschen gingen wie immer ihrem Tagwerk nach und grüßten ihn freundlich, als sie ihn erkannten. Das Vieh befand sich auf den Weiden, die Schweine grunzten in den Koben, Hunde bewachten die Eingänge zu den Höfen und das Federvieh lief aufgeregt gackernd kreuz und quer. Doch Hanno wusste, diesem Frieden konnte man nicht trauen.

Während er zum Anwesen von Graf Bolko ritt, dachte er an Yrmengardis, die er lange nicht mehr gesehen hatte. Ob sie immer noch so für ihn empfand wie damals?

Der Graf befand sich in seinem Schreibzimmer und schien nicht sonderlich überrascht, ihn zu sehen. „Ich habe dein Kommen beinah erwartet", empfing er ihn.

„Dann wisst Ihr es bereits?"

„Allerdings. Der Stammsitz unserer Familie ist Worms. Mein Bruder warnte mich heute durch einen Boten. Deshalb versetzte ich meine Wachen auch in Alarmbereitschaft."

„Das wird nicht reichen, um Battenheim zu schützen. Ihr müsst Euch, Eure Familie und die Dorfbewohner in Sicherheit bringen. Der Erzbischof sendet heute noch Soldaten aus, damit sie auch die Bewohner der Nakheimer Mark in Sicherheit bringen. Ich kam, um euch zu holen."

„Dann sollen wir das Dorf sich selbst überlassen?"

„Ja."

„Ich verstehe nicht, warum sie uns schaden sollten", meinte Bolko uneinsichtig.

Hanno versuchte ihn zu überzeugen. „Möglicherweise unterschätzt ihr die Gefährlichkeit der Lage. Die Pilger brauchen zu essen. Habt ihr genug, um ihre Mäuler zu stopfen? Und wenn sie nicht bekommen, was sie fordern, nehmen sie es sich einfach. Dabei folgen sie nur ihren eigenen Regeln, die vergleichbar sind mit denen eines Krieges. Die Gesetze des Kaisers gelten für sie nicht mehr. Die Wallfahrer sind bereit, für ihr Seelenheil zu sterben und die meisten von ihnen haben nichts zu verlieren, da sie sowieso zu den Ärmsten der Armen gehören. Häuser kann man wieder aufbauen, Felder neu bestellen, aber Tote nicht zum Leben erwecken. Es wäre sicherer, Ihr würdet die Menschen samt ihrem Vieh und ihrer Habe in die Stadt retten. Und wenn Ihr es nicht für Euch tut, tut es für Eure Frau und Tochter", mahnte Hanno eindringlich und fügte noch schnell hinzu: „Es wurde auch von Schändungen berichtet."

Seine Worte verfehlten ihre Wirkung nicht und brachten Bolko nach längerem Abwägen zum Einlenken. „Du verstehst es, zu reden und zu überzeugen. Jetzt müssen wir noch den Pfarrer auf unsere Seite bringen, damit er morgen früh während der Messe erklärt, warum wir das Dorf verlassen. Wie viel Zeit haben wir?"

„Wenig. Am Freitag sollten wir in Mainz sein."

„Das ist nicht viel und es wird dem Pfarrer nicht gefallen, da wir den morgigen Feiertag missachten müssen, um unsere Flucht vorzubereiten. Und nun lass uns gehen."

Während sie zum Pfarrhaus eilten, fragte Graf Bolko unvermittelt: „Kamst du nur, um uns nach Mainz zu geleiten oder gibt es einen anderen Grund?"

Bolko schien ähnlich wie der Kämmerer zu denken. Hatte sich Yrmengardis ihrem Vater etwa offenbart? Er umging die Antwort geschickt. „Nachdem was Ihr und Eure Familie für mich getan habt, halte ich es für meine Pflicht, jetzt meine Schuld zu begleichen."

„Es ehrt dich, dass du so denkst. Als ich dich zum ersten Mal sah, war ich skeptisch. Ich wusste nicht, ob dir zu trauen ist. Die ganzen Umstände, dein Gepäck und auch dein Verhalten gaben mir Anlass zu vermuten, du könntest ein anderer sein, als du vorgabst. Nachdem ich dich näher kennenlernte und erfuhr, in wessen Diensten du stehst, kann ich meine Zweifel noch immer nicht ablegen. Ich vermute, dass manches von dir gefordert wird, was einem rechtschaffenen Mann widerstrebt. Du übernimmst für den Kämmerer bestimmt Aufgaben, von denen ich besser nichts erfahre, da ich sie ich nicht gutheißen würde. Oder?"

Hanno bestätigte es ihm, rechtfertigte sich aber im gleichen Atemzug. „Ich achte aber immer die Gebote – soweit es mir möglich ist."

„Auch solche Dinge müssen getan werden und ich bin nicht dein Richter. Jetzt in der Not zeigst du dein wahres Gesicht und beweist, dass du ein verantwortungsbewusster Mann bist, der zügig Entscheidungen trifft. Das gefällt mir. Deshalb vertraue ich dir und lege unser Schicksal in deine Hände."

Hanno, der nicht wusste, was er auf die erstaunlich offenen Worte des Grafen sagen sollte, blieb die Antwort erspart, denn sie erreichten die Unterkunft des Pfarrers. Das kleine Gebäude hatte schon bessere Zeiten gesehen und der Garten, der es umgab, machte einen vernachlässigten Eindruck.

„Lass mich mit ihm sprechen", meinte Bolko. „Er ist etwas voreingenommen Fremden gegenüber. Außerdem ist er ein glühender Anhänger des Kreuzzuges. Es wird nicht leicht sein, ihn zu überreden. Falls du doch etwas sagst, überlege es dir genau."

Der Dorfpfarrer war ein kleiner, hagerer Mann mittleren Alters, mit mausgrauem Haar und dem Gesicht eines Frettchens. Er nahm gerade seine Abendmahlzeit zu sich und war über die Störung nicht sonderlich erfreut. Dennoch stand er auf, um den Grafen gebührend zu begrüßen. Da sowohl Bolko wie auch Hanno um einiges größer waren als der Gottesmann, musste er den Kopf nach hinten legen, damit er in ihre Gesichter schauen konnte. Er bot ihnen Platz an, damit sie sich auf Augenhöhe befanden, doch Bolko lehnte freundlich, aber bestimmt ab.

„Was wir dir zu sagen haben, wird nicht lange dauern. Dieser junge Mann ist Hanno und ein hoher Bediensteter des Mainzer Erzbischofs. Er wurde geschickt, um uns zu warnen", übertrieb Bolko absichtlich, denn der Pfarrer akzeptierte Obrigkeiten, vor allem wenn sie der Kirche entstammten. Bolko fuhr fort: „Sein Anliegen ist äußerst ernst. Die Kreuzfahrer ziehen nach Mainz und bedrohen die Siedlungen, die auf ihrem Weg liegen. Auch Battenheim ist gefährdet und wir müssen uns in die Stadt flüchten. Deshalb bitte ich dich, dass du morgen während des Gottesdienstes in einer Ansprache die Dorfbewohner darauf vorbereitest."

Der Pfarrer zeigte sich nicht so beeindruckt wie Hanno gehofft hatte. Er versuchte abzuwiegeln und erwiderte mit scharfer Stimme: „Die Kreuzfahrer sind heilige Krieger und keine Verbrecher! Sie handeln im Auftrag des Papstes und ihre Sache ist von Gott gesegnet."

Bolko widersprach. „Als sie in Speyer und Worms einfielen, mussten die Bischöfe den Bürgern zu Hilfe eilen, um sie zu schützen. Und nur Johann von Speyer ist es auch geglückt."

„Sind es nicht die Juden, denen das Augenmerk der Kreuzfahrer gilt?", fragte er verschlagen und offenbarte so seine wahre Gesinnung.

Bolko ließ sich davon aber nicht beirren. „Auch unschuldige Christen wurden getötet."

„Was sollten die Kreuzfahrer hier wollen, da es hier doch nur in den großen Städten Juden gibt?", beharrte er weiter.

Nun mischte sich Hanno ein und führte die Argumente auf, mit denen er zuvor den Grafen überzeugt hatte. Der Pfarrer schaute auf sein Essen und das erste Mal zeigte er Unsicherheit. Allem Anschein nach behagte ihm die Vorstellung nicht, die Kreuzfahrer könnten ihm die Nahrung streitig machen – oder schlimmer noch: die kleine Kapelle plündern.

Schließlich gab er klein bei. „Es wird wohl das Vernünftigste sein, nach Mainz zu gehen. Aber mir missfällt, dass wir den Feiertag entehren werden!"

„Uns bleibt keine andere Wahl. Die Leute müssen ihr Hab und Gut packen und das Vieh zusammentreiben und das muss nun einmal morgen sein. Der Herr wird uns diese Sünde angesichts der Gefahr für Leib und Leben wohl verzeihen", beschwichtige ihn Bolko und meinte dann noch: „Die Battenheimer und auch ich werden es dir danken!"

Der Pfarrer wusste, was das zu bedeuten hatte. Sein Tisch würde für den Rest seines Lebens gut gedeckt und sein Weinfass ausreichend gefüllt sein und endlich gab er den letzten Widerstand auf. „Ich werde alles tun, was ihr verlangt und Gott um seinen Beistand bitten", versicherte er schnell.

Mainz, unter den Juden

Ariel gelangte gerade noch in die Stadt, bevor die Tore verschlossen wurden. Es war bereits dunkel, als er zum Haus des Gemeindevorstehers kam. Kalonymos erschrak bei seinem Anblick; seit ihrer letzten Begegnung schien er um viele Jahre gealtert.

„Du suchst dir unruhige Zeiten zum Reisen aus."

„Ich kam nicht aus freien Stücken", erwiderte Ariel erschöpft. „Furchtbares ist geschehen und ich wollte euch warnen", fuhr er fort und begann zu erzählen, was in Warmaisa vorgefallen war.

Kalonymos erbleichte. Sie hatten längst von den Geschehnissen gehört, aber das ganze Ausmaß des Schreckens nicht gekannt. Der winzige Funken Hoffnung zerstob mit der Schilderung Ariels. Nur mit Mühe konnte der Parnass seine Furcht unterdrücken. „Du bist wirklich der einzige Überlebende?"

„Ich weiß es nicht und ich habe nicht nachgeforscht. Aber die Totengräber meinten, es gäbe kaum einen, der gerettet wurde. Einige unserer Brüder und Schwestern wurden zwangsgetauft, aber dadurch gehören sie nicht mehr zu uns."

Kalonymos meinte bitter: „Bereits seit dem Überfall von Schpira fürchtet sich die Gemeinde und hat kaum noch die Häuser verlassen und sich auch nicht mehr in die Synagoge getraut. Heute haben sich ihre Häupter zwar bereits beraten, aber ich will trotzdem, dass du ihnen alles erzählst. Ich rufe sie gleich zusammen. Bis alle hier sind, kannst du dich reinigen und etwas essen. Du siehst aus, als wärst du kurz vorm Verhungern."

„Meine Kehle ist wie zugeschnürt. Ich kann kaum schlucken und habe keinen Hunger."

Als Ariel später vor den Ältesten stand und in ihre besorgten Mienen schaute, verstärkte sich die Leere in seinem Innern. Zwar waren seine Tränen versiegt, aber der Schmerz brannte noch immer.

Um Worte ringend, begann er schließlich: „Die Stadt wurde eine Woche belagert. Der Bischof wie auch die Bürger versprachen, uns zu schützen und wir vertrauten ihnen. Wir bezahlten auch für unseren Schutz, aber es war wohl nicht genug. Unsere Gemeinde teilte sich, eine Hälfte kam im Anwesen des Bischofs unter, die andere blieb in ihren Häusern zurück, denn wir glaubten den Versprechungen. Doch kaum drangen die Kreuzfahrer in die Stadt ein, knickten ihre Bewohner um wie Rohre im Wind. Die Menschen, mit denen wir bis dahin in Eintracht Tür an Tür lebten, wandten sich gegen uns. Gemeinsam mit den Pilgern, die sich das verwerfliche Zeichen des Kreuzes an ihre Kleidung geheftet hatten, fielen sie wie die Wölfe über uns her, um uns zu verschlingen. Dabei machten sie weder vor Frauen und Männern noch vor Greisen oder Kindern halt. In ihrer Raserei rissen sie unsere Häuser nieder und plünderten alles, was ihnen in die Finger kam. Sie ergriffen die Torahrolle, traten sie in den Straßenkot, verhöhnten und verbrannten sie und fraßen so Israel auf.“

Ariel hatte bewusst dramatisiert, um den Schrecken möglichst eindringlich zu schildern. Er schöpfte kurz Atem und fuhr dann fort. „In dieser Stunde der Not mussten wir erkennen, dass unser Herr sich aufgrund unserer Verfehlungen von uns abgewendet hatte. Ohne seinen Beistand gab es keine Rettung! Wir verzweifelten, dennoch beugten wir uns nicht dem Willen der Eiferer, die die Taufe von uns verlangten. Manche boten freiwillig ihren Hals dar, andere töteten sich selbst, um nicht durch die Hand der Irrenden zu fallen.

Genau wie jene Frau namens Minna in Schpira schlachteten sie sich selbst. So übergaben sie ihre Seelen ihrem Schöpfer. Viele starben mit den Worten auf ihren Lippen: „Höre Israel, Adonai ist unser Herr, Adonai ist einzig."

Ariel stockte erneut, seine Gefühle drohten, ihn doch zu übermannen. Einer nutzte die Pause. „Kiddush haSchem!", raunte er und spielte damit auf die Selbsttötungen an.

Ariel hatte es gehört und stimmte ihm zu. „Zu Hunderten ehrten sie so seinen Namen. Mütter töteten ihre Kinder. Männer ihre Frauen, Verlobte sich gegenseitig, Herren ihr Gesinde. Nur mir blieb diese Gnade verwehrt! Auch ich wollte so dahinscheiden. Doch bevor mich die Schneide des Schwertes traf, ging ich durch einen Schlag zu Boden, verlor das Bewusstsein und überlebte. Was ist meine Sünde, dass mir diese Gnade verwehrt wurde?", schrie Ariel laut auf. „Warum nur ließ mich der Herr mit dieser Schmach zurück?"

„Zweifle nicht an ihm, denn seine Wege sind unergründlich!", rief einer.

Ariels Bericht hatte ihnen endgültig klargemacht, dass auch sie ihrem Schicksal nicht entrinnen konnten. Nur wenn die Herrscher über die Stadt sie beschützten, gab es Hoffnung auf Rettung.

Ariel hatte sich beruhigt und redete weiter. „Die nackten Leichname wurden in Gruben verscharrt. Somit bleibt ihre letzte Ruhestätte anonym. Selbst im Tod wurde uns die letzte Ehre der freundlichen Erinnerung verwehrt."

Betroffenheit erfasste die Anwesenden, nachdem er seine Schilderung beendet hatte.

Isaak bar Mose konnte seine Gefühle nicht länger unterdrücken und stimmte eine Klage an: „Oh Herr Israels, willst du den Überresten deines Volkes ein Ende bereiten? Du hast uns oft gerettet und aus Ägypten und Babel geführt und nun verstößt du uns und übergibst uns der Hand Edoms, damit wir fallen? Wende dich nicht von uns ab, denn in unserer Not hilft uns keiner!"

„Isaak, sollte der Herr sich tatsächlich aufgrund unserer Sünden von uns abgewandt haben, erweicht ihn auch dein Flehen nicht", belehrte ihn Kalonymos und löste mit dieser Äußerung Empörung unter seinen Brüdern aus, denn was er sagte, erschien ihnen wie ein Frevel. Doch er überging die Entrüstung und redete weiter. „Ariel hat uns gezeigt, dass wir nicht auf die Solidarität der Bürger oder die Beteuerungen eines Bischofs vertrauen können. Wie ihr wisst, habe ich unmittelbar nach Jonahs Warnung an den Kaiser geschrieben. Er hat daraufhin seine Fürsten sowie weitere Verbündeten angewiesen, alles zu unserem Schutz zu unternehmen. Aber wie die Erfahrung lehrt, ist auf solche Zusagen nur wenig Verlass. Deshalb werden wir uns anders absichern müssen. Zunächst aber danken wir Ariel, dass er die Gefahr auf sich nahm, zu uns zu kommen. Bevor wir weitere Entschlüsse fällen, lasst uns der Toten von Warmaisa und Schpira gedenken", forderte er die Anwesenden auf.

Die Männer stimmten unter der Führung des Rabbi die Totenklage an und setzten dann ihren Disput wieder fort.

David bar Natanael machte den Vorschlag, dass sie fasten und sich kasteien sollten, um den Herrn milde zu stimmen.

„Warum fliehen wir nicht und verbergen uns in den umliegenden Dörfern und Wäldern? Wir könnten auch nach Schpira gehen. Dort waren sie schon und Bischof Johann nimmt uns bestimmt auf", schlug Mar Uri bar Joseph vor.

„Willst du dem Heer direkt in die Arme laufen?", merkte Issak bar Mose an. „Sie sind bereits zu nah und unsere

Gemeinde ist zu groß, als dass wir ausreichend Verstecke fänden oder ungesehen an ihnen vorbeigelangten."

„Dann müssen wir mit dem Erzbischof, seinen Dienstleuten und dem Stadtgrafen verhandeln. Immerhin gibt es diese schriftliche Anordnung des Kaisers, mit der er sie in die Pflicht nimmt!", wiederholte Mar Uri bar Joseph den Vorschlag des Parnass.

„So werden wir es tun", fasste Kalonymos zusammen. „Gleich morgen gehe ich zu Ruthard und Gerhard. Auch wenn Feiertag ist, hoffe ich, dass sie mich empfangen."

„Sie werden einen Obolus verlangen", gab David bar Natanael zu bedenken. „Sicherlich führen sie irgendwelche Ausreden an, wie etwa die, dass ihre Wachleute bezahlt werden müssen oder sie Geld zur Sicherung der Stadt brauchen."

„Wir haben keine Wahl, als sie um Beistand zu bitten – gleich was es kostet. David, wie viel Geld kann ich ihnen anbieten?", fragte Kalonymos unbeirrt.

„Das kann ich jetzt noch nicht sagen. Erst muss ich die Finanzen der Gemeinde prüfen, um die Summe festlegen zu können."

„Tu das. Deshalb soll jeder, der Geld erübrigen kann, es zu David bringen. Außerdem ordne ich ein dreitägiges Fasten und Kasteien an", bestimmte Kalonymos. „Teilt dies den anderen Gemeindemitgliedern mit, damit sie Bescheid wissen." Ariel fragte er noch: „Was wirst du tun? Bleibst du hier oder gehst du wieder nach Worms?"

„Nichts von beidem. Weiteres Morden kann ich nicht ertragen. Morgen verlasse ich die Stadt und falls der Herr mir gnädig ist, gelange ich unbeschadet nach Speyer. Dort habe ich Verwandte, die mich aufnehmen."

„Heute Nacht bist du mein Gast, und bevor du abreist, erhältst du von uns Geld, damit du nicht mittellos bist."

Mainz, Burg

Gerhard war müde und wäre gern zu Reinhedis ins Bett gegangen, aber Griseldis hatte sich angekündigt und er wollte sie nicht schon wieder unverrichteter Dinge wegschicken. Den ganzen Tag war er auf den Beinen gewesen und als er jetzt in sein Schreibzimmer kam, saß sie wie üblich im Sessel und hatte es sich gemütlich gemacht. Ohne Umschweife kam sie zur Sache. „Ich will dich nicht lange aufhalten, aber ich muss zwei Dinge mit dir besprechen. Beide sind äußerst wichtig. Fangen wir mit dem Unangenehmeren an. Hanno kam vor einigen Tagen zu mir und stellte gewisse Forderungen."

Das machte Gerhard hellhörig. „Was will er von dir?"

„Es betrifft letztendlich uns beide. Ich soll mich bei Hofe für ihn verwenden, denn er will nicht ewig für den Kämmerer arbeiten und er besitzt überzeugende Argumente, mit denen er sein Anliegen durchsetzen will."

„Das wird Embricho nicht gern hören, aber wie kommt er auf den Gedanken, du würdest ihm behilflich sein?"

„Er hat mich beobachtet und herausgefunden, was ich tue."

Mit einem Schlag war Gerhards Müdigkeit verflogen. „Dann weiß er von uns?"

Griseldis bejahte.

„Was machen wir jetzt?"

„Ich kann genauso wenig Probleme gebrauchen wie du und werde zumindest dem Anschein nach darauf eingehen. Wir waren eigentlich für morgen verabredet, aber ich erfuhr, dass er heute nach Battenheim geritten ist und erst Freitag zurückerwartet wird. Das verschafft mir Zeit und vielleicht entwickelt sich die Lage ja auch so, dass er meine Unterstützung möglicherweise nie in Anspruch nehmen kann", lächelte sie berechnend.

„Du hoffst auf seinen Tod?", fragte Gerhard bestürzt.

Sie zuckte nur mit den Schultern. „Das wäre die beste Lösung für uns beide. Oder hast du einen besseren Vorschlag?"

Gerhard verneinte.

„Und nun komme ich zu meinem zweiten Anliegen. Gilt dein Versprechen, mir notfalls Zuflucht zu gewähren?"

Bevor er antworten konnte, öffnete sich mit einem Schlag und ohne Vorwarnung die Tür. Im Rahmen stand Reinhedis. Sie hielt eine Kerze in der Hand, die ihr Gesicht von unten anstrahlte. Ihre Haut war wächsern, ihre Wangen hohl und die Augen lagen in tiefen Höhlen. Sowohl Gerhard wie auch Griseldis erschraken bei ihrem Anblick, denn sie sah aus wie eine lebende Tote.

„Ist dir nicht gut, meine Liebe?", fragte der Burgherr besorgt und machte einen Schritt auf sie zu.

Reinhedis wich zurück. „Doch, warum fragst du?", antwortete sie mit kalter Stimme. „Ich hörte dich nur mit jemandem reden und wollte sehen, wer bei dir zu Besuch ist." Dann wandte sie sich an Griseldis. „Ich sah dich gar nicht hereinkommen. Bist du schon lange hier?"

„Nein, ich brauchte dringend den Rat deines Mannes."

Reinhedis schenkte ihr einen spöttischen Blick, der deutlich machte, dass sie ihr nicht glaubte. „Und das muss zu dieser späten Stunde sein?"

„Ich wollte ihn schon früher sprechen, aber er hatte nie Zeit", verteidigte sich Griseldis, der die Burgherrin immer unheimlicher wurde. „Jetzt muss ich aber gehen", meinte sie rasch und wandte sich nochmals an den Stadtgrafen: „Also kann ich mich darauf verlassen?"

„Unser Haus steht dir offen", bestätigte er ihr.

Reinhedis hätte ihm gern widersprochen, tat es aber nicht.

„Warum steht unser Haus ihr offen?", wollte sie von ihm wissen, nachdem Griseldis gegangen war.

„Weil ich es sage!", erwiderte er ungewohnt scharf.

Reinhedis musterte ihn ohne Gefühlsregung. In ihren Augen lag dabei eine Kälte, die Gerhard erschauern ließ. „Du bist der Herr und kannst tun, was dir beliebt", stellte sie fest.

Gerhard versuchte, sie zu beschwichtigen. „Verzeih, ich habe mich im Ton vergriffen, aber der Tag war anstrengend und ich bin wegen der ganzen Anstrengungen müde."

„Dann solltest du schlafen gehen und deine Zeit nicht mit Griseldis vergeuden", meinte sie nur, drehte sich um und ging.

Gerhard schaute ihr nachdenklich hinterher. Sie hatte ihn nicht weiter ausgefragt. Früher hätte es sie interessiert, was er den Tag über zu tun gehabt hatte, jetzt ließ sie es kalt. In diesem Augenblick wurde ihm das ganze Ausmaß ihrer Teilnahmslosigkeit bewusst. Seit Wochen lebte sie vor sich hin, wobei ihr alles gleichgültig zu sein schien, allem voran ihr Sohn. Sollte Reinhedis die einzige Person in der Stadt sein, die keine Ahnung von dem anrückenden Heer hatte?

Donnerstag, 22. Mai A. D. 1096, 27. Iyyar 4856
Palast des Erzbischofs

Der Erzbischof hatte den Kämmerer und Conrad direkt nach dem festlichen Gottesdienst einbestellt. Sie durften keine Zeit vergeuden und bevor Ruthard sich mit den Herrn des Domkapitels beriet, wollte er zunächst die Meinung seiner beiden engsten Vertrauten hören. Der Kämmerer war zwar der Herr über die Finanzen, aber daneben hatte er auch stets das leibliche Wohl seines Verwandten im Blick. Conrad schätzte er wegen seines analytischen Verstandes und seiner Fähigkeit, in angespannten Situationen einen kühlen Kopf zu bewahren. Außerdem besaß er das Talent, vorausschauend zu denken. Der Mönch erschien als Erster, wenig später folgte Embricho, wie immer außer Atem.

Ruthard hielt sich nicht mit langen Vorreden auf, sondern kam direkt auf sein Anliegen zu sprechen. „Was wir schon seit geraumer Zeit befürchten, trifft nun ein. Gut, dass unsere Vorkehrungen weitgehend abgeschlossen und wir entsprechend vorbereitet sind. Haben wir auch an alles gedacht?"

Conrad redete zuerst. „Was getan werden konnte, wurde getan. Darüber hinaus ist es aber wichtig, dass innerhalb der Stadt Einigkeit herrscht. Seit die Bürger von der Erstürmung Worms wissen, geht die Angst um und Angst ist immer ein schlechter Ratgeber. Die Menschen wissen nicht, was sie erwartet und wie sie sich verhalten sollen. Ich rate Euch, zu ihnen zu sprechen und ihnen die Lage zu erklären. Es ist wichtig, dass es keinen Unfrieden unter ihnen gibt. Uneinigkeit kann ein größerer Feind sein als Belagerer vor den Mauern. Manche weisen den Juden bereits die Schuld an der Lage zu, das muss unterbunden werden."

„Das klingt vernünftig", meinte Ruthard. „Ich werde zu

ihnen reden, um sie auf einen gemeinsamen Weg einzuschwören."

Conrad räusperte sich. Was er jetzt zu sagen hatte, würde Ruthard weniger gefallen. „Ihr könnt von den Bürgern nichts einfordern, wenn Ihr nicht selbst mit gutem Beispiel vorangeht."

Ruthard zog verärgert die Augenbrauen zusammen. „Wie meinst du das?"

„Ihr solltet den Schulterschluss mit Gerhard wagen, auch wenn es Euch schwerfällt. Ihr beide seid die unumstrittenen Herrscher über diese Stadt. Ihr müsst eure Kräfte bündeln, um noch stärker zu werden und diese gemeinsame Stärke dann den Bürgern zeigen. Wenn sie sehen, dass ihr eure Differenzen angesichts der Bedrohung überwunden habt, werden sie Euch folgen."

Ruthard war ans Fenster getreten und schaute hinaus. Was Conrad sagte, hatte Hand und Fuß. Er sollte wirklich die schwelende Fehde mit dem Stadtgrafen beilegen, bis die Gefahr gebannt war. Momentan akzeptierten die Bürger seinen Anspruch auf Vorherrschaft innerhalb der Stadt und die damit verbundenen Privilegien für die Kirche. Aber womöglich begannen sie das zu hinterfragen, wenn ihnen Nachteile drohten. Ruthard wusste um die Fragilität dieses Gefüges. Nichts war von Dauer, steter Wandel bestimmte das Leben, auch wenn die Kirche ihn aufzuhalten versuchte. Er musste die kommende Bewährungsprobe bestehen, sonst ging er am Ende geschwächt aus ihr hervor, was das Machtgefüge zugunsten des Stadtgrafen oder auch der Bürgerschaft verschieben konnte. Deshalb war es weise, vorzusorgen und Allianzen einzugehen. Er würde die Bürger samt ihrem Burgherrn auf seine Seite ziehen und sie nicht von seinen Entscheidungen ausschließen, zumindest solange die Wallfahrer das Rheinland unsicher machten.

„Conrad, dein Rat klingt vernünftig. Du kennst Gerhard gut, deshalb geh in meinem Namen zu ihm und bitte ihn her."

Conrad war erstaunt über das schnelle Einlenken des Bischofs, denn er hatte mit größerem Widerstand gerechnet. „So wie ich ihn kenne, werde ich ihn nicht lange überzeugen müssen. Da ist noch etwas, das geregelt werden müsste. "

„Rede!"

„Im Falle der Belagerung benötigt Ihr einen Unterhändler. Ihr werdet Euch doch nicht selbst in Gefahr begeben wollen, indem Ihr die sicheren Mauern verlasst und vor die Tore tretet?"

„Du bist wie immer vorausschauend und hast dir reichlich Gedanken gemacht. Wahrscheinlich hast du auch schon einen Unterhändler ausgeguckt?"

„Ja", antwortete Conrad. „Ich dachte an Abt Manegold. Er ist von entsprechendem Stand, ein Mann der Kirche, in der Diplomatie geübt und Euch treu ergeben. Alles Eigenschaften, die ihn dafür prädestinieren. Die Kreuzfahrer werden nicht wagen, die Hand gegen ihn zu erheben."

„Das ist ein kluger Vorschlag. Nachdem du bei Gerhard warst, sprich mit Manegold und bitte ihn ebenfalls zu mir. Hast du sonst noch Anmerkungen?"

„Nicht für den Augenblick", entgegnete er, obwohl er sich sehr wohl um die Juden sorgte. Aber er hielt den Zeitpunkt noch nicht für gekommen, sich zu ihrem Fürsprecher zu machen.

Der Erzbischof wandte sich an seinen Kämmerer: „Embricho, was gilt es aus deiner Sicht zu berücksichtigen?"

„Der Domschatz muss in Sicherheit gebracht werden, damit er bei einer möglichen Einnahme der Stadt nicht den

Plünderern in die Hände fällt. Es wäre eine Schande, wenn die wertvollen Kleinodien für immer verloren gingen. Ich warte nur auf Eure Aufforderung, dann wird er auf die Verstecke verteilt, verpackt ist er bereits. Mit unseren Finanzen steht es auch nicht zum Besten. Die Maßnahmen zur Sicherung der Stadt haben unser gesamtes Kapital verschlungen. Egal, wie wir es drehen und wenden, es wird teuer, vor allem wenn wir belagert werden. Entweder weil wir nach einem möglichen Angriff Schäden zu beseitigen haben oder weil wir den Belagerern hohe Summen in Aussicht stellen müssen, damit sie abziehen. In beiden Fällen kostet es uns Geld, das wir nicht haben. Nur woher bekommen wir es?", fragte er scheinbar arglos.

Ruthard kannte seinen Verwandten gut genug, um zu wissen, dass er dafür bereits eine Lösung parat hatte. „Ich stimme dir zu, dass der Domschatz an einen sicheren Ort gebracht werden soll. Die Pretiosen sind nicht nur von hohem materiellen, sondern vor allem auch von religiösem Wert. Du kannst morgen alles in die Wege leiten. Und nun zu dem leidigen Geldproblem", weiter kam er nicht, denn ein Diener meldete Kalonymos, der darauf beharrt hatte, vorgelassen zu werden.

Embricho und Ruthard tauschten vielsagende Blicke. Conrad bemerkte es und erriet ihre Absicht. Der Parnass war gekommen, weil er um Schutz für seine Gemeinde bitten wollte. Die Frage war nur, wie viel er ihm wert war.

Burg
Während der Nacht hatte Reinhedis einen Entschluss gefasst. Griseldis musste ein für allemal verschwinden und dafür war heute der geeignete Tag. Nachher, wenn Gerhard

die Messe besuchte, erschien ihr die Gelegenheit günstig. Noch vor dem Morgengrauen stand sie auf, kleidete sich hastig an und schlich sich in sein Zimmer. Dort schrieb sie ein paar Worte mit verstellter Handschrift und drückte sein Siegel auf die Nachricht. Hoffentlich glaubte Griseldis diesen Schwindel und zweifelte nicht daran, dass Gerhard sie einbestellte. Dann schickte sie einen Diener damit zu ihrer Kontrahentin. Wenig später war er mit der erhofften Antwort zurück, bemerkte aber auch, dass Griseldis mehr als überrascht gewesen war.

Nun musste sie nur noch Gerhard klarmachen, dass sie nicht mit zur Messe gehen würde. Nach gestern Abend nahm er ihr bestimmt ab, dass sie sich schlecht fühlte und deshalb zu Hause bleiben wollte. Er riet ihr sogar, wieder zu Bett zu gehen, was sie ihm zwar versprach, aber nicht tat.

Kaum hatte er mit dem Gesinde das Haus verlassen, bereitete sie alles vor. Sie zog ihr dunkelstes Gewand und einen Überwurf an, nahm das Schüreisen aus der Küche und eilte in den Geheimgang. Dort entfachte sie die Fackeln, um Griseldis im Glauben zu lassen, Gerhard erwarte sie tatsächlich. Nur eine bestimmte Stelle hinter einer Biegung ließ sie im Dunkeln. Dort wollte sie Griseldis abpassen. Erwartungsvoll und etwas aufgeregt drückte sich Reinhedis gegen die Mauer. Sie lauschte auf jedes Geräusch, denn lange konnte es nicht mehr dauern, bis ihre Widersacherin eintraf.

Der Schürhaken war nicht gerade die ideale Waffe, aber da Reinhedis den direkten Kontakt mit Blut scheute, schieden Messer oder Dolch von vornherein aus. Eine Lanze wäre eigentlich ideal gewesen, aber sie konnte sie nicht wirklich handhaben und hätte zudem in die Waffenkammer eindringen müssen, was nicht unbemerkt geblieben wäre. Deshalb musste das Schüreisen als Kompromiss herhalten. Es lag ihr erstaunlich gut in der Hand und garantierte zudem den gewünschten Abstand. Und wenn sie es später zurück in die Küche tat und das Feuer damit schürte, würden auch die Blutspuren verschwinden.

Da sie diesen Mord etwas überstürzt geplant hatte, wusste sie noch nicht so recht, wie sie die Leiche fortschaffen sollte. Aber auch dafür würde sich früher oder später eine Lösung finden. Der Gedanke, dieses verhasste Weib bald los zu sein, beflügelte sie geradezu. Ihr Herz schlug aufgeregt, all ihre Sinne waren geschärft und sie selbst aufs Äußerste angespannt. Sie hörte Wassertropfen von der Decke mit einem leisen „Plopp" zu Boden fallen, das heimliche Getrippel von Nagerfüßen, das sie ausnahmsweise nicht störte, sowie das hohe Pfeifen des Windes, der durch den Gang wehte. In diesen Minuten war sie bereit jede Unannehmlichkeit auf sich zu nehmen, solange ihr Lohn der Tod von Griseldis war.

Die Zeit zog sich dahin und sie wusste nicht, wie lange sie schon wartete. Das machte sie unruhig. Die Kälte begann ihr in die Glieder zu kriechen. Ihre Finger, die das Eisen fest umklammert hielten, wurden steif und sie wechselte in regelmäßigen Abständen die Hand. Sie begann auf den Füßen zu wippen, um sich warm zu machen, aber es half nur wenig. Sie beschloss, bis hundert zu zählen, wenn Griseldis bis dahin nicht gekommen war, würde sie ihr Vorhaben abbrechen. Bei 65 schwappte ein Schwall frischer Luft von draußen herein, der die Fackeln aufflackern ließ. Reinhedis hielt den Atem an, Griseldis war im Anmarsch.

Sie presste sich noch enger an die Wand, den Haken fest umklammert, während sich leichtfüßige Schritte näherten. Ihre Augen waren inzwischen bestens an die Lichtverhältnisse gewöhnt. Lautlos hob sie ihre Waffe über den Kopf, wobei sie darauf achtete, nicht irgendwo anzuecken. Plötzlich stockten die Schritte. Die Stille, die sich ausbreitete, verhieß nichts Gutes. Reinhedis kam es vor, als sei es heller geworden. Griseldis hatte allem Anschein nach eine Laterne dabei. Damit hatte sie nicht gerechnet. Draußen war helllichter Tag und hier drinnen brannten Fackeln, wofür brauchte sie da noch eine verdammte Laterne? Die Gefahr trotz der dunklen Kleidung entdeckt zu werden, hatte sich erhöht. Aber so kurz vor dem Ziel wollte sie nicht aufgeben.

Der Brief Gerhards hatte Griseldis misstrauisch gemacht und sie war dementsprechend wachsam. Seine Schrift sah anders aus als sonst und er hatte auch keinen Grund genannt, warum er sie sehen wollte. Vor allem die ungewöhnliche Stunde, zu der der Diener die Botschaft überbracht hatte, passte nicht zu ihm. Dennoch hatte sie beschlossen, zu kommen, denn sie war einfach zu neugierig, um diese Verabredung zu verpassen. Als sie die Stelle erreichte, an der es dunkel war, blieb sie vorsichtshalber stehen. Sie spürte die Gegenwart eines anderen Menschen mehr, als dass sie ihn sah. Jetzt war sie sich sicher, dass jemand sie in eine Falle locken wollte. Sie überlegte, wer es sein konnte, und gelangte zu dem Schluss, dass diese Person Gerhards Haushalt entstammen musste. Um besser zu sehen, hob sie die Laterne ein Stück höher und leuchtete die Umgebung ab, konnte aber nichts entdecken. Wenn sie doch nur hinter die Biegung schauen könnte, die direkt vor ihr lag. Sie spannte ihre Armmuskeln an und spürte die Dolche, die sich an den üblichen Stellen befanden. Mit ihrer freien Hand zog sie einen hervor und richtete ihn gegen den vermuteten Feind. Das gab ihr die nötige Sicherheit. Gut, dass sie sich über einen kleinen Vorrat an Waffen verfügte, so wog der Verlust der beiden, die Hanno ihr abgenommen hatte, nicht allzu schwer.

Sie holte tief Luft und beschloss, weiterzugehen. Kaum bog sie um die Ecke, ging alles auf einmal sehr schnell. Sie nahm einen Luftzug wahr, der durch die Bewegung eines Menschen ausgelöst wurde, und duckte sich instinktiv weg. Gerade noch rechtzeitig, denn irgendetwas Metallisches sauste über ihren Kopf hinweg, verfehlte ihn knapp und schlug dann hart gegen die Wand, sodass Funken stoben. Nun kannte Griseldis den Standort ihres Angreifers und sie schleuderte mit einer gezielten Bewegung die Laterne in dessen Richtung, während sie gleichzeitig den Dolch auf Brusthöhe hielt. Als die Lampe auf dem Boden aufschlug, ging sie zu Bruch. Doch der kurze Moment genügte, um zu sehen, dass es Reinhedis war, die sie attackierte.

Ihr Anblick ließ Griseldis das Blut in den Adern gefrieren. Gestern Abend hatte sie ausgesehen wie eine Gestalt aus der Unterwelt. Heute glich sie mit ihrer wutverzerrten Fratze einer wildgewordenen, zu allem entschlossenen Furie. Sie zweifelte keine Sekunde, dass die Burgherrin sie töten wollte. Die Laterne hatte sie jedoch für einen Moment geblendet und diese Zeit reichte Griseldis, um sich mit einem geschmeidigen Satz außer Reichweite zu bringen. Reinhedis schlug weiterhin blindlings um sich. Ihre Bewegungen wurden immer unkontrollierter, sie dachte aber nicht daran, aufzugeben. Da sie sich in körperlich schlechterer Verfassung befand als Griseldis, geriet sie allmählich außer Atem und ihre Kraft erlahmte. Sie keuchte immer schwerer und Griseldis nutzte ihre Chance. Sie sprang hinter die Burgherrin und presste ihr die Klinge an den Hals. Das kühle Metall brachte Reinhedis einigermaßen zur Vernunft und ließ sie für den Moment innehalten.

„Bist du von allen guten Geistern verlassen, dass du mich töten willst!", schrie Griseldis ihre angestaute Wut heraus.

469

„Lass sofort das Eisen fallen", forderte sie. „Sonst steche ich zu."

„Lieber sterbe ich, als dass ich tue, was du verlangst!"

„Warum solltest du sterben wollen?"

„Du falsche Schlange zerstörst mir nicht mein Leben, indem du mir meinen Mann abspenstig machst!"

Aus Griseldis' Stimme klang Unsicherheit: „Ich verstehe dich nicht. Wie kommst du nur auf einen solchen Gedanken? Ich hatte nie vor, das zu tun, sondern war dir immer freundlich gesonnen! Gerhard bedeutet mir nichts! Weshalb hasst du mich so, dass du mich töten willst?"

„Freundlich warst du vor allem zu meinem Gemahl und das immer nachts in seinem Schreibzimmer, du Ehebrecherin!", geiferte die Burgherrin weiter.

„Ich bin keine Ehebrecherin und dein Gatte interessiert mich auch gar nicht. Und wenn du nicht so verblendet wärst, wüsstest du, dass er nur Augen für dich hat", meinte Griseldis und nahm die Klinge ein Stückchen zurück.

„Das glaube ich dir nicht. Ich habe euch belauscht. Ihr traft euch an vielen Abenden allein in seinem Zimmer und er hat es mir stets verschwiegen. Ich frage dich: Ist Untreue erst dann Untreue, wenn sie offenbar wird? Oder reicht nicht schon der Gedanke daran?", schluchzte Reinhedis und klang dabei überaus verworren.

Griseldis zog hörbar die Luft ein. „Weder Gerhard noch ich empfinden etwas füreinander. Du tust ihm unrecht. Und dass er die Treffen geheim hielt, hat seinen Grund."

„Und der wäre?"

„Das erfährst du erst, wenn du diesen verdammten Haken fallen lässt und wir uns wie zivilisierte Menschen unterhalten können. Das Ganze ist doch absurd!", stellte Griseldis bestimmt fest.

„Wieso sollte ich dir glauben?"

„Warum sollte ich dich anlügen? Es ist mein Messer, das an deiner Kehle ist. Ein Stich und du bist tot und ehrlich gesagt, juckt es mich schon ein bisschen in den Fingern nach deiner Darbietung von eben."

Reinhedis ließ den Schürhaken mit einem Klirren zu Boden fallen und sofort senkte Griseldis das Messer.

Die Burgherrin brach unvermittelt in Schluchzen aus. „Er redet nicht mehr mit mir und tut immer so geheimnisvoll. Aber mit dir spricht er. Du bist jetzt die Vertraute, die ich ihm früher war."

„Können wir endlich aus diesem vermaledeiten Gang gehen, dann erkläre ich dir alles. Danach wirst du ihn verstehen. Es ist nämlich alles anders, als es scheint."

Griseldis verbarg den Dolch wieder unter ihrem Trompetenärmel und nahm das Eisen an sich, um sicherzugehen, dass Reinhedis es sich nicht doch noch anders überlegte.

„Hast du den immer bei dir?", fragte sie und deutete auf ihren Arm.

„Ja, ich muss mich im Notfall verteidigen können."

Reinhedis überlegte, welchen Notfall sie meinte, traute sich aber nicht zu fragen. „Gehen wir in mein Gemach, dort sind wir ungestört." Sie bot Griseldis einen Stuhl an, während sie sich in ihren Sessel setzte. „Ich hoffe, du kannst meine Zweifel ausräumen."

„Das werde ich. Aber was ich dir jetzt sage, ist von größter Wichtigkeit und geheim. Niemand darf davon erfahren, sonst ist mein Leben in Gefahr und genauso das deines Mannes. Du musst absolutes Stillschweigen wahren, gibst du mir dein Wort?"

„Ich verspreche es dir", versicherte Reinhedis ernst.

„Ich bin nicht die, die ich vorgebe zu sein. Ich wurde nach

Mainz geschickt, weil ich einen Auftrag zu erledigen habe, in den Gerhard eingeweiht ist."

Reinhedis verstand zwar immer noch nicht, hörte aber aufmerksam zu. Ihr Misstrauen gegenüber Griseldis war kein bisschen weniger geworden, sie würde schon glaubwürdigere Argumente anführen müssen.

Griseldis atmete tief aus und ein, bevor sie mit der Wahrheit herausrückte. „Ich bin eine kaiserliche Agentin."

Die Burgherrin staunte nicht schlecht über diese Enthüllung. Dergleichen hatte sie noch nie gehört und es klang für sie absolut unglaubwürdig. In ihrer Vorstellung gab es keine Frauen, die derlei Aufgaben übernahmen, das war reine Männersache. Aber so wie Griseldis zu kämpfen verstand, konnte es stimmen „Das klingt so abenteuerlich, dass ich es kaum glauben kann. Und das ist wirklich die Wahrheit?", argwöhnte sie weiterhin.

„Ich schwöre bei allem, was mir heilig ist, dass ich nicht lüge. Als Beweis kann dir Gerhard das Schreiben des Kaisers vorlegen. Heinrich spricht darin zwar nicht offen über meine Tätigkeit, aber er bezeichnet mich als ‚kostbare Ware, die bald eintrifft'. Außerdem enthält es verschlüsselte Anweisungen, wie wir vorgehen sollen, die allerdings nur Eingeweihte verstehen."

Reinhedis lehnte sich zurück und schloss die Augen. Sie wusste nicht, ob Griseldis irgendetwas auf dieser Welt heilig war oder nicht und verzichtete deshalb auf ihren Schwur. Doch sie erinnerte sich vage an die Nachricht, die sie gefunden hatte, als sie nach dem Geheimgang suchte. Darin wurde tatsächlich eine entsprechende Warenlieferung erwähnt und sie hatte sich schon damals darüber gewundert. „Dann hast du uns allen etwas vorgespielt und kamst gar nicht hierher, um zu heiraten? Das wird für Dithmar eine schwere Enttäuschung sein."

„Ich habe Dithmar nicht getäuscht, denn ich will tatsächlich diese Ehe eingehen. Ich habe meine Tätigkeit inzwischen satt, sie wird mir zu gefährlich. Einmal wurde ich bereits enttarnt, noch einmal möchte ich das nicht riskieren. Etliche Jahre stand ich im Dienste des Kaisers. Dieser Auftrag ist mein letzter, danach entlässt er mich und ich werde zu einer gewöhnlichen Bürgerin."

„Mit einer äußerst ungewöhnlichen Vergangenheit!", bemerkte Reinhedis, die in Gedanken Griseldis' Alter überschlug. „Demnach bist du wohl älter, als du aussiehst", äußerte sie wenig schmeichelhaft.

Griseldis lachte auf. „Ich bin 27, nur zwei Jahre jünger als du."

Reinhedis entspannte sich zusehends. Auch wenn es einigermaßen plausibel klang, erklärten sich noch immer nicht die regelmäßigen Treffen mit Gerhard. „Ich verstehe aber immer noch nicht, welche Rolle Gerhard spielt und warum du dich heimlich in die Burg geschlichen hast", beharrte sie.

„Viel darf ich dir nicht verraten. Aber da der Kaiser in Italien festsitzt, fürchtet er Intrigen der deutschen Kurfürsten und bangt um seine Macht. Schon einmal wurde ihm der Thron entrissen und nun will er sich vergewissern, dass alle weiterhin zu ihrem Treueeid stehen und ihn als ihren Herrscher anerkennen. Mainz ist nicht meine erste Station. Zuvor war ich in Böhmen, Sachsen, Brandenburg und in der Pfalz. Als Letzter war Erzbischof Ruthard an der Reihe."

Reinhedis brauchte einen Moment, um die Tragweite dieser Neuigkeit zu begreifen. „Dann bist du hier, um unseren Bischof zu bespitzeln?", fragte sie ungläubig.

„Wie du das sagst, klingt es anrüchig. Lass es mich so formulieren: Ich überprüfe seine Loyalität."

Reinhedis' Wangen röteten sich. „Dann fürchtest du wohl seinen Zorn, der auch Gerhard treffen könnte?"

„Genau."

„Wie konntest du dich ihm überhaupt nähern? Das ist schon für unsereins nicht ganz einfach."

„Ich inszenierte einen kleinen Überfall, damit er als mein Retter auftreten konnte. So gewann ich seine Aufmerksamkeit und ab dann war alles ganz einfach."

„Das ist arglistig."

„Aber wirkungsvoll."

„Und wie stellst du es an, Personen auszufragen, ohne dass sie Verdacht schöpfen?"

„Du bist doch selbst eine Frau und weißt um unsere Reize, gegen die die meisten Männer nicht gefeit sind. Warum glaubst du, schickt der Kaiser ein Weib? Männer sind beim Wein und beim Liebesspiel am gesprächigsten."

„Aber Ruthard ist ein Diener Gottes und unterliegt dem Zölibat", schnappte Reinhedis nach Luft.

„Ist nur ein Gebot", entgegnete Griseldis knapp. „Und wozu gibt es die Beichte? Außerdem bekleidet er ja auch noch das weltliche Amt des Kurfürsten, das keinem Keuschheitsgelübde unterliegt."

Die beiden Frauen schwiegen einen Augenblick. Dann ergriff die Burgherrin wieder das Wort. Gern hätte sie gewusst, ob Ruthard loyal war oder nicht, doch Griseldis würde nicht so weit gehen, ihr das zu verraten. Aber sie wollte mehr über die Rolle erfahren, die ihr Gatte in dem Ganzen spielte: „Aber du hast mir immer noch nicht gesagt, was Gerhard genau damit zu tun hat."

„Er steht in regelmäßigem Kontakt mit dem Hof. Deshalb setzte Heinrich ihn als Vermittler ein. Ihm erstatte ich Bericht, er schreibt alles auf und schickt die Briefe zu ihm. So schöpft niemand Verdacht. Nur darum ging es bei unseren Treffen. Du siehst, dass es wirklich keinen Grund gibt, an seiner ehelichen Treue zu zweifeln. Er ist ein guter Mann. Aber da er auch dir gegenüber zum Stillschweigen verpflichtet ist, kam es wohl zu diesem fatalen Missverständnis. Auf Gerhard lastet augenblicklich viel. Hast du das nicht bemerkt?"

„Wie meinst du das nun wieder?", wunderte sich die Burgherrin.

„Ist dir entgangen, dass die Kreuzfahrer im Anmarsch sind?"

Reinhedis senkte schuldbewusst den Kopf. „Meine Eifersucht hat mich blind gegenüber meiner Umgebung gemacht. Während der letzten Wochen bin ich Gerhard ein schlechtes Weib gewesen. Aber die Vorstellung, dass er mir untreu sein könnte, zerriss mir beinah das Herz und benebelte meinen Verstand."

„Nun hast du ja keinen Grund mehr dazu. Von mir wird er niemals erfahren, dass du mich töten wolltest. Aber er braucht dich jetzt. Sei wieder die Frau, die du früher warst, damit hilfst du ihm am meisten."

„Ich werde mich nach Kräften bemühen und bei dir muss ich mich wegen der falschen Verdächtigungen und meines ungeheuerlichen Anschlags entschuldigen. Kannst du mir vergeben?"

„Ich habe dir längst verziehen. Aber nun muss ich gehen, dein Gemahl kommt bald von der Kirche zurück und er würde sich wundern, mich hier anzutreffen", meinte Griseldis und ließ eine sprachlose Reinhedis allein.

Jobsts Haus

Widukind war überaus erleichtert, dass Hanno die Battenheimer nach Mainz brachte. So konnte er in Saras Nähe bleiben und sich um sie und ihre Familie kümmern. Dennoch wollte er auch seiner Familie helfen und forderte deshalb von Jobst die noch ausstehende Fuhre ein. Er hoffte nur, dass er auch zu Hause und nicht irgendwo unterwegs war.

Zu seiner Erleichterung traf er ihn an. „Ich muss dich bitten, deine Schuld einzulösen. Die Battenheimer retten sich in die Stadt, Hanno ist gestern zu ihnen geritten. Obwohl heute Feiertag ist, bitte ich dich, dass du dein Fuhrwerk meiner Familie zur Verfügung stellst. Ich würde ja mit dir kommen, kann aber aus bestimmten Gründen nicht von hier weg."

Eigentlich hatte Widukind von Jobst Widerspruch erwartet, doch der Fuhrmann war bereit, den Auftrag auszuführen. „Ich werde gleich aufbrechen."

Seine sofortige Zusage überraschte Widukind und er betrachtete Jobst jetzt genauer. Rein äußerlich hatte er sich nicht viel verändert. Nur die Zornesader, die sich früher immer auf seiner Stirn abzeichnete, war fast ganz verschwunden. Der Fuhrmann erschien ihm irgendwie besonnener und umgänglicher. Ob das an Gernots Urteilsspruch lag? „Ich danke dir und sag meinem Vater, dass ich dich schicke. Er ist nämlich misstrauisch. "

„Lass das nur meine Sorge sein", bemerkte Jobst. „War's das oder kann ich sonst noch etwas für dich tun?"

„Äh, nein, wieso?", stammelte Widukind, den die ungewohnte Freundlichkeit des einstigen Raufbolds nun gänzlich aus der Fassung brachte. Früher wäre ein solch freiwilliges Angebot undenkbar gewesen. „Aber es wäre vielleicht klug, wenn du dein Schwert mitnehmen würdest."

Jobst lachte rau auf. „Steinmetz, ich befahr die Straßen schon seit etlichen Jahren und habe mich bislang gegen jede Gefahr behauptet. Da jagen mir so ein paar Habenichtse von Pilgern keine Angst ein."

„Trotzdem ist Vorsicht angebracht", mahnte ihn Widukind und kramte nach seiner Börse. „Lass mich dir etwas Geld geben, da du am Feiertag unterwegs bist."

„Nein, lass stecken! Sieh es als meine persönliche Wiedergutmachung an. Außerdem gibt es im Augenblick wegen der Kreuzfahrer eh nicht viel zu tun."

„Ich danke dir von Herzen und wünsche dir viel Glück", verabschiedete sich Widukind.

Burg

Conrad hatte sich gleich nach dem Eintreffen von Kalonymos auf den Weg zu Gerhard gemacht. Während er über den Leichhof Richtung Burg hastete, fiel sein Blick auf die Fassade des Doms und er erinnerte sich an das Versprechen, das er Widukind gegeben hatte. Noch hatte er nichts unternehmen können, aber noch heute würde er sich darum kümmern. Sobald er mit Gerhard und Manegold gesprochen hatte, wollte er zum Altmünsterkloster gehen. Die Mutter Oberin war eine entfernte Verwandte seiner Mutter und Conrad hoffte, dass die verwandtschaftlichen Bande reichten, um sie zu überzeugen, zwei Jüdinnen Obdach zu geben.

Auch Gerhard und seine Leute hielten heute die Feiertagsruhe nicht ein. Seit sie vom Gottesdienst zurück waren, herrschte im Innenhof der Burg rege Betriebsamkeit. Letzte Schwachstellen wurden ausgebessert, Vorräte und Federvieh ins Hausinnere geschafft. Gerhard befand sich in der Halle, wo er sich gerade mit seinem Hauptmann beriet, als Conrad eintraf. Der Mönch gab ihm per Handzeichen zu verstehen, dass er ihn sprechen wolle. Gerhard beendete seine Unterhaltung und winkte ihn zu sich.

Mit knappen Worten erklärte er sein Anliegen. „Der Erzbischof bittet dich, in den Palast zu kommen. Er muss unbedingt mit dir reden."

Gerhard war erstaunt über dieses Ansinnen, sagte aber sofort zu. „Ich komme! Das Wohl der Stadt und ihrer Bürger ist mir wichtiger als unsere Unstimmigkeiten."

„War Kalonymos schon bei dir?"

„Nein, aber er wird bestimmt noch kommen. Was er will, liegt wohl auf der Hand."

„Er ist nämlich gerade im Bischofspalast. Vielleicht triffst du ihn dort noch an. Wirst du den Juden helfen?"

„Selbstverständlich, als Gefolgsmann des Kaisers bin ich dazu verpflichtet. Außerdem sind auch sie Bürger von Mainz."

Seine Antwort ließ Conrad erleichtert aufatmen. „Ich muss nun auf den Jakobsberg, um Abt Manegold als Unterhändler zu gewinnen und ihn zu überzeugen, dass meine Mitbrüder in der Stadt sicherer sind als im Kloster."

„Eine kluge Entscheidung."

Conrad nickte zurückhaltend. „Wie geht es übrigens Reinhedis?"

Gerhards seufzte. „Wie üblich. Heute Morgen konnte sie nicht mit zur Messe, da sie sich schlecht fühlte. Und seitdem habe ich sie noch nicht gesehen. Ich hatte alle Hände voll zu tun, um die Burg zu sichern und jetzt muss ich auch noch zu Ruthard."

Widukinds Haus

Widukind hatte seine Haustür noch nicht richtig geschlossen, da stand Sara auf der Schwelle. Sie hatte ihn abgepasst, denn die Zeit drängte. Die Angst war ihr ins Gesicht geschrieben und Widukind hatte sie niemals mutloser gesehen.

„Hast du etwas von Conrad gehört?", fragte sie zaghaft.

„Nein, ich habe ihn schon einige Tage nicht mehr gesehen, aber ich weiß, dass er sein Versprechen halten wird."

„Wenn du es sagst, wird es so sein. Aber ich muss bald mit Mutter und Isaac reden, denn unsere Gemeinde bereitet sich darauf vor, ihre Häuser zu verlassen, entweder um in die Residenz des Bischofs zu gehen oder in die Burg Gerhards. Jeder von uns muss zudem eine bestimmte Summe aufbringen, und wer eine Waffe hat, soll sie bereithalten."

„Besitzt ihr denn welche?"

„Einen Dolch und ein Schwert", sagte sie, schien aber nicht wirklich von deren Nutzen überzeugt. „Ich habe unseren Anteil David bereits gegeben, aber etwas für uns zurückbehalten", redete sie weiter. „Hier ist Geld und mein Schmuck. Hast du inzwischen ein Versteck dafür gefunden?", fragte sie und reichte ihm eine Schatulle sowie einen prallen Beutel mit Münzen.

„Ja, aber sonderlich einfallsreich ist es nicht. Ich gebe dir dafür eine Bescheinigung."

„Das ist nicht notwendig."

„Doch, das ist es. Stell dir vor, mir stieße etwas zu. Wie willst du dann deine Ansprüche geltend machen? Keine Widerrede, sonst nehme ich das nicht an."

„Gut, wie du meinst", fügte sie sich.

„Meine Kleidertruhe hat einen doppelten Boden, dort werde ich alles verwahren."

„Bei dir sind sie jedenfalls sicherer als bei uns", stellte Sara fest. „Widukind, ich will dich wirklich nicht drängen, aber wir müssen in unserem Versteck sein, bevor unsere Gemeinde sich auf Palast und Burg verteilt, sonst werde ich Isaac und Mutter nie dazu bringen können, mit mir zu gehen. Nach dem Sabbat wird es soweit sein."

„Sara, spätestens morgen Abend erfährst du mehr."

Wie immer vergewisserte er sich, dass sie heil über den Hof gelangte. Heute bemerkte Widukind, dass ihr Gang schleppender war als gewöhnlich.

Freitag, 23. Mai A. D. 1096, 28. Iyyar 4856
Battenheim

Agnes erschien der Weckruf des Hahns an diesem Morgen wie eine Warnung. Sie hatte nur wenig geschlafen und war bereits vor dem ersten Schrei aufgestanden. Nun saß sie allein in der Küche und nahm wehmütig Abschied. Gestern hatte das Gesinde stundenlang alles zusammengetragen, was sie mitnehmen wollten. Jetzt standen die Wagen vollbeladen im Hof und warteten darauf, dass die Ochsen angespannt wurden. Das Fuhrwerk, das Widukind geschickt hatte, erwies sich ihnen dabei als äußerst nützlich.

Agnes betrachtete die sauber geputzten Pfannen und Töpfe, die sich noch auf Brettern stapelten oder an Haken hingen. Ihr Blick wanderte weiter bis zur Feuerstelle und deren rußgeschwärztem Rauchfang. Heute Morgen blieb sie kalt, was, solange sie sich erinnern konnte, noch nie der Fall gewesen war. Durch das Fenster wehte eine frische Brise, die ihr den vertrauten Geruch der Felder zutrug. Eine Nachtigall schlug an und ihr betörender Gesang rührte ihr Herz, doch heute klang ihre Melodie wie ein klagendes Abschiedslied.

Agnes behagte die Vorstellung nicht, möglicherweise nie hierher zurückzukehren. Dieses Anwesen war seit mehr als vierzig Jahren ihr Zuhause, hier hatte sie einen Großteil ihres Lebens verbracht und die Menschen, unter deren Dach sie wohnte, waren für sie wie eine Familie. Sie hatte immer gehofft, auf dem hiesigen Friedhof an der Seite ihres Mannes bestatten zu werden. Am liebsten würde sie nicht weggehen, sondern hier ihr Schicksal erwarten. Doch Yrmengardis hatte sie unter Tränen angefleht mitzukommen und Agnes konnte ihr diesen Wunsch nicht abschlagen.

Sie dachte an die Stadt, die ihr trotz der regelmäßigen Besuche immer fremd geblieben war. Dass Widukind sich dort

481

wohlfühlte, konnte sie verstehen. Er war schon immer gierig auf das Leben gewesen und gab sich nicht mit der Einfachheit des Landes zufrieden. Ihn hungerte stets nach Neuem. Es war auch nur eine Frage der Zeit, bis er sich wieder auf Wanderschaft begab, denn sein unruhiger Geist wurde niemals satt.

Die ersten Geräusche im Hausinnern unterbrachen ihre Gedanken. Mühsam stand sie auf, ergriff den Stock, den sie an manchen Tagen zum Gehen benötigte, und ging nach draußen. Die Knechte und Jobst waren dabei die Zugtiere anzuschirren. Bolko, Alheyt, die Familie seines Sohnes Friedrich sowie Yrmengardis und Hanno kamen nach und nach hinzu. Sie alle wirkten bedrückt und redeten nur das Nötigste.

Bolko überspielte die Angespanntheit, indem er die Plätze zuteilte. „Yrmengardis, Alheyt, Mechthild und die Kinder, ihr setzt euch auf unser Fuhrwerk. Der Pfarrer gesellt sich ebenfalls zu euch. Agnes, du findest auf dem Kutschbock von Jobst Platz. Wir Männer reiten voran, dann folgt unser Fuhrwerk, danach das Gesinde und unser Vieh, zum Schluss Jobst mit Agnes. Unser Haus bildet die Vorhut, der sich die restlichen Bewohner anschließen werden."

In dieser Reihenfolge verließen sie den Hof und gelangten an den Rand des Dorfes, wo sie bereits von dem Großteil der Bewohner erwartet wurden. Als alle vollzählig waren, sprach der Pfarrer ein Gebet und bat Gott um gutes Gelingen. Dann stieg er auf und der Tross setzte sich langsam in Bewegung. Die Sonne kletterte stetig höher und es versprach ein heißer Tag zu werden, was die Flüchtlinge, vor allem diejenigen, die zu Fuß gehen mussten, nicht sonderlich freute.

Die Männer, die ein Schwert besaßen, hatten es angelegt. Wer keines hatte, war mit einer Mistgabel oder einem

Dreschflegel bewaffnet. Selbst die Frauen, die keine Kinder führten, trugen Forken zur Abschreckung. Die Viehtreiber achteten sorgsam darauf, dass ihre Tiere nicht vom vorgegeben Weg abwichen, und die Alten und Fußlahmen saßen dichtgedrängt auf den Heukarren, die wahllos im Zug eingestreut waren. Der Mittag näherte sich und Mainz war nicht mehr weit entfernt, als Hanno ungewohnt viele Rauchsäulen aufsteigen sah. Er fragte bei Jobst nach. „Als du gestern die Stadt verlassen hast, lagerten da schon Kreuzfahrer?"

Jobst verneinte.

„Siehst du die Rauchsäulen? Ich vermute, sie stammen von den Feuerstellen der Pilger. Sie werden wohl im Lauf des gestrigen Tages oder während der Nacht eingetroffen sein. Das gefällt mir nicht", meinte er und setzte sich wieder an die Spitze des Zuges, um Bolko seine Befürchtung mitzuteilen.

„Wenn sie aus Worms gekommen sind, verstehe ich nicht, wie sie an uns vorbeigelangten, ohne dass wir es bemerkten", meinte Bolko.

„Sie könnten über den Gau gekommen sein oder es handelt sich um Vortruppen Emichs von Flonheim. Er hielt sich im Gebiet des Mittelrheins auf und kommt somit von Norden. Boten berichteten, dass er von Mainz aus den Main entlang bis zur Donau und weiter nach Ungarn ziehen will. Sie haben wohl recht behalten. Das ist nicht gut! Er ist angeblich ein kompromissloser Mann", sagte er so leise, dass es nur Bolko und Friedrich verstanden.

„Was schlägst du vor?", fragte Bolko.

„Ich reite vor und erkunde die Lage. Da bald Mittag ist, lasst die Leute hier rasten. Wartet mit dem Weiterziehen, bis ich zurück bin", mahnte er sie.

„Damit bin ich einverstanden. Aber solltest du nicht bald

zurück sein, werden wir unseren Weg ohne dich fortsetzen, um vor Einbruch der Dämmerung die Stadt zu erreichen. Unter freiem Himmel werden wir angesichts der unsicheren Lage nicht nächtigen."

„Es wird nicht allzu lange dauern", versicherte Hanno und galoppierte davon.

Mainz

Als Hanno Mainz erreichte, sah er seine Vermutung bestätigt. Bewaffnete Wallfahrer hatten vor der Stadt Quartier bezogen und scharten sich in kleinen Grüppchen zusammen. Die meisten von ihnen rasteten vor dem nordwestlich en Teil der Mauer und stellten keine Gefahr dar, einige jedoch hatten sich zwischen dem Jakobsberg und Selenhofen niedergelassen. Noch waren es wenige, aber es kamen ständig neue hinzu. Hanno ritt weiter und gelangte unbehelligt an das verschlossene Stadttor.

Auf seinem Weg hatte er bemerkt, dass die Wallfahrer sich als Zeichen ihrer Zugehörigkeit weiße Stofffetzen mit roten Kreuzen an ihre Kleidung geheftet hatten. Die versprengten Ritter trugen über ihren Kettenhemden ärmellose, weiße Tuniken, auf denen ebenfalls rote Kreuze abgebildet waren. Ihr Zeichen symbolisierte Zusammenhalt und gemeinschaftliche Stärke über die Stände hinweg.

Er schätzte die Zahl der vor dem südlichen Stadttor lagernden Krieger auf ungefähr hundert. Auch wenn sie im Augenblick friedlich wirkten, ließ sich nicht sagen, wie sie auf den Einzug der Landbevölkerung reagierten, die Vieh und andere Nahrung mitbrachten. Dass die Pilger hungerten, war offensichtlich, denn über den meisten Feuerstellen brutzelte kein Essen. Hanno war klar, dass sie nur mit Unterstützung in die Stadt kommen konnten, und er beschloss, den Kämmerer um eine Eskorte zu bitten. Nur die Soldaten Ruthards garantierten ihnen sicheres Geleit.

Die Wache am Tor ließ ihn ein und er ritt umgehend zum Anwesen seines Herrn. Dort erfuhr er, dass sich Embricho in der Schatzkammer aufhielt und er machte kehrt. Hanno wunderte sich zwar, warum der Kämmerer dort war, denn eigentlich waren alle Vorbereitungen zum Abtransport des Domschatzes abgeschlossen. Aber als er dort ankam, sah er, wie die ersten Wagen beladen wurden. Vor der Schatzkammer standen Soldaten Wache und verwehrten Hanno zunächst den Zutritt, da der Kämmerer nicht gestört werden wollte. Aber er setzte sich durch und wurde schließlich eingelassen.

„Gott sei Dank, du bist wohlbehalten zurück. Ihr seid früher als erwartet."

„Ich bin vorausgeritten, um die Lage zu prüfen, denn wir sahen die Rauchsäulen der Feuerstellen. Seit wann sind die Pilger hier?", fragte Hanno.

„Seit gestern Nacht und ihre Zahl wächst rasant", seufzte Embricho.

„Die Flüchtlinge rasten weniger als eine Stunde Fußmarsch von Mainz entfernt und warten dort auf mich. Ohne Schutz schaffen wir es nicht in die Stadt. Wir benötigen eine Eskorte von Ruthards Soldaten."

„Wie stellst du dir das vor? Ich kann doch nicht einfach über sie verfügen."

„Dann müsst Ihr mit ihm reden. Die Dörfler bringen Vieh, Geflügel, Obst, Getreide und Heu mit. Wenn das den Kreuzfahrern in die Hände fällt, fehlt es den Bürgern", meinte Hanno ernst. „Ihr habt zwei Stunden, Ruthard zu überzeugen und die Eskorte auszusenden. Ich kehre zu Bolko zurück und warte den verabredeten Zeitpunkt ab. Dann setzen wir uns in Bewegung, ob mit oder ohne seine Wachleute."

„Ich kann dir nichts versprechen, werde es aber versuchen. Willst du wenigstens die Entscheidung des Erzbischofs abwarten?"

„Das kann ich nicht! Ich muss so rasch wie möglich zurück, das habe ich ihnen versprochen. Ihr müsstet das eigentlich einsehen, denn Ihr habt mir beigebracht, zu meinem Wort zu stehen."

„Natürlich, ich werdemich um Geleit bemühen", meinte Embricho geflissentlich.

Haus des Tuchmachers
Meister Bertolf kam gerade von einer Unterredung mit dem Stadtgrafen zurück und genehmigte sich einen Schluck Wein. Die Versammlung, die er soeben miterleben musste, steckte ihm noch in den Knochen und er wollte erst einmal zur Ruhe kommen. Gerhard hatte die einflussreichsten Bürger zu sich bestellt, um mit ihnen das weitere Vorgehen zu besprechen. Neben ihm und anderen war auch Utz als Sprecher der Kaufleute anwesend gewesen. Alle zeigten sich angesichts der erwarteten Belagerung skeptisch, aber Utz entpuppte sich als der kritischste unter ihnen. Er befürchtete hohe Einbußen, weil über Tage oder gar Wochen keine neuen Waren weder in die Stadt noch aus ihr herausgebracht werden konnten. Ähnlich dachten auch die Fuhrleute und Fährbesitzer. Da es für Utz kaum etwas Wichtigeres als Geld gab, versuchte er möglichst viele auf seine Seite zu ziehen.

„Wir müssen unter allen Umständen eine Belagerung verhindern", äußerte er bestimmt und erntete vom Sprecher der Fuhrleute Zustimmung.

„Das sagt sich so leicht. Wie willst du das bewerkstelligen? Mit guten Worten lassen sie sich nicht überzeugen", erwiderte Bertolf.

„Dann kaufen wir sie eben!"

„Dass dir nichts anderes einfällt, liegt auf der Hand. Hast du so viel, um sie zum Weiterziehen zu bewegen?", forderte Gerhard ihn heraus.

„Ich nicht, aber andere."

Jeder wusste, dass er mit „andere" die Juden meinte und einige teilten seine Ansicht. Von Gerhard erntete er dafür eine harsche Zurechtweisung. „Du bist spendabel mit dem Geld dritter, das kann ich nicht gutheißen. Viel wichtiger ist, dass alle Bürger dieser Stadt – und damit meine ich auch wirklich alle – zusammenhalten und wir uns nicht zerstreiten. Der Grund, warum ich diese Versammlung einberief, ist, dass Erzbischof Ruthard und ich eine Übereinkunft getroffen haben." Anerkennendes Murmeln war zu hören, von dem der Stadtgraf sich nicht beirren ließ. „Wir haben uns auf eine gemeinsame Linie geeinigt."

Mit dieser überraschenden Neuigkeit gelang es Gerhard, die Skeptiker für den Moment zum Verstummen zu bringen. Solche Einigkeit zwischen Stadtgraf und Erzbischof gab es sonst nie.

Gerhard fuhr fort: „Es ist wichtig, dass die Bürger sich genauso einvernehmlich verhalten, wie Ruthard und ich es tun. Wenn es tatsächlich zu einer Belagerung kommt, und die Anzeichen sprechen dafür, liegt unsere Stärke in der Einheit. Schon einmal hat die Stadt eine mehrwöchige Belagerung unbeschadet überstanden. Das kann uns auch dieses Mal gelingen. Deshalb schwört eure Familien und

Nachbarn darauf ein. Die Bauern der Umgebung werden sich hierher flüchten. Auf den Brachflächen der Stadt werden seit dem Morgengrauen provisorische Unterkünfte für sie errichtet. Seht in ihrer Anwesenheit aber nicht nur die Nachteile, denn die Landbevölkerung bringt auch Nahrung mit. Der Erzbischof und ich werden nach dem Sabbat die Juden aufnehmen. Kaiser Heinrich IV. persönlich hat in einem Schreiben ihren Schutz gefordert, dem wir auf diese Weise nachkommen. Auch in dieser Hinsicht erbitten wir eure Unterstützung. Sollte es wider Erwarten doch zu einem Kampf innerhalb der Mauern kommen, ergreift eure Waffen und eilt unseren Soldaten zu Hilfe."

Der Sprecher der Goldschmiede ergriff das Wort. „Ihr könnt auf uns zählen. Der Kaiser zeigte sich der Stadt und ihren Bürgern gegenüber stets großzügig. Nun können wir uns erkenntlich zeigen."

Für diese Äußerung erhielt er Zustimmung, nur Utz und der Vertreter der Fuhrleute schauten zu Boden.

Gerhard war erleichtert. Er hatte einen langen Disput befürchtet und nicht erwartet, dass sie so schnell auf seinen Kurs einschwenkten. „Ich danke euch! Ihr werdet sehen, gemeinsam können wir die Feinde bezwingen und die Prüfung, die uns bevorsteht, meistern. Verzagt nicht! Gott und Kaiser sind auf unserer Seite", entließ er sie.

Bertolf zog aus der Ansprache Gerhards seinen eigenen Schluss. Er würde sein Geld verstecken und dabei sollte Dithmar ihm helfen. Nachdem der Becher geleert war, ging er hinunter in den Laden, wo Dithmar den ganzen Tag vergeblich auf Kundschaft gewartet hatte.

„Wir schließen für heute."

„Aber wieso denn?", fragte Dithmar, verwundert über den erlahmten Geschäftssinn seines Vaters.

„Hat heute jemand Tuch gekauft?"

Dithmar verneinte.

„Siehst du! Es gibt wichtigere Dinge zu erledigen, als nutzlos hier herumzusitzen und auf Kundschaft zu warten, die nicht kommt. Wir müssen unser Hab und Gut verstecken. Ist dir entgangen, was außerhalb der Stadt geschieht? Lass uns hoffen, dass das Schicksal uns vor Schlimmerem bewahrt. Falls die Stadt aber erstürmt werden sollte, wird sie auch geplündert und unser hart verdientes Geld soll nicht irgendwelchen Strauchdieben in die Finger fallen. Also hilf mir, es zu vergraben."

Dithmar wurde plötzlich kleinlaut. Er zwar kein ausgesprochener Feigling, aber auch nicht mit übermäßigem Mut ausgestattet. Konfrontationen ging er gern aus dem Weg und so fügte er sich auch jetzt. Ohne weiter zu widersprechen, verschloss er die Tür und folgte seinem Vater in die Wohnräume, wo sie sich sofort daran machten, alles Wertvolle zusammenzusuchen und in einer Truhe zu verstauen.

„Wo willst du es vergraben?", fragte Dithmar, nachdem sie fertig waren.

„Im Keller unter einem der beiden Weinfässer."

Dithmar ergriff Laterne und Schaufel und ging voran. Das Weinfass war gar nicht so leicht zu bewegen, obwohl es fast leer war. Doch nach einiger Zeit schafften sie es und Dithmar versuchte ein Loch auszuheben. Der Lehm war fest gestampft und hart und er konnte nicht mit der Schaufel eindringen. „Es geht nicht. Ich muss erst die Erde aufbrechen, dazu brauch ich eine Hacke", bemerkte er.

„Dann hol eine", raunzte Bertolf ihn an.

Endlich gelang es ihm, die oberste Schicht zu lockern. Er begann zu schwitzen, seine Arme wurden schwer und sein

Rücken begann zu schmerzen, aber sein Vater dachte nicht daran, ihn abzulösen.

„Das dürfte reichen", meinte Bertolf schließlich. „Hier ist die Truhe."

„Die ist ganz schön schwer", ächzte Dithmar.

„Wäre sie leer, könnten wir uns die Mühe ersparen."

Dithmar hob sie in das Loch, schaufelte wieder die Erde darüber, die sie gemeinsam festklopften, bevor sie das Fass wieder darüberrollten.

„Kein Mensch würde darunter einen kleinen Schatz vermuten, oder?", bemerkte der Tuchmachermeister zufrieden und Dithmar nickte bestätigend.

„So, und nun genehmigen wir uns einen kräftigen Schluck. Den haben wir uns redlich verdient", sagte Bertolf und zapfte einen Krug aus dem anderen Fass.

Als sie gemeinsam am Tisch saßen und tranken, wurde Dithmar nachdenklich. „Vater, ich bin kein besonders guter Kämpfer."

„Das weiß ich. Es verlangt keiner von dir, dass du dich wie ein Soldat verhältst, aber in Tagen wie diesen geht ein Mann nicht ohne seine Waffe aus dem Haus und sei es nur zum eigenen Schutz."

„Steht es denn so schlimm?"

„Es ist immer gut, vorbereitet zu sein."

Vor den Toren

Bevor Hanno die Stadt verließ, teilte er Widukind durch einen Boten mit, was er vorhatte. Am Tor bereitete er die Wache auf ihre baldige Ankunft vor. „Wir werden in zwei Stunden hier sein. Sorg dafür, dass dann das Tor weit offen ist. Wir werden schnell hineingelangen müssen."

„Ich werde nach euch Ausschau halten", versicherte ihm der Soldat.

Während Hanno zum Rastplatz der wartenden Battenheimer galoppierte, hoffte er innbrünstig, dass Ruthard auch wirklich Hilfe schickte. Er wollte sich gar nicht vorstellen, was geschah, wenn er sie ihnen verweigerte. Inzwischen hatten sich die Bewohner der Nakheimer Mark zu ihnen gesellt und drängten darauf, weiterzuziehen. Graf Bolko konnte sie aber überzeugen, auf Hanno zu warten.

Dieser war über den Zuwachs nicht erstaunt. Bevor er mit Bolko redete, besprach er sich kurz mit ihrem Dorfältesten. Er musste ihm versichern, dass all seine Anordnungen befolgt würden. Dann nahm er den Grafen, Friedrich und den Pfarrer beiseite, damit sie sich ungestört beraten konnten.

„Vor der Stadt lagern etliche Pilger, die unseren Einzug behindern könnten. Viele sind es nicht, dennoch müssen wir auf der Hut sein. Ich war beim erzbischöflichen Kämmerer, damit er bei Ruthard Geleitschutz für uns anfordert. Ich hoffe, wir erhalten die Unterstützung seiner Soldaten, die zum verabredeten Zeitpunkt zu uns stoßen sollen."

„Und wenn sie nicht kommen, was tun wir dann?", fragte Friedrich bekümmert. „Schaffen wir es denn allein?"

„Ich fürchte, dann wird es schwierig", entgegnete Hanno ehrlich.

„Da wären wir besser in Battenheim geblieben. Ich stimme dafür umzukehren", eiferte sich der Pfarrer.

Hanno verteidigte sich. „Die Krieger vor Mainz sind nicht diejenigen von Worms. Es sind Leute Emichs von Flonheim. Er sandte sie als Vorhut, der Rest trifft wohl in den nächsten Tagen ein. Die Pilger von Worms kommen erst noch. Ich will mir gar nicht ausmalen, wie riesig das Heer letztendlich sein wird. Vertraut mir, ihr seid nur in der Stadt sicher."

„Wenn wir nicht hineingelangen, war der Weg dennoch umsonst", beharrte der Pfarrer.

„Falls uns Hilfe verweigert wird, was ich mir nicht vorstellen kann, greifen wir eben zu einer List", meldete sich nun Bolko zu Wort, der die ganze Zeit geschwiegen hatte.

„Welcher List denn?", fragte Hanno neugierig.

„Die Kreuzfahrer schmücken sich meines Wissens mit einem roten Kreuz auf weißem Untergrund, das ihnen dazu dient, sich gegenseitig zu erkennen, da sie sich fremd sind."

„Da stimmt. Ich sah es vorhin mit eigenen Augen!", bestätigte Hanno.

„Und Gleichgesinnten fügt man keinen Schaden zu; man heißt sie willkommen. Das werden wir uns zu Nutze machen. Wir geben einfach vor, heilige Krieger zu sein, die sich dem Heer anschließen wollen. Wir bedienen uns deshalb ebenfalls ihres Zeichens. So gelangen wir bis dicht an die Stadtmauer und Hanno sorgt dann dafür, dass wir eingelassen werden", schlug der Graf vor.

„Euer Plan könnte gelingen. Da wir erwartet werden, hält die Wache nach uns Ausschau und wird uns rechtzeitig das Tor öffnen."

„Vater, woher sollen wir in der Eile das Kreuzzeichen bekommen?", fragte Friedrich.

„Wir machen einfach eine Fahne, die ich als unser Anführer vorantragen werde. Wenn sie diese sehen, lassen sie sich hoffentlich eine Zeit lang täuschen."

„Ein weißes Laken findet sich bestimmt", bemerkte Hanno. „Doch woher erhalten wir die rote Farbe?"

„Wir schlachten ein Huhn und nehmen dessen Blut", beschloss Bolko.

Nachdem die Fahne fertig war, unterrichtete Bolko die Flüchtlinge über seinen Plan. Er schärfte ihnen ein, dicht beisammen zu bleiben und darauf zu achten, dass niemand verloren ging. „Bald werden wir von einer Eskorte empfangen. Falls sie wider Erwarten, doch nicht da sein sollte, müsst ihr euch sputen, sobald ihr das Stadttor seht."

Der Zug setzte sich schweigend in Bewegung. Die Menschen bezwangen ihre Furcht und vertrauten ganz auf den Grafen und Hanno. Doch je mehr sie sich Mainz näherten, umso größer wurde die Unruhe unter ihnen, denn die versprochene Eskorte ließ auf sich warten.

In der Stadt

Widukind erhielt Hannos Nachricht, kurz nachdem dieser Mainz verlassen hatte. Auch er sah von den Pilgern eine Gefahr ausgehen und handelte umgehend. Unter Zustimmung von Meister Archibald verließ er die Dombauhütte und eilte zum Stadtgrafen. Obwohl Gerhard kaum Zeit hatte, hörte er Widukind an.

Ohne zu zögern beschloss er den Dörflern beizustehen. „Wie viel Zeit bleibt uns bis zu ihrem Eintreffen?"

„Etwas mehr als eine Stunde, schätze ich."

„Ich setze meine Männer in Marsch. Wir warten am Stadttor, bis wir deine Leute kommen sehen. Erst dann rücken wir aus. Wagen wir es zu früh, könnten die Kreuzfahrer fürchten, wir machen einen Ausfall und wollen sie angreifen. Ich will aber keinen Aufruhr riskieren und ein Handgemenge vermeiden."

„Ich danke dir auch im Namen meines Vaters Graf Bolko."

Gerhard zog erstaunt die Augenbrauen hoch. „Du bist der Sohn eines Edelmannes und übst den Beruf des Steinmetzen aus?", fragte er verwundert.

Widukind kannte diese Reaktion inzwischen zur Genüge und entgegnete deshalb knapp. „Ja. Es war mein Wille. Kann ich euch begleiten?"

„Du bist kein Krieger", wandte Gerhard ein.

„Aber erfahren im Umgang mit Waffen. Zudem kennen mich die Battenheimer und vertrauen mir. Außerdem befindet sich Jobst unter ihnen. Er hat mit dieser Fuhre seine Strafe abgegolten. Ihm fühle ich mich neben meiner Familie besonders verpflichtet, da er auf meine Veranlassung die Stadt verließ."

Gerhard erkannte, dass Widukind nicht klein beigeben würde. „Gut, wir treffen uns am südlichen Stadttor."

Widukind lief rasch nach Hause, um sein Schwert zu holen. Auf dem Weg dorthin kam er an den Häusern der Juden vorbei. Er bildete sich ein, ihre Angst durch die Wände riechen zu können. Sobald seine Familie in Sicherheit war, würde er sich um Sara, Rachel und Isaac kümmern, egal ob mit oder ohne Conrads Hilfe. Kurz vor Gerhards Soldaten erreichte er den verabredeten Treffpunkt. Der Stadtgraf hatte nicht nur fünfzig Männer samt einiger Pferde abkommandiert, sondern war sogar selbst erschienen. „Ich werde euch begleiten", sagte er, was Widukind ihm hoch anrechnete.

Die Wache auf dem Turm verkündete in regelmäßigen Abständen, was außerhalb der Stadt geschah. Aber alles, was es zu melden gab, waren neu ankommende Kreuzfahrer.

Widukind sorgte sich zusehends. „Wo bleiben sie nur? Sie müssten längst hier sein. Oder sollte mir der Bote Hannos Botschaft falsch übermittelt haben?"

„Gedulde dich, Steinmetz!", ermahnte ihn Gerhard. „Wenn Hanno sagt, er kommt, dann tut er es auch!"

Plötzlich rief es vom Turm: „Es rücken etliche Leute mit Vieh, Fuhrwerken und Heuwagen an."

„Das sind sie", meinte Widukind erleichtert.

„Aber sie tragen die Fahne der Kreuzfahrer vor sich her!", ergänzte die Wache.

„Davon muss ich mich selbst überzeugen", sagte der Steinmetz und stieg hinauf. „Sie sind es aber! Ich erkenne deutlich meinen Vater und meinen Bruder!", rief er, als er wieder unten war.

Gerade als Gerhard den Befehl erteilten wollte, das Tor zu öffnen, hörten sie schwere Schritte. „Haltet ein!", rief Hauptmann Burckhart, der eine Abordnung erzbischöflicher Soldaten anführte. „Was habt ihr vor?"

„Der Landbevölkerung Geleitschutz geben", entgegnete Gerhard.

„Davon hat mir niemand etwas gesagt. Aber je mehr wir sind, umso besser", stellte der Hauptmann fest. „Bevor wir ausrücken, sprechen wir uns ab, damit es zu keinen Missverständnissen kommt."

„Hast du einen Vorschlag?", fragte der Stadtgraf.

„Wie ich sehe, ist die Zahl unserer Männer ungefähr gleich. Deshalb deckt ihr die rechte Flanke, während wir die linke übernehmen. Sorgt dafür, dass keiner eurer Leute sdie Waffen gegen die Wallfahrer erhebt, außer er muss sich verteidigen."

„Diesen Befehl habe ich längst erteilt!"

„Gut, dann sind wir derselben Ansicht. Und nun lasst uns gehen!" Zur Wache sagte er: „Öffnet jetzt das Tor, bewacht es aber gut, bis wir wieder hier sind. Vier meiner Soldaten werden euch dabei unterstützen", ordnete er noch an.

Die Augen von Hanno, Bolko und Friedrich waren die ganze Zeit unverwandt auf die Stadt gerichtet gewesen. Sie verlangsamten das Tempo, denn bald erreichten sie die ersten Pilgergrüppchen, die sich auf die Nacht vorzubereiten begannen. Als diese den anrückenden Tross erblickten und die Fahne erkannten, brachen sie in Jubel aus, denn sie glaubten, dass sie Zuwachs und vor allem Nahrung erhielten. Winkend und unter Freudenrufen liefen einige ihnen entgegen.

„Winkt zurück, damit sie keinen Verdacht schöpfen!", ermunterte Bolko seine Leute, während er unermüdlich die Fahne schwenkte.

In diesem Augenblick öffnete sich das Tor. Jetzt jubelten auch die Flüchtenden, Die Wallfahrer verstanden die Freudenrufe zunächst falsch und münzten die Begrüßung auf sich. Doch als der Zug nicht zum Stillstand kam, sondern unbeirrt weiter Richtung Stadt strebte, und ihnen von dort Soldaten entgegeneilten, erkannten sie ihren Irrtum. Zunächst wichen die Pilger angesichts der kleinen Streitmacht zurück, sodass Gerhards und Ruthards Männer ein Spalier für die Anrückenden bilden konnten. Aber bald besannen sie sich eines Besseren und machten ihrer Wut über dieses Täuschungsmanöver Luft.

„Das sind keine von uns! Die wollen sich nur in die Stadt flüchten", schrie einer erbost.

Augenblicklich rotteten sich die Kreuzzügler zusammen und richteten drohend ihre Waffen gegen sie. Bolko ergriff ebenfalls sein Schwert. Dabei entglitt ihm unbeabsichtigt die Fahne und fiel zu Boden.

„Seht, er wirft unser Zeichen in den Schmutz und schmäht damit Gott!", empörte sich einer. „Sie haben uns etwas vorgegaukelt, nur um unbehelligt durch unsere Reihen zu gelangen. Wollt ihr euch das bieten lassen?", stachelte er seine Mitstreiter an, die lautstark seine Empörung teilten. „Und sie nehmen all den Proviant mit sich. Seit Tagen darben wir, während sie Essen in Hülle und Fülle haben. Wir wollen endlich einmal wieder satt werden! Brüder lasst sie nicht von dannen ziehen, ohne dass sie mit uns teilen! Seht doch, wie gut sie genährt sind! Auf, mir nach!", rief er und erhob seine Sense.

Inzwischen hatte der Zug fast das Stadttor erreicht. Der Hauptmann der bischöflichen Wache reagierte besonnen und ließ sich nicht durch die aufgebrachte Menge aus der Ruhe bringen. „Die Frauen, Kinder und Alten gehen zuerst in die Stadt, sie nehmen auch das Vieh mit. Jeder Mann aus eurem Dorf, der eine Waffe führen kann, verstärkt unser Spalier! Aber haltet euch zurück, es soll kein Blutvergießen geben!"

Graf Bolko, Friedrich, Hanno, die übrigen Männer und selbst der Pfarrer reihten sich ein. Er hob sein Gebetbuch entschlossen vor seine Brust, in festem Glauben, die Kreuzfahrer so zur Besinnung zu bringen.

Alheyt fühlte sich angesichts der bedrohlichen Lage überfordert und wusste nicht, was zu tun war. Sie traute sich nicht, vom Wagen zu steigen. Yrmengardis dagegen zögerte keinen Augenblick und handelte entschlossen. Sie bewaffnete sich mit einer Heugabel, die auf dem Fuhrwerk lag, und stieg ab. Dann forderte sie die Frauen, die zu Fuß gingen, sowie die Viehtreiber und Wagenlenker auf, ihr zu folgen. „Lasst euch nicht einschüchtern! Wir sind nicht so weit gekommen, um uns jetzt alles entreißen zu lassen! Bleibt dicht beisammen, nehmt die Kinder zwischen euch."

Ihre Tatkraft zeigte Wirkung und bald gelangten die ersten Frauen und Kinder sowie ein Teil der Wagen in die Stadt. Hanno hatte Yrmengardis zuvor eingeschärft, umgehend zum Anwesen des Kämmerers zu gehen, sollten sie getrennt werden. Doch sie dachte nicht daran, die anderen sich selbst zu überlassen. Ihr Platz war hier an der Seite der

Battenheimer und sie würde ihn erst verlassen, wenn alle in Sicherheit waren. Deshalb blieb sie hinter dem Tor stehen und trieb die Eintreffenden an, zügig weiterzugehen, damit sie den Durchgang nicht blockierten. Je mehr Vorräte in der Stadt verschwanden, umso mehr erregten sich die Pilger. Inzwischen bedrängte ein bewaffneter Pulk die Soldaten, die versuchten sie mit gezückten Schwertern auf Abstand zu halten. Das schien sie nicht sonderlich zu beeindrucken, denn sie forderten immer beharrlicher ihren Anteil an der Nahrung.

Der Hauptmann wollte sie mit Worten besänftigen. „Hört auf! Seht doch ein, dass wir euch mit unseren Waffen und Schilden überlegen sind. Keiner will, dass ein Unglück geschieht."

Doch die Wut machte die Kreuzfahrer taub. „Erst, wenn ihr uns einen Ochsen gebt."

„Könnt ihr dafür bezahlen?", erwiderte der Hauptmann.

„Nein. Trotzdem verlangen wir einen. Er steht uns zu!"

„Das sehe ich anders. Der Bauer, der das Tier aufzog, hat ein Anrecht auf Entschädigung. Ansonsten ist es Raub!"

„Wir haben dennoch ein Recht darauf."

„Welches Recht sollte das sein?", fragte Burckhart, in der Absicht Zeit zu schinden.

„Göttliches. Immerhin ziehen wir in seinem Namen nach Jerusalem und jeder Christ hat die Pflicht, uns zu versorgen."

Der Hauptmann verspürte keine Lust in diesen theologischen Disput einzusteigen. „Wo steht das geschrieben? Es gilt nach wie vor: Ware gegen Geld."

„Hör auf, uns hinzuhalten. Wir verlangen einen Ochsen oder wenigstens eine Ziege", forderte der Wortführer unbeirrt.

Noch war nicht alles Vieh durch das Tor gebracht und sie gaben die Hoffnung auf Beute nicht auf. Einem Kreuzfahrer gelang es schließlich, die Reihen zu durchbrechen. Er schwang einen Knüppel und wollte damit auf eine Kuh einschlagen. Gerade noch rechtzeitig konnte er daran gehindert werden, aber das Tier hatte sich so erschrocken, dass es durchging und unter lautem Gebrüll geradewegs durch das Tor stürmte. Yrmengardis konnte sich nur durch einen beherzten Sprung zur Seite in Sicherheit bringen.

Nachdem die Kuh entkommen war, brach ein wildes Handgemenge aus. Jeder ging auf jeden los, Hasstiraden und Fäuste flogen hin und her, Waffen schlugen aneinander und sorgten für etliche Verletzungen. Die Befehle Gerhards, des Hauptmanns und Graf Bolkos gingen im Schlachtgetümmel unter. Plötzlich ertönte ein markerschütternder Schrei, der die Kämpfenden erschrocken innehalten ließ. Einer der Kreuzfahrer griff sich an seinen Bauch und wankte. Zwischen seinen Fingern quoll Blut hervor. Die Pilger stellten die Kampfhandlungen ein und sammelten sich um den Verletzten. Der Hauptmann handelte rasch. Solange sie abgelenkt waren, scheuchte er die verbliebenen Dörfler in die Stadt und zog sich mit seinen Männern und denen Gerhards geordnet zurück. Er selbst bildete mit Gerhard den Abschluss.

Die Pilger bemerkten zu spät, was vorging. Burckhart und der Stadtgraf erreichten gerade das Tor, als ihr Wortführer wütend seine Faust ballte, sie gegen Mainz richtete und losgeiferte. „Der Herr wird Rechenschaft von euch verlangen. Diese Tat muss gesühnt werden! Ihr werdet sehen, dass er auf unserer Seite ist und uns Genugtuung verschafft."

Ein letztes Mal wehrte sich der Hauptmann. „Ihr habt das selbst zu verantworten. Hättet ihr uns nicht angegriffen, wäre es nicht so weit gekommen. Sucht also die Schuld nicht bei uns!"

Seine Worte fanden kein Gehör. Bis tief in die Nacht tobten sie vor den Mauern und ergingen sich in immer abscheulicheren Hassparolen, die bis weit in die Stadt zu hören waren. Den Flüchtlingen saß der Schrecken noch in den Gliedern, aber sie waren froh, alles heil überstanden zu haben. Die Wachleute des Bischofs führten sie in ihr Lager, während Widukind nach Hause ging und Hanno die Familie des Grafen zum Anwesen des Kämmerers brachte.

Auf dem Weg dorthin lief er neben Yrmengardis her. Sie war blass und still, denn der Tod des Kreuzfahrers hatte sie betroffen gemacht.

„Du warst vorhin sehr mutig", meinte er zu ihr, während er sein Pferd fest am Zügel hielt.

„Ich bin selbst über mich erstaunt. Nie hätte ich gedacht, dass ich so entschlossen sein kann. Es ist nur schrecklich, was soeben geschehen ist", stellte sie erschüttert fest.

„Das stimmt und nach allem, was sich in Speyer und Worms ereignete, musste man noch mit weit Schlimmerem rechnen. Keiner wollte seinen Tod, aber plötzlich ging es drunter und drüber, und im Eifer des Gefechts passierte es eben", meinte er betrübt.

„Ich hoffe nur, dass das kein schlechtes Omen ist", sagte Yrmengardis leise.

Unter den Juden

Der Sabbat hatte begonnen und Sara, Rachel und Isaac saßen im Schein des Sabbat-Leuchters am Tisch. Isaac aß aufgrund der Fastenaufforderung nichts, Sara und Rachel nur wenig. Ihnen war nicht nach reden zumute. Angst schnürte ihre Kehlen zu und jeder Laut außerhalb des Hauses ließ sie zusammenfahren. Selbst das harmlose Bellen eines Hundes erschien ihnen wie die Posaunen von Jericho.

Kalonymos hatte die Gemeinde aufgeteilt und jeder wusste, wohin er sich nach dem Sabbat zu begeben hatte. Sara sollte mit ihrer Familie zu Gerhard in die Burg gehen. Ihnen blieben also nur noch wenige Stunden und Sara fragte sich zum hundertsten Mal an diesem Tag, wann endlich ihr Nachbar kommen und sie wegbringen würde.

Widukind befand sich indessen auf dem Weg zu Conrad. Als er zu dessen Unterkunft kam, war er nicht da und niemand wusste, wo er sich befand. Seit dem Morgen hatte ihn niemand mehr gesehen. Enttäuscht und der Verzweiflung nahe schlich Widukind nach Hause. Was sollte er nur Sara sagen?

Obwohl er Hunger hatte, schmeckte ihm sein Essen nicht. Er schob es weg und legte sich auf die Bank und grübelte. In Gedanken spielte er die wenigen Möglichkeiten durch, die ihm blieben, aber er konnte sich nicht entscheiden. Irgendwann klopfte es an der Tür und er öffnete sofort. Conrad war endlich gekommen und Widukind fiel ein Stein von Herzen.

„Endlich", rief er und ließ seinen Freund herein.

„Es ist soweit!", sagte der Mönch nur und trat ein. „Doch bevor du die drei holst, erzähl mir kurz, was heute vor der Stadt vorgefallen ist."

Widukind berichtete ihm mit knappen Worten. „Keiner weiß, wie der Pilger zu Tode kam. Aber die Wut der Menge war unbändig und hat sich noch nicht gelegt. Ich sehe gewaltige Probleme auf uns zukommen."

„Das kann sein, aber das sind die Sorgen von Morgen. Jetzt haben wir Wichtigeres zu tun. Geh jetzt und hole sie.

Ich habe sichere Verstecke für sie gefunden. Die Frauen kommen im Altmünsterkloster unter. Isaac nehme ich mit zu mir. Ich hätte ihn ja bei meinen Mitbrüdern auf dem Jakobsberg untergebracht, aber sie haben sich inzwischen auch in die Stadt geflüchtet."

Widukind bot Conrad etwas zu essen an, während er Sara und ihre Familie holen ging, doch der Mönch war nicht hungrig. „Ich war soeben bei Reinhedis. Sie verlangte die Beichte und ich habe dort gemeinsam mit ihr auf Gerhards Rückkehr gewartet und dabei auch etwas gegessen."

Die Erleichterung war Sara deutlich anzumerken, als Widukind endlich kam. „Meine Mutter schläft bereits und Isaac ist in seinem Zimmer", meinte sie. „Du musst mir helfen, sie zu überzeugen. Ich habe nämlich noch nichts von meinem Plan erzählt, denn ich fürchtete, sie könnten meine Absicht meinem Onkel David verraten und der hätte alles daran gesetzt, uns an der Flucht zu hindern. Setz dich bitte, ich bin gleich wieder da."

Es dauerte nicht lange und Sara kam mit Rachel zurück, die zwar verschlafen, aber angekleidet war. Isaac dagegen schien hellwach. Sein Gesicht war von Anspannung gezeichnet und durch das Fasten traten seine Schädelknochen deutlich hervor.

„Widukind wird uns von hier fortbringen, in ein sicheres Versteck", sagte Sara bestimmt.

Dafür erntete sie sowohl von ihrer Mutter wie auch von Isaac lauten Protest.

„Es ist Sabbat!", meinte Rachel.

„Wir werden die Ruhe brechen müssen."

„Ich werde mich nicht dem Willen des Parnass' widersetzen", bemerkte Isaac.

„Das wirst du aber tun müssen. Hört mir genau zu", forderte Sara und erzählte ihnen, was Jonah ihr vor Monaten gesagt hatte. „Worms hat uns gezeigt, dass Jonah recht hatte und die Kreuzfahrer zu allem fähig sind. Deshalb bat ich Widukind bereits vor Wochen um Hilfe. Nun ist der Zeitpunkt gekommen, sie in Anspruch zu nehmen."

„Ich will aber nicht! Außerdem müssen die Kreuzfahrer erst einmal in die Stadt kommen", maulte Isaac.

„Willst du dein Schicksal von ein paar Mauern und dem Wohlwollen der Bürger abhängig machen statt von einem Freund? In Worms wurden viele wankelmütig und machten mit den Pilgern gemeinsame Sache. Ich verlasse mich nicht auf Menschen, die mir fremd sind und denen unser Geld mehr bedeutet als unser Leben", ereiferte sich Sara.

Isaac schaute Widukind herausfordernd an. „Wie viel verlangst du für unsere Rettung?"

Widukind war über diese Frage so überrascht, dass es ihm die Sprache verschlug. Dafür antwortete Sara. „Du bist mehr als unhöflich. Widukind tut das aus reiner Freundlichkeit. Und ich sage euch jetzt gleich, dass noch Conrad, der Schreiber des Erzbischofs, eingeweiht ist. Er erwartet uns drüben in Widukinds Haus und auch er verlangt nichts, sondern handelt aus Menschlichkeit und Nächstenliebe. Und zu eurer Beruhigung, er pflegt den Umgang mit Kalonymos. So, und nun holt eure Sachen, wir müssen gehen", forderte sie die beiden auf.

Rachel fügte sich, aber Isaac war anzumerken, dass es ihm nicht passte. „Was ist mit unseren Waffen, dem Dolch und dem Schwert? Nehmen wir die mit? Immerhin sollen wir nicht ohne sie aus dem Haus gehen."

„Lasst sie hier, dort wo ihr hingeht, braucht ihr sie nicht. Ihr bekommt einen anderen, aber nicht minder wirksamen Schutz", versuchte Widukind ihn zu beruhigen.

Isaac schaute skeptisch, denn er traute dem Steinmetz nicht recht. Immerhin war er ein Christ!

Widukind entging das nicht und er versicherte ihm nochmals: „Hör auf mich, die Waffen wären nur hinderlich."

„Leg sie dort drüben auf den Tisch. Dann kann sie nehmen, wer will", befahl ihm Sara, was Isaac auch widerwillig tat.

„Lasst mich nachsehen, ob jemand im Hof ist", meinte Widukind, nachdem jeder sein Bündel hatte. „Zum Glück ist morgen Neumond. Die Dunkelheit kommt uns gerade recht", stellte er fest und lugte vorsichtig aus der Tür. Schließlich winkte er sie ins Freie. Isaac richtete es so ein, dass er als Letzter das Haus verließ. Er hatte nicht vor, sich an Widukinds Anweisungen zu halten. Rasch ergriff er den Dolch und verbarg ihn unter seiner Kleidung.

„Wo bleibst du denn so lange", warf Sara ihm vor, als er endlich herauskam.

„Ich hatte etwas vergessen."

Conrad war kurz eingedöst, während er auf sie wartete. Die Anspannung der letzten Wochen war nicht spurlos an ihm vorübergegangen. Er schreckte hoch, als sie kamen. Die Mienen von Rachel und Isaac waren nicht sonderlich freundlich und er versuchte ihre Zweifel zu zerstreuen. „Ich weiß, dass es euch nicht leicht fällt, mir zu vertrauen. Aber es wird euch nichts geschehen. Sara und Rachel, euch bringe ich in ein Frauenkloster, Isaac kommt mit zu mir. In meinen Räumen kann ich ihn beschützen. Aber ihr müsst euch alle drei eine Tarnung zulegen."

„Niemals!", entfuhr es Rachel.

„Auch Jonah schor sich seinen Bart, als er die Reise nach Mainz unternahm, und das mit dem Einverständnis der Gemeinde", erinnerte Sara ihre Mutter.

„Ich setze keinen Fuß in ein Kloster! Am Ende muss ich sogar im Zeichen des Kreuzes beten", erboste sich Rachel weiter.

„Nichts dergleichen wird geschehen. Ihr bekommt eine kleine, gemeinsame Zelle, wie sie normalerweise nur den Kranken vorbehalten ist. Das Kreuz wird verhüllt und ihr werdet dort nicht behelligt. Nur die Mutter Oberin und eine Vertraute wissen, dass ihr dort seid. Deshalb dürft ihr sie auch nicht verlassen. Das Einzige, was ihr tun müsst, ist diese Nonnentracht überzuziehen, bis ihr dort seid."

„Conrads Vorschlag ist vernünftig und ich sehe keine andere Möglichkeit. Uns wird nicht viel abverlangt und ich denke, wir können das auf uns nehmen. Ich werde bald Mutter. Willst du Vater und Immanuel zu Witwern machen?"

Dieses Argument besänftigte Rachel etwas. „Was will die Äbtissin dafür?"

„Nichts", erwiderte Conrad.

Nun machten beide Frauen große Augen. Erzbischof und Stadtgraf, die nicht gerade am Hungertuch nagten, ließen sich den Schutz der Juden teuer bezahlen und die Nonnen verlangten keine Gegenleistung.

„Das ist sehr großzügig von ihr", merkte Rachel an.

„Die Ordensfrauen haben sich der Nächstenliebe verschrieben", erwiderte Conrad nur. „Und nun zu dir, Isaac. Du wirst meine Räume nicht verlassen dürfen, aber es wird dir dort an nichts fehlen. Allerdings musst du den Habit tragen und dir eine Tonsur scheren lassen. Es kann nämlich sein, dass jemand an meine Tür klopft, wenn Ruthard nach mir schickt. Sollte dich jemand sehen, kann ich immer noch behaupten, du seist ein Novize, der mir zur Hand geht. Ich weiß, wie sehr es dir widerstrebt, aber eine andere Möglichkeit gibt es nicht."

„Ich will nicht herumlaufen wie ein Mönch! Damit verrate ich meinen Glauben!"

„Du trägst nur den Habit, keine weiteren christlichen Zeichen. Und die Tonsur wird nicht größer sein als die Fläche deiner Hand. Innerhalb weniger Tage werden deine Haare nachwachsen", versuchte der Mönch den Jungen zu beschwichtigen.

„Isaac, tue es um unseretwillen", flehte Sara ihn an und auch Rachel redete auf ihren Sohn ein.

Der Knabe senkte den Kopf und dachte nach. Seiner Schwester und Mutter zu Liebe würde er es tun, aber wenn er das Empfinden hatte, dass es nicht richtig war, würde er das Versteckspiel beenden. Immerhin hatte er den Dolch, der ihm einen Ausweg ermöglichte.

„Gut, ich beuge mich eurem Willen", sagte er mit leiser Stimme.

„Dann macht euch fertig", meinte Widukind, der sich aus dem Disput bisher herausgehalten hatte. „Dort drüben liegen die Gewänder, die ihr über eure Kleider streifen könnt. Issac, du setzt dich hierher, damit Conrad dir die Tonsur schert."

Kurz darauf waren sie fertig. Die Frauen sahen wirklich aus wie Nonnen und das weite, braune Gewand verbarg Saras Schwangerschaft einigermaßen. Isaac blickte unsicher drein, aber das machte seine Rolle als Novize nur umso glaubhafter.

„Das Kloster liegt außerhalb des eigentlichen Stadtkerns. Sara, du wirst einen längeren Fußmarsch hinter dich bringen müssen. Kannst du das in deinem Zustand?", fragte der Steinmetz besorgt.

„Keine Sorge. Mir geht es gut", versicherte sie ihm.

„Isaac, du wartest hier, bis wir zurück sind. Dann werde ich dich holen und mit mir nehmen. Verlasse das Haus nicht und öffne niemandem", ermahnte ihn Conrad.

Widukind, der die beiden Bündel trug, ging voraus und hielt einigen Abstand zu der Dreiergruppe. Doch die Vorsichtsmaßnahmen erwiesen sich als unnötig. Sie begegneten auf ihrem Weg kaum jemandem. Nach dem heutigen Vorfall zogen es die Menschen vor, in ihren Behausungen zu bleiben. An der Klosterpforte verabschiedeten sie sich von den Frauen, was Widukind schwerfiel.

„Dank dir, Conrad, für deinen Mut und deine Hilfe", sagte Sara zu dem Mönch, dann wandte sie sich an Widukind. „Wirst du uns regelmäßig Nachricht zukommen lassen?"

„Ich kann es nicht versprechen, aber ich werde es versuchen. Gehabt euch wohl."

„Du dich auch", sagte sie noch, bevor sie mit Rachel hineinging.

Als die Pforte sich hinter ihnen schloss, fragte sich Widukind, ob er Sara jemals wieder sehen würde.

Samstag, 24. Mai A. D. 1096, 29. Iyyar 4856
Unter den Juden

Den Juden erschien ihre Lage aussichtsloser als jemals zuvor. Mit jeder Stunde wuchs ihre Furcht. Die Wände schienen zu wispern und nahendes Unheil zu verkünden. Selbst die Kerzen ihrer Leuchter flackerten unruhig und verhießen nichts Gutes. Die einzige Ablenkung fanden sie im Gebet. Viele verwünschten nun, dass Jonahs Warnung nicht ernstgenommen worden war, denn sie fürchteten, das Schicksal ihrer Wormser Brüder teilen zu müssen. Aus ihren ausgemergelten Gesichtern war jede Hoffnung verschwunden und sie weinten bis zur Erschöpfung. Aber ihre Tränen brachten keine Erleichterung, denn sie spürten eine angespannte Stimmung unter den Bürgern, die ihnen neu war. Noch hatten sie nicht erfahren, was sich gestern Abend vor den Toren zugetragen hatte und dass die Pilger ihnen die Verantwortung für die Bluttat zuschoben.

Bei Tagesanbruch brachten nur wenige den Mut auf, in die Synagoge zu gehen, und so blieben die meisten Plätze leer. Nach dem Gebet, das heute besonders eindringlich gewesen war, bat Baruch bar Isaac den Parnass zur spärlich versammelten Gemeinde reden zu dürfen. Kalonymos gestattete es ihm.

Baruch trat vor und breitete in einer dramatischen Geste die Arme aus. „Brüder, unser Schicksal ist besiegelt. Das Verhängnis wird über uns kommen und wir werden ihm nicht entrinnen können", bemerkte er betrübt.

„Wie kannst du dir so sicher sein?", warf David bar Natanael ein.

„Letzte Nacht erhielten mein Schwiegervater Jehuda und ich ein Zeichen. Wir hörten Stimmen, die laut beteten und weinten und wir gingen nachsehen. Sie kamen aus der Synagoge und wir nahmen an, dass einige von uns hier um den Beistand Adonais flehten. Doch als wir an der Tür rüttelten, war sie verschlossen und hinter den Fensteröffnungen brannte kein Licht. Dann schauten wir durch eine Öffnung hinein, konnten aber niemand sehen, obwohl das Gemurmel nicht abbrach. Das Gebetshaus war leer. Voller Furcht kehrten wir zurück in unser Haus."

Die Gemeinde wusste, was das bedeutete. Die Seelen der Verstorbenen hatten Fürbitte für die Lebenden gehalten. Sie waren verloren und ihr Schicksal unausweichlich. Die Anwesenden fielen auf ihr Angesicht und flehten zu ihrem Schöpfer: „Adonai, willst du den Resten Israels ein Ende bereiten?", weinten sie.

Kalonymos gelang es, sie zu beruhigen. „Brüder, verzweifelt nicht. Was geschieht, ist der Wille unseres Schöpfers. Sobald dieser Sabbat vorüber ist, ergreift eure Bündel und Waffen und macht euch bereit. Jeder von euch weiß, wohin er sich zu begeben hat. Möge der Herr schützend seine Hand über uns halten", verabschiedete er sich von denen, die bei Gerhard Obdach fanden, denn er selbst kam im Palast von Ruthard unter.

In der Stadt

Viel Schlaf hatte Hanno nicht bekommen, denn bereits im Morgengrauen musste er aufstehen und mit Embricho zur Schatzkammer gehen. Auf dem Weg dorthin erteilte ihm der Kämmerer letzte Instruktionen: „Die Truhen mit den kostbarsten Teilen des Domschatzes sind jetzt verladen und wir können gleich mit dem Abtransport beginnen. Es gibt nur wenige, denen ich wirklich vertraue, und du bist einer davon. Jeder von euch kennt nur einen Bestimmungsort und so bin ich der Einzige, der über alle Verstecke Bescheid weiß."

„Das ist klug von Euch. Falls doch einer der Versuchung des Stehlens erliegen sollte, wäre der Schaden nicht so groß", bemerkte Hanno.

„Er wäre immer noch immens", stellte Embricho fest und kam dann auf den Tod des Kreuzfahrers zu sprechen. „Das hätte nicht geschehen dürfen."

„Ich weiß, aber keiner von uns versteht, wie das passieren konnte. Plötzlich brach der Mann zusammen und starb. Sowohl Ruthards wie auch Gerhards Männer behaupten, nicht dafür verantwortlich zu sein, und auch keiner von den Flüchtlingen will es getan haben."

„Dennoch ist er tot."

„Möglich, dass er in dem Getümmel versehentlich von einem anderen Kreuzfahrer getötet wurde. Das werden wir wohl nie herausfinden", seufzte Hanno.

„Die Pilger behaupten inzwischen, die Juden seien schuld daran", sagte Embricho.

„Das ist doch Unfug! Seit Tagen traut sich kaum einer von ihnen aus dem Haus, geschweige denn aus dem Viertel und erst recht nicht aus der Stadt."

„Ihre Anführer wissen das im Grunde auch, nutzen es aber zu ihrem Vorteil. Sie nehmen diesen Vorfall zum Anlass, die Pilger noch mehr auf ihre angeblich heilige Sache einzuschwören. In ihrem blindwütigen Hass zweifeln sie an keiner ihrer Entscheidungen mehr. Ich fürchte, uns stehen schwere Zeiten bevor", orakelte der Kämmerer.

Als sie am Dom ankamen, sah Hanno vier streng bewachte Fuhrwerke. Knechte spannten gerade die Ochsen ein.

Der Kämmerer führte Hanno zu einem besonders schwerbeladenen. „Du führst dieses", sagte Embricho und nannte ihm den Gallhof als Ziel. „Diese drei Soldaten begleiten dich und halten Wache, während du entlädst. Zwei Männer, Hans und Gotthard, werden dir dabei helfen und erwarten dich bereits. Ihr werdet einige Zeit zu tun haben. Aber gleich wie lange es dauert, es muss noch heute erledigt werden. Bring danach den Wagen hierher zurück, damit er wieder seinem Besitzer übergeben werden kann, dann kommst du umgehend nach Hause", trug Embricho ihm auf.

Hanno umrundete das Gefährt und vergewisserte sich, dass alles richtig verstaut war. Er hatte geholfen, viele der Kostbarkeiten zu verpacken. Dazu gehörte auch das Benna-Kreuz, das in seine Einzelteile zerlegt worden war. Er besaß von Natur aus ein gesundes Misstrauen und mochte keine unliebsamen Überraschungen. Deshalb hatte er sicherheits-halber jede Kiste, die er verschloss, mit seinem geheimen Zeichen markiert, ohne dass jemand etwas davon bemerkt hätte. Als er die Ladung kontrollierte, stellte er fest, dass sie großteils durch seine Hände gegangen war. Er griff das Geschirr und setzte sich mit dem Gespann in Bewegung. Sie kamen zwar nur langsam voran, aber sie stießen wenigstens auf keine Hindernisse und erreichten bald ihr Ziel.

Zwei kräftige Männer erwarteten sie schon. „Ich bin der Hans", stellte sich der eine vor. „Und das ist Gotthard. Im Keller des Gallhofs ist alles vorbereitet", meinte er und deu-tete auf eine Tür an der gegenüberliegenden Seite.

„Wir haben eine doppelte Wand gemauert, in deren Zwi-schenraum wir die Kisten verbergen können", teilte ihm Gotthard mit.

„Dann lasst uns keine Zeit vergeuden", sagte Hanno. „Der Ort ist gut gewählt, hoffe ich."

„Bestimmt. Hier würde niemand einen Schatz vermuten", flüsterte Hans verschwörerisch.

Die Arbeit war anstrengend, da die Kisten sperrig waren. Hanno kamen sie viel schwerer vor als beim Packen, aber er konnte sich täuschen. Das Hinabsteigen in den Keller über die schmale Stiege war kräftezehrend, doch keiner von ihnen klagte. Hans und Gotthard schienen häufiger zusammenzuarbeiten, denn jeder Handgriff saß. Nach einigen Stunden machten sie eine kurze Ruhepause, um sich zu stärken.

Hanno ließ den Krug mit dem Bier kreisen, den er von Embricho bekommen hatte. „Wir dürften bereits mehr als die Hälfte untergebracht habe, was denkt ihr?"

Die beiden warfen einen Blick auf das Fuhrwerk und nickten. „Noch bevor es dunkel wird, sind wir fertig. Und du bist also ein Bediensteter des Kämmerers?", erkundigten sie sich bei Hanno.

„Ja, seit einigen Jahren. Und was tut ihr?"

„Dies und das, meist für den Kämmerer, manchmal aber auch spezielle Dinge", wichen sie ihm aus und er hakte nicht nach.

Als Hanno die nächste Kiste vom Wagen holte, stutze er. Mit ihrer Markierung stimmte etwas nicht. Der Strich, der vom Deckel aus bis in die Mitte der Seite ging, war nicht mehr durchlaufend, sondern brach in der Hälfte ab. Jemand musste sie geöffnet und wieder falsch verschlossen haben. Er ließ sich nichts anmerken, war aber jetzt umso achtsamer und fand weitere Kisten, an denen sich jemand zu schaffen gemacht hatte. Er fragte sich, wer das gewesen sein könnte. Hans, Gotthard und die Soldaten schieden aus. Es konnte eigentlich nur in der Schatzkammer selbst geschehen sein und da kamen sehr wenige Personen in Betracht. Hanno wollte seine Überlegungen nicht zu Ende denken, denn er fürchtete das Resultat. Deshalb konzentrierte er sich ganz aufs Abladen. Aber er nahm sich vor, heute Nacht noch einmal herzukommen, um seine Vermutung zu überprüfen.

Als sie gegen Abend fertig waren, meinte Hans: „Wir mauern jetzt die Lücke zu. Dabei brauchen wir dich nicht. Du kannst schon mal das Gespann zurückbringen."

„Ich muss dennoch bleiben. Der Kämmerer hat es mir so aufgetragen."

Gotthard empörte sich. „Traut er uns etwa nicht? Wir sind redliche Männer."

„Ich zweifle nicht daran, doch Order ist Order!", ließ Hanno sich nicht beirren.

Es dauerte noch gut eine Stunde, dann war der Spalt in der Mauer verschlossen. Sie machten die Tür zu und legten den Riegel davor. Gotthard und Hans verstauten das Werkzeug in einem Verschlag, dann rollten sie einen Heukarren davor.

„So, das war's, gehabt euch wohl!", verabschiedete sich Hanno und führte das Gespann in Begleitung der Soldaten zurück zum Dom.

„Ist der Kämmerer noch hier?", wollte er von dem Knecht wissen, der den Wagen in Empfang nahm.

„Nein. Er ist fortgegangen, aber ich weiß nicht wohin."

„Hat er nach mir verlangt?"

„Nicht dass ich wüsste."

„Das ist gut", murmelte Hanno leise. Er bat um eine Fackel und machte kehrt.

Der Gallhof wurde glücklicherweise nicht bewacht und so blieb Hannos Eindringen unbemerkt. Er holte das Werkzeug aus dem Schuppen und verschaffte sich Zutritt zum Keller. Dort stemmte er ein mannsgroßes Loch in die Mauer und zog unter Mühen die nächstgelegene Kiste heraus. Er öffnete sie mit einem Eisen und blickte auf eine Schicht aus Stroh. So weit war alles in Ordnung. Doch als er darunter nachschaute, entdeckte er statt der Kleinodien schwere Steine. Entsetzt über seinen Fund hockte er sich auf den Boden. Es gab eigentlich nur einen Mann, der das hatte tun können: der Kämmerer höchstpersönlich. Er prüfte noch zwei weitere, die ebenfalls nur Steine enthielten und vermutete, dass es noch etliche andere gab.

Völlig fassungslos dachte er nach. Jetzt erst fiel ihm wieder ein, wie viel Zeit Embricho in der Schatzkammer verbracht hatte, auch nachdem längst alle Vorbereitungen abgeschlossen waren. Allein schon seines Amtes wegen hatte niemand seine Anwesenheit in Frage gestellt und auch seine Behauptung, alles nochmals auf seine Richtigkeit zu überprüfen, wurde nicht angezweifelt. Hätte Hanno die Kisten nicht heimlich markiert, wäre der Tausch nie bemerkt worden.

Er spann den Gedankenfaden weiter. Sollte die Stadt geplündert werden, konnte der Kämmerer veranlassen, dass das wertlose Gut im Rhein versenkt wurde. Später ließe sich nicht beweisen, ob und wer es gestohlen hatte und Embricho konnte sich die Reichtümer zu einem günstigen Zeitpunkt dann einfach aneignen.

Blieb Mainz aber verschont, wurde der echte Schatz aus seinem eigentlichen Versteck geholt und zurück in die Schatzkammer gebracht, ohne dass jemand irgendetwas davon erfuhr. Hanno konnte sich Gotthard und Hans dabei gut als Embrichos willige Helfer vorstellen.

Ob der Erzbischof eingeweiht war? Hatte er diese Aktion möglicherweise sogar veranlasst? Aber glauben konnte Hanno das nicht. Denn was Geld und Gold anbelangte, vertraute Ruthard blind auf seinen Verwandten. Zudem war er in solchen Dingen nicht annähernd so findig wie Embricho. Hanno vermutete deshalb, dass der Kämmerer auf eigene

Faust handelte und vielleicht sogar eine Plünderung ein-
kalkulierte, um an die Pretiosen zu kommen. Ihm fiel das
Benna-Kreuz ein. Eines der kostbarsten Stücke und von ideellem Wert, nicht nur für die Kirche, sondern auch für die
Bürger von Mainz. Bischof Willigis hatte es während seiner
Amtszeit in Auftrag geben. Es wurde zwar nur zu bestimmten Anlässen der Öffentlichkeit präsentiert, aber dennoch
wäre der Schaden immens, ginge es verloren.

Hanno kannte Embrichos Vorliebe für außergewöhnliche
und schöne Dinge, deshalb glaubte er, dass seine Vermutung
zutraf. Er konnte nicht verantworten, dass Teile des Schatzes
einfach so verschwanden. Deshalb würde erallers in bewegung setzen, um das zu verhindern. Er verschloss die Kisten
wieder, versetzte die Mauer so gut es ging in ihren Original-
zustand und ging dann nach Hause, wo er ungesehen in seine Kammer gelangte. Seinem Herrn wollte er heute Abend
nicht mehr begegnen.

Große Scheffergasse

Griseldis hatte den ganzen Tag über Vorbereitungen für eine
mögliche Flucht getroffen. Nun stand sie in ihrem Gemach
und blickte auf ihr Gepäck, das ihre schönsten Kleider und
ihren Schmuck enthielt.

„Herrin, Dithmar ist hier und will Euch sprechen", unterbrach Margreth ihre Betrachtungen.

„Sag ihm, dass ich gleich hinunterkomme."

Sie verschloss die Truhe, kämmte sich über ihr Haar, befeuchtete ihre Lippen und ging dann zu ihrem Verlobten. Er
blickte ernst drein und ging unruhig auf und ab.

„Ich habe deinen Besuch gar nicht erwartet", strahlte sie
ihn an.

„Ich will mich nicht lange aufhalten, sondern kam, um dich mitzunehmen", meinte er ohne Umschweife.

„Warum sollte ich mit dir kommen?"

„Hast du denn nicht gehört, was geschehen ist?"

„Natürlich habe ich das, aber es beunruhigt mich im Augenblick nicht übermäßig."

Dithmar schaute sie verstört an. „Wie kannst du nur so gelassen bleiben?"

„Warum regst du dich so auf?", erwiderte sie.

„Dir scheint es gleichgültig zu sein, dass du in deinem Haus ohne männlichen Schutz bist."

„Bertram ist bei mir."

„Das reicht aber nicht aus. Ich hätte dich gern in Sicherheit, am liebsten in unserem Haus."

„Ich fühle mich hier gut aufgehoben. Abgesehen davon, dass dein Vater das gewiss nicht zulässt, da wir noch nicht verheiratet sind. Die Leute würden über uns reden und es gibt schon genug Gerüchte über mich. Oder hast du deinem Vater von unserer Verlobung erzählt und er billigt meinen Aufenthalt in seinem Haus?", fragte sie erwartungsvoll.

Dithmar blickte betreten zu Boden. „Der rechte Zeitpunkt ist noch nicht gekommen und im Augenblick halte ich es auch nicht für klug."

„Also, damit wäre die Angelegenheit erledigt", stellte sie fest, ohne ihm einen weiteren Vorwurf zu machen. „Mir wird schon nichts geschehen. Ich habe vorgesorgt, falls es zum Schlimmsten kommt.

„Sagst du mir wenigstens, was du vorhast?"

„Ich werde von Gerhard und Reinhedis aufgenommen."

„Hältst du das wirklich für einen guten Gedanken?"

„Ja, seine Burg ist eines der wehrhaftesten Gemäuer der Stadt und er hat Soldaten, die sie verteidigen."

„Aber er beherbergt auch die Juden und die werden die Kreuzfahrer anlocken."

Griseldis überlegte kurz. „Trotzdem werde ich dorthin gehen."

„Vertraust du mir nicht?", fragte er beleidigt.

„Natürlich", versicherte sie ihm und legte ihre Hand auf seinen Arm. „Aber hält euer Haus einem Vergleich mit der Burg stand? Sie ist eine kleine Festung, euer Haus ist nur ein Haus. In welchem der beiden würdest du dich sicherer fühlen?"

Dithmar blieb ihr die Antwort schuldig. „Falls du es dir anders überlegst, weißt du, wo du mich findest", meinte er nur und stand auf.

„Bist du mir böse, weil du mich schon verlässt?"

„Nein, aber es ist eine Versammlung einberufen worden, an der ich teilnehmen muss. Die Bürgerschaft will ihre Interessen gewahrt wissen. Nicht, dass wir uns gegen den Erzbischof oder den Stadtgrafen stellten. Wir tragen ihre Entschlüsse, was die Verteidigung anbelangt voll und ganz mit. Wir fürchten aber zugleich, dass uns Ruthard in die Pflicht nehmen wird, wenn Kosten für die Kirche entstehen und er deshalb eine Steuer erheben könnte. Dazu sind wir aber nicht bereit – es sei denn, er gewährt uns im Gegenzug Privilegien."

„Dann hoffe ich für dich, dass ihr zu einem befriedigenden Ergebnis kommt."

„Das wünsche ich mir auch. Und du willst ganz sicher hierbleiben?", versuchte er sie nochmals umzustimmen.

„Ja, mir geschieht schon nichts."

Sonntag, 25. Mai A. D. 1096, 1. Siwan 4856
Vor der Stadt

Die Wachen auf den Türmen rieben sich verwundert die Augen. Aber es war kein Trugbild, das sie sahen, sondern ein gigantischer Menschenschwarm, der in einer Riesenwelle über die Kuppe schwappte. In nicht enden wollenden Reihen rückten neue Kreuzfahrer an. Bis zum Horizont erstreckte sich das Heer, unter dessen Füßen der Boden erbebte und dessen Gesang und Getrommel die Luft zum Vibrieren brachte.

Die Wachen bliesen die Signalhörner, um die Bürger von Mainz und die Flüchtlinge zu warnen, die sich zu dieser Stunde in den Kirchen zur Messe versammelt hatten. Ihre Warnung drang bis ins Zentrum der Stadt. Die Priester unterbrachen die Gottesdienste und die Gläubigen strömten hinaus ins Freie, wo sie erfuhren, was vor den Mauern geschah.

Die Reaktionen waren unterschiedlich. Frauen und Kinder brachen in Weinen aus und schlugen vor Angst ihre Hände vors Gesicht, während die Mienen der Männer sich verfinsterten. Manche Bürger waren vor Furcht wie gelähmt und unfähig sich zu bewegen, während andere kopflos in ihre Viertel rannten, um sich in ihren Häusern oder in Kirchen zu verbergen.

Vor den Toren wuchs innerhalb kurzer Zeit eine riesige Belagerungsstadt, deren Bewohner die Anzahl der Mainzer Bürger überstieg. Halbkreisförmig umspannte sie wie ein Ring die Mauer und reichte vom Benediktinerkloster auf dem Jakobsberg im Süden bis fast an das Ufer des Rheins im Norden. Kein freies Stück Boden war mehr zu sehen. Die Zelte der Adligen und Ritter setzten bunte Farbtupfer in der brauntönigen Masse des Fußvolkes, dessen Dach der Himmel war.

Es war Emich, der mit seinem Erscheinen die Stadt in Angst und Schrecken versetzte. Sein Ruf als kompromissloser Frömmler, der angeblich in göttlichem Auftrag handelte und der von Visionen heimgesucht wurde, war inzwischen fast allen Bürgern bekannt. Vor allem Ruthard und die Herrn des Domkapitels empfanden seinen Anspruch als Anmaßung – wenn nicht gar Blasphemie.

Am späten Mittag klopfte ein Bote an eines der Stadttore und überreichte der Wache ein Schreiben seines Herrn. „Gib das eurem Erzbischof. Emich von Flonheim erwartet seine Antwort."

Während der Soldat mit der Nachricht zum erzbischöflichen Palast eilte, rief Emich seine Getreuen zu sich ins Zelt, um mit ihnen das weitere Vorgehen zu besprechen. „Wir ihr euch selbst überzeugen könnt, wird Mainz nicht leicht zu erobern sein. Die Stadt ist wehrhaft und wir werden uns auf eine Belagerung einstellen müssen. Aber egal wie lange es dauert, wir harren aus."

Dafür erntete er nicht nur Zustimmung. „Mainz ist zwar reich und es gibt etliche Schätze zu holen, aber ich frage mich, wie wir das durchstehen sollen. Denkst du, dass es überhaupt fallen wird?", fragte Wilhelm von Melun nachdenklich.

„Das lässt sich schwer vorhersagen. Mainz hat schon einmal einer mehrmonatigen Belagerung standgehalten. Nur durch bloßes Abwarten ist die Stadt so schnell nicht einzunehmen. Wir müssen sie aushungern, was Wochen oder Monate dauern kann. Dies wiederum hängt ganz davon ab, ob die Mainzer auf unser Kommen vorbereitet waren und sich Vorräte anschaffen konnten oder ob wir sie überraschten", meinte Emich.

Drogo von Nestle, der für seine Gerissenheit bekannt war,

äußerte sich: „Ich habe schon einige Belagerungen mitgemacht und dabei eines gelernt: Je geschlossener die Reihen der Belagerten sind, umso länger halten sie durch. Dann sind sie auch bereit, zu hungern und große Einschränkungen hinzunehmen. Sind sie sich aber uneins, steigt ihre Unzufriedenheit und der Druck auf die Stadtoberen wächst."

Der Herr von Salm führte Drogos Gedanken zu Ende. „Du denkst, wir hätten schnelleren Erfolg, wenn wir einen Keil zwischen die Bürger trieben? Doch wie sollte uns das gelingen? Wir haben keine Verbündeten in der Stadt, die das für uns tun könnten."

„Und wir können auch keine hineinschleusen", ergänzte Hartmann von Dillingen.

Emich ergriff wieder das Wort und sagte voller Pathos: „Drogo, du magst recht haben, aber der Herr hat uns hierher geführt, ohne dass wir auf Schwierigkeiten gestoßen wären. Er wird uns auch den weiteren Weg weisen. Ich vertraue ganz auf ihn. In seinem Namen werden wir den Sieg erringen."

Drogo, der Emichs Ansicht nur bedingt teilte und dem dessen Frömmelei allmählich suspekt wurde, erwiderte skeptisch: „Ich bewundere deine Zuversicht und dein unerschütterliches Gottvertrauen. Doch als Mann des Krieges ist mir das zu wenig. Ich verlasse mich lieber auf mein Schwert und das Heer."

„Was nutzt es dir, wenn du vor verschlossenen Toren stehst?", entgegnete ihm Emich. „Ich dagegen zweifle nicht! Habe Geduld! Jesus selbst ist mir letzte Nacht wieder in einer Vision erschienen und gab mir durch Zeichen zu verstehen, dass er uns den Weg ebnen wird. Seine Anweisungen sind klar und deutlich. Wir müssen nur glauben und alles wird sich fügen", sagte er mit leicht gereizter Stimme.

520

Da die Ritter inzwischen Bekanntschaft mit dem aufbrausenden Temperament des Leiningers gemacht hatten, beließen sie es für den Moment dabei und behielten ihre Ansichten für sich. Das fiel vor allem Wilhelm schwer, denn für ihn waren Visionen Einbildungen eines verwirrten Geistes. Er bevorzugte konkrete Tatsachen. Während der letzten Wochen wuchsen seine Zweifel gegenüber Emich stetig. Sein Fanatismus nahm mittlerweile krankhafte Züge an, nicht nur was seine nächtlichen Erscheinungen betraf, sondern auch seine Haltung gegenüber den Juden. Er war von schier unglaublichem Hass gegen sie erfüllt. Sobald ihn irgendetwas auch nur entfernt an das Volk Israels erinnerte, verhärtete sich sein Gesicht und er stieß wüste Drohungen aus. Aber Wilhelm wollte keinen offenen Konflikt riskieren. Solange der Leininger noch tragbar war, würde er ihn hinnehmen, zumal sein Heer allem Anschein nach treu zu ihm stand. Denn nicht nur für die Bürger von Mainz war Einigkeit überlebenswichtig, auch für die Belagerer.

In der Stadt, Palast des Erzbischofs

Die Epistel Emichs versetzte den Erzbischof so in Rage, dass er wütend durch sein Gemach stapfte und für einen Gottesmann ungebührlich fluchte. Was erdreistete sich dieser Leininger, dessen Namen er bis vor Kurzem noch nicht einmal gekannt hatte? Sein Schreiben ließ es an Respekt mangeln und er stellte Forderungen, die Ruthard nicht zu erfüllen gedachte. Aber angesichts der immensen Anzahl von Gotteskriegern, die die Stadt bedrohten, war er zum Handeln gezwungen. Vom Versorgungsstandpunkt aus konnten sie eine längere Belagerung überdauern. Nahrung und Wasser hatte er rationieren lassen und die Zuteilung wurde streng kontrolliert. Soldaten bewachten Brunnen, damit sich niemand über die Maßen bediente oder auf andere Weise an ihnen zu schaffen machte.

Noch standen sie am Anfang einer schweren Zeit und die Bürger nahmen die Einschränkungen ohne zu murren hin. Doch wie lange sie letztendlich diesen Zustand ertrugen, ließ sich schwer vorhersagen. Mit jedem Tag des Eingeschlossenseins geriet ihr Leben ein Stück mehr in Unordnung. Das Gift der Unfreiheit würde irgendwann ihre Gemüter infizieren und früher oder später für Unfriede sorgen, dem die Harmonie zum Opfer fiel. Dann würde sich Finsternis über die Stadt legen. Es konnte zwar Tage, Wochen oder gar Monate dauern, doch es war absehbar. Ruthard fürchtete diesen Augenblick, in dem sich die Herzen der Menschen verhärteten und der sie unnachgiebig gegenüber ihren Nächsten machte. Wenn es so weit kam, würde sich innerhalb der Stadt eine Front auftun, die sich gegen ihre Herren richtete und nicht mehr zu beherrschen war.

Er trat ans Fenster und schaute hinunter in den Hof, wo sich etliche Juden aufhielten. Er sah Mütter, die ihre Kinder in den Armen hielten, Verlobte im zärtlichen Gespräch und Alte, die im Gebet versunken waren. Auch wenn sie Ungetaufte waren, fühlte er mit ihnen, denn sie waren wie er aus Fleisch und Blut mit den gleichen Gefühlen, Bedürfnissen und Sehnsüchten wie jeder Mensch. Obwohl sie nicht zu seiner Herde gehörten, sorgte er sich um ihr Wohlergehen. Sein Schicksal war mit dem ihren verknüpft, das hatte ihm der Kaiser unmissverständlich klargemacht. Er wollte nicht allein entscheiden. Deshalb rief er die Herren des Domkapitels zusammen und ließ auch Conrad und Manegold dazukommen. Gemeinsam würden sie die passende Antwort auf das Schreiben finden.

Altmünsterkloster

Sara und Rachel hatten den Tag in ihrer spärlich eingerichteten Kammer in Ungewissheit verbracht. Mehr als zwei Betten, einen Tisch, zwei Stühle, eine Kerzen und einen Nachttopf gab es nicht. Durch das hochliegende, kleine Fenster drang nur wenig Licht und kaum frische Luft herein. Aber sie beschwerten sich nicht, sondern waren dankbar, hier untergekommen zu sein. Einmal am Tag erhielten sie eine Mahlzeit, die großzügig bemessen war. Meist ließen sie einen Teil der Speisen liegen, da sie vor Sorge um die Gemeinde sowieso kaum etwas essen konnten. Trotz der dicken Mauern und der Abgeschiedenheit der Kammer hörten sie seit dem Morgen das Getöse des anrückenden Heeres, denn das Kloster lag dicht an der Stadtmauer. Die Angst lähmte sie beide und so sprachen sie kaum miteinander.

Nach der Komplet kam die Äbtissin, um nach ihnen zu sehen und Sara fragte, was vor sich ging. „Ich will euch nicht belügen", bekannte sie mit ernster Miene. „Die Krieger, die vor der Stadt lagern, sind so zahlreich wie die Sandkörner am Ufer des Meeres. Wir können nur hoffen und beten, dass der Herr seine Hand schützend über uns hält. Eure Glaubensbrüder haben sich gestern Abend unter den Schutz des Bischofs und des Burgherrn begeben. Augenblicklich sind sie in Sicherheit. Doch ich hörte, dass die Belagerer Forderungen stellen, nur welcher Art sie sind, weiß ich nicht!"

„Ich ahne, was sie verlangen. Es betrifft vor allem uns Juden", entgegnete Sara bitter.

Auch die Mutter Oberin schien dies zu befürchten, äußerte sich aber nicht weiter. „Habt ihr alles, was ihr benötigt?", fragte sie noch, bevor sie Rachel und Sara wieder allein ließ.

„Ja, uns fehlt es an nichts und wir danken Euch für Eure Hilfe."

Als sie wieder allein waren, wollte Rachel in Wehklagen ausbrechen, doch Sara unterbrach sie. „Mutter, willst du uns verraten und die Oberin in Schwierigkeiten bringen? Wir haben versprochen, uns ruhig zu verhalten. Ich weiß, dass es nicht zum Besten steht, doch Jammern hilft nicht. Wir können nichts anderes tun, als es bis zum Ende durchzustehen."

Saras Worte wirkten und ihre Mutter schluchzte nur noch leise vor sich hin. „Wie es wohl Isaac geht? Ich habe solche Angst um ihn."

Auch Sara bangte um ihren Bruder, aber sie verbreitete Zuversicht. „Bei Conrad ist er gut untergebracht. Und nun sollten wir versuchen zu schlafen", meinte sie und setzte sich aufs Bett.

In diesem Augenblick verspürte sie einen stechenden Schmerz in ihrem Rücken. Er dauerte nur kurz und ließ rasch wieder nach. War das etwa eine Wehe? Oder hatte das Kind sie nur heftig getreten? Bis zur Niederkunft dauerte es eigentlich noch zwei Wochen und der Gedanke, ihr erstes Kind ausgerechnet in einem christlichen Kloster zur Welt zu bringen, behagte ihr nicht. Sie atmete tief aus und ein und hoffte, dass ihre Mutter nichts bemerkt hatte. Doch Rachel war Saras Zucken keineswegs entgangen.

Palast des Erzbischofs

Conrad schrak hoch, als es anklopfte. Isaac, der im Nebenzimmer geschlafen hatte, wachte ebenfalls auf, blieb aber liegen. Der Mönch ging zur Schlafkammer, legte den Finger an den Mund und schloss sie.

Als er öffnete, stand Friedbert vor der Tür. „Der Bischof wünscht dich umgehend zu sehen. Es ist äußerst wichtig."

524

„Ich komme sofort. Ich hole nur meine Schreibutensilien", meinte Conrad und ließ ihn vor der Tür stehen. Dann ging er in seine Schlafkammer und meinte flüsternd zu Isaac: „Ich muss weggehen und weiß nicht, wann ich wiederkomme. Du weißt, wo du Brot und Wasser findest. Sobald es mir möglich ist, werde ich nach dir sehen. Versprich mir, dass du unter keinen Umständen diese Räume verlässt."

„Ich verspreche es", sagte Isaac und er überließ den Knaben sich selbst.

„Hast du eben mit jemanden geredet?", argwöhnte Friedbert.

„Nein, ich murmelte nur ein kurzes Gebet", log Conrad ohne Gewissensbisse.

Die Herren des Domkapitels, der erzbischöfliche Kämmerer und Abt Manegold waren bereits anwesend, als Conrad sich zu ihnen gesellte. Ruthard nickte seinem Schreiber zu und Conrad stellte sich an das Pult.

Der Erzbischof hielt sich nicht mit langen Vorreden auf. „Emich von Flonheim sandte mir ein Schreiben, das noch heute Nacht beantwortet werden muss. Darin stellt er Forderungen, denen ich nicht nachzugeben gedenke. Er verlangt, dass sämtliche Juden von Mainz getauft werden. Falls dies nicht geschieht, belagert er die Stadt so lange, bis wir einwilligen."

„Das ist ungeheuerlich!", erboste sich der Kämmerer. „Was denkt er, mit wem er es zu tun hat? Der Erzbischof ist ein mächtiger Mann, einflussreicher als es dieser Emich jemals sein wird. Es ist eine Ungeheuerlichkeit, die er sich anmaßt! Ist er überhaupt bei Sinnen?"

Conrad hatte inzwischen das Schreiben gelesen und bat ums Wort. „Wir sollten ihn nicht unterschätzen. Er scheint ein Eiferer zu sein, der von einer göttlichen Mission beseelt ist. Er redet davon, dass Jesus selbst ihn auserkoren hat, die Christenheit zu befreien, was wohl bedeutet, dass die Juden zum wahren Glauben bekehrt werden müssen. Ich rate zur Vorsicht. Wir sollten ihn nicht unnötig erzürnen, sondern versuchen, ihn zu beschwichtigen."

Ruthard nickte zustimmend. „Was schlägst du vor?"

„Redet mit Kalonymos. Die jüdische Gemeinde hält ein Lösegeld bereit, dessen Höhe ich allerdings nicht kenne. Emichs Truppen müssen essen und im ganzen Umkreis gibt es kaum noch Nahrung. Vielleicht können wir ihn mit Geld überzeugen, weiterzuziehen."

Der Erzbischof wandte sich an die anderen Herren. „Das erscheint mir vernünftig. Wie denkt ihr über Conrads Vorschlag?"

Niemand erhob Einwände, aber der Kämmerer äußerte Bedenken ganz anderer Art. „Die Kreuzfahrer haben nicht vergessen, dass einer der ihren in dem Handgemenge vor zwei Tagen starb. Sie sind noch immer wütend auf uns. Möglich, dass sie das Schwert gegen unseren Unterhändler erheben. Bevor wir ihn hinausschicken, sollten wir das Ehrenwort ihrer Anführer und freies Geleit einfordern."

„Das werden wir tun", beschloss Ruthard und diktierte Conrad die Antwort.

„Wollt Ihr Abt Manegold etwa allein vor die Mauern treten lassen?", fragte einer der Domherren.

„Nein, keineswegs", versicherte Ruthard. „Conrad und Hanno werden ihn begleiten, außerdem eine Eskorte meiner Soldaten."

Der Mönch wagte zu widersprechen: „Wäre es nicht sinnvoller auf eine eigene Eskorte zu verzichten? Damit bekunden wir unser Vertrauen, falls sie uns Unversehrtheit zusichern. Wir könnten noch Widukind von Battenheim als

Schutz für Abt Manegold mitschicken. Er ist ein Hüne von Mann und adliger Herkunft."

„Möglicherweise hast du recht. Gib den Brief nun Karl, damit er ihn gleich morgen früh überbringt. Dann unterrichte Widukind, dass er sich bereithält", trug er Conrad auf. „Das gleiche gilt für Hanno", meinte er zu seinem Verwandten. „Wir müssen jetzt mit Kalonymos reden, damit wir wissen, was wir den Belagerern anbieten können."

Montag, 26. Mai A. D. 1096, 2. Siwan 4856
Vor den Toren

Karl, den der Erzbischof zum Boten bestimmt hatte, war ein alter Mann, der auf ein erfülltes Leben zurückschauen konnte. Lange hatte er Ruthard und auch seinem Vorgänger gedient. Nun waren seine Beine schwer und seine Augen schwach und er fristete seinen Lebensabend. Als Anerkennung für seine Dienste bekam er jeden Monat einen kleinen Salär, der für seine bescheidenen Ansprüche völlig ausreichte, und übers Jahr verteilt ein halbes Fuder Wein. Als Conrad mit der Bitte des Erzbischofs an ihn herantrat, fühlte er sich geehrt, auch wenn er um die Gefahr des Unterfangens wusste. Er war zwar betagt, aber noch bei vollem Verstand. Ruthard hatte ihn ausgewählt, um nicht das Leben eines Jüngeren zu gefährden.

„Karl, sei vorsichtig. Die Pilger sind immer noch wegen des toten Wallfahrers aufgebracht", mahnte ihn Conrad.

„Meine Tage sind gezählt und ich fürchte mich nicht, meinem Schöpfer gegenüberzutreten", erwiderte er gelassen.

Als die Sonne aufging, schlüpfte er durch die Tür im Stadttor und überbrachte ohne äußere Anzeichen von Furcht Emich die Nachricht. Dieser schien die Botschaft schon erwartet zu haben, denn er brach das Siegel voller Ungeduld. An seiner Miene war nicht abzulesen, was er dachte. Stattdessen rief er seinen Diener herbei. „Hol die anderen Herren und du wartest außerhalb meines Zeltes", befahl er Karl.

Nachdem sich alle eingefunden hatten, fasste Emich die Antwort des Bischofs zusammen: „Gegen Mittag wird eine Delegation bestehend aus Manegold, dem Abt des Benediktinerklosters, dem erzbischöflichen Schreiber Conrad, einem gewissen Hanno und einem Steinmetz namens Widukind vor die Tore treten, um im Namen Ruthards mit uns zu verhandeln."

„Welch interessante Zusammenstellung", bemerkte Drogo von Nestle. „Kein Ritter oder Adliger und kein Vertreter der Juden. Dafür ein einflussreicher Abt und die rechte Hand des Bischofs. Ich frage mich nur, welche Rolle die beiden anderen spielen."

„Ich halte die Wahl nicht für unklug", konterte Hartmann von Dillingen. „Gegen die Kirchenmänner wird keiner der Krieger die Hand erheben und Hanno und Widukind scheinen Männer des Volkes zu sein und stehen somit stellvertretend für einen Großteil des Heeres."

„Das Schreiben enthält kein konkretes Angebot, wir müssen also abwarten, was sie zu sagen haben. Bischof Ruthard will unser Ehrenwort, dass ihnen nichts geschieht, sonst kommt es zu keinem Gespräch. Dafür können wir garantieren, und da wir uns einig waren, zu verhandeln, frage ich, ob es bei diesem Entschluss bleibt."

Alle bekundeten ihr Einverständnis. „Gut, dann setzen wir eine Antwort auf und jeder von uns unterzeichnet sie", schlug Emich vor.

In der Stadt, Palast des Erzbischofs
In der Zwischenzeit beriet sich Ruthard in Anwesenheit des Kämmerers und weiterer Vertrauter mit Kalonymos, der von den Ältesten der jüdischen Gemeinde begleitet wurde. Der Erzbischof redete offen über die Forderung der Belagerer. „Sie verlangen eure Taufe, sonst ziehen sie nicht ab."

„Erwartet auch Ihr das von uns, angesichts der Situation?", fragte Kalonymos mit beherrschter Stimme.

„Nein, ihr habt ein Anrecht auf euren Glauben und ich

werde dieses Recht nicht in Frage stellen. Aber ihr erkennt doch die Gefahr, in der ihr schwebt und seht ein, dass wir handeln müssen?"

„Ja", bestätigte der Parnass.

Ruthard fuhr fort. „Wir setzten auf Verhandlungen und hoffen, die Wallfahrer durch Geld zum Abzug zu bewegen."

„Und nun wollt Ihr wissen, ob wir neben dem Gold, das wir Euch und dem Stadtgrafen gegeben haben, auch noch welches für die Belagerer erübrigen können?", schlussfolgerte Kalonymos ohne den Anflug eines Vorwurfs.

„So ist es."

„Ein Pfund könnten wir noch aufbringen!"

„Das ist viel und müsste reichen", mischte sich der Kämmerer eifrig ein, dem es kaum gelang sein Erstaunen über den immensen Reichtum der jüdischen Gemeinde zu verbergen. „Habt ihr euch Gedanken gemacht, was mit eurem Schmuck geschieht, den ihr bei euch habt? Was ist, wenn die Pilger eindringen? Sie könnten ihn euch rauben. In unserer Schatzkammer wäre er sicherer", fuhr er fort, wobei ein Funkeln in seine Augen trat, das weder Ruthard noch dem Parnass oder den Ältesten entging. „Ihr erhaltet selbstverständlich einen schriftlichen Beleg für die uns anvertrauten Dinge", fügte er noch rasch hinzu.

„Ich werde mit der Gemeinde reden. Jedem steht es frei zu tun, was ihm beliebt."

„Demnach kann ich Emich wissen lassen, dass er mit einem Pfund Gold rechnen kann?", hakte Ruthard nach.

„Tut das. Es liegt bereit. Eure Männer können es jederzeit in Empfang nehmen."

Karl war kein Wort von dem Gespräch im Zelt entgangen, denn trotz seines Alters funktionierte sein Gehör noch recht gut. Bei seiner Rückkehr in den Palast überreichte er nicht nur das Schreiben, sondern gab dem Erzbischof auch den Wortlaut wider.

„Wie schätzt du Emich ein? Du hast doch viel Erfahrung mit Menschen", fragte ihn Ruthard.

„Es ist nicht einfach. Er wirkt herrisch und erscheint mir äußerst beharrlich. Die Männer an seiner Seite sind kriegs-erfahren und genau wie er zu allem entschlossen."

„Denkst du, sie lassen sich durch Geld zum Abzug bewe-gen?"

Karl überlegte, kam aber zu keinem eindeutigen Schluss. „Man sollte es zumindest versuchen."

Ruthard wandte sich an Manegold, Conrad, Hanno und Widukind, die inzwischen eingetroffen waren. „Emich bürgt für eure Sicherheit und mit ihm haben alle Anführer unterzeichnet. Euch dürfte also nichts geschehen. Die Juden können ein Pfund Gold aufbringen. Verhandelt also klug."

„Das werden wir tun", versicherte ihm Manegold.

„Ich hoffe nur, dass sie die Summe akzeptieren. Und nun geht mit Gott!", sagte der Erzbischof und schlug ein Kreuz über die kleine Gesandtschaft.

Vor den Toren

Unterwegs schärfte Manegold seinen Begleitern ein, dass sie sich auf keinen Fall in seine Verhandlungen einmischen soll-ten. Hanno, der Kettenhemd und Schwert trug, ging voran, dann folgten die unbewaffneten Mönche und Widukind bildete die imposante Nachhut. Soldaten Emichs nahmen sie vor dem Tor in Empfang, um ihnen sicheres Geleit zu gewähren. Als sie hinaustraten, teilte sich die gaffende Men-ge und gab eine Gasse frei, durch die die kleine Abordnung schritt. Dabei beschlich sie das Gefühl, zu ihrer eigenen Exekution geführt zu werden. Die Kreuzfahrerfahnen flatterten drohend im Wind, kritische, beinah feindselige Blicke folgten ihnen, untermalt von einem Knurren aus Hunderten Kehlen. Die Pilger waren noch immer über den Tod ihres Glaubensbruders erbost, aber sie wagten auch nicht gegen den Befehl ihrer Anführer zu verstoßen und die Hand gegen die Unterhändler zu heben, da diesen leibliche Unversehrtheit versprochen worden war.

Kurz bevor sie das Zelt Emichs erreichten, trat einer der Wallfahrer hervor und funkelte sie böse an. Er drohte mit einer Mistgabel, wurde aber von einem Soldat der Eskorte zurückgedrängt. Das schien ihn nicht sonderlich zu beeindrucken, denn er deutete auf Widukind und schrie: „Dich erkenne ich wieder. Du warst dabei, als mein Freund getötet wurde. Wann liefert ihr uns endlich seinen Mörder aus? Man sagt, er sei ein Jude."

„Woher willst du wissen, dass es ein Jude war? Meinst du sie wären so dumm und kämen freiwillig aus der Stadt geradewegs zu euch? Denk darüber nach, falls du dazu fähig bist", wies ihn der Steinmetz zurecht, was den anderen noch mehr aufbrachte.

Abt Manegold mischte sich ein und entgegnete ruhig: „An unseren Händen klebt kein Blut. Kannst du das auch von deinen behaupten?", woraufhin der Mann den Kopf und seine Forke senkte.

Emich erwartete sie vor seinem Zelt, rechts und links flankiert von den anderen Anführern. Die Abordnung blieb in gebührendem Abstand stehen und beide Parteien musterten sich abschätzend.

Ohne sie zu grüßen und ins Zelt zu bitten, ergriff Emich das Wort. „Dem Erzbischof scheint es nicht sonderlich ernst mit seinem Anliegen zu sein, wenn er nicht einmal einen Edelmann schickt", bemerkte er spitz.

„Du irrst", erwiderte Widukind mit dröhnendem Bass und machte einen Schritt auf ihn zu. „Ich entstamme dem Geschlecht der Cankors von Worms."

„Wohl aus dem verarmten Teil, wenn du dir deinen Broterwerb verdienen musst?"

„Keineswegs, doch ist das allein meine Angelegenheit. Der Beruf des Steinmetzen ist ein angesehener und allemal ehrenwerter als gegen wehrlose Menschen das Schwert zu erheben."

„Widukind mäßige dich", zügelte ihn Manegold.

„Verzeih, es kommt nicht wieder vor", entschuldigte er sich und trat wiederzurück.

„Das will ich hoffen, sonst sind diese Verhandlungen beendet, bevor sie begonnen haben", meinte Emich hart.

Wilhelm von Melun, dem die raue Art seines Gefährten nicht gefiel, mischte sich ein. „Was habt ihr uns anzubieten?", fragte er den Abt deutlich freundlicher.

Manegold antwortete: „Weder der Erzbischof noch der Stadtgraf wollen es zum Äußersten kommen lassen. Aber sie sind vorbereitet und Mainz ist auf eine lange Belagerung eingestellt. Unsere Nahrungsvorräte reichen für Wochen", äußerte Manegold und ließ seine Worte wirken, um den Anführern bewusst zu machen, dass die Stadt ihnen gegenüber im Vorteil war. „Wir hörten, was in Speyer und Worms geschah. Das soll sich hier nicht wiederholen. Deshalb ist die jüdische Gemeinde bereit, euch ein halbes Pfund Gold zu übergeben, wenn ihr abzieht."

Wilhelm, Drogo, Hartmann und der Herr von Salm verständigten sich mit einem leichten Kopfnicken. Die Summe war großzügig, doch sie erhofften sich mehr. Emichs Miene blieb dagegen undurchdringlich. Er vermied den Blickkontakt mit den anderen und schaute stur geradeaus.

Wilhelm meinte: „Verteilt man ein halbes Pfund auf dieses riesige Heer, bleibt nicht viel. Könnt ihr uns nicht mehr anbieten?"

Manegold kniff seine Augen zusammen und tat, als überlege er. „Wie wär es mit einem dreiviertel Pfund?"

„Das klingt schon besser, ist aber immer noch nicht genug."

Die Begleiter des Abtes zogen scharf die Luft ein und täuschten Entrüstung vor. Manegold hob seine Rechte, um sie scheinbar zu besänftigen. „Ein Pfund Gold ist das höchste, was wir euch geben können. Entweder ihr akzeptiert es oder wir trennen uns unverrichteter Dinge."

An ihren Gesichtern ließ sich ablesen, dass diese Summe sie überzeugte, nur Emich zeigte weiterhin keinerlei Regung und meinte ablehnend: „Wir ziehen uns zur Beratung zurück. Wartet so lange hier, bis wir eine Entscheidung gefällt haben", bestimmte er und ging voran in sein Zelt.

Der Abt, Conrad und Widukind blieben stehen, in der Hoffnung etwas von der Unterhaltung aufzuschnappen, Hanno hingegen war ein Diener aufgefallen, der durch verstohlene Blicke und Gesten versucht hatte, seine Aufmerksamkeit auf sich zu ziehen.

Er hielt einen Wasserkrug, was Hanno zum Anlass nahm, um etwas zu trinken zu bitten. „Ich bin durstig. Kannst du mir etwas Wasser geben?", fragte er laut, flüsterte dann aber leise: „Willst du mir etwas sagen?"

Der Mann schenkte ihm etwas in einen Holzbecher ein. „Emich ist mein Herr, aber ich muss euch vor ihm warnen. Er ist nicht mehr recht bei Verstand. Er glaubt, Jesus verlange von ihm, die Juden zu bekehren. Aber das dürftest du inzwischen wohl wissen. Er wird sich niemals durch Geld von seinen Absichten abbringen lassen, auch wenn er vielleicht den Anschein erwecken mag. Eher stirbt er! Seine vermeintlich göttliche Mission geht ihm über alles."

Hanno hatte leergetrunken und gab ihm den Becher wieder. „Ich danke dir."

Dann gesellte er sich zu den anderen. „Wir müssen vorsichtig sein mit unseren Zusagen. Wenn wir zurück in der Stadt sind, sage ich euch auch warum", meinte er leise, woraufhin sie zustimmend nickten.

„Sie werden sich nicht einig, scheint mir", stellte Abt Manegold fest, denn im Zelt war inzwischen ein heftiger Disput entbrannt, den vor allem Emichs laute Stimme beherrschte.

„Ich bin dafür, auf den Vorschlag einzugehen. Meine Mannen werden unruhig, es zieht sie nach Osten. Sie wollen endlich nach Jerusalem", beharrte Drogo.

„Ich teile Drogos Ansicht. Auch meine Soldaten wollen endlich in eine ruhmreiche Schlacht ziehen. Zu lange schon verweilen wir auf deutschem Boden", stimmte ihm Wilhelm von Melun zu, der die Unterstützung des Herrn von Salm und Hartmanns von Dillingen erhielt.

„Gold ist nicht alles!", beschwichtigte Emich. „Es geht auch um die Ehre!"

Der Herr von Salm entgegnete: „Das mag sein. Aber von der Ehre wird niemand satt, von Gold dagegen schon. Die Aussicht auf eine solche Summe kann die Krieger beruhigen. Oder willst du einen Aufstand und damit den Zerfall des Heeres riskieren? Dann scheitert das gesamte Unterfangen und wie sollen wir ohne Truppen Jerusalem befreien?"

„Dies wird nie geschehen", widersprach er „Sie werden uns die Gefolgschaft nicht aufkündigen. Der Ruf des Papstes und seine Versprechungen sind stärker. Sie verheißen Hoffnung auf ein besseres Leben. Und wenn sie dieses nicht auf Erden erhalten, ist es ihnen wenigstens im Himmelreich gewiss."

„Nicht alle glauben diesen Versprechungen noch. Warum sonst haben sich einige deiner Mannen von dir losgesagt und sind geflohen?", bohrte Hartmann von Dillingen weiter. „Ich hörte, du hast viele von ihnen wieder eingefangen und mit dem Tode bestraft."

„Schweig! Das sind alles Lügen! Wer sie verbreitet, will der heiligen Sache schaden!", erboste sich Emich. „Niemand zweifelt hier, erst recht keiner aus meinem Gefolge!", rief er, nicht ahnend, dass seine Gefährten anders darüber dachten.

Drogo versuchte zu schlichten. „Wir hatten beschlossen, gemeinsam zu entscheiden. Wenn wir uns zerstreiten, schwächt es uns nur. Lasst uns also abstimmen. Die Mehrheit entscheidet. Ich bin dafür, das Gold zu nehmen und abzuziehen."

„Ich ebenfalls", meinte der Herr von Salm und auch Hartmann von Dillingen stimmte dafür.

Doch Emich gab nicht so schnell auf. „Und was ist mit dem göttlichen Auftrag, den Antichristen zu bekämpfen?"

Wilhelm, den es immer stärker nach Osten drängte, hatte die Diskussion satt. „Verzeih meine offene Rede, aber dieser Auftrag ist dein ganz persönlicher. Keiner von uns sieht ihn als seine Pflicht an. Für uns hat Jerusalem Vorrang, wir wollen die Heilige Stadt aus den Händen der Seldschuken befreien."

„Die Juden haben unsern Herrn Jesus Christus gekreuzigt!", rief Emich stur.

„Das ist wahr. Aber wäre er nicht für uns gestorben, hätte

sich die Prophezeiung der Wiederauferstehung nicht erfüllt. Hast du das einmal bedacht?"

Emich verstummte. Dieses Argument war schwer zu widerlegen.

Wilhelm untermauerte seinen Anspruch. „Ich bin ebenfalls dafür, das Gold anzunehmen. Somit ist die Entscheidung gefallen."

Drogo versuchte den Herrn von Leiningen ein letztes Mal zu beschwichtigen. „Sollte es stimmen, dass die Städter lange ausharren können, während unsere Soldaten hungern, müssten wir die Belagerung abbrechen. Das wäre für uns alle eine Schmach! Wir sollten vernünftig handeln und endlich nach Jerusalem ziehen."

Emich erkannte, dass im Augenblick jedes Wort zu viel war, weil sie der Verlockung des Goldes erlagen. Zähneknirschend beugte er sich der Entscheidung. „Wenn ihr es nehmen wollt, dann tun wir es", sagte er laut. Trotzig fügte er noch hinzu: „Dennoch werde ich den Befehl des Herrn erfüllen, wenn nötig auch ohne euch. Eines würde ich jetzt noch gern wissen: Falls wir auf irgendeine Weise in die Stadt gelängen, würdet ihr mir dann folgen?"

Da keiner von ihnen glaubte, dass dies jemals geschehen könnte, gaben sie ihm bereitwillig dieses Versprechen. „Falls dem so ist, kannst du auf uns zählen."

„Dann teilen wir jetzt den Abgesandten des Erzbischofs mit, dass wir das Angebot annehmen", meinte Emich erstaunlich ruhig und trat ins Freie.

Manegold, Conrad, Hanno und Widukind nahmen die Antwort der Kreuzfahrer zwar mit Erleichterung auf, blieben aber nach der Warnung des Dieners skeptisch.

„Wann bekommen wir das Gold?", fragte Drogo.

„Bald", antwortete Manegold.

In der Stadt, Palast des Erzbischofs

Der Erzbischof und die Herren des Domkapitels nahmen die Nachricht zunächst befreit auf, doch als Manegold zur Vorsicht mahnte, verschwand ihre Zuversicht wieder. „Die Anführer haben zwar abgestimmt, das Gold zu nehmen und weiterzuziehen. Aber wir trauen der Sache nicht. Hanno wurde von Emichs Diener gewarnt. Er behauptet, sein Herr sei verblendet und niemals durch Gold zu beschwichtigen. Das müsst Ihr bei Eurer Entscheidung bedenken und wir sollten es auch Kalonymos sagen, damit die Gemeinde neu entscheiden kann, ob sie das Lösegeld zahlt oder nicht."

Der Kämmerer mischte sich ein. „Es ist so abgemacht und die Juden sind darauf vorbereitet. Wir können nicht erst Angebote machen und sie dann zurückziehen. Das schürt nur den Unmut unter den Belagerern, die sowieso gereizt sind."

„Und was ist, wenn sie ihr Wort nicht halten?", hakte Manegold nach. „Dann haben die Juden ihr Gold verloren."

„Sie kennen das Wagnis und sind bereit, es einzugehen. Außerdem hat uns die Gemeinde inzwischen weiteres Silber und Gold anvertraut. Sie sind also längst nicht mittellos", ereiferte sich der Kämmerer, wobei seine Augen wieder gierig funkelten.

Hanno betrachtete seinen Herrn mit Abscheu. Seine unverhohlene Gier bestärkte seinen Verdacht, dass er Teile des Domschatzes für sich abgezweigt haben könnte. Zwar fehlten ihm bislang die Beweise, aber er würde sicher bald welche finden. Heute Morgen war es ihm schwergefallen, sich nichts anmerken zu lassen. Vor allem die Frage, wozu sein Herr noch fähig war, um sich zu bereichern, beschäftigte ihn. Reichte ihm das Gold der Kirche nicht? Wollte er sich etwa auch noch das der Juden aneignen?

Conrad schlug sich auf die Seite des Abts. „Auch ich rate

zur Vorsicht. Wir sollten die Entscheidung nicht übereilen. Wir haben keine feste Zusage gemacht, wann sie das Lösegeld erhalten, sondern es lediglich in Aussicht gestellt. Die Zeit ist auf unserer Seite. Mainz ist wehrhaft, die Vorratsspeicher gefüllt, die Bevölkerung auf die Belagerung eingestimmt. Die Wallfahrer sind uns gegenüber im Nachteil. Möglich, dass viele von ihnen freiwillig abziehen, wenn sie die Aussichtslosigkeit ihres Vorhabens erkennen."

„Conrad, du irrst dich mit deiner Einschätzung. Jetzt, da sie von dem Lösegeld wissen, werden sie bleiben", äußerte der Kämmerer rechthaberisch.

Ruthard hatte schweigend zugehört. Die Last, die auf ihm ruhte, wurde mit jeder Stunde drückender. Er wusste nicht, wie er sich festlegen sollte. Noch nie hatte er vor einer solch schwierigen Entscheidung gestanden. Das Leben Hunderter, wenn nicht gar Tausender, hing von ihm ab. Er war im Zwiespalt, denn die Argumente beider Seiten hatten etwas für sich. Je eher diese Belagerung endete, umso besser für sie alle. Aber wenn es stimmte, dass Emich sich durch nichts von seinem Ansinnen abbringen ließ, wäre das Gold tatsächlich vergeudet. Die Herren des Domkapitels teilten die Meinung des Kämmerers, nur Conrad und der Abt sowie Hanno und Widukind waren anderer Ansicht. Aber im Vergleich zu den anderen, fiel ihre Meinung weniger ins Gewicht. Dennoch beschloss er, in sich zu gehen.

„Ich ziehe mich für eine Stunde zurück, um in Ruhe nachzudenken", sagte er. „Findet euch dann wieder hier ein."

Diese Stunde war die längste seines Lebens. Selten hatte er sich so verlassen und verzweifelt gefühlt. Schließlich folgte er dem Rat des Kämmerers. Als er ihnen seine Entscheidung mitteilte, war die Erleichterung unter den Herren des Domkapitels deutlich zu spüren. Manegold und seine Begleiter machten aus ihrer Enttäuschung dagegen keinen Hehl.

„Ich verlange, dass ihr vier bei der Übergabe dabei seid. Lasst euch ihr Ehrenwort geben, dass sie sich an ihr Versprechen halten werden", trug der Erzbischof ihnen auf.

Vor den Toren

Am späten Nachmittag verließ die Abordnung mitsamt dem Gold und eskortiert von Soldaten Mainz. Kaum hatten sie das Tor durchschritten, brandeten Freudenrufe auf, die sie bis zum Zelt Emichs begleiteten. Dieses Mal ließ er sie nicht wie Bittsteller draußen warten, sondern bat sie herein. Drogo von Nestle, Wilhelm von Melun, der Herr von Salm und Hartmann von Dillingen wechselten triumphierende Blicke, während Emich die Übergabe mit versteinerter Miene verfolgte.

„Hier ist wie vereinbart das Gold. Überzeugt euch selbst", sagte er und öffnete die Kiste. Nachdem sich alle von ihrem Inhalt überzeugt hatten, erinnerte er sie an ihre Abmachung. „Und ihr hebt im Gegenzug die Belagerung auf?"

„Ich verspreche euch, dass wir nichts unternehmen werden, um mit Gewalt in die Stadt einzudringen", erwiderte Emich.

„Dann zieht ihr also ab?", hakte der Abt nach.

„Ja."

„Wann?"

„Sobald die Zeit gekommen ist", bestätigte er vage.

Manegold musste sich damit zufrieden geben, auch wenn er ihm misstraute. Seine Bedenken wurden von Hanno geteilt, der sie auf dem Rückweg offen aussprach. „Mir gefällt nicht, was er sagte. Er hat sich nicht festgelegt."

„Er gab uns aber sein Wort, nicht einzufallen", stellte der Abt fest.

„Das stimmt nicht ganz. Er meinte lediglich, dass er keine Gewalt anwenden will, um in die Stadt zu gelangen. Das ist ein Unterschied. Was ist, wenn er sich auf andere Weise Zutritt verschafft?", bemerkte Widukind nachdenklich.

„Wie sollte ihm das gelingen?", fragte Conrad. „Sämtliche Tore sind bewacht und die Mauern stark. Niemand kann hinein oder hinaus, ohne an den Wachen vorbei zu müssen, und Ruthards Befehle sind eindeutig."

„Hoffentlich behältst du recht", seufzte Widukind.

In der Stadt

Der Wachsoldat auf dem Turm ließ seinen Blick prüfend über das Heer der Belagerer schweifen. Mancherorts brannten kleine Feuer, deren beißender Qualm bis zu ihm herübergeweht wurde. Unter ihn mischten sich die Ausdünstungen der ungewaschenen Leiber und ihrer Ausscheidungen. Die unzähligen Körper, die dürftig bedeckt auf dem nackten Boden lagen, erschienen ihm aus dieser Entfernung wie ein riesiger Drache, der nach Tagen des Zorns endlich ruhte, um Kraft zu tanken. Die hohe Geldsumme hatte die Gemüter dort draußen besänftigt, was sich von denen im Innern der Stadt nicht behaupten ließ. Als der Wächter sich umdrehte, bemerkte er eine Veränderung. Unter den vertrauten Geruch mischte sich eine fremde Note. Noch war es nur ein Hauch, eine kaum wahrnehmbaren Nuance, aber es roch eindeutig faulig.

Über die Burg hatte sich Stille gesenkt. Die Menschen verharrten in einem apathischen Dämmerzustand, ohne wirklich Schlaf zu finden. Auch Gerhard wälzte sich unruhig hin und her, nur Reinhedis atmete tief und gleichmäßig an seiner Seite. Seit Christi Himmelfahrt hatte sie sich von einer Stunde zur anderen verändert. Ihre Augen blickten nicht mehr stumpf und ihr Gesicht hatte seinen gesunden Teint wieder. Nachts geisterte sie nicht länger wie von einer fremden Macht getrieben durch die Burg und nahm inzwischen am Alltagsgeschehen mit frisch erwachtem Elan teil. Sie schien ihm so zu sein wie früher, nur mit der Spur eines schlechten Gewissens behaftet. Das erste Mal seit ihrer Niederkunft schenkte sie ihrem Sohn echte mütterliche Zuneigung und die Aufnahme der Juden ertrug sie, ohne sich über die Enge zu beschweren. Wenn ihre häuslichen Pflichten ihr die Zeit ließen, kümmerte sie sich fürsorglich um die Schutzsuchenden. Gerhard war über ihren Sinneswandel gleichermaßen erfreut wie erleichtert, auch wenn er im Stillen grübelte, woher er rührte.

Für seine Familie hatte er vorgesorgt, sollte die Burg wider Erwarten gestürmt werden. Denn trotz der Lösegeldübergabe traute er dem Frieden nicht. Erst wenn kein Wallfahrer mehr vor der Stadt lagerte, konnten sie aufatmen. Die Pforte zum Geheimgang war von außen und von innen notdürftig mit Steinen verschlossen worden und er hatte Nahrung, Decken und Fackeln hineinschaffen lassen, damit sich Reinhedis und die Kinder im Notfall dorthin flüchten konnten. Dieser Gedanke beruhigte ihn etwas und endlich schlief er ein.

Conrad und Isaac saßen am Tisch und nahmen eine kleine Mahlzeit zu sich, wobei Isaac kaum etwas hinunterbrachte. Der Mönch betrachtete ihn besorgt, denn der Junge war inzwischen so durchscheinend wie Pergament. Um ihn von seinen trüben Gedanken abzulenken, erzählte Conrad von den Verhandlungen und der Lösegeldübergabe, doch der Knabe hörte ihm nicht zu. Mit leerem Blick starrte er vor sich hin und zeigte auch ansonsten kaum eine Reaktion. Fragen beantwortete er nur einsilbig und schließlich gab es Conrad auf, ein Gespräch mit ihm führen zu wollen.

Gähnend streckte er sich. „Ich muss mich ausruhen. Seit Tagen habe ich kaum geschlafen."

Jetzt kam plötzlich Leben in Isaac und er hob den Kopf. „Was denkst du, wie es den anderen geht?", fragte er ängstlich.

„Meinst du Sara und deine Mutter oder die Mitglieder deiner Gemeinde?"

„Alle."

„Es geht ihnen gut, du brauchst dich nicht zu sorgen. Auch du solltest etwas schlafen."

„Ich bin aber nicht müde und lese lieber noch etwas", erwiderte Isaac nur.

In der erzbischöflichen Residenz saßen Ruthard und Embricho noch beisammen. Der Erzbischof vergewisserte sich, ob der Kämmerer den Domschatz in Sicherheit gebracht hatte. „Und alle Teile sind sicher verwahrt?"

„Ja", bestätigte ihm Embricho ohne mit der Wimper zu zucken. „Vor allem das kostbare Benna-Kreuz ist gut versteckt. Ich habe es so eingerichtet, dass nur ich weiß, wo sich alles befindet."

„Hältst du das für klug?"

„Sollte einer meiner Männer doch in Versuchung geraten, kann er nur einen Teil stehlen."

„Was ist, wenn dir und deinen Männer etwas zustößt? Dann kennt niemand die Verstecke."

Der Kämmerer legte die Stirn in Falten. Das hatte er nicht bedacht. „Was sollte mir schon geschehen?", wiegelte er ab.

„Niemand kennt sein Schicksal! Es kann sich von einer Minute zur anderen ändern! Tu also, was ich verlange, und schreibe die Stellen auf. Dann verberge das Dokument an einem sicheren Ort. So hat die Kirche die Gewissheit, dass ihr Schatz nicht verloren geht."

„Ich erledige das, sobald ich zu Hause bin", versprach er halbherzig, denn der Befehl Ruthards deckte sich nicht mit seinen eigenen Plänen.

„Wo ist übrigens das Vermögen der Juden?", wollte Ruthard noch wissen.

„Auf Säcke verteilt in der Schatzkammer. Alles wird gut bewacht und sie werden es wohlbehalten zurückbekommen, wenn sie in ihre Häuser zurückkehren", versicherte Embricho.

Der Erzbischof spürte eine wachsende Unruhe. Er stand auf und stellte sich vor das Kruzifix. „Ich empfinde eine Hoffnungslosigkeit wie nie zuvor in meinem Leben. Es ist, als ob all meine Kraft schwindet und meine Schultern unter einer ungeahnten Last zusammenbrechen. Mein Amt wird mir immer mehr zur Bürde. Nie zuvor musste ich eine solch schwere Prüfung bestehen. Ich fühle, dass die nächsten Stunden mir eine Entscheidung abverlangen werden. Was ich auch tue, muss genau bedacht werden", bekannte er ungewohnt offen.

„Du hast alles unternommen, um die Bürger zu schützen, und befolgst die Anordnungen Heinrichs, was die Juden betrifft. Bisher hast du keine Schwäche erkennen lassen. Woher also deine Selbstzweifel?"

„Ich weiß es nicht, aber ich werde sie einfach nicht los. Und ich habe sie nicht erst seit der Belagerung, sondern schon seit Wochen. Eine einzige Fehlentscheidung kann meinen Untergang und womöglich auch den der Stadt besiegeln. Und nun geh bitte, ich möchte allein sein", meinte er überraschend und Embricho verließ ihn.

Hanno und Widukind hatten im Wilden Eber gegessen, waren aber nicht lange geblieben. Da Essen und Getränke rationiert waren, war das Gasthaus halbleer und die Stimmung dementsprechend gedrückt. Widukind taten Mathes und Sanne leid, denn seit Tagen liefen die Geschäfte schlecht. Wenn die Belagerung andauerte, mussten sie bald schließen. Doch die beiden besaßen einen unerschütterlichen Optimismus und hofften auf bessere Zeiten.

Widukind und Hanno gingen noch ein Stück gemeinsam, bis sich ihre Wege trennten. Beide waren müde und wollten möglichst schnell nach Haus. Widukind machte sich nicht die Mühe, noch einmal ein Feuer anzufachen, sondern schlüpfte direkt in sein Bett.

Als Hanno sich dem Anwesen des Kämmerers näherte, war es schon fast dunkel. Aus der Entfernung sah er, wie sich Waldemar davonstahl. Zu Hannos Verwunderung trug er die Kleidung eines Pferdeknechts. Das erschien ihm äußerst seltsam, denn abends verließ der Diener fast nie das Haus, da ihn Embricho dann meist benötigte. Waldemar schien es eilig zu haben und Hanno überlegte kurz, ob er ihm folgen sollte. Nach der Entdeckung, die er beim Verstecken der Kisten gemacht hatte, wäre es vielleicht sinnvoll gewesen. Aber er entschied sich dagegen, denn er konnte sich vor Müdigkeit kaum auf den Beinen halten. Was immer der Diener des Kämmerers vorhatte, interessierte ihn in dieser Nacht nicht.

Im Haus selbst war es still und Hanno ging leise die Treppe hoch. Im Schreibzimmer seines Herrn brannte Licht. Ungewohntes Ächzen drang bis hinauf auf den Flur und machte ihn neugierig. Da die Tür etwas offen stand, schlich er sich hin, um zu sehen, was dort vor sich ging. Sachte drückte er den Spalt etwas weiter auf und lugte hindurch.

Der Kämmerer war gerade dabei, das schwere Kruzifix aus Ebenholz von der Wand abzuhängen, und hatte ihm deshalb den Rücken zugewandt. Dabei stellte er sich aufgrund seiner Körperfülle nicht sonderlich geschickt an und geriet gehörig ins Schwitzen. Unter erheblichen Mühen legte er es nach einer ungelenken Vierteldrehung auf dem Tisch ab und entfernte, ohne hochzublicken, mit zittrigen Händen die vordere Abdeckung des linken Armes. Da seine Aufmerksamkeit ganz seinem Tun galt, bemerkte er den stillen Beobachter nicht. Dem Hohlraum, der sich unter der Abdeckung auftat, entnahm der Kämmerer zwei Säckchen. Beide waren prall gefüllt und als Embricho eines von ihnen schüttelte, erklang Münzgeklimper. Er legte es zurück, schnürte dann das andere auf und ließ den Inhalt auf seine Handinnenfläche gleiten. Schimmernde Edelsteine unterschiedlicher Größe kamen zum Vorschein. Beinah zärtlich strich er mit seinen Fingern über jeden einzelnen. Er schien sich nur schwer von ihnen trennen zu können. Denn bevor er sie wieder versteckte, betrachtete er sie eine zeitlang mit einer gewissen Erregung. Dann nahm er noch eine kleine Pergamentrolle und verbarg sie bei seinen Schätzen. Nachdem er die Abdeckung befestigt und das Kruzifix an seinen angestammten Platz gehängt hatte, nickte er zufrieden, bekreuzigte sich und kniete nieder zum Gebet.

Hanno hatte genug gesehen. Er kannte etliche Geheimverstecke seines Dienstherrn, dieses war ihm neu und es beinhaltete seiner Annahme nach sein kostbarstes Gut. Er beschloss, sich später wieder hinunterzustehlen, um herauszufinden, was es mit diesem Pergament auf sich hatte.

Nachdem der Kämmerer in sein Gemach gegangen war, wartete er noch etwas ab und traute sich schließlich nach unten. Mit wenigen Handgriffen eignete er sich das Schriftstück an, brach das Siegel und überflog den Inhalt. Sofort erkannte er, dass es sich um eine Auflistung der Verstecke des Domschatzes handelte. Einige von ihnen waren dick unterstrichen, sodass er dort die kirchlichen Kostbarkeiten vermutete, andere dagegen waren gar nicht gekennzeichnet, wie der Gallhof, wo sich die Kisten mit den Steinen befanden. Ein Versteck war besonders hervorgehoben und mit einem dicken B und einem Kruzifix markiert. Hier musste das Benna-Kreuz sein.

Hanno war erschüttert über das Ausmaß dieser dreisten Veruntreuung. Beinah die Hälfte der Kisten enthielt wertlosen Kram. Sein Herr legte stets Regeln und Gesetze zu seinen Gunsten aus und er war deshalb einiges von ihm gewohnt. Das hier aber sprengte selbst Hannos Vorstellungskraft und die Achtung, die er dem Kämmerer über die Jahre entgegengebracht hatte, verschwand zusehends. Was Embricho getan hatte, schadete nicht nur dem Erzbischof und der Stadt, sondern der gesamten Kirche des Abendlandes. Damit durfte er nicht durchkommen. Hanno würde Gleiches mit Gleichem vergelten. Er suchte ein leeres Pergament, das dem aus dem Kreuz zum Verwechseln ähnlich sah, faltete es entsprechend und versiegelte es. Dazu benutzte er eine Kopie des Siegelrings seines Herrn, die er ohne dessen Wissen und für viel Geld hatte anfertigen lassen, und legte das unbeschriebene Pergament in das Kruzifix. Das echte Schreiben nahm er mit. Nachdem er alles wieder in Ordnung gebracht hatte, ging er zurück in seine Kammer, versteckte das Pergament und schlief erschöpft ein.

Genau wie am Abend zuvor schaute die Äbtissin nach Sara und Rachel. Sie erzählte ihnen, was in der Zwischenzeit vorgefallen war und dass es Isaac gutginge. Ihrem kritischen Blick entging nicht, wie blass Sara war. „Geht es dir nicht gut?", erkundigte sie sich besorgt.

„Ich spüre ein Ziehen in meinem Rücken", antwortete sie ihr.

„Du hast doch nicht etwa Wehen?", fragte die Äbtissin bestürzt.

„Ich weiß es nicht, aber inzwischen sind die Abstände dazwischen regelmäßig."

„Das sind eindeutig Wehen", verschaffte Rachel sich Gehör.

„Das kann nicht sein, ich habe bis zur Geburt noch zwei Wochen Zeit", widersprach Sara.

„Es ist besser, du legst dich hin und entspannst. Möglicherweise hören sie ja wieder auf. Ich werde dir einen Trank bringen, der dich beruhigt", sagte die Mutter Oberin und eilte davon.

„Hätte ich das geahnt, wären wir nicht hierhergekommen. Ein jüdisches Kind an einem solchen Ort zu gebären, gehört sich nicht. Was werden dein Vater und Immanuel dazu sagen?", empörte sich Rachel.

Sara blickte ihre Mutter grimmig an. Sie war immer eine gute Tochter gewesen und hatte sich stets gefügt. Aber hier ging es nicht nur um ihrer beider Leben, sondern vor allem um das des Kindes. Deshalb hielt sie ihre Entscheidung nach wie vor für richtig. „Denkst du, mir gefällt das? Die Natur nimmt keine Rücksicht auf uns. Statt sich zu beschweren, sollten wir dankbar sein und mir ist es gleich, wo es geboren wird. Hauptsache es ist gesund."

Rachel setzte sich neben sie und ergriff ihre Hand. „Ich

habe eben einfach nur Angst und da sage ich manchmal Dinge, die ich eigentlich nicht so meine. Die letzten Monate waren schwer für mich und jetzt wird es immer schlimmer."

„Ich weiß, Mutter, aber wir beide stehen das gemeinsam durch."

Die Äbtissin kehrte mit einem lauwarmen Trunk zurück. „Nimm kleine Schlucke. Wie oft hattest du in der Zwischenzeit Wehen?", erkundigte sie sich.

Sara nannte ihr die Anzahl.

„Dann hast du noch Zeit. Nach Matutin komme ich wieder", meinte die Oberin und ging.

„Tut es schon weh?", erkundigte sich Rachel.

„Nein, ich habe nur ein etwas unangenehmes Gefühl. Der Trank macht es mir etwas leichter."

Aber vier Stunden später stöhnte Sara vor Schmerzen, die Wehen hatten sich verstärkt und kamen nun in kürzer werdenden Abständen.

Dieses Mal erschien die Äbtissin mit einer Nonne. „Das ist Schwester Magdalena. Sie hat bereits mehrere Kinder auf die Welt gebracht. In Ermangelung einer jüdischen Geburtshelferin wirst du wohl mit ihr Vorlieb nehmen müssen."

„Kommt nicht in Frage", wehrte Rachel ab. „Das übernehme ich."

„Hast du denn Erfahrung darin?", wollte Magdalena von ihr wissen.

„Ich habe selbst zwei Kinder geboren."

Magdalena meinte nur: „Es macht einen gehörigen Unterschied, ob du die Gebärende oder die Helferin bist. Wenn ich verspreche, deine Tochter nicht zu berühren, lasst ihr euch dann helfen?", fragte sie.

„Geht das denn?", presste Sara hervor.

„Ja, wenn deine Mutter mir dabei zur Hand geht. Lass mich einen Blick auf deinen Schoß werfen, damit ich sehe, wie weit die Geburt fortgeschritten ist."

„Mutter, bitte, du willst doch auch, dass alles gut geht!"

Rachel widerstrebte zwar, dass sie sich einer Christin unterordnen sollte, aber ihrer Tochter zuliebe fügte sie sich.

„Leuchte mir, damit ich genug sehen kann", bat die Nonne. „Dies ist dein erstes Kind?"

Sara nickte.

„Es kann noch Stunden dauern. Im Augenblick ist aber alles normal. Ich komme später wieder."

Jobst, Sixt und Endris hatten sich am späten Abend in einer Schenke getroffen, in der auch die Fährleute verkehrten. Solange es noch Bier gab, wollten sie sich einen Krug genehmigen.

„Mir gefällt dieser Belagerungszustand nicht", beschwerte sich Sixt. „Seit Tagen können wir nichts mehr ausliefern. Wenn das so weitergeht, verlieren wir viel Geld. Es wird Zeit, dass sich endlich etwas ändert."

Jobst entgegnete ungerührt: „Es sind erst wenige Tage, in denen wir die Stadt nicht mehr verlassen können. Dank der hohen Summe, die die Juden bezahlt haben, ziehen die Kreuzfahrern bestimmt bald weiter."

Doch Sixt blieb stur. „Und woher haben die Juden das ganze Gold?", mäkelte er weiter. „Doch von uns!"

„Ich musste mir meinen Lebtag noch kein Geld von ihnen leihen, im Gegensatz zu dir! Du kannst eben nicht richtig haushalten", widersprach ihm Jobst, der wusste, dass Sixt augenblicklich Geldsorgen plagten.

Sixt schlug empört mit der Faust auf den Tisch. „Was geht

es dich an, wie ich wirtschafte. Kümmere dich um deinen Kram und lass mich in Ruhe."

„Kein Mensch wird reich, indem er Geld ausgibt!", ließ Jobst sich nicht beirren.

Endris mischte sich ein. Ihm gefiel nicht, dass Jobst Partei für die Juden ergriff. „Sag mal, bist du jetzt auf einmal ein Judenfreund?"

„Nicht mehr und nicht weniger als sonst. Aber ich bin immer gut mit ihnen ausgekommen. Und ihr braucht euch auch nicht zu beschweren. So manche Transporte haben wir für sie gemacht und sie haben immer die ausgehandelte Summe gezahlt und das stets pünktlich. Das kannst du nicht von jedem Händler sagen. Die schachern oft, was das Zeug hält, und finden meist einen Grund, sich über etwas zu beschweren", gab Jobst zu bedenken.

Endris ereiferte sich weiter und erhielt dabei Unterstützung von den Fährleuten am Nachbartisch, die zustimmend nickten. „Die Juden genießen in meinen Augen mehr Vorteile als unsereins. Das gehört endlich einmal geradegerückt."

„Aus dir spricht der pure Neid", meinte Jobst sachlich und erntete dafür manch bösen Zwischenruf, den er aber ignorierte.

Endris' Augen verschmälerten sich zu Schlitzen. „Seit der Messerstecherei bei Mathes erkenn ich dich nicht wieder. Du bist ruhig geworden und du denkst für meinen Geschmack zu viel nach."

„Ist es etwa ein Nachteil, wenn man seinen Kopf gebraucht? Du hast gehört, was der Schultze mir androhte. Ich hab schon genug auf dem Kerbholz, eine weitere Verfehlung und es ist schlecht um mich bestellt."

„Dann gehörst du ab jetzt zu den Geläuterten?", flachste Endris. „Mal sehen, wie lange du das durchhältst. Menschen verändern sich nicht, irgendwann bist du wieder der alte", meinte Endris, der sich allmählich beruhigte.

Sixt kam wieder auf die Belagerung zu sprechen. „Egal, was ausgehandelt wurde, ich will nicht länger tatenlos rumsitzen. Wir müssen handeln. Wenn Ruthard es nicht tut, tu ich's", nahm er den Hals recht voll.

„Recht hast du ja, aber was kannst du schon dagegen unternehmen? Das Heer verjagen?", lachte ein Fährmann rau zu ihnen herüber.

„Nein, aber mir fällt schon was ein. Wart's ab!"

Jobst, der keine Lust mehr zum Disputieren hatte, stand auf. „Ich geh jetzt nach Hause", meinte er. „Wenn ihr klug seid, tut ihr das auch."

„Behalt deine Belehrungen für dich!", rief Sixt ihm nach. „Ich weiß selbst, was ich zu tun hab."

Die Ansichten von Sixt und Endris fanden auch an weiteren Tischen Zustimmung. Nicht nur die Fährleute teilten ihre Meinung, es gab noch etliche andere. Viele von ihnen störten sich zusätzlich an der Landbevölkerung, die auf den Wiesen und unbebauten Flächen von Mainz ihre Lager hatten. Bauern gehörten nun mal aufs Land und nur am Markttag in die Stadt! Schließlich krakeelte einer lauthals: „Warum geben wir den Kreuzfahrern nicht einfach, wonach sie verlangen? Wenn sie es bekommen, werden sie gehen!"

Seine Äußerung ließ alle verstummen, denn der Gedanke war naheliegend, aber gefährlich. Genau in diesem Moment öffnete sich die Tür und Waldemar trat ein. Er schaute sich prüfend um, und als er Sixt und Endris erblickte, kam er geradewegs auf sie zu. „Euch habe ich gesucht", meinte er. „Wenn ihr bereit seid, einen bestimmten Auftrag zu erledigen, bekommt ihr das hier", flüsterte er und zeigte ihnen einen Beutel mit Münzen.

Die Fuhrleute bekamen große Augen. „Wer schickt dich?", wollte Endris wissen.

„Wer sagt, dass mich jemand schickt? Ich könnte doch aus freien Stücken kommen, oder? Außerdem hat euch das nicht zu interessieren. Wollt ihr meinen Vorschlag hören?"

„Ja."

„Dann kommt mit nach draußen, es muss nicht jeder mitbekommen, was ich euch zu sagen habe."

Endris und Sixt folgten ihm. Nachdem Waldemar ihnen alles erklärt hatte, wurden sie ruhig. Dieser Vorschlag brachte sie ins Grübeln. Es klang alles so unglaublich einfach.

„Du bist dir wirklich sicher, dass wir das tun sollten?", fragte Sixt verwundert.

„Sonst wäre ich nicht hier. Das bringt doch vor allem euch Vorteile. Nehmt euch ein paar Helfer, zu zweit ist das nicht zu bewerkstelligen. Wenn alles vorüber ist, bekommt ihr auch noch einen Zuschlag in Form von etlichen Fuhren, die euch viel Geld einbringen werden."

„Und für wen machen wir diese Fahrten?", bohrte Endris weiter.

„Das erfahrt ihr frühzeitig genug. Aber der Pakt gilt nur, wenn alles wie geplant abläuft. Sind wir uns einig?"

„Das sind wir", bestätigte Endris und grabschte nach dem Beutel. „Du kannst dich auf uns verlassen, alles geschieht so, wie du es vorgeschlagen hast."

Kaum war Waldemar weg, berieten sich die beiden. „Hältst du das für klug? Ich habe so meine Zweifel", zögerte Sixt.

„Wir müssen es ja nicht selbst tun", erwiderte Endris mit verschlagenem Gesichtsausdruck. „Es reicht, wenn wir jemanden anstiften. Es gibt genügend, die sich für uns die Hände schmutzig machen, wenn wir sie mit einem Bruchteil des Geldes bezahlen, das wir soeben eingesackt haben.

Du hast doch bemerkt, wie die Stimmung in der Schenke ist. Wir müssen nur den richtigen Ton treffen und sie werden springen. Und wenn doch keiner anbeißt, können wir behaupten, wir hätten es versucht, wären aber gescheitert."

„Du bist ganz schön durchtrieben", lachte Sixt.

Dienstag, 27. Mai A. D. 1096, 3. Siwan 4856
Vor den Toren

Emich war nicht zufrieden mit der getroffenen Übereinkunft. Die anderen Anführer missachteten den Willen des Herrn und das konnte er nicht hinnehmen. Er hatte sich zwar gefügt, aber nur um den Schein zu wahren. Tief in seinem Innern widerte ihn ihre Käuflichkeit an, sie erschien ihm wie Verrat an der heiligen Sache. Er würde an seinem Vorhaben festhalten und nicht umfallen, selbst wenn sie ihm alles Gold der Welt anböten. Sollten die anderen damit glücklich werden, er würde sich nicht beschmutzen.

In der Nacht hatte er wieder eine Vision gehabt, eindringlicher und schmerzhafter als alle zuvor. Das Flammenschwert des Erzengels hatte hell gelodert, als es ihm das Kreuz auf die Brust brannte. Seine Spitze war danach getränkt von Blut. Lange vor dem Morgengrauen war er aufgewacht und hielt sich seitdem bereit. Erst betete er zu Gott und bat um seinen Beistand, dann rüstete er sich. Jetzt saß er im Kettenhemd mit dem Schwert in der Hand im Zelt und wartete, dass der Tag anbrach.

Sein Diener Albrecht war überrascht, als er seinen Herrn marschbereit antraf. „Dann ziehen wir also weiter?", fragte er hoffnungsvoll.

Emich antwortete ihm lächelnd. „Wir brechen auf, wenn es Zeit ist, und die ist noch nicht gekommen."

Der Diener trat ins Freie und schaute hinüber zur Stadt, die im fahlen Dämmerlicht des Morgens noch trutziger wirkte als bei Tage. Was immer sein Herr vorhatte, die Einnahme von Mainz konnte es bestimmt nicht sein.

In der Stadt

Der Turmwächter kämpfte gegen die Müdigkeit. Diese Stunde zwischen Nacht und Tag war immer die schwerste. Manchmal siegte der Schlaf, doch angesichts der Bedrohung zwang er sich zum Wachbleiben. „Bald kommt die Ablösung", tröstete er sich, während ihm für einen kurzen Moment die Lider zufielen.

In seinem Halbschlaf meinte er, verstohlene Geräusche am Fuß des Turms zu hören. Doch er musste sich täuschen, denn noch war es nicht Zeit für den Wachwechsel. Er rieb sich über die müden Augen, streckte sich und schaute auf das Heerlager. Die Feuer waren erloschen, die Gespräche und Gesänge schon lange verstummt. Alles wirkte ruhig. Wieder störte ihn ein leiser Laut. Er versuchte die Quelle zu orten und drehte den Kopf. In diesem Moment sah er einen Schemen auf sich zuschießen und duckte sich gerade noch rechtzeitig weg. Eine Eule mit einer Ratte in ihren Krallen flog haarscharf an ihm vorbei. „Dummes Vieh", rief er ihr nach.

Der Vogel hatte ihm einen gehörigen Schrecken eingejagt und sein Herz klopfte so laut, dass er die beiden schwarz gekleideten Gestalten nicht hörte, die sich von hinten mit erhobenem Knüppel anschlichen. Der Schlag auf seinen Kopf kam völlig überraschend und er fiel bewusstlos zu Boden. Die Männer knebelten und fesselten ihn und ließen ihn dann einfach liegen. So leise, wie sie gekommen waren, stahlen sie sich auch wieder davon.

Unten zischten sie ihren Kumpanen zu: „Er kann keine Warnung mehr geben. Habt ihr die anderen ebenfalls außer Gefecht gesetzt?"

„Ja, einen nach dem anderen. Uns kann niemand mehr aufhalten."

„Gleich geht die Sonne auf, dann öffnen wir das Tor und bereiten dem Spuk endlich ein Ende."

„Lasst uns hoffen, dass du recht behältst und wir bald wieder unsere Ruhe haben."

„Du wirst sehen morgen, spätestens übermorgen herrschen wieder normale Zustände. Wir müssen nur darauf achten, dass uns niemand erkennt. Am Strick will ich nämlich nicht enden."

Vor den Toren

Als die Sonne sich über den Horizont schob und ihre Strahlen die Stadtmauer und Wehrtürme in blutrotes Licht tauchten, sah Mainz aus, als stünde es in Flammen. Die Illusion währte nur wenige Augenblicke und nicht jeder deutete diese Erscheinung wie Emich. Aber für ihn war sie das himmlische Zeichen, auf das er gewartet hatte. Er schwang sich auf sein Pferd und ergriff die Kreuzfahrerfahne. Sein Knappe stand ihm wie immer zur Seite, die Standarte der Leininger schwenkend. Er hatte auch einen Trommler herbeigerufen und ritt nun im Rhythmus seiner Schläge auf die Stadt zu. Die Kreuzfahrer wurden dadurch geweckt und rieben sich verwundert über die Augen, als sie ihren Anführer wie von fremder Hand gesteuert mit starrem Blick an sich vorüberziehen sahen. Neugierig folgten sie ihm in einigem Abstand, denn ganz geheuer war ihnen der Leininger heute Morgen nicht. In einiger Entfernung blieb er stehen, den Blick geradewegs auf Mainz gerichtet, so als könne er durch bloße Gedankenkraft die Mauer zum Einsturz oder das Tor zum Bersten bringen.

Wilhelm von Melun und die anderen Herren, die fest davon ausgegangen waren, dass sie heute nach Osten aufbrechen würden, hielten ihn jetzt für vollkommen verwirrt, aber er wirkte so ehrfurchtgebietend, dass keiner wagte, ihn anzusprechen. Als die Sonne vollends aufgegangen war, bekreuzigte sich Emich, legte den Kopf in den Nacken, reckte die Fahne noch höher und schaute in den Himmel. „Herr, ich tue, was du verlangst. Lass es geschehen!"

Das letzte Wort war noch nicht über seine Lippen gekommen, als sich wie von Geisterhand das Stadttor öffnete. Alle erstarrten und wollten ihren Augen nicht trauen. Ihre Blicke wanderten zwischen Emich, der starr wie eine Statue auf seinem Pferd saß, und dem offenen Tor hin und her. Totenstille senkte sich über das Feld, die Trommel verstummte, das Gewisper erstarb. Keiner konnte glauben, was gerade geschah. Erschrocken wichen die Krieger zurück und umklammerten ihre Waffen, denn sie fürchteten einen Ausfall. Als aber ruhig blieb, wagten sie sich vor.

Emichs Starre löste sich, er senkte ergeben den Kopf und rief laut: „Dank dir Herr!" Dann wandte er sich an das Gefolge: „Erkennt, dass gerade ein Wunder geschehen ist! Gott steht auf unserer Seite. Er gewährt uns Einlass, ohne dass wir kämpfen müssen. Jetzt können wir seinen Willen erfüllen. Ich versprach, die Stadt nicht mit Gewalt einzunehmen und der Allmächtige hat meinen Wunsch erhört. Wir rühmten seinen Namen und erhalten nun den gerechten Lohn. Ergreift eure Waffen und folgt mir zum Sitz des Bischofs. Dort werden wir vollenden, was der Herr begonnen hat. Lasst uns Mainz vom Antichrist befreien!"

„Herr, könnte das eine Falle sein?", fragte einer zögerlich.

„Gott, der Herr, stellt seinen ergebenen Dienern keine Falle!", sagte er und machte sich auf.

Die Pilger blieben zögerlich, denn die Sache war ihnen noch immer nicht geheuer. Sie warteten, bis ihr Anführer das Tor passiert hatte, und als er es ohne auf Widerstand zu stoßen in die Stadt gelangte, brachen sie in Triumphgeschrei aus. Emich hatte die Wahrheit gesprochen, Gott war auf ihrer Seite.

„Wir ziehen hinunter zum Dom, lobpreist dabei den Herrn!", forderte er sie auf und sie begannen zu singen.

Der Gesang erfüllte bald die ganze Stadt und ließ die Häuser erzittern. Als die Bürger den unendlichen Pilgerstrom sahen, der sich durch die Gassen wälzte, wussten sie, dass Mainz verloren war. Die Mutigen griffen zu den Waffen, um wie versprochen den Wachleuten des Bischofs und des Stadtgrafen beizustehen. Der Rest verschanzte sich. Die wenigen Juden, die im festen Vertrauen auf ihren Schöpfer keinen Schutz im Bischofspalast oder der Burg gesucht hatten, retteten sich zu einem Pfarrer oder in ein Gotteshaus. Kein Priester wagte es in dieser Stunde, ihnen seinen Schutz zu verweigern.

In der Stadt, Hoher Dom zu Mainz

Auch Conrad hörte die Menge anrücken. Sofort weckte er Isaac. „Ich muss zum Erzbischof. Er braucht mich jetzt. Du verlässt unter keinen Umständen dieses Zimmer. Öffne niemandem! Wenn die Gefahr vorüber ist, komme ich zu dir."

Ruthard war inzwischen gewarnt und hatte sich mit einer Abordnung Soldaten unter der Führung Burckharts, Abt Manegolds, Friedberts und den Mitgliedern des Domkapitels in den Dom geflüchtet, während seine restlichen Soldaten den Palast verteidigten. Auch Conrad und Friedbert waren bei ihm. Nur der Kämmerer hielt sich noch in seinem Anwesen auf. Nach ihm hatte der Erzbischof schicken lassen.

Trotz der verzweifelten Lage, versuchte der Erzbischof Ruhe zu wahren und Hoffnung zu verbreiten. „Noch ist nicht alles verloren. Ich will mit Emich verhandeln und biete ihm noch mehr Gold und auch Nahrung. Vielleicht bringt ihn das zur Einsicht."

Conrad glaubte nicht, dass der Leininger auf dieses Angebot eingehen würde. Er wollte Ruthard zwar nicht den Mut nehmen, aber er sprach seine Bedenken offen aus. „Ich glaube nicht, dass ihn das überzeugt. Sie sind ohne zu kämpfen in die Stadt gelangt. Das bestärkt sie nur in ihrer Überzeugung richtig zu handeln. Emich kann jetzt fordern, was immer ihm beliebt. Die Nahrungsspeicher sind zwar bewacht, aber wenn er die Stadt zur Plünderung freigibt, holen seine Truppen sich alles, was sie brauchen und wollen: Proviant, Geld und andere Schätze. Ihn selbst dürften diese weltlichen Güter kaum interessieren, das Einzige, was für ihn zählt, ist seine Mission. Ihr könnt ihn also nur über den Glauben zum Einlenken bringen. Doch bezweifle ich, dass er Einsicht zeigt."

„Ich werde es dennoch wagen. Ich kann doch nicht einfach nichts tun! Conrad, dich kennt er. Deshalb bitte ich dich, suche ihn und überrede ihn zu einem Gespräch mit mir."

„Ich werde es versuchen", seufzte der Mönch und verließ bangen Herzens den Dom.

Der Platz vor dem Bischofspalast quoll inzwischen über vor Wallfahrern und Conrad hatte alle Mühe sich durchzukämpfen. Schließlich entdeckte er den Gesuchten hoch zu Ross. Zufrieden schaute er über die Menge zu seinen Füßen.

Als Emich den Mönch erblickte, grinste er hämisch. „Ich ahne, warum du gekommen bist!"

„Der Erzbischof erwartet dich im Dom. Er ist bereit, zu verhandeln."

„Was gibt es noch zu verhandeln? Ohne Gewaltanwendung kam ich herein, denn das Tor öffnete sich von selbst. Gott zeigte mir so, dass er auf unserer Seite steht, was mich in meinem Entschluss bestärkt."

Conrad ging weniger von göttlicher Fügung als von menschlicher Mithilfe aus. Mainz war durch Verrat gefallen und das wusste dieser Mann für sich zu nutzen. Ein Blick in seine kalten Augen verriet Conrad, dass er sich nicht umstimmen lassen würde, Ruthard würde vergeblich auf ihn warten.

Dennoch erneuerte er das Angebot. „Überleg es dir! Willst du wirklich das Leben Hunderter opfern?"

„Gott verlangt es von mir. Meine Forderung gilt nach wie vor: Taufe oder Tod!"

In den Gassen der Stadt

Vier Soldaten eskortierten den Kämmerer und Hanno auf dem Weg zum Dom. Trotz der Gefahr bewahrte Embricho erstaunlich kühlen Kopf und im Gehen erteilte er Hanno seine Anweisungen. „Wenn ich sicher angekommen bin, kehrst du ins Anwesen zurück. Du musst das Haus, mit allem was darin ist, verteidigen. Sorge dafür, dass meinem Gesinde und vor allem den Gästen nichts geschieht. Aber beschütze auch das Kreuz in meinem Gemach. Es enthält eine kostbare Reliquie, die für mich von unschätzbarem Wert ist", trug er Hanno auf.

Hanno ließ sich nicht durch die Lüge des Kämmerers täuschen. Von einer Reliquie hatte er nämlich nichts bemerkt, als er den Inhalt des Kruzifixes untersuchte, dafür aber andere Dinge „von unschätzbarem Wert" gefunden. Auch wenn es ihm schwerfiel, unterdrückte er seine Empfindungen und spielte das Spiel mit. „Ihr könnt Euch auf mich verlassen. Graf Bolko, Friedrich, die Diener und die Knechte haben sich schon gewappnet und werden bis zu meiner Ankunft die Stellung halten."

Sie waren noch nicht weit gekommen, als jemand Hannos Namen rief. Es war Widukind, der zufällig auf sie stieß. „Wie konnten sie nur hereingelangen?", fragte er entsetzt.

„Das wissen wir nicht", wich der Kämmerer aus. „Nun, da du schon einmal da bist, kannst du uns begleiten. Der Erzbischof verlangt nach mir. Am besten du gehst voraus", verfügte er über ihn, ohne sein Einverständnis abzuwarten.

Widukind kam seinem Wunsch nach und bahnte ihnen den Weg. Um den Dombezirk drängten sich inzwischen die Pilger. Bald gab es kaum noch ein Durchkommen und die dröhnenden Jubelgesänge zerrten an ihren Nerven. Mit weitausholenden Schritten ging er voran und wegen seines Auftretens und seiner imposanten Statur blieben sie unbehelligt. Der Kämmerer konnte mit dem Tempo kaum mithalten, wo der Steinmetz einen Schritt machte, musste er zwei tun. Bald war er außer Atem und schweißgebadet.

Am Domportal, das streng bewacht wurde, entließ er die beiden. „Gott schütze euch. Und Hanno tu das, was ich dir auftrug!", erinnerte er ihn nochmals.

„Das werde ich. Der Herr sei mit Euch", sagte Hanno kalt, bevor das Portal hinter dem Kämmerer und den Soldaten zufiel.

Widukind wollte gleich wieder zu seiner Familie, doch Hanno hielt ihn zurück. „Bevor wir zurückgehen, muss ich erst Griseldis holen."

Der Steinmetz blieb unvermittelt stehen, sein Gesicht verfinsterte sich. „Was hast du mit diesem Weibsbild zu schaffen?"

„Absolut nichts", versicherte Hanno rasch. „Aber sie schuldet mir noch einen Gefallen, den ich nun einfordern will. Möglicherweise bekomme ich sonst nie mehr die Gelegenheit dazu."

„Wenn das so ist, begleite ich dich natürlich."

Sie nahmen den kürzesten Weg dorthin und Hanno pochte er entschlossen an die Tür. Es dauerte eine kleine Ewigkeit, bis sie sich vorsichtig öffnete. Ein einfältiges Gesicht mit verweinten Augen spähte hindurch.

„Hab keine Angst", beschwichtigte Hanno Margreth. „Ich bin gekommen, um euch alle in Sicherheit zu bringen. Wo ist deine Herrin?"

Nun ging die Tür ganz auf. „Sie ist mit Bertram zur Burg gegangen. Mich wollte sie auch mitnehmen, aber ich habe mich nicht getraut, das Haus zu verlassen."

„Wie dumm von ihr!", entfuhr es Hanno. „Weiß sie denn nicht, dass sie sich geradewegs in das dichteste Getümmel stürzt? Vor Gerhards Burg versammeln sich immer mehr Krieger."

„Auf mich hat sie ja nicht gehört. Sie meinte, sie wüsste, wie sie sicher hineingelangt", schluchzte Margreth laut auf.

In diesem Moment bog Dithmar um die Ecke. Sein Gesichtsausdruck war ungewohnt entschlossen. Er hatte zwar einige Zeit gebraucht, seine Angst vor den Kreuzzüglern zu überwinden, aber seine Zuneigung zu Griseldis hatte schließlich gesiegt. Er trug ein Schwert, dessen Griff er fest umklammerte. Mit grimmiger Miene näherte er sich ihnen. „Was wollt ihr denn hier?", fragte er barsch.

„Griseldis in das Haus des Kämmerers in Sicherheit bringen", antwortete Hanno.

„Was haben du oder der Kämmerer mit ihr zu schaffen?"

„Jetzt ist keine Zeit für Erklärungen, vor allem da sie nicht hier ist, sondern sich unnötig in Gefahr begeben hat. Sie ist auf dem Weg zur Burg. Wir wollten gerade nachsehen, ob sie sicher dorthin gelangt ist."

„Ich komme mit", entschied sich Dithmar.

„Margreth, später werden wir auch dich holen", meinte Hanno noch, bevor sie gingen.

Die Tür schloss sich wieder und die drei Männer eilten davon. Dithmar fühlte sich in Widukinds Gegenwart etwas sicherer, dennoch war ihm angesichts der wachsenden Menschenmenge mulmig. Noch bereute er es nicht, Griseldis zu sich holen zu wollen, und er hoffte, dass es dabei blieb.

„In diesem Auflauf werden wir sie nie finden und wir kommen auch nicht mehr bis zur Burg durch. Was denkt dieses Weib sich?", schimpfte Hanno, als sie die Einmündung zur Grebenstraße erreichten.

Widukind blieb stehen. „Sie hat nicht diesen Weg genommen. Ich habe eine Vermutung, wie sie in die Burg gelangen will", meinte Widukind. „Es gibt eine kleine Pforte, die sich an ihrer Rückseite befindet. Ich sah sie einmal dort herauskommen, möglicherweise will sie sie auch jetzt benutzen."

„Welche Pforte?", wunderte sich Dithmar. „Sie ist mir noch nie aufgefallen."

„Sie ist ziemlich unscheinbar und zudem von Grünzeug überwuchert. Man bemerkt sie nicht, wenn man nicht auf sie achtet. Folgt mir", forderte er sie auf.

Rückseite der Burg

Griseldis wünschte sich, sie hätte das Nonnengewand behalten und nicht in einem Anflug von Zorn nach der Trennung von Ruthard ins Feuer geworfen. Es wäre heute eine gute Tarnung gewesen. Sie war zwar bisher unbehelligt geblieben, doch einige begehrliche Blicke hatten sie bereits gestreift. Sie war froh, dass wenigstens Bertram sie begleitete. In der einen Hand hielt er zur Abschreckung ein Schwert, mit der anderen zog er den Karren mit Griseldis´ Habseligkeiten. Immer wieder vergewisserte sie sich, dass sich die Dolche noch unter ihren Ärmeln befanden.

Als sie nur noch wenige Schritte vom Geheimgang entfernt waren, atmete sie erleichtert auf. Gleich waren sie in Sicherheit. Voller Erwartung zückte sie den Schlüssel, um aufzuschließen, blieb dann aber überrascht stehen. Sie war sich sicher, dass hier der Eingang sein musste. Verwundert starrte sie auf die Mauer, die Pforte war verschwunden! Steine versperrten den Einlass. Gerhard hatte ohne ihr Wissen den Gang verschlossen! War es Absicht oder Zufall, dass er ihr nichts davon gesagt hatte?

„Bertram, wir müssen zurück!", rief sie verzweifelt. „Hier gab es einmal eine Tür, doch die existiert nicht mehr und durch die Hauptpforte werden wir jetzt auch nicht mehr hineingelassen. Ich werde mich wohl doch zu Dithmar flüchten müssen."

Sie machten kehrt und erreichten das Ende der Gasse, die sich an dieser Stelle zu einem kleinen Platz öffnete. Auch hier tummelten sich inzwischen einige Wallfahrer, die sich vom Hauptteil des Heeres abgesondert hatten, um ihre eigenen Pläne zu verfolgen.

Griseldis erkannte augenblicklich die Gefahr, die von ihnen ausging. „Wir müssen uns sputen", drängte sie.

Kaum hatte sie es gesagt, verstellten ihnen fünf ausgezehrte Gestalten den Weg. „Wohin so eilig?", meinte ein verwahrlostes Weib, das kaum älter als Griseldis war, aber vom

Aussehen her ihre Mutter hätte sein können. „Du hast auf deinem Wagen bestimmt etwas, das mir gefällt. Ein hübsches Gewand vielleicht?"

Griseldis verwünschte in diesem Augenblick ihre Eitelkeit. Auch wenn die fünf nicht die kräftigsten waren, schienen sie zu allem entschlossen. Eine Mistgabel, ein Kurzschwert, ein Dreschflegel und zwei Knüppel dienten ihnen als Waffen, die sie drohend erhoben.

„So vornehm, wie du aussiehst, hast du doch gewiss auch Geld. Gib uns was davon, sonst stechen wir erst deinen Diener ab und dann dich!", forderte das Weib weiter und trat dicht an sie heran. Ihr Atem roch faulig und Griseldis wandte angewidert den Kopf ab.

„Sieh mich an, wenn ich mit dir rede", brüllte sie und schwang die Mistgabel.

Einer ihrer Kumpane richtete inzwischen sein Schwert auf Bertram, um der Forderung Nachdruck zu verleihen.

„Du musst mich schon an meine Sachen lassen, sonst kann ich dir nichts geben", sagte Griseldis und versuchte Zeit zu schinden.

„Mach schon und hau uns bloß nicht übers Ohr."

Griseldis ging an Bertram vorbei und zischte ihm dabei zu: „Wenn ich ‚jetzt' rufe, spring nach links", dann machte sie sich an ihrer Truhe zu schaffen.

Von all dem ahnten Widukind, Hanno und Dithmar nichts, als sie sich von der anderen Seite dem Platz näherten. „Wir müssen hier entlang. Gleich sind wir da. Die Gasse, in der sich der Eingang befindet, ist so eng, dass wir dort nur hintereinander laufen können", erklärte Widukind seinen Gefährten.

Es war Dithmar, der Griseldis zuerst erspähte und die Gefahr erkannte, in der sie sich befand. „Schaut dort vorn. Sie und Bertram werden bedroht! Sie brauchen unsere Hilfe", stellte er fest, hielt sich aber hinter Hanno und Widukind, die ohne lange nachzudenken, vorpreschten.

Griseldis ahnte nicht, dass Rettung nahte. Sie öffnete gerade ihre Truhe und tat so, als wolle sie etwas herausholen. Dabei richtete sie es so ein, dass der Deckel die Sicht auf den Inhalt und ihre Arme verdeckte. Auf einmal ging alles sehr schnell. Sie rief das Kommando, Bertram machte einen Satz zur Seite, etwas Silbernes flog durch die Luft und blieb im Oberarm des Mannes stecken, der das Schwert auf den Diener richtete. Dieser schrie laut auf, ließ vor Schreck die Waffe fallen, die Bertram blitzschnell ergriff und nun seinerseits den Verletzten mit zwei Schwertern bedrohte. Das Weib mit der Mistgabel war von dem plötzlichen Angriff überrumpelt und reagierte zu spät, als Griseldis ihr mit ihrem rechten Fuß fest in den Bauch trat. Sie krümmte sich vor Schmerz, fasste sich an den Leib und ließ die Mistgabel fallen, die Griseldis an sich nahm. Sie stellte sich neben Bertram und richtete sie auf die Männer.

Ihr Angriff hatte die fünf zwar überrascht, aber sie waren keineswegs bereit aufzugeben. Der Verwundete hatte inzwischen den Dolch aus der Wunde gezogen und hielt ihn nun in der Hand, bereit auf Griseldis loszugehen. Genau in diesem Augenblick stießen Widukind, Hanno und Dithmar hinzu. Sie kreisten die Angreifer mit gezückten Schwertern ein. Ihre drohenden Blicke reichten aus, um sie in die Flucht zu schlagen. Griseldis' Dolch nahmen sie dabei mit.

„Lasst euch das eine Lehre sein!", brüllte Hanno ihnen nach.

Dithmar war zu Griseldis geeilt, die die Forke fallen ließ und sich schluchzend in seine Arme warf. „Du bist genau zur rechten Zeit gekommen. Ohne dich wären wir verloren gewesen", sagte sie mit zittriger Stimme.

Dithmar, der am wenigstens von allen getan hatte, widersprach ihr nicht. Zwar fühlte er sich als ihr stolzer Retter, dennoch verwirrte ihn, was er soeben mitangesehen hatte. Griseldis hatte nämlich ganz und gar nicht hilflos gewirkt. Im Gegenteil, sie schien genau zu wissen, was sie tat, und hatte dabei eine Kühnheit an den Tag gelegt, die ihm zu denken gab. Seine Verlobte war ihm plötzlich völlig fremd.

Unbeholfen stotterte er: „Aber wie es scheint, benötigtest du meine Unterstützung gar nicht!"

„Es war pures Glück, dass der Dolch oben in meiner Truhe lag, und noch größeres Glück war es, dass ich den Mann nicht verfehlte", versicherte sie ihm.

„Dann hast du ihn nicht aus deinem Gewand gezogen?", fragte er irritiert.

„Nein, du musst dich täuschen! Wie kommst du auf einen solchen Gedanken?", erwiderte sie überzeugend, warf aber Hanno gleichzeitig einen warnenden Blick zu, damit er den Mund hielt.

„Ich hätte schwören können, dass er unter deinem Ärmel war", beharrte Dithmar.

„Das hast du auf die Entfernung falsch gesehen!", beharrte sie und löste sich von ihm, bevor er die zweite Waffe an ihrem Arm ertasten konnte.

Hanno half Griseldis aus ihrer Verlegenheit. „Genug geredet, wir müssen zusehen, dass wir ins Haus des Kämmerers kommen. Zuvor holen wir noch Margreth. Dithmar, kommst du mit uns? Dort wärst du sicherer als in deinem Haus."

Der Tuchmacher, der noch immer irritiert war, lehnte ab. Er fühlte sich in Griseldis' Nähe momentan unbehaglich. „Nein, ich muss zu meinem Vater. Er sorgt sich bestimmt schon um mich", schob er vor. „Aber bis in die Scheffergasse begleite ich euch noch."

Als Hanno sie in einem günstigen Moment allein sprechen konnte, meinte er: „Du bist sehr geschickt mit dem Dolch und auch mit den Füßen! Hoffentlich glaubt Dithmar dir. Er schien mir durcheinander und wusste nicht recht, ob er dir oder doch lieber seinen Augen trauen sollte."

„Lass Dithmar meine Sorge sein. Sieh lieber zu, dass du uns in Sicherheit bringst", erwiderte sie kühl.

Sie ahnte, dass er die Gefahr nur auf sich genommen hatte, damit sie seine Forderung erfüllte.

Hoher Dom zu Mainz

Conrad hatte dem Erzbischof die ablehnende Antwort Emichs mitgeteilt. Inzwischen war viel Zeit vergangen und sie wussten nicht, was draußen vor sich ging. Die Triumphgesänge der Wallfahrer und die Trommeln ebbten nicht ab und ließen die Beklemmung Ruthards und seiner Getreuen wachsen. Sie meinten entferntes Waffengeklirr und die Angstschreie Sterbender zu hören, was sie noch mehr niederdrückte. Keiner wagte, ihn anzusehen oder gar etwas zu sagen, und der Erzbischof gestand sich schließlich die Wahrheit ein. Er war gescheitert! Es würde keine Verhandlungen geben und so war es nur eine Frage der Zeit, bis der Palast eingenommen wurde. So kampferprobt und mutig seine Soldaten auch waren, diesem Ansturm konnten sie auf Dauer nicht standhalten.

Conrad dagegen wollte die Hoffnung nicht aufgeben. Er war nach wie vor der Überzeugung, dass der Erzbischof dem Morden ein Ende bereiten könnte, indem er nur entschlossen genug vor die Pilger trat. Aber der Kämmerer und die

Herrn des Domkapitels waren anderer Auffassung und vertraten die Ansicht, dass nichts mehr getan werden konnte und die Stadt nur durch ein Wunder zu retten war. Als mit einem Schlag die Gesänge und Trommeln verstummten, konnten sie diese Stille fast nicht ertragen. Durch die dicken Mauern drang kein Laut und das ängstigte sie mehr, als es der Lärm getan hatte.

Conrad fasste sich schließlich ein Herz. „Herr, wollt Ihr es wirklich einfach geschehen lassen? Jetzt wo die Pilger schweigen, hören sie Euch vielleicht zu. Sie vertrauen auf Gott. Macht ihnen deutlich, dass dies nicht sein Wille ist."

Dem Kämmerer missfiel Conrads Appell. „Du willst, dass dein Bischof sein Schicksal herausfordert, indem er sich unnötig in Gefahr begibt? Er hat sein Möglichstes getan, um die Stadt und ihre Bürger zu schützen. Es waren einige Bewohner, die Mainz verraten haben, indem sie den Leininger einließen. Nun muss jeder für sich selbst sorgen."

„Aber was ist mit den Juden? Ihr gabt ihnen ein Versprechen und sie taten alles, was ihr von ihnen verlangtet. Wollt Ihr es nun brechen und sie sich selbst überlassen? Sie sind in der Unterzahl und zudem vom langen Fasten geschwächt", gab Conrad nicht auf.

Ruthard vermied es, dem Mönch in die Augen zu schauen. Er wollte seine Vorwürfe nicht länger anhören, blickte auf seine gefalteten Hände und meinte mit müder Stimme: „Conrad, der Kämmerer hat recht. Ich kann nichts mehr ausrichten. Dort draußen wüten zehntausend Mann, das sind deutlich mehr als Mainz an Bürgern zählt. Durch den Aufruf des Papstes fühlen sie sich legitimiert und wurden zudem durch die gewaltlose Einnahme der Stadt noch in ihrem Glauben gestärkt. Sie werden auf niemanden hören. Es gibt keine Hoffnung mehr."

„Habt Ihr so wenig Gottvertrauen? Ich werde es jedenfalls nicht hinnehmen und nachsehen, ob ich etwas ausrichten kann", sagte Conrad und hastete davon.

Der Erzbischof wollte ihn zurückhalten und rief ihm nach: „Ich verbiete dir, mich zu verlassen!"

Doch Conrad ignorierte sein Rufen und lief unbeirrt weiter. „Ein mutiger Mann", sagte der Hauptmann leise, nachdem sich die Tür hinter ihm schloss.

„Wohl eher ein Narr", entfuhr es dem Kämmerer.

Nur wenig später öffnete sich das Portal erneut. Ruthard glaubte schon, Conrad sei zurückgekehrt, aber es war ein verletzter Soldat, der das Kirchenschiff entlangwankte. Er wirkte verloren, wie er sich Schritt für Schritt zum Erzbischof vortastete. Blut lief seinen Arm hinunter unds hinterließ eine dunkelrote Spur. Quer über seine Wange verlief eine klaffende Wunde, die von einem Messer oder einem kurzen Schwert stammte.

„Herr, sie erstürmen Euren Palast. Wir haben erbittert gekämpft, Seite an Seite mit den Juden. Wir alle gingen bis an die Grenzen unserer Erschöpfung und konnten das Tor noch einige Zeit halten. Fiel einer der Kreuzfahrer, wurde er durch zwei neue ersetzt, sodass wir schließlich aufgeben mussten. Inzwischen sind sie in den Innenhof gelangt und gnadenlos in ihrer Wut. Ich sah, wie ein alter Jude seinem Feind die Kehle bot und freiwillig in den Tod ging. Viele folgen seinem Beispiel. Andere richten ihre Waffen gegen sich selbst. Eltern töten ihre Kinder, Ehegatten einander, Hausherren ihr Gesinde. Auch für die Übrigen gibt es kein Entrinnen. In ihrer Raserei machen die Pilger vor niemandem Halt. Wer die Taufe verweigert, wird gemeuchelt. Frauen, Kinder, Greise, Schwangere, alle werden zu ihren Opfern. Dann entkleiden und berauben sie die Toten.

Das Abschlachten findet kein Ende. Gerade dringen sie in euren Palast ein und setzen dort ihr grausiges Treiben fort. Ich kam, um Euch zu warnen. Ihr solltet Euch in Sicherheit bringen, solange sie noch beschäftigt sind", sagte der Soldat mit zittriger Stimme.

Ruthard war wie versteinert und reagierte nicht, das tat an seiner Stelle der Kämmerer. „Gibt es eine Möglichkeit uns zu retten?", fragte er Burckhart.

„Am Rheinufer liegen Boote, in die wir uns flüchten und nach Rüdesheim übersetzen können. Dort wären wir in Sicherheit."

Schließlich kam Ruthard zur Besinnung. „Möge der Herr ihnen gnädig sein und mir vergeben", bekannte er viel zu spät und bekreuzigte sich. „Ist dir Conrad unterwegs begegnet?", fragte er noch.

„Ja, ich sah ihn in den Palast hineingehen."

„Er ist der Einzige von uns, der Mut zeigt! Ich will nicht fliehen, sondern mein Schicksal hier erwarten!", wehrte sich der Erzbischof.

Der Kämmerer setzte alles daran, ihn umzustimmen. „Du würdest dein Leben sinnlos opfern! Bedenke deine Stellung! Was wäre das für ein schmachvoller Tod, vom Pöbel erschlagen zu werden! Gott will das bestimmt nicht!"

„Woher weißt du, was er will und was nicht!", schrie Ruthard verzweifelt.

„Lebend kannst du mehr ausrichten und später die Mörder zur Rechenschaft ziehen!", beschwichtigte ihn Embricho.

„Denkst du das wirklich?"

Der Kämmerer nickte und die Herren des Domkapitels pflichteten ihm bei.

Doch so schnell ließ er sich nicht überzeugen. „Burckhart, was denkst du?"

Der Hauptmann antwortete mit fester Stimme: „Die Schlacht ist geschlagen und wir haben verloren. Jedes weitere Menschenleben zu opfern, wäre unnötiges Blutvergießen."

„Wenn du das wirklich meinst, dann tue ich, was ihr für richtig haltet", sagte der Erzbischof zu den anderen. „Lasst uns unverzüglich aufbrechen."

„Einen Augenblick noch!", rief der Kämmerer. „Willst du etwa das Geld der Juden, das sich in der Schatzkammer befindet, einfach so zurücklassen? Allem Anschein nach werden sie es nicht mehr benötigen, wir dafür umso mehr", sagte er leise zu seinem Verwandten.

Angewidert schaute Ruthard seinen Berater an. „Ist das alles, woran du in dieser Stunde des Grauens denkst?"

„Ich plane für die Zukunft! Es gilt Schäden an Palast, dem Dom, Kirchen und Klöstern zu beseitigen. Wer wird dafür aufkommen? Wenn die Juden tot sind, gibt es keinen, der es zurückfordert. Jetzt haben wir es in Reichweite und es sind Soldaten da, um es wegschaffen zu können."

Ruthard überlegte nicht lange und gab dem Drängen seines Verwandten nach. „Gut, lass sie das Geld holen. Aber dann brechen wir auf."

Palast des Erzbischofs

Conrad war unter großen Schwierigkeiten bis an den Bischofssitz gelangt. Hilflos musste er Gräueltaten mit ansehen, die er sein Lebtag nie wieder vergessen würde. Tränen des Zorns und der Machtlosigkeit brannten in seinen Augen und er zweifelte das erste Mal in seinem Leben an dessen Sinnhaftigkeit.

Das Morden hatte sich vom Freien in das Hausinnere verlagert und Conrad gelangte weitgehend unbehelligt in den

Innenhof. Dabei musste er durch Pfützen aus Blut waten. Die zähe Masse drang in seine Sandalen ein und benetzte seine Haut. Magenza-Rot, schoss es ihm bei diesem furchtbaren Anblick durch den Kopf.

An den Fenstern des Palastes spielten sich dramatische Szenen ab. Er sah, wie die Leichen geplündert und nackt in den Hof geworfen wurden, wo sie hart auf den Boden aufschlugen. Die Juden Magenzas waren verloren, für sie gab es keine Rettung mehr, aber vielleicht für Isaac. Er musste nur rechtzeitig zu ihm gelangen, bevor der Mob in das Gebäude einzudringen begann, wo er seine Räume hatte.

So verloren, wie Conrad glaubte, waren die Juden allerdings noch nicht. Als die Erstürmung begann, hatte sich Kalonymos mit ungefähr fünfzig Männern in einem etwas abgelegenen Teil des Bischofspalastes befunden. Auch sie waren kampfbereit und wollten so viele Kreuzfahrer wie möglich mit in den Tod nehmen. Die Taufe zogen sie nicht in Betracht, sie würden den Namen haSchems nicht entehren. Mit gezückten Schwertern warteten sie in einem Saal auf ihre Feinde. Aber so weit kam es nicht.

Zu ihrer Überraschung erschien plötzlich ein Diener Ruthards. „Kommt mit mir, ich kenne ein Versteck, in dem euch niemand finden wird", forderte er sie auf.

Die Juden blieben misstrauisch, da der Erzbischof sie bislang ihrem Schicksal überlassen hatte. Wieso sollte ausgerechnet jetzt einer seiner Bediensteten ihnen helfen?

„Woher wissen wir, dass wir dir vertrauen können?", fragte der Parnass.

„Ich will euch eben helfen. Es gibt eine geheime Kammer, in der ihr sicher seid. Aber wenn ihr es vorzieht zu sterben, hindere ich euch nicht. Entscheidet euch rasch, die Zeit läuft uns davon. Die Kreuzfahrer haben fast den gesamten Palast eingenommen. Die Soldaten des Bischofs sind, wenn nicht erschlagen, dann geflüchtet. Und über seinen Aufenthaltsort herrscht Unklarheit. Heute Morgen befand er sich im Dom, ob er noch dort ist, weiß ich nicht."

Kalonymos schaute in die Mienen seiner Gefährten. „Was denkt ihr?"

„Viel Hilfe haben wir in den letzten Stunden nicht erfahren. Vielleicht sandte uns der Herr ja diesen Mann", bemerkte Kalonymos' Sohn.

„Gut, dann lassen wir uns darauf ein", meinte der Parnass zu dem Diener.

„Schnell hier entlang", sagte er und ging voran zu einem geheimen Raum. „Dies ist das secretarium. Ich muss euch allerdings einschließen, damit niemand hineingelangt. Sobald die Gefahr vorüber ist, werdet ihr wieder befreit."

Conrad betrat den Gebäudetrakt, der an den Bischofssitz angrenzte. Hier war noch alles ruhig und er hoffte, dass Isaac die Räume nicht verlassen hatte. Als er die Tür aufstieß, fand er den Knaben verängstigt und zitternd auf seinem Bett sitzend. Er hielt die Beine umschlungen und wiegte seinen Oberkörper vor und zurück.

„Was geschieht dort draußen?", fragte er bang.

„Der Dämon wütet", meinte Conrad entmutigt.

„Ich muss zu ihnen. Ich kann nicht hier bleiben, sie sind ein Teil von mir, so wie ich ein Teil von ihnen bin. Wenn ihnen Schlechtes widerfährt, soll es auch mir widerfahren", weinte Isaac und stand auf.

„Bleib, wo du bist. Du kannst nichts mehr für sie tun!"

„Ich kann mit ihnen sterben!"

„Selbst dafür ist es zu spät", stellte sich Conrad ihm in den Weg.

Isaac wollte ihn wegschieben, aber es gelang ihm nicht. Das Fasten hatte ihn zu sehr geschwächt.

„Denk doch an Sara, deine Mutter und deinen Vater", versuchte Conrad ihn zu beschwichtigen.

„Du verstehst das nicht. Wir sind eine Gemeinde. Ich habe Saras Entschluss nie gutgeheißen. Lass mich gehen!"

„Nein!", sagte der Mönch energisch und hielt ihn fest.

Isaac setzte sich zur Wehr. Er spuckte und trat um sich und versuchte den Mönch zu schlagen, dabei ging sein Atem immer schneller. „Ich habe einen Dolch. Wenn du mich nicht gehen lässt, richte ich mich selbst!", stieß er hervor.

„Wo hast du den her?", fragte der Mönch.

„Ich habe ihn von zu Hause mitgenommen und versteckt, falls ich ihn brauche", hechelte er noch, dann verdrehte er die Augen und brach ohnmächtig zusammen.

Conrad fing ihn auf und trug ihn zum Bett. Der Knabe war leicht wie eine Feder. Er holte Wasser, benetzte seine Lippen, dann tränkte er einen Lappen und befeuchtete dessen Stirn. Schließlich suchte er nach dem Dolch, und als er ihn gefunden hatte, nahm er ihn an sich. Er setzte sich an sein Bett und hielt Wache, bis draußen auch die letzten Schreie verstummt waren und die Stille des Todes einkehrte.

Burg

Gerhard hatte Reinhedis, die Kinder, einen Teil des Gesindes und eine Abordnung Soldaten vorsorglich in den Geheimgang gebracht, wo er seine Familie sicher glaubte. „Der Ausgang ist zwar mit Steinen versperrt, doch lassen die sich leicht von innen entfernen. Zur Not könnt ihr dort hinausgelangen."

„Gerhard, ich will aber bei dir bleiben!", beharrte Reinhedis.

„Dein Platz ist hier bei den Kindern. Was soll aus ihnen werden, wenn mir etwas geschieht?"

Reinhedis widersetzte sich nicht länger. Auch wenn sie sich um ihn ängstigte, beschloss sie, für ihre Kinder stark zu sein. Sie schluckte ihre Tränen hinunter und versuchte ihre Furcht zu verbergen. Ihre Stimme klang erstaunlich ruhig, als sie ihn bat, auf sich zu achten.

„Das tue ich", sagte er, küsste ihre Wange und ging, während sich ihre Töchter an sie schmiegten und sie ihren Sohn fest an sich presste.

Seine Soldaten wie auch einige wehrhafte Bürger, die ihnen vor dem Ansturm der Pilger zu Hilfe geeilt waren, hatten sich im Innenhof versammelt. Gemeinsam mit den Juden wollten sie sich den Kreuzfahrern entgegenstellen. Noch wusste niemand, dass der Bischofspalast gefallen war. Sie hofften, dass die Burg einem Angriff standhalten würde. Selbst die immer wütender werdende Menge vor dem Tor ließ ihre Zuversicht nicht schrumpfen. Da die Angreifer weder über Leitern noch über Rammen verfügten, glaubten sie nicht an eine Erstürmung.

Aber Wilhelm von Melun schmiedete einen perfiden Plan. In Belagerungen erfahren verstand er sich auf allerlei Kniffe. Auch er erkannte, dass die Burg nicht so leicht zu erobern war. Deshalb griff er zu einem probaten Mittel, das ihm schon einmal Zutritt zu einer Festung verschafft hatte. „Wir haben keine Möglichkeit aus eigener Kraft hineinzugelangen", stellte er fest. „Wir machen das Feuer zu unserem Verbündeten. Wenn die Burg brennt, werden sie sich ergeben."

Sie bereiteten alles vor und wenig später prasselte ein wahrer Hagel aus Feuerpfeilen auf die Burg nieder. Zunächst fanden die Geschosse keine Nahrung, da sie auf den Boden prallten. Doch bald landete einer in einem Heuhaufen, der nicht mehr rechtzeitig gelöscht werden konnte. Die Flammen sprangen auf den Stall über und fraßen sich unerbittlich weiter. Dichter Qualm breitete sich aus, der die Sicht behinderte und das Atmen erschwerte. Während ein Teil der Burgbewohner den Brand löschte, versuchten andere neue Brandherde zu verhindern. Schließlich musste Gerhard einsehen, dass ihre Gegenwehr aussichtslos war. Wenn sie so weitermachten, lag bald alles in Schutt und Asche und sie alle würden bei lebendigem Leib verbrennen.

„Wir müssen uns ihnen stellen! Öffnet das Tor, damit es zum Kampf Mann gegen Mann kommt. Möge der Herr mit uns sein", ordnete er an.

Auch in der Burg setzte sich das Morden fort und hörte erst auf, als alle Juden getötet oder getauft waren. Viele von Gerhards Soldaten starben, der Burgherr selbst wurde verletzt und in sein Gemach gebracht, wo er notdürftig versorgt wurde.

In der Stadt

Noch immer war der Blutdurst der Gotteskrieger nicht gestillt. Sie zogen durch die Stadt auf der Suche nach weiterer Beute. Nahe beim Judenviertel stöberten sie schließlich David bar Natanael mitsamt seiner Familie auf, die bei einem Pfarrer Unterschlupf gefunden hatten.

„Rück sie heraus, wenn du der Strafe Gottes entgehen willst", forderten sie von dem Gottesmann.

Anfangs weigerte er sich, doch als die Drohungen immer heftiger wurden und er um sein eigenes Leben fürchtete, versuchte er David zur Taufe zu bewegen. „Beug dich ihrem Willen, nur so könnt ihr überleben. Ich kann euch nicht länger beschützen! Nur durch die Taufe kannst du dich, dein Vermögen, deine Familie und dein Gesinde retten", bat ihn der Pfarrer eindringlich.

David blieb ruhig. „Ich danke dir, dass du uns beigestanden hast. Es zeigt, dass sich nicht alle von uns abgewendet haben. Dieses letzte Stück müssen wir allein gehen."

Dann trat er mit seiner Familie und dem gesamten Hausstand vor die versammelten Pilger, die annahmen, sie ließen sich taufen. „Wehe euch, ihr abgefallenen Kinder, die ihr an einen Gott der Nichtigkeit glaubt! Aber ich glaube an den Allmächtigen, den Ewiglebenden, der in den Himmelshöhen thront! Auf ihn habe ich bis auf den heutigen Tag vertraut und werde es tun, bis zum Ausgang meiner Seele. Wenn ihr mich tötet, wird meine Seele ins Paradies zum Lichte des ewigen Lebens gebracht. Ihr aber werdet in die Grube des Verderbens fahren zur ewigen Schmach und Höllenstrafe."

Seine Schmähungen sorgten zunächst für ungläubiges Staunen. Doch bald löste sich ihre Erstarrung und wandelte sich in blindwütigen Hass. Ohne Gnade zu zeigen, erschlugen sie David, seine Familie und sein Gesinde. Danach rafften sie in ihrer Gier Schmuck und Kleidung der Getöteten zusammen und ließen die nackten Körper achtlos liegen.

Der Pfarrer hatte sich noch während Davids Ansprache in sein Haus geflüchtet, denn er fürchtete, der Zorn der Menge könnte sich auch gegen ihn richten. Doch ihre Mordlust galt nicht ihm und die Pilger wandten sich Richtung Judenviertel, um dort die Häuser zu plündern und nach weiteren Überlebenden zu suchen.

Anwesen des Kämmerers

Hanno, Widukind und Griseldis samt Margreth und Bertram gelangten wohlbehalten in das Haus des Kämmerers. Noch waren die Kreuzfahrer nicht bis hierher vorgedrungen, aber lange konnte es nicht mehr dauern. Um das Anwesen vor einem Überfall zu schützen, ließ Hanno die Fahne des Kämmerers gut sichtbar neben das Tor hängen. „So weiß jeder, wer hier residiert und sie verschonen hoffentlich dieses Haus."

Hanno passte Griseldis in einem günstigen Moment ab. „Ich will, dass du dein Versprechen einhältst. An dem Tag als ich es einfordern sollte, musste ich nach Battenheim. Jetzt ist es aber so weit. Während du hier bist, schreibst du den Brief an den Kaiser. Zunächst bringe ich dich aber erst einmal zu den anderen Frauen. Ihr werdet euch gemeinsam verstecken, bis alles vorüber ist."

„Und wenn ich das nicht will?"

„Dann sperre ich dich ein!", entgegnete er kurzerhand.

Sein Ton ließ keine Zweifel daran, dass er es ernst meinte. Als er Griseldis und Margreth zu den anderen brachte, war Yrmengardis anzumerken, dass sie sich darüber wunderte. Aber da sie Hanno vertraute, fragte sie nicht nach dem Grund für Griseldis´ Anwesenheit. Sie wollte aber wissen, was in der Stadt vor sich ging.

Hanno ergriff ihre zarten, kühlen Hände und hielt sie fest. Sie ließ ihn gewähren. „Ich weiß es nicht, denn viel habe ich nicht gesehen", erwiderte er ohne näher darauf einzugehen. „Wir können nur hoffen, dass bald alles vorüber ist."

„Denkst du, sie kommen hierher?"

„Das ist nicht auszuschließen. Ich lasse aber nicht zu, dass dir etwas geschieht. Und nun muss ich gehen. Bleibt hier im Versteck", schärfte er ihnen ein. „Habe besonders ein Auge

580

auf Griseldis! Sie geht gern ihre eigenen Wege", bat er sie und Yrmengardis versprach es ihm.

Inzwischen war ein Soldat des Erzbischofs gekommen, der Hanno sprechen wollte. „Dein Herr schickt mich. Ruthard und die Herren des Domkapitels verlassen Mainz und zwar mit Booten. Du sollst umgehend zu ihm an den Rhein kommen und das Kreuz mitbringen. Er sagte, es sei äußerst wichtig."

„Wie ist die Lage?", erkundigte sich Hanno, um abzuschätzen, ob er das Anwesen überhaupt verlassen konnte.

„Konfus. Teile der Pilger haben sich von ihren Anführern losgesagt und streunen in der Stadt umher. Die Truppen des Bischofs und des Burgherrn sind aufgerieben und die Ordnung fällt auseinander. Die Bürger müssen sich selbst verteidigen. Aber wenigstens verschonen die Kreuzfahrer bislang die Häuser, die Kirchen und Klöster der Christen. Bis hierher sind sie noch nicht vorgedrungen. Also beeile dich, damit wir noch an den Rhein gelangen."

„Ich hole es, wart du solange hier", meinte Hanno und hastete nach oben in das Schreibzimmer seines Herrn. Eigentlich hätte er sich am liebsten diesem Befehl widersetzt, denn er wollte nicht der Handlanger eines Betrügers sein. Aber noch stand er in seinen Diensten und war ihm zu Gehorsam verpflichtet.

Er fürchtete, das Kreuz könnte den Pilgern in die Hände fallen, denn sein Anblick reichte aus, um Begehrlichkeiten zu wecken. Deshalb hielt er es für klüger, es zu verhüllen. Noch einmal bewunderte er den reich verzierten Ebenholzkorpus mit den kieselsteingroßen Rubinen, die die Wundmale Christi symbolisierten. Allein der Wert des Kreuzes reichte als Lösegeld für den gesamten Haushalt des Kämmerers samt seiner Gäste aus. Er nahm es von der Wand, was ihm deutlich leichter fiel als seinem Herrn, und entfernte den kostbaren Inhalt aus sämtlichen Hohlräumen. Die unbeschriebene Pergamentrolle ließ er allerdings an Ort und Stelle. Dann schlug er es in ein Laken ein, und als er es jetzt hochhob, war es deutlich leichter als zuvor.

„Wo bleibst du denn so lange?", empfing ihn der Soldat ungeduldig.

„Ich habe so schnell gemacht, wie ich konnte!", entschuldigte er sich.

Widukind, Graf Bolko und Friedrich boten sich an, die beiden zu begleiten. Hanno hätte sie zwar lieber als Wache bei den Frauen gesehen, aber das Kreuz musste sicher zum Kämmerer gelangen und dabei war jeder Mann hilfreich.

„Lasst uns endlich gehen, es wird höchste Zeit", drängte der Soldat. „Wir nehmen den Weg durch die Kämmererpforte. So gelangen wir am schnellsten an den Rhein. Und von dort ist es nicht mehr weit, bis zu der Stelle, wo die Boote warten."

Im Umfeld des Hauses war es ruhig, sodass sie rasch vorankamen. Als sie die kleine Pforte zum Rhein erblickten, wähnten sie sich schon am Ziel und atmeten erleichtert auf. Doch bevor sie den Durchgang erreichten, traten aus einer kleinen Seitengasse zehn Pilger und empfingen Hanno und seine Begleiter mit gezückten Waffen. Auf ihren Gesichtern zeichnete sich wilde Entschlossenheit ab, die sich beim Anblick des verhüllten Kruzifixes noch verstärkte.

„Überlasst uns das Kreuz und wir lassen euch gehen", meinte ihr Anführer, ohne es überhaupt gesehen zu haben.

Der Soldat, Widukind, Graf Bolko und Friedrich bildeten einen Ring um Hanno, um ihn zu schützen. Dieser schüttelte den Kopf. „Ihr bekommt es nicht, es gehört dem erzbischöflichen Kämmerer. Und ihr wollt euch doch nicht versündigen, indem ihr die Kirche bestehlt."

„Rück es heraus und wir belassen es dabei. Ansonsten …", drohte der Mann, aber Hanno ließ ihn gar nicht erst ausreden.

„Was ist ansonsten?", entgegnete er unbeeindruckt, legte es ab und zog sein Schwert. „Wenn ihr es haben wollt, müsst ihr darum kämpfen."

Das war für alle das Signal, die Waffen zu erheben, und sofort entflammte ein Kampf auf Leben und Tod. Die Kreuzfahrer stellten sich dabei als beinahe ebenbürtige Gegner heraus. Hieb folgte auf Hieb, Stich auf Stich. Da aber die Männer um Hanno kräftiger waren, gewannen sie bald die Oberhand und drängten die Widersacher zurück. Dabei verletzte Widukind einen der Pilger und der Soldat des Bischofs zwei Männer. Auch Bolko und Friedrich wehrten sich tapfer und sorgten für manche Wunde. Plötzlich gelang es einem der Angreifer, in die Fünfergruppe einzudringen. Aber Hanno handelte blitzschnell. Mit seinem Dolch, den er zusätzlich gezogen hatte, wehrte er den Angriff ab und stach dabei den Mann in den Hals, der tödlich getroffen zu Boden sank. Auch der Soldat verwundete in diesem Augenblick einen der Wallfahrer so schwer, dass dieser den Kampf einstellte. Das brachte die Angreifer endlich zur Besinnung. Sie kapitulierten, stützten den Verletzten und liefen so schnell sie konnten davon. Den Toten ließen sie zurück.

Hanno und die anderen waren nicht stolz auf diesen Sieg, der einen Menschen das Leben gekostet hatte. Schweigend setzten sie den Weg fort. Als sie endlich an das Rheinufer gelangten, waren die Schiffe bereits fort. Etliche Meilen rheinabwärts waren ihre Umrisse noch vage in der Abenddämmerung zu erkennen.

„Lasst uns umkehren", meinte Hanno. „Wir sollten uns beeilen, denn ich fürchte, sie holen Verstärkung und kommen zurück."

Altmünsterkloster, spätabends

Sara schrie vor Schmerzen. Die Wehen kamen in immer kürzeren Abständen und sie hatte jedes Mal das Gefühl, als würde ihr Leib zerreißen. Die schweißfeuchten Laken waren zerwühlt und blutverschmiert.

„Der Kopf des Kindes ist schon zu sehen. Bald hast du es geschafft", versicherte ihr Magdalena. Zu Rachel meinte sie: „Komm jetzt her, damit du das Neugeborene auffangen kannst", und diese folgte der Aufforderung.

Eine letzte heftige Wehe beförderte das Kind aus dem Mutterleib, das mit lautem Geschrei das Leben begrüßte.

„Es ist ein Mädchen! Und es ist gesund", sagte Rachel, als sie es in den Armen hielt.

Sara sank erschöpft auf das Bett zurück. Sie fühlte sich schwach, aber glücklich. Die langen Wehen hatten viel Kraft gekostet, jetzt wollte sie nur noch schlafen. Ihr fielen die Augen zu, die sie erst wieder öffnete, als ihr das Neugeborene gewaschen und in Tücher gewickelt auf ihre Brust gelegt wurde. Nachdem sie ihm kurz über den Kopf gestreichelt hatte, nahm Rachel es ihrer Tochter wieder ab und legte es auf das andere Bett. Dann kümmerte sie sich um Sara, die gewaschen und deren Bett frisch bezogen werden musste. Nachdem alles erledigt war, bekam sie ihr Kind wieder.

Voller Zärtlichkeit betrachtete sie das kleine Wesen, das zufrieden vor sich hin nuckelte. „Sie hat den Mund ihres Vaters findest du nicht auch?", stellte Sara fest und Rachel stimmte ihr zu.

Erst jetzt wurde beiden bewusst, wie still es in der Stadt war.

„Magdalena, warum ist es so ruhig? Während der letzten Tage lärmten die Kreuzfahrer vor den Toren. Nun ist nichts mehr von ihnen zu hören. Sind sie abgezogen?", fragte Sara voller Hoffnung.

Magdalena wandte den Kopf ab. Diesen Augenblick hatte sie gefürchtet. Wie konnte sie der jungen Mutter in einem solchen Moment des Glücks mitteilen, welches Unheil über ihr Volk hereingebrochen war. „Was ich euch jetzt zu sagen habe, wird euch mit tiefer Trauer erfüllen. Die Pilger gelangten in die Stadt, eroberten den Palast und die Burg und töteten jeden eurer Mitbrüder, der die Taufe verweigerte. Ich fühle mit euch und es tut mir sehr leid."

Rachel stieß einen verzweifelten Schrei aus, ging in die Knie und zerriss ihr Gewand. „Der Herr hat uns verlassen, welche Sünde haben wir begangen, dass er unser Volk so straft. Was ist mit Isaac? Wie geht es meinem Sohn?", schluchzte sie unter Tränen.

Sara weinte im Gegensatz zu ihrer Mutter in sich hinein, denn sie wollte ihr Kind nicht erschrecken. „Wenn Conrad bei ihm war, dann ist ihm nichts zugestoßen", versuchte sie Rachel schluchzend zu trösten

„Wenn aber nicht? Ach, hätte ich doch nicht auf dich gehört und wäre mit den anderen gegangen. Dann müsste ich ihren Tod jetzt nicht betrauern."

„Dann hättest du aber auch die Geburt deiner Enkeltochter nicht erlebt", widersprach Sara.

Rachel brach wimmernd zusammen. „Wie geht es nun weiter? Wir sind verlassen, jetzt, wo alle tot sind. Das Leben, das wir hatten, existiert nicht mehr. Alles, was wir liebten, ist ausgelöscht."

Sara erwiderte mit schmerzbetäubter Stimme: „Vater und Immanuel leben noch! Isaac vielleicht auch. Wir sind also nicht ganz verloren."

„Kann ich noch etwas für euch tun?", fragte Magdalena, die sich angesichts dieser Verzweiflung unbehaglich fühlte.

„Nein, lass uns jetzt bitte allein", bat Rachel und Magdalena ging.

Secretarium, spätabends

Die Luft in dem dunklen Raum war stickig und heiß. Die fünfzig Männer, die dicht gedrängt beieinander saßen, wagten nicht zu reden und litten wegen der Hitze großen Durst. Einmal hatte der Diener nach ihnen gesehen und ihnen Wasser gebracht, das er sich teuer bezahlen ließ. Doch die Krüge waren längst geleert und inzwischen klebten ihre Zungen an ihren Gaumen. Draußen herrschte Totenstille. Die Schreie im Palast waren seit einer Ewigkeit verstummt und die beängstigende Ruhe raubte ihnen die Hoffnung.

„Ob es schon Abend ist?", fragte der Sohn des Kalonymos, der in der Abgeschiedenheit des Secretariums jedes Zeitgefühl verloren hatte.

„Ich nehme es an", bestätigte ihm sein Vater.

Wenig später wurde die Tür aufgeschlossen und der Diener erschien. „Es ist vorüber. Der größte Teil der Kreuzfahrer hat die Stadt verlassen. Sie feiern ihren schändlichen Sieg draußen vor den Toren. Jetzt ist der Zeitpunkt für eure Flucht günstig. Soldaten des Erzbischofs bringen euch nach Rüdesheim. Kommt jetzt heraus. Ich führe euch zu ihnen."

Im Hof des Palastes bot sich ihnen ein Bild des Grauens. Überall war Blut und die nackten Leiber der Erschlagenen lagen kreuz und quer übereinander. Sie mussten über die Leichen ihrer Mitbrüder steigen, was ihnen ungeheure Überwindung abverlangte. Ihr Anblick erfüllte sie mit unsäglichem Schmerz und zerriss ihnen beinah das Herz. Aber sie wagten nicht, die Totenklage anzustimmen, noch waren sie nicht sicher.

„Gibt es Überlebende?", fragte der Parnass einen der Soldaten.

„Nur die Zwangsgetauften", lautete die knappe Antwort.

„Demnach existiert die Gemeinde von Magenza nicht mehr", stellte Kalonymos fest.

„Vater, wenn alle tot sind, warum sollen wir uns dann überhaupt zu retten versuchen?", meinte sein Sohn verzweifelt.

„Weil nur die Lebenden die Toten nicht vergessen und so die Erinnerung an ihre Namen wachhalten. Sie und alles, was hier geschah, darf nicht in Vergessenheit geraten. Wir werden unsere Gemeinde wieder aufbauen, auch wenn es Jahre dauert", erwiderte er trotzig, obwohl er selbst nicht so recht daran glauben konnte, denn eine Zukunft Magenzas erschien ihm angesichts dieses großen Unheils unvorstellbar.

In welchem Zustand sich ihr Viertel befand, konnte er nur erahnen. Synagoge und Jeschiwa blieben auf lange Zeit verwaist, die Geschäfte der Händler standen leer und ein Großteil ihres Vermögens war verloren. Kalonymos fragte sich, wie es um das Geld stand, das sie dem Erzbischof anvertraut hatten. Ob er es vor Plünderungen retten konnte und es ihnen in Rüdesheim aushändigte? Ein Neuanfang würde äußerst schwierig werden und ohne Kapital beinah unmöglich sein. Aber wollten sie überhaupt auf diesem Boden, auf dem annähernd tausend seiner Mitbrüder den Tod gefunden hatten, ihre Tradition aufrechterhalten?

In der Stadt, mitten in der Nacht

Isaak erwachte aus seiner Ohnmacht. Conrad hatte die ganze Zeit an seinem Bett gewacht und den Jungen nicht aus den Augen gelassen. Als er die Lider öffnete, erkannte der Mönch, dass er wieder einigermaßen bei Verstand war.

„Es ist alles vorüber", stellte Conrad fest.

Sein Schützling wandte den Kopf zu Seite. Tränen liefen seine Wangen hinab und er machte sich nicht die Mühe, sie wegzuwischen.

Conrad versuchte ihn zu trösten. „Einige Zwangsgetaufte haben überlebt."

„Sie gehören ab jetzt nicht mehr zu uns, sondern sind Ausgestoßene!", schluchzte Isaac.

„Weitere fünfzig wurden gerettet. Sie befinden sich gerade auf dem Weg zum Erzbischof nach Rüdesheim. Unter ihnen sind Kalonymos und sein Sohn."

Diese Nachricht besänftige den Knaben etwas, der sich nun gleich weniger wie ein Verräter vorkam. Wenn selbst der Parnass sich versteckt gehalten hatte, war es vielleicht doch kein Fehler gewesen, es auch zu tun. „Wie geht es Sara und Mutter?"

„Ich weiß es nicht. Aber das Kloster wurde verschont. Deshalb ist ihnen bestimmt nichts geschehen."

„Conrad, ich habe Durst und Hunger."

„Hier hast du Wasser und etwas Brot", meinte der Mönch und reichte ihm beides, froh, dass der Knabe sich nicht ganz aufgegeben hatte.

Die Brandherde in der Burg waren gelöscht und die Angreifer abgezogen, nachdem sie mitgenommen hatten, was sie tragen konnten. Reinhedis hatte inzwischen mit den Kindern den Geheimgang verlassen und sie in einem Teil des Hauses einquartiert, der weitgehend intakt war. Sie sollten weder die Toten noch das Ausmaß der Verwüstung zu Gesicht bekommen. Die nächsten Wochen würden schwer genug für sie werden. Sie selbst hatte den Mut aufgebracht und sich hinausgetraut. Das Grauen, das sie dort erblickte, ließ sich nicht in Worte fassen. Unter Tränen hatte sie ein Stoßgebet zum Himmel geschickt, um für das Seelenheil der Erschlagenen zu beten, egal welchem Glauben sie angehörten.

Glücklicherweise hatte Gerhard nicht nur seine Familie in Sicherheit gebracht, sondern auch etliche Vorräte und den Großteil ihrer Wertsachen im Geheimgang verstaut. So blieb ihnen der Hunger für die nächsten Tage erspart. Zwar hatten die Pilger nicht bis in die privaten Gemächer vordringen können, das wussten die Soldaten zu verhindern, trotzdem war der Schaden an der Burg immens. Es würde einige Zeit dauern, bis alles wieder instand gesetzt war. Doch das kümmerte Reinhedis im Augenblick wenig, wenn nur Gerhard wieder gesund wurde. Seine Verletzungen waren glücklicherweise nicht so schlimm wie zunächst befürchtet. Jetzt saß sie an seinem Bett und wachte über ihn.

Im Anwesen des Kämmerers hatte sich die Aufregung gelegt, die nach der Rückkehr der Männer ausgebrochen war. Die Wunden von Graf Bolko und des Soldaten waren versorgt und die Frauen verließen ihr Versteck. Widukind hielt es für sicherer, im gutbewachten Anwesen des Kämmerers zu übernachten, solange Pilger marodierend durch die Gassen der Stadt zogen. Zuvor holte er aber noch Saras Schmuck und Geld sowie einige persönliche Dinge aus seinem Haus, die für ihn von Wert waren.

Hanno hatte das Kruzifix wieder in seinen ursprünglichen

Zustand versetzt und an seinen angestammten Platz gehängt. Nach Tagen der Anstrengung fand er endlich Zeit, sich ungestört mit Yrmengardis zu unterhalten. Sie hatte sich in den letzten Tagen verändert und wirkte entscheidungsfreudiger und selbstbewusster. Das Zögerliche von früher war weitgehend verschwunden und ihm gefiel, dass sie ihre Fragen jetzt offen stellte. „Warum hast du eigentlich Griseldis in dieses Haus gebracht? Bist du etwa ihr Beschützer?"

„Nein, sie ist mit dem Sohn des Tuchmachermeisters verlobt. Aber dieses Anwesen bietet mehr Sicherheit."

„Sie ist sehr schön", gab sie unumwunden zu. „Und du verschweigst mir auch nichts, was sie anbelangt?", argwöhnte sie, denn Griseldis hatte in ihrer Gegenwart eine Bemerkungen über ihre Beziehung zu Hanno fallen lassen, die sie misstrauisch machte.

Hanno bemühte sich, ihre Zweifel auszuräumen. „Sie bedeutet mir nichts – ganz im Gegensatz zu dir. Aber sie kann mir möglicherweise von großem Nutzen sein. Jetzt, wo der Kämmerer sich nicht mehr in der Stadt aufhält, ist meine Zukunft ungewiss. Wer weiß, ob er jemals zurückkehren wird oder mich holen lässt. Sollte er Mainz für immer fernbleiben, brauche ich einen neuen Dienstherren und sie kann mir möglicherweise dazu verhelfen."

Yrmengardis überlegte einen Moment, denn sie verstand nicht ganz, was er damit meinte. „Und wenn Embricho doch nach dir verlangt?"

„Dann weiß ich noch nicht, ob ich ihm Folge leisten werde."

„Du verweigerst ihm den Gehorsam?", flüsterte sie erschrocken.

„Er hat es verdient", entgegnete Hanno kalt. „Aber das erkläre ich dir ein anderes Mal. Griseldis soll sich für mich bei Kaiser Heinrich verwenden, sodass ich möglicherweise bald eine bessere Stellung bekomme."

„Verfügt sie denn über solchen Einfluss?"

„Ja", erwiderte Hanno.

„Und das ist der einzige Grund, warum du mit ihr zu tun hast?"

„Ja, das musst du mir glauben. Mein Herz schlägt nur für dich und für keine andere."

Mittwoch, 28. Mai A. D. 1096, 4. Siwan 4856
In der Stadt

Noch während der Nacht hatten sich etliche Bürger, die der plündernden Pilger überdrüssig geworden waren, in Gruppen zusammengetan und die letzten Kreuzfahrer mit Waffengewalt aus der Stadt getrieben. Inzwischen waren die Tore wieder verschlossen und gut bewacht. Nun schliefen die Pilger trunken vor Siegestaumel und geraubtem Wein in ihrem Lager, während der Gestank des Todes die Stadt zu erobern begann.

Der Geruch nach Blut, Erbrochenem, Fäkalien und den gärenden Inhalten aufgeschlitzter Bäuche drang von den Gassen bis in die Häuser. Im Bischofspalast, im Burghof und auf den Plätzen davor stapelten sich die Leichname. Seit den frühen Morgenstunden hoben Männer Gruben aus, in denen die Toten ihre letzte Ruhe finden sollten. Und es musste schnell gehen, wenn Mainz nicht ersticken wollte. Genau wie in Worms würden die Toten nackt, ohne einen Sarg und in blanker Erde beigesetzt werden. Kein Grabstein markierte die Stelle, an der sie bis in Ewigkeit ruhten und an der sich die Juden an ihre geliebten Verstorbenen hätten erinnern können. Obwohl diese Aufgabe eine ehrlose war, versuchten die Totengräber sie ehrenhaft zu erfüllen.

Als Isaac spät am Morgen erwachte, saß Conrad noch immer an seinem Bett. Die Erschöpfung hatte ihn übermannt und er war im Stuhl eingeschlafen. Doch kaum rührte sich der Knabe, war er sofort wach. Noch in der Nacht hatte die Oberin des Klosters einen Knecht gesandt und Conrad mitteilen lassen, dass Sara Mutter geworden war. Mit dieser Neuigkeit überraschte der Mönch den trauernden Knaben. „Sara hat gestern ihr Kind bekommen. Es ist ein Mädchen und beide sind wohlauf."

„Dann bin ich jetzt also Onkel. Aber ich kann mich nicht so recht darüber freuen", meinte Isaac zaghaft.

„Ich kann dich nicht wirklich trösten, denn es ist zu schrecklich, was deinem Volk zugestoßen ist. Aber die Geburt eines Menschen ist immer ein Anlass zur Freude."

„Wann werde ich Sara und Mutter sehen?"

„Sobald alle Kreuzfahrer endlich abgerückt sind. Die ersten brechen heute angeblich auf."

Altmünsterkloster

Sara und das Kind hatten lange geschlafen. Das Kleine erwachte mit einem Gähnen, das an eine kleine Katze erinnerte und Sara ein Lächeln entlockte. Doch als sie ihre Mutter anschaute, erschrak sie zutiefst. Anscheinend hatte sie während der Nacht nicht geschlafen. Ihr Gesicht war fahl und sie schien geschrumpft zu sein, sodass sie um Jahre älter wirkte. Ihr Haar, ihre Augen waren stumpf und Falten hatten sich um Mund und Nase eingegraben, die gestern noch nicht dagewesen waren.

„Mutter, geht es dir nicht gut?", fragte Sara besorgt.

Rachel antwortete ihr wie durch einen Nebel: „Ist dir bewusst, dass wir keine Zukunft haben? Alles ist vernichtet, kaum einer hat überlebt und die Toten werden gerade in riesigen Gräbern verscharrt."

„Isaac etwa auch?", erschrak sich Sara.

„Nein, ich erfuhr heute im Morgengrauen, dass es ihm gut geht. Wir können hier nicht bleiben! Magenza ist nicht länger unsere Heimat. Lass uns nach Schpira zu unseren Verwandten ziehen."

Sara setzte sich auf und erwiderte trotzig. „Nein, ich gehe nicht. Dies ist die Stadt meiner Ahnen. Hier wurde ich geboren und hier werde ich sterben, außer mein Mann verlangt anderes von mir. Aber solange er nicht da ist, harre ich hier aus."

Rachels Blick klärte sich. Sie schaute ihre Tochter an, als sähe sie sie zum ersten Mal. Mit versteinerte Miene meinte sie: „Wie kannst du hier noch leben wollen? An einem Ort, an dem die Irrenden uns vernichteten und an dem unser Schöpfer uns verließ?"

„Er hat unser Brüder und Schwestern auch in Schpira und Warmaisa verlassen! Außerdem gibt es hier nicht nur blindwütige Eiferer. Einige haben uns geholfen, ohne etwas dafür zu verlangen. Widukind, Conrad, die Äbtissin."

„Das sind nur drei von Tausenden."

„Drei sind mehr als niemand. Ich weiß nicht, wie und ob ich den Schmerz über dieses große Unheil jemals besiegen kann, aber ich bin nicht bereit, mich von ihm niederringen zu lassen. Wir haben für unsere Sünden gebüßt und zwar in einem Maße, das für uns unvorstellbar ist. Vielleicht gewährt der Herr uns jetzt einen Neubeginn und vergibt uns. Wenn ich meine Hoffnung angesichts des Leids, der Grausamkeit und der Ungerechtigkeit fahren lasse, dann siegt der Hass. Und in einer Welt voller Hass kann ich nicht leben und erst recht nicht mein Kind aufziehen. Ich werde lernen, zu verzeihen – allerdings ohne dieses Unglück jemals zu vergessen. Diese Ereignisse werden auf immer ein Teil unserer Geschichte bleiben und sind deshalb unauflösbar mit uns verwoben sein. Wir können sie nicht ungeschehen machen, aber vielleicht gelingt es uns, für die Zukunft zu lernen."

Über Rachels Wangen liefen Tränen. Sie knetete ihre Hände und schüttelte den Kopf. „Du bist eine Träumerin. Dein Herz ist groß und dein Verstand getrübt!", widersprach sie ihr unter Schluchzen. „Wir werden immer die anderen sein, argwöhnisch beäugt und verfolgt."

„Ich weiß das. So ist es seit alters her."

Anwesen des Kämmerers

Hanno und die anderen Männer hatten geholfen, die Toten zu bestatten und kehrten spätabends erschüttert und erschöpft zurück. Keiner von ihnen würde jemals über das Erlebte reden können, denn dafür gab es keine Worte Und die schrecklichen Bilder würden für immer Bestandteil ihrer Erinnerung bleiben. Sie selbst und ihre Kleidung rochen nach Tod und sie hatten das Gefühl, den Gestank nicht mehr loszuwerden. An diesem Abend brachte keiner einen Bissen hinunter und jeder blieb für sich.

Widukind hatte sich entschieden, in sein Haus zurückzukehren. Die Stadt war inzwischen weitestgehend sicher und er wollte es nicht leer stehen lassen, damit andere es nicht in Besitz nahmen.

Hanno, der während der Abwesenheit seines Herrn für den Haushalt verantwortlich war, machte seinen abendlichen Rundgang. Er schaute in die Ställe, kontrollierte den Hof und das verriegelte Tor. Danach prüfte er in der Küche, ob das Herdfeuer gelöscht war, und stieg die Treppe in den ersten Stock hinauf, um dort nach dem Rechten zu sehen. Als er an das Schreibzimmer des Kämmerers kam, schimmerte ein schwacher Lichtschein unter der Tür durch. Für einen kurzen Moment erschrak er. Sollte Embricho zurückgekehrt sein, um den Inhalt des Kreuzes zu holen?

Beherzt stieß er die Tür auf und erblickte Griseldis, die sich an dem Kruzifix zu schaffen machte. „Lass das besser bleiben, du falsche Schlange, oder du landest im Kerker", rief er mit harter Stimme.

Sie schrie erschrocken auf und wäre beinahe vom Stuhl gefallen. „Schleichst du dich immer an?"

„Dringst du immer in anderer Leute Zimmer ein?"

„Wenn es sein muss! Ich nahm an, dass dein Herr etwas Bestimmtes darin versteckt haben muss. Vielleicht einen Hinweis auf den Domschatz?"

Hanno verschlug es beinah die Sprache. „Wie kommst du auf diesen Gedanken?"

„Ich weiß, dass er auf verschiedene Verstecke verteilt wurde, was unter der Aufsicht deines Herrn geschah. Das Kruzifix an sich ist überaus kostbar. Aber als er nach dir schickte, damit du es ihm trotz der großen Gefahr durch die Kreuzfahrer bringst und du dem Befehl prompt folgtest, kam mir gleich der Gedanke, dass er es nicht wegen seines Wertes haben wollte, sondern aus einem anderem Grund. Da der Kämmerer nicht gerne teilt und seine eigenen kleinen Geheimnisse hat, wollte ich meine Vermutung gerade überprüfen. Dich hat er bestimmt auch im Unklaren gelassen und in die Irre geleitet. Habe ich recht?", schlussfolgerte sie messerscharf.

Ihre Annahme traf zwar zu, aber Hanno hatte endgültig genug von ihr. Sie war unverschämt und missbrauchte seine Gastfreundschaft. „Das wirst du nie erfahren! Steig jetzt von dem Stuhl und geh mir aus den Augen. Ich habe einen Fehler begangen, deine Unterstützung zu fordern. Zwar sind wir beide aus einem Holz geschnitzt und mutige Menschen, die für ihre Herren alles tun, aber wir haben eine unterschiedliche Auffassung von Ehre. Wäre der Erzbischof noch in Mainz, würde ich dich ihm übergeben, damit er dich zur Rechenschaft zieht. Du fühlst dich wahrscheinlich sicher, weil der Stadtgraf ebenfalls in die Sache involviert ist und ich dich ihm nicht aushändigen kann, ohne ihn selbst in Bedrängnis zu bringen. Zudem hat der Kaiser dich geschickt, was ich verschweigen muss, wenn ich ihn nicht bloßstellen will. Du hast das Glück also auf deiner Seite – noch. Du magst auch mit dem Mord an Wolff davonkommen und erst vor Gott dafür zur Rechenschaft gezogen werden, aber den Verrat an meinem Herrn und letztendlich auch an mir verzeihe ich dir nicht. Ich ertrage deine Gegenwart nicht länger. Sobald der Tag anbricht, verlässt du das Anwesen. Ich will nicht mehr, dass du zu meiner Fürsprecherin wirst und beharre nicht länger auf meiner Forderung. Lieber bleibe ich das, was ich bin, als durch deine Hilfe aufzusteigen."

„Hanno, du bist im Irrtum. Ich wollte nichts stehlen. Ich wollte mich nur vergewissern, dass er nicht in die falschen Hände fällt", versuchte Griseldis sich herauszuwinden. „Es ist doch auch im Interesse des Kaisers, dass der Schatz wieder an seinen angestammten Platz kommt und ich wollte dafür sorgen. Mainz bedeutet ihm viel. Vergiss nicht, dass er der Stadt stets gewogen war und ihr immer wieder Unterstützung hat zukommen lassen."

Hanno glaubte ihr nicht mehr. Obwohl er zutiefst enttäuscht darüber war, kein neues Leben beginnen zu können, blieb er unbeirrt. „Sobald du deinen Mund öffnest, kommt eine Lüge heraus. Du willst unabhängig vom Hofe sein, das hast du mir selbst gesagt. Was liegt da näher, als dir eigenmächtig Teile des Schatzes anzueignen? Du hast bewiesen, dass du eine Meisterin der Täuschung bist und auch vor Mord nicht zurückschreckst. Ich misstraue dir aus tiefstem Herzen. Außerdem ist es meine Aufgabe und nicht deine, den Domschatz zurückzubringen. Und nun begleite ich dich zu den anderen Frauen, wo du die Nacht über bleibst. Danach will ich dich nicht mehr sehen."

„Dein Versprechen gilt aber noch, dass du Dithmar nichts über meine wahre Identität verrätst?", fragte sie bang.

„Ich bin ein Ehrenmann und halte mein gegebenes Wort – auch wenn es mir bei dir besonders schwerfällt", meinte er nur.

Vor den Toren

Die Anführer der Kreuzfahrer waren über die Maßen zufrieden. Emich, weil er seine Mission erfüllt hatte, die anderen wegen der großen Beute, die das Heer für eine gewisse Zeit ruhig stellen würde. Gemeinsam feierten sie ihren Sieg und hatten aus diesem Anlass einen erbeuteten Ochsen geschlachtet, der gerade über einem Feuer brutzelte. Der Wein floss in Strömen und die Stimmung war ausgelassen.

Emich rief seinen Diener herbei, damit er ihm nachschenkte. „Der erste Schritt ist getan. Jetzt kann ich beruhigt nach Jerusalem ziehen. Du wirst sehen, bald dienst du einem wahren Herrscher", behauptete er selbstgefällig.

Albrecht schwieg. Erst jetzt erkannte er seinen Herrn als den Mann, der er wirklich war: ein skrupelloser Eiferer, der für seine Ziele über Leichen ging. Hatte er noch vor zwei Tagen angenommen, sein Geist sei verwirrt und Emich deshalb für seine Taten nicht verantwortlich, war ihm inzwischen bewusst geworden, wie sehr er sich geirrt hatte. Er war alles andere als verrückt, sondern handelte bedacht und mit Kalkül. Wer Tausende hinter sich vereinen konnte, die ihm blind folgten; wer eine hohe Summe Lösegeld erhielt, damit er das Leben anderer verschonte, und dies doch nicht tat; und wem freiwillig die Stadttore geöffnet wurden, damit er sein grausiges Werk vollenden konnte, war alles andere als krank. Ein solcher Mensch handelte voller zielgerichteter Überlegung.

Letzte Gewissheit hatte Albrecht während der Schlacht erhalten. Sein Herr war voller Hass gegen die Juden gewesen und schien Gefallen am Töten zu finden. Er hatte bisher nie einen Mann erlebt, der Entscheidungen mit solch kalter Berechnung traf wie Emich.

Lange Jahre war er ihm ein treuer Diener gewesen, doch nun hatte er den Respekt vor ihm verloren. Die Grausamkeit und die Unbarmherzigkeit, die er offenbarte, waren eines Mannes seines Standes unwürdig. Albrecht hoffte inständig, dass sich seine Visionen niemals erfüllen würden und ihm die Kaiserkrone verwehrt blieb.

Seinen Anteil der Beute hatte er ursprünglich ablehnen wollen. Zu viel Blut klebte daran. Doch jetzt besann er sich eines Besseren. Er half ihm über die nächsten Tage hinweg. Sobald sich ihm die Möglichkeit bot, würde er sich davonstehlen. Einem brutalen, gewissenlosen Mörder konnte er nicht dienen.

Rüdesheim

„Herr, es werden immer mehr, die sich seit dem Mittag vor Eurer Unterkunft versammeln. Ich weiß nicht, wie sie erfahren haben, dass Kalonymos und seine Leute hier sind. Vielleicht kamen sie von Mainz, vielleicht stammen sie von hier. Aber sie fordern, dass Ihr ihnen die Juden ausliefert", sagte der Hauptmann zu Ruthard.

„Warum will es mir nicht glücken, wenigstens ein paar ihrem Schicksal zu entreißen?", verzweifelte der Bischof. „Haben wir uns so versündigt, dass Gott uns auf diese Weise prüft?"

Burckhart schwieg betreten. Er fühlte mit seinem Herrn, doch Trost spenden konnte er nicht.

„Ich werde versuchen Kalonymos zu überreden, sich taufen zu lassen. So ist er für den Moment gerettet", meinte Ruthard. „Später kann er ja wieder zu seinem alten Glauben zurückkehren. Der Kaiser wird ihm das bestimmt gestatten."

„Er wird dieses Angebot nicht annehmen, denn dadurch verliert er sein Ansehen und seine Ehre", stellte der Kämmerer fest, der Ruthard, seit sie in Rüdesheim waren, nicht von der Seite wich. Er fürchtete nämlich, der Erzbischof könnte seine Entscheidung bereuen und vorzeitig nach Mainz zurückkehren.

„Denkst du, das wüsste ich nicht? Ich will ihn trotzdem überzeugen!", wies Ruthard ihn zurecht.

„Das wird dir nicht gelingen. Er würde es als Schmach empfinden. Er war der Vorsteher der blühendsten Gemeinde am Rhein, geistiges Oberhaupt, Ratgeber, Wortführer und ein Vorbild für die Städte Worms und Speyer. Mit der Taufe würde er nicht nur seine Religion, sondern auch diejenigen verraten, die für ihren Glauben starben!", insistierte der Kämmerer.

„Ich muss es wenigstens versuchen. Noch mehr sinnloses Sterben kann ich weder dulden noch ertragen."

„Für die Juden war es keineswegs sinnlos", entfuhr es Embricho, wofür er von Ruthard einen erzürnten Blick erntete.

Er ging nicht weiter auf seinen Verwandten ein, sondern trug Friedbert auf, Kalonymos herzubringen.

Als der Parnass in Begleitung seines Sohnes vor ihm stand, rang Ruthard um die passenden Worte. „Kalonymos, du musst erkennen, dass euer Schöpfer euch verlassen hat. Ich will euch helfen, aber meine Mittel sind beschränkt. Draußen vor dem Tor rottet sich eine Menge zusammen, die eure

Herausgabe fordert. Sie wächst im gleichen Maße wie ihr Hass auf euch. Ihr müsst euch taufen lassen, nur so könnt ihr dem Tod entrinnen", flehte er.

„Wir haben unser Schicksal in die Hand des Allmächtigen gelegt. Er hat über uns entschieden. Wie groß unsere Sünden auch sein mögen, durch die Taufe werden wir sie nicht bereinigen, sondern nur Verrat an ihm üben. Fast alle Mitglieder meiner Gemeinde haben den Tod gewählt, um der Schande zu entgehen und um den göttlichen Namen zu heiligen", stellte er fest und trat einen Schritt vor. „Auch wir werden diesen Schritt tun!"

„Ich will euch nicht einfach preisgeben. Euer Blut soll nicht an meinen Händen klebt", wehrte Ruthard ab.

„Das tut es schon!", mischte sich Kalonymos' Sohn ein.

Sein Vater wies ihn zurecht. „Dir steht es nicht zu, zu urteilen. Ich bitte Euch, entehrt unsere Namen nicht dadurch, dass Ihr uns zur Taufe zwingt!"

Bevor Ruthard ihm eine Antwort geben konnte, hatte der Parnass ein Messer gezückt. Burckhart fürchtete, dass Kalonymos seinen Herrn ermorden wollte, und trat schützend vor ihn. Doch er deutete die Geste falsch. Kalonymos stellte sich neben seinen Sohn, der bereitwillig sein Haupt nach hinten legte und dem Vater die Kehle darbot. Dieser fuhr mit dem Messer quer darüber. Mit einem Seufzer sank der junge Mann zu Boden. Der Hauptmann, Ruthard, Embricho und die Getreuen des Bischofs starrten entsetzt auf das, was unmittelbar vor ihren Augen geschah. Kalonymos ließ sich nicht beirren und richtete sich unmittelbar darauf selbst, den Namen seines Schöpfers preisend.

Ruthard sprang entsetzt auf. „Das habe ich nicht gewollt!", schrie er aufgewühlt. „Rasch, seht nach den Übrigen", befahl er seinen Soldaten.

„Es ist nicht deine Schuld", versuchte Embricho ihn zu besänftigen. „Sie taten es aus freien Stücken!"

„Schweig", brauste der Bischof auf, der immer mehr mit sich haderte. „Ihr alle wart mir schlechte Ratgeber. Hätte ich nur auf Conrad gehört und wäre in Mainz geblieben. Es wäre ehrenvoller gewesen, dem Feind entgegenzutreten und dort zu sterben, als der Verlockung des Überlebens zu erliegen. Ich war ein Kleingläubiger, der nicht auf seinen Gott vertraute. Er hätte mir die Kraft gegeben, derer ich bedurfte. Doch so habe ich nicht nur gegen die Order des Kaisers verstoßen und die Juden im Stich gelassen, sondern auch meinem Gott misstraut. Dieser Emich von Flonheim hält sich für ein Werkzeug des Allmächtigen und richtet in seinem Namen Grauenvolles an. Ich kann nicht glauben, dass das Gottes Wille ist! Dennoch ließ ausgerechnet ich, Erzbischof von Mainz, Primas Germaniae, diesen Eiferer gewähren. Keine Buße kann groß genug sein, um mich von dieser Sünde zu reinigen. Auf Erden werden die Menschen über mich richten, im Jenseits Gott", stieß er mit rauer Stimme hervor. „Und dann ließ ich mich auch noch verleiten, ihr Geld zu nehmen. Blutgeld! Und das verdanke ich dir, Embricho!"

Kaum hatte er zu Ende gesprochen, öffnete sich die Tür und der Hauptmann kehrte zurück. „Sie sind alle tot!"

„Möge der Herr sich uns Sündern erbarmen!", betete Ruthard und kehrte seinem einstigen Getreuen den Rücken.

Donnerstag, 29. Mai A. D. 1096, 5. Siwan, 4856
In der Stadt

„Feuer, Feuer!", schallte es im Morgengrauen durch die Stadt und weckte zuerst die Bürger, die in der Nähe des jüdischen Viertels wohnten.

Verstört verließen diejenigen, die von dem Warnruf geweckt worden waren, ihre Häuser, um nachzusehen. Die Synagoge stand lichterloh in Flammen und ihr Feuerschein färbte den Himmel über der Stadt glutrot. Der Geruch von verkohlendem Holz hing in der Luft, unter den sich der Gestank von verbranntem Fleisch mischte. Funken stoben in die Höhe, die der aufkommende Wind zu den Nachbarhäusern zu tragen drohte. Das Krachen berstender Balken, das Splittern von Stein und das Tosen der Feuersbrunst übertönte die Schreckensrufe der Nachbarn. Das Gebäude war fast vollständig zerstört, das Dach und die oberen Teile der Wände in sich zusammengestürzt.

Graf Bolko blieb wegen seiner Verletzung mit den Frauen im Anwesen des Kämmerers zurück, während Hanno, Friedrich und die Bediensteten alles ergriffen, was sich zum Wassertransport eignete, und damit zum Unglücksort rannten An der Brandstelle reihten sie sich in die Kette der Löschenden ein. Hanno erspähte Widukind und stellte sich hinter ihn. Gefüllte Eimer wanderten von Hand zu Hand. Das Wasser verdampfte in dem Augenblick, in dem es in die Flammen geschüttet wurde. Gegen diese entfesselte Naturgewalt kamen sie nicht an. Ihr Kampf war aussichtslos und das Gebetshaus nicht mehr zu retten.

„Was ist geschehen?", wollte Hanno von Widukind wissen, als er ihm einen Eimer reichte.

„Ein Zwangsgetaufter, Isaac bar David, fürchtete, die Synagoge könnte entehrt werden. Man sagt, dass er mit seinen

Kindern vor die Heilige Lade trat, sie tötete, ihr Blut darauf versprengte und schließlich Feuer legte. Dann pries er laut singend den Herrn, den Flammentod erwartend."

„Wie verzweifelt muss ein Mann sein, um so etwas zu tun?", fragte Hanno erschüttert. „Wir haben wirklich genug Schreckliches erlebt. Kommt die Stadt denn nie zur Ruhe!"

„Gewalt gebiert Gewalt. Was in Mainz geschah, hat die Menschen aus ihren Bahnen gerissen. Dieses Grauen wird uns noch lange in Erinnerung bleiben. Ich fürchte, der goldene Glanz ist dabei zu verblassen", bemerkte Widukind traurig.

„Wollen wir hoffen, dass wir wenigstens dieses Feuer besiegen."

„Du sagst es, deshalb lass uns nicht reden, sondern arbeiten."

Immer mehr Bürger strömten herbei, um das Flammenmeer zu bezwingen, das sich stetig weiterfraß. Anfangs schien es, als fiele die ganze Stadt der Feuersbrunst zum Opfer. Doch sie gaben nicht auf und kämpften bis zu Erschöpfung. Sie wollten nicht das Wenige verlieren, das ihnen noch geblieben war. Den ganzen Tag löschten sie und erst als die Dämmerung hereinbrach, war das Inferno eingedämmt. An einigen Stellen schwelten noch letzte Glutreste, doch ging von ihnen keine Gefahr mehr aus.

Ein Großteil des jüdischen Viertels war vernichtet, aber die angrenzenden Gebiete waren gerettet. Einstürzende Mauern und Dächer hatten einige Bürger erschlagen, unter ihnen befand sich auch Meister Bertolf. Obwohl sie das Schlimmste hatten abwenden können, spürte man Hoffnungslosigkeit und Verbitterung. Die Trümmer, die Ruinen und die neuerlichen Toten machten ihnen bewusst, was sie während der letzten Tage alles verloren hatten. Viele standen vor dem Nichts und alle fürchteten die Zukunft. Wie würde es weitergehen?

Der Erzbischof hatte sie verlassen, um sich zu retten. Der Domprobst vertrat ihn zwar, aber konnte er die Lücke füllen, die Ruthard hinterlassen hatte? Viele Gebäude blieben auf unbestimmte Zeit unbewohnbar. Etliche Geschäfte, die sie in Friedenszeiten mit Waren versorgt hatten, waren verwaist. Bauern, die die Märkte bestückten, trauten sich angesichts der umherziehenden Kreuzfahrer weder in die Dörfer noch ihre Felder zu bestellen. Die ganze Struktur war zerstört. Mainz musste erst wieder aufgebaut werden, doch wenigstens war dieses Mal der Dom verschont worden.

Die Bürger verfielen in eine trostlose Starre und auch Widukind wurde von dieser Lähmung erfasst. Erschöpft schleppte er sich zu seinem Haus, dankbar, dass es noch stand, genauso wie die Häuser seiner Nachbarn. Dort warf er seine Kleider weg, die nach Feuer und Tod stanken, wusch sich und legte sich nackt ins Bett, wo er bis zum nächsten Abend schlief. Dabei träumte er von seiner Madonna, die immer noch unvollendet war, weil ihm die Inspiration gefehlt hatte.

Haus des Tuchmachers

Dithmar trauerte um seinen Vater. Zu Lebzeiten waren sie nicht immer einer Meinung gewesen, vor allem während der letzten Monate hatte es heftige Wortgefechte gegeben. Aber nun vermisste er ihn. Er war in seinen Armen gestorben und hatte in seinem Todeskampf noch Frieden mit seinem Sohn geschlossen, was Dithmar etwas tröstete. Seine letzten Worte würde er niemals vergessen. „Tu das Richtige!", hatte er noch hervorgepresst, bevor er für immer die Augen schloss.

Als er am Abend voller Trauer und mit Brandblasen an den Händen nach Hause kam, erwartete ihn Griseldis. Nachdem Hanno sie hinausgeworfen hatte, war sie in ihr Haus zurückgekehrt, wo sie vom Tod Bertolfs erfuhr. Sie war gekommen, um ihrem Verlobten ihr Beileid zu bekunden.

Auch wenn sie ihre Worte aufrichtig meinte, schien es Dithmar, als höre er eine leise Genugtuung durchklingen. „Es tut mir sehr leid, dass du ihn so plötzlich verloren hast."

„Erst jetzt wird mir klar, was er mir tatsächlich bedeutete."

„Weißt du schon, wie es weitergehen wird?"

„Sobald ich ihn beerdigt habe, eröffne ich unseren Laden und nehme den Tuchhandel wieder auf. Es kann sein, dass ich anfangs viel reisen muss, denn ich fürchte, die Geschäfte werden hier in nächster Zeit schleppender laufen, vor allem da der Erzbischof und fast alle Herrn des Domkapitels die Stadt verlassen haben. Aber ich werde es schaffen", meinte er überzeugt.

„Brauchst du dazu nicht Hilfe?"

„Ich nehme mir einen Lehrling."

„Und was ist mit mir?", fragte sie ihn. „Ich würde dir zu gern beistehen."

Dithmar betrachtete sie lange. Noch immer brachten ihn ihre makellose Schönheit und ihre Anmut um den Verstand, aber er spürte auch eine Kälte, die von ihr ausging und die er bislang nicht wahrgenommen hatte. Er erschauerte und wich vor ihr zurück.

Griseldis war seine Reaktion keineswegs entgangen. „Was ist mit dir?"

„Ich habe das Gefühl, als kenne ich dich gar nicht. Ich kann nicht vergessen, wie du dich gegen deine Angreifer zur Wehr gesetzt hast. Seitdem erscheinst du mir wie eine Fremde."

Griseldis hatte dergleichen schon befürchtet. Da sie ihn aber nicht so einfach aufgeben wollte, rückte sie mit der Wahrheit heraus. Vielleicht verstand er sie ja und konnte ihr verzeihen. In aller Ruhe erklärte sie ihm, wer sie war und welche Aufgabe sie zu erfüllen hatte. Den Mord an Wolff verschwieg sie allerdings genauso wie das Liebesverhältnis zum Erzbischof.

Dithmar unterbrach sie nicht einmal, aber seine Miene wurde immer verschlossener. Als sie fertig war, meinte er nur: „Mein Vater hatte recht, dir nicht zu trauen! Wie lange wolltest du das vor mir geheimhalten? Bis wir verheiratet sind? Oder wolltest du es mir niemals erzählen?"

„Dithmar, du weißt jetzt alles über mich", blieb sie ihm die Antwort schuldig. „Nun liegt es an dir, ob deine Liebe zu mir so groß ist, wie du immer behauptet hast, und du mich als die annehmen kannst, die ich bin."

Dithmar mied ihren Blick und stand auf. „Das kann ich nicht! Ich löse unsere Verlobung. Da keiner davon weiß, fällt kein Makel auf uns. Und nun verlass mein Haus", sagte er mit brüchiger Stimme.

Mainz, ein Jahr später

Conrad stand mit Widukind im Chorraum von St. Maria ad gradus und betrachtete die Madonna.

„Du machst der Mutter Gottes alle Ehre."

„Ist das deine ehrliche Meinung?"

„Ja. Sie ist anders als alle Figuren, die ich bisher gesehen habe. Sie wirkt so lebensecht und es scheint, als schaue sie tief in die Seele der Menschen. Ihr Gesicht ist beinah lebendig. Eine christliche Figur mit einem jüdischen Antlitz, habe ich recht?", fragte er.

„Dann ist dir die Ähnlichkeit zu Sara nicht entgangen?"

„Keineswegs."

„Du bist der Einzige, der es bemerkte", stellte Widukind fest.

„Das ist wohl auch besser so. Weiß sie, dass sie Vorbild für deine Gottesmutter war?"

„Nein, und da sie niemals eine Kirche betreten wird und ich es ihr nicht sagen werde, erfährt sie es auch nicht. Seit sie Mutter ist, ist sie anders. Trotz all dem Leid, das ihrem Volk widerfuhr, erscheint sie mir zufrieden. Sie konnte sogar Immanuel und ihren Vater überzeugen, in Magenza zu bleiben, damit sie am Neuaufbau der Gemeinde mitwirken können. Es wird zwar noch Jahre dauern, aber wie ich sie kenne, gibt sie nicht auf. Sie führt auch ihren Geldverleih fort und ist wohl recht erfolgreich damit."

„Und was ist mit dir, Widukind? Bist du glücklich?", fragte der Mönch.

„Conrad, was ist schon Glück? Mein Leben gefällt mir, so wie es ist, und das reicht mir. Und da ich jetzt mein Meisterstück vollendet habe, hält mich hier nichts mehr."

„Meister Archibald sähe dich gern als seinen Nachfolger in der Dombauhütte."

608

„Ich weiß, aber es gibt noch so viel zu lernen und zu erleben. Ich habe keine Familie zu versorgen und bin nicht auf feste Arbeit angewiesen. Die Fertigkeit der lombardischen Steinmetze hat mich tief beeindruckt und ich werde deshalb nach Italien gehen. Möglich, dass ich eines Tages zurückkehre. Vielleicht, wenn Mainz wieder zu alter Blüte gelangt ist. Aber ich bezweifle, dass es das jemals tun wird."

„Wie weit stehen eigentlich die Hochzeitsvorbereitungen deiner Schwester?", fragte Conrad.

„Sie kommen voran."

Beim Gedanken an Yrmengardis musste Widukind lächeln. Sie hatte sich endgültig für Hanno und gegen das Klosterleben entschieden. Nachdem die Kreuzfahrer das Rheinland verlassen hatten, machte Hanno sich daran, den Domschatz wieder an seinen angestammten Platz zu bringen. Ob er tatsächlich alle Teile fand, wusste er nicht, aber das kostbare Benna-Kreuz konnte er retten. Als Kaiser Heinrich IV. von Hannos Bemühungen erfuhr, versah er ihn aus Dank und Anerkennung mit einem hohen Amt, das ihm den Aufstieg in der Bürgerschaft ermöglichte. Er wagte schließlich, Graf Bolko um die Hand seiner Tochter zu bitten und erhielt seinen Segen.

Plötzlich dachte Widukind an Griseldis, die von einem Tag auf den anderen aus der Stadt verschwunden war. „Conrad, hast du etwas über Griseldis in Erfahrung bringen können?"

„Ich hörte, sie sei wieder an den Hof zurückgekehrt. Ich habe mich aber immer gefragt, warum Dithmar sie nach dem Tod seines Vaters nicht heiratete. Er schien ganz besessen von ihr gewesen zu sein."

„Ich glaube, sie war ihm nicht geheuer. Er hat wohl erkannt, dass sie nicht die richtige Frau für ihn ist. In Waltraut hat er eine gefunden, die mehr seinen Erwartungen entspricht. Sie ist gefügig und fleißig und tut, was er sagt. Das hätte Griseldis nie getan. Sie hatte stets ihren eigenen Kopf", grinste Widukind.

„Ich habe immer vermutet, dass sie etwas verbarg. Wir erfahren wohl nie, was es gewesen ist."

Widukind wurde plötzlich melancholisch. „Jene fürchterlichen Schreckenstage werde ich nicht mehr vergessen können. Es war, als ob sich in Mainz die Pforten der Hölle öffneten. Das ist der eigentliche Grund, warum ich gehen muss. Noch immer spüre ich das Böse, das an Emich haftete und von dem ein Rest in der Stadt zurückgeblieben ist. Wie schnell sich doch Menschlichkeit in Unmenschlichkeit wandeln kann."

Der Mönch legte seine Hand auf Widukinds Schulter. Er ahnte, dass dies ihr letztes, intensiveres Gespräch werden könnte, und wollte ihm noch einen Rat mit auf seinen Weg geben. „Die Ereignisse haben uns schmerzlich vor Augen geführt, wozu die Menschen fähig sind. Vor allem das Böse lässt sich nie ganz besiegen und ist Teil unserer Natur. Egal wie friedfertig wir auch nach außen hin erscheinen mögen, so schlummert es doch in uns, bereit uns jederzeit zu bedrohen. Wir können seiner nur Herr werden, indem wir den Kampf jeden Tag aufs Neue aufnehmen. Das ist das, was Gott von uns verlangt. Ob es uns gelingt, unterliegt allein unserer Kraft und unserem Willen."

Epilog

Emich von Flonheim gelangte nie bis nach Jerusalem. Die Bevölkerung Ungarns verweigerte seinen Truppen Nahrung und so kam es zu erfolglosen Gefechten, in denen viele Kreuzfahrer getötet wurden. Er selbst kehrte gedemütigt auf seinen Landsitz zurück und verbrachte den Rest seines Lebens mit der Schmach, seinen Eid nicht erfüllt zu haben.

Kaiser Heinrich IV. ordnete ein Jahr später an, dass die jüdische Gemeinde wiederherzustellen sei. Außerdem nahm er die Vorfälle zum Anlass eine Untersuchung gegen Erzbischof Ruthard durchzuführen, denn er zweifelte schon länger an dessen Loyalität und bezichtigte ihn auch der Unterschlagung des jüdischen Vermögens. Im Jahr 1105 wurde Heinrich IV. durch seinen Sohn Heinrich V. entmachtet. Er starb 1106 und wurde 1111 nach mehreren Umbettungen in der Krypta des Speyerer Doms beigesetzt. – Ruthard entzog sich dem kaiserlichen Gericht und verbrachte die nächsten sieben Jahre im thüringischen Teil seiner Diözese. Er sagte sich schließlich von Papst Clemens III. und Kaiser Heinrich IV. los und bekannte sich zu dessen Sohn König Heinrich V. Erst unter seiner Regentschaft kehrte er wieder nach Mainz zurück. Er starb am 2. Mai 1109. Wo er seine letzte Ruhe fand, ist nicht überliefert. Über das Schicksal des Kämmerers ist wenig bekannt; es verliert sich im Dunkel der Geschichte.

In Mainz siedelten sich wieder Juden an. Schpira, Warmaisa und Magenza bildeten weiterhin den SchUM-Verbund, der aufgrund seiner zentralen Bedeutung als die Geburtsstätte der aschkenasisch-religiösen Kultur gilt und als Jerusalem des Westens bezeichnet wurde.

Es wurde übrigens nie geklärt, wer die Stadttore öffnete und den Belagerern Zutritt verschaffte.

Glossar

Adonai: Umschreibung für das Tetragramm JHWH, da die Juden den Namen des Allmächtigen nicht aussprechen

Aschkenasim: Juden Mitteleuropas und Nordfrankreichs

Benna-Kreuz: von Bischof Willigis in Auftrag gegeben. Bestand aus 600 Pfund purem Gold und Edelsteinen und war in 14 Teile zerlegbar

Castrum: ehemaliges römisches Militärlager

Challot: Sabbatbrote

Chametz: Gesäuertes

Deus lo vult (oder auch Deus vult): wörtlich: Gott will es, Schlachtruf des 1. Kreuzzuges

Dormitorium: Schlafsaal der Mönche bzw. Nonnen, lediglich Abt/Äbtissin oder Kranke hatten eine eigene Zelle

Edom: Bezeichnung für Nichtjuden

Homo novus: neuer Mensch

Imperium: hier synonym für weltliche Gewalt im Sinne von Herrschaft

Iyyar: jüdischer Monat mit 29 Tagen von Mitte April bis Mitte Mai

Jeschiwa (pl. Jeschiwot): jüdische Talmud-Hochschule

Kiddush haSchem: Heiligung seines Namens (also den Namen des Allmächtigen)

Kislew: jüdischer Monat von 30 (29 in verminderten Jahren) Tagen von Anfang November bis Anfang Dezember

koscher: im jüdischen Sinne rein

Meor ha-Gola: = Leuchte des Exils, Bezeichnung für Gerschom ben Jehuda

Meliorat: bevölkerungsschicht aus Grundbesitzern, Fernhändlern u.a; Vorläufer des Patriziats

Mesusah: eine schräg neben dem Türpfosten angebrachte Gebetskapsel, die Abschnitte aus der Torah enthält

Mikwe: jüdisches Tauchbad, das von frischer Quelle gespeist wird

Mincha: Nachmittagsgebet der Juden

Ministeriale: im kaiserlichen Dienst stehende Beamte

Mons Speciosus: Hügel vor den Toren von Mainz, heutiger Standort der Zitadelle

Nisan: jüd. Monat mit 30 Tagen von Mitte März bis Mitte April

Ordo Sancti Benedicti: Benediktinerorden

Parnass: jüdischer Gemeindevorsteher

Peccatum mortiferum: Todsünde

Physicus: Arzt, der keine chirurgische Tätigkeit ausübt

Pijut: jüdische Dichtkunst

Primas Germaniae: Titel der ursprünglich dem wichtigsten Bischof Germaniens zustand

Rabbi: Ehrentitel eines jüdischen Gelehrten oder Lehrers

Rebec: Seiteninstrument, Violinvorläufer

Sabbat: jüdischer Ruhetag, beginnt Freitagabend mit dem Untergang der Sonne und dauert bis zum Sonnenuntergang am Samstag

Sacerdotium: im MA geistliche Gewalt der katholischen Kurie

Schabos: aschkenasische Bezeichnung für Sabbat

Schewat: jüdischer Monat aus 30 Tagen ab letztem Dezemberdrittel bis Mitte Januar

Siwan: jüdischer Monat mit 30 Tagen von Mitte Mai dem ersten Junidrittel

Talmud: nach der Torah bedeutenstes Schriftwerk des Judentums. Es gibt zwei Ausführungen: Babylonischer und Jerusalemer Talmud

Takkanot: im Judentum nachtalmudische Vorschriften, Verordnungen und Einrichtungen

Tewet: jüdischer Monat mit 29 Tagen von Ende November Mitte Dezember

Torah: erster Teil der hebräischen Bibel

trefe: im jüdischen Sinne unrein

Tagesablauf eines mittelalterlichen Klosters:

1 Uhr Matutin: Aufstehen und Gottesdienst (außer November – Januar)

3 Uhr Laudes: Gebete

6 Uhr Prim: Morgengebet Hymnusgesang mit drei Psalmen

9 Uhr Terz: Hymnusgesang mit drei Psalmen

12 Uhr Sext: Hymnusgesang mit drei Psalmen

In der Zeitspanne bis zur Non wurde die einzige Tagesmahlzeit eingenommen, außer an Ostern und Pfingsten da gab es zwei Mahlzeiten. Während der Fastenzeiten wurde erst nach der Vesper gegessen

15 Uhr Non: Hymnusgesang mit drei Psalmen

18 Uhr Vesper: Hymnusgesang mit 4 Psalmen

21 Uhr Komplet: Abendgebet, Schlafenszeit

Anmerkungen der Autorin

Das Blut von Magenza basiert auf historischen Ereignissen, die sich am Ende des 11. Jahrhundert in Europa und im Rheinland tatsächlich zugetragen haben. In diesem Roman werden insbesondere die Auswirkungen des Ersten Kreuzzuges auf das christliche Mainz und das jüdische Magenza geschildert. Die eigentliche Geschichte ist jedoch frei erfunden. Die darin auftretenden Menschen sind zum Teil historisch verbürgt. Ihre Beschreibung und ihr Handeln entspringen jedoch ebenfalls der Fantasie der Autorin, genauso wie viele weitere vorkommende Personen.

Im Roman werden Straßen, Gassen und Plätze benannt, deren Namen teilweise erst viele Jahrzehnte später historisch belegt sind. Die Autorin hat sich die dichterische Freiheit genommen, diese Bezeichnungen trotzdem zu verwenden, um die Orientierung in der Geschichte und der historischen Stadt für die Leserinnen und Leser zu vereinfachen und um den Lesefluss zu gewährleisten. Ebenso verhält es sich mit dem Gebrauch von Redewendungen, die im 11. Jahrhundert möglicherweise noch nicht geläufig waren.

Einige Beschreibungen der Geschehnisse sowie Äußerungen während bestimmter jüdischer Dispute sind stark an schriftliche hebräische Überlieferungen aus der Zeit des Ersten Kreuzzuges angelehnt, teilweise sogar wörtlich übernommen. Das betrifft die Vorfälle in Speyer, Worms und Mainz sowie manche Redepassagen von Ariel ben Meir, David bar Natanael, Baruch bar Isaac und anderen.

Der jüdische Kalender ist lunisolar, das bedeutet, die Monate haben 29 oder 30 Tage, ein Jahr somit 354 Tage. In jedem Sonnenjahr wird ein 30-tägiger Schaltmonat eingeführt. Die Zeitrechnung beginnt mit der Schöpfung der Welt.

Im Mittelalter gab es für die Christen zwei Fastenzeiten, eine vorweihnachtliche, die am 11. November begann und an Weihnachten endete und die 40-tägige vor Ostern.

Der Zeitachse des Buches liegt der im 11. Jahrhundert gebräuchliche julianische und nicht der noch heute übliche gregorianische Kalender zugrunde.

Bei der Entstehung des Romans waren mir sehr viele Menschen aus ganz unterschiedlichen Lebensbereichen und mit ganz unterrschiedlichen Berufen behilflich. Sie alle mit Namen und die Art ihrer Hilfestellung zu nennen hieße jedoch, noch einige Seiten anzufügen. Darum sage ich jedem Einzelnen, der mich unterstützte, ausdrücklich: DANKE!

Januar 2012

Claudia Platz, die Autorin

geboren in Ludwigshafen/Rhein, MTA-Ausbildung und Anthropologiestudium, seit 2001 freie Autorin, verheiratet, drei Kinder, lebt in der Nähe von Mainz.

Veröffentlichungen: *Der Lubberer, RosenmonTod, Der Korridor* (alle Rhein-Moselverlag), *Der zweite Blick, Die falschen Caesaren* (beide Leinpfad Verlag), außerdem diverse Kurzgeschichten, u.a. im Leinpfad Verlag: „Ein Schritt zu weit" (in: *Perfekte Opfer,* 2009), „Notruf" (in: *Gleich nebenan,* 2010), „Ausgemobbt" (in: *Mörderisches Rheinhessen 4. Ein Mord zu viel,* 2011) und „Pesto letale" in (*Weck, Worscht – Mord,* 2011). www.claudiaplatz.de

Lieben Sie Krimis? Wir haben noch mehr!

Darunter auch noch zwei historische Krimis:
Claudia Platz: Die falschen Caesaren.
Ein historischer Krimi aus dem römischen Mainz. 2. Auflage
ISBN 978-3-937782-65-2, Broschur, 314 Seiten, 11,90 €

Franziska Franke: Der Tod des Jucundus.
Ein Kriminalroman aus dem römischen Mainz
ISBN 978-3942291-18-7, 292 Seiten, Broschur, 11,90 €

Vera Bleibtreu: Schneezeit
ISBN 978-3942291-20-0, 172 Seiten, Broschur, 9,90 €

Antje Fries: Stille Wasser mahlen langsam. 2. Auflage
ISBN 978-3-937782-28-7, 208 Seiten, Broschur, 9,90 €

Antje Fries: Kaltgestellt oder: Die Rechte des Fälschers
ISBN 3-937782-43-5, Broschur, 252 Seiten, 10,90 €

Antje Fries: Knielings Garten
oder: Gegen jeden ist ein Kraut gewachsen
ISBN 978-3-937782-69-0, Broschur, 240 Seiten, 10,90 €

Antje Fries: Kleine Schwestern
ISBN 978-3-937782-81-2, Broschur, 188 Seiten, 9,90 €

Antje Fries: Nibelungen-Tod
ISBN 978-3-937782-97-3, Broschur, 256 Seiten, 10,90 €

Jürgen Heimbach: Plötzlicher Tod einer Nutte
ISBN 978-3-937782-86-7, Broschur, 312 Seiten, 11,90 €

Jürgen Heimbach: Chagalls Rache
ISBN 978-3942291-19-4, 324 Seiten, Broschur, 11,90 €

Peter Jackob: Narren-Mord. Ein Mainzer Fastnachts-Krimi
ISBN 978-3-937782-87-4, Broschur, 200 Seiten, 9,90 €

Peter Jackob: Das Leben ist kein Tanzlokal. Krimi
ISBN 978-3-942291-29-3, 224 Seiten, Broschur, 9,90 €

Richard Lifka/Christian Pfarr: Hilfe! 10 Beatles-Krimis
ISBN 978-3-942291-24-8, 160 Seiten, Klappenbroschur, 11,90 €

Peter Metzdorf /Marion Schadek:
Weinkönigin und Rheinhessen-Cop. Ein Krimi
ISBN 978-3-942291-30-9, Broschur, 144 Seiten, 9,90

Christian Pfarr: Zaubernuss
ISBN 978-3-937782-78-2, Broschur, 206 Seiten, 9,90 €

Christian Pfarr: Königsweg oder: Der steinerne Zeuge
ISBN 978-3-937782-84-3, Hardcover, 80 Seiten, 9,90 €

Claudia Platz: Der zweite Blick. Tod in Nahaufnahme
ISBN 978-3-937782-51-5, Broschur, 263 Seiten, 10,90 €

Manfred H. Schmitt: Ein Todesfall. Kriminalroman
ISBN 978-3-942291-26-2, 301 Seiten, Broschur,11,90 €

Andreas Wagner: Abgefüllt. Ein Weinkrimi
ISBN 978-3-937782-73-7, Broschur, 236 Seiten, 10,90 €

Andreas Wagner: Gebrannt. Ein Weinkrimi aus Rheinhessen
SISBN 978-3-937782-85-0, Broschur, 232 Seiten, 10,90 €

Andreas Wagner: Letzter Abstich. Ein Weinkrimi
ISBN 978-3-942291-08-8, Broschur, 208 Seiten, 9,90 €

Andreas Wagner: Hochzeitswein. Ein Krimi
ISBN 978-3-942291-21-7, 232 Seiten, Broschur, 9,90 €

Andreas Wagner: Auslese feinherb.
Vier Kurzkrimis rund um den Wein
ISBN 978-3-942291-15-6, 103 Seiten, Broschur, 6,50 €

Ganz zu schweigen von unseren wunderbaren Krimi-Anthologien:

Wolfhard Klein (Hg.): Perfekte Opfer.
13 neue Kurz-Krimis aus dem Mörderischen Rheinhessen
ISBN 978-3-937782-89-8, 240 Seiten, Hardcover, 14,90 €

Antje Fries (Hg.): Gleich nebenan.
Neue Kurzkrimis aus dem Mörderischen Rheinhessen
ISBN 978-3942291-05-7, 232 Seiten, Broschur, 10,90 €

Christian Pfarr (Hg.): Mörderisches Rheinhessen 4.
Ein Mord zu viel
ISBN 978-3-942291-27-9, 224 Seiten, Broschur, 10,90 €

Antje Fries, Angelika Schulz-Parthu (Hg.):
Weck, Worscht – Mord! 15 Kurzkrimis und 17 Rezepte mörderisch gut aufgetischt
ISBN 978-3-942291-33-0, 204 Seiten, Broschur, 9,90 €

**Leinpfad Verlag –
der kleine Verlag mit dem großen regionalen Programm!**
Leinpfad Verlag, Leinpfad 5, 55218 Ingelheim
Tel. 06132/8369, Fax: 896951, info@leinpfadverlag.de
Wir schicken Ihnen gerne unser Programm!
Oder besuchen Sie uns im Internet: www.leinpfadverlag.com